ハヤカワ・ミステリ

CHRIS HAMMER

渇きの地

SCRUBLANDS

クリス・ハマー

山中朝晶訳

TOKYO
HAYAKAWA
BOOKS

A HAYAKAWA
POCKET MYSTERY BOOK

装幀／水戸部 功
装画／ジグマー・ポルケ

トモコへ

渇きの地

登場人物

マーティン・スカーズデン……………………新聞記者
マンダレー（マンディ）・ブロンド……喫茶店〈オアシス〉店主
リアム………………………………………………マンディの息子
ハーリー・スナウチ………………………リバーセンドの住民
エリック………………………………………………ハーリーの父
キャサリン・ブロンド……………………マンディの母
ロビー・ハウス＝ジョーンズ……………巡査
ハーブ・ウォーカー………………………巡査長
ジャック・ゴッフィン……………………オーストラリア保安情報機構（ＡＳＩＯ）の工作員
エイブリー・フォスター…………………パブ店主
クレイグ・ランダーズ……………………雑貨店主
フラン………………………………………………クレイグの妻
ジェイミー…………………………………………クレイグの息子
アレン・ニューカーク……………………ジェイミーの友人
コッジャー・ハリス………………………スクラブランズの住民
バイロン・スウィフト……………………牧師
ダグ・サンクルトン………………………テレビ局リポーター
マックス・フラー…………………………新聞社編集委員
ダーシー・デフォー｝
ベサニー・グラス　｝……………………マーティンの同僚

プロローグ

風がそよとも吹かない日だった。夜のあいだにやわらいでいた暑さがまたぞろぶり返してきた。雲ひとつない空から情け容赦ない陽差しが降り注ぐ。通りの向こうの干上がった川縁《かわべり》からは、セミのかしましい鳴き声が聞こえてくるが、教会の周辺はしんとしていた。十一時の礼拝に出席する教区民が到着しはじめ、通りを隔てた木陰に車を駐めている。車が三、四台になると、乗っていた人たちは炎天下の車外に出て道を横切り、セント・ジェイムズ教会の前に集まって世間話を始めた——株価、不足する農業用水、猛暑。そこには若き牧師、バイロン・スウィフトの姿があり、普段着のまま年輩の会衆と愛想よくおしゃべりをしている。何ひとつ不穏な徴候はなく、いつもと変わらないように見えた。

リバーセンドの雑貨店主、クレイグ・ランダーズが近づいていった。仲間たちと狩猟に出かける途中だが、その前に教会に立ち寄り、牧師に話したいことがあったのだ。仲間たちもくっついていった。クレイグと同じく、彼らは誰一人として教会に通う信徒ではない。隣町のベリントンに住むゲリー・トルリーニは、ここの会衆に知り合いはいないので四輪駆動車に戻ったが、地元で農業を営むトムとアルフのニューカーク兄弟は人々の輪に加わり、ホリー・グロブナーも同様だった。アルフの息子アレンは、周囲がみな彼より三倍以上年上なので、ゲリーといっしょにトラックの運転台に乗りこんだ。迷彩柄や派手な色彩の射撃用の服を思い思いに身に着けた男たちは、いかにもこの場にそぐわなかったが、あえて口に出す者はいなかった。

　牧師は近づいてくるランダーズの姿を認めた。二人は握手し、笑みを浮かべ、短い言葉を交わした。それから牧師は中座し、礼拝の準備と着替えのために教会に入った。言いたいことを言ったランダーズはすぐにその場を立ち去ろうとしたが、ホリーとニューカーク兄弟は農家の人たちと話しこんでいたので、ランダーズは日陰を探して教会の横へ向かった。陽差しを逃れたところで、不意に人々の会話が途絶えた。振り向くと、教会から牧師が現われ、短い外階段の最上段に立っている。バイロン・スウィフトは祭服に着替え、胸元の十字架を陽光にきらめかせて、銃を携えていた。照準器をつけた高性能の狩猟用ライフルだ。ランダーズは目を疑った。スウィフトが銃を肩に構え、平然とした顔で五メートル足らずの距離からホリー・グロブナーを撃ったときにも、まだ混乱していた。グロブナーの頭部が破裂して赤い雲と化し、脚が崩れる。骨がもうなくなってしまったかのように、グロブナーの身体は袋さながら地面に投げ出された。会話がやみ、人々の頭がいっせいにそちらを向く。誰もが目の前の事態を理解できず、一瞬あたりが沈黙した。牧師がふたたび発砲し、もう一人の身体が倒れた——トム・ニューカークだ。まだ悲鳴をあげる者はいなかったが、人々はパニックに襲われ、物言わぬまま、死にものぐるいで駆けだした。ランダーズが走って教会の角へ向かったとき、もう一発の銃声が耳をつんざいた。彼は壁の端で曲がり、ひとまず安全な場所へ逃れた。それでもランダーズは走るのをやめなかった。牧師が最も殺意を抱いている相手は自分だと知っていたからだ。

第一章　リバーセンド

マーティン・スカーズデンは町に向かう橋の上で、エンジンをかけたまま車を停めた。一車線の橋で、追い越し禁止だ。架けてから数十年は経過しており、地元の川沿いから伐採したユーカリの木材が使われている。長く曲がりくねった氾濫原に架けられた橋は、乾ききった木材が縮んでがたつき、ボルトは緩んで、橋脚と橋脚のあいだがたわんでいた。マーティンは車のドアを開け、かまどのように苛烈な日盛りの暑熱に踏み出した。両手を手すりに置いてみようとしたが、あまりの熱さで木にも触れられない。手を引っこめると、白い塗料の破片がついた。マーティンは首に巻いた濡れタオルで手を拭いた。川が流れているはずの場所を見下ろすと、そこにはモザイクのようなひび割れた粘土が見え、日にあぶられて塵芥《じんかい》と化しつつあった。かつて水が流れていたところに、誰かが古い冷蔵庫を運び、扉にペンキで字を書いて置き去りにしていた――『ビールをご自由にどうぞ――自己申告制』と。川沿いの土手に生えているユーカリの木々が、そんなジョークを解するはずもない。枝の一部は枯れ、ほかの枝はまばらに生えた黄褐色の葉をかろうじて支えている。マーティンはサングラスを外そうとしたが、目が眩《くら》むほど強烈な日光を感じてかけなおした。車に戻り、エンジンを切る。何も聞こえない。暑熱が世界から生命を吸い取ってしまったのだ。セミやバタンインコはおろか、カラスの鳴き声さえ聞こえない。聞こえるのは、橋の木材が陽光で伸び縮みして軋《きし》む音だけだ。風は凪《な》いでいる。酷暑はマーティンからも水分を奪おうとしていた。都会向きの薄い革の靴底から、暑気が立ちのぼってくる。

レンタカーのエンジンをかけ、エアコンを最強にしてマーティンは橋を渡り、リバーセンドの目抜き通りへ入った。土手の川堤《かわづつみ》の下にある暑さのるつぼへ。そこには車が何台か駐まっていた。どの車も一様に、後部を縁石に向かって斜め四十五度に寄せている。小型トラック、農業用トラック、セダン。どれもみな埃《ほこり》っぽく、真新しい車は一台もない。マーティンは車を徐行させ、何か動くもの、生命の徴候はないか探したが、まるでジオラマのなかを走っているようだ。川から一ブロック先にある最初の交差点に差しかかり、台座に載った兵士の銅像の前を通りすぎたところでようやく、足を引きずって店の日よけの下を歩く男を一人見かけた。この炎天下で長い灰色のコートを着、背を丸めて、片手に茶色の紙袋を摑んでいる。

マーティンは車を停め、必要な角度に車体の向きを変えてバックしたが、あまり注意して後ろを見ていなかった。バンパーが縁石をこすり、彼は顔をしかめた。サイドブレーキをかけ、エンジンを切って車を降りる。洪水を警戒して膝ぐらいの高さに造られた縁石に、マーティンのレンタカーのバンパーが飾りのようにくっついていた。車を前に出してコンクリートの岸壁から離れようかと思ったが、そのままにすることにした。

マーティンは通りを横切り、日よけの下に入ったが、足を引きずった男の姿は影も形もなかった。路上には人っ子ひとりいない。マーティンは店先を眺めた。一軒目には手書きの看板が、ガラス戸の内側にテープで貼ってある。〈マチルダのチャリティショップ&骨董品店。中古衣料、装身具、珍品　営業時間：火曜、木曜　午前のみ〉。きょうは月曜日の昼時なので、扉には鍵がかかっている。マーティンはショーウインドウを覗いてみた。古い仕立屋のマネキンに、黒いビーズのカクテルドレスを着せている。木製のハンガーにかかったツイードのジャケットは、肘に革の継ぎを当て、裾が少しすり切れていた。椅子の背もたれには、派手なオレンジのつなぎの作業着がかけられている。ステンレスのゴミ箱には不用品のこうもり傘が何本も刺さり、埃にまみれていた。壁のポスターではワンピースの水着を着た女性がビーチタオルの上で陽差しを楽しみ、彼女の背後では砂浜に波が打ち寄せている。ポスターには『雄大な海と浜辺へ』とあるが、窓の向かいに貼ってからの長い歳月で、ここリベリナ地方（ニューサウスウェールズ州南部のラクラン川からマレー川に至る平野部）の太陽は水着の赤と砂の金を漂白し、ポスターは全体に薄青く色褪せていた。ウインドウの下には靴が並んでいる――ボウリングシューズ、ゴルフシューズ、履き古した乗馬用ブーツと、磨きこまれた茶色のウイングチップの革靴。そのまわりには紙吹雪のように点々と、蠅の死体が散らばっていた。死んだ男たちが履いていた靴だろう、とマーティンは思った。

　隣の店はがらんとしており、黄色と黒の〈空き物件〉の看板が窓に掲げられているが、窓から剝がされた以前の店名がまだ読み取れた――〈ヘア・トゥデイ〉。マーティンは携帯電話を取り出し、写真を撮った。記事を書くときに自分で見て思い出すためだ。その隣の店にはシャッターが下りている。正面の羽目板に二枚の小さな窓がついているが、どちらも板でふさがれていた。扉は錆びた鎖と真鍮の南京錠で閉ざされている。未来永劫、このままのように見えた。マーティンは鎖を巻いた扉を撮影した。

　通りの向こう側に戻ろうと車道に出たマーティンはふたたび靴底に熱気を覚え、そこここで点々と溶け出しているタールをよけて通った。歩道の日陰に入ってほっとしていると、驚いたことに目の前は書店だった。マーティンの車を駐めた場所のすぐそばだ。〈オアシス・ブックカフェ〉という看板が日よけの下にかかっている。その店名は、年月でたわんだ長方形の板に刻まれていた。まさかこんなところにブックカフェがあるとは。マーティンは本を持ってきておらず、いまのいままでそのことさえ頭をよぎりもしなかった。彼の新聞社で編集委員をしているマックス・フラーが夜明けに電話を鳴らし、寝ぼけ頭のマーティンに企画の取材を命じたのだ。マーティンは慌てて荷造りし、一分を争って空港へ急ぎながら、メールで送られた関連記事をダウンロードし、滑走路で待つ飛行機にぎりぎり間に合った。しかし、本を読めるのはありがたい。これから数日をこの残骸のような町で過ごさなければならないなら、小説はいくらか気紛《まぎ》れになるだろう。マーティンはここも鍵がかかっているだろうと思いながら、扉を試してみた。なんと、〈オアシス〉は営業中だった。少なくとも扉はひらいた。

薄暗く人けがない店内は、屋外より十度は涼しい。マーティンはサングラスを外し、まぶしい陽光を浴びつづけたあとの暗がりに目を慣らした。正面の板ガラスの窓にはカーテンが引いてあり、その前には日本風の衝立《ついたて》があって、厳しい陽差しをさえぎっている。天井のファンがゆっくりまわっていた。ほかに動くものといえば、カウンターに置かれた小さな循環式の水盤の上で、階段状の石板を流れ落ちる水だけだ。カウンターは扉のすぐ隣の窓の前にあり、広々とした店内の空間に面している。その空間にはソファがふた組、すり切れた敷物の上でくたびれた肘掛け椅子のほか、本が散乱したテーブルがいくつかあった。店の奥に向かう中央の通路とその両側に、肩の高さの本棚が三、四列並んでいる。壁際の本棚はもっと高い。通路が突き当たる店の奥には木製のスイングドアがあった。レストランで厨房と客を仕切るようなドアだ。本棚は信徒席、カウンターは祭壇のようで、その造りは礼拝堂を思わせる。

マーティンはテーブルを通りすぎ、奥の壁に向かった。〈文学〉と書かれた小さな札がある。大した本はなさそうだと思い、苦笑いしかけたが、上段に並ぶ本を見ていくにつれて笑みは薄れた。きちょうめんに配列された背表紙は、マーティンが二十年前に大学で読み、学んだ本とまったく同じものだったのだ。書名ばかりか、古びたペーパーバックの書籍もまた、彼が学生時代に使っていたものを彷彿《ほうふつ》させた。『白鯨』『モヒカン族の最後』『緋文字』のほか、その右には『グレート・ギャツビー』『キャッチ＝22』『ハーツォグ』などの名作がある。さらにオーストラリア文学の『リチャード・マホニーの幸運』『ただ愛のためだけに』『クーナードー』と続き、二十世紀に書かれた『フリー・フォール』『審判』『おとなしいアメリカ人』に至る。戯曲も何冊かあった。『管理人』『犀《さい》』『危険な礼拝堂』などだ。ペンギンブックス版の『眺めのいい部屋』を手に取ってみると、背表紙を貼り合わせた粘着テープが黄ばんでいた。忘れていた同級生の名前でも見つかるだろうかと期待して本をひらいてみると、そこにはキャサリン・ブロンドという名前が記されていた。本がばらばらにならないよう、そっと本棚に戻す。死んだ女性の蔵書だろうか、と思った。マーティンは携帯電話を取り出し、撮影した。

　隣の本棚にはもっと新しい本が並び、ほとんど手を触れられていないと思われるものもあった。ジェイムズ・ジョイス、サルマン・ラシュディ、ティム・ウィントン。その配列にはいかなる共通点も見出せなかった。一冊を手に取り、別の一冊もひらいてみたが、名前は記されていない。二冊を選び、居心地よさそうな肘掛け椅子に座ろうとしたとき、マーティンは思わずぎくりとして飛び上がった。不意に中央の通路から、若い女が現われたのだ。

「面白そうな本は見つかった？」彼女は笑みを浮かべ、嗄《しゃが》れ声で言った。本棚に無造作に寄りかかる。

「だといいんだけどね」マーティンは答えた。しかし意に反し、気楽な口調にはならなかった。彼はどぎまぎしていた。思いがけなく現われた若い女の美しさに。ブロンドの髪は乱れたボブで、毛先が黒い眉にかかっている。頬骨は白く滑らかで、目は緑に輝いている。軽快なサマードレス姿に素足だ。マーティンがリバーセンドで組み立てようとしている物語に、彼女は不似合いだった。

「キャサリン・ブロンドって、誰なんだい?」

「母よ」

「じゃあお母さんに、蔵書が気に入りましたと伝えてほしい」

「伝えられないの。もう亡くなったわ」

「そうだったのか。気の毒に」

「いいのよ。あなたが本を気に入ってくれたのなら、きっと母もあなたを気に入ったでしょう。ここは母の店だったの」

二人はしばし、立ったまま見つめ合った。悪びれないまっすぐな彼女の視線を浴び、マーティンが最初に目を逸らした。

「座って」彼女は言った。「少し休んでいって。長旅だったんでしょう」

「どうしてわかるんだ?」

「ここはリバーセンドよ」彼女は悲しげに笑みを浮かべた。マーティンの目にえくぼが見えた。モデルにもなれそうな容貌だ。映画スターにも。「どうぞ、座ってちょうだい」彼女は椅子を勧めた。「コーヒーはいかが? ここはカフェで、本も置いているの。そのお金で生活しているのよ」

「ぜひ、いただこう。ロングブラック（エスプレッソを湯で割ったもの）があれば、ありがたい。それから、水もお願いしたい」マーティンは不意にタバコを吸いたくなった。大学以来、吸っていないのだが。なぜいま、タバコが吸いたいのだろう?

「いいわよ。すぐに戻るわ」

彼女は踵《きびす》を返し、音もなく通路に戻った。マーティンは彼女から目が離せず、本棚の上を漂いながら遠ざかっていくうなじに見とれた。初めて彼女を見てから、ずっと同じ場所に立ったまま釘づけだ。店の奥のスイングドアを通り抜けて姿を消しても、彼女の存在感は残っていた――チェロのような声の響き、優美で自信に満ちたたたずまい、緑の瞳。

　スイングドアが止まった。マーティンは手に持った本を見下ろした。ため息をつき、うっとりしている自分を嘲笑って椅子に座り、本ではなく、四十歳になった自らの手の甲を見る。父は熟練工の手をしていた。マーティンが子どもだったころ、その手は力強く、頼もしく、何をすべきかわかっているように見えた。彼はずっと、いつの日か同じような手の持ち主になりたいと願ってきた。けれどもマーティンにとって、自分の手はいまだに未熟に見えた。ホワイトカラーの手であり、労働者の手ではない。どこか本物ではないように思えた。マーティンは腰を下ろし――座面の布が破れた肘掛け椅子は軋み、片方に傾いた――漫然と一冊の本をぱらぱらめくった。今度彼女が視野に入ってきたときには、驚かなかった。マーティンは顔を上げた。いつの間にか時間が経っていた。

「どうぞ」彼女はかすかに眉を上げた。大きな白いマグを、マーティンのかたわらのテーブルに置く。彼女が身体をかがめると、コーヒーとともにいい香りが漂ってきた。ばかたれ。彼は自分を罵《ののし》った。

「お邪魔でないといいんだけど」彼女は言った。「わたしの分も淹《い》れてきたの。お客さんはそんなに来ないから」

「もちろん、歓迎だ」マーティンは勢いこんで言った。

「どうぞ座って」

　マーティンは心のどこかで、たわいのない話をし、彼女を笑わせ、楽しませたいと思った。若い女性を魅了する方法は忘れていないはずだ。かつての端麗な容姿は、ことごとく消え失せたわけではない。だがマーティンは自分の手をいま一度見下ろし、そうしないことに決めた。「きみはここで何をしているの？」口を衝いて出たぶしつけな問いは、彼自身をも驚かせた。

「どういうこと？」

「リバーセンドで、きみは何をしているんだ？」

「ここで暮らしているのよ」

「わかっている。でもどうして？」

彼女は笑みをかき消し、まじめな表情で相手を見つめた。「わたしがここで暮らしてはいけない理由でもあるの？」

「ここには」マーティンは両手を上げ、周囲の店内を示した。「本と文化と文学がある。きみの学生時代の本が、お母さんの本棚の下段にあった。そして、きみもここに収まっている。この町は朽ち果てる寸前だ。きみはここには似合わない」

彼女は笑みを浮かべず、眉も上げない。ただマーティンをじっと見つめ、どんな人間なのか考え、沈黙を漂わせてから、初めて口をひらいた。「あなた、マーティン・スカーズデンでしょう？」目の前の相手をじっと見据える。

マーティンは見つめ返した。「いかにも、そのとおりだ」

「ニュースを思い出したわ」彼女は言った。「あなたが生きて帰ってこられてよかった。さぞ恐ろしかったでしょうね」

「ああ、怖かった」

そのまま数分が経った。マーティンはコーヒーをすすった。なかなか悪くない。シドニーでこれよりまずいのを飲んだことがある。またもや、不思議にタバコがほしくなった。沈黙は最初気まずかったが、しだいにそうではなくなった。さらに数分が過ぎた。マーティンはここ〈オアシス〉で、この美しく若い女性と沈黙を分かち合うのが心地よくなってきた。

彼女が先に口をひらいた。「わたしが一年半前にここに戻ってきたのは、母の死期が迫っていたからよ。母の介護をするために帰ってきたの。でもいまは……いまわたしがこの書店、母の書店を離れたら、ここは潰れてしまうわ。じきにそうなるかもしれないけど、まだそこまでは至っていないから」

「すまなかった。ぶしつけなことを言うつもりはなかったんだ」

　彼女はコーヒーを手に取り、両手でマグを包んだ。気分を害してはおらず、相手を信頼して憩いのひとときを共有しているという意思表示に見え、この暑さにもかかわらず、状況にふさわしい動作に思えた。「それでマーティン・スカーズデン、あなたはここリバーセンドで何をしているの？」

「記事の取材だ。編集委員に送り出された。都会を離れて田舎の空気を吸えば、わたしの健康にいいと思ったんだろう。『気分転換してこい』と言われたよ」

「なんの取材？　旱魃《かんばつ》の？」

「いや、そうではない」

「まさか、あの乱射事件？　いまさら？　もう一年近く経っているじゃない」

「ああ。そこが狙い目なんだ――〈あれから一年、リバーセンドは事件とどう向き合っているのか？〉なんて見出しでね。プロフィール紹介のような記事にしたい。ただし町そのものの紹介だ、住民ではなく。ちょうど一年経った日に掲載する予定さ」

「あなたのアイディア？」

「編集委員のだ」

「ふうん、うまいこと考えるのね。で、あなたはその人に送りこまれたわけ？　トラウマに苦しむ町のことを書きに？」

「そのとおりだ」

「なんてこと」

　二人のあいだに、ふたたび沈黙が垂れこめた。若い女は片手に顎を乗せ、テーブルの本を見るともなしに眺めている。一方、マーティンはそんな彼女をじっと見ていた。美しさに見とれる段階はもう過ぎ、なぜこの女性がリバーセンドにとどまる決心をしたのか考えているのだ。よく見ると、目のまわりに小皺がある。第一印象より年上かもしれない。二十代半ばぐらいか。少なくとも、マーティンより若いのはまちがいない。二人はさらに何分か、そのままじっと座っていた。書店を背景にした人物画のように。やがて彼女が目を上げ、マーティンと目を合わせた。ややあって、二人のあいだになんらかの絆ができた。彼女はささやくような声で言った。

「マーティン、もっとましなテーマがあるはずよ。悲しみに暮れる町の痛みにのたうちまわるよりも」

「どんなテーマかな？」

「彼はなぜあんなことをしたのか」

「それはもうわかっているはずだが？」

「児童虐待？　死んだ聖職者を非難するには、恰好の口実よね。でもわたしには信じられない。聖職者の誰もが小児性愛者というわけじゃないのよ」

マーティンに彼女の強いまなざしが突き刺さる。彼はなんと言っていいのかわからず、目を逸らしてコーヒーを見た。

若い女はなおも言った。「ダーシー・デフォーのことだけど。あの記者はあなたの友だち？」

「そこまで親しくはない。けれども、彼は優秀なジャーナリストだ。あの記事だってウォークリー賞（オーストラリアで優れたジャーナリズムに贈られる）を受賞した。それだけの価値がある記事だった」

「あの記事はでたらめだわ」

マーティンはためらった。この話はいったいどこへ向かうのだろう。「きみの名前は？」

「マンダレー・ブロンド。みんなからはマンディと呼ばれているわ」

「マンダレー？　すごい名前だね。まるで曼荼羅《まんだら》のようだ」

「母がね、その響きを気に入ったの。世界中を自由に旅したいと思っていたのよ」

「実際にそうだったのかい？」

「いいえ。オーストラリアを出たことは一度もなかった」

「そうか。いいかい、マンディ。バイロン・スウィフトは五人を射殺した。わたしが訊きたいよ――なぜ彼はあんなことをしたのか？」

「わたしだってわからないわよ。でもあなたが突き止められたら、すごい記事になると思わない？」

「そう思う。でもきみに彼の動機がわからないのなら、いったい誰が教えてくれるんだ？」

　彼女はその質問に直接には答えなかった。マーティンは困惑しはじめていた。このブックカフェを見つけたときには、ほっとひと息つけると思っていたが、いまはかえって後ろめたさのようなものを感じている。マーティンはどう反応すべきかわからなかった。謝罪すべきなのか、軽口をたたいて雰囲気を変えたほうがいいのか、それともコーヒーの礼を言ってさっさと店を出るべきか。

　しかしマンダレー・ブロンドは彼を責めているのではなかった。マーティンに向かって身を乗り出し、低い声で言う。「マーティン、ひとつ教えたいことがあるの。でも記事にはしないでね。それに一度しか言わないから、よく聞いて。あなたとわたしだけの話。それを守ってくれる？」

「そんなにデリケートな話なのかい？」

「だってそうでしょう。わたしはこの町で暮らしていかないといけないのよ。だから、バイロンについては好きなように書けばいいわ――彼にはもう配慮する必要がないから。でも、お願いだからわたしの名前は出さないで。いい？」

「わかった。どんなことだ？」

彼女は椅子にもたれ、切り出す言葉を探した。マーティンはいまさらながら、この店の静けさに気づいた。外界の音だけでなく、熱や光もさえぎられている。ゆっくり回転するファンの音、電気モーターのうなり、カウンターで流れ落ちる水の音、マンダレー・ブロンドのゆっくりした息遣い。マンディは彼の目を見つめ、勇気を奮い起こすように息を吸った。

「彼にはどこか、神聖なところがあったわ。聖人か何かのような」

「五人も射殺した人間なんだぞ」

「わかっている。あのとき、わたしはここにいた。それは恐ろしかったわ。被害者の何人かは知っている。その奥さんも。フラン・ランダーズはわたしの友人よ。だから、自分でも不思議なの――なぜわたしは、あの人を憎む気持ちになれないのか？　どうしてわたしには、あの日起きた出来事が、起こるべくして起こったことのように思えるんでしょう？　どうしてなの？」

彼女は懇願するような目と、激しい口調で訴えた。

「どうして？」

「わかった、マンディ。話してくれ。聞こう」

「ひと言も書かないでね。わたしのことは何ひとつ。わかった？」

「わかった。それで？」

「あの人はわたしの命を救ってくれたの。わたしの命の恩人よ。彼は善人だったわ」池の水面《みなも》に風が吹くように、苦悩の渦がその顔をよぎる。

「続けてくれ」

「母は瀕死の状態で、わたしは妊娠していた。そういうことをしたのは初めてじゃなかったわ。メルボルンのろくでもない男と、ひと晩寝たの。あのとき、わたしは自殺を考えていたわ。なんの未来も見えず、生きるに値する将来を思い描けなかった。このしけた町で、しけた人生を送るのか、と。そして、彼にもそのことはわかったみたい。ブックカフェに入ってきて、いつものように軽口をたたいてふざけ合っていたとき、不意に黙りこんだの。ちょうどこんなふうに。わたしの目を見つめただけで、あの人にはわかったんだわ。そしてわたしのことを気遣ってくれた。わたしと一週間も、一カ月も話をしてくれた。向こう見ずな行為に走るのを思いとどまるすべと、物事の価値を教えてくれた。彼は人を気遣い、寄り添い、痛みをわかってくれた。彼のような人たちは、児童を性的虐待なんかしないわ。できるはずがない」その声には力がこもり、言葉は確信に満ちていた。

「あなたは神を信じている？」

「信じていない」マーティンは言った。

「そうね。わたしも信じていないわ。じゃあ、運命は？」

「信じていない」

「わたしにはそう断言できないの。じゃあ、業《カルマ》は？」

「マンディ、そんなことを訊いて何になるんだ？」

「彼はよくこの店に来て、本を買い、コーヒーを飲んでいったわ。最初は、牧師さんだとは知らなかったの。気遣いができて、魅力があって、ほかの人とはちがっていた。わたし、あの人が好きだったわ。母も本当に気に入っていた。あの人とは、本や歴史や哲学の話もできた。彼がここに立ち寄ってくれたときには、そういう話をするのが大好きだったわ。だから牧師さんだと知ったときには、がっかりしたの。きっとあの人に恋していたのね」

「彼もきみが好きだったのか？」好きにならない男がいるだろうか、とマーティンは彼女を見つめながら思った。

マンディは笑みを浮かべた。「もちろん、そんなはずはないわ。わたし、妊娠していたのよ」

「けれども、きみは彼に好意を持っていたんだね？」

「彼は誰からも好かれていたわ。あれだけ機知に富んで、人を惹きつける魅力があったんですもの。母は死にそうで、この町も寂《さび》れる一方だったときに、あの人が現われた。若くて活力にあふれ、不屈の精神を持ち、自信に満ちていて頼りがいがあった。やがてあの人は、それ以上の存在になったわ――友人としてなんでも打ち明けられ、わたしの救い主になってくれた。彼はわたしの話に耳を傾け、わたしを理解し、わたしが経験してきた苦しみをわかってくれたの。裁くようなことはいっさい言わず、説教じみたことも言わなかったわ。この町にいるときにはいつもここに立ち寄り、わたしたちがどうしているか気にかけてくれた。母が最期の日々を過ごしたベリントンの病院にも見舞いに来て、母を慰め、わたしを力づけてくれた。あの人は善人だったわ。そしてあの人も、旅立っていった」

　さらなる沈黙が降りた。今度はマーティンが最初に口をひらいた。「赤ちゃんは産んだのかな？」

「ええ、もちろんよ。リアムというの。奥で寝ているわ。起きたときにまだあなたがいたら、紹介してあげる」

「ぜひ、紹介してくれ」

「ありがとう」

　マーティンは慎重に言葉を選んだ。少なくともそうしようと努めたが、適切な言葉などあるはずもなかった。「マンディ、バイロン・スウィフトがきみに親切だったのはわかる。彼の何もかもが悪かったわけではなく、誠実だったところもあるだろう。しかし、だからといって、彼の犯した罪が取り消されるわけではないし、児童への性的虐待が根も葉もない中傷だということにもならない。すまないが」

　マーティンの言葉を聞いても、彼女は考えを変えなかった。いや、むしろ決意を固めたように見える。

「マーティン、わたしが言いたいのは、彼はわたしの魂を見たということ。わたしも彼の魂を垣間見たわ。あの人は善人だった。わたしが苦しんでいるのを知り、手を差し伸べてくれた」

「だとしても、きみは彼がやったこととどう折り合えるんだ？　大量殺人を犯したんだぞ」

「ええ、わかってる。わかってるわ。折り合いなんかつけられるはずがない。彼がしたことはわかっている。それは否定しないわ。そのせいで、あれからずっとわたしは打ちのめされているの。わたしが出会ったなかで、母を別にすればただ一人の心ある人間が、あんな恐ろしい事件を引き起こしたんだから。でも、実はね、わたしには、彼があの人たちを撃ったことは事実として信じられるの。彼がそういう行為をしたことは。真実味があるというか、おかしな言いかただけど、そうなるべくしてなったという気さえする。その理由はわからないけど。ただ、あの人が小児性愛者だったというのは、どうしても信じられないの。わたしも子どものころ、いじめを受けたことがあるし、十代のころは中傷されたり、身体をまさぐられたりしたし、大人になってからものけ者にされ、非難されて遠ざけられたわ。恋人を虐待するような男だって、掃いて捨てるほどいた——というより、わたしがつきあった男はそんなのばっかりだった。自分に酔っていて、自分たちのことしか考えられないろくでなしどもよ。リアムの父親は、そういう手合いの人間だわ。あいつらの精神構造はよくわかっているつもり。いやというほど見てきたから。でも彼は、そういう精神構造の持ち主ではなかった。いえ、その正反対だったわ。あの人には思いやりがあった。だからわたしは、混乱しているの。だからわたしには、彼が児童を性的に虐待したという話が信じられないのよ。思いやりのある人だったから」

　マーティンにはかけるべき言葉が見つからなかった。彼女の顔には熱情があり、その声は真剣そのものだった。とはいえ、思いやりがある大量殺人者というのも、にわかには信じがたかった。それで彼は何も言わず、マンダレー・ブロンドの苦悩する緑の瞳をただ見つめ返すばかりだった。

第二章　負け犬《ブラックドッグ》

気がつくと、マーティンは通りに戻っていた。まるで白昼夢から目覚めたような心持ちだ。結局、本は買わなかった。ホテルの方向も尋ねなかった。それで携帯電話を取り出し、グーグル・マップをひらこうとしたが、電波は通じなかった。くそったれ、携帯が使えないのか。そんな事態は想定していなかった。マーティンはまるで外国に来たような気分で、目の前の町を眺めた。

　早朝に出発し、ひどい暑さのなか長距離を運転してきたので、疲労で頭がぼんやりしていた。それでなくても日中はますます暑くなり、店の日よけを強烈な陽差しが照りつけている。動くものは何もなく、路上を立ちのぼる陽炎《かげろう》が揺らめくばかりだ。気温は四十度以上あるにちがいなく、風はない。マーティンは炎天下を歩いた。車のルーフに触れると、フライパンのように熱い。静けさのなかで何か動くものがある。視界の片隅にそれがよぎったが、振り向いても何も見えない。いや――道のまんなかにトカゲがいた。マーティンは近づいてみた。太く短いしっぽは、死んだようにぴたりと止まっている。舗装のひび割れから滲み出したタールが、トカゲにくっついたのだろうか。しかしそう思った瞬間、トカゲはそそくさと逃げ出し、暑さに急き立てられるように、駐まった車の下にもぐりこんだ。ほかにも音が聞こえた。ゴホゴホと咳きこむ声だ。マーティンが振り向くと、その男は足を引きずりながら、向かいの歩道の日よけの下を歩いていた。さっき見かけた灰色のコートを着た男だ。茶色の紙袋に入った瓶をまだ握っている。マーティンは車道を横切り、男に挨拶した。

「こんにちは《グッド・モーニング》」

男は猫背で、耳がよく聞こえないようだ。男はマーティンに気づかないまま、足を引きずって歩きつづけている。

「グッド・モーニング」マーティンはもっと大きな声で言った。

男がようやく立ち止まり、遠雷でも聞いたかのように、目を上げて周囲を見まわした。そしてマーティンの顔を認めた。「なんだって？」男は白いものが交じった灰色の顎鬚《あごひげ》を生やし、目はよどんでいた。

「グッド・モーニング」マーティンがそう言うのは三度目だ。

「いい日ではないし、朝でもない。何か用かね？」

「ホテルの場所はわかるかい？」

「ホテルはない」

「いや、あるはずだ」マーティンは知っていた。機中、ラップトップで読んだ記事にあったのだ。賞を取ったデフォーの記事にも、町の中心はホテルの一階にあるパブだと書かれていた。「〈コマーシャル・ホテル〉が」

「廃業したよ。半年前に。なくなってせいせいした。ほら、あそこだ」男が腕を上げた。マーティンは車で走ってきた通りを振り向いた。どうして気づかなかったんだ？　パブだった建物は交差点にあり、目抜き通りで唯一の二階建てで、看板はそのままだ。二階を取り巻くベランダが客を招いているようで、廃業したというよりはその日だけ休業しているように見えた。男は袋を持ち上げ、瓶の蓋を開けてぐびぐび飲んだ。

「あんたもひと口どうだね？」

「いまは結構。それなら、この町でどこか泊まる場所はあるだろうか？」

「モーテルに行ってみな。だが急いだほうがいい。この不景気のご時世では、いつ廃業するかわからん」

「道順は？」

男はマーティンを眺めた。「あんた、どこから来なすった？ ベリントンか？ デニか？」

「いや、ヘイからだ」

「ひどい道だっただろう。だったら、ここの通りをまっすぐ行くんだ。あんたが来た道を、そのまままっすぐ。突き当たりで、〈止まれ〉の標識を右に曲がれ。ベリントン方面だ。デニリクイン方面に行くんじゃないぞ。モーテルは右側にある。町の端っこだ。二百メートルぐらいだろう」

「どうも、感謝するよ」

「感謝するよ、だと？ あんた、ヤンキーかね？ まるであいつらのような言葉遣いだ」

「いや、ただありがとうと言いたかっただけだ」

「わかった。さっさと行け」

みすぼらしい男は足を引きずって歩いて行った。マーティンは携帯電話を取り出し、遠ざかる男の背中を撮った。


車に乗りこむのは簡単ではなかった。マーティンは火傷しそうなドアハンドルを摑んで開けられるよう舌で指を濡らし、傾斜でドアが閉まらないよう脚を挟めた。車内はオーブンのようで、タンドリーチキンができそうだ。エンジンをかけ、エアコンをつけたが、車のまわりの熱風しか送られてこない。そのうえ悪臭が漂ってきた。焼けつく熱さのシートの繊維に、前にレンタカーを使った客の嘔吐の臭いが残っていたのだ。シートベルトのバックルは直射日光を受け、熱くて手を触れられなかった。マーティンはベルトを締めなかった。ステアリングを握れるよう、さっきまでは濡れていたタオルをかぶせる。「くそ暑いぜ」思わず悪態をついた。

マーティンはモーテルまでの数百メートルを走り、車を入口近くのカーポートの屋根の下に入れた。降りたとたん、笑いがこみ上げ、少し元気が出た。携帯電話を取り出し、写真を二枚撮る。剝がれかかった看板に〈ブラックドッグ・モーテル〉と書かれていたのだ。なるほど、負け犬のたまり場というわけか。『空き室あり』の札もかかっている。何より傑作なのが、『ペットお断わり』の看板だ。マーティンは声をあげて笑った。なかなか皮肉が効いている。どうしてデフォーはこれを見逃したのだろう？　あの伊達男はパブから一歩も出なかったのかもしれない。

　フロントに足を踏み入れても、暑さからは解放されなかった。建物のどこか奥からテレビの音声が聞こえてくる。カウンターにブザーがあり、押せば受付係に聞こえるらしい。マーティンがブザーを押すと、テレビがあるあたりでくぐもった音が鳴った。待っているあいだ、レンガの壁に吊るされた針金細工の棚のパンフレットを手に取った。ピザ屋、マレー川クルーズ、ワイナリー、柑橘《かんきつ》の果樹園、グライダー、ゴーカート、ほかのモーテルや朝食つき宿泊所。ウォータースライダーつきのプール。こうした施設はどれもみな、四十マイル離れたマレー川沿いのベリントンにある。カウンターには赤インクで印刷された、テイクアウトのメニューが何枚かあった。〈サイゴン・アジアン——ベトナム料理、タイ料理、中国料理、インド料理、オーストラリア料理〉〈リバーセンド社交クラブ〉。マーティンは一枚を折りたたみ、ポケットに入れた。少なくとも、飢える心配はなさそうだ。

　五十代とおぼしき赤ら顔の女が鏡のついたスイングドアから現われ、ほのかなクーラーの冷気と洗浄剤の匂いを運んできた。肩まで伸びた髪はツートンカラーだ。大半はブロンドだが、頭皮近くの髪は茶色と灰色を織りこんだドアマットのようだ。「お客さん、いらっしゃい。部屋をお探し？」

「ああ、頼む」

「ご休憩、それとも一泊で？」

「いや、三、四日泊まることになりそうだ」

　女はマーティンをまじまじと見た。「いいでしょう。

ちょっと予約を確認させてください」

　女は座り、年代物のコンピュータの電源を入れた。マーティンは扉の外を見た。カーポートには彼のレンタカーしかない。

「お客さん、運がいいですね。四泊でいいですか？」

「もちろん」

「空いてますよ。できれば、宿泊料は前払いでお願いします。延泊する場合には、一日ずついただきます」

　マーティンはフェアファックスのクレジットカードを手渡した。女はカードを見、それからマーティンに目を移して、ここへ来た理由を推察しようとした。

「お客さん、《ジ・エイジ》の記者で？」

「《シドニー・モーニング・ヘラルド》だ」

「どっちでも構いませんけどね」女はつぶやき、ＥＦＴＰＯＳ《エフトポス》（オーストラリアのカード決済システム）の読み取り機にクレジットカードを通した。「手続きができました。お部屋は六号室です。鍵をお渡しします。部屋に入ったら冷蔵庫の電源を入れて、出るときには必ず明かりとエアコンを消してくださいね。このところ、電気代がひどく値上がりしているんで」

「ありがとう」マーティンは答えた。「Ｗｉ‐ｆｉは使えるかい？」

「いいえ」

「携帯電話も？」

「選挙前は使えたんですがね。いまは基地局が故障したままなんです。次回の選挙が近づいたら、修理してくれるかもしれませんが」女は口をゆがめて微笑んだ。

「お部屋に固定電話があります。このまえ確かめたときには使えました。ほかに何か？」

「うん。ここのモーテルの名前だけど。ちょっと変わってるね？」

「そんなことありませんよ。四十年間、この名前でやってます。負け組みたいな名前だからといって、どうして変える必要があるんです？」

マーティンの客室は味もそっけもなかった。デフォーの記事を読んで、彼はパブの二階に泊まるのを楽しみにしていたのだ――地元客とビールを飲み、店員から赤裸々な話を聞いて、カウンターには地元産のステーキと焼きすぎた野菜の料理が並び、階段を上がればベッドはすぐそこだ。きっと夜更けには、千鳥足で廊下を歩いて共同のトイレへ小便をしに行く客の足音が響きわたるだろうが、味のある古い建物ではさまざまな話が飛び交っているだろう、と。ところが来てみれば、この実用一点張りで味けない、犬小屋のようなモーテルしか泊まるところはなかった。明かりはむき出しの蛍光灯で、茶色のカバーがかかったベッドはたわみ、室内には空気清浄スプレーの人工的な臭いが立ちこめ、冷蔵庫は耳障りな音でうなり、エアコンはカタカタ鳴っている。電話とベッド際の時計は、どちらも数十年は経っているだろう。車で寝るよりは多少ましな程度だ。マーティンはニュース編集室に電話をかけ、モーテルの電話番号を教えて、携帯電話は使えないと断わっておいた。

　マーティンは服を脱ぎ、バスルームに入って、トイレの便器に溜まった蝿の死骸を水で押し流し、用を足して、ふたたび水を流した。洗面所の蛇口から水を出し、コップを満たす。水は塩素臭く、川の味がした。シャワーの栓をひねり、湯は出さないで、弱い水圧に顔をしかめ、それからシャワーの下に足を踏み出して、垂れてくる水を浴びる。冷たさを感じなくなるまで、そこに立っていた。両手をかざし、じっと見る。手は白くなり、水でふやけて、まるで水死体のようだ。いったいいつから、自分の両手はこれほどなじみのないものに見えはじめたのだろう。

　身体がひんやりし、室内も少しずつ涼しくなったところで身体を拭き、ベッドに這い上がって、シーツ以外はすべて剥がした。休息が必要だった。長い一日だった。早朝に出発し、この暑さのなか、飛行機と車を乗り継いできた。なかでも暑さがこたえた。彼は眠った。目が覚めると、室内は暗くなりかけていた。

服を着、まずい水をもう少し飲んで、腕時計を見る――七時二十分。

外に出ると、太陽はモーテルの陰になったものの、一月の真夏の空になおも居座り、地平線の上で大きなオレンジの球体となって浮かんでいた。マーティンは車を残し、歩いてみた。確かに〈ブラックドッグ・モーテル〉は町の端っこにあった。モーテルとがら空きになった馬の囲い地のあいだには、廃業したガソリンスタンドしかない。道路の向こうには線路際に小麦用のサイロが並び、夕陽を浴びて金色に輝いている。マーティンは写真を撮った。それから、ガソリンスタンドの廃墟の前を歩くと、町の入口を示す法定の標識があった。一枚には〈リバーセンド〉、もう一枚には〈人口八百人〉、さらに〈レベル5給水制限実施中〉とある。マーティンは幹線道路の低い法面《のりめん》を登った。高さ一メートル足らずだ。道路の左側にガソリンスタンドの廃墟を背景にした町の標識が見え、右側には小麦用のサイロが並び、夕陽でできたマーティンの影が道の向こうにある町の標識を覆っている。彼はその写真も撮った。人口が八百人だったのはどれぐらい昔のことだろう。いまはどれぐらい残っているのだろうか。

マーティンは町のほうへ歩いて引き返した。夕暮れだというのに、背中に当たる日光の力は強い。廃墟と人家が入り混じっている。廃墟の庭は草木が枯れてすさみ、まだ人が住んでいる家の庭は草木が青々としていた。通りすぎた緑の波形鉄板の車庫は、ボランティアの消防団の建物だ。その先にあるヘイ通りの交差点で立ち止まって、連なる日よけの陰になった数軒の商店を見た。もう一枚、写真を撮る。

幹線道路沿いに東へ歩きつづけ、廃業したスーパーマーケットを通りすぎた。〈閉店セール〉の張り紙がそのまま扉で日焼けし、色褪せている。シェルのガソリンスタンドでは、夜が近づいて店を閉める支度をしている店主が、親しげに手を振ってきた。公園の脇には、〈井戸水しか使っていません〉と記された看板とともに青々とした芝生があり、円形のあずまやとツーリング客用に設けられた公衆トイレが土手の下に見える。そして二車線のコンクリート橋が、川向こうへ伸びていた。マーティンはリバーセンドの地図を思い描いてみた。T字路が川の曲線にぴったり寄り添い、町の北と東は川堤の懐《ふところ》に抱かれている。マーティンはこうした町の地理が気に入った——よく考えられた、自己完結的な配置に思えたのだ。広大な平原にぽっかり浮かぶリバーセンドの町は、明確な意図に基づいてこの場所に築かれたのだろう。

　マーティンが橋のたもとから土手を駆け上がると、川沿いに小道が伸びていた。土手の上に立ち、額の汗を拭いながら幹線道路を振り返る。地平線は暑熱に立ちのぼる土埃と靄《もや》に霞《かす》んでいるが、岬から水平線を見わたしたときのようにかすかに湾曲しており、地球が丸いのが実感できた。橋を渡ってトラックが疾走し、マーティンをかすめて西へ向かう。いまにも沈まんとする夕陽は、巻き上がる土埃のかなたで怒ったようなオレンジに燃えていた。マーティンがじっとトラックを見送っていると、やがてそれは陽炎にゆがんで、霞《かすみ》の向こうへ消えた。

　マーティンは幹線道路を離れ、土手の上の小道を歩いた。ユーカリの木々の向こうに見え隠れする川床は、土がむき出してひび割れている。木々は一見すると生気を保っているようだが、よく見たら幹が枯れ、葉がまったく生えていないものもあった。バタンインコの群れが頭上を飛び去り、騒々しい鳴き声がほかの鳥たちや夜行性の動物たちを目覚めさせる。マーティンはさらに小道を歩き、湾曲した川床に出た。自然に盛り上がった川床の上には、黄色のレンガ造りの〈リバーセンド社交&ボウリングクラブ〉が建っている。金属製の平坦なテラスの上で板ガラスの窓に明かりが灯る光景は、干潟に停泊するクルーズ船を思わせた。

クラブに足を踏み入れると、空気はひんやりしていた。カウンターがあり、仮会員証の記入票と、来店者に氏名を記入するよう促す注意書きがあった。マーティンは指示に従って記帳し、ゲスト用の紙片を破り取った。店内は広く、長い窓から川の湾曲部が見えるが、明るい照明にかき消されて木々はほとんど見えない。並んでいる椅子とテーブルに、客の姿はなかった。人っ子ひとりいない。部屋の片隅の低い仕切り越しにポーカーゲーム機が並び、どぎつい光が明滅して目にちらつく。バーテンダーが長いカウンターの奥に座り、本を読んでいる。彼はマーティンが近づいてくるのを認め、目を上げた。

「こんばんは。ビールはいかがですか?」

「ありがとう。銘柄は?」

「このふたつです」

マーティンはカールトン・ドラウトを大ジョッキに一杯注文し、バーテンダーにも勧めた。

「いいえ、お気持ちだけで」バーテンダーは言った。マーティンのビールを樽から注ぎにかかる。「お客さん、ジャーナリストですか?」

「ご明察です」マーティンは答えた。「広まるのが早いですね」

「ご覧のとおりの田舎町ですから。そうでしょう?」バーテンダーは言った。六十代前半だろうか。顔は日焼けと酒焼けで赤く、白髪はきちんと櫛を当ててところどころにヘアオイルをつけている。両手は大きく、肝斑《かんぱん》が浮いていた。マーティンはその手に畏敬の念を覚えた。「乱射事件の記事でも書きに来たんですか?」

「ええ、そうです」

「目新しいことが見つかったらいいですね。わたしには、どれも三度は書かれたようなことばかりに思えますが」

「きっとそのとおりでしょうね」

バーテンダーはマーティンから金を受け取り、レジに収めた。

「ここでＷｉ-ｆｉは使えないでしょうね？」マーティンは訊いてみた。

「使えますよ。まあ、そういうことにはなってます」

「というのは？」

「二回に一回は繋がりません。繋がったとしても、ほんの少しずつです。干天《かんてん》に時たま降る雨みたいに。でもまあ、試してみることですね。店にはほかに誰もいませんから、混むことはないでしょう」

マーティンは苦笑した。「パスワードは？」

「『干上がった川床《Billabong》』です。初めて川が干上がってから、ずっと変わっていません」

マーティンは携帯電話からログインすることは成功したものの、メールは受信できなかった。画面上で接続中のマークがぐるぐるまわるだけで、いつまで経っても先に進まない。マーティンはあきらめ、電話をポケットに入れた。「なるほど、よくわかりました」

乱射事件のことを訊いてみるべきだとわかってはいた。町の人々の反応について。だがマーティンはどこか気が進まなかった。それで、住民たちはどこにいるのか訊いた。

「だって月曜日の夜ですよ。わざわざ月曜の夜に金を払って酒を飲みに来る人がいますか？」

「だったらなぜ店を開けているんです？」

「店を開けなかったら、廃業するしかないからです。それにこの町では、どの店も廃業してしまいましたから」

「まだ給料は出るんですか？」

「いいえ。ほとんどの日はボランティアでやってます。有志が集まって、交替で店を開けているんです」

「それは見上げたものだ。都会ではまず聞かない話ですね」

「そうしているので、うちはまだ開いていて、パブは潰れたんです。無報酬でパブで働こうという人はまずいませんよ」

「それでも、パブがなくなったのは残念ですね」

「同感です。パブの店主はなかなか立派な男でしたよ――よそから来たにしては。地元のラグビーチームに協賛金を出し、地元の特産品を買い上げて、店で料理して出していましたからね。それでも、店の採算はとれなかったみたいです。料理といえば、お客さんは夕食をお探しでは？」

「そうなんですよ。何かお薦めはありますか？」

「ここにはないんですよ。でも店の裏に、トミーという男がやっているテイクアウト専門の〈サイゴン・アジアン〉があります。シドニーやメルボルンの店と変わりませんよ。でも急いでください、ラストオーダーは八時です」

マーティンは腕時計を見た。八時まであと五分だ。

「ありがとう」彼は言い、ビールの残りを流しこんだ。

「ここで座って召し上がってくださいと言いたいところですが、わたしも店じまいの準備をしないといけません。今夜みたいな日に来るお客さんは、テイクアウトの出来上がりを待つあいだに一杯やる方だけです。でもうちは、日曜以外の夜は毎晩営業しています。それから、月曜以外のランチタイムも。お持ち帰り用の飲み物はいかがですか？」

マーティンはうら寂しい〈ブラックドッグ・モーテル〉の客室で、一人きりで酒を飲む自分の姿を想像した。「いや、やめておきます」そう言い、ビールを空ける。ボランティアのバーテンダーに礼を言い、手を差し出した。「マーティンです」

「エロールです。エロール・ライディングと言います」バーテンダーは年季の入った手でマーティンの手を握った。

　エロール、か。マーティンは思った。エロールという名前の持ち主は、みなこうした手をしているのだろうか。

　暗闇のなかでマーティンは身体を伸ばそうとしたが、できなかった。脚を伸ばせないのだ。恐怖の念がカーテンのように降りかかり、狭い空間に閉じこめられた息苦しさが募る。指が何に触れ、どんな抵抗に遭うかすでに知りながらも、こわごわ手を伸ばしてみた。そこにあるのは鋼鉄だ。無慈悲なまでに硬く、たわまない鋼鉄。恐れがじわじわと首を絞め、息を詰まらせる。息遣いを誰にも聞かれないよう、呼吸を止めた。何か物音が聞こえる。なんの音だろう？　足音か？　彼を解放しに来たのか、殺しに来たのか？　音が高まる。遠くで弾薬が炸裂し、どこかに命中して、かすかな震動が伝わってくる。マーティンはもはや、身体を伸ばしたいとは思わなかった。固く身体を丸めて胎児のような姿勢を取り、AK-47の耳障りな銃声を恐れて両耳に指を入れる。それでもまだ、重低音や甲高い騒音が聞こえてくる。彼は指を耳から出し、恐れと希望が入り混じった気持ちで聞いた。戦車か？　戦車が近づいてきたのか？　エンジンのうなりや車輪の金属音にマーティンは身体をこわばらせた。近づいてくる。イスラエル軍が侵攻してきたのか？　彼を助けに来たのか？　しかし彼らにマーティンの居場所がわかるだろうか？　戦車はただ彼にのしかかり、その存在に気づかぬままに、彼の牢獄ごと踏みつぶすのではないか？　大声を出すべきか？　出すべきではないのか？　いや、出すべきではない。どのみち兵士たちには聞こえないだろう。ほかの者たちには聞こえるかもしれないが。今度はほかの音がした。耳をつんざく音だ。近づいてくる。ただならぬ轟音だ。F-16戦闘機か？　ミサイルなのか、爆弾なのか。彼がここにいることを誰も知らず、彼がどうなっているかも知らない。轟音はいよいよ近づいてくる。こんなに低く接近してくるとは、連中はいったい何をしているんだ？

大きな金属音とともに、目が覚めた。空気を求めてあえぎ、毛布を強く引っ張る。通過するトラックのヘッドライトが〈ブラックドッグ・モーテル〉の薄っぺらいカーテンをまばゆく照らし、轟音をあげて東へ走り去ったのだ。「くそっ」マーティンは毒づいた。トラックのうなりが遠ざかり、戦車のエンジン音のようなエアコンの作動音だけが残った。「くそっ」マーティンはふたたび毒づき、毛布から抜け出して、むき出しの蛍光灯のスイッチをつけた。ベッド際の時計は午前三時四十五分を表示している。起きなおり、コップ一杯の塩素臭い水を飲み干したが、口はまだ渇き、テイクアウトの食事の塩気が残っていた。やはりビールか何かを部屋に持って帰るべきだったのかもしれない。旅行鞄に入れた睡眠薬が頭をよぎったが、薬に依存する生活に戻りたくはなかった。マーティンはそのままじっとして、夜明けまでの長い時間を待ちはじめた。

第三章　血の日曜日

マーティンは夜明け前に歩きだした。空気は涼しく、空はまだ薄暗く、通りには人けがない。マーティンは事件の中心地へ向かって進んだ――セント・ジェイムズ教会だ。マーティンが教会の前に立ったちょうどそのとき、地平線から日が昇り、川沿いのユーカリの枝のあいだから金色の光の矢を放った。その教会をじかに見たのは初めてだが、それでも建物はニュースや新聞記事で見慣れていた。赤レンガに波形鉄板の屋根は周囲の土地よりほんの少し高い場所に見え、六段の外階段が実用本位の長方形の建物へと伸びて、前廊のアーチ、傾斜した屋根、細長い窓、そして屋根の十字架が、ここが教会であることを示している。片側には簡素な鐘楼が立っていた。二本のコンクリートの柱に、鐘とロープをつけただけのものだ。白地に黒い文字で〈セント・ジェイムズ教会　礼拝時間：第一、第三日曜日　午前十一時〉と記した看板がある。厳かに建つ教会のほか、周囲には何もなかった。塀や墓地も、教会の建物を守るような茂みや木立もない。

　マーティンはひびが入ったコンクリートの道を歩き、外階段へ向かった。一年ほど前に起こった事件を示唆するものは何もない。銘板も、手作りの十字架も、しおれた花も。マーティンは不思議に思った。町が始まって以来、最も悲惨な出来事を伝えるものがなぜ何もないのか。犠牲者を追悼する碑銘はおろか、遺族を慰めるような記念碑も。まだ事件の傷痕が生々しく、そうしたものを設置するには早すぎるのかもしれない。あるいは町の住民が、物見高い野次馬や記念撮影目当ての人々にうんざりし、集団的記憶から乱射事件を消し去って、何事もなかったように振る舞いたいのかもしれない。

マーティンは近くから外階段を観察した。血痕の類いは見当たらない。強烈な日光がセメントを漂白し、事件現場を殺菌消毒したのだろうか。道の両側の芝生は、日照りと水不足で枯れてしまったようだ。マーティンは扉を開けようとしてみた。内部に入れれば、事件を知る関係者に会え、町の住人の反応がわかるかもしれないと思ったのだが、鍵がかかっていた。それで建物の周囲を歩きまわり、役に立ちそうな手がかりを探してみたが、何も見つからない。セント・ジェイムズ教会は外部からの詮索を受けつけず、ジャーナリストの勘ぐりにも動じないようだ。写真を何枚か撮ったものの、見るべきほどのものはないとわかっていた。

コーヒーを飲みたいという渇望が湧き上がってきた。ブックカフェは何時に開店するのだろうか。腕時計を見ると、午前六時半だ。まだ開いていないだろう。マーティンはサマセット通りを南下した。右にセント・ジェイムズ教会、左に小学校が見える。道は曲がっていた。木製のフェンスの向こうに、モーテルの裏側が見える。警察署を通りすぎ、目抜き通りのヘイ通りに出る。交差点の中心には、台座の上で頭《こうべ》を垂れた等身大の兵士の銅像が、第一次世界大戦時の軍服姿で立っていた。軍靴にゲートルを巻き、つばの広い帽子をかぶっている。兵士は銃を下に向け、休めの姿勢だ。マーティンが見上げると、銅像の目には生気がなかった。台座には国のために死んだ地元民の名前が、白い大理石の厚板に刻まれている——ボーア戦争、二度の世界大戦、朝鮮戦争、ベトナム戦争。マーティンはもう一度、銅像の兵士の顔を見つめた。この町では心に傷を負わせるような出来事も、トラウマを負った住人も、いまに始まったことではないのだ。それでもきっと、戦争のほうが大量殺人よりはまだ追悼しやすいだろう。戦争にはなんらかの意義があったかもしれないし、未亡人たちはそう言い聞かされたかもしれない。

小型トラックが幹線道路を走ってきて、運転手が親指を立てて万国共通の挨拶をしてきたので、マーティンは戸惑いながらも親指を立てて応えた。車は直進し、町を出る橋へ向かった。火曜日の朝だ。そういえばマチルダのチャリティショップの開店時間は、火曜日と木曜日の午前中だけだった。まだこの町に残っているほかの商店も同様であれば、店主たちは同じく週二日のかぎられた時間に営業日を集中させて乏しい稼ぎを得ようと努め、住人や農民たちはその時間に出かけて店を支えているのだろう。町ぐるみで旱魃と不景気に立ち向かっているのかもしれない。そうであれば、マーティンはその時間帯を最大限活用し、住人が町へ出てきたときに自己紹介して、彼らの見解や気持ちを探り出し、リバーセンドの人々がどんな暮らしをしているのか考えてみればいい。マーティンは銀行の前を通りすぎた。思ったとおりだ――〈営業時間　火曜と木曜の午前中〉。その斜め向かいにある衣料品店の〈ジェニングス〉も同じだが、ペンキを塗り替えたばかりの〈コマーシャル・ホテル〉は何曜日の何時だろうと閉まったままのようだ。ふたたび橋に近づくと、パブの隣には〈ランダーズ雑貨・食料品店〉がある。ここだけは年中無休だ。マーティンは思い出した――クレイグ・ランダーズは乱射事件で殺害された被害者の一人だ。だったら、いまは誰が店を切り盛りしているのだろう？　未亡人か？　確かマンダレーは、未亡人の名前がフランで彼女の友人だと言っていた。

　マーティンは一瞬、遠雷が聞こえたような気がした。空を見上げてみたが、雲はかけらもなく、まして入道雲は見当たらない。雷のような音はふたたび鳴り響き、耳にまとわりついて近づいてきた。四台のバイクが幹線道路からヘイ通りに現われた。二台ずつ並走し、乗っている男たちはにこりともしない。バイクは車体を震わせてエンジンを咆哮《ほうこう》させ、騒音は建物に反響してマーティンの胸にこだました。四人ともつや消しの黒のヘルメットをかぶり、サングラスをかけ、口髭と顎鬚を伸ばしている。革のジャケットは着ておらず、タンクトップの上に着た薄手のデニムに紋章がついていた——〈死神《リーパーズ》〉という名前の背景に、大鎌を手にした残忍な死神のシルエットを描いたものだ。筋肉で盛り上がった腕には刺青《いれずみ》が入り、仏頂面で自分たちを誇示している。男たちはマーティンに目もくれずに通りすぎた。マーティンは携帯電話で、橋へ向かうバイクを写真に撮った。一、二分で耳をつんざく騒音は遠ざかり、リバーセンドに死んだような静けさが戻った。

三十分後、別の車が現われた。赤いステーションワゴンが幹線道路からヘイ通りに曲がり、兵士の銅像を通りすぎて雑貨店の前に駐まる。マーティンが近づくと、女性が一人降り、トランクを開けて新聞の束を運び出した。年齢は彼と同年代に見え、黒いショートヘアにきれいな顔立ちをしている。

「お手伝いしましょうか？」マーティンは声をかけた。

「ぜひお願い」女は答えた。マーティンは車の後部に向かい、茶色の紙に包まれたパンが十切れほど載ったトレイを取り出した。パンはまだ温かく、いい匂いがする。マーティンは彼女のあとについて店に足を踏み入れ、カウンターにトレイを置いた。

「助かるわ」女は言った。ほかに何か言いかけたが、そこで口を閉じ、媚びるような笑みをかき消して顔をしかめる。「あんた、ジャーナリストでしょ？」

「ええ、そのとおりです」

「デフォーとかいうやつじゃないわね？」

「ちがいます。名前はマーティン・スカーズデンです。ランダーズ夫人ですか？　お名前はフランでは？」

「そうよ。でもね、あんたがたに言うことは何ひとつないから。あんたらのような手合いには」

「なるほど。何かあったんですか？」

「しらばっくれるんじゃないわよ。何か買いに来たんじゃないのなら、お願いだから帰ってちょうだい」

「わかりました。お気持ちは尊重します」マーティンは立ち去ろうとしたが、そこで思いとどまった。「ミネラルウォーターは売ってますか？」

「そこの奥にあるわ。一ダースなら安くなるわよ」

通路の奥に一リットル入りのノーブランドのミネラルウォーターがあり、六本ずつ結束バンドで留められていた。マーティンは片手に六本ずつ、十二本を持ち上げた。カウンターでパンをひと切れ選ぶ。

「すみませんでした」マーティンは新聞の束を解《ほど》く未亡人に言った。「本当にお邪魔するつもりは——」

「わかったわ。だったら邪魔しないで。あんたらのせいで、さんざんいやな思いをしてきたんだから」

つい言い返したくなったが、やめておいた。その代わりに、メルボルンの新聞二紙《ヘラルド・サン》と《ジ・エイジ》のほか、《ベリントン・ウィークリー・クライヤー》を手に取り、料金を払って店を出た。

《ヘラルド・サン》は〈労働党の欺瞞〉を非難し、《ジ・エイジ》は〈覚醒剤《アイス》の新たな蔓延〉を警告し、《クライヤー》は〈旱魃の深刻な被害〉を嘆いている。

外に出ると、マーティンは六本パックのボトルを開けて水を飲もうとしたが、結束バンドをいったん外してしまうと、ボトルを一度に持ち運ぶのはほぼ不可能になることに気づき、やむなく〈ブラックドッグ〉へ引き返すことにした。その途中で〈オアシス〉を覗いてみたが、ブックカフェは開いておらず、コーヒーマシンも動いていない。

九時十五分、吸い殻が散乱する〈ブラックドッグ〉の駐車場でパンとミネラルウォーターとインスタントコーヒーの食事をとったマーティンは、警察署にいた。民家を改築した建物で、専用に建てられたものではない。頑丈そうな小さな赤レンガの外壁が新しい灰色の鋼鉄製の屋根を支え、いくぶん大きすぎる青と白の看板が取りつけられている。場所はグロスター通りとサマセット通りが交差する角で、銀行の隣、小学校の向かいだ。巡査へのインタビューはあらかじめ約束を取りつけていた。前日の朝にウォガウォガ（ニューサウスウェールズ州の中都市）から携帯電話で取材を依頼したのだ。署に入ると、カウンターでロビー・ハウス＝ジョーンズ巡査が立ち働いていた。乱射事件があってから彼は英雄視されているが、マーティンの目には十代の若者に見え、にきびのある顔に不似合いな口髭を生やしている。

「ハウス＝ジョーンズ巡査ですか？」マーティンは呼びかけ、手を差し出した。「マーティン・スカーズデンです」

「マーティン、おはようございます」若い巡査は思いがけずバリトンのよく通る声で言った。「どうぞ、お入りください」

「ありがとうございます」

マーティンは華奢《きゃしゃ》な若者に続き、簡素な事務室に足を踏み入れた。ひとつきりの机のかたわらに、灰色のファイリングキャビネットが三台並び、一台にはダイヤル錠がついている。壁には詳細な町の地図が貼ってあった。窓の下枠に置いた鉢植えの植物は枯れている。ハウス＝ジョーンズ巡査は机の奥に座り、マーティンはその前に並べられた三脚の椅子のひとつに座った。

「本日は取材の依頼を受けていただき、心から感謝します」マーティンは月並みな世間話を省略することにした。「正確を期すため、よろしければインタビューを録音したいと思います。ですが録音を止めてほしくなったら、いつでもその旨おっしゃってください」

「わかりました」巡査は答えた。「ただ始める前に、もう一度取材の目的を説明してくれませんか？　きのうもご説明いただきましたが、あまりよく聞いていなかったので。率直に言うと、お電話を受けたときには儀礼的に応対していたんです。インタビューの許可が出るとは思っていなかったものですから」

「わかりました。何か風向きが変わったんですか？」

「ベリントンにいる上司の巡査長が、自分にインタビューを受けるよう熱心に勧めたんです」

「なるほど。それならわたしは、その方に感謝しなければいけませんね。記事の眼目《がんもく》は、乱射事件そのものではないのです。もちろん、そこがすべての始まりであることに変わりはありませんが。主な目的は、あれから一年後の町があの事件とどう向き合っているかを伝えることです」

若き巡査はマーティンの話を聞きながら窓に目を向けていたが、そこから目を離して返事をした。「わかりました。いいでしょう。では始めてください」目はマーティンに戻り、そこに皮肉の影はなかった。

「そうしましょう。ただいま申し上げたように、乱射事件はストーリーの中心ではありませんが、やはり出発点はその事件です。あなたがこのテーマでメディアの取材に応じるのは初めてかと思いますが？」

「大都市の新聞の取材に答えるのは初めてです。事件からまもなく、《クライヤー》に数行のコメントが載りましたが」

「わかりました。では始めましょう」マーティンは携帯電話のボイスレコーダーを作動させ、二人のあいだの机に置いた。「その日の朝に起きた出来事を、順を追って話していただけますか？　あなたがどこにいて、そのとき何が起きたか――そういうことを」

「いいでしょう、マーティン。ご存じかと思いますが、あれは日曜日の朝のことでした。わたしは非番でしたが、教会に行く前に片づけておきたい仕事が二、三あったので、署に寄ったのです」

「教会というのは、セント・ジェイムズですか？」

「そのとおりです。わたしはまさしくここで、自分の机の前に座っていました。きょうほど暑くはありませんでしたが、暖かい朝だったので、窓を開けていました。何もかも、いつもどおりの日でした。十時五十分ごろ、わたしは仕事を切り上げるところでした。教会に遅刻したくなかったのです。そのとき、銃声のような音が一発、それからもう一発響きましたが、異変が起きたとは思いませんでした。車が逆火《バックファイア》を起こしたか、子どもがクラッカーで遊んでいるのか、そんなところだろう、と。しかしそれから悲鳴が聞こえ、男の叫び声に続いて二発の銃声がしたので、異変に気づきました。わたしは制服を着ていませんでしたが、ロッカーから拳銃を取り出し、外に出ました。さらに二発、立てつづけに銃声がしました。続いて車のクラクションが鳴り、また悲鳴があがって、そのどれも教会の方向から聞こえました。誰かが小学校のグラウンドの角をまわり、こちらへ向かって走ってくるのが見えました。もう一発銃声が響き、その男は倒れました。実を言えば、そのときわたしにはどうすればいいのかわかりませんでした。現実なのに現実離れしたような、狂気のるつぼに投げこまれたような感覚でした。

　わたしは署に戻り、ベリントンのウォーカー巡査長の自宅に電話をかけて異変を告げたあと、防弾チョッキをつけてふたたび外に出ました。サマセット通りを走ると、死体が道端に横たわっていました。クレイグ・ランダーズです。息絶えていました。首を一発撃たれていました。あたりは血だらけです。本当に血の海でした。ほかには誰も見かけず、誰の声も聞こえませんでした。悲鳴はやんでいます。誰もが完全に沈黙していました。教会の横のサマセット通りに車が一台駐まり、教会の正面側、テムズ通りの木陰にも何台か駐車していました。車にどれぐらいの人々が乗っていたのかはわかりませんでした。教会とわたしのあいだに遮蔽物はありませんでした。犯人に狙い撃ちされたらひとたまりもありません。署に駆け戻り、車に乗ってこようかとも思いましたが、そのときもう一発の銃声が聞こえました。それで覚悟を決め、教会に向かう道を歩きはじめました。

　少し近づいたところで、わたしは遮蔽物を求めて建物の裏へ走り、横の壁づたいに少しずつ進みました。

教会の角まで来て、あたりを見まわしたら、死体がいくつもありました。芝生の上に三人、車のフロントガラス越しに一人が射殺されていました。全員死亡していることに疑問の余地はありませんでした。そして教会の外階段でライフルを持ち、銃床を地面につけて座っていたのは、スウィフト牧師でした。座っている彼は平静そのもので、まっすぐ前を見ていました。わたしは拳銃を彼に向けながら角を曲がりました。彼は振り向いてわたしのほうを見ましたが、それだけでした。わたしは彼に、ライフルを捨てて手を上げるよう告げました。それでも彼は動きません。わたしはさらに数歩進みました。相手がライフルを構えようとしたら、彼を撃とうと決めていました。そして彼に近づくほど、命中の確率は上がると考えました」

巡査はマーティンを見ながら、淡々とした声で話した。

「彼は何か言いましたか？」マーティンは訊いた。

「はい。彼はこう言いました。『おはよう、ロビー。いつ来るかと思っていたよ』と」

「彼はあなたを知っていたんですか？」

「ええ。わたしたちは友人でした」

「本当に？」

「はい」

「わかりました。それからどうなりましたか？」

「わたしは二歩、前に出ました。それからの出来事は……あっという間でした。一台の車がたまたまテムズ通り沿いに現われ、教会の前を通りすぎたのです。わたしは車に気を取られまいとしましたが、それでも注意が逸れ、彼はその隙にライフルを構えていました。彼は笑みを浮かべました。あの笑顔は記憶に焼きついています。落ち着いているように見えました。それから彼が発砲してきたので、わたしも撃ちました。わたしは目を閉じて二発撃ち、目を開けてもう二発撃ちました。彼は倒れ、血を流していました。そして手から銃を落としていました。わたしは彼に近づき、銃を蹴って遠ざけました。彼は階段の上でうずくまっていました。わたしの撃った弾が胸に二発当たっていたのです。わたしはどうしたらいいのかわかりませんでした。どのみち、できることはあまりありませんでした。わたしは彼の手を取り、最期を見守りました。彼はわたしに笑いかけていました」

狭い事務室に沈黙が垂れこめた。巡査は窓の外を眺め、険しい表情で、若々しい眉間にかすかに皺を寄せている。マーティンはあえて沈黙を破らなかった。相手がこれほど包み隠さず話してくれるとは、予想していなかった。

「ハウス＝ジョーンズ巡査、あなたはこれまで、こうした出来事をほかの誰かに話しましたか？」

「もちろんです。警察の査問で三回と、検死官事務所でも話しました」

「では、ほかのジャーナリストや公開の場では？」

「ありません。けれどもいずれ、検死審問ですべて明らかにされることです。あと一、二カ月後には。ウォーカー巡査長は、わたしが知っていることを、異論の余地なく事実に基づいているかぎり、あなたに話してよいと言ってくれました」

「ではあなたは、わたしの同僚のダーシー・デフォーには話していなかったのですね？」

「話していません」

「わかりました。乱射事件の日に戻りますが、そのあと何が起きましたか？」

「そのあと？　そのあとはしばらく、わたし一人きりでした。みんなはまだ隠れていたんだと思います。わたしは聖具室に入り、教会の電話を使ってベリントンに連絡しました。まず巡査長に報告し、次に病院にかけました。それから外に出て、遺体を確認しました。車や木陰に隠れていた人たちが、徐々に出てきていました。けれども、わたしたちにできることはありませんでした。被害者の男たちは全員、頭部を撃たれて死んでいました。ただしゲリー・トルリーニだけは、車内に座ったまま胸と頭を撃たれていました」

「どちらが致命傷だったんでしょうか？」

「最初に当たったほうです。どちらにせよ、まちがいなく即死だったでしょう」

「事実を記録するためにお訊きしますが、犠牲者は全員地元の住民ですか？」

「まぎれもなく地元の住民です。クレイグ・ランダーズはここリバーセンドで雑貨店を経営していました。アルフとトムのニューカーク兄弟は、町外れの隣り合った土地で農業を営んでいました。ゲリー・トルリーニは隣町のベリントンで果物屋を経営し、マレー川沿いを灌漑《かんがい》した果樹園を所有していました。ホレス・グロブナーもベリントンに住み、販売員をしていました。つまり全員が、ここかベリントンの住民ということになります」

「全員、ふだんから教会に通っていましたか？」

「すみませんが、ミスター・スカーズデン、その質問は記事の趣旨から逸脱しているように思います。あなたは乱射事件を捜査しているのですか、それともリバーセンドについて書きたいのですか？」

「これは失礼。あなたのお話に興味を引かれたものですから。ですが、おっしゃるとおりです。それでもお伺いしたい——あなたは聖職者のスウィフト牧師を友人と考えているとおっしゃいました。どうやって知り合ったのですか？」

「その質問は記事の趣旨にかなっていますか？」

「かなっていると思います。乱射事件が町に与えた影響を書くにあたって、わたしが重視しているのは、犯人に対する人々の見かたです」

「そうおっしゃるのでしたら、答えましょう。わたしには趣旨にかなっているとは思えませんが、あなたがジャーナリストとしてそう思うのでしたら。そうですね、わたしは彼を友人だと思っていました。バイロンを善人だと思っていました。彼にはどこか特別なところがあるような気がしました。われながら、なんと愚かだったのでしょう。彼は二週間に一度、礼拝を執り行ないに来ていましたが、一度わたしから彼に、若者たちとどう接したらよいのか悩んでいると相談したら、青少年センターの立ち上げに協力してくれたのです。わたしたちは協力してセンターを運営していました。
彼は毎週木曜日の午後に来るようになり、やがて火曜日にも町に顔を出しました。わたしたちは学校の敷地内の解体可能な建物に集まりました。過去に荒れた若者の行為で破損した建物です。最初にしたのは、その建物を修理することでした。スポーツもしました。競技場でラグビーやクリケットをしました。まだ川があったころは、土手に集まって泳いだりもしました。集まった男の子や女の子は、わたしのことは煙たく思っていたでしょう。だって町のおまわりですからね。けれども、バイロンのことはみんな大好きでした。彼にはとてもカリスマ性があり、子どもたちを心服させていたのです。下品な言葉を使い、タバコを吸って卑猥な冗談を言うこともありました。子どもたちはそんな彼を慕っていました。ときおり、神の話を少しだけ滑りこませることもありましたが、決して強引ではありませんでした。子どもたちは彼をすごい人間だと思っていました」

「あなたもそう思っていましたか?」

警察官は冷笑を浮かべた。「ええ、そう思っていました。このように平原で孤立した町では、子どもたちの楽しみはそんなにありません。両親は生活に追われ、お金はなく、子どもたちにつらく当たることが多いのです。子どもたちは退屈し、退屈した子どもたちは厄介事を引き起こしやすくなります。喧嘩をしたり、互いに罵り合ったり。高学年の子は、低学年の子をいじめることもよくあります。そんなところにバイロンが現われ、子どもたちの関係を大きく変えました。彼は、なんと言うのか、どこかハーメルンの笛吹きに似ていたように思います。子どもたちは彼についていきました」

「それは印象的な言葉ですね」マーティンは言った。

「けれどもあなたは、彼の死後に書かれたことをご存じでしょう——彼が子どもたちの何人かを性的虐待していたということを。その点については、どう思いますか？」

「すみません。その点は警察が捜査中の案件です。わたしにはコメントできません」

「わかりました。それを承知の上で伺いたいのですが、あなたはこれまでに、そのような懸念を抱く場面を見かけたことがありますか？」

ロビーは答える前に、自らの立場をよく考えたようだ。「いいえ。わたしはそうした場面を見聞きしたことはありません。それでももう一度言いますが、わたしは警察官です。彼がわたしに、そうしたことを打ち明ける可能性は低かったでしょう。あるいはわたしを恰好の隠れ蓑《みの》と思っていたかもしれません」

「あなたはそのことを憤っていますか？」

「そうした話が事実だったとしたら、もちろん憤りを覚えます」

「あなたは彼を友人だったと言いました。彼を賞賛していたとも言いました。ではいまは、彼をどう思っていますか？」

「嫌悪の念を覚えています。児童への性的虐待については、ひとまず置いておきましょう。いまのところ、それは確定事項ではありませんからね。それでも彼は、罪のない五人の人たちを殺し、わたしが彼を殺すしかない状況に追いこみました。彼はいくつもの家庭を破壊し、この平和な町に大きな穴を開けてしまいました。彼は一度希望をもたらしておいて、無惨にそれをもぎ取ってしまいました。若者たちの模範になりながら、恐ろしい前例を作って彼らを置き去りにしたのです。いまやわたしたちのこの町は、大量殺人と同義語になってしまいました、ミスター・スカーズデン。わたしたちの町はリベリナ地方のスノータウン（南オーストラリア州の町。一九九二年から九九年にかけて十二人連続殺人事件の舞台となり、その事件は映画化された）なのです。その汚名は未来永劫、わたしたちにつきまとうでしょう。わたしが彼をどれだけ嫌悪しているか、言葉にできないぐらいです」

三十分後、警察署をあとにしたマーティンは、第一級の素材を手に入れたことを知った。きわめて劇的で、人目を引く記事になるだろうし、まちがいなく一面に載るだろう。赤字で〈独占記事〉の見出しが躍るのが、目に見えるようだ。警察の英雄が初めて取材に応え、被害者の生々しい遺体を目の当たりにし、友人を射殺して、その手を握って最期を見守ったと告白したのだ。「狂気のるつぼに投げこまれたような感覚だった」という証言は、乱射事件への注目をふたたび集め、大衆の関心をかき立てるだろう。

マーティンは警察署の建物を振り返り、このインタビューがもたらした昂揚感に酔いしれた。ロビー・ハウス＝ジョーンズ巡査がなぜいまになって、マーティンに口をひらいたのかはわからない。ベリントンの上司がなぜ、取材に応じることを巡査に勧めたのかも。それでもマーティンは、自分が上げた成果をうれしく思った。彼のジャーナリストとしての能力に疑念の目を向ける連中を、これで見返してやれる。きっとマックスも鼻高々だろう。

第四章　幽霊たち

マーティンはもう一度教会を見、巡査の動きをたどってみたかったが、より切羽詰まった欲求が勝った——コーヒーだ。もう午前十時半なのに、まだまともな一杯にありつけていない。だが〈オアシス〉の前に行っても、扉には〈ちょっと出かけます、すぐ戻ります〉と書かれた札がかけてある。クマのプーさんとピグレットのイラストつきだ。コーヒーを飲む前ではなくあとだったら、気まぐれも魅力的に思えるのだが。きっとガソリンスタンドに行けば、コーヒーに近いものは飲めるだろう。あるいは〈社交クラブ〉が開いているだろうか？　それとも〈ブラックドッグ〉に戻り、ミネラルウォーターを沸かして、ネスカフェとロングライフ牛乳を入れようか？　結局マーティンは、我慢することにした。

　ブックカフェに背を向けると、通りの向かいを足を引きずった男がゆっくり歩いているのが見えた。マーティンの体感ではすでに気温は三十度に達しており、前日と同じような猛暑になりそうだが、初老の男は相変わらず灰色のコートを着こみ、よろよろ歩いている。マーティンは右に視線を向け、ヘイ通りの方向を見た。パブの向かいの銀行で一人の女性がＡＴＭを使っており、車から降りてきた夫婦連れが、これ以上暑くならないうちに雑貨店で買い物をすませようとしている。マーティンが視線を戻すと、足を引きずった男は姿を消していた。また二十メートルほどしか進んでいないはずなのだが、どこに行った？　車に乗ったのか？　マーティンは車道を横断した。無人の車が何台か駐まっているが、初老の男は乗っていない。

　チャリティショップは営業しており、古着の棚が路上に出ている。マーティンは入ってみた。老女が一人、カウンターの奥に座り、クロスワードパズルを解いている。彼女はマーティンに目礼すると、パズルに戻った。小さな店で、虫除け玉と饐《す》えた汗の入り混じった臭いがし、棚には古着のほか、中古のおもちゃや縁の欠けた台所用品などが並んでいる。だが書籍はなく、足を引きずった男もいない。「どうも」マーティンは言い、扉を出ようとした。

「天国と地獄のあいだにある九文字のもの」老女は目を上げずに言った。

「煉獄《れんごく》（Purgatory）ですかね」マーティンは言った。

老女は迷惑そうに咳払いしたが、パズルのマスを埋めた。

通りに出たマーティンは、まだ狐につままれたような気分だった。あの妙な初老の男はどこへ行った？ 閉店したヘアサロンの前を通りすぎ、隣の廃業した店の建物を見たが、鎖も南京錠もそのままだ。その先の不動産屋の前には、路上に立て看板が置かれ、営業中と告げている。マーティンは念のために確かめてみようかと思った。あの浮浪者じみた男が不動産で物件を探すとは考えにくいのだが。そう思った矢先、廃業した店と不動産屋のあいだに幅一メートル足らずの狭い路地が見つかった。「なるほど」マーティンはつぶやき、そこではたと立ち止まった。自分はいったい何をしているんだ？ なぜ、クロスワードパズルをしている女に話を聞こうとしない？ 「ご商売はどうですか？ 買ってくれるお客さんより、寄付する人のほうが多いんじゃないですか？ 町を出ていくときに不要品を置いていく人もいるでしょう？」などと水を向けて。それとも、不動産屋に入って話してみようか。

「へえ、差し押さえの物件が増えているんですか？ なぜでしょう？ 旱魃のせいでしょうか。それとも乱射事件のせいですか？」だが、時間はまだたっぷりある。それに携帯電話には、ロビー・ハウス＝ジョーンズ巡査の話がまちがいなく録音されてあるのだ。ほかの話は添え物にしかならないだろう。

　二軒の建物のあいだに伸びる路地は、両側をレンガの壁に挟まれている。古新聞やポリ袋が散乱し、猫の小便の臭いがする。突き当たりは波形鉄板でふさがれているようだ。マーティンは足下に注意しながら、ゆっくり進んだ。左に鉄格子の入った曇りガラスの小窓がある。たぶん、不動産屋のトイレだろう。その先には、右の壁の引っこんだところに、赤いペンキがところどころ剝がれた板の扉がある。マーティンはノブをまわしてみた。扉は蝶番《ちょうつがい》を軋ませてひらき、踏み入ったところはまるで別の時代だった。ヘイ通りの強烈な日光のあとではよけいに暗く、正面の窓をふさいでいた板が一枚こじ開けられ、そこから光が入ってくる。天井の至るところに穴が開き、そこからも日光が室内に差しこんで、ゆっくりと舞う埃が見えた。広い部屋だ。幅広の床板はしなり、二脚のテーブルと数脚の椅子のほか、壁際にはベンチが並んでいる。椅子とテーブルはベニヤ板で、二十世紀半ばに作られたとおぼしき安手の家具だ。そして、かつてバーカウンターだったと思われる場所の前では、マーティンに背を向けて、足を引きずっていた男がスツールに腰かけている。茶色の紙袋がカウンターに載り、ボトルの首が突き出して、蓋が開いていた。

「おはよう《グッド・モーニング》」マーティンは言った。

　男は驚いた様子もなく振り向いた。「ああ、あんたかね。ヘミングウェイ」と言い、また背を向ける。

　マーティンはカウンターに近づいた。初老の男の隣に、もう一脚のスツールがある。カウンターには二客の小さなグラスが置かれ、どちらにも黒っぽく粘りけのある液体が半分ほど注いである。足を引きずっていた男は、その手に一客を持っていた。マーティンは周囲を見まわした。部屋にはほかに誰もいない。彼は空いているスツールに腰かけた。

酒浸りの男は、グラスから目を上げた。「うむ、今回は半分当たっている」

「というと？」

「今回は、まだ午前中だ」

「誰と飲んでいるんだ？」マーティンは訊いた。

「誰とも飲んでいない。おまえさんかもしれないし、幽霊かもしれない。それが問題なのか？」

「そんなことはないさ。ここはどんな場所なんだい？」

男はたったいま気づいたかのように、あたりを見まわした。「ここはだな、リバーセンドのワインバーだ」

「いまよりいい時代もあったんだろうね」

「誰にでも、いい時代はあっただろうが」男はたとえ酔っていたにせよ、そんなそぶりをまったく見せていなかった。ときおり、そうした酒飲みがいるものだ。あるいは、まだ午前中だからだろうか。男の髪は肩まで伸び、しばらく洗った形跡はなくぼさぼさで、白髪が縞のように交じっている。顔はもじゃもじゃの顎鬚で覆われ、地肌が出ているところは風雨にさらされてくたびれていた。唇はひび割れているが、青い目は賢《さか》しげで、充血してはいない。

「ワインバーがあるとは知らなかった」マーティンは言った。

「そりゃそうだろう。この国は無知な人間だらけだからな。あんただって、そいつらと変わるまい？」男の声はいらついている反面、愉快そうでもあった。

マーティンはどう答えていいかわからず、目の前のグラスに視線を向けた。

「まあ、飲んでくれ。死にはせんよ」

マーティンは従った。安物の甘ったるいポートワインだ。マーティンがなるほどというようにうなずくと、主人役の男はゆがんだ笑みを浮かべた。

「あんたは向かいにあった〈コマーシャル・ホテル〉

のパブのことを訊いていたな？」男は言った。「ほかにも同じような店を、たくさん見てきただろう？　典型的なオーストラリアのパブだったよ。くだらん絵葉書にでもして、ヤンキーの友だちに送れそうなぐらいだった。文化遺産としてナショナルトラストに登録できたかもしれん。だが、この場所はそうじゃない。語られなかった歴史の一部だ」

「よくわからない」

「なんたることだ。あんたのようにおつむのよさそうなお若いのがねえ。大学で歴史は習わなかったのか？」

　マーティンは声をあげて笑った。

「何がそんなにおかしいんだ、ヘミングウェイ？」

「大学では歴史学を専攻していたんでね」

「なんと。だったら授業料を返してもらうんだな」だが含み笑いをした次の瞬間、このけったいな初老の男はまじめな表情になった。「どういうことか教えてやろう、お若いの。かつて、まだこの町で商売が成り立っていたころ、〈コマーシャル・ホテル〉には三軒の酒場があった。一軒はラウンジバーだ。家族連れで食事をとれるような店だった。もう一軒はサロンバー――女性客も入れたが、男は正装しないと入れなかった。襟のついたシャツに長ズボンか、半ズボンとハイソックスだ。すこぶる上品な店だったよ。あとの一軒はフロントバーで、そこは労働者の酒場だった。羊毛の刈りこみ人や、サイロや道路工事の作業員が仕事帰りに汚い恰好のままビールを飲め、悪態をついたり酔っ払ったり、メイドに色目を使ったりできた。ひどく粗野な場所だった」

「では、ここはどんな店だったんだい？」

「この店に来たのは、フロントバーにも入れなかった客だ」

「本当か？」

「もちろん、本当だとも。わたしが冗談を言う人間に見えるか？」

「それなら、ここにはどんな客が来たんだ？」

「あんたはおつむがよさそうだ。心的《P》外傷後《T》ストレス《S》障害《D》のことは知っているか？」

マーティンはうなずいた。実際には一年のカウンセリングを経ても、その症状は自分にとって謎のままだったが、そのことを打ち明けるつもりはなかった。

「それなら教えてやろう。昔この国には、そうした症状を抱えた人間が大勢いた。掃いて捨てるほどいた。ただそのときには、ＰＴＳＤと呼ばれていなかっただけだ。当時呼び名があったとすれば、砲弾ショックというやつだ。そんな男たちが何千、何万といたんだ。第一次世界大戦では、西部戦線で生き残った者たち。そのあとは、ヒトラーや東条《トージョー》と戦って帰ってきた者たちだ。脚や腕をなくした者も、聴力や視力を失った者もいた。梅毒や淋病や結核を抱えた者もいた。それよりはるかに悲惨な連中もいた。そうした男たちはすさみ、暴力に走り、酒浸りになった。辺境を放浪し、大恐慌の時代には大勢で、牧畜移動路を歩く羊の群れのように流れ歩いた。ただひとつ家畜とちがうのは、男たちは殺されに行くのではなく、そういう修羅場から生きて帰ってきたというところだが。あんた、パブの外の交差点で銅像を見ただろう？　とんだお笑いぐさだ、そう思わないか？　町では兵士の銅像をこしらえ、高いところに据えつけて、戦争で死んだ人間を英雄と呼んでいる。だがあそこに名前を刻まれた、そうした〝英雄〟のなかには、ここみたいな店で朽ち果てていったやつもいるのさ。そいつらはあらゆる場所にいた。ここみたいなワインバーはもとより、開拓地にも街中《まちなか》にも。どんな田舎町に行っても、こういう店が一軒はあった。いまとは時代がちがった。健康保険制度もなければ、安く手に入る医薬品もなかった。そういう人間は、自分で治すしかなかったのさ。ワインバーでテーブルワインを飲めなかったら、あとは安酒しかなかった。だるま瓶入りのポートワインや料理用のシェリー酒や自家製の蒸留酒だ。ひどい味のする代物だが、一時《いっとき》効果はあった。この店はまさしく、そういう連中のたまり場だったんだ。お高く止まった〈コマーシャル・ホテル〉を追い出された歩く幽霊の」

「知らなかったよ」マーティンは言った。「じゃあ、あんたは復員兵か？　ベトナム帰りの？」

「わたしが？　ちがうよ。どの戦争にも行ったことはない」

「だったらなぜここに来る？　なぜパブに行かないんだ？　あるいは〈社交クラブ〉に？」

「わたしはここの住民より、このワインバーに来ていた連中と近いからさ。フロントバーでは歓迎されない人間なんだ。それに、わたしはここが好きだ。誰にも邪魔されることはない」

「なぜ、あんたはフロントバーで歓迎されないんだ？」マーティンは食い下がった。

初老の男は酒をぐいと飲んだ。「パブはもう廃業した。あんたももう少し飲むか？」

「まだ日も高いから、やめておくよ」マーティンは壁を引っかくような音を聞いた。ベンチの下の壁際で、一匹の鼠《ねずみ》が幅木に沿ってこそこそ動きまわっている。

「わたしはこのあたりではよく思われていないのさ」男は白状した。「良識ある市民の基準に達していないというわけだ。ここ一年で、生きている人間と三語以上口を利いたのは、あんたが初めてだ」

「それならなぜ、この町にいる？」

「わたしはここで育った。この町の出身だ。だからまあ、腐れ縁というやつかな。わたしがここに住みつづけるのは」

「いったい何をしたんだ？　誰からも身を遠ざけるなんて」

「率直に言うが、何もしちゃいないよ。まあ、大したことはしていない。せいぜいまわりに訊いてみてくれ。

きっとわたしがペテン師で、人生の半ばをロングベイやゴールバーンやボゴ・ロードの刑務所で過ごしてきたと言うだろう。そいつはでたらめだが、人間は自分が信じたいものしか信じようとしないからな。わたしにはどうでもいいことだ。何を言われようが知ったことではない」

　マーティンは男の顔を見た。鼻がかすかに膨れ、血管が浮き、鬢には灰色が交じっている。年季の入った顔だが、暗がりで男の年齢は判別できなかった。四十でも七十でもおかしくない。男の手の甲と手首には、刑務所で入れたとおぼしき刺青が青くぼんやり残っている。それに油断のない目つきだ。マーティンはこの古狸に値踏みされていると感じた。「お会いできて楽しかった。そろそろお暇《いとま》しよう。あんたの名前は？」

「スナウチ。ハーリー・スナウチだ」

「マーティン・スカーズデンだ、ハーリー」二人は握手しなかった。

　マーティンは立ち去ろうとしたが、初老の男の話はまだ終わっていなかった。「あの牧師のことだが、住民から聞いた話を鵜呑みにしないことだ。あいつらは自分たちの信じたいものしか信じない。だからといって、それが真実とはかぎらない」

「どういうことだ？」

「あの男は女たらしだった。あいつの手にかかれば、オポッサムだってめろめろになっただろう。住民には好かれていたが、やつらは自分たちの目が誤っていたと思いたくないんだ」

「というと？」

「児童への性的虐待のことさ。あんたのお仲間が記事に書いたとおりだ。あれは事実だったのさ。だが、それが事実だったと信じたくない人間が大勢いる。自分たちの目と鼻の先でそんなことが起きていたと認めたくない人間が」

「じゃあ、あんたはあの話を信じていると？」

「当たり前だ。わたしはあの男が子どもたちといっしょにいて、ハグをしたり、ほかにも何やかやとしていたのを見たんだ。土手に子どもたちを集めて、泳いだりしていた。水遊びをしながら、いやらしい目で子どもたちを見ていたよ」

「そのことを誰かに話したのか？　警察には？」

「おいおい、わたしは警察には何も話さんよ。できることなら、かかわりたくないからね」

「スウィフト自身はどんな人間だった？　あんたは彼と話したことがあるのか？」

「もちろんさ。何度も話したよ。ああいう牧師や神父は、わたしみたいな人間を導くことが務めだと思いこんでいるらしい。あいつはときおり、ここに来て酒を飲んでいた。結構いける口だったよ。あんたのような下戸とは比べものにならん。卑猥な冗談や猥談も聞かせてくれた」

「それはどういうことだ？　児童への性的虐待をほのめかしていたのか？」

「ああ、ほのめかしていた。なるほどうまい表現だな、ほのめかすとは。あいつはわたしにそういう話をして、共犯者にできそうか試していたのさ。だが、相手をまちがえたことに気づいてからは、顔を出さなくなった。しかしだな、お若いの、わたしは人に気づかれずに行動できるんだ。この町を歩きまわっても、向こうはわたしを見ていない。だが、こっちは連中をしっかり見ている」

「だったら何を見た？　スウィフトが何かの犯罪にかかわっていたのを見たのか？」

「犯罪？　いや、そんなことは言っていない。ただ、あの男が子どもたちといっしょにいるところは見たし、卑猥な冗談を飛ばしているのも聞いた。わたしが言いたいのはただ、住民から聞いた話を鵜呑みにするなということだけさ」

「わかった。ありがとう」

「気にするな。ああ、それからもうひとつ。わたしのことには触れないでくれ。あんたの記事に、わたしの名前は出してくれるな」

「そうだな、考えておこう」

「このくそジャーナリストめ」

　目抜き通りに戻ると、暑さはますますひどくなっていたが、日光が殺菌効果をもたらしているのか、空気に埃以外の悪臭はなかった。マーティンは道路を横断し、〈オアシス〉に向かった。人に気づかれずに行動できると言ったあの男が、窓の板の隙間からこちらを窺《うかが》っているかもしれないと考えたが、きっとハーリー・スナウチはまだ酒場で幽霊たちと語り合っているだろうと思いなおした。マーティンは通りのまんなかで立ち止まり、引き返して写真を撮ったが、明暗の差《コントラスト》が大きすぎるのではないかと思った——強烈な日光に比べて、ワインバーの入口が暗すぎるのだ。目をすがめても、携帯電話の画面さえ見えない。結局廃業した店の日よけの下まで戻り、錆びた鎖と南京錠を近くから撮った。

　〈オアシス〉の扉からは、クマのプーさんの札が外されていた。店内に入ったマーティンは、二人の先客が座っているのを見て驚いた。二人の老婦人が、テーブルに向かい合って紅茶を飲んでいる。敷物のまんなか、ベビーサークルの隣では、赤ん坊がゆりかごのなかで静かに揺れながら哺乳瓶を吸っていた。

「おはようございます」マーティンは言った。

　女性客の一人が微笑んで答えた。「いい天気ですね」

　マンディが現われた。店の奥のスイングドアを押し開け、スコーンとジャムとクリームを載せたトレイを運んでいる。マーティンに向かって顔をほころばせると、彼女のえくぼが見えた。「知らなかった？　午前中はラッシュアワーなの。まずはこちらの姉妹の注文を届けるわね」

二、三分すると、老女たちの紅茶のお代わりを運んだマンディが引き返してきた。「おはよう」彼女はふたたび声をかけた。「おしゃべりしに来たの？　そうじゃないといいけど。けさはリアムがちょっとむずかってね。何か持ってきましょうか？」
「あの子は上機嫌に見えるけど」

「いまはね。哺乳瓶のミルクを飲み終わるまであなたがいれば、わかるわよ」

「だったら、いちばん大きなカップにフラットホワイト（エスプレッソにミルクを重ねたもの）がほしい。それが本当に大きなカップならダブルで、もっと大きければトリプルで淹れてくれ」

「わかったわ。テイクアウトにする？」

「ここで飲みたいけど、いいかな？」

「もちろんいいわよ。待っているあいだに、本を選んでいて。きのうは忘れたでしょう」

マーティンは言われたとおりにしたが、赤ん坊が喉を鳴らすような音をたててからは、落ち着いていられなかった。もっとも赤ん坊のほうはマーティンに取り合わず、ひたすら哺乳瓶に集中している。ぽっちゃりしたかわいらしい男の子で、焦げ茶色の目に、癖のある茶色の髪をしていた。老婦人たちは赤ん坊をいとおしげに見つめている。

マンディが戻ってくるころには、マーティンはすり切れた二冊のペーパーバックを選んでいた。一冊は探偵小説、もう一冊は旅行記で、どちらもなじみのない著者だ。彼女は円錐形の金属製の蓋がついたバイエルン風のビアジョッキにコーヒーを入れてきた。マーティンは声をあげて笑った。「こりゃ面白い」

「うちにあったいちばん大きなカップよ」

「ありがとう」

マーティンはコーヒーを楽しみながら、本を見るともなしにぱらぱらとめくった。老婦人たちはモーニングティーを飲み終え、マンディに礼を言って料金を支払った。そのあいだ、彼女たちは終始陽気に振る舞っていた。マンディはテーブルを片づけ、トレイを店の奥に運んだ。よく見ると、奇妙なしつらえの店だ。コーヒーとケーキが収入源と言っていたわりには、あまり本腰を入れている感じがしない。一般的なカフェにあるような椅子やテーブルはなく、数脚の使い古しの安楽椅子のあいだにテーブルがちらほら散らばっている。コーヒーマシンはおろか、ポットもなく、ケーキのショーケースもビスケット入りのガラス瓶もない。そうしたものはすべて奥から出てくる。まるである日突然カフェを始めることになり、マンディとその母親はずっと間に合わせの場所でやりくりしてきたかのようだ。もしかしたら、営業ライセンスや保健所の規制のような問題でもあるのかもしれない。

　マンディがふたたび現われ、ゆりかごから赤ん坊を抱き上げて、百面相をしながらさまざまな声を出してあやした。締めくくりに、子どもの腹部に唇をくっつけてぶるぶる鳴らす。男の子はうれしそうに笑った。マンディのわが子への愛情や喜びが伝わってくる。彼女は子どもを抱き寄せ、空いている肘掛け椅子に腰を下ろした。

「それでマーティン、取材は順調なの？」

「悪くはない。まだここに来て一日足らずのわりには」

「でしょうね。ロビーにインタビューしたって聞いたわ。何か興味を引かれるようなことは言っていた？」

「ああ。とても率直に話してくれたよ」

「でも彼も、バイロンが事件を起こした理由は知らないんでしょう？」

「うん。彼にもわからないそうだ」

　マンディは真剣な表情になった。「児童への性的虐待をしていたという主張に関しては？」

「あまり多くは話さなかった。ただ、そうした証拠は見たことがないとしか」

彼女は笑みを浮かべた。「だから言ったでしょう。あんな話、誰も信じていないわ」

「信じている人もいる」

「たとえば誰？」

「ハーリー・スナウチだ」

マンディの表情が一変した。笑みが消え、蔑《さげす》むように顔をしかめる。「じゃああなた、あの男と話したのね？　きっとねぐらまで尾《つ》けたんでしょう？」

「ワインバーのことかい？　ああ、そうだよ。きみも知っているのか？」

「もちろんよ。あいつはあそこに座って、板でふさいだ窓の隙間からわたしを覗き見しているの。わたしが気づかないと思っているみたいだけど。本当に不愉快なやつ」

マーティンは店の窓の前に並べてある日本風の衝立に目をやった。どうやら彼は勘違いをしていたようだ。衝立はただ、光や熱をさえぎるために置かれたものとばかり思っていた。「どうして彼は、きみを覗き見しているんだ？」

「わたしの父親だから」

半ば面白がっていたマーティンの気分が一変した。

「なんだって？」

「あいつはわたしの母をレイプしたの」

マーティンは口を開けて何か言おうとしたが、言葉が出てこなかった。マンディは彼をじっと見ている。マンディの食い入るような視線を感じた。値踏みしているような視線を。「なんてことだ」マーティンはようやく、それだけ言った。「どうしてきみは、そんなことに耐えられるんだ？　なぜこの町を出ない？」

「放っておけばいいんだわ。あの男がわたしの母親をひどい目に遭わせたのは事実よ。でも、母のブックカフェを潰そうとはしていない。わたしを破滅させるつもりもなさそうだから」

外に出たマーティンは日陰に立ち、小さなブリキの蓋を上げて、コーヒーの残りをすすった。もう生ぬるくなっているが、暑さのなかではかえってこのほうがいい。陽差しに目をすがめて廃墟のワインバーのほうを見つめると、さっきはなんの特徴もないように思えた建物が、いまは邪悪な空気をまとっているように思えた。スナウチは板張りの窓の隙間から、こちらを見ているだろうか。それとも幽霊の兵士たちに囲まれているだろうか？　知るすべはなかった。マーティンは廃墟のワインバーに戻り、スナウチと対峙しようかとも考えたが、そんなことをして何になる？　あの男への嫌悪感を伝えるのか？　それがマンディのためになるだろうか？　それに、自分の取材の役に立つだろうか？

　マーティンはその考えを捨て去り、乱射事件の現場に歩いて引き返すことにした。第一次世界大戦時のアンザック（オーストラリア・ニュージーランド連合軍のこと）の兵士像を一瞥しながら、サマセット通りで左折し、銀行、警察署、小学校の前を通りすぎる。そして、教会に向かって九十度曲がったサマセット通りの角で立ち止まった。教会から逃げる途中、クレイグ・ランダーズはここで首に銃弾を受けて死んだのだ。マーティンの目にはセント・ジェイムズ教会がはっきり見えた。ランダーズが死んだ地点から百メートル以上はある。聖職者にしては、相当な射撃の腕前だ。ランダーズの死亡現場になんらかの痕跡が残っていないか探したが、何も見つからなかった。それでもマーティンは歩きつづけながら、その日ロビー・ハウス＝ジョーンズ巡査がどんな心境だったか想像してみた。なんの遮蔽物もなかったのだ。警察制式の防弾チョッキを着用し、拳銃を携えていたとはいえ、相手はライフルを持ち、七十五メートル先の見晴らしのいい距離にいた。ハウス＝ジョーンズはティーンエイジャーのように見えたが、かなりの胆力の持ち主であることは疑う余地がない。マーティンは携帯電話を取り出し、写真を撮った。心のなかで、そのときの様子を描写する記事の文章が聞こえてくるようだ。若き警察官の感じた恐怖がありありと伝わってくる。

　マーティンはコーヒーが入ったジョッキを慎重に地面に置き、携帯電話を操作してボイスレコーダーのアプリをひらくと、けさのインタビューのファイルを探した。昔のテープレコーダーはもっと操作が簡単だったと思いつつ、悪戦苦闘して録音データを早送りしたり巻き戻したりし、ようやくめざす箇所を探り当てた。警察官の率直な回想を再生し、発砲された銃弾の数を数えてみたかったのだ。

「きょうほど暑くはありませんでしたが、暖かい朝だったので、窓を開けていました。何もかも、いつもどおりの日でした。十時五十分ごろ、わたしは仕事を切り上げるところでした。教会に遅刻したくなかったのです。そのとき、銃声のような音が一発、――一発――それからもう一発――二発――響きましたが、異変が起きたとは思いませんでした。車がバックファイアを起こしたか、子どもがクラッカーで遊んでいるのか、そんなところだろう、と。しかしそれから悲鳴が聞こえ、男の叫び声に続いて二発の銃声がしたので、――三発、四発――異変に気づきました。わたしは制服を着ていませんでしたが、ロッカーから拳銃を取り出し、外に出ました。さらに二発、立てつづけに銃声がしました。――五発、六発――続いて車のクラクションが鳴り、また悲鳴があがって、そのどれも教会の方向から聞こえました。誰かが小学校のグラウンドの角をまわり、こちらへ向かって走ってくるのが見えました。もう一発銃声が響き、――七発――その男は倒れました。実を言えば、そのときわたしにはどうすればいいのかわかりませんでした。現実なのに現実離れしたような、狂気のるつぼに投げこまれたような感覚でした。

　わたしは署に戻り、ベリントンのウォーカー巡査長の自宅に電話をかけて異変を告げたあと、防弾チョッキをつけてふたたび外に出ました。サマセット通りを走ると、死体が道端に横たわっていました。クレイグ・ランダーズです。息絶えていました。首を一発撃たれていました。あたりは血だらけです。本当に血の海でした。ほかには誰も見かけず、誰の声も聞こえませんでした。悲鳴はやんでいます。誰もが完全に沈黙していました。教会の横のサマセット通りに車が一台駐まり、教会の正面側、テムズ通りの木陰にも何台か駐車していました。車にどれぐらいの人々が乗っていたのかはわかりませんでした。教会とわたしのあいだに遮蔽物はありませんでした。犯人に狙い撃ちされたらひとたまりもありません。署に駆け戻り、車に乗ってこようかとも思いましたが、そのときもう一発の銃声が聞こえました。——八発——それで覚悟を決め、教会に向かう道を歩きはじめました」

マーティンはボイスレコーダーのアプリを閉じ、携帯電話をしまった。ここは暑すぎる。この学校は木を植えるべきだ。コーヒーのジョッキを持ち、教会のほうへ向かった。そのあたりに木陰があるかもしれない。八発の銃弾。クレイグ・ランダーズは百メートルの距離から首に命中弾を受けた。ほかの三人の犠牲者は頭部をあやまたず撃たれた。ゲリー・トルリーニは頭部と胸部を射抜かれた。八発のうち六発が直撃弾だったことになる。それなのに、ハウス＝ジョーンズ巡査がほんの数歩の距離から牧師と対峙し、警察の制式拳銃で二発、胸を撃って殺したとき、牧師は先に発砲しながら標的を外した。そんなことはきわめて考えにくい。牧師がわざと標的を外して撃ち、巡査が彼を殺すように仕向けたという可能性はあるだろうか？　ひとしきり狼藉を働いたあと、ふと我に返ったのか。

マーティンは教会に向かいながら考えを切り替え、そのときの若い巡査の心境を想像しようとした。ハウス＝ジョーンズ巡査が拳銃を構えたように、ビアジョッキを構えてみる。マーティンは教会を端から端まで歩き、少し立ち止まって深呼吸すると、角に向かいかけた。「おっと」

「なに？」教会の外階段に座っていた少年が言った。

「ああ、ごめん」マーティンは言った。「ここに誰かいるとは思っていなかったんだ」

「見ればわかるでしょ」少年は言った。半ズボンにTシャツ姿で、バケットハットをかぶり、ビーチサンダルを履いている。「それ、なんだい？」

「これかい？　ドイツのビアジョッキだ。コーヒーが入っている」

「それで飲むとコーヒーがおいしくなるの？」

「いや。でもたくさん入るからね」

「おじさん、コーヒーが好きなんだね」

「うん、好きだよ」

少年は十三歳ぐらいに見えた。思春期に入ったばかりだろう。マーティンは少年に近づき、あたりを見まわして、大きなプランターの横に腰を下ろした。プランターに植物はなく、あるのは硬い土だけだ。「わたしの名前はマーティンだ。きみの名前は？」

「ルーク・マッキンタイア」

「ここで何をしているんだい、ルーク？　学校はどうしたの？」

少年は眉をひそめた。「おじさん、子どもいないんでしょ？」

「どうしてそう思う？」

「いまは一月だもん。学校は夏休みじゃないか」

マーティンは学校のグラウンドに誰もいなかったのを思い出した。「ああ、そうだね」

「おじさんこそ、仕事はどうしたの？」

「ああ、いい質問だ。それにしても、不思議な場所で夏休みを過ごしているね。こんなかんかん照りの暑い日なたに座りこんで」

「皮膚癌にかかるとかお説教したいんじゃないよね？

帽子はちゃんとかぶっているよ」

「うん、約束しよう――説教はしない。ただ、きみが何をしているのか興味を持ったんだ」

「何もしていないよ。何もおかしなことはしていない。ただここに来て座りたかっただけだ。ここには誰も来ないから。平和な場所だ」

「いまはそうだね。でもきみも、ここで起きたことは知っているんじゃないかな」

「うん。乱射事件のことでしょう。あの人はここに座ったまま、おまわりに撃たれたんだ。ついさっきまで生きていて、息をしていた人が、次の瞬間には死んでいた。撃たれて死んだ。胸を二発撃たれて。一発は心臓に当たった」

マーティンは怪訝に思った。少年の声は、まるでどこかをさまよっているかのようだ。「だからきみはここに来たの？」

「わからない」

「きみは彼を知っていたのかな？　あの牧師を？」

「スウィフト牧師のこと？　もちろん知っていたよ」

「彼のことを話してくれるかな？　どんな人だったの？」

「どうして知りたいの？」

「わたしはジャーナリストで、記事を書いているんだ。どんなことがあったのか、考えてみたくてね」

「ジャーナリストは嫌いだ。おじさんはダーシー・デフォーじゃないよね？」

「ちがうよ。さっき言ったように、わたしの名前はマーティンだ。マーティン・スカーズデンだ。きみの話を引き合いに出すつもりはない。きみの名前も書かないようにする。ただ、何があったのか知りたいだけだ」

「ぼくも知らない」

「なあ、ルーク。ほかのジャーナリストがまちがっていると思うのなら、わたしに本当のことを教えてくれれば、まちがいを直せる。これはきみのチャンスじゃないか」

ルークはしばし考え、かたわらの階段に掌《たなごころ》を当てて、目を閉じた。誰かの導きを求めるように。あるいは許しを得ようとしているように。「わかった」少年は言った。「何が知りたいの？」

「まずは、スウィフト牧師がどんな人だったのか教えてほしい」

「バイロンだ。あの人はぼくたちに、ファーストネームで呼ぶように言った。とてもいい人だったよ。ぼくたち子どものことに気を配り、上級生がぼくたちをいじめるのをやめさせてくれたんだ。そしてぼくたちをいっしょに遊ばせた。友だちになる方法を教えてくれた。あそこの道路を渡った川の土手で、泳いだり、キャンプをしたり、キャンプファイアをしたりしてね。二回ぐらい貸し切りバスで、ぼくたちをベリントンに連れていって、ウォーターパークやゴーカートでも遊ばせてくれたよ。お金は全部払ってくれた。それに、かっこいいことを教えてくれた。マッチを使わないで火をつける方法とか、動物の跡を尾ける方法、蛇に噛まれたらどうすればいいか。どれも、うちの父さんには絶対できないことだ。スポーツもたくさんした。ラグビー、クリケット、バスケットボール。あの人は、ほかの大人とは全然ちがった」

「おまわりさんのハウス＝ジョーンズ巡査はどんな人だったの？　あの人もいっしょに、きみたちの面倒を見てくれたんだよね？」

「そうだよ。でもあの人、本当はぼくたち子どものことなんかどうでもよかったと思う」

「どういうことかな？」

「上級生が言ってた。あの人はバイロンが好きなんだって」

マーティンは我知らず、笑みを浮かべた。「きみはどう思う？」

「そうは思わない。そんなのでたらめだ」

「きみがスウィフト牧師のことを好きだったのはわかったよ。そして彼も、きみのことを好きだったと思う。教えてくれるかな、彼が一度でも……」

「やれやれ、始まった。またその話か。おじさん、ほかのリポーターとはちがうって言わなかった？　嘘つき。訊きたいことはわかってるよ。あの人が一度でもぼくに触ったことがあるかどうか、だろ？　それから、あの人がぼくに触ってほしいと言ったかどうかだ。あの人がぼくにアレを見せて、ぼくに舐めろと言ったか。あの人がぼくのケツの穴にアレを入れたか。くそっ、もういいかげんにしてくれ。あんたたち新聞やテレビのやつらも、先生も、くそおまわりも、うちの母さんまで、寄ってたかって同じことを訊いてくる。そんなことは一度もなかった。あの人は絶対にそんなことをしなかった。ぼくにもしなかったし、ほかの誰にもしなかったよ。ぼくはまだ子どもだった。十二歳だった。

ぼくは、そんなことをする人たちがいるのも知らなかったし、世の中にそんなことがあるのも知らなかったよ。それなのにあんたたち、なんでも知っている大人たちが来て、あの人があんなことをしたか、こんなことをしたかと知りたがる。もうあの人は死んでしまったのに。撃たれて死んじゃったのに、あんたたち大人は、そんなことなんとも思っていない。くそっ、くそっ、くそっ、くそっ」少年の目に涙があふれ、頬を伝い落ちる。「それでもあんたはここに来て、あの人が死んだ場所に来て、また同じ質問をするのか？　いったいあんたが何を知ってるっていうんだ？　あんたはくず野郎だ、マーティン・スカーズデン」少年は立ち上がって走りだし、道を横切って、木立を通りすぎて土手に上がり、川堤のほうへ姿を消した。

「しまった」マーティンは言った。コーヒーをすすったが、もう風味は失せていた。

第五章　平　原

マーティンは〈ブラックドッグ〉の自室で座り、おまえはいったい何をやっているのかと自問した。編集委員で、旧友にして師であるマックス・フラーが周囲の反対を押し切ってマーティンにこの仕事を出してくれたことは、痛いほどわかっていた。ニュース編集室には、もうマーティンはジャーナリストとしての任に堪えないと思っている人間が大勢いるのだ。そしていま彼がやっていることは、その者たちの見解の正しさを裏づけている。そんなに難しい仕事ではなかったはずだ――町が惨劇とどう向き合っているのかを取材すればいいのだから。新たな事実の報道ではなく、掘り下げて書く筆力が要求されるから、マーティンにはぴったりの仕事のはずだった。それなのに彼は、〈社交クラブ〉のバーテンダーやチャリティショップの女性には何も訊かず、不動産屋の前も素通りして、廃墟のワインバーにいた犯罪者まがいの男と話をしただけだった。おまけに母親の死を悼むブックカフェの店主に色情を抱き、すでにトラウマに苛まれている子どもにさらなる心の傷を負わせてしまった。あとはケネディ大統領の暗殺現場を訪れた一知《いっち》半解《はんかい》の陰謀論者よろしく、現場で発砲された弾数を数えただけではないか。まるで悪趣味な冗談だ。

マーティンは洗面所に入り、小便をした。便器に放出される尿は明るい黄色だった。脱水状態だと思った。無理もない。やるべき仕事を放り出し、マックスがくれたチャンスをふいにして、シャーロック・ホームズ気取りで町をさまよっていたのだから。手を洗い、顔に水をかけて、鏡に映った自分の顔を見る。睡眠不足で腫れ上がった目は血走り、日焼けした肌も血色の悪さは覆い隠せない。皮膚は全体にたるみ、顎が垂れはじめている。実年齢の四十歳より老けて見え、かつての色男は中東のどこかに置き去りにされてしまったようだ。マンディ・ブロンドに腹を抱えて笑われるだろう――なんて惨めで哀れなの、と。あの少年の言うとおり、自分はくず野郎だ。

　マーティンはもうこれ以上続けられないと決めた。彼は任に堪えなかったのだ。もう終わりにしよう。〈ブラックドッグ〉であと三日三晩も不眠症に悩まされ、町じゅうの悲しみとトラウマを嗅ぎまわり、ほじくり返すのは終わりだ。いったいなんのためにそんなことを？　正義面《づら》をした俗っぽい記事を書き、郊外住宅地に住む新聞購読者に一時の娯楽を与えるためだ。ようやく日常を取り戻そうとしているリバーセンドの住民のあいだで、その俗っぽい記事は手榴弾さながらに炸裂するだろう。しかしそのころには、マーティンはとっくに町を去り、シドニーに戻って、地元民の悲嘆を尻目に同僚の祝福を受け、経営陣から常套句のお褒めの言葉を頂戴するのだ。ふたたびマーティンの脳裏に、少年の姿がよぎった。教会の外階段に慰めを求めてきたのに、泣きながら無人の川床へ走り去った姿が。マーティンのせいで。だが、もうここまでにしよう。この町を去るときだ。ここを去り、忘却にまかせて、ほかにやるべきことを探すときだ。

　カウンターに出てきたモーテルのおかみは、突き放すように言った。「申し訳ないですけど、いただいた宿泊料は返金しかねます。『ホテル・カリフォルニア』みたいなものですよ。チェックアウトはできても、出られないんです」彼女は独り善《よ》がりのジョークに笑い声をあげた。マーティンはにこりともしなかった。

「わかった。それならチェックアウトはしないが、ここを出よう」マーティンは、いったんカウンターに置いた鍵をふたたび手に取った。「後日、鍵は郵送する。わたしの客室に誰も入れないでくれ」

「どうぞご自由に。週末までに鍵が届かなかったら、クレジットカードにあと五十ドル請求します。では、楽しいドライブを」染めた髪のようにわざとらしい笑顔だ。

外に出ると、頭上でぎらつく太陽の光と熱が容赦なく駐車場に降り注ぎ、鉄床《かなとこ》に打ちつけるハンマーを思わせた。強烈な日光はきのうここに着いたときと同じだが、きょうはときおり突風が吹いて、ふいごのように砂漠の熱気を運んでくる。ありがたいことに、レンタカーはカーポートの屋根の日陰にあった。マーティンは一泊用の旅行鞄をトランクに入れ、手回り品の入ったナップサックと残ったミネラルウォーターのボトルを後部座席に放って、すでに開封したボトルから水をぐびぐび飲み、助手席に置いた。

車のエンジンをかけ、幹線道路に出る。行き先は決めていなかった。航空券の予約はしておらず、マックス・フラーにも、ほかの誰にも連絡していない。ただひとつ、もうこの町にはいたくないことだけははっきりしていた。気まぐれで右へ向かう。ベリントンやマレー川の方面だ。そこまで行けば好きなときにコーヒーを飲め、携帯電話もインターネットも通じるだろう。それに、川の水もまだ干上がっていない。

ほかに車のない道路はどこまでもまっすぐ伸び、昨夜の長距離トラックに轢かれた動物の死骸がちらほら見えるだけだ。マーティンは魅入られたように、ドアミラーに映る小麦用のサイロを見つめた。サイロは徐々に遠のき、下半分は陽炎のなかに呑みこまれて、上半分だけが蜃気楼のようにたゆたっている。車を停め、降りてみた。蜃気楼はまだそこにある。携帯電話で最後のスナップを撮った。消えゆくリバーセンドを。

車を出してふたたび加速しはじめたとき、小型トラックがどこからともなく現われた。ほんの一瞬前までマーティンは一人きりで、大地と空と道路のほかには何もなかったのに、だしぬけにけたたましくクラクションが鳴り響いたのだ。ぎくりとして車体がふらつき、道から外れそうになった。小型トラックは横に並び、助手席のウインドウから、どこかのチンピラがむき出しの尻を突き出している。二メートルも離れていないところから、野卑な笑い声とともに、耳障りな罵声を浴びせられた。マーティンがブレーキを踏むと、小型トラックは加速して遠ざかり、運転席と助手席の両側から指で卑猥なゼスチャーをするのが見える。車体の後部には赤い初心者マークをつけていた。

「くそったれ」マーティンはつぶやき、突然の出来事に身震いした。車を路肩に寄せて停めようかと思ったが、そのまま運転を続けることにした。この平原の真っ只中では、静止した車で座っていようと、時速百十キロの車内で座っていようとさしたるちがいはない。心のなかで、いまの出来事を記事にするとしたらどう書こうかと考えている——まるでまだ記事を書く気があるかのように。

小型トラックは遠くの陽炎に消え、ふたたび平坦かつ単調な平原で一人きりになった。木立の黒い輪郭を探してみたが、背後のリバーセンドの川はもうはるか遠く、行く手のマレー川まではまだ三十分以上ある。沿道にあるのはいじけたアカザと土のほか、起伏のない地面だけだ。幹線道路を走るのはマーティンの車だけで、もう存在しない過去から不確実な未来へと疾走している。まるで空中に浮揚し、自転している地球を周回しているようだ。マーティンはあえて幻想に身をゆだね、動いているのは車ではなく、車輪の下で自転している地球のほうだと思いこもうとした。その幻想は長く続いたが、不意に幹線道路のカーブが近づいてきて我に返った。マーティンはわずかに減速してカーブを曲がり、道端の赤い車のそばで必死に両手を振っている女の前を通りすぎた。

とっさにブレーキを踏んだが、なかなか減速しない。車を転回させ、急いで女のところへ戻る。停車すると同時に女が駆け寄ってきたので、ウインドウを下げた。雑貨店のフラン・ランダーズだ。「助けて」息を切らしている。「あの子たちが事故に遭ったの。あそこで」

マーティンは車を降りるや否や、すぐに状況を悟った。さっきの小型トラックだ。カーブを曲がりきれずに脱輪し、道路から平原に百メートルも飛び出していた。小型トラックが突き抜けたガードレールの隙間を、マーティンは走り抜けた。

行く手の地面に、ぼろ人形のようなものが倒れている。人間だ。ぴくりとも動かない。若者がズボンを下げたまま、横転した小型トラックから放り出されたのだ。ありえない角度に首が曲がっていた。死んでいる。マーティンの背後で、フラン・ランダーズの息遣いが聞こえた。

「急いで」マーティンは言った。

二人は小型トラックまで走った。事故車は車輪を地面につけ、幹線道路に前部を向けて停まっていたが、フロントガラスはきれいになくなり、ルーフの一部は陥没していた。運転席の若者は意識を失って頭から血を流し、しぼんだエアバッグにぐったりと寄りかかっている。顔に血の気はなく、唇は青ざめていた。

「ジェイミー！」フランは悲鳴混じりに言った。「なんてこと。ジェイミーだわ。息子よ」

マーティンは割れてなくなったウインドウ越しに手を伸ばし、脈を探り当てた。

「触らないで」フランが金切り声をあげる。「脊椎《せきつい》がだめになっちゃうわ。動かさないで。お願いだから、動かさないでちょうだい！　半身不随になってしまうわ」

マーティンは彼女に取り合わなかった。悲鳴をよそに片手を若者の顎の下に添え、もう片方の手で後頭部を支えると、頭をそうっとシートの頭受けに戻して、口が自然に開くようにする。開いた口に指を入れ、女が叫ぶのをやめてくれないだろうかと思いながら、口のなかでつっかえていた舌を前に引いた。ワインのコルク栓を開けるときのように、ポンと濡れた音とともに舌が出て、恐ろしくざらついた息遣いとともに、若者は呼吸を再開した。マーティンはウインドウから離れ、身体を起こした。背中の筋肉のどこかが痙攣《けいれん》し、背筋を伸ばす。女は静まり、もうわめくのをやめて、立ち尽くしている。右目からひと筋の涙があふれ、頬を伝って、乾ききった土に落ちた。彼女はマーティンをじっと見ている。

「息子さんだね」マーティンは言った。

女はマーティンから目を逸らし、息子のほうを見た。若者の顔に血の気が戻り、青ざめていた唇はふたたびピンクに染まっている。彼女は息子を見つめ、手を伸ばして、眉に流れる血をそっと拭った。

「大丈夫かしら？」

「たぶん。命は取り留めるだろう。ただ、救急隊を呼んだほうがいい。わたしが車でリバーセンドに戻る。そこからベリントンに連絡できるだろう。あなたはここに残って、息子さんに付き添ってあげてほしい。意識が戻って、動ける状態であれば、車から降りて横にしたほうがいい。水は飲ませてもいいが、食べ物はまだ控えるべきだ。意識が戻らなければ、このまま頭に濡れタオルを載せて。できるだけ、日陰で休ませることだ」

マーティンは歩いて戻り、もう一人の若者に蘇生の可能性がないか確かめたが、その見込みはなかった。早くも悪臭が漂い、蠅がたかっている。幹線道路で、マーティンは赤い車のなかを見てみた。後部座席にフロントガラスの日よけに使うサンシェードがあった。銀色に光るホイルにディズニーのキャラクターをあしらっている。彼はそれを引っ張り出し、引き返して、ミッキーとグーフィーが描かれたシェードで遺体を覆った。死者であっても、陽差しからは守るべきだ。それからマーティンは携帯電話を出し、現場の写真を撮影した。

〈社交クラブ〉は人けがないが、誰もいないわけではなかった。バーテンダーはエロールではなく、別の男だ。マーティンはカウンターの前に座り、大ジョッキのライトビールを飲んでいる。テーブル席ではひと組のカップルがアジア料理を食べながら、ガラス瓶に入ったハウスワインを分け合っている。マーティンはとりとめもなく、カップルがナイフとフォークで食べているなと思った。かつてのゴイダーズライン（南オーストラリア州を東西に走る、年間降水量が十インチの線）のような見えない境界線があって、そこを越えると箸を使うのが禁じられ、ナイフとフォークが義務づけられるのだろうか。

　ロビー・ハウス＝ジョーンズ巡査が、制服姿のまま店に足を踏み入れた。二人は握手した。

「ひと息つけましたか？」巡査は訊いた。

「ええ、おかげさまで。あの子の容態は？」

「幸い、回復しそうです。ベリントンで入院して、経過観察しています。シートベルトの跡が痣《あざ》になり、軽い脳震盪《のうしんとう》のほか、肋骨にひびが二、三カ所あるようですが、一生残る傷はなさそうだということです」

「それはよかった」

「あなたのすばやい処置のおかげです。フラン・ランダーズがすべて話してくれました。いったいどこで学んだんです？」

「危険地域トレーニングだよ。中東へ出発する前に受けたんだ。もうほとんど忘れたけれど、事故で窒息した人を救助する方法は思い出せた。一杯ごちそうしてもいいかな？」

「ありがとう、いただきます。カールトンを」

　マーティンはビールを注文した。

「一両日中に、あなたから事故に関する正式な証言をしてほしいのですが。急ぐことはありません。フランの証言だけで、ほとんどわかっていますから」

「いいとも。亡くなった若者は誰だったんだ？」

「アレン・ニューカークです。地元の子ですよ」

「ニューカーク？　アルフとトムの兄弟の親類ということか？」

「アルフの息子です。乱射事件が起きた当日、セント・ジェイムズ教会で父やその仲間たちといっしょにいました。ゲリー・トルリーニの車の助手席に座っていたんです。一部始終をすべて目撃しました。発見されたときには血まみれでした。被害者の血を浴びてね。そのせいで、すっかり精神が参ってしまって。そして二度と立ち直れませんでした。さっきわたしは農場に行き、彼の母親に今回の事故を知らせました」

「気が重かっただろうね。母親の反応は？」

「どうだったと思います？　すっかり打ちひしがれていましたよ。セント・ジェイムズでご主人が亡くなり、アレンはせっかく生き残ったのに、危険運転の事故で結局死んでしまった。まったくひどい話です。それでもあなたがいてくれなければ、さらにひどいことになっていたでしょう」

「だったらどうして、わたしはひどい気分なんだろう？」

巡査にも答えの持ち合わせはなく、二人は何分か黙って座り、ビールを飲んだ。やがて沈黙を破ったのは、巡査のほうだった。「中東であなたの身に起きたことを、どこかの記事で読みました。怖かったでしょうね」

「ああ、怖かった」

「何があったんです？」

酔いがまわったせいか、その日の出来事の影響かはともかく、マーティン自身が驚いたことに、答えが口を衝いて出た。

「わたしはエルサレムを根拠地に取材していたが、ときどきガザ地区に行くことがあった。それは仕事の一部だった。イスラエルはその地区を孤立させ、壁を張りめぐらせていた。イスラエル人は地区へ入ることを禁じられているし、パレスチナ人の大半は出ることを禁じられている。けれども外国人ジャーナリストや、国際援助機関、外交官のような人たちは出入りを認められている。ときおりイスラエル軍がその地区を砲撃したり、ヘリコプターやF-16で攻撃したりするが、一般に思われているほど危険ではない。たいがいの場合は。

　わたしがガザ地区に入ってから三日目、事態が急激に悪化した。発端は、ガザ西岸のエリコ近くの刑務所で起きた暴動だ。その刑務所にはイスラエル軍が筋金入りの過激派を収監していた。イスラエル側から見れば彼らはテロリストだが、パレスチナ側から見れば政治犯だ。そうした紛争についてはご存じだろう。ともかく、イスラエル軍が出動して秩序を回復させたが、鎮圧の過程で六人のパレスチナ人が死亡してしまった。

それでガザ地区の住民は激怒し、暴動が拡大した。そのときわたしは、ガザ市内で自治政府の行政官にインタビューしていたが、運転手からインタビューを打ち切ってすぐに出なければならないと言われた。わたしたちは彼の古いメルセデスで、イスラエルとの国境にあるエレスへ向かった。街頭に武装した民兵がいて、一触即発の状況であることがわかった。運転手に電話が入った。行く手の道路でバリケードが築かれているという。彼はスピードを落とし、建物のあいだを通り抜けた。運転手の考えではバリケードを迂回できそうだが、安全を期して、わたしは車のトランクに隠れたほうがいいということになった。それでわたしはトランクに入った。運転手は裏通りや細い道を通ったので、わたしは揺れで身体のあちこちを打ち、車酔いになった。やがて、車が停まった。声はくぐもってよく聞こえなかったが、運転手のアラビア語が聞こえた。それから誰かが怒号をあげ、二発の銃声が響いた。ＡＫ自動小銃から、立てつづけに二発だ。わたしは恐怖のあまり、失禁してしまった。運転手が『わかった、わかった』と叫ぶのが聞こえた。きっと彼は、自らが生きていることをわたしに知らせようとしたのではないかと思う。だがその声は遠のいていった。運転手がどこかへ連れていかれたのだ――ガザ地区の当局のところだといいが、とわたしは思った。そうすれば、彼が事情を説明できるからだ。彼は豊富な人脈を持ち、影響力のある部族の一員だった。きっと賄賂《わいろ》を支払ったり、恩返しを求めたり、あるいは説得して道を通してもらったりできるだろう。そうしたことはすべて、銃を持った男たちがどこの部族に属しているか、あるいは彼らがどこの部族に忠誠を誓っているかに左右される」

マーティンは言葉を止め、ビールを口にした。

「それから何が起きたんです？」ロビー・ハウス＝ジョーンズは訊いた。

「何も起こらなかった。まさしくそれが問題だったんだ。わたしは三日三晩、これからどうなるのかわからないまま車のトランクに隠れていた。撃たれることはないだろうと思っていたが、それが正しいという保証はない。人質に取られるかもしれない。過去、実際にそうした出来事はあった。そのまま時間ばかりが過ぎ、わたしはやがて、運転手の身によからぬことが起こり、わたしがここにいることを誰も知らないのではないかと心配しはじめた。あのときが最悪の時間だった――わたしは車のトランクで、餓死する可能性に直面したからだ。水はあった。トランクには必ずペットボトルの水を入れるようにしていたからだ。それに季節は冬で、夜はひどく冷えこみ、日中でもそんなに暑くなかった。だから何週間かは生存可能だっただろう」

「お代わりは？」ロビーが訊いた。

「もちろん」

警察官はビールを二杯注文した。「じゃあ、どうやって脱出したんです？」

「最終的に運転手が戻ってきた。そして車に飛び乗り、発進した。どこか安全な場所まで行き、そこでトランクを開けた。彼は頭に包帯を巻いていた。わたしに大丈夫かと尋ね、やはりエレスへ向かうべきだが、わたしはトランクにいたほうがよいと言った。それからの時間は永遠に思えた。ようやく到着すると、彼はトランクをわずかに開け、手持ちの現金すべてとパスポートを出すように言われた。それからふたたびトランクを閉じた。少なくとも一時間はそこにいた。それからまた走りだし、今度はごく短い距離で停まった。運転手は車をパレスチナ側の国境の端にできるだけ近づけてから、トランクを開けてわたしを連れ出し、急いで検問に連れていった。わたしの脚は痙攣していたので、実際には彼に抱きかかえられていた。わたしがどんなにひどい臭いだったか、想像はつくだろう。警備兵はわたしにパスポートを返却し、うなずいて通した。運転手の手を借りて、わたしはトンネルを通った——何百メートルもある長い歩道で、板と波形鉄板に覆われていた。いつもは行き交う人がいるが、その日にかぎっては無人だった。われわれがトンネルの中間点——イスラエル側の検問まであと少しのところまで来たとき、スピーカーから声が響いて、運転手はそこで止まり、残り半分はわたし一人で来るよう命じられた。わたしはひどい状態だったが、それでも構わず通常の身体検査をすべて受けさせられた。ともあれ、わたしがようやく検問を通過すると、イスラエル側はゴルフカートのような車を出して、トンネルの終点までわたしを運んだ。彼らはわたしにシャワーを使わせ、食事と清潔な衣服を与えてくれた。それから何があったのか訊かれ、わたしは説明した。そのあとわたしは釈放され、オーストラリアの外交官に身柄を引き渡されて、ようやく自由の身になった」

「記事の話を思い出しましたよ。ニュースであなたを見た」

「だろうね。わたしはおかげでこっぴどく怒られた。信じられるか？　わたしがオーストラリア放送協会《ABC》の記者のインタビューを受けたからだ。その記者はわたしの友人だった。ところがうちの新聞社の国際部長は、怒り心頭に発していた。わたしがインタビューで一部始終を話し、うちの社の独占スクープにしなかったからだ。どうだい、驚きだろう？」

二人は無言のまま座っていた。マーティンは事実の概要を、これほど感情を交えず回想できたことに安堵していた。どこか麻痺したような気分だったが、それも悪くなかった。

「マーティン、乱射というより銃撃事件についてですが――これ以上わたしから言えることは、そう多くはありません。わたしは捜査にかかわっていませんから。牧師が五人もの死者を出した事件ともなれば、一介の巡査が出る幕はないんですよ。それにわたし自身も、事件の関係者ですから。捜査はシドニーの命令で動いています。ベリントンのハーブ・ウォーカー巡査長が地元の担当者です。彼に取材したほうがいい」

「ハーブ・ウォーカーだね。ありがとう。そうしてみるよ」

「もちろん、わたし自身も捜査されました。ホルスターのボタンを外しただけで、報告書を書く羽目になるんです。銃を抜いたら最後、査問の嵐だ。それでもわたしは、早い段階で放免されました。犯人がすでに五人も射殺していたからです。それに目撃者が何人もいた」

「いまでも、彼を撃ったことを気に病んでいるのか？」

「もちろん。毎日、毎晩」

「カウンセリングは？」

「ご想像よりもたくさん」

「効果は？」

「あまりありません。たぶん。自分でもわからない。

最悪なのは夜です」

「よくわかるよ。異動は打診されなかったのか？」

「もちろん、打診されましたよ。でもわたしは、溜まったものをここで吐き出してすっきりさせたいんです。すべてここに置いてから、異動したい。忌まわしい記憶を持ったまま転勤したくないんです」

さらに沈黙が降りた。

「ロビー、彼はどうして犯行に及んだと思う？」

「率直なところ、まったく見当がつきません。けれども、引っかかることはいくつかあります。〝もしあのとき〟とか〝なぜ別の行動を取らなかったのか〟といった自問には、もちろん苛まれますが、ほかにも頭から離れない疑問があるんです」

「たとえばどんな？」

「あのとき、教会の前にはたくさんの人たちが集まっていました。二十人以上はいたと思います。彼が撃ったのはそのうち数人で、大半の人たちは撃たなかった。目撃者は口をそろえて同じことを言っています――彼は逆上していなかった。終始冷静で、手際がよかった、と。やろうと思えば、はるかに大勢の人を殺せたはずです」

「つまりきみは、彼があらかじめ殺害する人間を決めていて、行き当たりばったりに殺したのではなかったと考えているのか？　だからさっき〝銃撃事件〟と言いなおしたのか？」

「なんとも言えません、本当にわからないんです。でも彼は、女性を一人も殺さなかった」

「それに相当な射撃の腕前だったろう？　あの距離から、クレイグ・ランダーズに命中させたんだから」

巡査はすぐには答えず、二人はそれぞれのビールをじっと見ていた。さっきまで立っていた泡がもう消えている。

「マーティン、灌木地帯《スクラブランズ》にコッジャー・ハリスという老人が住んでいます。そこへ行って、彼に会ってみるといい。バイロンと彼の銃のことを教えてくれるでしょう」

「スクラブランズ？　そこはなんなんだ？」

「荒れ地のことです。マルガの藪がひたすら、数百キロ四方も続いている。この町から十キロ北へ行けば、そこから始まっています。コッジャーのところまでどうやって行けばいいか、地図を描いてあげますよ」

ロビーはナプキンを一枚取り、道順を書いて、落とし穴やまちがえやすい曲がり角を警告した。

道順をすべて教えると、巡査はビールを飲み干し、マーティンにうなずいた。「まだ勤務中なので、そろそろ失礼します。また会いましょう。あまり自分につらく当たらないことです。きょう、あなたは一人の若者の命を救ったんですから」

第六章　灌木地帯《スクラブランズ》

耐えがたい暑さだ。きのうから吹いていた風は、地獄のような熱風になっている。北西から吹きつける風は、細かい砂塵《さじん》を運ぶだけでなく、森林火災の脅威ももたらしていた。マーティンが走り抜けている一帯は、それでなくても病んでいるように見えた——生気のない木々、ひょろ長い低木、それらのあいだに見えるのは、草地より赤土が多い。黒土の平原地帯からスクラブランズと呼ばれる灌木《かんぼく》地帯に入ると、そこには見わたすかぎりマルガの藪が広がり、黒土ではなく、大きくなりすぎた蟻《あり》の巣を思わせる粒状の赤土ばかりだ。地面は起伏のなかった平原よりわずかに押し上げられ、二、三メートルほど波打っている。硬くでこぼこした轍《わだち》を通るのは、ひどく乗り心地が悪かった。かつて起きた嵐の細流に、大きな石が散らばっているのだ。ときおりタイヤが石を跳ね飛ばし、車体の底にぶつかる。四輪駆動車や農業用トラックやレンタカー向けの道だ。マーティンは速度を落とした。ロビー・ハウス＝ジョーンズの警告によれば、ここを通る車はあまりおらず、風景に変化がないので道をまちがえやすい。アクセルがだめになったら、誰かに見つけてもらえるまでしばらくかかる。それでマーティンは辛抱強く、だましだまし車を走らせた。

　自分がここでやっていることに、あまり確信はなかった。町を去りたいという衝動は失せ、思慮に欠けた言葉をルーク少年にかけてしまった悔恨もすでに薄らいで、もうすぐ記憶の貯蔵庫へ移されるだろう。めったに訪れることのないその貯蔵庫には、これまでの後悔や不安が集められているのだ。アレン・ニューカークが死亡した小型トラックの事故について、ロビー・ハウス＝ジョーンズから正式な証言を求められているが、それはただ、マーティンがリバーセンドに残っている理由を説明しているにすぎない。彼がなぜ、この酷暑のなか、こんな荒れ地に来てまで、記事の枝葉にしかならないような要素を追っているかを説明してはいないのだ。しかし、いまの彼が追っているのはあてがわれた記事の背景ではない。もっと捕らえどころのない、興味をそそる謎だ。マーティンを衝き動かしているのは、きっとそれだろう――深く染みこみ、彼の一部になってしまったジャーナリストの本能だ。そうした探究心がマーティンを前へ駆り立てているのだが、果たして最後まで突き止めるだけの胆力が自分にあるのかはわからなかった。それでも、いまの彼に残っている原動力はほかにないだろう。

　マーティンは柵で作った境界を通り抜け、車体をがたつかせて家畜の囲い地を通りすぎた。開口部の両側の杭には、漂白された牛の頭蓋骨が吊るされ、突風に生命を吹きこまれたかのように前後に揺れている。マーティンはその頭蓋骨を見て安堵した。道順をまちがえていなかった証《あかし》だからだ。車を停め、写真を撮った。次に差しかかった分かれ道を左に進む。それから一キロほどで、木材を組み合わせた門があった。いちばん上の板に〈ハリス〉と書いてある。その下の板には〈射撃禁止、侵入禁止、ふざけてうろつくのも禁止〉と書かれてあった。マーティンは一度車を降り、吹きつける熱風のなかで門を開け、車で通り抜けてから門を閉じた。もうすぐだ。

　そこは農場ではなく、あまりまとまりのない掘っ立て小屋の集落のように見えた。まるで愚鈍な巨人が指輪に飾る小石を落としたかのように、てんでばらばらに並んでいる。杭を立て、波形鉄板をぞんざいに針金で固定しただけの建物だった。いちばんまともなのは家畜小屋で、ほぼ真四角の建物に、自力で製材したとおぼしき材木を使い、ところどころに錆びた鉄板の壁が見える。家畜小屋は空っぽで、家畜はおろか草もなく、生き物の気配がまったくない。蠅からも見捨てられてしまったようだ。マーティンはエアコンの効いた車から降りた。暑熱が押し寄せてくるのは覚悟していたが、耳をふさぎたくなるようなけたたましい音は予期していなかった。波形鉄板が風に煽られ、キーキー音をたてて軋んでいるのだ。「こりゃひどい」マーティンはどうしたものかと思った。

　風に巻き上げられる砂塵に目をすがめ、最も大きな建物へ向かう。見たところ使われなくなって久しい、粗末な製材所のようだ。製材所の左にはややまともな建物があるが、それすらも吹きすさぶ風で危険なほど傾いている。そこは車庫だった。蝶番からぶら下がったまま開いた木のスイングドアが、地面の土に食いこみ、カードの家のような車庫をかろうじて支えている。車庫の内部にはダッジの抜け殻があった。ボンネットがなくなり、側面の白いホワイトリボンタイヤがぺしゃんこになっている。かつて黒かった塗料は灰色の粉末状になり、年金生活者の両手さながら、染みのような錆が浮いていた。廃車の後部座席には雌犬がおり、子犬が何匹もまとわりついていた。子犬たちは乳を吸っているが、母親はじっと動かず、死んだふりをしているようだ。

マーティンはようやく母屋を見つけた。灌木の茂みに散らばるほかの建物とあまり区別がつかないが、壁が比較的垂直に近く、窓には鎧戸《よろいど》があって、屋根から突き出した軒が壁にぶら下がっている。そして扉は閉まっていた。緑の塗料は剥がれ落ち、木が露わになって、青錆が浮いている。

マーティンはノックしてみた。だがこんな風の強い日には、ほとんど聞こえないだろう。スクラブランズでは、社交上のマナーになど構っていられない。扉には銅のノブがついていた。ひねってみると扉がひらいたので、ほの暗い屋内に向かって叫んでみた。「ごめんください。誰かいませんか？　ごめんください」

足を踏み入れてみる。とたんに暗くなり、外の物音も小さくなったが、ひどい悪臭が襲ってきた。目は暗がりに慣れたものの、さまざまな臭いが鼻を衝いた――饐えた汗、犬、脂肪や屁や尿。隙間風が入ってきてもなお、たじろぐような臭いだった。

「おい、あんたいったい誰だ？」そこにいた老人は、全裸で椅子に座って前かがみになり、勃起した男根を片手で握っていた。それをしごいている最中、マーティンが邪魔しに入ってきたのだ。

「うわっ――失礼」マーティンはへどもどした。

だが老人のほうは、まったく気後れした様子がない。

「行かないでくれ。もう少しで終わるから」そして自慰を再開した。

マーティンはいたたまれなかった。外に退散したのは、暑熱はともかく、鉄板の騒音のほうがまだましだったからだ。まったくとんだところに来てしまった。

それから一、二分ほどして、男が現われた。全裸のまま、縮んだ赤いペニスから体液をしたたらせている。

「失礼した。すっかり油断していてね。さあさあ、入ってくれ。コッジャー・ハリスだ。初めまして」老人は手を差し出した。

マーティンは男の手を見てから、顔を見た。彼は握手しないまま、「こんにちは」と言った。「マーティン・スカーズデンだ」

「ああ、そうか」男は言った。「まあ、とにかく入ってくれ。マーティン」

マーティンは男の垂れ下がった臀部から目を逸らし、あばら家に入った。

「すまんね。ヌーディストキャンプみたいで面食らっただろう。ここは暑くてね。どうぞ座ってくれ」老人はハンモックのような椅子に腰を下ろした。粗末な木の枠に帆布《はんぷ》がかかった、マーティンが初めて入ってきたときに一人で楽しんでいた椅子だ。

マーティンはあたりを見まわしたが、座れそうなものが見当たらなかったので、牛乳箱を摑み、逆さにして、老人の向かいに座った。

「いやいや、マーティン。重ね重ね、申し訳ない。ほとんど客が来ないんでね。マナーを忘れてしまった」

そう言ってコッジャー・ハリスは、見かけより敏捷な動作で立ち上がった。「何を飲みたい？」作業台まで行き、細口瓶と古いベジマイト（酵母エキスで作った、パンに塗るペースト）の空き瓶をふたつ持ってきた。マーティンは、こんなところにまだ細口瓶があるとは思っていなかった。「といっても、選択肢はあまりない。〝シャトー・スクラブランズ〟だけだ。一杯どうだね？」

「まだ日が高い。それに暑いからね」

「何を言うか。はるばるここまで来て、地元の特産品を試さない手はないぞ。あんた、ワインは好きかね、マーティン？」

「いったいどういうワインだ？」

「こいつか？　こいつはワインというより、ダイナマイトだ。しかしあんたも、いささかワインの心得はあるだろう？」

「まあ、嗜《たしな》む程度は」

「だったら、テロワールはご存じか？」男はフランス語を正確に発音した。

「ああ。良質のワインは、葡萄《ぶどう》の産地にまつわるものをいくらか含んでいる。そういうことだろう？」

「どんぴしゃの正解だ。つまりこいつには、スクラブランズのテロワールが溶けこんでいるわけだ」男はベジマイトの瓶に半分ほど注いでマーティンに渡し、自分には瓶一杯に注いだ。

　マーティンは口に含み、咳きこんだが、どうにか飲み下した。まるで生《き》のアルコールを飲んでいるようだが、それよりもひどい代物だ。自分の歯のエナメル質が剥がされているような気分だった。

「口当たりはどうかな？」

　マーティンは咳きこんだまま言った。「ああ、スクラブランズという土地がよく表現されている。その点は完璧だ」

　コッジャー・ハリスは愉快そうに笑った。人好きのする笑い声だ。液体を飲み、顔をしかめることもなく、マーティンに向かってにやりとする。「恐ろしくひどい味ということだろう？」

「まったくそのとおりだ。こいつはいったいなんなんだ？」

「密造酒さ。うちの裏で造っている。蒸留器が手に入ったんだ」

「それはそれは。ＮＡＳＡに売ったらロケット燃料にできそうだ」

　老人は誇らしげに笑みを浮かべ、もうひと口飲んだ。歯は黄色く、大半が折れている。「マリファナのほうが好きかな？　裏庭にうんとあるぞ。タバコもある。そっちも少し育ててるんだ。ただしそいつは、なかなか作るのが大変でね——水も堆肥もたくさん必要だ。マリファナのほうが育てやすい。どこでも育つ。こんな土地でさえも。かえって、こういう痩せ地のほうが向いているかもしれん」

「いや、わたしはテロワールで結構。お気遣いありがとう」

「そいつは何よりだ」老人はそう言うとベジマイトの瓶を一気に空け、満足げに息をつき、満足げに放屁した。「では、わたしになんの用かな、マーティン？　この酒を飲みたくて来たわけではあるまい」

マーティンは笑みを浮かべた。コッジャー・ハリスには啞然とさせられるが、この老人には不可解ながら魅力的な要素がある。ちょうどそう思っていたところで、コッジャーは手を股間にやり、陰嚢《いんのう》をかいた。不可解という言葉は当たっているようだ。「コッジャー、わたしはバイロン・スウィフト牧師のことでここへ来た。ときどき彼が、あんたを訪ねていたと聞いたのだが？」

「ああ、あの牧師か。いいやつだったよ。いいやつだった。あんたみたいにハンサムな男だった。彼のほうが若かったがね。わりあいひんぱんにここへ来ていた。事件の話を聞いたときには、わたしもたまげたよ。あの男が何をしたか聞いたときには。まさかあんなことをするとは思いもよらなかった。本当の紳士に見えたんだがね。あの男がここへ来ていたと、誰から聞いた？　彼とわたしだけの秘密だと思っていたが」

「誰から聞いたかが問題になるのかな？」

「いや、ないはずだ。あんた、警官じゃないだろう？」

「いや。ジャーナリストだ。リバーセンドについて記事を書いている」

「なんだって。そいつは本当か？　いやはや。ネタになりそうな話なら知っている。聞いたら驚くような話だ」

「ぜひ聞かせてくれ」

「さあ、どうしようかな。あんたらみたいな手合いのことはわかってるんだ。ここへ来て、わたしに酒を飲ませ、知ってることをあらかた訊き出す。そうしたら今度は、そこらじゅうパパラッチだらけになるんだ」

コッジャーは顔じゅうに笑みを浮かべた。折れた歯がトラクターの轍のように広がる。そして自分の主張のばかばかしさを誇示するように、睾丸を手で引っ張った。マーティンも笑みを返し、不注意にも密造酒をひと口すすった。そしてもう一度咳きこんだ。二度飲んでも、やはりまずい。コッジャーがうれしそうに大笑いした。

「では、彼はときおりここを訪れていたんだね？」

「そのとおりだ」

「どうしてここへ来るようになったんだろう？」

「わからない。もしかしたら、わたしの機知と洞察力のゆえかもしれない。あるいはわたしの魂を救おうとしていたのか」

「まじめな話なんだ、コッジャー。彼はここで何をしていた？」

「ばか話をすることもあった。密造酒を飲んだり、マリファナを吸ったりしながら。たいがいは射撃をしに来ていた」

「射撃？　本当か？」

「ああ、本当さ。彼は射撃が好きだった」

「しかも酒を飲み、マリファナを吸っていたと？　あまり牧師のやりそうなことには思えないな」

「まったくそのとおりだ。少し酒が入ると、兵士のような悪態をついていた。でも、いいやつだった。それから、射撃をしているときは決して酒を飲まず、マリファナも吸わなかった。必ず終わってからだ」

「それは面白い。あんたもいっしょに射撃をしたのか？　標的になるようなものがあったのか？」

「いや。一度いっしょについていったことはあるが、彼は一人で行くほうが好きだった。たいがいは兎《うさぎ》を撃っていた。それから雀《すずめ》も。雀を何羽も撃ち落とすのを見たことがある」

「雀だって？　撃ち落とすのは相当難しいだろう」

「まさにそのとおりだ、マーティン。あんたの言うとおりさ。あれは天性の才能だ。あんなのは見たことがなかった。まるで銃が彼の一部になっていたかのようだ。あんたにも見せたかったよ。神経を集中させ、やおらパン、パン、パン。あれなら蠅の羽根だって撃てるだろう。それも二二口径で。わかるか？　小口径の銃だよ。撃ち落とすのがさらに難しくなると言っていた。カンガルーやワラビーは撃たなかった。簡単すぎるからだと言っていた」

「銃は何挺持っていた？」

「わからない。三、四挺だったと思う。二二口径。狩猟用ライフル。照準器つきの強力な狙撃銃。散弾銃。しかし、どんな銃でもちがいはなかった。彼はどの銃も見事に使いこなしていた」

「彼はどうやってそんな射撃の腕を身に着けたと思う？」

「農場で育ったんじゃないかと思うが、彼は自らの過去に関する話をしたがらなかった」

「なぜだろう？」

「それもわからない」コッジャー・ハリスは記憶を呼び起こし、考えていた。「ときどき灌木の茂みへ行って、ひと晩キャンプをしていたことがあった。孤独が好きだと言っていた。この茂み、スクラブランズはとても広い。丘のほうまで、三、四十キロも続いている。わたしの土地は十キロぐらいあって、その向こうは州有地だ。農業にはまったく不向きで、国有公園にも、林業にも不向きだ。何をやってもうまくいかない土地さ。ただ、孤独になるにはうってつけだ」

「いっしょに酒を飲んでいたときには、どんな話をしていた？」

「そりゃ、酒を飲んだらするような話さ。哲学、宗教、政治。大きなおっぱいの女の子たち。競馬」

「コッジャー、あんたに教えてほしいことがある。わたしにはどうしても、バイロン・スウィフトという人物のことを想像するのが難しいんだ。牧師にして地域社会の模範と思われていた人間が、同時に密造酒を飲み、マリファナを吸って、小鳥を撃ちに出かけていた。そんな牧師がいたとは思えない」

「うーん。でもそれが彼という人間だったんだ」

「あんたも彼に魅了されていたように聞こえる」

「いかにも、そのとおりだ。わたしが出会ったなかで、いちばん男ぶりがよかった。背が高く、顎が角張っていて、映画俳優みたいだったよ。しかしそれだけじゃない。立居振舞、身ごなし、話しかた。彼といっしょにいるだけで、自分が特別な存在になったような気がした。女にもてたのも無理はない」

「もてたのか？」

「そうらしい」

「だったらなぜ、彼は牧師になりたかったんだ？」

「わたしにわかるわけがないだろう。けれども、宗教心は本物だった。心の底から信じていた。イエスがわれわれみんなのために、われわれ罪人のために死んだのだと。あれは演技ではなかった」

「本当か？」

「ああ、本当だとも。そういう話をすることはめったになかったが、ひとたび話しだすと、それは本心からの言葉だった。わたしを改宗させようとか、そういうことはいっさいしなかったが、彼にとって神の国は実在していたんだ。まるでこの世には彼の一部だけがあり、残りは別のどこかにあるかのように。射撃を始める前には少し祈り、終わってからも少し祈っていた。彼が殺した動物のために。奇妙に聞こえるかもしれないが、彼にはどこか神聖なところがあった。まるでこの世のものではないような」

「どこがどういうふうに神聖だったんだ？　説明してくれないか？」

「いや、それはちょっと難しいな。単なる印象だ。しかし彼なら、カトリック教会でも立派な聴罪司祭になれただろう。わたしがいままで誰にも話さなかったようなことも、彼には話せた。ある意味で、彼がわたしを救ってくれたんだ。そのおかげで、以前のように人と接することができるようになった。それまでわたしは、世捨て人だったんだ」

「ではなぜ、彼が教会で銃撃事件を起こしたんだと思う？」

　それまでコッジャーは愛想がよく、どこか面白がっているようだったが、そうした雰囲気はたちまち消えた。真剣な表情になり、困惑しているようでもある。

「まったく見当もつかない。そのことを考えなかったわけではないんだ。このスクラブランズにいたら、考える時間はいくらでもある。わたしに何か助けられることはなかったんだろうか、彼を思いとどまらせることはできなかったんだろうかと思うよ」コッジャーは密造酒をぐいっと飲み、歯を見せて笑みを浮かべた。「わたしはここで、こうして暮らしてるのさ。過去に生き、安酒を飲んで、ときどきマスをかいている。大した暮らしじゃないだろ？」

「彼が地元の少年たちを性的に虐待していたという主張についてはどう思う？」

「でたらめだね。まったくのでたらめだ」

「どうしてそう言い切れる？」

「酔っ払ったときにときどき、そういう猥談をしたことがあった。彼からはいろいろ面白い経験談を聞いたよ。でも相手はみんな若い女だった。彼が好きだったのは若い女であって、子どもではなかった」

「どうしてそう言い切れる？」マーティンはなおも言った。

「うーん、そりゃ絶対に正しいとは言い切れないさ。

でも、そういう話をするときには、目を輝かせるもんだろう。そればかりはごまかせない」

　マーティンはその言葉を聞き、しばし考えた。突風が掘っ立て小屋を揺さぶる。ひと部屋きりの屋内を見まわしてみた。間に合わせの台所には洗っていない鍋やフライパンが山積みになり、乱れたベッドのシーツは黄ばみ、古い本やがらくたがうずたかく積もって、いまにも崩れそうだ。

「あんたはなぜここで暮らしている、コッジャー？」

「それがわたしの生きかたなんだ。ここが気に入っている」

「生計を立てられるのかい？」

「立てられるとも。ささやかだが、暮らしてはいける。群れからはぐれて野生化した牛を集めて飼うのさ。この灌木地帯には、そういう牛がたくさんいる。たくさん集めて売れば、相当稼げる。だが、いまはだめだ。この旱魃では。飼っていた牛はみんな骨と皮だけになり、寄生虫がぎっしり詰まっていた。それでも雨が降れば、また何頭か集めて、いくらか稼ぐさ」

「ここで暮らしているのは、あんただけか？　あんたの場所以外は、全部州有地なのか？」

「いや、ほかにも何人か、あちこちにいる。陸軍の元兵士とその恋人が、この道を少し行ったところに住んでいるよ。ジェイソンというまあまあいいやつだが、交流はほとんどない。人づきあいをしない男なんだ。どうして恋人の女がいっしょにいるのか、よくわからん。それから、反対側のスプリングフィールズにはハーリー・スナウチがいる。ほかにも掘っ立て小屋やキャンピングカーがちらほらある。狩猟の好きな連中が出入りしているみたいだ」

「ハーリー・スナウチだって？　あの男も灌木地帯に家を持っているのか？　あんたはよく会うのか？」

「できれば会わずにすませたいもんだ。やつがしたことを考えたら。くずのような人間だ」

「何をしたんだ?」
「あの美しい女性をレイプしたんだ。獣《けだもの》だよ」

車を飛ばしてヘイから続く道を戻り、氾濫原に架かる長くがたついた橋を渡っている最中、一陣の風で車が揺れた。マーティンはリバーセンドに戻り、衝動的に右折して、教会のほうへ向かった。きのう怒らせてしまったルーク少年に出会わないかと思ったのだ。だが、少年の姿はなかった。

車をバックさせて木陰に入れると、道の向かいに教会が見える。ベリントンで果物屋と果樹園を経営していたゲリー・トルリーニが、まさにこの場所で二発の銃弾を——一発は頭部、一発は胸部に——受け、その横ではアレン・ニューカークが恐怖にすくみ上がっていた。マーティンは教会の外階段を見た。三十メートルも離れていないだろう。バイロン・スウィフトのような射撃の名手には、造作もなかったにちがいない。

マーティンは車を降りた。簡素な教会の建物が、何事もなかったかのように建っている。外界との繋がりを窺わせるのは、頭上の電線と電話線ぐらいだ。両びらきの入口扉は、柱廊で日陰になっている。きょうは扉の片方が半びらきになっていた。マーティンは事件の舞台となった外階段を上り、扉を押してみた。もしかしたらルークが来ているかもしれないと思ったのだ。

礼拝堂は暗くひんやりし、静かで、風の音もしない。少年はいなかった。だが最前列近く、二列目の信徒席で、一人の女性がひざまずき、身じろぎもせず一心に祈っている。マーティンは堂内を見まわしたが、周囲の敷地と同じく、教会の内部にも銃撃事件を記憶にとどめるようなものはいっさいなかった。彼は後列の信徒席に座り、待った。女性が敬虔で、何かを嘆願しているのはわかったが、彼自身がそうした心境になったときのことは思い出せなかった。マーティンがそれに少しでも近い気持ちになったのは、神の恩寵に近づいたような経験をしたのは、いったいいつのことだっただろう？　コッジャーによると、バイロン・スウィフト牧師にはどこか神聖なところがあり、マンディも同じことを言っていた。そんなことがありうるのだろうか。射撃の名手で、小動物を殺し、教区民を殺した男に神聖なところがあったなんて。いったいなぜマーティン自身は、前日にティーンエイジャーの命を救ったのに、自分がろくでもない人間に思えるのだろう？　自分の両手を見、祈るように掌を合わせたまま見つめる。自分には似つかわしくない行為だ。自分にふさわしくないポーズであり、そもそもこの場所にいるべき人間ではない。

「ミスター・スカーズデン？」祈っていた女性に声をかけられた。マーティンが気づかないうちに、彼女は立ち上がり、こちらに歩いてきていたのだ。女性はフラン・ランダーズだった。「ごめんなさい」彼女は言った。「お祈りしていたの？」

「いや、そんなことは」

「とにかく、お邪魔してごめんなさい。きのうあなたがしてくれたことに、ひと言お礼を言いたかったの。あなたがあそこにいなかったら、たぶんあの子は……」彼女は身体を震わせた。

　マーティンは立ち上がり、手を伸ばして彼女の肩に触れた。「もうそんなことは考えないで。大事なのは、息子さんが生き残ったことだから。ほかに大事なことはない。あなたにはそのことだけを考えていただきたい」

　フランはその言葉を受け入れ、うなずいた。

「ところで、彼の容態は？」

　彼女は感謝に満ちたまなざしでマーティンを見た。

「おかげさまで、快方に向かっているわ。ベリントンの病院で、ひと晩看病したの。あの子、ずっと震えていたわ。脳震盪に、肋骨の骨折に、背中の打撲ですから。でも幸い、重傷ではなかった。ただ、安静が必要なだけ。病院では念のために二日間、経過観察をすると言われたわ。わたしがけさ町に戻ってきたのは、店を開けるため。わたしを気遣ってくれる友人もいるから。わたしはただ、ここに来て神に感謝したかったの。あなたもここに来てくれて、うれしいわ。あなたにお礼が言えるし、お店に来たときにぶしつけな態度を取ってしまったことのお詫びもできるから」

「ぶしつけだったかな？」

「わたしはそんな気がしたわ」

「フラン、失礼をお許しいただきたいが、わたしにはいささか奇妙に思えるんだ。あなたがここの教会に来て、感謝の祈りを捧げるというのは――ここで起きたことを考えると」

「どういうこと？」フランは落ち着かない様子だ。

「ここはご主人が射殺された場所だからだ」

「いいえ」彼女は答えた。「ここではなかったわ。教会のなかでは。でも、あなたが言いたいことはわかる。そうね、確かにいささか奇妙かもしれない。ほかの教会に行ってみたことはあるの。カトリック教会に。でもどこか、しっくりこなかったのよね。わたしたちがここへ引っ越してきてからずっと、セント・ジェイムズ教会に通っていたから。いったん礼拝堂に入ったら、わたしはここが落ち着くの」

「たびたび失礼な質問で恐縮だが、スウィフト牧師に関してなされた主張をご存じかと思う――うちの新聞に出ていた……」

「わたしは絶対に信じないわ」マーティンの言葉を、彼女は毅然とさえぎった。

「なぜ？　どうしてそう言い切れる？」

「わたしはバイロン・スウィフトを知っていたから。それが答えよ」

「よくご存じだったのかな？」

「とてもよく知っていたわ」

「彼はリバーセンドにそんなにひんぱんに来ていたわ

けではなかったと思っていたが」

「ひんぱんに来ていたわ」

「では、どんな人物だった?」

「親切だったわ。それに寛大だった。立派な人だったわよ。あなたの新聞が書いているようなモンスターでは決してなかった」

　マーティンはしばし言葉を失った。彼女の声にはスウィフトへの愛情が感じられ、その目は憤激に満ちている。彼女は、自らの夫を殺した人間を擁護しているのだ。

　フランが沈黙を破った。怒りは醒めている。「けれども、いまとなってはどちらでも重要ではないでしょう? 彼はもう死んだのよ。ロビー・ハウス＝ジョーンズが、そこの外階段で彼の心臓を撃ったから」

「では、息子さんも何も言わなかったんだね? 彼が子どもたちを虐待していたというようなことは?」

「ええ、わたしは聞いていないわ。ごめんなさい、もう店に戻らないと」

「わかった。ただし、フラン、改めて話を聞かせてほしい。わたしが書いている記事のなかで、インタビューを収録したいんだ。内容はすべてリバーセンドの町そのものが、一年経って事件とどう向き合っているかということだ。ご協力いただけるだろうか?」

　フランの目にためらいの色がよぎったが、彼女は怒りを収め、静かにうなずいた。「もちろんよ。あなたには恩義があるわ。息子の命を救ってくれたんですもの」

「ありがとう。詮索するようなことを訊いて、申し訳ない」

「いいのよ。わかってるわ。それがあなたのお仕事でしょう。乱射事件と、その被害者。それを調べるのが。でもあなたでなければ、わたしは何ひとつ答えないわ。ダーシー・デフォーより、あなたのほうがましよ」

第七章　火の龍《ドラゴン》

　マーティンはセント・ジェイムズ教会と〈オアシス〉のあいだの短い距離を運転した。慎重にバックし、切り立った縁石に後部バンパーがぎりぎり触れないように駐める。今回はうまくいき、気分がよかった。ビアジョッキと前日に買った旅行記を持参してきた。ジョッキは洗っておいた。本はまだ半分ほどしか読んでいない。悪夢に苛まれて眠れないときの気紛れになったが、別の本を探せばブックカフェで時間を過ごせるし、炎暑から束の間でも逃れられるだろう。

　店の扉は開いていたが、客は一人もいなかった。それでも実にいい匂いだ。コーヒーと手作りの菓子の匂いが鼻をくすぐる。まるで合図があったかのように、マンダレー・ブロンドが店の奥の扉から現われて、中央の通路を滑るように近づいてきた。幼い息子は母親の突き出した腰にまたがり、片腕で抱えられている。マーティンはそんな彼女の姿に、母性と女らしさを見た。

「こんにちは、マーティン。あなた、人助けをしたんですってね」

「うん。まあ、そんなところかな」

「いいことをしたわ。それでなくても、この町からいなくなった人が大勢いるんですから。このうえ死者が出るなんてごめんだわ。何か持ってきましょうか？」

「そうだね」マーティンはジョッキを掲げた。「できればきのうと同じコーヒーを。それから、このいい匂いは？」

「マフィンよ。アップルシナモンとブルーベリーがあるわ。手作りよ」

「じゃあ、アップルシナモンをひとつお願いするよ」

「あと、本も持ってきてくれたのね？　よかったわ。カウンターに返してくれたら、次の本を五割引で買えるわよ。でもその前に、手を貸してくれないかしら？」

　マーティンは彼女について通路を進み、スイングドアを通って、事務室を兼ねた倉庫を抜け、住居に足を踏み入れた。廊下の両側に扉があり、片方は子ども部屋、片方は彼女の寝室だ。古風な真鍮のベッドに、本や衣類が散乱しているのがちらりと見えた。廊下の突き当たりには広く明るい台所があり、大きな木の食卓と二台のコンロ、薪ストーブのそばに据えつけられた電子レンジが並んでいる。

「これを運んでくれる？」マンディは床のまんなかで、キルトの上に鎮座したベビーサークルを指さした。

「これを丸ごと、お店に持っていってほしいの」

　ブックカフェに戻ったマーティンは、ペルシャ絨毯《じゅうたん》の上にキルトを広げ、ベビーサークルを置いた。きのう見たのと同じ場所だ。マンディも息子を抱えて戻ってくる。彼女はベビーサークルに子どもを置いた。

「この子を見ていてちょうだい、マーティン。コーヒーとマフィンを運んでくるから」

　マーティンは古い肘掛け椅子に座り、子どもを眺めた。腹這いになり、頭を持ち上げようと腕立て伏せのような動作をしている。集中しているように、眉間に小さな皺を寄せていた。マーティンは思わず笑みを浮かべた。

　マンディがトレイを運んで戻ってきた。コーヒー入りのジョッキのかたわらに、マフィンとバターひと切れが皿に載り、マンディのコーヒーもある――マーティンが望んでいたとおりだ。彼女がマーティンの横にある補助テーブルにトレイを置くと、身体が近づいてきて気分が浮き立った。それから彼女は自分用のコーヒーを手にし、向かいに座った。マーティンは改めて、マンディの美しさに見とれた。

「さて、お仕事の調子は？　取材はうまくいきそう？」

「ああ。きわめて順調だ。ロビー・ハウス＝ジョーンズに続いて、フラン・ランダーズにもインタビューできることになった」

「なるほど、絵になるわね。犯人の牧師を射殺した警官に、悲しみに暮れる未亡人。とてもいいじゃない。ほかには誰かと話せたの？」

「けさ、スクラブランズに行ってみた。コッジャー・ハリスという老人と話してきたよ」

「コッジャー・ハリス？　彼とどんな話をしたの？」

「きみも知っているのか？」

「いいえ、でも彼の身に起きたことは知っているわ。ここの住民はみんな知っているけど」

「何があったんだい？」

「恐ろしい話よ。ずいぶん前のことだけど——わたしが生まれるより前だと思う。コッジャーはベリントンの銀行の支店長をしていたの。本名は忘れたわ——確か、ウィリアムみたいな名前だった。とにかくある日の午後、彼の奥さんと幼い息子さんが、町のまんなかにある川沿いの公園で遊んでいたら、トラックが道から飛び出してきたの——運転手が心臓発作か何かで。コッジャーの奥さんは即死だった。息子さんは当時三、四歳だったけど、病院で一日か二日しかもたなかった。コッジャーは耐えられなかったわ。二、三カ月ほど持ちこたえたあと、ひどく取り乱して、正気を失ってしまったの。彼は施設に収容され、ショック療法を受け、うんと薬を服《の》まされたわ。彼はもう二度と、以前の状態には戻れなかった。施設から出てきたあと、スクラブランズに引っ越したの。先代のスナウチさんが分けてくれた土地に、ずっと住み着いているわ。隠遁生活をして、風変わりだけど、蠅一匹殺さない人よ。誰も何も言わないけど、気遣ってあげている人もいる。食べ物を持っていったりして」

「先代のスナウチ？　誰のことだ？」

「ハーリー・スナウチの父親、エリックよ。数年前に亡くなったわ。わたしの祖父ということになるわね。母の言っていたことが本当なら」

「確信がなさそうだね」

「いいえ、確信はあるわよ。母が嘘をついたことは一度もないわ。ましてや、これだけ大事なことだったら。でもわたしが子どもだったころ、成長して本当のことがわかるようになる前から、どこかにいるハーリーという男の人がお父さんだということは知っていたの。わたしはよく、その人がリバーセンドに戻ってきて、彼と母が元どおりになって、わたしたちで本当の家族みたいに暮らせたらいいな、なんて夢見ていたのよ。のどかな暮らしがしたかった。そうすれば町の意地悪な子どもたちも悪口を言うのをやめて、ほかの標的を見つけたでしょう」

「いじめに遭ったのか？　そのことで、きみが標的に？」

「そのことが、いじめられたいちばんの理由だったわ。スナウチは刑務所にいたけど、彼の味方をする人も大勢いたの。その人たちはわたしの母がでっち上げをしているとか、ハーリーを誘惑したとか言ってなじり、娼婦呼ばわりまでしたわ。子どもがどんなことをするか、あなたにもわかるでしょう――両親がこそこそ話していることを、人前に出て大声で叫ぶのよ。結局は母が、本当は何があったのかを教えてくれた。だからわたしは、なぜみんなに悪口を言われるのかわかったの」

マーティンがかける言葉を見つける前に、店の扉が勢いよく開けられた。蛍光オレンジのつなぎを着たロビー・ハウス＝ジョーンズだった。巡査は戸口で立ち止まり、申し訳なさそうにマンディに目礼すると、マーティンに向かって言った。

「店の前に車があったんでね。ここにいてくれてよかったです。すぐ来てくれませんか？　森林火災が発生しました」そう言うなり踵を返し、店を出る。

　マーティンはマンディを見た。彼女は肩をすくめ、マーティンはロビーに続いて店を出た。マフィンは店に置いていったが、ジョッキは持って出た。木の煙の臭いが立ちこめている。キャンプファイアのような臭いが、突風に運ばれてきていた。ロビーは四輪駆動の警察車輛に乗りこみ、マーティンは助手席に乗った。

「わたしは森林火災を消火する方法を何も知らないんだが」

「当然でしょう。そばから離れないようにしてくれたら、われわれが守ります。だが、とにかく人手がいるんです。去年から六人以上も減ってしまったんでね」

「どうして？」

　ロビーはマーティンに向かって眉をひそめ、それから路上に注意を戻した。「どうしてだと思います？　バイロン・スウィフト、クレイグ・ランダーズ、アルフとトムとアレン・ニューカーク、ジェイミー・ランダーズ、それからパブの店主もですよ。ほかにも旱魃で、何人か町を出ていきました」

　ロビーは右折して幹線道路に出ると、消防団の建物に車を寄せた。扉は開いており、新しい給水車が出ていて、男性三人と女性二人が蛍光色の服を着、車のボンネットに広げた地図を覗きこんでいる。「新入りを連れてきましたよ、隊長」ロビーは笑みを浮かべ、マーティンとともに車を降りた。

「大歓迎だ。やあ、マーティン。ようこそわがチームへ」呼びかけたのはエロールだった。〈社交クラブ〉のバーテンダーだ。握手すると、たこができた皮膚はざらついていた。「ロビー、われわれはもう出動する。マーティンに防火服を着せてくれ。向こうの分かれ道で会おう」一同が給水車に乗りこむのと同時に、ロビーはマーティンを納屋に連れていき、蛍光オレンジのつなぎ、革手袋、ヘルメット、ゴーグルを着用させた。

革製のブーツを探し、マーティンが街から履いてきた靴と替えるのに、少し時間がかかった。それから二人は出発し、目抜き通りのヘイ通りに出た。

「どこへ向かっている？」マーティンは訊いた。

「スクラブランズです。平原から火が燃え移った。いまは木が燃えている。ものすごい勢いだ。ベリントンからの応援が到着するまで、幹線道路で食い止めます」

「灌木は消火しないのか？」

「誰も気にしないでしょう。どのみち、役に立たないんだから」

「住んでいる人たちは？」

「ああ、まだ残っているような愚かな人間がいたら、連れ出しましょう。森林火災について、何か知っていることはありますか、マーティン？」

「さっき言ったとおりだ。何も知らない」

「心配しなくても大丈夫、知るべきことはそんなにありません。いちばん大事なことは、ひとつだけ——死なないことだ。森林火災での主な死因はなんだと思います？」

「煙を吸いこむことか？」

「ちがう。それは家屋での火災です。あるいは街中の火災だ。森林火災で最も多いのは、単純明快で、熱によるものです。火の正面にいたら、数百度にもなる。まともに捕まったら、まさに生きたまま丸焼きです。だから何をしていようと、絶対に火の正面には立たないことです。水泳用プールや、農業用ダム、水タンクに避難した人の話を聞いたことがあるでしょう。あれは役に立ちません。確かに水に入れば焼死は免れるが、空気が過熱するので、息ができなくなる——肺のなかから焼けてしまうんです。だからわれわれは側面から消火活動に当たるんです。正面ではなく」

「正面と側面はどうやって区別すればいいんだ？」

　ロビーは声をあげて笑った。「火の場所を見ることです。それから煙が来る方向、風が吹く方向を見る。火がどちらに移動しているかを確かめて、正面には行かないように」

「話を聞けば単純そうだ」

「そのとおりですが、問題は風向きが変わったときです。たとえば、正面が一キロ、側面が十五キロの火があったとします。風向きが九十度変われば、その火は正面が十五キロ、側面が一キロになるんです。そいつがまっしぐらにこっちへ向かってくる」

「ぞっとするね」

「心配いりません。きょうはそういう危険はなさそうです。気象局によると、一日中、北西の風だ。外にいるときに火に捕まったら、隠れる場所を探してください。車の床に伏せ、ウールの毛布にくるまって助かった人がいます。ただしウインドウを閉じていて、しかも割れなかった場合です。そいつは運次第です。火の正面は五分から十分で通過し、そのあとは気温がふたたび下がります。それまで切り抜けられれば、助かる」

「そいつはすごい。ほかには？」

「ええ。上を見ることです。燃えている木には近づかないこと。仮に消えかかっているように見えても、です。落ちてくる枝は警告してくれませんからね。それに、水をたくさん飲むことです。自分で必要だと思っている以上に。喉が渇くのを待つことはない。脱水症状になったら危険です」

　二人は橋を渡った。少し標高が高い場所に来ると、マーティンには北西の地平線上に燃え上がる灰色の煙が見えた。快晴の青空にもうもうと煙がたなびいている。まだかなり遠いが、とてつもなく大きな火事だ。

　その十キロ先がスクラブランズの北限で、道の両側に病んだようなマルガの藪が広がっている。やがて車は灌木地帯に入る分かれ道に出た。ほんの数時間前、マーティンがコッジャー・ハリスの家を探して通った道だ。給水車が駐まっており、エロールと消防団の屈強そうな女性が、地元の住人と話している。ロビーとマーティンは四輪駆動車から飛び出した。

「おい、なんでそいつを連れてきた？」灰色交じりの長髪を後ろで束ねた男が、ロビーのほうを向いて言った。裂けたTシャツに脂じみたバンダナ、デニムジャケット、破れたジーンズ、ブーツという恰好だ。獰猛な絵柄の刺青が首の横を這い上がり、重そうな金のイヤリングを着けている。男の隣にはTシャツとジーンズ姿の小柄な女がいた。やはり腕に刺青を入れている。彼女の隣にはオートバイがあった。フロントフォークを伸ばした改造バイクで、袋をどっさり積んでいる。

「ばかなことを言うな、ジェイソン」エロールが言った。「助けに来てくれたんじゃないか」

「火事であろうがなかろうが、捜索令状がないとうちの土地には入れないぞ」

「だったら帰ってもいいんだぞ」ロビーが言った。

エロールは頭《かぶり》を振り、話を進めた。「とにかく、すぐにここを離れたほうがいい。コッジャーはまだいるのか？」

「ああ。俺とシャッザで家に立ち寄り、火事だと知らせてきたが、バイクには乗せられなかった。あんたたちが迎えに行って、連れ出してくれ」

「最優先でそうしよう。スナウチは？」

「気にする必要があるか？　車を持ってるだろう。自分でどうにかできるさ」

エロールはロビーのほうを向いた。「コッジャーを避難させてくれないか？　マキシーを連れていけ。時間を無駄にするな。あいつを捕まえたら、自分で運べるものだけ持たせて、あとは放っておーー」バイクに乗った男がさえぎった。

「さっさと失せろ、ジェイソン」ロビーが言い返した。「さもないとその袋の中身を見せてもらうぞ」

ジェイソンは黙った。

ロビーとマキシーは行動を開始し、マーティンはやるべきことを手短に指示された。彼はルイージという寡黙な若者の手助けをすることになった。ルイージは消防車に二本ついているホースの一本を持ち、方向を決める。マーティンは彼の二、三メートル後ろにつき、ごわごわしたホースの操作を補助する。農場の給水車が近づいてきた。消防車のタンクに補給する水を満載している。上空を軽飛行機が飛び、エロールが給水車の運転台についた無線で連絡を取り合っていた。そのあいだにも煙の雲は低く垂れこめ、広がりつづけている。青空が見えるのは南東だけだ。マーティンの前、二十メートル足らずのところで、四、五十頭のカンガルーが灌木のなかから猛スピードで飛び出し、道路を横切っていった。風がやんだ一瞬、最初の灰が降ってきた。黒い雪片のようだ。

「よし、みんな集まれ」エロールが叫んだ。「あと十五分もすれば、火はここまで来る。ベリントンの消防隊が到着するまでは二十分ぐらいだ。火の移動速度は速いが、正面はまだ狭い。われわれは路上にとどまって火の側面から消火を試み、そのあいだ監視活動は中止する。ベリントンの消防隊は幹線道路の東、グロンディリーズ線からまっすぐ灌木地帯に向かい、延焼を食い止めるために一帯を焼き払う。われわれにできることが終わったら、ベリントンの消防隊に合流するか、灌木の裏側に移動して、火が平原に燃え移るのを食い止める。何か質問は？」

沈黙が流れた。戦いを前にした戦士たちだ。風はふたたび吹きはじめ、いままでになく強くなった。

警告灯を点滅させたロビーの車が藪のなかから猛スピードで戻ってきて、消防車の隣に急ブレーキをかけて停まった。ロビーが飛び出してきた。「スナウチは来たか？」

エロールは首を振った。「いや、来ていない。酒を飲みに町に行っていないだろうな？」

「いや、ここにいるのはまちがいない。あの古狸《ふるだぬき》が、けさ車で戻ってくるのを見た」声の主はコッジャー・ハリスだった。いかにもちぐはぐな取り合わせの服を着て、ロビーの四輪駆動車から降りてくる。

「くそっ」ロビーは悪態をつき、エロールを見た。

「くそっ」エロールも言い、うつむいて眉を手で揉んだ。「くそったれ」

「あの人は車を持ってるわ。置いていきましょう」ジェイソンの恋人、シャッザが言った。

ロビーは首を振った。「いや、そんなわけにはいかない。わたしが避難させる」四輪駆動車へ駆け戻る。

なぜかわからないまま、マーティンもあとを追った。助手席のドアを開け、ロビーがエンジンをかけるのと同時に乗りこむ。「マーティン、だめです。降りてください」

「いや、いっしょに行こう」

「あんた、きわめつきの馬鹿野郎だな。だったら摑まれ」ロビーはエンジンを点火させるや、来た道を引き返し、土の道を藪のなかへ戻った。「彼を捕まえ、後部座席に乗せたら、すぐに車を出すぞ、わかったな？」

マーティンが了解の印にうなったあと、二人とも無言のまま内心でスナウチを罵った。そのあいだ、外界の光景はいよいよこの世の終わりのようになり、空はかき曇って日が差さず、灰が降ってきて、なかには端が赤々と輝いているものもあった。四輪駆動車を駆って土の道を曲がるロビーは、一心不乱に運転し、自分たちの安全を顧みず、最高速度で突っ走っている。車はカーブを曲がりきった。と、道端に二頭のワラビーが立っていた。ロビーはブレーキをかけずに二頭を轢き、そのあとも減速しなかった。一頭はカンガルー除けのバンパーにぶち当たり、もう一頭は車輪の下敷きになった。アシストグリップを握りしめるマーティンの関節が白くなっている。ロビーは鬼気迫る表情で、暗がりを見据えた。空は漆黒の闇になり、煙の雲は低くなって、疾走する車のルーフまで下りてきている。陽差しは完全にさえぎられ、光は差さず、まるで夜間を運転しているようだ。ヘッドライトが霧のような煙を照射する。もうひとつカーブを曲がれば、開拓地に出る。マーティンの前に開拓地が見えてきた。ジャッキで持ち上げられ、タイヤがひとつなくなったGMホールデンの廃車。納屋。車庫。農業用ダムの土手。母屋。スナウチがそこにいた。庭用のホースを家に向け、振り返って、走ってきた車を見る。

ロビーとマーティンは同時に車を飛び出した。マーティンは自分より若い男に後れを取らなかった。

「車に乗れ！　すぐに避難する！」ロビーが叫んだ。

しかしスナウチは首を振った。「見ろ」彼は指さした。

マーティンは降り注ぐ灰のなか、その方向を見た。ついさっきまで石炭のように漆黒だった雲が、いまは血のように赤くなり、みるみるうちに明るくなっていく。まるで内側から輝いているかのようだ。敷地がオレンジの光に照らされる。そして遠く、風の向こうから何かが聞こえてきた——貨物列車のようなごうごうといううなりが、まっしぐらにこちらへ近づいてくる。

「車に乗れ！」ロビーが叫んだ。「ダムに向かう！」

「だめだ！」うなりのなか、スナウチが叫び返した。「母屋に入れ。レンガと石でできている。すぐに焼け落ちることはない！」

ロビーはうなずき、男たちは母屋へ駆けこんだ。先頭が巡査、ジャーナリストがまんなか、犯罪者まがいの初老の男がしんがりだ。轟音はすぐそこまで迫っている。マーティンは爆発音を聞いた。鞭《むち》を打つような音でもあり、銃声のようでもある。ベランダまで来たときに、灌木の向こうにそれがちらりと見えた。死をもたらすオレンジの舌のような火の手が。最後に扉をくぐったスナウチは、ノズルから水を撒き散らしながらホースを引いている。幅の広い中央の廊下を進むと、両側に部屋が見えた。屋内は暗く、目の前に迫る火だけが明るい。

ここはスナウチの家であり、主導権を握るのはスナウチだ。「家の奥は水で濡らして、窓は鎧戸を閉めた。だがベランダは全部木製だ。まちがいなく燃えるだろう。屋根はブリキだが、燃えさしがいくらか落ちてくるかもしれない。それでも壁は石とレンガでできているし、厚くて頑丈だ。そこに火と戦うチャンスが生まれる。いいか」そう言うとスナウチは二人にホースの水をかけ、びしょ濡れにして、つなぎの内側までノズルを入れて濡らしてから、水のしたたる濡れタオルをヘルメットの内側につけさせた。「こっちへ来い。奥から火を迎え撃ち、必要なら徐々に後退する。口を覆って、煙が出てきたら身体を低くしろ。いま来たところを引き返すことになるが、できるだけ後退を遅らせるんだ。いいな？」

その言葉が終わらないうちに、火の貨物列車が家の奥へと驀進《ばくしん》してきた。龍が餌食をむさぼるように、あたり一面が紅蓮《ぐれん》の霧に呑みこまれる。スナウチが先頭に立ち、汐《しお》の流れを押しとどめるようにホースの水を正面に撒いて火を防ぎ、ロビーとマーティンがそのあとに続いた。三人は台所に入った。まるで地獄から呼び出された悪夢の部屋のようだ。炎が迫っている、とマーティンは思った。いまにもここへ入ってきて、三人とも焼き尽くしてしまいそうだ。炎は生き物のようだった。蛇や龍のような。流しは水で一杯だ。床にはバケツに汲んだ水がいくつも並んでいる。スナウチが用意していたのだ。熱はすさまじく、信じがたいほどだった。

ロビーが水の入ったバケツを持ち、台所の隣の部屋に向かった。巡査の身体から湯気がもうもうと立っている。湯気だ。マーティンは自分の身体を見た。湯気は彼からも上がっていた。どれぐらい熱いのだろう？ふたたびホースの水をかけられ、身をまかせた。目を上げると、スナウチがホースを自らに向け、空のバケツを手に戻ってきたロビーにもかけている。マーティンはバケツを摑み、台所の反対側にある部屋に駆けこむと、ガラスが割れないように願いながらカーテンに水をかけた。窓には鎧戸が下ろされ、ガラスを守っていたが、火はまるでX線のように鎧戸を通過してなかに入りこもうとし、木も窓ガラスもやすやすと突き抜けてカーテンに手を伸ばそうとしている。室内に目を走らせると、きちょうめんに片づいた部屋には、小児用ベッド、ヒノキの鏡台があり、壁に掛かった絵は金の額縁に収まっている。それから彼は台所に引き返し、両腕を大きく広げてスナウチのホースから水を浴びた。

　屋内に煙が漂ってきた。窓や扉越しに、燃える灌木やベランダからの煙が入りこんでくる。木の鎧戸が爆発し、炎に包まれた。スナウチは窓枠に水をかけた。もうひとつの鎧戸も弾け飛び、猛火に包まれる。スナウチは部屋から部屋へ、すばやく水を浴びせてから後退した。室内に煙が充満しはじめている。男たちは廊下に戻った。マーティンとスナウチが台所側の扉を濡らしてから、最後にロビーが閉めた。

　スナウチは廊下側の扉にホースの水をかけ、それからロビーにも水を浴びせて、つなぎの内側も濡らしてから、マーティンにも同じことをし、大音声《だいおんじょう》で叫んだ。

「火は台所から屋根に燃え移るはずだ。これから家の正面に向かう。崩れてくる屋根の下敷きになりたくないだろう」さらに何か言いかけたとき、ホースがゴボゴボと咳きこむような音をたて、水が止まった。男たちは険しい顔を見合わせた。閉めきった台所の扉から押し寄せてくる熱がマーティンに伝わってきた。「ポンプ室が火に呑まれたんだ。火の正面が移動してくる。少なくとも五十メートルはあるだろう」

　三人は廊下を後退した。ロビーが先頭に立ち、正面扉へ走って、だらりとしたホースを使って叩きつけるように閉める。スナウチの動きはやや緩慢で、廊下の扉から各部屋に別れを告げるように覗きこむと、扉をしっかり閉めた。そのとき初めて、マーティンは立ち止まって屋内を見まわすことができた。厚さ一フィートの壁、高い天井、カウリマツの床、家をぐるりと囲むベランダ。開拓地の掘っ立て小屋ではなく、波形鉄板を使ったにわか造りの家でもない。十九世紀に建てられた牧場主の邸宅だ。垣間見えた正餐室では、磨き抜かれた大きな木のテーブルを十脚以上の椅子が囲み、重厚な食器棚もあった。クリスタルガラスのデカンター、カットガラスのタンブラー、シャンデリア。鎧戸は炎上している。扉が閉まった。もうひとつの部屋は書斎で、広々としたマホガニーの机は書類で覆われ、装飾的なペンとインク瓶、定規やマーカーペンや拡大鏡が並んでいる。サイドテーブルにはコンピュータとプリンターがあった。壁には古風な地図が貼ってある。スナウチは書斎の扉も閉めた。

　三人は正面玄関に集まった。マーティンは手袋を脱ぎ、扉に手を当ててみた。やっぱり熱い。きっと外側は燃えているだろう。それでも、頑丈な硬材でできた扉だ。廊下には煙が充満しつつある。

「聞け」スナウチが命じた。

　マーティンは猛り狂う炎のなか、耳を澄ました。自分自身のあえぎと鼓動が聞こえてくる。「なんだ？」

「火は思ったほど大きくない。いま正面が通過しているところだ」

　三人はふたたび視線を交わした。まだ窮地を脱したわけではないものの、ひと筋の希望が見えてきた。もうすぐだろう。火の龍《ドラゴン》が家を通りすぎたら、ひとまず安全だ。三人は切り抜けられるかもしれない。ところが、はかない希望を打ち砕くかのように、家の奥がすさまじい音をたてて崩れはじめた。台所が持ちこたえられなくなり、天井が落ちてきているのだ。いま一度大音響がし、台所の扉が地獄の入口のように勢いよく開いた。マーティンの顔を、もうもうたる煙と熱が襲う。

「こっちだ！」スナウチが声を張った。二人を側面の扉へ先導し、叩きつけて閉める。応接間のような部屋で、家具には覆いがかかっていた。「そう長くここにはいられない。屋根が落ちてくるだろう。廊下はすぐにでも燃えるはずだ。床板は百三十年前のものだからな。廊下側の窓を見ればわかる。鎧戸か扉が燃えだしたら、正面側の窓から脱出するぞ。いいか？　正面のベランダは舗装されているが、日よけには火がついているかもしれない。全速力で私道まで走り、土の上にうつぶせになって、車や家や燃えやすいものからは離れろ。わかったか？」

ロビーとマーティンはうなずいた。

家の断末魔の悲鳴が、極限まで高まっている――鉄は軋み、木材は弾け飛び、猛火が咆吼して、立ち去っていく龍の雄《お》叫《たけ》びが聞こえるようだ。マーティンのつなぎの内側は濡れていたが、顔は紙のようにかさかさだった。二人の顔を見ると、日焼けしたように赤い。廊下側の窓が煙に包まれ、申し訳なさそうにゆっくり燃えだした。煙が廊下の扉の下から噴き出してくる。マーティンは喉がひりつき、咳が止まらなくなった。

スナウチは逃走経路を覆っているカーテンを引き裂いた。手袋を脱ぎ、ほんの一瞬ガラスに手を触れ、それから少しずつ掌を押しつけた。振り返り、促すようにうなずく。「窓を開けたら、隙間風で火が入ってくるだろう。すばやく行動するんだ。鎧戸を強く打って開けろ。掛け金は簡単に外れるはずだ。先頭はロビー、次はマーティンだ。用意はいいか？」

二人ともうなずいた。

スナウチはサッシの窓を開けようとし、途中で手を止めた。小走りに部屋を横切り、革張りのオットマンを抱えて戻ると、窓の下にそれを置く。彼があたりを見わたして何か言おうとしたとき、炎に包まれていた木と金属が世にも恐ろしい悲鳴をあげ、屋根の一部が雷のような音をたてて陥没した。スナウチは窓を押し上げた。しかしびくともしない。ロビーとマーティンがすぐに助けようと動いたが、スナウチがもう一度押すと、サッシの窓が上がった。ロビーが身を乗り出し、手の甲で鎧戸を叩いて開ける。何も見えなかった――渦を巻く黒煙の壁に、ところどころ赤い亀裂が入った。ロビーは片脚を上げて虚空に出し、マーティンに寄りかかってもう片方の脚も出した。顔をゆがめ、身体を反らして窓を通り抜けると、その姿は消えた。マーティンもすぐあとに続こうとオットマンの上に立ち、身をかがめて窓枠を踏み、背中をこすりながら、半ば落ちるようにしてベランダに出た。それから煙のなかを、とめどなく咳をしながら必死で走った。二、三メートル進んだところで、ベランダの端から地面に落ちてつんのめった。その勢いで、煙がくすぶる藪を抜けて私道の土に出られた。うつぶせになり、息を吸いこんで咳を止めようとする。少し空気を吸えたが、肺が焼けつくようだ。力を奮い起こし、低くかがんだまま走った。ゴーグル越しに、しだいに周囲が見えてきた。警察車輛は炎上している。車を迂回し、ひらけた地面に出て砂利に身体を投げ出すと、手袋を嵌めた手で顔を覆ってうつぶせになった。あたりは燃えさかる炎の音と光と煙に満ちている。マーティンはじっと動かずに横たわった。考えるのも怖かった。

ロビー・ハウス＝ジョーンズは酔っていた。〈リバーセンド社交＆ボウリングクラブ〉で椅子に座って身体を揺らし、ろれつがまわらなくなってきている。隣に座っているマーティン・スカーズデンは対照的に、まったく酔った気がしなかった。若者と同じく、立てつづけに飲んでいるのだが。一杯目のビールはほとんど蒸発したように、瞬時になくなった。そのあとも彼らを止めるものは何もなかった。誰一人止めようとはしない。九死に一生を得た者は、ほしいだけ酒を飲んで我に返るのだ。ほかの消防団員も、二人にひけを取らないほど飲んでいる。隊長のエロールは各自に報告を命じたあと、〈社交クラブ〉の支配人としてスクラブランズの英雄たちに飲み放題を許可したのだ。最初のうち、一同は静かに、それぞれ物思いに耽りながら飲んでいたが、いまは騒がしくなっている。恐怖の午後は過ぎ去り、生きて帰ってきた喜びに浸っているのだ。

「やれやれ。あんたたち三人とも、もうだめかと思ったわよ」マキシーは頭を振り、もう数えきれないほど同じ言葉を繰り返している。「火の正面が道路を通りすぎても戻ってこなかったから、もうこれまでだと覚悟したわ。ゲームオーバーだと」実際のところ、彼女は誰に向かって話しているでもなく、耳を傾けている者もいなかったが、それでも同じ話を繰り返した。

「あのときの眺めは忘れられないね。車で家の前まで行ってみたら、あんたたちがいたじゃない。三人とも、その場に座って待っていた。あのときのことは忘れられない。奇跡ってあるものね」

ロビーが身体を前に出し、マーティンの首に腕をまわして、片手でビールを掲げた。「マーティン・ぶっ飛びスカーズデンに乾杯。おかげでみんな助かった！」笑いながら乾杯し、ビールをごくごく飲み干して、こぼしても気にしない。ほかの団員たちもグラスを掲げ、笑いながら飲んでいる。マーティンの考えでは、ヘルペスに乾杯しても一同は喝采するだろう。今夜は無礼講だ。誰も目くじらを立てる者はいない。

テーブルに散らばった団員たちは、まだつなぎの防火服を着たままで、ヘルメット、手袋、ゴーグルはあちこちに放り出している。ほかにも客は来ていた。この日の劇的な出来事に、町の住人たちが引き寄せられてきたのだ。コッジャー・ハリスは一人きりで座り、消防団からも町の人たちからも離れて、静かに大きなグラスのウイスキーをすすっている。泣いているようだ。男が一人、通りしなに慰めるように背中を叩いていったが、立ち止まって話しかけることはなかった。

店内がどよめき、入口からベリントンの消防隊が入ってきた。リバーセンドの消防団が千鳥足で立ち上がる。いっせいに握手が交わされ、背中が叩かれて、団員と隊員が笑いさざめき、あたりはむせかえるような火と煙の臭いに包まれた。テーブルがくっつけられ、椅子が引き寄せられる。エロールがカウンターに行き、新来の団体客にジョッキを持ってくるようスタッフに告げた。マキシーがまた同じ話を始めた。「やれやれ、うちの三人がもうだめかと思ったんだけどね……」

マーティンは窓越しに干上がった川を眺めた。ついさっきまで夕方近くだと思っていたのに、外はいつの間にか夜になっている。

新来の団体客は大ジョッキを一気に空け、彼らの戦いを振り返った。マーティンはその話を聞き、火災が幹線道路のそばで食い止められたことを知った——リバーセンドの消防団が側面から狭め、ベリントンの消防隊は火の手が広がるより先にグロンディリーズ線に到着して周囲を焼き払い、火の正面を食い止めると、灌木地帯での監視活動を引き受けたのだ。いまは二番隊が交替し、夜間の監視活動は三番隊が担うことになっている。彼らの話によれば、森林火災は何週間もくすぶり、雨が降るまでは安心できないらしい。

マーティンは気がつくと、ロビーの隣でカウンターにもたれていた。二人とも身体を支えるものが必要なのだ。「スナウチを一晩中あそこに放っておいてよかったと思うか？」

「もちろん。彼しだいだがね。来たければ町に来ていただろうさ。彼の話は聞いただろう」

「ああ、聞いた。だとしても、彼はすべてを失ったんだ」

「それはそうだ」

「彼の家については、どんな話があるんだ？　気づいたか？　あれは相当な屋敷だった」

「ああ、気づいたさ。あの場所に土地を持っているのは知っていた。あのへんは水源《スプリングフィールズ》地と呼ばれているんだ。でも、あんなに立派だとは知らなかったよ。詳しいことは地元の人に訊くといい」

「きみは地元の人間じゃないのか？」

「ちがうよ」ロビーは声をあげて笑った。「四年前に赴任したばかりだ。どんな仕事でも一人前になるには、最低十年はかかる。警官ならその倍だ」

　マーティンは笑みを浮かべた。「ジャーナリストなら、さらにその倍だ」カウンターのピッチャーに手を伸ばし、二人のグラスにビールを注ぎ足す。「それでもあの男は万事心得ていたな。そう思わないか？　火事場をあれほど掌握できるとは。大した浮浪者だ」

「そうだな。わたしもときどき不思議に思う」

　二人は客の群れを見ているのではなく、バーカウンターに顔を向けていた。

　長い沈黙を経て、ようやくロビーが低い声で言った。

「彼はなぜあんなことをしたんだろう、マーティン？　なぜ彼は銃撃事件を起こしたんだ？　わたしにはいまだに理解できない」

「わたしもだ、ロビー。まったくわからないよ」

「いつかわかるときが来るだろうか？」

　マーティンはため息をついた。「たぶん来ないだろう」

　二人はまた押し黙り、もうビールは飲まず、考えに耽った。マーティンは巡査を見た。ビールをじっと見ている顔には、まだあどけなさが残っている。実際、彼はまだ若いのだ。マーティンは自分にできることがあればいいのにと思ったが、人の物思いを邪魔しないことにした。

　ようやく、ロビーはマーティンに顔を向けた。もう酔っ払っているようには見えなかった。「彼はあることを言っていたんだ、マーティン」

「誰が？」

「バイロンだ。わたしに撃たれる前に」

「前に聞いたよ。彼は確か、きみが来るのを待っていたと言ったはずだ」

「いや、それだけじゃないんだ。もうひとつ、別のことを言っていた」

「教えてくれ」

「記事に引用してはいけないし、警察関係者から聞いたと言ってもいけない。ただし、あと一、二カ月で検死審問があるから、そのときに公表されるだろう。それにこの町にはすでに、それを知っている人たちもいる。いずれあなたにもわかるだろう」

　マーティンは待った。

「銃を構えて発砲する前に、彼はこう言ったんだ。『ハーリー・スナウチがすべてを知っている』と」

「ハーリー・スナウチがすべてを知っている？　どういうことだ」

「かいもく見当もつかない。わたしにもわからないんだ。スナウチも事情聴取を受けたのはわかっている。それも念入りに。しかし前にも言ったとおり、わたしは事件の捜査にはかかわれないんだ」

「じゃあきみは、どういう意味だったと思う？」

「さあね。スナウチが何を知っているにせよ、わたしにはもちろん、誰にも言わないだろう。それがなんなのか考えると夜も眠れないことがあるが、いくら考えてもわからない。本当に、さっぱりわからないんだ」

若い巡査はグラスのビールに視線を落としたが、マーティンにはなんと言っていいのかわからなかった。

　静けさが室内にこだまし、マーティンは思わず振り向いた。二、三フィート離れたところに立ち、二人を見ているのはマンディ・ブロンドだった。白いブラウスにジーンズという恰好で、その清潔さは、煤《すす》で汚れた汗臭い消防団員のなかでいっそう引き立っていた。

「やあ」マーティンは言った。

「こんばんは、マーティン」マンディが言った。

　ロビーは彼女の声で初めて振り返った。

「こんばんは、ロビー」その言葉とともに彼女は二人に歩み寄り、ロビーの唇にキスすると、マーティンにも同じことをした。それから一歩あとずさりし、片手でマーティンの手を、もう片方の手でロビーの手を握りしめた。「ありがとう。彼を救ってくれて、ありがとう」

　マーティンは彼女の肩越しに、座って二人を見ているコッジャーに目を向けたが、実際には二人を見ているのではなかった。彼はマンディの尻を眺めているようだった。

「あれはコッジャーじゃない、マーティン」ロビーは言った。「ハーリー・スナウチだ」

第八章　ストーカー

　マーティンはガザ地区のメルセデスのトランクに戻っていた。だが今度は温かく、安全な暗がりで、しかもなぜかいい匂いがした。外では赤ん坊が泣き、この世の不正義を嘆いているが、マーティンは繭にくるまれたように安らかで、いい気持ちだ。夢心地で寝返りを打ったとき、なんの前触れもなしに肋骨を蹴られた。たちまち目が覚め、不安に駆られる間もなく、すぐに腹部をもう一度蹴られた。目を開けても、いまどこにいるのかすぐには思い出せなかった。大きなベッドの上にいる。マンディが彼を見、声をあげて笑っていた。

「いったい――？」と言いかけたところで、またも蹴られた。毛布からあとずさる。二人のあいだには赤ん坊がいて、ぽっちゃりした脚をばたつかせていた。

マンディがまた笑い声をあげる。「リアムよ。朝になったらわたしのベッドに連れてくるの」

マーティンは蹴られた肋骨を揉んだ。「痛いよ。ロバに蹴られたみたいだ」

「そうなのよ」

そのあと、厨房のテーブルで朝食をとりながら、マーティンは徐々に昨夜の出来事を思い出した。身体はくたくただ。森林火災との戦いのあと、ビールを痛飲し、マンディと一夜を過ごして愉悦に浸ったからだ。彼はコーヒーを飲み、マフィンを味わって、兆してきた二日酔いをやわらげようと痛み止めの錠剤を服んだ。いまはただ座り、いっしょにいる時間を楽しんで、胃を落ち着けたかったが、いやでも考えないわけにはいかなかった。「マンディ、昨夜のことは……」

「ご不満だった？」

「いや、まさか。そんなはずはないさ」マンディは笑みを浮かべ、彼の反応を楽しんでいる。マーティンは自らの不利な立場を悟った——美しく、自信に満ちた若い女と親密な関係になった中年男の立場だ。それでもマーティンは思い切って言った。「ひとつ、わからないんだ」

「何が？」

「ハーリー・スナウチのことだ。きみは彼を憎んでいると思っていた。ところが昨夜のきみは、彼を助けたロビーとわたしに感謝しているように見えた」

マンディはしばらく無言だった。目が潤み、額にほんのわずかな皺ができる。「わかっているわ。おかしな話でしょ？」

「いや、そんなことはない」

「それはね、いまとちがった展開になっていたらと思うことがあるからなの。子どものころに夢見ていたように」

「マンディ、きみはもう子どもじゃない」

「わかってるわよ。じゃああなたは、わたしがどうすべきだと思う？」

「まじめに訊いてるのかい？」

「まじめに訊いてるわ」

「きみはこの町を出るべきだと思う。スナウチがきみの母親の言っていたような人間なら、息子さんのお祖父さんとはとても呼べない。リアムのことを考えるべきだ」

　マンダレー・ブロンドは何も言わなかった。

　ブックカフェを出るとすぐ、マーティンは腹いせのような二日酔いに襲われた。目の眩むようなリバーセンドの陽光に顔をしかめる。頭がずきずきした。溶鉱炉のようなヘイ通りに足を踏み出したとたん、胃液がこみ上げてきた。町じゅうに木の焦げた臭いが漂っている。かなり強い臭いだ。前日駐めておいたままの車に乗りこんだ。ありがたいことに、車は店の日よけの陰で、車内は夜のあいだに涼しくなっていた。前部座席に水の入ったペットボトルがあった。マーティンは水をぐいと飲んだ。喉を下るときにはおいしかったが、胃はいまにも反乱を起こしそうだ。

　〈ブラックドッグ〉に戻り、シャワーの水の下に立って、執拗な煙の臭いを洗い落とそうとした。だがリバーセンドの沼から汲み上げられた水は塩素臭い。モーテルに備えつけてあった安物のシャンプーで髪を洗おうとする。三回洗い流したら、ようやく少し石鹸の匂いがしてきた。両手の指先が、あっという間に皺になるのを見ても驚きはなかった。それでもマーティンは、二日酔いと疲労に苛まれながら、この一年にはなかったほど生きている実感を覚えていた。ロビーとのインタビュー、ジェイミー・ランダーズの救出、大火災からの生還、マンディとの一夜。この旱魃に苦しむ町で、マーティンは久方ぶりに血潮が滾《たぎ》るのを感じた。顔を拭き、鏡に映してみる。煙と酒で目は血走っているものの、陽光を浴びた顔には血色が戻り、無精髭のおかげで顎の輪郭が引きしまって見える。笑顔を作ろうとし、映った顔を見て、今度は本物の笑みを浮かべた。かつての新進気鋭の若き特派員はもうそこにはいないが、まだ老いぼれているわけでもない。マンディの好意が単なる感謝以上のものに思えるのは、希望的観測のなせる業だろうか。

記事の内容を考えてみた。最初に依頼された取材企画は、銃撃事件から一年経ったリバーセンドの町の様子を伝えるというものだ。マーティンは焦点を絞ることで、もっとよいものにできるはずだと思っている。この町の人々は単に心の傷を癒そうとしているのではなく、ありし日の牧師の記憶をめぐって分裂しているのだ。すなわち、大量殺人者にして小児性愛者のそしりを受けた人間が、それにもかかわらず、愛情をもって回想されている。やはり記事の中核をなすのは、ロビー・ハウス＝ジョーンズ巡査のインタビューになるだろう。少なくともその前半部は必要不可欠だ。それから、インタビューを承諾してくれたフラン・ランダーズはいったい何を語るだろう？　興味をそそられるところだ。五人を射殺したスウィフトを、いまだに賞賛すべき男だと言う人々がいる――コッジャー・ハリス、教会にいた少年、マンディ。一方で、彼はやはり非難に値すると考える人々もいた――ハーリー・スナウチやロビーのように。

しかし、マーティンは依然として取っかかりが摑めなかった。そもそも牧師がなぜ大量殺人犯になったのかがわからないのだ。あれはスウィフトが精神病質者であることを裏づける事件だったのか、それとも彼が小児性愛者だと告発する人々を黙らせるためだったのか、それともまったくちがう真相が隠されているのか？　社交的で人気があり、自分の時間や労力を喜んで人々のために捧げた若い牧師。同時に射撃を好み、酒を飲み、マリファナを吸っていた牧師。そして賞を獲得したダーシー・デフォーの記事によれば、児童を性的に虐待していた牧師。デフォーはときおり脚色を加えることはあるが、こうした問題ででっち上げを書くようなことはしない。きちんとした裏づけがあるにちがいないのだ。ということは、若い牧師は偽りの人生を送っていたことになる。それなのに、マンディもコッジャーもルーク少年も、その告発を信じていない。ではどういうことなのか？　ロビーに射殺される前、バイロン・スウィフトはなぜ、「ハーリー・スナウチがすべてを知っている」と言ったのだろうか？　ハーリー・スナウチは何を知っているのだろう？　スナウチが牧師の虐待を裏づける事実を知り、五人の告発者を射殺した理由も知っているとしたら、牧師が最後に巡査に向けて、わざわざスナウチの名前を挙げたのはいったいどういうわけなのか？　まったくつじつまが合わない。

　マーティンは腕時計を見た。午前九時半、まだ一日は始まったばかりだ。精神は覚醒してきたが、二日酔いはいよいよひどくなり、気温の上昇に比例して疲労も募ってきた。痛み止めをさらに二錠服み、ベッドにもぐった。いまは休養が必要だ。

　十一時に目が覚めたときには、やや気分がよくなっていたが、灼熱の陽光はさらに苛酷に感じる。外に出てみると、風は弱く、火災がまた起きたとしても煽られることはなさそうだが、ただただ暑く、乾燥して、くすぶる煙の臭いも充満していた。スクラブランズの火災から上がった煙は町まで広がってきたが、逃げ場はなく、煙を濾《こ》すこともできない。太陽熱は強まる一方で、弱まることはなかった。モーテルの駐車場は日陰になっているのだが、車に乗りこむと暑さにむっとした。幹線道路に出、左折して目抜き通りに向かう。週に二度しか開店しない店がちらほら並んでいる一帯だ。ブックカフェを通りすぎると、思わず顔がほころび、長い橋に向かった。

十分後、前日に消防団が集まっていた分かれ道に出た。土の道は曲がりくねって北西の藪へ向かい、雑多な郵便箱が固まっている場所を通りすぎる。小道の右を見ると、藪は黒焦げになり、煙がくすぶっているが、左側は大半が無傷だ。消防団はここで、火の側面から消火活動をしたのだ。マーティンは車を停め、携帯電話で写真を何枚か撮ってから、ふたたび車を出した。

ほどなく、藪は道の両側で黒焦げになり、一人でここに来たのは果たして賢明だったのかと思いはじめたが、もう燃えるものはないと自らに言い聞かせて安心しようとした。周囲にはどこもかしこも煙が渦巻いている。昨夜、〈社交クラブ〉で聞いた話によると、マルガの灌木は何週間も、いや何カ月も煙がくすぶることがあり、根は地下で燃えつづけて、地上から見てもほとんどわからないという。火を完全に消し止めるには、土砂降りの雨を待つしかないらしい。マーティンは生気のない空を見上げた。突然の豪雨よりは、キリストの再臨のほうがありそうだ。森林火災のせいで、日陰はどこにもなくなってしまった。黒焦げの切り株からはいまだに煙が上がり、葉は失われている。

家畜の囲い地に来た。片方の杭は何事もなかったように立っており、漂白された頭蓋骨も無傷だ。だがもう片方の杭は黒ずんだ切り株にしか見えず、頭蓋骨はどこにも見当たらない。ここはコッジャーの家に向かう方角だ。遅ればせながらそう気づいた。来た道をまちがえたのだが、それでも車を降り、写真を撮ろうとした。そのとたん、異臭が鼻を衝いた——大惨事になったバーベキューのようだ。車からは見えなかった光景が目に入ってきた。柵に閉じこめられた家畜が焼け、日にさらされて膨張し、蠅がたかっている。マーティンは死骸に近づき、写真を撮ることで死んでいった家畜にいささかでも報いようとしたが、胃液がこみ上げるのを抑えられなくなり、砂と灰の上に嘔吐した。車に引き揚げる途中、もう一度吐き、エアコンの効いた別世界に逃げこむ。ボトルの水で口をゆすぎ、ドアから吐き出して、慎重に方向転換した。ここで車が嵌まるのは、なんとしても避けたかったのだ。〈ブラックドッグ〉でひと眠りして治まりかけていた頭痛が、かえってひどくなった。

　ようやくスナウチの土地、スプリングフィールズに向かう分かれ道を見つけた。車を徐行させ、二十四時間足らず前にロビーが猛スピードで走った小道に入る。消防団が彼らを救出しに来たときの痕跡が残っていた――チェーンソーで切り倒された木が、道から取り除かれている。あたりの風景はモノクロ写真のようだ。真っ黒になった切り株、灰色の煙、白い灰。空でさえも煙が立ちこめ、青というより灰色に近い。

　マーティンはスナウチの家屋敷、いやその名残に着いた。右側にはダムの土手と鉄板でできた機械庫があり、そちらは大火災の被害を受けていないが、ほかはすべて惨憺たるありさまだ。マーティンは焼けて骨組みだけになった警察の四輪駆動車の近くに車を駐めた。そのかたわらには、ジャッキで上げられたまま黒焦げになったスナウチのホールデンの廃車がある。母屋も焼け落ち、廃墟そのものだ。石造りの外階段、三本のレンガ造りの煙突、暖炉だけは焼け残り、その姿をさらしている。レンガと石造りの壁も大半が残り、頑丈さを証明しているが、崩壊した箇所もいくつかあった。まるで戦場だ。

　マーティンは周囲を歩いてみた。奥に鉄のコンロが見える。マーティン、ロビー、スナウチが最初に立てこもった台所だが、鉄と石とレンガ以外はことごとく灰になっていた。波形鉄板の屋根の断片が丸まったりねじれたりし、大惨事を飾る紙吹雪のように、廃墟の内側や中庭に散乱している。波形鉄板を風が吹き抜ける音だけが、静けさのうちに鳴り響く。

「スナウチ？」マーティンは機械庫に戻って呼びかけた。

彼は機械庫のなかにいた。片手にスパナを持ち、古いメルセデスのボンネットを上げて、上半身を突っこんでいる。四十年は経っていそうな車だが、紺の塗装は良好な状態だ。ただしタイヤはぺしゃんこだった。

「ああ、あんたか」背中に手を当てられ、スナウチは身体を起こした。

「調子はどうだい?」マーティンは訊いた。

「実を言えば、これがまったくいつもどおりでね。水はあるか?」

「ああ、もちろんあるよ」マーティンは車に戻り、ミネラルウォーターの大容量ペットボトルを三本持ってきて、スナウチに渡した。

「ありがとう」スナウチは言うが早いか、ボトルを開封し、一気に半分ほど空けた。「助かったよ。だいぶ気分がよくなった。ダムの水は灰だらけでね」

「いい車だね」

「また動かせるようになったら、の話だ」

「前に運転したのはいつだい?」

「覚えていない。三十年は前だ。父の車だったんでね。五年前に死んだ」

「うーん、自力だけでは難しいんじゃないかな。バッテリーはとっくにあがってるだろう。エンジンオイルは入れ替えないといけないだろうし、ギアボックスやデフのオイルも交換することになりそうだ。タイヤも取り替えないと」

「ああ、わかってるよ。単なる時間潰しだ。誰かが来るのを待っていたんだ。あんた、タバコを持ってないか?」

「いや。吸わないんでね」

「そうか、きょうびは誰も吸わないんだな」

　二人は車から離れた。スナウチはトラクターのタイヤの縁に座った。マーティンは古い果物の木箱を引き寄せた。スナウチがもう一度、水をごくごく飲む。まだ前日と同じ服を着ているので、煙の臭いと体臭がした。顔は煤で黒ずみ、目は赤く血走っている。見るからに憔悴《しょうすい》していた。

「来てくれてありがとう」

「いやいや」

マーティンはふたたび、スナウチの年齢が気になった。やはり年齢不詳だ。こうして見ると六十代のようだが、昨日の火事場で見せた奮闘ぶりは、若者にひけを取らないほど頼もしかった。

「これからどうする？」マーティンは訊いた。

「自分でもわからん。保険金が下りるまで、野宿でもするさ」

「保険に入っているのか？」

「ああ、そうだよ。驚いたかね？」

「ああ、驚いた」

初老の浮浪者にして、アルコール依存者でもあり、世評によれば重罪犯で、町の人たちから疎んじられている男。ところがその男は、手入れの行き届いた美しく由緒ある家屋敷に住み、保険もかけ、おんぼろの古いホールデンを運転していたはずだが、機械庫にはメルセデスをしまっていた。マーティンはスナウチの周囲を見まわしてみた。機械庫は埃をかぶっておらず、整頓されている。作業台があり、陰になった棚に工具が収納されていた。古く錆びついた工具もあるが、使いこまれて手入れされた工具もある。

「あの家だが、スナウチ──あんたの家だ──あれはすごい屋敷だった」

「そのとおりだ。いまは焼けて灰になってしまったが」

「あんたの家族が住んでいたのか？」

スナウチはマーティンを見つめ、水をぐいと飲んでから答えた。「そのとおりだ。スプリングフィールズには、一八四〇年代に移住してきた。家が建ったのは一八八〇年代だ。何百年ももつように建てられた。わたしがここに戻ってきたときには空き家になっていた。

それで修復している最中だったんだ。焼けてしまったのは、わたしの落ち度だ。裏側の木立を伐採しておくべきだった。そうしたら、きのうの火事でも無事だっただろう」

「あんたはここで育ったのか？」

「ここだけではない。こことジーロング（ビクトリア州でメルボルンに次ぐ都市）で育った」

「しかし、なぜここを維持していたんだ？　売り払って引っ越そうとは思わなかったのか？」

「なぜそうする必要がある？　ここはわたしに遺された土地だったんだ。いや、遺されていた土地だった。わたしはここを引き継がなければならなかったんだ」

「引き継ぐ？　誰に？」

「誰にだと思う？」

　答える代わりに、マーティンはここに来た本題を切り出した。「昨夜、〈社交クラブ〉で、ロビー・ハウス＝ジョーンズと話した。彼は相当酔っていたが」

「彼を責めるわけにはいかないだろう。わたしだってしこたま飲みたかったよ。ところが、家にあった酒は全部燃えてしまった。きっとそのせいで、屋根が吹き飛んだんだろう」

「ロビーはバイロン・スウィフトが死んだ日のことを言っていた。ロビーに射殺される前、スウィフトは最後に、『ハーリー・スナウチがすべて知っている』と言ったそうだ」

「ああ、警官どもはそう主張している」

「その言葉はいったい何を意味していたんだ？」

　スナウチは鼻から深く息を吸い、唇をきつく引き結んだあと、警戒を露わにしながら答えた。「見当もつかんよ。わたしはあのくずどもに数えきれないほどそのことを訊かれたんだ。ベリントンの太っちょウォーカーからも、シドニーの刑事どもからも。しかしわたしにもわからんのだ。特別に無料《ただ》で教えてやるが、とんだ迷惑な話だったよ。おかげで警察からは、児童への性的虐待やら何やら、いろいろ嫌疑をかけられた。結局わたしの嫌疑が晴れ、スウィフトが意味不明なことを言ったとわかるまで、ずいぶんかかったからな」

「それでもあんたは、彼を知っていたんだろう——スウィフト牧師を？」

「ああ、多少はね。このまえワインバーで言ったとおりだ」

「だったらなぜ、スウィフトはわざわざあんたの名を挙げて、あんたがすべてを知っていると言ったんだ？」

「だから知らんよ。この一年、わたしもずっとそのことを考えつづけた。しかし、いまだに手がかりはない」

マーティンはしばし考えた。これまでのところ、ほとんど収穫はない。「わかった。それなら、あんたは警察にはなんと言ったんだ？　あんたの嫌疑が晴れたのはなぜだ？」

スナウチは声をあげて笑った。「あんたは警官というものをよく知らないと見えるな、ヘミングウェイ？」

「どういうことだ？」

「あの連中が給料をもらっているのは、犯罪を解決して犯人を捕まえるためだ。しかしこの事件の場合、犯罪は解決され、犯人は死亡した。これにて一件落着というわけだ」

「一件落着だと？　五人も殺されたんだぞ」

「いかにも。検死官はいまだに、どうでもいいような細かいことを知りたがっているが、警察はそうではない。そんなことはまるっきり気にしていないんだ。事件は解決したんだからな。犯人は死亡した。町の保安官に心臓を撃ち抜かれて死んだのさ。『真昼の決闘』と同じだよ」

マーティンはスナウチの表情を観察した。灰と煤にまみれ、目は血走って潤んでいる。だが男の両手は膝に置かれ、完全に静止していた。震えはまったくない。

「ハーリー、ひとつ教えてほしい。マンダレー・ブロンドはあんたの娘か?」

「いや、彼女はわたしの娘ではない」

「彼女はそう思っている」

「ああ、知っているよ。母親からそう聞かされてきたからだ。キャサリンはずっと、わたしが彼女をレイプした結果、娘のマンダレーが生まれたと言いふらしてきた。そいつは何もかもたわごとだが、娘が母親の言うことを信じたからといって責められまい」

「マンダレーがあんたの娘でないのなら、あんたはなぜこの家屋敷を維持して彼女に引き継ごうとしている?」

　スナウチの目に何かがよぎり――心痛だろうか?――彼はしばし瞑目《めいもく》した。ふたたび目を開けたとき、マーティンはそこに悲しみを見て取った。

「あんたには関係ないことだ、お若いの」

「けれどもあんたはこの家屋敷を修復した。わたしはそれを見た。見事なものだった。マンダレーがあんたと無関係だったら、なぜわざわざそんなことをしていたんだ?」

「いやはや、あんたを見誤っていたようだ。あんたはヘミングウェイじゃない。ジークムント・くそフロイトだ」

「それに彼女があんたの娘ではないのなら、いったいなぜ彼女につきまとう?」

「彼女につきまとう、だと? マンダレーがそう言っているのか?」

「あんたがワインバーから覗き見していると言っていた」

「そいつは本当か?」

「そいつは本当か、だと? こっちが訊きたいよ。彼女があんたの娘じゃないなら、なぜそんなことをするんだ?」

「まったく精神分析家気取りだな、ジークムント――自分で突き止めてくれ」スナウチは挑発するように、マーティンを見据えた。

「わかったよ、ハーリー。それならわたしの考えを言おう。あんたは途方もなく哀れで心のねじ曲がったじじいだ。たったいまから、あんたは廃墟のワインバーから彼女を覗き見するのをやめ、彼女に自由に生きるチャンスを与えるべきだと思う。わかったか？」

スナウチが最初に示した反応は怒りだった。それが目によぎるのを、マーティンは見た。たとえ一瞬にせよ、マーティンは不安になった。この初老の男が襲いかかってくるのではないかと思ったのだ。だが、怒りは表われたときと同様、すぐに消え去り、激情は薄れていった。スナウチはわかったという印にうなずいた。マーティンは安堵を覚え、脅しを利かせたのが効いたかと思った。だが意外なことに、初老の男の目からは涙があふれ、煤だらけの顔を伝い落ちて筋を作った。

マーティンは頭を振り、立ち上がって言った。「やれやれ、ハーリー。落ち着いてくれ。あした、酒を持ってこよう。何も泣くことはないんだ。彼女があんたの娘じゃないのなら、そっとしておくべきだと言いたかっただけだ」

「そういうことじゃない。わたしが彼女を見ていたのは」

「だったらなぜだ？」

「あんたにはわかるまい」

「言ってみろ」

「彼女を見ていたのは、母親に生き写しだからだ」

「キャサリンに？」

「ああ、キャサリンに」

マーティンは言葉を失った。スナウチは失われた愛を求める無実の男なのだろうか、それともおのれがもたらした結果に苛まれている罪人だろうか。マーティンはじっと相手を見たが、スナウチの涙の理由を推し量ることはできなかった。それでもマーティンにはよくわかっていた。スナウチにもマンディにも、キャサリンが妊娠した真の理由がわかるはずはないのだと。

第九章　ベリントン

マーティンは町へ戻る途中、ブックカフェに立ち寄ってみた。だが扉には〈ちょっと出かけます、すぐ戻ります〉の札がかけられていたので、ふたたび車を出し、T字路で右折して消防団の建物、小麦用サイロ、〈ブラックドッグ〉を通過して町を出ると、リバーセンドとベリントンのあいだに横たわる長い平原で車を加速させた。がら空きの直線路に入った車は、もうリバーセンド町内の速度制限を受けることもなく、スクラブランズのでこぼこの小道にも煩わされずに楽しんでいるようだ。マーティンは時速百二十五キロまでアクセルを踏みこんだ。制限速度をはるかに超えているが、誰に知られることも、咎められることもない。

カーブに差しかかり、小型トラックの事故現場を通りかかったときには、わずかに速度を落とした。ガードレールにはまだ穴が開いているが、小型トラックは撤去されている。車を停めて一、二枚写真を撮ろうかとも思ったが、結局そのまま通過した。事故の記憶はいやでも脳裏に焼きついている。

　道路は無限に伸びているようだ。空には雲ひとつなく、森林火災の灰色の煙だけが後景に退いていく。光が揺らめく地平線上では、空と平原がひとつに溶け合っているようだ。木は一本もなかった。動物は死骸しかない。アデレードと東海岸を結ぶ深夜便のトラックに轢かれたのだ。カラスは一羽もいなかった。こう暑くては、真昼の日向に出てごちそうをついばむ気にもなれないのだろう。ダッシュボードの温度計は外気温を四十二度と表示している。

　マーティンはリバーセンドをめぐる、さまざまな大小の悲劇を思い起こした。妻子を失ったコッジャー・ハリス、レイプしたとそしりを受けた女性への愛を打ち明けるハーリー・スナウチ、母親がひらいたブックカフェを閉じて町を去ることができずにいるマンディ、セント・ジェイムズ教会で友人を殺したことに苛まれているロビー・ハウス＝ジョーンズ、夫を喪《うしな》ったフラン・ランダーズ、少年期の生活を引き裂いたおぞましい事件を受け止められずにいるルーク。翻《ひるがえ》って、マーティン自身に降りかかった出来事はどうだろう――ガザで起きた事件はなぜ、これほどまでに彼を責めさいなみ、心にのしかかってくるのか。煎じ詰めれば、マーティンが巻きこまれた事件では誰一人死んでおらず、彼自身が重傷を負ったわけでもない。リバーセンドの人々に比べれば、まだ恵まれているほうだ。マーティンは満足のいく答えを導き出せず、心は白昼夢に漂い、理想郷を思い描いた――彼とマンディで海岸のコテージに住み、海に吹きつける冬のスコールを眺めながら、満ち足りて遊ぶリアムを見守るのだ。

ベリントンの町が平原から忽然と現われた。真っ平らな茶色の大地が、虹色を帯びた緑に変わる。葡萄や柑橘の果樹園、灌漑用水で潤う草木が続いた。そして町並みがマレー川に沿って広がる。公園に車を駐め、公衆トイレで用を足してから、川沿いをそぞろ歩いてみた。青々と茂る草に覆われた高い土手のあいだを流れる川は、地形のわずかな起伏など意に介さないようだ。マーティンがどこかで聞いた話によれば、これは人工の川で、山奥にある巨大なダムによって制御されているらしい。だが、そんなことは気にならなかった。リバーセンドの干上がった川を見たあとでは、川に水があるだけでほっとする。ワライカワセミがけたたましい声でマーティンの到着を歓迎した。遠くのどこかで、バタンインコも鳴いている。マーティンは携帯電話を取り出し、電波の状態を示すアンテナピクトが表示されているのを見て安堵した。文明社会に戻ってきたのだ。

日陰のピクニック用テーブルの前に座り、メールを受信した。テキストメッセージがいくつか入っていたほか、編集委員のマックスから留守番電話があった。「元気でやってるか、兵士よ。取材は順調かな。携帯の電波は通じないと聞いた。連絡できるようになったら、状況を知らせてほしい。ではまた」折り返し電話をかけようかと思ったが、メールにした。**『すべて順調、取材も進んでいる。地元の警官のインタビューは上出来だった。さらに活動中。近いうちにまた連絡する』**

ラップトップの電源を立ち上げ、携帯電話を使ってネットに接続する。すぐに地元の警察署の電話番号を検索し、その場で電話をかけてハーブ・ウォーカー巡査長を出してほしいと頼んだ。応対した署員は、ウォーカーは外出中だがすぐに戻ると答えた。それでマーティンは自分の携帯電話の番号を告げた。インタビューに応じるようロビーに促したのはウォーカーなのだから、巡査長自身も喜んで協力してくれるはずだと期待していた。次にマーティンは、トルリーニ果物店の電話番号と住所を検索した。目抜き通りを一本入った路地にあるようだ。トルリーニの自宅の番号もわかった。グーグル・マップで確かめてみる。自宅は町を出て、川からそう遠くない場所にあるようだ。きっと家族経営の果樹園なのだろう。マレー川を眺めて考える。ゲリー・トルリーニとホレス・グロブナーはリバーセンドの教会で何をしていたのだろう？　クレイグ・ランダーズとニューカーク兄弟に、ただついていっただけなのか？　草木も生えない平原を通ってきたばかりのマーティンには、なんの用事もないのにわざわざリバーセンドまで出かける人間がいるとは思えなかった。ホレス・グロブナーの住所を検索すると、なんといま座っている場所の真向かいだった。これは運命に思えた。ラップトップとメモ帳を鞄にしまい、グロブナーの自宅へ向かう。その途中、公園に控えめに飾られた碑銘の前を通りかかった。通りすぎようとしたところで、子どもを悼む碑銘だと気づいた。マーティンは引き返し、携帯電話で写真を撮った。〈愛するジェシカとジョンティの記憶に捧げます。胸ふさがる思いとともに〉

めざす家はいかにも頑丈そうで、ご立派な赤レンガ造りだ。青々とした庭にはアジサイが満開で、〈井戸水しか使っていません〉と記された札がある。マーティンは写真を撮った。オーストラリア一大きな川からわずか百五十メートルのところに住んでいるのに、わざわざそんな札を掲げるとは。呼び鈴を鳴らす。家のなかからチャイムが聞こえた。

扉がひらき、ジャニス・グロブナー夫人が出てきた。大柄な体格を花柄のプリントドレスに包んだ姿は、脚がついたソファを思わせた。マーティンは自己紹介し、記事の取材をしていると言った。グロブナー夫人は気が進まないようだ。マーティンは粘った。グロブナー夫人はしぶしぶ彼を家に入れた。断わるのが失礼になるのではないかと思っているようだ。しかしいったんマーティンを座らせると、夫人は招かれざる客に紅茶を淹れると言って聞かなかった。彼は居間で待ちながら、花柄のソファの縁にかしこまって座っていた。ソファもグロブナー夫人も同じ柄だが、ちがいは夫人がまだいささか動けるところだ。ソファには飾りのついた覆いがかかり、友人や家族の脂っぽい頭から生地を守っている。マントルピースの上に額入りの写真が並んでいた。子どもたちと孫たち。いまよりはるかに若くほっそりし、ウェディングドレスを着たグロブナー夫人と新郎の白黒写真。カメラに向かって笑う赤ら顔の男は、もっと最近のカラー写真だ。ホレス・グロブナーにちがいない。両びらきの扉が開いているので、マーティンにはがっしりした木のテーブルの食卓が見えた。その上のふたつの大きな花瓶には、アジサイが活けてある。片方は青、もう片方はピンクのアジサイだ。

グロブナー夫人がお盆を運んで戻ってきた。赤と青のかぎ針編みの保温カバーをかぶせたティーポット、カップ、受け皿、カットガラスの砂糖壺、ミルク入れがお盆に載っている。自家製の焼き菓子もあった。デーツとクルミ入りだ。マーティンは弾かれたように立ち上がり、入れ子式に重なったテーブルを離して、それぞれを自分とグロブナー夫人の前に置いた。グロブナー夫人は母親役を演じ、紅茶を注いで、焼き菓子を勧めた。マーティンは子どもの役で、感謝して紅茶と焼き菓子を受け取った。社交的な儀礼をひととおり終えたところで、二人は向かい合わせに座り、紅茶をすすった。

「ミセス・グロブナー、突然押しかけて申し訳ありません。なかなか簡単には答えていただけないかもしれませんが、ご意見を伺えると幸いです。記事の締めくくりの箇所で参考にさせていただきたいと思いまして」

　ジャニス・グロブナーはうなずいた。

　マーティンはインタビューを録音していいかどうか、許可を求めた。

　ふたたび夫人がうなずく。

　マーティンはなるべく当たり障りのない質問から始めた——ホレスさんはどのような方でしたか？

　すばらしい父親で、一家の大黒柱でした。

　地元での評判は？

　とてもよかったです。彼は地域のために尽くしていました。

　それから二十分ほどのインタビューで、マーティンはホレスとジャニスのグロブナー夫妻について、確固たる印象を抱いた——良識と嗜みがあり、きわめて退屈だ。それだけに、ホレスがあのように稀有な人生の終わりを迎えたのが不思議だった。単調そのものだった六十四年の歳月を、冷血漢で大量殺人犯の牧師に射殺されて締めくくったのが。

「ミセス・グロブナー、スウィフト牧師がご主人になぜ危害を加えようと思ったのか、心当たりはありませんか？」

「夫に危害を加えようとしたのではないと思います。あの牧師に後ろ暗いところがあったんでしょう。かわいそうなホリーは、運悪くたまたまあの場所に居合わせたのです。それだけのことです」

「確かにそのように思えます。ではなぜ、ご主人が運悪くたまたまあの場所に居合わせたのかご存じですか？　ご主人はリバーセンドの教会の礼拝に出席しようとしていたのですか？」

「考えにくいわね。いままで、そんなことをしたためしはありませんから」

「だったらなぜ、あそこにいたのでしょう？」

「わかりませんわ。ごめんなさい」

「ご主人はリバーセンドにひんぱんに出かけていまし

たか？」

「ときどき行っていました。でも教会にではありません」

「ご主人は、射殺されたほかの男性のどなたかと知り合いでしたか？」

「ええ。全員と知り合いでした」

「全員、ですか？」

「全員です」

「どうしてそうなったのですか？　被害者のうち三人はリバーセンドの住人だと思っていましたが」

「ええ、そうですよ。でも夫はまちがいなく、全員を知っていました」

「どうしてです？」

「釣り友だちだったのです。いっしょに釣りや狩猟をしていました。〈ベリントン釣り同好会〉と呼んでいましたわ。ひとつお目にかけましょう」そう言うと、夫人は太い前腕で肘掛けをピストンさながらに押し、ふいごのように息を吐いて、心地よく収まっていた椅子から立ち上がろうとした。それほどの努力を強いたことに、マーティンはかすかな疚《やま》しさを覚えた。それでもグロブナー夫人はすぐに立ち上がって家の奥に向かい、ややあって、マレーコッドの大きな頭を抱えて戻ってきた。相当の大魚で、剥製にして台に据えつけられ、口を開けたまま固定されている。夫人は剥製をマーティンに手渡した。受け取ったマーティンはいささか動揺し、胃の奥でかすかな吐き気を覚えた。けさの二日酔いの名残《なごり》だ。

「大きいですね」マーティンはほかに言うべき言葉が浮かばなかった。

「車庫にもっとたくさんありますわ。ホリーの趣味でしたの。以前は家のなかに置いていたんですけど、主人が亡くなってから移したんです。あの人が気を悪くしないといいんですけど」

「ご主人はきっとわかってくれますよ」

「うーん。そうねえ」

「ミセス・グロブナー、その会は——なんと言いましたっけ?」

「〈ベリントン釣り同好会〉ね」

「そう、〈ベリントン釣り同好会〉です。それは公式の団体でしたか、それとも単なる釣り仲間の集まりだったんですか?」

「釣りと狩猟です。でも、おっしゃるとおりです。単なる友人の集まりでした。年に二回ぐらい、いっしょに出かけていましたわ。週末と祝日が重なって連休になると、バーマーの森に行って釣りとキャンプをしていました。ホリーはそれはもう楽しみにしていたんです」

「では、釣りも狩猟もしていないときには? それでも同好会の人たちは集まっていましたか?」

「いいえ、そんなことはありませんでした。ホリーとゲリー・トルリーニはボウルズ（ボウリングの前身で、芝生の上で行なう球技）クラブでよく会っていましたが、リバーセンドの人たちとはそんなにひんぱんには会っていませんでした。ホリーとわたしは、ボウルズクラブのメンバーと仲がよかったんです。そのメンバーで、釣り同好会にも入っていた人たちが何人かいます。でも乱射事件のあった日、その人たちはリバーセンドにはいませんでした。もっと詳しいことを知りたければ、ボウルズクラブのレン・ハーディングに訊いてみてください。酒場を経営しているので、そこに行けばたいがい会えますよ。でも、こんなことがあなたの記事の参考になるかどうかはわかりませんけど」

「ごもっともです、ミセス・グロブナー。本当にごもっともです。もっと質問の範囲を絞るべきでした。上役の編集委員からもよくそう言われます。それでも、最後にひとつかふたつだけ、お伺いしたいことがあるのですが」

「どんなことですか」

「あなたは狩猟とおっしゃいました。ご主人とそのお仲間は、スクラブランズに射撃に行ったことはありますか？」

「リバーセンドの近くのことですか？」

「そのとおりです。町外れにある灌木地帯で、大半は州有地です」

「ええ、そうですわ。そこに行っていました。狩りをするときには。土曜日に出かけ、日曜日にもう一度出かけていました。教会で何をしていたのかはさっぱりわかりませんけど。ちょっとお待ちください。車庫にオポッサムの剥製もあるんです。きっとスクラブランズでの獲物だと思います」

マーティンは急いで立ち上がった。「いえいえ、ミセス・グロブナー。それには及びません。本当に結構ですから。何かとご親切にしていただき、ありがとうございます。それでも、最後にひとつだけ教えてください。バイロン・スウィフト牧師は〈ベリントン釣り同好会〉のメンバーでしたか？」

「いいえ、ちがうと思います。たとえメンバーだったとしても、ホリーは彼の名前を一度も言いませんでした」

〈スーフォールズ・カフェ〉でマーティンはエアコンの真下の席に座り、ハンバーガーを平らげて六百ミリリットルの箱入りコーヒー牛乳を飲み干すと、ぐっと気分がよくなった。二日酔いの名残は退散し、新たな力が湧き上がってくる。マーティンは顎についた油を拭き、ラップトップを立ち上げて新聞記事のファイルをひらいた。賞を獲得したデフォーの記事を見つけ、ざっと読む。探していた箇所はわりあい容易に見つかった。

〈五人の被害者は知り合いだったことがわかっている。そのうちの一人ないし数人がバイロン・スウィフトの

性癖を知っていた可能性が高い。警察はそのことが五人が殺された理由ではないかと見ている。スウィフトが五人を射殺したのは、彼らを沈黙させるためだったという仮説を立てているのだ。〉

デフォーも五人の関係は知っていたのだ。ただし、その五人が知り合った経緯や、教会に来ていた理由については詳しく説明していない。もっともな話だ。この記事の主眼は牧師であって、被害者ではなかったのだから。ウォガウォガ行きの飛行機で記事を流し読みしていたとき、マーティンはこの箇所を見落としていた。そのとき、マーティンが取材することになっていた内容はすべてリバーセンドの現在にまつわることで、過去についてではなかったから。デフォーの記事でほかに見逃したことがなかったか確かめていたとき、携帯電話が鳴った。ロックを解除すると、手についた油でスクリーンが汚れてしまった。ハーブ・ウォーカー巡査長からだ。マーティンはすぐ署に来るよう告げられた。

ハーリー・スナウチはハーブ・ウォーカーのことを〝太っちょウォーカー〟と言っていた。その点は当たっていた。巡査長の肥満度はグロブナー夫人にわずかに及ばないぐらいだ。ウォーカーは五十代半ばぐらいに見え、のっぺりした顔に真っ白なリーゼントの髪を戴せていた。机の奥に座って両手を腹の上で組み、ニコチンの染みが浮いた指を絡ませる。ときおり両手をほどき、悦に入ったように腹をポンと叩いて、満足げな雰囲気を醸し出した。会話をするにつれ、マーティンはひとつの特徴に気づいた。ウォーカーが左右の手で交互に腹を叩くのは考えているときで、両手で叩くのは自己満足しているときか、話が聞かせどころに入ったときだ。証人席で証言するのには向いていそうにない。

「そのうち電話が来るだろうと思っていたよ」巡査長

はマーティンに言った。「あんたがここへ来るのは時間の問題だった」両手で腹を叩く。

「ひとつ、感謝したいことがあります」

「というと？」

「ハウス＝ジョーンズ巡査から聞いたんですが、彼にインタビューを受けるよう勧めたのは巡査長だったそうですね。ありがとうございます」

「どういたしまして。巡査の話は役に立ちそうかな？」

「もちろんです。彼はとても率直に答えてくれました。銃撃事件当日のことを鮮明に覚えていました」

「記憶に焼きついているんだろう。録音は取ったかな？」

「はい。大変協力的でした」

「バイロン・スウィフトが最後に言った言葉は聞いたか？」

「『ハーリー・スナウチがすべてを知っている』ですね？　ええ、聞きました。いったいどういう意味でしょうか？」

「わたしにもわからん。いまはまだ」ウォーカーはどこか痛ましげな表情を浮かべた。何か引っかかることがあるのだろうか。「教会のなかで、扉の陰に隠れていた女性のことは話していたか？　一部始終をすべて聞いていた目撃者だ」

「いいえ、聞いていません。その女性は誰ですか？　わたしが取材してもいいんでしょうか？」

ウォーカーは首を振った。「いや、すまないができないんだ。検死審問で証言するだろうが、本人の意向に反して名前を明かすことはできない。住民に訊いてまわってもだめだ。別の州から来ていたんでね」

「その女性はスウィフトと話したんですか？　教会のなかで」

「話さなかった。ちょうどトイレから出てきたときに、乱射が始まったんだ」

「ではなぜ、わたしに彼女のことを話すんです？」

「確かにきみの言うとおりだ。不適切な発言だった」ウォーカーは両手を腹から上げ、詫びるようなしぐさをした。「話を先に進めよう。わたしも巡査と同じく、取材には協力するつもりでいる。だがひとつわかってほしいのは、この会話は完全にオフレコだということだ。いっさい引用してはいけないし、警察関係者だと言ってもいけない。わたしから得られた情報を利用するのは自由だが、情報源がわたしだと特定されるようなことは絶対にないようにしてくれ。わかったかな？」

「絶対にそのようなことがないようにします」

「よろしい」両手で腹を叩く。

「ですが、正確を期すために、差し支えなければ録音させていただきたいのですが」

「いや、差し支えるね。録音はやめてほしい。ロビー・ハウス＝ジョーンズ巡査とちがい、わたしは現在もその捜査に携わっている。きみが情報源を守ってくれることは信用しよう。さもなければ、そもそもきみの取材に応じることはなかった。しかし、録音データが誤って第三者の手に渡ることはあるものだ。警察の捜索で押収されることもありうるし、インターネットに流出することもありうる。だから録音はやめてくれ。メモを取って、あとで確認したいことがあれば電話で訊いてほしい。よろしいかな？」

「承知しました」マーティンはメモを取るのに熟達しており、ペンを使って速記もできた。「では、始めましょうか？」

「もう始まっていると思っていたよ」腹を両手で叩く。

「ウォーカー巡査長、わたしが書こうとしている記事は、銃撃事件から一年後のリバーセンドが事件にどう向き合おうとしているかです。ですが取材していくうちに、もう少し詳しく知りたくなりました。わたしは、地元の人々がバイロン・スウィフトをどう思っているのかにも興味を引かれています。驚いたことに、一部の人々は愛情をもって彼のことを回想しているのです。巡査長は驚きませんか？」

「わたしぐらい長く警察官を務めていたら、たいがいのことには驚かんよ」

「巡査長ご自身はどうですか？　バイロン・スウィフトをご存じでしたか？」

「いや、よく知っていたわけではない。ときおり会う程度だった。サミュエルズ老師は、彼が赴任してきたときにとても喜んでいたがね」

「サミュエルズ老師とは？」

「ここで五十年以上、聖公会の牧師をしていた。だが高齢で、一人で教会区全体を運営するのが難しくなったので、本部がスウィフトをよこして仕事の補助にあたらせていたんだ。わたしから見るかぎり、うまくいっていたようだったんだがね。しかし、実際に尋ねてみたことはなかった。熱心な信者ではないからね」

「サミュエルズ牧師はまだこの町にいらっしゃいますか？」

「いや、スウィフトが死んだあとすぐに退任させられた。一人で職務を担いきれなくなったんだろうし、本部から若い牧師を助けによこせなくなったのかもしれない。だが、いまは新しい牧師が来ている。ティエウというベトナム人だ。彼に取材することは可能だろうが、まだ赴任して四ヵ月しか経っていない。その前にも何度か若い牧師が入れ替わっていた」

「わかりました。スウィフトのことはよく知らなかったとおっしゃいますが、彼にはどのような印象をお持ちでしたか？」

「あの当時は、とても保守的で、礼儀正しく、きちんとした若者に思えた。いまはそうでなかったことがわかっている」腹を両手で叩く。

「といいますと？」

「さて、話の核心はここからだ。くれぐれも言っておくが、これはオフレコの話であり、出処を特定しないでもらいたい」

　マーティンはうなずき、腹を叩く警察官を見ながら、続く言葉に身構えた。

「バイロン・スウィフトは殺人犯だった。それはご存じのとおりだ。彼は小児性愛者でもあった。それもご存じのとおりだ。しかしもうひとつ、きみの知らないことがある。あの男には過去がなかったということだ。そして彼は、影響力のある権力者に守られていた」ウォーカーは両手を動かさず、マーティンの目を見据えている。

　マーティンはその視線を受け止めてから、彼の言葉を書き留めた。両手がかすかに震えているが、それは二日酔いのせいではなかった。なんてこった、とマーティンは思った。巡査長はわたしに何もかも暴露するつもりだ。

「なるほど」マーティンは声に出して言った。「問題点をひとつずつ整理してみましょう。まず、殺人犯だという点です。彼はセント・ジェイムズ教会で五人を射殺しました。それ以前にも殺人を犯したという証拠があるんですか？」

「証拠？　問題はまさしくそれだ。証拠とまでは言えないだろうが、状況はそれを強く示唆している」

「どういうことか、説明していただけますか？」

「いいだろう。乱射事件のあと、捜査は彼の過去を調べるところから始まった。最初に見たところでは、不審な点はなかった。彼は三年前にここへ赴任した。聖職者に授任されてから間もないころだ。それ以前はカンボジアにおり、キリスト教の慈善団体で働いていた。それ以前にはパースで教育を受け、マードック大学で神学を専攻していたが中退している。さらにそれ以前には、別の大学を中退した。その前は西オーストラリア州で州立の学校に通っていた。親を亡くし、児童養護施設で育った」

「ところが？」

「ところが、そいつは嘘だった。確かに、パースの近くで生まれたバイロン・スウィフトは実在していた。親を亡くし、児童養護施設で育ったのも事実だ。彼はパースの学校に進学し、里親が何度か変わっている。しばらく大学に通っていたが、中退して海外を放浪していた。そしてカンボジアの慈善団体で働いていたところも事実だが、実在のバイロン・スウィフトはそこで麻薬の過剰摂取で死んでいた。二十四歳だった。しかし、その記録は残っていない。何ひとつ。死亡記録は公的記録から抹消されていたんだ。いいか、抹消だぞ。公式にはバイロン・スウィフトは去年、リバーセンドで射殺されたことになっている」

「どうしてそれがわかったんですか？」

「すまないが、その点は答えられない。わたしが言ったことを信じてほしい」

「わかりました。続けてください」

「ほかに何を訊きたい？」

「ロビー・ハウス＝ジョーンズ巡査が射殺した男がバイロン・スウィフトでなかったとしたら、彼は誰だったんですか？」

「いまのところ確定していないが、推測を答えてもよければ、元兵士だろう。アフガニスタンにいたことを示唆する刺青が入っていた。それも特殊部隊だ。特殊空挺部隊《SAS》だよ。捜査本部のなかには、遺体を掘り起こしてDNAを採取すべきだと主張する人間もいた」

「どこに埋葬されているんですか？」

「ここだ。通りの向かいにある町営の墓地だ」

「それは実行に移されると思いますか？　遺体の発掘は？」

「きわめて疑わしいところだ」

「なぜです？」

「われわれはこれ以上調べを進めないように警告され

ているんだ。本来の捜査範囲を逸脱していると」

「誰に？」

「それがわからんのだ。組織のずっと上からとしか言えん。いいか、わたしはしがない地元の連絡担当官にすぎん。捜査の指揮はシドニーで執っているんだ。それこそ、掘り起こされたら困る事情があるのかもしれん」

「隠蔽、ということですか？」

ウォーカーはどう反応すべきか考えたが、ほどなく答えた。「わたしはそう考えている。ただ現実主義的な観点から、これ以上捜査することに意味がないと判断している関係者がいるのは事実だ。犯人はわかっているし、すでに死亡している。一件落着というわけだ。検死審問は犯行当時の不明点を明らかにするためであって、事件の動機をこれ以上追及するためではない」

「不思議なこともあるものですね。けさ、ほとんど同じ言葉を別の人間から聞きました」

「そいつは賢明な人間だな。まさか、ロビー青年ではないだろう？」

「ええ、彼ではありません。ですが、ひとつ訊かせてください。警察関係者の関心が事件を解決し、犯人を逮捕することにあるのなら、巡査長はなぜ、いまでもこの事件に関心があるのでしょうか？」

ウォーカーはため息をついた。「なぜなら、わたしの所轄管内で起きた事件だからだ。わたしは大した警官ではないだろうが、この町の治安は守ってきたつもりだ。それに、あの男が誰かに守られていたのも気に食わない。わたしの所轄管内で好き勝手なことをした連中を許せんのだよ」

「守られていた？　スウィフトが？」

「ああ、そうだ」

「それはつまり、どういうことでしょうか？」

「どういうことか説明しよう。リバーセンドで乱射事件が起きる二日前、わたしのところに匿名の通報があった。リバーセンドの公衆電話からだ。通報者はある少年だった。彼によると、スウィフト牧師が彼ともう一人の少年を、性的に虐待したということだった」

「なんですって。巡査長はどうしたんですか？」

「彼を逮捕した」

「スウィフトを？」

「もちろんだ。そして留置場にぶちこんだ」

「容疑は？」

「容疑はない。ただ、あの男に教訓を与えてやりたかったのだ。それからわたしがリバーセンドへ行き、裏づけ捜査をした。ハウス＝ジョーンズ巡査はこのことを言っていたか？」

「いいえ、言っていませんでした」

「まあ、そうだろう。意外ではない。巡査はそうした話を頭から信じていなかったからな。とにかく、もう教訓は与えたからスウィフトを釈放してやろうと思って、わたしがここに戻ってきたら、なんと彼はもう留置場を出ていたんだ。巡査の話では、シドニーからの電話で釈放するよう命令されたらしい。わたしが本部に電話を入れて確認したら、誤解の余地のない言葉で、バイロン・スウィフト牧師の捜査はただちに中止せよと言われた」

「誰がそう言ったんです？　思い出せますか？」

「思い出せるが、そいつはただの伝令だった。命令の出処はわからんが、上層部の人間にちがいない。わたしが言えるのはそこまでだ」

「なんてことだ。それから、どうなりました？」

「わたしは引き下がらないことにした。連中があの男を釈放せず、捜査から手を引くよう命令してこなかったら、彼を放免していただろう。しかしあんなことをされたら、そうはいかなかった」

　事態を理解するにつれ、マーティンの背筋に冷たいものが走った。「何をしたんですか？」

「ロビーから、青少年センターに通っていた子どもたちの名前を聞いていた。それでその晩わたしから、面識のある父親の何人かに電話を入れ、あの牧師に子どもを近づけるなと警告したんだ」

「なんてこった。その先は見当がつきます。巡査長はクレイグ・ランダーズとアルフ・ニューカークに電話したんですね。金曜日の夜に。その翌日、彼らはトム・ニューカーク、ゲリー・トルリーニ、ホリー・グロブナーと射撃に出かけた。そして日曜日の朝、バイロン・スウィフトがリバーセンドにいると知り、彼らはスウィフトと対決することに決めた」

ハーブ・ウォーカー巡査長は左右の手で交互に腹を叩いてから、答えた。「犯行当日の関係者の行動にはいくつもの仮定や推測や可能性がつきまとうだろう。かといって、きみの考えに誤りがあると指摘することもできん」

マーティンは座ったまま、しばし思いをめぐらせた。

「児童への性的虐待があったという主張ですが——最初にそれを読んだのは、わたしの同僚ダーシー・デフォーが書いた銃撃事件に関する記事でした」

「そのとおりだ」

「巡査長がデフォーに言ったのですか？」

「マーティン、きみが情報源を明かさないのと同じく、わたしも誰に何を言ったかを明かすことはしない。しかし、ひとつ言わせてもらえば、わたしはデフォーの記事に失望した。あそこにあるのは表面的なことだけで、核心にはまったく触れていない」

「なぜ、そうお思いですか？」

「あの記事はスウィフトの犯罪にしか触れておらず、隠蔽があった事実や、上層部からあの男を釈放するよう圧力があった点には何ひとつ言及していないからだ。とどのつまり、わたしはまったく虚仮《こけ》にされてしまった。あの男が小児性愛者だという証拠がありながら、わたしとロビー・ハウス＝ジョーンズがそれを無視したかのような印象を与えてしまったからだ。わたしは本当に腹が立った」

「そしていまでも腹を立てている」

「ああ、そのとおりだ」

「要点を整理させてください。巡査長はスウィフトを逮捕したのに、彼はすぐに釈放された。それはセント・ジェイムズ教会で銃撃事件が起こる二日前だった、ということですね」

「いかにも」

「では事件のあとで、スウィフトが児童を性的虐待していたと立証することはできましたか？　それとも、匿名の通報が一件あっただけですか？」

「いや、あれはまちがいのない事実だ。二人の少年が、別々の面談で、わたしの前ではっきりそう証言したんだ。あんたの仲間のダーシーはその点では正しかった。スウィフトは小児性愛者だったんだ」

「その少年というのは誰です？」

「マーティン、言えるわけがないだろう。事《こと》は児童虐待だぞ。裁判所命令がないかぎり、被害者の名前を明かすことはできん」

「リバーセンドの住人ですか？」

「ああ、そこまでは答えられる」

「ありがとうございます。もうひとつ教えてください。あなたはダーシーにカンボジアの件を知らせましたか？　あるいはスウィフトが別人で、元特殊部隊の兵士だったかもしれないことを？」

「マーティン、ひとつはっきりさせておこう。わたしはきみの同僚と話したことがあるとはひと言も言っていない。いいな？　だが、質問には答えよう。ダーシー・デフォーがあの記事を書いた時点では、わたしもこうした事実をまったく知らなかったのだ。きみに話したようなことが明るみに出たのは、事件から何カ月も経ったあとだ」

「ロビー巡査はどうですか？　彼は、スウィフトが別人だったかもしれないことを知っているんでしょうか？　巡査は彼と友人だったと言っていましたが」

ウォーカーはまるでその質問に感謝するかのようにうなずいてから、答えた。「いや、ごく最近まで知らなかった。巡査にその話をしたのは、ほんの二、三週間前だ。ひどくショックを受けていたようだった」

「巡査はそうした話を信じていると思いますか？」

「率直に言って、彼はかなり動揺していたと思う。本人に訊いてみるべきだろう」

「そうですね」

想像もつかないような話を聞き、マーティンは頭が追いつかなかった。いちどきにさまざまな推測が広がり、どこへ向かうのかわからない。「ウォーカー巡査長――ハーブ――あなたはなぜ、わたしにこうしたことを明かすんですか？　それになぜ、ロビーにわたしと話すよう勧めたのです？」

「なぜ？　それは不正の臭いがぷんぷんするからだ。真実を明かすべきときが来たからだ」両手で腹を叩く。


インタビューを終え、庁舎を出て車に乗ってからも、マーティンは暑さを忘れるほど心乱れていた。ハーブ・ウォーカーとハーリー・スナウチはスウィフトが児童を性的虐待していたと信じている一方、コッジャー・ハリスとマンディ・ブロンドはそのことを信じていない。しかし、いましがた巡査長が明かした事実は疑惑を裏づけるものだった。二人の少年が、それは事実だと証言したのだ。だが、マーティンを昂揚させているのはそのことではなかった。牧師の病的な性癖については、すでにダーシー・デフォーが明かしている。マーティンはこれまで報じられていなかった、新たな事実を突き止めた。スウィフトは詐欺師であり、元特殊部隊の兵士で、警察の上層部の人間に守られていたというのだ。もしかしたらスウィフトは、小児性愛者の秘密組織の一員だったのだろうか？

ベリントン病院は平屋建ての建物だ。地面から床まではレンガ造りで、そこから波形鉄板の屋根までは下見板を張っている。マレー川の湾曲部にあり、ふた棟の建物を屋根のついた連絡通路で繋ぎ合わせていた。高齢の患者が二人、車椅子に座って病院の外にたたずみ、タバコを吸いながら川の流れを眺めている。マーティンは自動ドアを通ってロビーに入った。院内はしんとしており、病院特有の消毒液の臭いがして、リノリウム張りの床の弾力性が心地よい。古い建物ならではだ。受付の女性はいかにも退屈そうに数独《スドク》を解いている。

マーティンは机に近づいた。「ジェイミー・ランダーズはどの部屋ですか？」

「まっすぐ進んで、左の三番目の病室です」彼女はパズルから目も上げずに答えた。

マーティンは拍子抜けした。受付を通過するためにいくつかでっち上げの口実を考えていたのだが、どれも必要なかったのだ。

明るい病室で、天井は高く窓は広かった。四つのベッドのうち、ふたつが埋まっている。ジェイミー・ランダーズは上半身を起こして携帯電話を見ており、向かいのベッドでは老人が寝息をたてていた。

「やあ、ジェイミー」

「あんた、誰？」

「マーティン・スカーズデンという者だ。事故現場で、きみのお母さんに手を貸した」

「俺を助けてくれた人？」

「まあ、そんなところだ」

「アレンをどうして放っておいた？　どうしてあいつを助けてくれなかったんだ？」

マーティンは感謝の言葉を期待していたわけではなかったが、こんな言葉を投げつけられるとは思っていなかった。ジェイミーの目つきは、繋がれた犬のようにささくれ立っている。

「わたしができることは何もなかったんだ、ジェイミー。彼は車から放り出されて首の骨を折っていた。即死だったにちがいない」

「ああ、そうかい。で、何しに来た？」責めるような口調は、まるでマーティンに事態の成り行きを変える力があったとでも思っているようだ。マーティンは言い返してやろうかと思った——そもそも、ジェイミー・ランダーズが無謀な運転をしていたからこうなったのだ——が、自制して椅子に座った。

「気分はどうだい？」

「最悪だよ。ステアリング・ホイールで肋骨を折った。痛くてしかたないのに、病院のやつらは痛み止めをケチってやがる。きっとくすねてるんだろう」

「看護師に伝えてみよう。やれるだけのことはやってみる」マーティンは嘘をついた。

だがジェイミー・ランダーズは鼻を鳴らした。「嘘つけ。できるはずもないくせに。で、なんの用だ？」

「わたしはジャーナリストだ。バイロン・スウィフトのことを書いている」

「あの腐ったやつか。あいつがどうした？」

「彼は小児性愛者だったのか？　子どもたちを性的に虐待していたのか？」

「小児性愛者の意味ぐらい知ってるよ。ばかにするな」

「それで、どうなんだ？」

「ああ、そのとおりだったよ。いいか、あいつは牧師だったんだ。ベリントンに住んでいたのに、わざわざ四十分も離れたリバーセンドに小中学生を遊ばせる団体を立ち上げた。もちろん、子どもたちの身体に触りたかったからだ。点を繋ぎ合わせることだ、シャーロックさんよ」

「そういう場面を目撃したことは？」

「いや、見てすぐわかるようなことはなかったね。やつは頭がよかったからな。でも、ずっと子どもたちのまわりをうろついて、友だちのふりをしながら、ハグをしてケツを叩いていたよ。ああやって手なずけていたのさ」

「きみがそういうことをされたことはあるかい？　あるいはアレンが？」

　ランダーズの顔に、嫌悪と蔑みがよぎった。「俺が？　あるわけないだろ。このとおり、もう子どもじゃねえんだ。やつの興味の対象外だっただろうさ。仮にそんなことがあっても、近づかせなかったね」

「どうやって？」

「思いきりぶちのめしてやっただろうさ」

「なるほど。わかった。それなら、ここベリントンのウォーカー巡査長に、彼が小児性愛者だという通報をしたのはきみたちだったのか？」

「俺じゃないよ。おまわりとは話をしないんだ」

「しかし、きみのお父さんはそのことを知っていた。ウォーカーがお父さんに、スウィフトが子どもたちにとって危険だという警告をしていたのはわかっているんだ。だとすれば、きみのお父さんはセント・ジェイムズ教会に出かけて、きみやほかの若い子たちから離れろと警告した可能性が考えられる」

　ジェイミー・ランダーズはあざけるように笑った。

「へっ。親父がどうして教会に行ったのかは知らんけど、俺を守ろうとしたんじゃないのは確かだね」

　いまにも沈まんとしている夕陽は、スクラブランズのくすぶる煙で大きな火の玉のように赤く染まっている。マーティンはベリントンの墓地を訪ねてみた。疲れ切ったような一日は暑熱で乾ききり、大気中には煙や埃が漂っている。木の葉はだらりと垂れ下がり、灌木は空に向かって伸びるのではなく縮んでいるようだ。マーティンはミネラルウォーターを飲み干し、空っぽのペットボトルを手にしたまま歩いた。

　バイロン・スウィフトの墓は列の端にあった。何の変哲もない黒い墓石だ。〈バイロン・スウィフト牧師

享年三十六　神に知られし者〉

マーティンは信じがたい思いで、その墓碑銘を見つめた。神に知られし者——この墓碑銘は無名戦士の墓に刻まれるものだ。しかし、教区牧師の墓石に刻まれたこの言葉は、スウィフトが元兵士だったというウォーカーの主張に信憑性を与える。それだけではない。墓の上には、強烈な陽差しでしおれているものの、きょう手向《たむ》けられたにちがいない可憐な花束が置かれている。牧師の死を悼む者がまちがいなくいるのだ。実際には誰なのかわからないこの男の死を。マーティンは携帯電話を取り出し、写真を撮った。

　あとは無事にリバーセンドに帰り着かなければならない。黄昏《たそがれ》のなか、カンガルーが数頭、どこからともなく現われ、幹線道路の縁にわずかに生えた草をかじっている。その目はヘッドライトに照らされて白く光っていた。明かりに眩惑されたカンガルーは不規則な方向に跳ね、通過する車に危険なほど近づいてくる。

　マーティンは車を減速させ、徐行しようとした。しかしそのとき、ダブル連結トラックのヘッドライトがまばゆい光で夜闇を照らし、轟音をたてて急接近してきた。トラックはすれすれに追い越していき、マーティンの車は危うく道路から弾き飛ばされそうになった。二台目のトラックが近づいてくると、マーティンは路肩に車を寄せ、追い越させて難を避けた。

　マンディ・ブロンドの家を訪れ、きょう知ったことを話そうか、それとも何も言わずに前夜のセックスを繰り返そうかという考えが頭をよぎった。だが、もう目を開けているのがやっとだ。〈ブラックドッグ・モーテル〉に戻るのが精一杯だった。ベッドに倒れこみ、涼風よりも騒音のほうが大きなエアコンをつける。そして頭のなかで計算しながら、眠りに落ちた。ほぼ一年前、バイロン・スウィフトはリバーセンドのセント・ジェイムズ教会の外で五人を射殺した。そしてまさしく同じ日に、地球の反対側で、マーティン・スカーズデンは古ぼけたメルセデスのトランクにもぐりこみ、運転手が蓋を閉じたのだった。

第十章　殺　人

マーティンはメルセデスのトランクに戻っていたが、今回は恐怖の念はなく、ただうんざりしていた。「ちくしょう。またか」ため息をついてから、「またか」という言葉がなぜ口を衝いたか気づいた。マーティンは無意識から意識の世界に戻ろうとしている。実際にはガザ地区で旧型のドイツ製リムジンのトランクに閉じこめられているのではなく、夢を見ているだけなのだ。それに気づいたことで、うんざりした気分に苛立ちが加わった。自分は創造力のある人間の部類にぎりぎり属している、とかつては思っていた。狭い枠組みに囚われず、独創的な考えかたができる、と。だがいまはこうして、夢のなかでさえ自分自身を狭苦しいトランクという枠に閉じこめている。うんざりし、不機嫌になって。

　どこか遠くで、ドン、ドンとイスラエル軍の砲撃音が聞こえる。しかしそれは、策略かもしれない。もしかしたら砲撃ではなく、誰かがトランクの蓋を叩いているかもしれないのだ。くそったれ。より深い眠りに逃げこむか、完全に起きるかだ。トランクの夢を見るのがだんだん面倒になってきた。ドン、ドン。

　いったいなんなんだ？

　マーティンは眠りから覚め、メルセデスに閉じこめられた夢から抜け出して朝を迎えた。きょうは金曜日、リバーセンドに到着してから四日目だ。エアコンはカタカタ音をたて、壊れかけた金属部品を直せと文句を言っているようだ。ドン、ドン、ドン。

　マーティンはすっかり目が覚めた。〈ブラックドッグ〉の客室の扉を誰かが叩いている。「わかった、わかった」彼は叫んだ。「いま行く！」

　ベッドを抜け出し、ボクサーパンツとTシャツ姿のまま扉を開けると、まばゆい陽光に包まれたマンディ・ブロンドがこちらを睨んでいる。

「ちょっと。いったいどうしたのよ？」

「何が？　どうもしていない。きみに起こされたんだ」

「本当？　おじさん臭くならない秘訣を教えてあげる。わたしを思い出すことよ」

「ありがとう。わたしもきみに会えてうれしいよ」

「入ってもいい？」

「もちろんだ。中年男のむさくるしい部屋だが、勘弁してくれ」

　マンディは部屋に足を踏み入れた。そのとき初めて、マーティンは強烈な陽光に邪魔されることなく、彼女の姿を見ることができた。目は赤く、腫れぼったい。人のことを言えた義理か、という言葉が脳裏をかすめたが、やめておいた。「大丈夫かい？」

「昨夜、あなたが来てくれるかと思っていたわ」

「わたしも行きたかった。でもベリントンに取材に出かけて、帰るのが遅くなったんだ。長い一日で、ぐったりしていた。ひょっとして、きみは寂しくて泣いていたのか？」

「寝ぼけてるんじゃないの？」マンディは弱々しく嘲笑を浮かべた。うっすらとえくぼができる。

マーティンは続く言葉を待った。何かあるのはわかっていた。泣き腫らした目で、わざわざ他人の部屋に入ってきた人間が、その理由を話さずにいられるはずがない。

「マーティン、ハーリー・スナウチが逮捕されたわ」

「なんだって？　なぜだ？」

マンディはすぐには答えず、こみ上げる感情と闘っていた。目の片隅に涙が滲む。マーティンはこれまでの人生で、こんなに美しい女性を見たことがなかったと思い、次の瞬間、おまえはなんてばかなんだと自らを罵った。それから彼女は唇を噛み、マーティンはますます彼女の美しさに見とれた。

「何があったんだ？」

「みんな、恐ろしいことを言っているわ。スプリングフィールズで、彼が人を殺したって」

「みんなって、誰が？」

「まわりの人たち、みんなよ」

「誰を殺したんだ？」

「話によると、スナウチが火事のあと、保険会社の査定人を呼んだらしいの。そうしたら、査定人が死体を発見したんですって。みんな、スナウチは欲の皮が突っ張った野郎だって言ってる。でも、そんなことありうるかしら？　人を殺しておいて、お金がほしくなったら保険会社の社員を呼ぶなんてことが？」

マンディが嗚咽しはじめたので、マーティンは彼女を抱擁し、慰めようとした。きっとそんなのはただの噂話で、事実ではないだろうと。だが内心では、もし事実ならどういうことなのだろうと考えていた。

「マーティン？」彼女はささやいた。

「なんだい、マンディ？」彼は優しい手つきで親指を彼女の頰に当て、涙を拭き取った。

「マーティン、シャワーを浴びて。あなた、臭うわ」

シャワーを浴びてさっぱりし、ブックカフェに立ち寄ってカフェインを補給してから、マーティンはレンタカーに戻って車を出した。助手席にはマンディが座り、唇を噛みしめている。マーティンは軋む橋を通り、決して氾濫することのない氾濫原を渡った。あとにしてきた町では、雑貨店のフランがリアムの子守をしている。車はほどなく、ベージュと褐色の平原を抜け、スクラブランズのモノクロームの世界に入った。火事から二日経っても、いまだに余燼《よじん》がくすぶっている。マーティンはどうにか進んだが、スプリングフィールズのスナウチの家に近づいたところで、警察車輛が道をふさいでいた。その隣に駐車すると、ロビー・ハウス＝ジョーンズ巡査が降りてきた。煙と舞い散る灰のなか、二人はロビーに近づいた。

「いい車だね、ロビー」マーティンは挨拶がてら言った。

「ベリントンから借りたんだ。やあ、マンディ」

「ロバート」

「すまないが、ここから先は立入禁止なんだ。仕事なんでね。見張るのが」

「なかにいるのは？」マーティンは訊いた。

「ベリントン警察署のハーブ・ウォーカーとグリーヴィ巡査だ。それから、あのろくでなしのスナウチ。巡査長の考えで、わたしはここで待っていたほうがいいということになった。まあ、それはまちがいない」

「なぜだい？」

「さもないと、わたしはあの男を殺しかねないからな」

マーティンはマンディを一瞥したが、彼女は感情を抑制し、無表情を保った。

「こんなひどい話があるか、マーティン。われわれはあの大火事のなか、あいつのために命の危険を冒したんだ。ところがそのあいだずっと、あの男はスプリングフィールズのダムに死体を隠していた。車をダムに近づかせなかったのも無理はない。人殺しの変態野郎め」

今度はマンディが訊いた。気味悪いほど静かな声だ。

「死体はいくつあったの？」

「少なくとも二体だ。もっと見つかるだろう」

「確かなのね？」

「もちろん確かだとも」

「なんてことだ」マーティンはほかに言うべき言葉が思い浮かばなかった。三人ともその場に立ち尽くし、あまりの出来事に呆然としている。絡み合う運命の糸に縛りつけられ、三本の塩の柱に変えられてしまったかのようだ。ようやく、マーティンが沈黙を破った。

「どういう可能性が考えられる？」

「わたしの考えを言おう」ロビーは答えた。表情には凄みがあり、目は潤んでいる。「あの二人のしわざにちがいない。変態野郎と牧師だ。バイロン・くそスウィフトの。わたしの友人だった、バイロン・スウィフトの。コッジャーの土地で兎を撃っていただと？　とんでもない。本当は子どもたちを撃っていた可能性のほうが高い。『ハーリー・スナウチがすべてを知っている』なるほど、そりゃそうだ。考えれば……考えるほど……」彼の言葉は途切れ、こらえていた嗚咽が漏れて、身体を震わせた。マンディが歩み寄り、彼を抱擁した。

マーティンはいたたまれなかった。被害者が被害者を慰めている。なんという町だ。

ヘリコプターの近づく音で、抱擁は中断された。ロビーがぎくりとして身体を離す。誰かが双眼鏡で、彼の弱さを見咎めているのではないかと恐れてでもいるように。三人が見守る前で、警察の航空隊のヘリが上空を旋回し、降下してきた。「殺人課だ、シドニーの」ロビーは言った。「二人とも帰ったほうがいい」

レンタカーでリバーセンドへ戻りながら、マーティンはマンディをちらりと見た。彼女はまっすぐ前を見たまま、うつろな目をしている。「大丈夫かい？」

「いいえ、大丈夫じゃないわ。頭が混乱して、もう何がなんだかわからない。それもどんどんひどくなっていくような気がするの」

あきらめ、絶望したような声に心打たれ、マーティンは車を寄せて、黒焦げになった切り株のあいだに停めた。車輪に巻き上げられた灰が、二人を取り囲んで風に飛ばされる。

「マンディ、いいかい――きみは何もしていない。事件を起こしたのはあいつらだ。あいつらのしたことで、きみが自分を責めるいわれはない。それはおかしいじゃないか」

「おかしいかしら？ わたしには、自分の触れたものがすべてクズになってしまうように思えるわ」マンディは前を見据えて言った。焼けただれた灌木地帯を。

「わたし、なんてばかだったんでしょう。バイロン・スウィフトは五人を殺したのに、どういうわけかわたしは彼を弁護する側にまわり、あなたに彼は善人だったと言った。善人ですって？ スナウチだってそうよ。母はあの男にレイプされたと非難し、いっさいかかわろうとしなかった。それなのに、あなたとロビーが彼の命を救ったとき、わたしはそのことに感謝した。いまだに両親に仲直りしてほしいと願うばかな子どもみたいに。わたし、精一杯がんばったわ。なんとかしようと、精一杯がんばった。それなのに、結果はいつも同じ。どれだけ一生懸命やっても、最後は被害者になってしまう。もう、人が死ぬのはうんざりだわ。もしかしたら、あなたの言うとおりかもしれない――わたしはこの町を出るべきかもしれないわね」

「きっとそうすべきだろう」

「でも、どうやって？　ここを出てどこへ行くの？　わたし、母に人生を立てなおすと約束したの。母はわたしのことをとても心配していたわ。赤ちゃんがいることも。人間は三十歳になるまでには落ち着くべきなんですって。母は口癖のようにそう言っていた。二十代初めの過ちは大したことではない、それは挽回できるけど、三十を過ぎたら、変えるのはどんどん難しくなっていくと。それが大人になり、成長することだと母は言っていたけれど、わたしときどき、とても不安になるの。わたしはむしろ後戻りしていて、自分がまだ十代みたいに思えるのよ」

「まだ時間はたっぷりあるさ。いまの年齢は？」

「二十九よ」

　マーティンは耳を疑った。せいぜい二十五歳だろうと思っていたのだ。彼女の顔をよく見てみた。確かに目のまわりに小皺があるが、こうして打ちひしがれていても、二十一歳で通用しそうだ。若く、傷つきやすい乙女のように見える。

「そんなに自分を責めることはない、マンディ。きみはつらいことに耐えてきたんだ。それに、うまくやっているじゃないか。ブックカフェを切り盛りしながら、リアムを育てている。簡単にできることじゃないよ。きっとお母さんも、きみを誇りに思うはずだ」

　マンディはようやくマーティンに顔を向け、彼はささやかな勝利を得たような喜びを覚えた。絶望に苛まれている彼女に手を差し伸べることができたのだろうか。

「わたしはあまり確信を持てないわ。きっと母は、わたしがだんだん自分に似てきたと思っているはず。それはうれしいことではないでしょうね」マンディは言った。

「だったら、いまこそ引っ越す潮時かもしれない。きみが三十になる前に」

　彼女はふたたびマーティンから顔を逸らし、眉間に皺を寄せて選択肢を考えた。マーティンは無力感を覚え、彼女を思う気持ちの強さにわれながら驚いた。マンディは何分もじっと焼けた灌木地帯を見つめてから、昂然と頭を上げてマーティンに向きなおった。「いいえ、マーティン。それは解決策にはならないわ。わたしはこれまで、成り行きにまかせて安易な方向へ流されてきた。これまでの人生、ずっとそうだったわ。わたし、今度こそがんばってみる。わたしのために。リアムのために。ロマンチックな思いこみを捨てて、世界をありのままに見るのよ」

　もうその声に絶望感はなく、決意が滲んでいた。マーティンはよい徴候だと思った。車のエンジンを点火し、ギアを入れる。

　リバーセンドに戻り、マンディが扉を開けてマーティンを〈オアシス〉に入れたところで、カウンターの電話が鳴った。彼女が手を伸ばすと、電話は切れた。マンディが肩をすくめ、マーティンに向かって何か言おうとしたとき、ふたたび電話が鳴りだした。彼女は電話を取り、少し耳を傾けてから、マーティンに受話器を渡した。「あなたに電話よ」

「もしもし、マーティン・スカーズデンですが」

「いままでいったいどこにいた？　リバーセンドじゅうに電話をかけまくっていたんだぞ」

「やあ、マックス。わたしも話せてうれしいよ」

「たわごとはいい。そっちで殺人事件があったと聞いている」

「身元不明の二人が殺された。町外れの土地で見つかった。現場へ出かけて、いま戻ったところだ」

「本当か？　すでにネタを摑んでいるんだな？　さすがだ。よくやった。きみならそうすると確信していたよ。それで、わかったことは？」

「ダムで二人の遺体が発見された。第一容疑者は前科があり、レイプ犯と訴えられている、ハーリー・スナウチという男だ」

「すばらしい。第一級のスクープだ。〈リバーセンド――オーストラリア一の殺人の町〉一面に大見出しだ。いまの段階では独占記事で、他社には嗅ぎつけられていない。記事を送れるか?」

「もちろんだ。何を書いてほしい?」

「わかっていることすべてだ。全部記事にして送れ。連絡できる番号は? この電話か?」

「いまのところはね。モーテルに戻るときには、連絡するよ。〈負け犬《ブラックドッグ》〉という名前だ」

「そいつは冗談か?」

「いや」

「わかった。こっちではベサニー・グラスが事件取材を担当する。きみたちで連携を取ってくれ。いいな? テリが調整係《コーディネーター》だ。この番号をみんなに伝える。そのスナウチという男が有罪判決を受けたのは、いつごろだ? こっちでも過去の記事を調べておく」

「かなり以前だ。少なくとも二十五年前、いや三十年前かもしれない。詳しいことはどうも漠然としていてね。本人は否定している」

「もちろん、否定するだろう。そういう連中はみんな否定するんじゃないか? 警察が同業他社に発表する前に、オンラインで何か上げておきたい。すぐにかかってくれ」マックスは言い終わると通話を切った。

マーティンはマンディを見た。「すまない。最初にきみの了解を取っておくべきだったけど、しばらくここで仕事をさせてもらってもいいだろうか? すぐに記事を送ってほしいと言われてるんだ」

「そうみたいね。それが仕事なら、やるしかないでしょう」マンディは困惑しているように見えた。「店の奥に行って。事務室を使っていいわ。コンピュータと電話があるから。インターネット回線の速度は遅いけどね。メールは使えるけど、それ以上は期待しないで。わたしはリアムを迎えに行ってくる」

マーティンには彼女の動揺が見て取れた。これから彼が送信しようとしているニュースは、オーストラリア全土を震撼させるだろう。しかしいまのマーティンは事件で頭が一杯で、彼女の事務室に入るときには、ほかのことは考えられなかった。

　それからは目のまわるような忙しさだった。ウェブサイト用の第一報は、ぎりぎりランチタイムのピークに間に合った。マーティンはロビーから得られた情報を記事にした。シドニーの殺人課がヘリで移動してきたことと、スナウチの経歴だ。マーティンの原稿に、シドニーで警察担当記者をしているベサニー・グラスが、警察本部や過去の記事から得られた情報を書き加えることになる。送信してから間髪を容れず、ベサニーから電話が来た。彼女は警察関係者からの最新情報を知らせてきた。いまのところ、発見された遺体は二体で、農業用ダムからほぼ白骨化した状態で見つかった。警察はこの遺体を、行方不明になっていたドイツ人バックパッカーのハイジ・シュマイケルとアンナ・ブリュンと見て、捜査を進めている。二人の姿が最後に目撃されたのはほぼ一年前、ビクトリア州北西部のスワン・ヒルで青い車に乗りこむところだった。マーティンは行方不明になった日付を尋ね、計算してみた。一月中旬の火曜日だったという。それは、バイロン・スウィフトが乱心して教会区で住民を銃撃する五日前だ。このことはいったい何を意味するのだろう？　いまのところ、それは問題ではない。どのみち記事になるのだから、読者の推測にまかせればいいことだ。

　マーティンは第二の記事に取りかかった。スウィフトを主題にし、枝葉を取り除いて、大胆な推測に基づきスウィフトが犯行にかかわっていた可能性を示唆する記事だ。ドイツ人バックパッカーが誘拐された日付と、セント・ジェイムズ教会での虐殺が起きた日付が近いことがその根拠になる。その記事には、ロビーの言っていた仮説を織りこんだ。すなわちあの牧師が、レイプ犯と告発されたハーリー・スナウチと共謀したのではないかという推測だ。もっともらしく警察関係者から得られた情報と断わり、読者の想像力、憤怒、正義感を煽るような記事に仕立てた。そして記事を書いているあいだ、彼自身の怒りをコンピュータ画面に投影させることで一種の快感を覚えた。怒りの対象である二人の犯人は、一人は存命、一人は死亡している。片やレイプ犯、片や大量殺人犯で、どういうわけか二人とも、マーティンをうまく丸めこんで罪を逃れようとしているように思えた。そしていま、記事のなかで現実世界の曖昧さは消え去り、すべてが白か黒になって、灰色の領域はなくなったような感覚に陥った。言葉がひとりでに湧き上がり、踊りだすようだ。証拠、最終弁論、評決。かくして有罪確定というわけだ。マーティンはメールに記事を添付し、送信ボタンをクリックして、独り善がりの満足感に浸った。

休む間もなく、三本目の記事を書きはじめる。かつては活気に満ちていた町が、旱魃の打撃を受け、森林火災の脅威にさらされているが、善良な住人たちが名誉と尊厳を守るため、力を合わせて不利な状況に立ち向かっている、と。マーティンはさらに、彼らの努力が銃撃事件と殺人事件によって台無しにされてしまっていると書いた。打ちつづく事件のせいで、この町は未来永劫、言語に絶する邪悪と結びつけられてしまうのではないか。住人の一人はいみじくも、〝リベリナ地方のスノータウン〟と形容していた。町の人たちの感情はいかに深く傷つけられていることだろうか。たとえばロビー・ハウス＝ジョーンズ巡査のように。彼は牧師とともに青少年センターを創設し、最終的にはスウィフトを射殺して町の安全を守った警察官だ。マーティンは臆面もなく、ロビーと彼自身が命懸けでスナウチを救助してからわずか二日後に、スナウチが逮捕されたことも記事に盛りこんだ。そして原稿を書き換え、火事のエピソードを冒頭に持ってきて、善良な警官と悪辣な犯罪者との対照を際立たせ、控えめながらマーティン自身の英雄的な働きもしっかり付け加えておいた。これは単なる美談や印象的な逸話にとどまらず、話題を独占すること請け合いの記事だった。デフォーは苦虫を嚙みつぶすだろうが、マックスは有頂天になり、ニュース編集室の懐疑派は沈黙するだろう。マーティンは昼下がりに記事を送信し、溜飲が下がる思いだった。あすは土曜日、一週間で最も新聞のページ数が多い。最高のタイミングだ。一面では渦中の人スナウチにスポットを当て、補足記事でバイロン・スウィフトとのかかわりを伝えて、解説面にも特集記事を載せる。かつての昂揚感が戻ってきた。ガザでの事件以来感じることのなかった、神経がひりつくような緊張と興奮が。

ベサニーに電話をかけた。彼女は喜んでおり、同業他社を打ち負かせると自信満々で、編集委員たちは目下、どの記事をオンラインで公開し、どの記事を新聞でメイン扱いにするかで激論を闘わせているところだと言った。二人は付け加えるべき点がないかテレビのニュースで確認することにした。マーティンは日曜日の新聞に間に合うよう、バイロン・スウィフトの謎めいた過去についての記事を送ると伝えた。たとえベサニーがシドニーの警察関係者からその話を嗅ぎつけても、その情報を最初に得たのは自分だと釘を刺したのだ。そこまで終えると、マーティンは立ち上がり、背筋を伸ばしてひと息入れることにした。これだけ長時間、誰にも邪魔されずにキーボードに向かったのは久方ぶりだ。

マンディは厨房にいた。リアムはハーネスをつけ、伸び縮みするスプリングで戸枠からぶら下がり、飛んだり跳ねたりしてはしゃいでいる。マンディはまるで取り憑かれたように豆を刻んでいた。かたわらの作業台に、豆が山のように積み上げられている。マーティンは食卓の前に座り、深呼吸して、記事の執筆で覚えた昂ぶりを落ち着かせた。マンディは一心に豆を刻みつづけている。

「マンディ、きみにこのことを知るすべはなかったんだ」

「本当にそう思う？　わたし、なんてばかなんでしょう。わたしがあの男を許しはじめたとたん、今回の事件が起きた。わたしはいつも虚仮にされ、被害者になって、下種《げす》な男たちに好き勝手させてしまう」

マーティンはかけるべき言葉が思いつかなかったので、彼女の背後に近寄り、両手を肩に置いて慰めようとしたが、マンディはその手を払いのけた。

「やめて、マーティン。包丁を持っているときに後ろに来ないで」その声は本気で怒っていた。

「わかった」マーティンは言い、テーブルの前の椅子に戻った。マンディは無言のまま豆を刻んでいる。俺はいったい何をしているんだ、と思った。この女性の厨房で。運命にこれほどひどい扱いを受けた女性の。事件の取材が終わったら、俺はどうするだろう？　一面トップの記事も特集記事も書き上げたあとは？　彼女を置いてこの町を出ていくのだろうか？　マンディはそうなることを予期し、むしろ願っているのではないのか？　マーティンは彼女と寝たことを後悔しはじめていた。あのときは大火事を生き残った幸福感に酔いしれ、マンディもその気だった。だが、たとえそうだったとしても……。何か言おうとしたとき、かわいらしい花がマーティンの目に留まった。流しの上の窓枠で花瓶に挿してある。「きれいな花だね、なんという花だい？」

「え？」

「花だよ」マーティンは花瓶を指さした。

「それがどうかしたの、マーティン？　スワンプ・ピーよ。リアムを迎えに行ったときにフランからもらったの。雑貨店で売ってるわよ」

フラン・ランダーズ？　マーティンは教会で彼女が祈っていた姿を思い出した。あの未亡人はスウィフトを擁護していた。彼女はなんと言っていただろう？　確か、スウィフトは親切で寛大だったと言っていたはずだ。

さらにマンディに訊こうとしたとき、ブザーが鳴った。「なんだろう？」

「店に誰か来たみたい。鍵をかけるのを忘れてたわ。ちょっとリアムを見ていて。すぐに戻るから」

マーティンはぽっちゃりした子どもを見ていた。ハーネスをつけたままゆっくり前後に揺れ、黒い目でじっと彼を見ている。マーティンは手を差し出し、指を伸ばしてみた。幼子はその指を、小さな拳で握りしめた。とても小さな、ピンクの手。きれいな手には、まだこの世のいかなる罪も刻まれていない。

マンディが戻ってきた。「あなたにお客さんよ」彼女は言った。「テレビのリポーターとか言ってる」

「もう着いたのか、ずいぶん早いな」

「さっきからいたわ。あの人たち、学校のグラウンドにヘリで降りてきたの。なんでも動くものを見つけしだい撮影して、ドアをノックしてまわり、インタビューに応じてくれそうな人を探してるみたい」

マーティンは少し考えてから、店に出た。面識はないが、テレビで見覚えのある男だ。名前はダグ・サンクルトンだった。テレビ局のリポーターはマーティンを認めると、つかつかと大股で近づき、手を差し出して、旧友さながらになれなれしく挨拶した。「マーティン・スカーズデン、お会いできて光栄だ」

豊かなバリトンの声は、ニュースで聴くよりもさらに深みがあった。ネクタイを締めているが、ジャケットは脱ぎ、シャツの袖をまくっている。メーキャップした滑らかな顔には、汗ひとつかいていない。

　ダグは無駄話をしなかった。「マーティン、もう締め切り寸前なんだ。ヘリでスワン・ヒルまで飛ばないと送信できないんでね。インタビューしてもいいかな？　この事件を最初に取材した記者として？」

　マーティンはためらいを装ったが、申し出を受けた。きっとマックスは気に入るだろう。夕方のニュースに彼の秘蔵っ子が出演して、新聞の宣伝をしてくれるのだから。

　ダグは車を持っていた。旧型のフォードで、テレビ局の潤沢な経費にものを言わせて地元の住民から借りたのだろう。後部座席にはベビーシートを取りつけたままで、車内にはブルーチーズの臭いが立ちこめている。マーティンは、いくら払ったのだろうと思った。

　ダグ・サンクルトンはセント・ジェイムズ教会まで運転し、そこで撮影班が待機していた。マーティンは教会の前に立つよう指示された。大きな白いレフ板のせいで太陽が目に反射する。隣に並んだダグは単に質問するだけでなく、結託する仲間同士のように話を誘導した。事実、二人は結託していた。ダグはいかにも権威のありそうなテレビ向きの声と、ものものしい表情を身につけ、一方のマーティンも事件に精通した報道記者として、秘密の情報源と深い専門知識を備えた人間のような空気を醸し出した。彼は相当な時間をかけて事件の取材をしてきたと言い、抜け目なく《シドニー・モーニング・ヘラルド》の取材だと触れこんで、警察関係者に情報源がいることを匂わせた。そして少なくとも五、六回、あすの朝刊に詳細な記事が出ると宣伝した。ものの五分でインタビューは終わり、撮影班が映像を編集しているあいだ、ダグはマーティンをおだてて、さらに内部情報を訊き出そうとした。しかしマーティンはその手に乗らず、警察関係者の信用を得ており、自らの洞察力が関係者からも高く評価されているとだけほのめかした。立ち去るマーティンを横目に、テレビ局の取材班はできあがったばかりのダグの現地報告の映像を一刻も早く送信しようと必死だった。マーティンは帰り際、カメラマンの声を聞いた。

「すごいぞ。これでABCを出し抜ける」

マーティンが〈オアシス〉に戻ると、扉に鍵がかかっていた。〈ちょっと出かけます、すぐ戻ります〉の札はない。ノックしたが、返事はなかった。腕時計を見ると、四時四十分だ。テレビ局《チャンネル・テン》のヘリコプターが小学校のグラウンドを離陸して南へ向かうのと入れ替わりに、ABCのヘリが現われた。マーティンはささやかな満足感を覚えた。公共放送局が、彼の報じたニュースの後追いをしているのだ。

　マーティンは雑貨店へ向かった。

店に足を踏み入れると、フラン・ランダーズが笑顔で迎えた。「こんにちは、マーティン。ミネラルウォーターを買いに来たの？」

　そういえば、そろそろなくなりかけたところだったので、マーティンは通路の突き当たりへ行き、〈オアシス〉の前から車を運転してくれればよかったと思いながら、一リットル入りボトルの六本パックを二個手にした。それから別の通路へ引き返し、店内にいるのが彼とフランだけなのを確かめてから、ミネラルウォーターをカウンターに置いた。

「スプリングフィールズに警察が来た話は聞いたかい？」マーティンは会話の糸口に訊いてみた。

「もう、その話で持ちきりよ。町じゅう、蜂の巣をつついたような騒ぎ。テレビのリポーターが蠅みたいにたかってくるし。いやな人たちだわ」

「まったくだ」マーティンは相槌を打った。

「もちろんあなたもその一員だけど」フランは笑みを浮かべて言った。「あなただけは許してあげる」フランの口調や態度には誘惑するような趣があった。自分に気があるのだろうか、とマーティンは思った。

「それはうれしいかぎりだ。みんな、どんな話をしている？」

彼女はしなを作るのをやめ、ため息をついた。「ハーリー・スナウチのダムから死体が見つかったんですって。少なくとも六人は死んでいたそうよ。電力会社の検査員が見つけたという人もいれば、保険会社の査定人とか、ダムから水を補給しようとした消防のヘリコプターが見つけたという人もいるわ。スナウチはすでにヘリでシドニーまで護送されて、取り調べを受けるんですって。ほんとに恐ろしい男だわ。あんなやつ、もうこの町には出入禁止にすればいいのに」

　マーティンはその言葉を聞き、尾鰭《おひれ》がついた町の噂を追いかけても意味がないと判断した。ロビー・ハウス＝ジョーンズやハーブ・ウォーカーのほうが、情報源としては信頼できる。その代わりに彼は、カウンターの端の小さな白いバケツに立ててある、可憐な花の束を指さした。「かわいい花だね。スワンプ・ピーかな？」

「そうよ。よくできました。ひと束いかが？」

「いまは結構だ。水だけで両手がふさがってしまうからね。このあたりに咲いているのかい？」

「例年ならそうなんだけど。川向こうのブラックフェラズ潟に大群落があるの。それは見事なのよ。でもこの旱魃じゃあね。水が干上がったら、どうしようもないわ。それで、今年はベリントンの近くから採ってくるの。けれどもマレー川でさえ、ほとんど見つからなくて。でもわたし、まだこの花が育っている水路を知ってるから。朝いちばんにあの場所で日の出を見たら、それはもうきれいなの」

「花を探して、わざわざ遠出をするんだね」

「そんなことないわ――毎日、新聞やパンや牛乳を仕入れに通ってるもの」

「行きがけにバイロン・スウィフトの墓にスワンプ・ピーも供えられるね」

　フランの動きがぴたりと止まり、顔から表情が失せた。マーティンはセント・ジェイムズ教会で祈っていた彼女の姿を思い浮かべた。いったい誰のために祈っていたんだろう？

「いいんだ、フラン。新聞にあなたの名前を出すつもりはない。そんなことはしない」

「じゃあ、どんなことを？」

「説明してほしいんだ。なぜあなたはバイロン・スウィフトを悼んでいるのか」

「彼が善人だったからよ」

「あなたの夫を殺した男だ」

「それはわかっているわ。恐ろしいことよ。そのことは決して許されない。でもあなたは、事件が起きる前の彼を知らないでしょう。あの人は親切だったわ。とても優しかった」

　マーティンはうなずき、心を鬼にして、敢えてぶしつけな質問をぶつけた。「彼と肉体関係があったのかな？」

　雑貨店主はすぐには返事をしなかったが、目と口を大きくひらいてあとずさりしたので、おのずと答えがわかった。

「新聞にそのことを書くつもり？」

「いや。仮に書いたとしても、あなたの名前は出さない。それはさておき、わたしの背後には編集委員がいる。新聞社ではスプリングフィールズのダムから見つかった遺体について、あらゆることを知りたがっている。いまや、一年前のセント・ジェイムズ教会前での銃撃事件より、そっちのほうがはるかに注目の的だ」

「そうね」

「フラン、ハーリー・スナウチのことを教えてくれないか？」

「新聞記事のため？」

　マーティンはうなずいた。「でも、あなたの名前は出さない」

　雑貨店の女は、話題が変わったことで安堵の息をついた。「わかったわ。なんといっても、あなたにはジェイミーを助けてもらった恩義があるもの。でもお願いだから、バイロンとわたしのことはどうか書かないで。ジェイミーはさんざんつらい思いをしてきたわ。もうこれ以上、そんな思いをさせたくないの」

マーティンはうなずいた。「あなたの名前は出さないことを約束する。少なくとも実名は」

フランはそれでも、目に不安の色をたたえている。

「スナウチの何を知りたいの？」

「まだよくわからない。とにかく、どんなことでも」

「率直に言って、あまり話すべきことはないわね。彼がこの町に姿を現わしたのは、二年ぐらい前かしら。家族の土地があるスプリングフィールズに引っ越してきたんだけど、それはお父さんが亡くなってからよ。お父さんのエリックは、とてもいいご老人だったわ。本当の紳士だった。みんなの話では、お父さんがハーリーを勘当したらしいの。エリックが息をしているあいだは、家の敷居を二度とまたがせなかったんですって。スナウチが初めてこの店に来たとき、わたしには誰なのかわからなかったわ。一見して感じはよかったけど、どこか妙なところというか、まともじゃないところがあった。それから少しして、彼の素性がわかったの。そのあとは、必要最低限の会話しかしなかった。買い物に来るのは拒まなかったけど、愛想よくはしなかったわ。彼は本当の村八分だったのよ。あのいやな古いコートを着て、酔っ払ってうろついているのを見かけるけど」

「彼はどんな恐ろしいことをしたんだ？」

「マンディから聞かなかった？」

「あまり詳しくは」彼はしらばっくれた。「その話をすると、怒りだすんだ」

「なるほど。そうでしょうね」

「あなたがたは友だちなんだね？　あなたとマンディは？」

「そうよ。クレイグが亡くなったあと、彼女はとてもよくしてくれたわ。何かと助けてくれた。それでわたしも、ときどきリアムのお守りをするの」

「確かに、彼女は優しいね。でもいまは、ハーリー・スナウチの話を聞きたいんだ。彼はなぜ村八分にされたんだろう？」

「それは、わたしがここに住む前、クレイグとわたしがここへ戻ってくる前にあったことが原因なの。聞いた話によると、昔ハーリーはこの町でいちばんのお婿さん候補だったらしいわ。スプリングフィールズの大地主スナウチ家の一人息子だから。彼は寄宿学校に入ったあと、どこかの大学に進んだの。そして夏休みに帰省中、キャサリン・ブロンドに出会ったわ。彼女は地元のトラック運転手の娘だった。でも聡明な上に、とても美人だったんですって。どうやらマンディは、お母さんに生き写しだそうよ。キャサリンも、バサースト（ニューサウルウェールズ州の中都市）かウォガウォガの大学に進んだんだけど、当時は本当に稀なことだったわ。労働者階級の娘が大学に進学するのは。ハーリーとキャサリンはお似合いのカップルで、婚約していた。やがて二人ともこの町から姿を消し、大学に戻ったと思われていた。それから一年経つまで、誰も異変に気づかなかったわ。彼女は大学を卒業して、学位だけでなく赤ん坊を連れて帰ってきたの。でもハーリー・スナウチの姿はなかった。

　そのあとで初めて、キャサリンが彼にレイプされたと訴え、ハーリーが刑務所に入っていたことが知れわたった。もちろんみんな仰天したし、恐ろしいことだと思ったわ。かわいそうにハーリーのお母さんは、息子を恥じて亡くなってしまったの。お父さんも隠遁して、土地の一部を売り払ったわ。ほとんどは州立公園にしてほしいと言って州政府に寄付したけど、それは実現しなかった。残りは復員兵や、ろくでもない人たちや、哀れなコッジャー・ハリスに譲り渡したわ。お父さんのエリックが亡くなったのは、神様のお慈悲だったんでしょう。もしまだ生きていて、今回の殺人事件を知ったら、きっと耐えられなかったわ。とにかく、クレイグとジェイミーとわたしがこっちに越してきたときには、その話は町の伝説みたいになっていたの。そんなところへ、ハーリー・スナウチが刑務所から釈放されて、突然舞い戻ってきた。それから少しして、マンディがキャサリンの介護をするために帰ってきて、あの男はマンディに興味を持ちだしたの。まったく忌まわしい男よ」

マーティンの脳裏にさまざまな可能性が渦を巻いた。

「エリックが亡くなったのはいつごろだろう？」

「よく覚えていないけど、五年ぐらい前かしら」

「それならハーリー・スナウチは、お父さんが亡くなってから初めて姿を現わしたんだね？」

「ええ、そうよ。さっきも言ったとおり、お父さんは彼を勘当したわ。もう二度と息子に会いたくなかったんでしょうね」

「それなのに、息子に農場を遺したんだろうか？」

「わたしにはわからないけど。きっとそうだったんでしょうね。ハーリーはそこに住んでいるから」

「そうだね——少なくとも今週の水曜日までは、住んでいたわけだ」

マーティンはフランから聞いた話を考えてみた。いかにも奇妙な話だ。聡明で容姿に恵まれた二人の若者が、婚約した。そのあと二人は姿を消し、表向きはそれぞれの大学に戻ったことになっていた。しかしそれから一年後、女性だけが赤ん坊を連れて戻ってきたが、男のほうは彼女をレイプした罪で有罪を宣告され、服役していたという。

「ほかに何かある？」フランが訊いた。「もう店じまいして、あすの支度をしないと」

「あす？」

「お葬式よ。アレン・ニューカークの」

「小型トラックに乗っていた？」

「そうよ」

マーティンはミネラルウォーターの代金を払い、カウンターから運び出す途中、立ち止まってもうひとつ質問した。「フラン、このまえセント・ジェイムズ教会で、ジェイミーが助かった感謝の祈りをしていたとき、クレイグのためにも祈ったかな？」

彼女は気分を害したようだ。「もちろん、祈ったわよ。わたしの夫だったんですもの」

「ありがとう、フラン。助かったよ」マーティンはペットボトルを抱えて店を出た。

〈ブラックドッグ〉に駐車すると、彼以外にも泊まり客がいることがわかった。モーテルの一人部屋棟の外に、三台の車が並んでいる。二台は警察車輌だ。もう一台はレンタカーに見えた。レンタカーの前に寄りかかり、カーポートの屋根の陰で、痩せぎすの男がタバコを吸っている。男の恰好はスーツの残骸のようだ。上着をどこかに脱ぎ捨て、すすけた白いシャツに、ネクタイをだらりと緩めている。街から履いてきた靴は泥まみれだった。

「大変な一日だったようだね」マーティンは車を降りて声をかけた。

男は身じろぎもせず、マーティンの目を見据えた。

「あんた、誰だ？」

「マーティン・スカーズデンという者だ。《シドニー・モーニング・ヘラルド》の記者をしている」マーティンは手を差し出したが、男はその手を見ただけで、握手しなかった。

「遠いところをご苦労さんだね」人を見下すような口調だ。

「もう何日もここにいるよ」

「なぜだ？」

「牧師による銃撃事件からちょうど一年経ったので、記事の取材をしているんだ。双方の事件には関連があると思うかい？」

「双方の、なんだ？」

「ふたつの銃撃事件だよ。教会前での牧師による銃撃事件と、ダムで見つかった遺体の」

「なぜ、両方とも銃撃事件だと思うんだ？」

「ちがうのかい？」

「さあね」

いままで警察関係者からの覚えめでたかったマーティンだが、今回ばかりは手強い相手のようだ。目の前の男は筋金入りの殺人課の刑事にちがいない。ロビーとちがって大学を出たての新入りではなく、ハーブ・ウォーカーのような田舎町の有力者でもない。この刑事は何ひとつ情報提供するつもりはなさそうだ。質問に「はい」か「いいえ」だけでも答えてくれれば、マーティンはよしとしなければならないだろう。「あすの朝刊で記事を出すつもりなんだ。保険の査定人が、ダムから二体の遺体を発見した。あなたがた警察の見かたでは、二人はドイツ人バックパッカーで、一年前にスワン・ヒルで行方不明になっている。それから、あなたがたはハーリー・スナウチを逮捕した」

　警察官とおぼしき男はしげしげとマーティンを眺め、会話に乗るかどうか考えているようだ。タバコを吸い終わり、吸い殻を地面に落として、靴で踏みつぶす。

「読むのを楽しみにしているよ。会えてよかった、ミスター・スカーズデン」そう言うと、男はマーティンの前を通りすぎて九号室へ向かった。

第十一章　報道陣

〈オアシス〉は開店していたが、マンディは心を閉ざしていた。マーティンにコーヒーは売っても、見るからに話したくなさそうで、リアムにミルクをあげなくてはとつぶやいた。マーティンは知らず知らずのうちに、朝刊を早く読みたくて心が浮き立っていた。コーヒーを手にすると、その足で雑貨店へ向かった。フランは店にいなかったが、土曜日の朝刊は並んでいる。数紙を買い求め、外に持ち出して楽しむことにした。ただしシドニーではなく、メルボルンの新聞だが。一面の見出しはまずまずだ。ライバルのタブロイド紙《ヘラルド・サン》は〈灌木地帯の殺人事件〉と書きたてているものの、記事の中身は《シドニー・モーニング・ヘラルド》のウェブサイトとテレビのニュースを切り貼りしたようなものだった。マーティンは薄笑いを浮かべ、記事の一節を読んだ。きのうの夕方《チャンネル・テン》のインタビューで、彼が〝さる情報筋〟からの話として語った内容と一語一句同じなのだ。《シドニー・モーニング・ヘラルド》のメルボルンの姉妹紙《ジ・エイジ》は、健闘していた。大見出しは〈死の町につきまとう災い〉で、隣の小見出しは〈バックパッカー殺人事件、牧師による銃撃事件との接点が浮上〉だ。大見出しのかたわらには〈独占記事〉の赤い文字が躍り、その下には〈リバーセンド取材担当：マーティン・スカーズデン、上席警察担当記者：ベサニー・グラス〉の署名が入っている。《ナイン・ニュース》の協力で、上空からスプリングフィールズを撮影した写真が添えられていた。パトロールカーのかたわらに、農業ダムから引き揚げられて白い覆いをかけられた遺体が写っている。マーティンが送信した二番目の記事には、〈大量殺人犯の牧師が招いた新たなる恐怖〉という見出しの下に、マーティンの顔写真、赤い〈独占記事〉の印に並んで〈ヘラルド深層取材〉のマークがあしらわれていた。マーティンは笑みを浮かべた。これぞ神聖なる三位一体だ。

記事をざっと読み、ベサニーや原稿整理部員が追加した新事実や、削除された箇所を確かめる。一面はほどほどにし、解説面をひらいた。グラフィック・デザイナーや割付担当者が技量の粋《すい》を凝らし、マーティンの記事を際立たせている。瀕死の町の特集にふさわしい、荒涼としたイメージの図版だ。たとえ一週間かけても、これ以上の仕上がりにはできないだろう。しかも、マーティンはさらなる切り札を用意していた。すでに続報記事〈過去のない牧師〉は半分ほど原稿を書き上げている。モーテルの客室で眠れず、早起きして書いたのだ。日曜版の《サン-ヘラルド》と《ザ・サンデー・エイジ》の紙面を賑わすことになるだろう。やはりマックス・フラーの目に狂いはなかった——リバーセンドにマーティンが来たのは、大当たりだったのだ。

自画自賛がひとしきり終わりかけたころ、教会の鐘が鳴りだした。腕時計を見ると、まだ午前九時半だ。葬儀は十時まで始まらないものと思っていたのだが。新聞を足下のゴミ箱に捨てると、マーティンはセント・ジェイムズ教会へ向かった。目抜き通りのヘイ通りに出たところで、強烈な直射日光が顔に突き刺さった。鐘の音は好きだ——一面トップの独占記事を物したことで、マーティンはあたかも自分がクリント・イーストウッドになったような気がした。拍車を鳴らし、開拓地の町を闊歩して対決の地へ向かう、恐れを知らない孤高のガンマン。一撃で正義をもたらす、堅忍不抜にして高潔な男。いまこの瞬間も臆病な地元民が、宿命へ向かって肩で風切るマーティンの姿をヘイ通りの日よけの下からシャッター越しに覗いているかもしれない。だが白昼夢はほどなく破られた。けたたましいクラクションを鳴らす車が近づいてきたのだ。マーティンはとっさに飛びのいた。「どけ。轢かれたいのか、このたわけ！」運転手が叫ぶ。

セント・ジェイムズ教会に近づくころには、鐘は鳴りやんでいた。教会から伸びる道路に鈴なりになった報道陣を見て、マーティンは驚愕した。三脚を据えつけたテレビのカメラマンが四人も並んでいる。新聞社のカメラマンもたむろし、大きなレンズを装着したカメラを一脚《モノポッド》に据えつけていじっていた。ラジオ番組のリポーターも二、三人、所在なげにたたずんでいる。

報道関係者たちが立っているのは、バイロン・スウィフトが銃撃したときに車が駐まっていた場所で、ゲリー・トルリーニが死亡した現場だ。ダグ・サンクルトンも戻ってきて、同業のリポーターの一群に褒めそやされて得意になっている。五十代の男性が一人のほか、三人の若く美しい女性がいた。女性たちはいずれもふんわりしたブロンドの髪をして、テレビによく出ている顔だ。ダグは上着の背中にイヤホンをつけていた──《チャンネル・テン》はなんらかの中継設備を備えつけたようだ。

いまさらながらマーティンは、この小さな田舎町としては桁外れに大きなニュースであることに気づいた。誰よりも彼は、こうなることを予期してしかるべきだった。一月のオーストラリアはニュースが払底している。夏枯れにあえぐメディアにとって、これは恰好の話題だった。そしていま、マーティンはその渦中にいる。

新聞社のカメラマンのなかに、小柄な若い女性がいた。ポケットがたくさんついたカーキ色のベストに、カーゴパンツといういでたちだ。彼女は近づいてくるマーティンを認め、カメラマンの列から抜け出して挨拶した。「あなた、マーティンね？ おはよう。わたし、キャリー・オブライエンよ。昨夜、メルボルンから車を飛ばしてきたの。何か目当てのものがあるの？」

「そうでもないんだ。きみたちと同じく、そんなに収穫は見込めそうにない。実際、ニュースの一部にもならないだろうね。交通事故で亡くなったティーンエイジャーの葬儀だから。でもわたしは、記事のどこかに書くつもりだ。事故を目撃したんでね」

「えっ、本当なの？」

「ああ。現場の写真も撮った。あとで送ってあげようか」

「ぜひお願い」

「それから、住民の顔をなるべく多く撮っておいてくれ。何人かの顔写真が、あとでほかの記事に使えるかもしれない。あとは、使える携帯電話を持ってるかな？」

「ええ、あるわ。写真の送信用に衛星電話を持ってきたのよ。緊急の場合は使わせてあげるわ」

「事件現場の土地には行ってみたかい？」

「いいえ、まだなの。きのう、《ヘラルド》は飛行機を雇い、航空写真を撮ったわ。わたし、どうして《ジ・エイジ》がそっちの写真を使わなかったのか理解できないの。何か手ちがいがあったのかしら。あの写真はウェブサイトにも載っていたんだけど」

「きみの言うとおりだ。どこに泊まっているんだい？」

「あなたと同じ宿だといいんだけど。《ブラックドッグ》よ。来る途中に立ち寄ったわ。でも、まだ順番待ちなの」

「幸運を祈るよ」マーティンにはこの会話の向かう方向が読めていた。キャリーはかわいい女性だが、彼としてはカメラマンとシングルベッドひとつの部屋を分け合うつもりはなかった。それにマンディが泊めてくれる保証はない以上、彼の部屋をカメラマンに譲るわけにもいかなかった。けさ、マンディはよそよそしく不機嫌だった。もしかしたら、彼女ともっとよく話し、記事の内容を説明すべきだったかもしれない。しかしどうしたことか、今回の取材は意図していたより複雑になりそうだ。やはり最終的には、キャリーと部屋を共有しなければならないのだろうか。なぜ《ヘラルド》や《ジ・エイジ》を統轄するフェアファックス・グループはせめて男をよこしてくれなかったのだろう。

　地元民が教会に到着しはじめた。ロビー・ハウス＝ジョーンズ巡査が制服姿で外階段に立っている。マーティンは道を横切り、同僚たちの羨望の視線を楽しんだ——警察関係者に人脈がある報道記者。

「おはよう、ロビー」

「やあ、マーティン」

「ひどいことになったね？」

「きょうの葬儀のことか？　ああ、まったくだ。ただでさえこの町では大勢死んでいるのに、そのうえ若者が車をぶつけて死ぬとは」

　マーティンが何か言おうとしたとき、事故現場での記憶が突如として押し寄せてきた——ディズニーのキャラクターをあしらったサンシェードを遺体にかぶせたことを。思わず自分の両手をじっと見る。震えてはいないようだ。

「大丈夫か？」ロビーが訊いた。

「ああ、大丈夫だ。捜査は進んでいるのかい？」

「さっぱりわからない。誰も何も教えてくれないんだ。ただひとつ、確かなことがある——ハーリー・スナウチは逮捕されなかった。無罪放免になったのさ」ロビーの声には怒りがこもっていた。

「なんだって？　そんなことがありうるのか？　あの男のダムから遺体が見つかったのに、無罪放免なんてことが？」

「証拠不十分だった。スナウチは白骨を発見して、幹線道路まで歩き、ベリントンに通報したらしい」

「きみに通報したんじゃなかったのか？」

「ちがう。わたしにではない」

マーティンは胃に小さな穴が開いたような気がした。彼が書いた記事は、スナウチが殺人犯だと告発していたも同然だったのだ。告発？　いや、有罪と決めつけていた。「くそったれ。けさの新聞を読んだか？」

「ああ――どの新聞も読んだ」

「保険査定人が遺体を発見したという箇所は、わたしが書いたんだ。確かきみは、きのうスプリングフィールズで会ったときにそう言わなかったか？」

「わたしじゃない。わたしが知っていたのは、誰かが白骨化した遺体を発見したということだけだ。ヘリのパイロットが発見したのかもしれないと思っていたが、見つけたのはまちがいなくスナウチだ」

「まずいな」燃えさかる太陽の下、日陰から離れた教会の外階段で、マーティンは不意に自分が晒し者になっているような気がした。振り向くと、報道陣が鈴なりになっている。二、三人のカメラマンがマーティンを撮影していた。実にまずいことになった。いったい俺は、保険の査定人という話をどこから聞いたのだろう？　マンディだったか？　ではなぜ、二重に裏づけを取って信憑性を確かめることなく、あんな記事を出してしまったのか？　マックス・フラーは怒り心頭に発するだろう。マーティンはイギリスの物理学者にして作家チャールズ・パーシー・スノーの有名な格言――『事実こそが神聖だ』――を思い起こした。マックスの口癖と言ってもいい言葉だ。それから、〈ブラックドッグ〉の外で車にもたれてタバコをくゆらしていた、痩身の警官を思い出した。「ちくしょう。ロビー、そういえばわたしは昨夜モーテルで、刑事にそのことを言ったんだ。保険の査定人が遺体を発見し、スナウチが逮捕された、と。だがあの男は、わたしのまちがいを訂正しなかった。痩せぎすで、髪は薄く、鬚が伸びかけていた。喫煙者だ。わたしの見立てが見当外れだと言ったところで害はなかったはずなのに、何ひとつ教えてくれなかった。あの男の名前はわかるかい？」

　ロビーは答えなかった。無言でマーティンを見つめたまま、戦慄に似た表情を浮かべるばかりだ。

「どうしたんだ？　何か変なことを言ったか？」

「わたしからは何も聞かなかったことにしてくれ、いいか？」

「わかった。どういうことだ？　その男の名前は言えないのか？」

「言えない。違法行為になってしまう」

「なんだって？　なんの法律に触れるんだ？」

「彼は警官ではない」

「警官ではない？　じゃあ、いったい何者なんだ？」

マーティンはその男の挙措《きょそ》、服装、話しぶりを思い起こした。どこから見ても警官そのものだった。はたとマーティンは、ロビーの真意に気づいた。確かに厳密に言えば、オーストラリア保安情報機構《ASIO》の諜報員を特定するのは違法行為になる。「なんてこった。工作員か？」

「わたしは何も言わなかった」

「ああ、そのとおりだ」信じられない。工作員だって？　およそありえないことだ。ダムから見つかった遺体は、誘拐されたバックパッカーのはずだ。いったいなぜ、ＡＳＩＯが出てくるのか？　しかもこんなに早く？　あの男が到着したのはシドニーの刑事と同時だった。

　脳裏に去来する思考を、ロビーがさえぎった。「マーティン？」

「なんだ？」

「すまないが、きみの仲間たちの列に戻ってくれ。遺族から、教会にはいっさいメディアを入れないでほしいと要請されたんだ」

「わたしも含めてか？　わたしも事故現場にいたのを覚えているだろう？」

「ああ。わたしも現場にいた。しかしわたしも、ここにいるつもりだ。このいまいましい外階段に。それにあんたを入れたら、ほかの記者もみな入りたがるだろう。すまないがマーティン、これは遺族の要請なんだ。わたしの意思ではどうにもならない」

マーティンは苛立ちを覚えたが、ロビーは伝言を知らせているにすぎなかった。「なるほど、わかった。工作員のことを教えてくれてありがとう。当面は内密にしておくよ」

同業者たちの賞賛のまなざしを浴びながら、マーティンはうつむき加減で戻った。彼らの目には、新情報を聞いて熟考しているように映ったかもしれないが、実際には目を合わせないようにしていただけだ。賞賛も長くは続かないだろう。マーティンが無実の人間を誤って告発したかもしれないことは、すぐにも明らかになる。評論番組〈メディア・ウォッチ〉で、訳知り顔のコメンテーターとその取り巻きから袋叩きにされるはずだ。スナウチがマーティンに名誉毀損されたと触れまわりはじめたら、同業者たちもたちまち掌《てのひら》を返すだろう。彼らの大半は、マーティンの主張を半ば事実のように繰り返しているだけなのだが。しかし木陰に立ってよく考えてみると、どうも筋が通らないように思えてきた。仕事で警察まわりをしていたのはずいぶん前のことだが、警察の考えかたはまだ覚えている。警察官という人種はつねに、最も疑わしい人間を容疑者として扱う。それにはもっともな理由があるのだ。たいがいの事件は、その考えかたの正しさが証明されて終わる。たとえば、ある女性が殴り殺されたとしよう。第一容疑者とされるのは、夫か恋人だ。警察官は法的に許される期限ぎりぎりまで彼らを勾留し、最大限の圧力をかけ、可能なかぎりの情報を引き出して、アリバイがないかぎり、自白を取ることも厭わないだろう。では、いまは何が進行しているのか？　問題になっている男には、刑務所にいたことを示す刺青が入っており、服役していたのは確実で、レイプ犯だと告発された過去がある。そんな男が、ダムから死体が見つかったと通報した――大火事によってその一帯がさらけ出されたのだから、その死体が遠からず見つかることを男は予期していただろう。そしてその男は、保険の査定人が来るのを待っていた。こうした状況から考えて、この男が第一容疑者になるのはまちがいない。ではなぜ、警察は彼を無罪放免したのか？　マーティンの胃に開いた穴が、少し大きくなったような気がした。目下いかなる事態が進行しているのか、マーティンには知るすべがないのだ。あるいはただ、ロビーの言ったことがまちがっているのかもしれない――確かにいまのところスナウチは逮捕されていないかもしれないが、警察は遠からず彼を逮捕するつもりではないだろうか。〝事情聴取して捜査への協力を要請する〟というのが彼らの常套手段だ。どのみちスナウチの協力を求めるのであれば、わざわざ逮捕して人身保護令状を請求される危険を冒すこともあるまい。そう考えると、マーティンはやや落ち着いてきた。

　教会の外には、さらに多くの人々が集まってきた。そしてカメラマンたちは彼らの仕事に集中し、シャッター音が暗号による会話のように響きわたる。ハーブ・ウォーカーが現われ、目立たない場所でロビーと声をひそめて話していた。フラン・ランダーズもジェイミーとともに到着した。ジェイミーはうつむき、一瞬たりともここにいたくないように見える。マンディはリアムをベビーカーに乗せて教会を訪れ、メディアを完全に無視して、ロビーの手助けで外階段を上り、教会に入った。

　マーティンはあたりを見まわし、カメラマンのキャリーの姿を探した。そのとき、視界をよぎるものがあった。メディアの一群の背後、川の土手の上に、赤いシャツを着た少年が立っている。マーティンがリバーセンドに到着した初日に、教会の外階段で出会った少年だ。名前はなんだったか？　ルークか？　少年は長めの棒きれを杖のように持ち、マーティンが見ていると、散弾銃のように肩に載せてこちらに向けた。そして角度をわずかに下げ、口を「バーン」の形に動かすと、走って土手の向こうへ姿を消した。マーティンは根が生えたように立ち尽くし、うだるような暑さのなかで息を詰めた。

葬儀が終わったあと、マーティンはまず〈オアシス〉に行ってみたが、マンディと静かに話せる見込みはなかった。店内はジャーナリストであふれかえっていたのだ。彼女はコーヒーマシンをワゴンに載せてカウンターの隣に置き、水が入ったポリタンクと繋いでいる。しかし、このにわか景気でもマンディは不機嫌だった。むっつりした表情で、マーティンのテイクアウトのコーヒーを運んでくる。たぶん彼が書いた記事を読んだのだろう。あるいは、群がるリポーターから話を聞いたのかもしれない——マーティンが書いた記事で、スウィフトとスナウチが断罪されているのを。彼女の振る舞いはよそよそしく、儀礼的と言ってよかった。マーティンはいまの彼女に、スウィフトの素性を明かしてさらなるショックを与えるべきではないと判断した。

コーヒーの代金を支払い、ヘイ通りに出てサマセット通りを横断し、台座に載った第一次世界大戦時の兵士像と、閉鎖された〈コマーシャル・ホテル〉の前を通りすぎる。ホテルのパブがあと半年もっていれば、ジャーナリストはコーヒーだけでなく酒にもしこたまありつけただろう。

雑貨店では、フランが喪服を着たまま、カウンターの奥に戻っている。ジェイミーも手伝い、通路に押し寄せている地元民とメディア関係者の列を見てしかめ面をしていた。マーティンも店に足を踏み入れた。

「こんにちは、ミスター・スカーズデン」フランが呼びかけてきた。「いつ戻ってくるかと思っていたのよ。おかげさまで新聞が飛ぶように売れているわ」きょうは笑顔ではなく、媚びるようなそぶりもなかった。

「そのようだね」マーティンは言い、いつもなら新聞が山積みになっている棚が空っぽになっているのに気づいた。「うれしくないのかい？」

「新聞が売れるのはうれしいけど、あなたがバイロンを、若い女たちを殺した犯人に仕立てようとしているのはうれしくないわね」

「フラン、どこか話せる場所はないかな？　二人だけで」

店主の彼女は大勢の客を見た。「そうね」と言い、息子に顔を向ける。「ジェイミー、悪いけど、奥でミスター・スカーズデンと話すあいだ、店番をしていてくれる？」

ジェイミーはうんとうなって了解し、フランはマーティンを先導して客の群れをかき分け、扉を抜けて店の奥へ向かった。彼女は明かりのスイッチを入れた。天井に並んだ蛍光灯の列が灯り、まぶしい光を投げかける。〈オアシス〉の奥のマンディの家とは、まったく様子がちがっていた。ここはだだっ広い空間で、窓はなく、棚が並んでいるだけだ。棚はほとんど空で、さまざまな商品を入れた段ボール箱があちこちに置かれている。高い段の棚には蜘蛛の巣が張っているが、概して倉庫はよく整理されていた。部屋の片隅、扉の左手には机の上にコンピュータが載っているが、十年は経っていそうな古い機種だ。フランは喪服を汚さないよう、机の前の椅子を手で払って腰を下ろした。マーティンは机を挟んで、もう一脚の椅子に座った。

マーティンは社交辞令を省略し、カウンターでの会話の続きに入った。「バイロンはダムで見つかった若い女性たちの死にかかわっていないと思うのかい？」

「かかわっていないわ。どこに証拠があるの？　警察が何か見つけた？」

「まだだが、いま捜査しているところだ」

フランは彼を睨みつけた。このまま水掛け論をしたところで、得られるものはないとマーティンは思った。スウィフトがかかわっていたかどうか、二人とも確かなことは知らず、不必要に彼女を怒らせるリスクを冒すだけだ。彼はなだめるように両手を広げた。

「フラン、あなたの助けが必要だ。わたしはずっと、銃撃事件当日のことを考えてきた。いくつか引っかかることがある。あなたとバイロンの関係がわかってから」

「どんなことかしら」

「ご主人は、ふだんは教会に通っていなかったと思うのだが、どうだろう?」

その質問で、フランは毒気を抜かれたようだった。おとなしい声で、マーティンの目を避けて答える。

「ええ、通っていなかったわ」

「ご主人はあなたとバイロンのことを知っていたのかい?」

フランは身体をこわばらせ、真っ暗なコンピュータの画面をじっと見つめた。ややあって、彼女はうなずいた。

「あなたはバイロンに、クレイグが教会に行こうとしていると警告した?」

もう一度うなずく。

「あなたはクレイグが何をするのを恐れていたんだ?」

彼女は懇願するような目でマーティンを見た。

「話してほしい、フラン」

彼女ははかなげに、小さく嗚咽を漏らした。「聞こえてきたの。外のガレージから。クレイグとその友だちが集まっていたわ。バイロンが射殺した人たちよ。あの人たちは、彼を殺してやると言っていた。恐ろしい方法で。あの人たち、本気だったわ」

「なんと言っていたんだ?」

「クレイグは、やつのケツに散弾銃を突っこんで、ぶっ放してやると言っていた」

「なぜだ、フラン？　なぜスウィフトを殺そうと？　なぜその朝に？」

「わからないわ。そうしようと相談する声が聞こえただけ」

マーティンは背もたれに身体を預け、彼女の言葉を考えて、額面どおりには受け取れないと思った。では なぜ、彼女は俺を欺こうとしているのだろう？　マーティンは単刀直入に言うことにした。「わたしは信頼できる情報源からこう言われた。銃撃事件が起きる前の金曜日の夜、警察がクレイグに、スウィフトが児童を性的虐待していると警告した、と。クレイグはその警告を、あなたに伝えなかったのかな？」

「前にも言ったとおりよ。児童への性的虐待というのは事実ではないし、わたしは信じなかったわ」

「でもクレイグは、あなたにそれを伝えたんだね？」

「ええ、聞くには聞いたけど」

「それであなたは彼に警告したのか？　バイロンに？」

「ええ。わたし、教会へ走ったわ。そして彼に、クレイグとその仲間たちがあなたを殺しに来ると言った。それで逃げるように頼んだの。バイロンはすでに、ここを出ていくことになっていると言ったわ。主教からそう命じられたと。でもクレイグとその友だちのことは心配していない、自力で対処できるとも言っていた。そしてわたしに、ブラックフェラズ潟で待っているように頼んだの。ときどき二人でいっしょにそこへ行っていたのよ」

「あなたは彼の言葉を信じた？」

「もちろんよ。わたしはいつも彼を信じていたわ」

「つまり銃撃事件が起きたとき、あなたは現場にいなかったんだね？」

「ええ、いなかったわ。バイロンのおかげで」

マーティンはその言葉を反芻してから、話頭を変えた。「あなたはいつも彼を信じていたと言ったね。ではあなたは、彼が自分で言ったとおりの人間だと信じていたのかな？」

　彼女はすぐには答えなかった。マーティンはその表情に困惑しか読み取れなかった。「どういうこと？　何を言いたいの？」

「つまり彼は別人だったということだ。身元を偽っていた可能性がある。元兵士だったのかもしれない」

「いいえ。そんなはずはないわ。そんなの、ばかげている。いったい誰がそんなことを？」困惑が憤りに変わる。

「あなたの目に、彼はどんな様子に見えた、フラン？　最後に彼と会ったときには？」

「いつもどおり、変わったことはないように見えたわ。つまり、落ち着いていた。落ち着いていて、むしろ幸せそうだった。ここを出られるのが幸せそうに」フランはもう一度しゃくり上げ、目を潤ませた。憤りは苦悩に押し流された。「わたしは幸せじゃなかったのに、彼は幸せそうだった」

　マーティンは歩きつづけた。日中の耐えがたい暑さは募る一方で、とめどなく汗が噴き出してくる。それでも彼は、歩かずにはいられなかった。じっと座っていることなど、とてもできない。白熱した空は脱色された金属のようにぎらつき、雲は片鱗も見えなかった。熱風とともに、森林火災のかすかな臭いが漂う。〝死の町〟で味わう地獄のような一日。どれぐらい雨が降っていないのだろう？　曇りの日さえ、遠い過去に思える。

　フランの言葉が何度も繰り返し脳裏をよぎった。マーティンはその言葉を頭のなかで再生し、吟味し、いかなる意味なのか探った。そんなことがありうるのだろうか？　牧師に妻を寝盗《と》られ、嫉妬に駆られた夫が、今度は一人息子をその牧師に性的虐待されたと聞かされて復讐を決意したなどということが？　そしてその牧師が、愛人の警告を受け、自己防衛に動いただと？　いや、ありえない。男たちは牧師を殺してやると言ったかもしれないが、武装はしていなかった。銃を置いていったのだ。おそらく牧師を袋叩きにしようとして教会に行ったのだろうが、当の牧師はそんな彼らを無慈悲に射殺した。ゲリー・トルリーニは自分の車のなかで、クレイグ・ランダーズは命懸けで百メートル走ったところで。やはり自己防衛というのは論外だ。ではフラン・ランダーズを夫の復讐から守るため？　それはクレイグ・ランダーズを射殺した理由にはなるだろうが、ほかの人々を殺す理由にはならない。謹厳実直なホリー・グロブナーを喪《うしな》ったジャニスは、なぜ夫が殺されたのかわからないままベリントンで一人取り残されている。

　自己防衛ではなく、フランを守るためでもなかったとしても、ハーブ・ウォーカーがクレイグ・ランダーズに警告したことが銃撃事件のきっかけになった可能性は残る。ウォーカーは金曜の夜、ランダーズとアルフ・ニューカークに、牧師が息子たちに手を出している可能性があると警告したのだ。二人の男は〈ベリントン釣り同好会〉のメンバーとともに、土曜日に狩りに出かけ、そのニュースに一同は憤激した。そして日曜日の朝、彼らはスウィフトが隔週の礼拝のためリバーセンドにいることに気づいた。一人かそれ以上のメンバーが牧師を殺そうと言い、それは本気だったのかもしれないし、そうではなかったのかもしれない。ともかくフラン・ランダーズがその会話を聞きつけ、恋人のところへ走って、夫が彼を殺そうとしていると告げた。彼女はスウィフトに、ウォーカーがクレイグに告げたことも伝えた――彼が小児性愛者だと告発されている、と。かくしてスウィフトは、彼らを射殺した。それでつじつまは合う。ただし、この説明にはひとつ欠陥がある。スウィフトは誰一人射殺する必要はなかったのだ。彼はただ、町を出ていくこともできたはずだ。

マーティンが公園に着き、デニリクイン方面へ向かう橋に近づいたころには、汗は滝のように流れ落ちていた。シャツはしとどに濡れ、肌にへばりついている。水飲み場で水を飲もうとしたが、蛇口が壊れているか節水のためかはともかく、水は出なかった。階段を上がって円形のあずまやに向かい、日陰に入った。本来なら、いまごろには記事を書き上げているべきなのだ。過去のない牧師の記事を。しかしきのうの確信は、けさの自信ともども消え失せていた。バイロン・スウィフトがスクラブランズでの殺人に関与していたのは明白に思えたのに、きょうはその確信が揺らいでいる。ロビーは怒りと絶望に駆られてその説をでっち上げたが、確たる証拠はない。だとしても、マーティンは記事を書けるはずだ。書き出しの文章はすでに頭にあった。たとえばこんな具合だ。

〈警察関係者によれば、背教者の牧師バイロン・スウィフトはスプリングフィールズでの殺人にも関与していた疑いがある。しかも当社の調査により、スウィフトは別人がなりすましていた可能性が浮上している。彼は過去のない男だったのだ。

こうした謎の存在を裏づけるように、警察は彼の遺体の発掘調査を検討しており、ＡＳＩＯもまた経験豊富な捜査官をリバーセンドに派遣している。〉

この話は特ダネに必要な要素をすべて備えており、日曜日の新聞記事にはうってつけだ――殺人、宗教、工作員、セックス。なんという組み合わせだ。ではなぜ、彼はためらっているのか？　バイロン・スウィフトはもう死んでいる。死人から訴えられる心配はない。マーティンがしっぺ返しを受ける恐れはなく、好きなように書けるのだ。恐れる相手がいるとすれば、マックス・フラーだけかもしれない。彼の編集者にして、長年の師だ。マーティンがまだ駆け出しで、マックスが編集長だったころ、駆け出しの記者やリポーターの誰もが、記事に絶対的な正確性を求めるマックスを恐れていた。

　マーティンはじっと自らの手を見た。熟練工の手ではなく、正直者の手でもない。では、暗殺者の手だろうか？　もっともそれは比喩的な意味で、実際に人を殺したわけではない――バイロン・スウィフトの手とはちがうだろう。スウィフトは百メートル離れたところからでも、人を殺せた。冷静そのものの手と不動心で、標的の頸動脈に過《あやま》たず銃弾を命中させることができた。マーティン・スカーズデンはもっと離れた場所から、標的にした人物の名声を地に堕とすことができる。必要とあらば、墓に入った人物でも――柔らかい手と非情な心で。マーティンは若い牧師の手を想像しようとした。その手は自分のように、柔らかくて白かっただろうか？　それとも特殊部隊の兵士のように、たこができて無感覚になっていただろうか？　マーティンは手の甲を見、キーボードによってなされた残虐行為の証拠を探そうとした。

「こんにちは」

　その声でマーティンは物思いから引き戻された。赤いシャツを着た少年が、まだ手に棒きれを持っている。

「やあ」マーティンは答えた。

「ごめんね」少年は言った。

「なんのことかな？」

「さっきの教会のこと。おじさんをびっくりさせて」

「いいんだ」マーティンは言った。「ここに座る？」

「うん」少年はあずまやの向かいのベンチで、マーティンの隣に座った。

「きみ、ルークだよね？」マーティンは訊いた。

「そうだよ」少年が答える。

「わたしはマーティンだ、覚えているかな？　マーティン・スカーズデンだ」

マーティンは待った。少年がわざわざ彼を探してきたのであれば、きっと何か言いたいことがあるにちがいない。けれども少年はただそこに座り、ときおりマーティンのほうを見るだけで、何も言わなかった。ただ誰かといっしょにいたいだけかもしれない。それでマーティンが水を向けた。「あの事件が起きたとき、きみも現場にいたのかい、ルーク？」

少年はそわそわしはじめた。「誰から聞いたの？」

「誰からも聞いていない。ただ、そう思っただけだ。けさ——その棒を持ってあそこに立っていたから」

「ぼく、誰にも何も言っていないよ」ルークは言った。

「警察にも？」

「うん、言っていない。言う必要もなかった。あそこにはたくさんの人たちがいたから」

「きみが見たことを教えてほしい」

「どうして？」

「あの事件のことを理解したいんだ」

「ぼくにも、あの事件のことはさっぱり理解できないんだけど」少年は棒きれを見、両手に載せてバランスを取っている。「ぼくが目抜き通りにいたとき、ブックカフェの前にバイロンの車があった。日曜日だったから、教会の礼拝に来たんだと思った。ぼくは通りをぐるりと歩いて教会へ行き、待った。ちょうどそこへ、彼の車も着いた。ぼくたちは外階段に座っていた。バイロンはぼくに、町を出ていかなければならない、本当は行きたくないけど、主教からそう命じられたと言った。ぼくは、そんなの公平じゃないと言った。あの人は、人生は公平じゃないと言った。ほかにも、いろんなことを言っていた」

「なんと言っていたか、思い出せるかい？」

「うん、全部覚えてるから」

「彼はなんと言っていたの？」

「ぼくはいい子で、神のことをあれこれ心配しなくてもいい、神は必要なときにぼくのところに来てくれるからと言っていた。そして、神は小さなことは気にしないと言った――たとえば、下品な言葉を使ったり、嘘をついたり、マスをかいたりするようなことだ。それから、こう言った――神が気にするのはただひとつ、ぼくたちの魂のことだけで、ぼくたちがよい人間か悪い人間かということだけだ。神はそのことを知っている。そしてぼくたちが難しい決断を迫られたときには、神が助けてくれる。それに、ぼくたちが悪いことをしてしまったときでも、神はぼくたちを赦してくれる、たとえ自分で自分を赦せないようなことであっても、と」

「〝悪いこと〟というのは、つまりどういうことだったんだろう？」

「わからない。あの人は説明しなかった」

「まるっきり大人の会話みたいだね」

「うん。でもバイロンは、ぼくたちを一人前に扱ってくれた。ぼくたち子どもにも、偉そうな言いかたはしなかった」

「彼はしょっちゅう、神のことを話していたのかい？」

「いや、ふだんはほとんど話さなかったよ。きっとあのときは、もう町を出ていくから話したんだと思う。あれからずっと、あの人が言ったことの意味を考えているんだ。だから、あのときより少しはわかったような気がするよ」

「ほかには何か言っていた？」

「うん。この世の中には悪い人たちがいる、ぼくたちの町にさえも、と。そしてぼくには、同年代の子どもたちといっしょに遊ぶべきだと言った。なぜそう言ったのかはよくわからない。それから、あの人がいなくなったあと、何か困ったことがあったら、ハウス＝ジョーンズ巡査に相談すれば助けてくれると言っていた」

「具体的になんのことを言っていたのか、わかる?」

「ううん。よくわからない」

「そうか。そのとき、彼はどんな様子だった? 怒っていたかな?」

「いいや。とても落ち着いていた。幸せそうにも見えたし、悲しそうにも見えた。ぼくが言ってること、おかしいかな? つまり、あの人が偉い人から町を出ていくように言われたのが悲しかったのかもしれない、と思ったんだ」

「なるほど。ルーク、きみも聞いただろうけど、彼は自分のしたことのせいで、頭に血が上ってしまったと思っている人たちもいる。そのときバイロンは、頭に血が上っていたように見えたかい?」

「いや、見えなかった」

「そのあと、どうなったの?」

「ぼくたちが座って話していたときに、ミセス・ランダーズが走ってきた。とても慌てていたようで、泣いていたと思う。二人は話をしに教会のなかに入ったので、ぼくは道を横切って木陰に入った。あの人が行ってしまうのは、とても悲しかった。だっていい人だったから。ミセス・ランダーズが出ていってから少しして、教会に人が集まりはじめた。あの人は出てきて、みんなと話した。それから、男の人たちが何人か来た。雑貨屋さんのミスター・ランダーズと、ほかの人たち。アレン・ニューカークもいたから、ぼくは教会を離れて川の土手に上がったんだ。けさと同じところに」

「きみはアレンを好きじゃなかったんだね?」

「嫌いだった。いじめっ子だったから」

「わかった。そのあとは?」

「ミスター・ランダーズがバイロンと話していた」

「二人がどんな話をしていたか、聞こえた?」

「いや、遠すぎて聞こえなかった」

「二人は怒っていた? 叫んでいた?」

「いや。バイロンは笑っていたように見えた」

「笑っていた？」

「うん、ジョークか何かを言っていたように。それからバイロンは教会のなかに戻った。アレンは教会を離れて車に乗った。ほかの人はみんな、おしゃべりしていた。ふだんと変わったことはまったくないように見えた。そのとき――あのことが起きた。彼は銃を持ち出して、あの人たちを撃ちはじめたんだ」

「撃たれたのは、ミスター・ランダーズといっしょに来た人たちだけかい？」

「うん。ベリントンから来た、太った人が最初に撃たれた。それからニューカーク兄弟。そのあと、バイロンはあたりを見まわした。そして土手の上にぼくがいるのに気づき、こっちを見て、首を振り、手を振って立ち去るように合図した。でも、ぼくはそうしなかった。そんなこと、できなかったんだ。ぼくには信じられなかった。ぼくのいたところからは全部見えた。バイロンはまだ、あたりを見ていた。そのとき車が走りだし、彼はそれに気づいた。そして二発、車に向けて撃った。パン、パン、これぐらい速かった。そのあと、集まっていた人たちが叫びだしたけど、あの人はとても落ち着いているように見えた。ぼくには、ミスター・ランダーズが通りを走っているのが見えた。バイロンにも、ぼくが見ている方向が見えたんだと思う。あれはぼくのせいだ。彼は教会の角まで行き、ミスター・ランダーズが走っているのを見て、銃を構えてパーンと撃った。一発だ。それから外階段へ戻り、そこに座って待っていた。一台の車が通りすぎると、彼は立ち上がって銃を構え、空に向けて一発撃った。それからもう一回、ぼくのほうを見て、首を振った。ぼくはあの人に逃げてほしかったけど、バイロンはまた座った。ハウス＝ジョーンズ巡査が通りを歩き、教会の裏手から、銃を持って現われるのが見えた。ぼくにはどうしていいのかわからなかった。ぼくは巡査のほうを見ないようにした。だってバイロンがぼくを見たら、巡査が近づいてくるのに気づいて、巡査も撃ち殺されるかもしれないと思ったから。かといって、ハウス＝ジョーンズ巡査にバイロンを撃ってほしくもなかった。それで、ぼくは隠れた」

ルークは棒きれを見下ろし、両手で握って、放心したようにまわしている。取り乱したところはまったくない。何度も心のなかで繰り返し再生したので、もう落ち着いて話せるようになったのかもしれない。

「集まっていたほかの人たちの様子は？」

「みんな逃げていった。車の陰に隠れた人もいたし、土手を駆け上がって川床に下りた人もいた。あたりには誰もいなくなって、残ったのはバイロンと、近づいていく巡査だけだった」

「ハウス＝ジョーンズ巡査がバイロンと向かい合ってから、起きたことは見ていたのかい？」

「うん、二人で少し話していた。ハウス＝ジョーンズ巡査は拳銃をバイロンに向けていた。きっとバイロンは降参するだろうと思った。でも、あの人は降参しなかった。銃を構え、ハウス＝ジョーンズ巡査に向けて撃った。そのあと、ハウス＝ジョーンズ巡査が彼を撃った。四発。パン、パン。パン、パン。バイロンは倒れて、銃を落とした。ハウス＝ジョーンズ巡査は近づいて、銃を蹴って遠ざけた。それからゆっくり、自分の拳銃を置いた。そしてバイロンといっしょに座った。泣いていた」

「そうか。きみもつらかっただろうね」

「うん」

「ルーク、バイロンが撃たれる前、巡査と二人で少し話していたと言ったね。なんと話していたか、聞こえなかったかい？」

「聞こえなかった」

「どれぐらい話していた？」

「そんなに長い時間ではなかった。よく覚えていないけど、せいぜい一分ぐらいじゃなかったかな」

「それから、牧師が銃を構えたときの動作は速かった?」

「いいや。とてもゆっくり構えていた。ハウス＝ジョーンズ巡査は不意打ちされることはなかった」

「巡査のことはどう思う?」

「かわいそうだと思うよ。だって、ああするよりほかになかったんだから」

　間があった。マーティンはそのときの場面を想像し、ルークはいま一度思い出していた。

「なぜ彼はあの事件を起こしたのか、何か思い当たることはあるかな?　なぜバイロン・スウィフトはあの男の人たちを撃ったんだろう?」

「それが、ないんだ。ぼくも毎日、あの日のことを考えるよ。でも、わからない」

　二人は隣り合ってベンチに座っていた。報道記者も少年も、物思いに耽っている。今度も、沈黙を破ったのはマーティンだった。「ルーク、ひとつ謝らないといけない。このまえ、初めて教会の前で会ったときのことだ。あのとき、きみを怒らせるつもりはなかった」

　ルークは無言でうなずいた。

「きみも知ってるだろうけど、警察はいまでも、バイロンが悪いことをしたと言った人を信じている」

「ハウス＝ジョーンズ巡査も?」

「いいや。でも二人の少年が警察に、それは本当だったと言ったんだ」

「それは本当じゃないよ、ミスター・スカーズデン。本当じゃない。あの人はぼくにも、ほかの誰にも手を触れなかった」

　ジャーナリストやカメラマンの一群は、イナゴの群れのように教会から〈オアシス〉へ移動し、いまはひと塊になって〈社交クラブ〉へ押し寄せていた。彼らはメインバーでコカコーラを飲んだり、〈サイゴン・アジアン〉から買ってきたテイクアウトの料理を食べたり、ラップトップと向き合って仕事をしたりしている。金属製のテラスと干上がった川床を見下ろせる窓際の片隅には、警察官の一団が座っていた。ロビー・ハウス＝ジョーンズの姿はなかったが、ハーブ・ウォーカーはステーキにかぶりついてビールを飲み、ほかにも二、三人、見るからに警官風の男たちがいる。安物のスーツやチノパン、ポロシャツといった服装は、殺人課の刑事のトレードマークだ。

　カメラマンのキャリーがリポーターの騒々しい群れから離れ、マーティンに近づいてきた。

「来てくれてよかったわ」キャリーは言った。「ずっと探していたのよ。ぶら下がり会見の話は聞いた？　警察が午後一時から始めるそうよ」

「ありがとう。知らなかった。一杯飲むかい？」

「いいえ、結構よ。もう飲んだから」そう言うと、彼女は同業者たちのところへ戻った。

　マーティンは腕時計を見た。十二時四十五分だ。ちくしょう。食事をとる時間はないので、マーティンはバーカウンターへ行き、ピッチャーの水をグラスに注いで二杯立てつづけに飲み干してから、ビールの注文に向かった。きょうのバーテンダーはエロールだ。彼はマーティンにライトビールとポテトチップスひと袋を出し、代金を受け取ってから、かぶりを振った。

「われわれがこんな目に遭うようなことをした覚えはないのですがね」二件の殺人事件のことを言っているのであって、押しかけるメディアを非難しているのではないだろう。マーティンは自らに、そう言い聞かせた。

　警察はユーカリの大木の木陰で記者会見をひらいた。スーツ姿の捜査責任者は、シドニー警察殺人課のモリス・モンティフォー警部と自己紹介し、リポーターのために名前の綴りを言ってから、同僚のアイヴァン・

ルチッチ部長刑事とベリントン警察のハーバート・ウォーカー巡査長を紹介した。ボイスレコーダーを操作している若い女性巡査もいたが、彼女は紹介されなかった。マーティンが周囲を見ると、モーテルのカーポートにいたＡＳＩＯの工作員がタバコを吸いながら、メディアの背後をうろついているのがわかった。その男はマーティンに向かってウィンクし、薄笑いを浮かべて、唇を「特ダネだぞ」の形に動かした。

　モンティフォー警部が会見を始めた。「リバーセンドの北西およそ十二キロ先の私有地にある農業用ダムで、二体の遺体が発見されたことをお知らせします。その土地は犯行現場に指定されており、メディアのみなさんには当面、現場に立ち入らないよう要請します。予備調査の段階ではほかの遺体は発見されておりませんが、断定するまでにはより綿密かつ組織的な調査を要するところです。繰り返します。一部のメディアの憶測とは異なり、さらなる遺体が存在するという徴候はありません。遺体は腐敗がひどく、一定期間、放置されていたものと思われます。現段階では身元の特定に至っておらず、遺体の身元特定までには数日ないし数週間を要する可能性があります。警察は真摯に捜査に取り組んでおりますが、いまはまだ着手したばかりで、現場の証拠品を収集している段階です。しかしながら、われわれはすでにいくつもの手がかりを摑んでおり、目下それらを精力的に追っているところであります。何か質問は？」

　ダグ・サンクルトンの朗々とした声が、同業他社のライバルたちを圧倒した。「いま、警部は私有地を犯行現場とおっしゃいました。発見された遺体が、たとえば溺死体とか先住民《アボリジニ》の遺骨といった、犯罪と無関係のものではないと確信できる理由はあるのですか？」

「あります。これは他殺であると断定できる理由があるのです。現段階で詳しい内容は申し上げられませんが、これは殺人事件であるという確固とした証拠があります。それに加えて、遺体は遠い過去のものではありません。数点の衣料品、というより衣料品の断片や私物が発見されています。われわれはこうした遺留品を手がかりに、身元を特定しようと努めていますが、先ほど申し上げたように、それには時間を要するかもしれません」

別の声がした。ダグのライバルで、ブロンドの髪の女性だ。「遺体の発見者は？」

「土地の所有者です。今週初めの森林火災で、その所有者の家やほかの建物が破壊されました。所有者が損害状況を確認していたときに、遺体を発見したのです。遺体は別の人物によって発見されたという新聞記事がありましたが、それは不正確な情報です」

マーティンの背後から、乙に澄ましたクスクス笑いが起きた。

「その所有者は逮捕されたのですか？」

「いいえ」

「彼は容疑者ですか？」

「いいえ。事情聴取に協力を得ていますが、それ以上ではありません。繰り返しますが、その所有者が殺人に関与しているというメディアの憶測にはいかなる根拠もなく、警察からそのような情報提供はしておりません」

ふたたびクスクス笑いが起きた。

ダグ・サンクルトンがもう一度質問した。「警部、新聞の憶測には、バイロン・スウィフト牧師と今回の殺人事件を結びつけているものもあります。何か、そうした憶測を裏づける根拠はありますか？」

「現段階では、そうした根拠はありません。ご質問ありがとうございます。牧師をそうした犯罪と結びつける確固とした証拠はありません。銃撃事件と今回の事件を関連づける証拠を見つけた方がいたら、われわれとしてもぜひ話を聞きたいところです」

さらに笑いが起きる。マーティンが怒りを覚えるあいだにもなお、同業者たちは質問の矢を放ちつづけた。

「遺体はダムに一年以上、放置されていたのですか?」

「まだ確たるお答えはできませんが、その可能性もあります」

「新聞記事にあるように、遺体が一年ほど前にスワン・ヒルで誘拐されたドイツ人バックパッカーだった可能性はありますか?」

「可能性はありますが、それ以上ではありません」

クスクス笑いが続く。

マーティンはこれ以上我慢できなかった。「警部、警察はなぜ、この犯罪を独力で捜査する能力がないのでしょうか?」

「ご質問の意味がよくわかりません。警察は迅速に捜査に着手しているという確信がありますが」

「ではなぜ、オーストラリア保安情報機構《ASIO》が関与しているのでしょうか? 彼らが関与している目的はなんですか?」

今度ばかりは、笑いは起きなかった。

警部は不意を衝かれ、度を失った。「ああ、そうですね。わたしの権限では……適切にお答えできるかどうか……その、わたしが答えられるのは、ニューサウスウェールズ州警察として許される範囲だけです。それ以上は、お答えしかねます」

今度は、マーティンがクスクス笑う番だった。背後を見まわしたが、工作員の姿はどこにも見えなかった。吸いかけのタバコが芝生に捨てられ、くすぶっているばかりだ。

「あれは傑作だった!」ハーブ・ウォーカー巡査長が熱をこめて言った。「きみがやつの素性を明かしたときの、あいつの表情を見てほしかったよ。タバコを投げ捨てて、ずらかりやがった」思い出して愉快そうに笑い、太鼓腹を叩く。「いまは早魃で火気厳禁だからな、その場でしょっぴいてもよかったぐらいだ」ベリントンの巡査長は〈社交クラブ〉から歩いて帰るマーティンを見つけ、車に乗せたのだ。

　マーティンは笑みを浮かべた。「じゃあやっぱり、彼はＡＳＩＯの人間なんですね？」

「ああ、そうとも、どんぴしゃだ」

「名前は？」

「ゴッフィンだ。ジャック・ゴッフィン」

「ここで何をしているんでしょうね？」

「知るもんか。わたしが知るかぎりでは、何もしていないがね。ただ記者会見に立ち会い、われわれに目を光らせるだけで、会見にコメントを付け加えるわけでもないし、何かほのめかすわけでもない。お目付役のように、ただそこにいるだけだ。モンティフォーがもっと詳しく知っているだろうが、わたしには何も教えてくれない」ウォーカーは四駆を〈コマーシャル・ホテル〉の裏通りに入れ、建物の陰に停めて詮索の目を逃れた。胸ポケットからタバコの包みを取り出し、火をつける。ウインドウを下げて暑い外気へ紫煙を吐き出しながらも、エンジンをかけたままエアコンを最強にしている。

　マーティンは安堵を覚えた。ウォーカーは上機嫌で、マーティンがＡＳＩＯ工作員の存在を暴いたことをまちがいなく喜んでいる。マーティンは巡査長がタバコの煙を深々と吸うのを待ってから、質問を続けた。

「では、ハーリー・スナウチはどうなるでしょう？　巡査長は彼を逮捕するつもりですか？」

「いまはまだしないが、捜査線上にいるのはまちがいない。ルチッチはあの男を勾留して締め上げたいと思っているが、モンティフォーは泳がせたいと思っている。〝急《せ》いては事を仕損じる〟というやつだよ」

「巡査長の考えは？」

「わたしか？　やつがまったく関与していなかったら、それこそ驚きだな。ただし、わたしの名前は出さないでくれよ」

「もちろんです」

「あすの記事では何を明かすつもりだ、マーティン？　新しい情報は？」

「記者会見で公表されたようなことはもちろん書きますが、わたしはいま、バイロン・スウィフトの過去を探る特集記事も書いているところです。それが果たして彼の本名かどうかを含めて」

「本当か？」ウォーカーは言った。「きょうはますますいい日になりそうだ。わかったことは？」

「実を言うと、ほとんどの情報はハーブ、あなたからのものです。先日教えていただいた内容です。教会での経歴はなきに等しく、元軍人だった疑惑があり、墓碑銘は無名戦士に使われるものであること、本物のバイロン・スウィフトは麻薬の過剰摂取で、カンボジアで死んだと思われることを書くつもりでいます。そんなところでどうでしょう？」

　ウォーカーはうまそうにタバコを吸いながら、考えた。「もちろん大歓迎だ。だがくれぐれも、情報源がわたしだとわからないようにしてくれ。できれば、注意をほかへ逸らしてほしい。たとえばＡＳＩＯが情報源だとほのめかすとか――そうすれば、やつら大騒ぎになるだろう」

「考えておきましょう。バイロン・スウィフトが誰かに守られていて、銃撃事件が起きる直前に彼を捜査しようとした試みが、何者かによって頓挫させられたと示唆するのはどうでしょう？」

「すばらしい。わが意を得たり、だ。そもそも、あの腰抜けのデフォーが最初にそのことを書くべきだったんだ。一石を投じて騒ぎを引き起こせ。ただし、頼むからわたしの名前は出さないでくれよ、マーティン。情報の出処がわたしだとわかるようなことは、何ひとつ書かないでくれ、いいな？」

「約束します。ただ、ひとつ興味を惹かれていることがあって、巡査長に助けていただけるかもしれないと思っているのですが」

「どんなことだ？」

「銃撃事件当日のことです。わたしが話を聞いた人たちは、その日の朝、スウィフトは教会でふだんどおりに振る舞っていて、何も問題はないかのように、外で集まってきた人たちと話していたと言っています。ところが、彼は十分ほど教会に入ったあとで、にわかに別人になったかのように人々を射殺したのです。これは明らかにおかしいと思います」

「まったくそのとおりだ。やつはおかしかったのさ。あの日の朝は、何もかもが常軌を逸していた」

「確かにそうですが、その十分間に何があったのでしょうか？　わたしが調べたかぎり、彼は教会で一人きりでした」

「だからどうした？　何が言いたい？」

「わたしの考えでは、スウィフトは誰かに電話し、それが銃撃事件の引き金になったのだと思います。この点は捜査の過程で詳しく調べたんでしょうか？」

「そうじゃなかったら、それこそ驚きだがね。ある意味、あれはこの上なく単純な事件だった——スウィフトは大勢の目撃者の前で白昼堂々五人を射殺し、それからロビー青年に射殺された。したがって捜査すべきことはさほど残っていなかったわけだ。しかしその一方、われわれはみな、彼が犯行に至った理由を知りたいと思っていた。大衆は興味津々だったし、自分の選挙区の治安を守りたい政治家からの圧力もあった。わたしが確かめてみて、わかったことがあれば知らせよう。モンティフォーが、スウィフトに関する書類をすべて持っている」

「なぜです？　モンティフォー警部も、ダムで見つかった遺体とスウィフトに関連があると思っているんですか？」

「ああ、われわれはみなそう思っている。あるいは疑念を抱いている。少なくともその点を考慮しないとしたら、われわれは愚か者だろう。銃撃事件の数日前に行方不明になった若い女性二人が、リバーセンドのすぐそばにあるダムで遺体となって発見されたんだ。あるいは偶然の一致かもしれないが、考えられる接点を捜査しようとしないのなら、むしろそのほうがおかしい」

「では、遺体はまちがいなくドイツ人バックパッカーなんですね？」

「ああ、ほぼまちがいない。遺体はほとんど白骨化しているが、衣服の一部が見つかり、持ち物もいくらか発見されている。遺体は正式な鑑定、歯型やＤＮＡやその他の鑑定を経て、遺族にも確認したうえで身元を特定するが、結果はほとんど確実だ」

「死因は？」

「頭部を撃たれたことによるものだ。いま、ダムをさらって銃弾を探しているところだ。その銃弾がスウィフトかスナウチの銃から発射されたと突き止められれば、それで事件は解決だ」

「なるほど、そうですね。しかし、スウィフトが逆上した前の週というタイミングと、リバーセンドの近くという場所を別にすれば、バックパッカー殺人事件とスウィフトを関連づける接点は、重大なものであれ決定的なものであれ、まだないのではありませんか？」

「うむ、決定的なものがないのは確かだ。しかし、ひとつ新情報がある」

「それを教えていただけますか？」

「ちょっと考えさせてくれ」ウォーカーはタバコを吸い、それを見つめ、もう一度深々と吸ってから、ドアの外側ですりつぶして吸い殻を裏通りに落とした。そして最後に煙を外に吐き出してから、ウインドウを上げた。「よし、いいだろう。このことは記事にしてもいいが、すべてきみが自力で突き止めたことにするんだ。警察関係者から聞いたと匂わせてはいけない。地元の老人によると、スウィフトがスクラブランズに、兎や小動物を狩りに出かけていたそうだ。遺体が遺棄されていた現場から、そんなに遠くない場所だ。証言した住人の名前はウィリアム・ハリスという。まわりからは変人《コッジャー》と呼ばれている」

「それが新情報ですか？」

「ああ」

「いったいなぜ、教会前での銃撃事件の直後にその証言が出てこなかったんでしょう？」

「いい質問だ。前にも言ったように、生前のスウィフトは誰かに守られていた。そして彼の死後も、その誰かはスウィフトを守りたいようだ。ともかく、わたしはもう署に戻らねばならん。どこで降りたい？」

「ブックカフェの前でお願いします。〈オアシス〉です。ご存じですか？」

「もちろんだ。あそこに何がある？」

「おいしいコーヒーです」

「そのとおりだ。それから、イカすシングルマザーがいるな？　わたしも一杯飲むのにやぶさかではないが」

　マーティンは何も答えず、ややあってハーブ・ウォーカーは彼を店の前で降ろした。「それじゃあな、マーティン。教会の電話の件は調べておこう。くれぐれも言っておくが、わたしの名前は出さないでくれよ。何かあったら、電話してくれ」

「もちろんです。それから、ハーブ、ご協力ありがとうございます。心から感謝します」

「お安いご用だ。いいか、うんと騒ぎを巻き起こすんだぞ」

　マーティンは四駆から飛び降り、ウォーカーが幹線道路に出てベリントンへ向かうのを見送った。向きを変え、ブックカフェへと歩きながら、コッジャー・ハリスの情報がなぜいまごろになって捜査官の耳に入ったのかと思った。なぜロビー・ハウス＝ジョーンズ巡査は、その情報を伏せていたのだろうか。もしかしたらハウス＝ジョーンズも、ウォーカーが告発しようとしている陰謀に一枚嚙んでおり、バイロン・スウィフトと彼の足取りが露見しないようにしていたのだろうか？

　マーティンはダーシー・デフォーのことも不思議だった。二人は《シドニー・モーニング・ヘラルド》に同期入社して以来のライバルだ。そして、いわば水と油の関係だった。ダーシーはオーダーメイドのスーツでめかしこみ、片やマーティンはジーンズ穿きで通してきた。ダーシーが経費で高級グルメや高級ワインに舌鼓を打つかたわら、マーティンは年中テイクアウトの食事で空腹をしのいできた。ダーシーが街で最高級の店を発掘し、経営陣に取り入る一方で、マーティンはできるだけ経営陣とかかわらないようにしてきた。二人は競争相手であり、互いを敬して遠ざけながらも、うわべは友情を繕ってきた。やがて同期の社員たちは現場を離れて編集部門に退いたり、金に釣られて転職したり、家族との時間を重視して広報部門に異動したりしていった。そのあいだも二人の関係性は変わらなかった。そうして二人は、記者としてのキャリアを積み上げてきた。デフォーは文章家として、スカーズデンは現場で精力的な取材を重ねて。ある夕方、ロンドンでワインを飲みながら、デフォーは新聞記者にはふたつのタイプがあると言った――〝前線の記者と、大邸宅の記者〟だ。それぞれがどちらに属するかは言うまでもなかった。

　とはいえダーシーは、つねに優秀な記者だった。マーティンには、ダーシーがウォーカーの告発を意図的に葬ったとは思えなかった――権力者がスウィフトを守っているという告発を。より考えられるのは、ダーシーがその告発をすぐ記事にするのではなく、州議会の中枢にいる情報源に裏づけを取ろうとしていた可能性だ。この点もまた、二人のスタイルは対照的だった。

ダーシーはじっくり構え、個々の事実、手がかり、情報源への裏づけを積み重ねて、何週間も何カ月も経ってから、満を持して大きな暴露記事を物する。マーティンは猪突猛進型で、一刻も早く新情報を記事にして、すぐに別の話題に移る。ということは、ダーシーは結局、告発の裏づけを取れなかったのだろうか？　それとも、この話題が脚光を浴びるタイミングを見計らっているのか？　もしかしたら、すでに会社のクレジットカードを使って、シドニーの高級レストランでさまざまな情報を収集し、銃撃事件からリバーセンドが一年を迎えたいま、マーティンの特集記事を出し抜こうとしているのかもしれない。あの男ならやりかねないとマーティンは思った。

　ブックカフェは営業しているが、客はいない。マーティンは通路を進み、スイングドアを押し開けた。頭を突っこんで、「誰かいるかい？」と叫ぶ。

「こっちよ」マンディの声だ。

　マーティンは厨房の奥の浴室に、彼女の姿を認めた。幼い息子を入浴させている。「やあ、そこにいたのか」

「ええ」

「また事務室を使わせてもらってもいいかな？　警察がぶら下がり会見をしたんだ。記事を書かないと」

　マンディはひと呼吸置いて返事した。「いいわよ。仕事なんでしょう」許可は下りたが、しぶしぶといった口調だ。

「ありがとう、マンディ。あとで話がしたいんだが？」

「ちょっと無理ね。今晩はだめよ、マーティン」浴槽のかたわらに膝をつき、彼に背を向けて息子を支えている。

「大丈夫かい？」

「ええ。至って元気よ。でも、きょうは疲れたわ。くたくたなの」

「何か手伝おうか？」

「いいから、本当のことを書いて」

「どういうことだい？」

「バイロンよ。彼はあの若い女性バックパッカーを殺していないわ」

「確証はないだろう」

「あなただって、確証はないはずよ」

マーティンには返す言葉がなかった。彼女の口調にはとげがあり、怒りをこらえているのがわかった。

「モーテルで仕事したほうがよさそうだね」

「ええ、そのほうがいいかも」

第十二章　たとえ話

日曜日の静かな朝、マーティン・スカーズデンは心が定まらないままヘイ通りを歩いていた。雑貨店をめざし、人けのない〈コマーシャル・ホテル〉の外で見張りに立つ兵士像の前を通りすぎる。前日の朝に覚えていた充溢感や自信は微塵もない。あのときには記事の方向性はわかりきっており、この上なく明快に思えたのだが。きょうのマーティンは、きのうとちがって通りのまんなかを闊歩していなかった。疑念に苛まれながら、店の日よけの下に沿って歩いている。二人のバックパッカーの遺体が、死後一年も経ってから、ハーリー・スナウチによって彼の農業用ダムから発見された。町の牧師だったバイロン・スウィフトも、彼に撃たれた五人の犠牲者もまた死んでおり、一年前に埋葬されている。だが、それ以外の事実は謎に包まれていた。誰一人として、スウィフトがクレイグ・ランダーズや〈ベリントン釣り同好会〉の仲間たちを射殺した理由を断言することはできず、ドイツ人女性バックパッカー二人を殺した犯人はおろか、その動機もわからず、双方の殺人事件に関連があるかどうかもわからない。合計で八人もの人々が射殺されたのに、その理由は不明のままだ。よしんばその答えが存在するとしても、マーティンにはそれがわからない。これまで一面トップの記事を書いてきたマーティンにも。いまは自力で突き止めようとするよりも、彼より事件をよく知る関係者への取材に集中すべきかもしれない。

ロビー・ハウス＝ジョーンズとハーブ・ウォーカーの好意を得られたのは幸運の賜《たまもの》だった。二人とも彼を信頼し、本来ならジャーナリストに言うべきではないような情報を共有してくれる。マーティンはそのことをじっくり考えてみた。ロビーに関して言えば、マーティンとは絆を形作っている。最初のきっかけはマーティンがジェイミー・ランダーズの命を救ったことで、その次はスプリングフィールズでの猛火をともに生き延びたことだ。しかし、それだけではないのかもしれない。ロビーはバイロン・スウィフトと友人関係にあったにもかかわらず、教会の外階段でやむなく彼を射殺しなければならなかった。そうしていまも、なぜ友人が殺人犯になってしまったのかを解き明かそうとしている。そしてほんの二、三週間前、ハーブ・ウォーカーがロビーに、スウィフトは別人だったという疑惑を明かした。ウォーカーによると、その疑惑はロビーをかなり動揺させたらしい。

いまのロビーに、腹蔵なく本音を打ち明けられる話し相手はいるのだろうか？　彼を慰め、力づけてくれる人間はいるのか？　ウォーカーはそうした存在ではないだろう。いったいロビーはどうして、この町に一人きりでその重荷に耐えられるのか？　マーティンが知るかぎり、彼に恋人はおらず、家族からも遠く離れ、親友もいない。真の一匹狼だ。もしかしたらロビーは、マーティンに親近感を抱いているのかもしれない。あるいはマーティンがスウィフトの動機を突き止め、本当は何者なのか解き明かしてくれるのを期待している可能性もある。マーティンは思った。けさの新聞をロビーはどんな気持ちで読むだろう。過去のない牧師にまつわる記事を。

　マーティンは雑貨店に着いたが、まだ開店していなかった。もうとっくに九時を過ぎているのに。開店時間を確かめた。月曜から土曜までは午前八時、日曜は九時半。そうか、なるほど。日陰のベンチに座り、待つことにした。

　ハーブ・ウォーカーの動機はわかりやすいように思える。一年前まで、彼はこの一帯の治安を担っており、いわば小さな池の大魚だった。ところが大きな池からもっと大きな魚が来て、バイロン・スウィフトが小児性愛者だという疑惑の捜査に介入した。のみならず、セント・ジェイムズ教会での虐殺事件からこのかた、彼は捜査の補助要員に追いやられてしまった。それでウォーカーはダーシー・デフォーに情報を暴露し、児童への性的虐待に関する告発を公《おおやけ》にした。彼は快哉を叫んだだろう。しかしウォーカーは、そこでとどまらなかった。スウィフトの過去を掘り下げ、遂には彼の正体がバイロン・スウィフトではなかったところまで突き止めたが、牧師の遺体を掘り起こすべきだと唱えたところで暗礁に乗り上げてしまった。そしていまも、事態は似たような展開をたどっている。ウォーカーには、シドニーから来た殺人課の刑事に異議を唱える権利はなきに等しい。つまるところ、彼は田舎のおまわりなのだ。さらにＡＳＩＯの工作員ジャック・ゴッフィンの存在も、ウォーカーの疎外感を募らせただろう。とりわけゴッフィンはウォーカーにここに来た理由を明かさず、彼の縄張りを嗅ぎまわっているのだから。ウォーカーは自らの領地を守りたいのだ。だからこそ、マーティンにさまざまな情報を明かしている。

マーティンは、ジャック・ゴッフィンのことを考えずにはいられなかった。ASIOがいったいここで何をしているのだろう？ ウォーカーはその理由を知らない。ウォーカーによると、ゴッフィンは積極的に捜査に参加しているわけではなく、ただ警察を監視しているだけのようだ。ゴッフィンとモンティフォーの関係は良好なのだろうか、とマーティンは思った。夜になると机を挟んでメモを突き合わせたり、捜査方針の戦略を練ったりしているのだろうか。それともモンティフォーは、ウォーカーと同じようにゴッフィンの存在に憤っているのか。ひょっとするとモンティフォーを直撃すれば、捜査に関することではないにせよ、ASIOに関することを何か明かしてくれるかもしれない。いや、逆に警察の側からASIOに支援を求めたのか？ その線は考えにくい。諜報機関の工作員が、殺人事件の捜査に力を貸せるとは思えない。少なくとも今回の事件に関しては。ともかく、ゴッフィンは二日前、殺人課の刑事たちがヘリで乗りこんできたのと同じ日にリバーセンドに到着した。ゴッフィンは彼らとともにヘリで来た可能性が高いだろう。マーティンは〈ブラックドッグ〉の駐車場で初めて彼と出会ったとき、あの男の靴に泥がついており、シャツは煤で黒ずんでいたのを思い出した。ということは、彼はモンティフォーやルチッチやウォーカー、さらには鑑識班とともにスプリングフィールズを訪れていたのだ。

しかしなぜだ？ 死亡したバックパッカーは十九歳か二十歳の、中産階級のドイツ人学生で、ほかの若い外国人と同様にオーストラリアを旅していた。彼女たちは果物の収穫のような季節労働の口を探しにマレー川流域を訪れていたのだ。彼女らの経歴にも死亡した事実にも、オーストラリアの安全保障上の脅威になりうる点はまったく見当たらない。それに加え、ゴッフィンがモンティフォーの捜査班とともにヘリで現場を訪れた時点では、遺体の身元は判明していなかったにちがいない。そうすると、結論はひとつしかない。ゴッフィンがリバーセンドに来たのは、スプリングフィールズの農業用ダムから発見された遺体がセント・ジェイムズ教会前でのバイロン・スウィフトによる銃撃事件となんらかの接点があるかもしれないと考えたからだ。しかし、そんなことがありうるのか？　いったいどのような形で、教会前の殺人とダムの遺体が結びつくのだろう？　スウィフトがバックパッカーを殺し、それから教会前での蛮行に及んだのか？　そもそもセント・ジェイムズ教会前の虐殺劇は、国家安全保障と何か関係があるのか？　ひとつ、不穏な考えが頭をかすめた――ゴッフィンがここへ来たのは、牧師と彼の殺人に関する新情報を突き止めるためかもしれない。あるいはその反対に、情報を隠蔽するためか？　ウォーカーもその可能性を考えているのか？

フラン・ランダーズが店の前に到着し、マーティンは物思いから覚めた。フランは熟練したハンドルさばきで赤いステーションワゴンをすばやくバックさせ、縁石から数センチのところでぴたりと駐めた。車を降り、マーティンを見てしかめ面を浮かべると、車の後部にまわってベリントンから運んできた牛乳、新聞、パンを取り出した。

マーティンは立ち上がった。「おはよう、フラン。手を貸そうか？」

「いいえ、結構よ、マーティン。やってくれたわね」

「なんのことかな？」

「わたしは新聞を売るだけじゃないの。ちゃんと記事も読んでるのよ」

牧師の謎に関する記事のことで怒っているのだろう。まずい。マーティンは側溝から車道に下り、彼女のそばに立った。「フラン、すまないが、これがわたしの仕事なんだ。何が起きているか人々に知らせるのが、わたしの仕事なんだ。けれども、記事のなかで誤りがあると思ったら教えてほしい。何が起きているかみんなに知らせることができれば、わたしはそれ以上何も望まない」われながら、おざなりで薄っぺらに聞こえる。

彼女はマーティンに、敵意に満ちたまなざしを向けた。「たとえその記事で、すでに充分傷つき苦しんでいる人たちを、さらに傷つけ苦しめることになっても？」

「いいかい、フラン、そういうつもりではないんだ。わたしはきちんとした証拠に基づいて、何者かがバイロン・スウィフトになりすましたと書いている。元兵士だった人間が、スウィフトになりすましていた可能性が高いんだ。きのう、あなたにも訊いたのを覚えているだろう？　わたしとしては、このことを秘密にしておくわけにはいかなかった。それはあなたにもわかるだろう？　これは特ダネだ。人々には知る権利がある」

「そんなに特ダネなら、どうして彼に愛人がいたなんて書く必要があったの？」

「そうすれば読者に、彼が本当はどんな人間だったか伝わるからだ。確かにわたしは、彼が既婚女性と関係を持っていたと書いたが、それ以上は何も明かさなかった。それにその部分は、記事のなかで少し触れただけだ。校閲からは、もっと大々的に書くべきだと言われたんだけどね。あなたの名前も伏せておいた」

フランは反感を露わにした。「それはお世話様ね。でもあなたはまだ、彼が小児性愛者だったというたわごとを繰り返しているわ。根も葉もないでたらめなのに」

「そうかな？　その話はすでに公になっている。一年前、うちの新聞に出て大々的に注目された記事を覚えているだろう。それに警察関係者から聞いた話では、複数の少年――ここリバーセンドに住む少年――が、その告発は事実だと証言したんだ」

「どこの警察よ？　あの太ったグズのおまわりじゃないの？　バイロンを告発するのに頭が一杯で、あのかわいそうな女性たちを捜そうともしなかった？」

「なんだって？」

「ベリントンのウォーカー巡査長のことよ」

「それはわかるんだが、女性たちがどうしたって？　一年前、巡査長はそのことを知る由もなかったんだ。遺体が発見されたのはごく最近のことだ。あなたはいったい、なんのことを言ってるんだ？」

フランは一瞬、困惑したまなざしでマーティンを見た。「自分で書いた記事を読んでいないの？」

「なんのことだ？」今度はマーティンが困惑する番だった。

フランは身をかがめて車の後部から《ザ・サンデー・エイジ》を一部取り出し、マーティンに手渡した。

トップ記事の見出しは一目瞭然だった――〈警察、殺人事件の通報を無視〉。その記事のカラー写真では、二人のきれいな女性がカフェのテーブルの前で破顔一笑している。あのドイツ人バックパッカーだ。記事の署名を見て、マーティンは愕然とした。〈上席警察担当記者：ベサニー・グラス、リバーセンド取材担当：マーティン・スカーズデン〉。なんてことだ。今回ばかりは、赤い〈独占記事〉の文字を見ても狼狽が募るだけで、誇らしい気持ちにはなれなかった。

〈ニューサウスウェールズ州警察は、ドイツ人バックパッカー二人が行方不明になった数日後に寄せられた、二人の若い女性が殺害されてリベリナ地方の農業用ダムに遺棄されているという通報を無視していたことがわかった。

匿名の通報は犯罪防止協会《クライム・ストッパーズ》に寄せられ、マレー川流域の町ベリントンの地元警察に伝えられたが、ダムの捜索は行なわれなかった。

クライム・ストッパーズに近い情報筋によると、匿名の通報が寄せられたのは、ドイツ人バックパッカー、ハイジ・シュマイケルとアンナ・ブリュンの二人がスワン・ヒルで青いセダンに乗りこむところを目撃された三日後で、リバーセンドのバイロン・スウィフト牧師が銃を乱射して地元の五人を射殺する二日前のことだった。

ベリントン警察のハーバート・ジョセフ・ウォーカー巡査長は、当社からのコメントの依頼に応えず……〉

記事はさらに延々と続いたが、マーティンにはしまいまで読む余裕がなかった。ハーバート・ジョセフ・ウォーカー。頭が真っ白だ。警察官の実名をフルネームで明かしたのは、校閲のミスではない。ベサニーが意図的に書いたもので、しかも彼女は百も承知していたのだ。法廷に犯罪者が出頭する場合以外、こうした形で実名が公表されるのは異例であることを。もちろんウォーカーも、そのことは承知しているだろう。

マーティンはフラン・ランダーズに向きなおった。彼女はマーティンの反応を面白がっている。「フラン、電話を借りてもいいだろうか？　重要な用件なんだ」

フランはうなずいた。彼の焦燥感が伝わったのだろう。車のイグニションからキーを抜き、雑貨店の鍵を開ける。マーティンはカウンターに走り、受話器を持ち上げた。

「手を貸してくれて、ありがとう」とフランは言い、新聞の束を運んで雑誌の棚の前の低い場所に並べたが、マーティンは皮肉を聞き流した。メモ帳を取り出し、ウォーカーの警察署の番号を呼び出したが、留守番電話に切り替わった。

「ハーブ。マーティン・スカーズデンです。きょうの新聞に出てしまった記事のことを、お詫びします。誓って言いますが、わたしは知らなかったんです。記事を書いたのは同僚のベサニー・グラスです。シドニーの情報源から聞いた内容を記事にしたのです。携帯にかけてみます。早くお話ししたいのですが」と言って通話を切る。

「くそっ、くそっ、くそっ、くそっ」携帯電話を呼び出しながら、自分に悪態をついた。

　こちらもすぐに留守番電話に切り替わった。マーティンは同じく否定と謝罪のメッセージを吹きこんだ。

「くそっ」マーティンはつぶやき、通話を切った。商品を車から運ぶ店主に声をかける。「ありがとう、フラン。もう行くよ。またいずれ話をしよう。改めてお礼はする。約束するよ」

「ええ、楽しみにしているわ」駆け足で店を出るマーティンに、彼女は言った。

　マーティンが〈オアシス〉の扉を開けたとき、店内ではダグ・サンクルトンと撮影班が古い安楽椅子にもたれ、コーヒーを飲みながら新聞を読んでいた。カメラマンがリアムをサークルから抱き上げ、膝の上であやしながら、おかしな顔を作って喜ばせている。

「これはこれは」ダグが熱をこめて言った。「時の人のおでましだ」

「やあ、ダグ」マーティンは平板な口調で言った。

「どこで新聞を？」

「ベリントンさ。〈リバーサイド・リゾート&スパ〉に泊まっているんでね。プールもバーもあるし、ワイヤレス通信も完備しているよ。携帯電話は言うまでもなく。それに、レストランもまあまあだ。きみもこっちへ来ればいい。車でたったの四十五分だ」

「考えておこう。情報ありがとう。マンディはいるかい？　店主の女性だ」

「奥でホットサンドを焼いているよ。ちょうど、警官のご一行様と入れちがいだったね。コーヒーを飲みに来ていたんだ」

「ついてないな。何か言っていたか？　今度のぶら下がり会見の予定は？」

「いや、とくに言ってなかった。きみの記事にも、あまり喜んでいなかったよ」

「そりゃそうだろう」

「ああ、ざまあみろだ」ダグは気安い口調で言い、ジャーナリスト同士の連帯感を滲ませた。「われわれは警察の協力をしているわけじゃない。きょうの記事は特ダネだ。うちがほしかったぐらいだよ。みんな大喜びだ」

「ああ、そうだろうね。ウォーカーは何か言っていたか？」

「ベリントンのおまわりか？　いや。わたしからインタビューを申しこんだんだがね。当事者にも釈明の機会を与えようとしたんだ。ところが、このくそったれがというような目で、こっちを見るばかりだ。いまに始まったことじゃない。警察の連中は都合のいい情報はリークするくせに、へまをやらかしたとたん、われわれを追い払う」

「いつだってそうじゃないか」マーティンは調子を合わせながら、マンディを待つべきか、それとも奥へ行って探すべきかと考えていた。

「そうだ、マーティン」ダグは言った。「二、三分、インタビューをしてもいいかな？　どこの局も、きみの記事を読んで騒然としているんだ。これ以上騒ぎが大きくなる前に、片づけておいたらどうだい」

　テレビに出てベサニーのスクープをしたり顔で解説するなど、マーティンはまっぴらご免だった。ウォーカーの怒りの火に油を注ぐだけだ。「やるとしてもあとでだな、ダグ。確認したいことがいくつかあってね。きょうの夕方になれば、ウォーカーの記事は古いネタになるかもしれない」

「本当か？」ダグは触手を伸ばしてきた。「さらに新情報があると？」

「いつだって、われわれは新情報を追っているじゃないか」マーティンは利いた風な口をきいていることに自己嫌悪を覚えた。テレビ局の連中は、どうしてこう鼻に付くんだろう？

そのときマンディが奥から出てきたので、マーティンは救われた思いだった。彼女はホットサンドを茶色の紙袋に入れ、運んできた。ダグ・サンクルトンが代金を支払い、マンディからレシートを受け取って、スタッフに紙袋を渡す。カメラマンはリアムを優しくサークルに戻した。

「そろそろ、われわれも出かけるよ」ダグは言った。「やることが山ほどある。こっちでも、有力な手がかりをたどっているんだ。会えたらまたあとで」

テレビの取材班が出ていき、静かなブックカフェの店内にはマンディとマーティンが取り残された。

「けさは忙しいね」マーティンは言った。

「ええ、忙しいわね」マンディが答える。「コーヒーがたくさん売れるわ」相変わらず彼女はよそよそしく、顔に笑みはないが、少なくともここ数日の静かな怒りはやわらいだようだ。知った事実を記事にするしかないマーティンの立場を、彼女も受け入れつつあるのだろう。「電話にあなた宛のメッセージがたくさん入っていたわよ。シドニーのベサニーという記者から、五、六回は来ていたわ」

「けさ？」

「きのうの午後と夕方よ。まだ連絡がついていないの？」

「ついていない。きょうの記事のことで、わたしに電話してきたにちがいない」

「ええ、わたしもそう思う。あのいやらしいテレビのリポーターから記事を見せられたわ。太った警官からも、あなた宛のメモを預かったわよ。ついさっきまでコーヒーを飲んでいたんだけど。これよ」彼女は折りたたんだ紙をマーティンに渡した。

マーティンはその紙を受け取り、ひらいて、メッセージを読んだ。『くそくらえ』

「いい知らせじゃなさそうね？」

「いい知らせじゃない」マーティンは苦笑を浮かべ、彼女に紙を見せた。

「うまいこと言うじゃない」彼女は言った。

「ああ、ありがとう」

「あなたが書いた記事だけど——あれは全部でたらめよ」

「ウォーカーに関する記事かい？　あれはわたしが書いたんじゃない。すべてベサニーが書いたんだ」

「その記事じゃないわ」

「じゃあ、スウィフトに関する特集記事だね？　あれのどこがでたらめなんだ？　彼はまちがいなく、過去のない男なんだ。それに子どもたちを食い物にしていたという告発も公表されているし、警察だって裏づけがあると言っている」

「いいえ。そのことじゃないの」マンディは彼を穏やかな表情で見つめている。その顔に憎悪はなかった。

「じゃあ、どのことなんだ？」

「あなたは、彼が若い女性のバックパッカーたちを殺したと断罪したようなものだわ」

「それも警察の見解だ。記事にもそう書いた。しょっちゅうスクラブランズへ射撃に出かけていたようだ」

「ええ。それは事実よ」

「きみも知っていたのか？」

ブックカフェの店内は水を打ったように静まりかえっている。カウンターの水盤をしたたる水の音、天井の扇風機がゆっくり回転する音が聞こえた。リアムもおとなしくしている。マンディはいわくありげな表情で、マーティンを見た。

「マンディ、話してくれ」

「バイロンはあの女性たちを殺していないわ、マーティン」

「それはきのうも聞いた。どうしてそう言い切れるんだ？」

「わたしが確かめたの。スワン・ヒルであの二人が連れ去られた夜、彼はここにいたのよ。わたしといっしょに。一晩中」

「なんだって。きみとバイロン・スウィフトが？」あまりに思いがけない話で、マーティンはにわかにはその意味するところを測りかねた。「まちがいないのか？　そのタイミングで？」

「ええ、わたしが書いていたわ。日記をつけているの。お気の毒様」

「気の毒？　なぜだ？」

「あなたの記事よ。誤報はこれで二度目になるわね」

もちろんマンディの言うとおりだった。きのうマーティンはハーリー・スナウチを断罪するような記事を書き、きょうはバイロン・スウィフトを断罪するような記事を書いている。だが、いまのマーティンの関心は自らの記事が誤報かどうかではなく、彼女に向いていた。二人のあいだにできた溝を埋めようと、前に踏み出して彼女の肩に両手を置く。振り払われるかもしれないと思ったが、意外にもマンディは彼に近づき、身体を預けて抱擁させた。いまはそれだけで充分だ。だが抱擁はすぐに終わった。

「いまの話を、きみとわたしのあいだだけにとどめておくわけにはいかない。それはわかるだろう？」

彼女はうなずいた。「このことを書くつもり？」

「書かなければならない。しかしその前に、警察を呼ぶ必要がある。警察は、バイロン・スウィフトがその殺人に関与しているという仮説に基づいて捜査を進めている」

「たぶんそうでしょうね。でも、日記を警察に見せる必要はないでしょう？」

「ないかもしれない。でも、どうして見せられないんだ？　読まれたくない部分があるのかな？」

「ええ。もちろんよ」

「違法行為を書いているから？」

「いいえ。単に個人的なことよ」

「八人が死んでいるんだぞ。警察は日記を読みたがるはずだ」

　議論はにわかに中断された。二人のジャーナリストとカメラマンが店に入ってきて、コーヒーを注文したのだ。マーティンはマンディに電話を使わせてほしいと言った。彼女はうなずき、コーヒーを淹れはじめたので、マーティンは奥の事務室に向かった。ベサニーの携帯電話を呼び出す。彼女は三度目の呼び出し音で出た。

「マーティン？　あなたなの？」

「ああ、わたしだ」

「記事を読んだ？　きのうの午後も夕方もずっと、あなたに何度もかけていたのよ。一度も伝言を聞かなかったの？」

「ああ、聞かなかった。わたしが悪いんだが、それでも事前に知っておきたかった」

　ベサニーが答えるまで、間があった。「マーティン、ごめんなさい――彼があなたの情報源だったのなら、悪いことをしたわ。でもマックスから電話があって、これ以上待っていられないと言われたの」

「事情はわかった。メッセージをチェックしておくべきだった」

「まだ〈ブラックドッグ〉に泊まってるの？」

「そうだよ。電話が来たときには、一人寂しく外へ散歩に出ていたんだろう」

「なるほどね。もっといい申し出があったんじゃないの？」彼女は冗談めかして笑った。「あのかわいいメルボルンのカメラマン、なんていう名前だったかしら？」

「だったらいいんだけどね。それはそうと、問題がいくつか起きた。バイロン・スウィフトがバックパッカー殺害に関与していなかったかもしれないという新情報が出たんだ。あるいは少なくとも、彼は誘拐にはかかわっていなかった可能性が出てきた」

「なんてこと。それは警察からの情報？　まだあなたに話してくれる警官がいるの？」

「いや、警察からじゃない。それでも、これから警察と話す必要に迫られるだろう」

「で、そのことの何が問題なの？」

「けさの新聞に書いた記事で、わたしはスウィフトを女性たちの誘拐犯だと言ったようなものだからね」

「それがどうしたっていうのよ？　あの男はもう死んでいるわ。彼から訴えられる心配はないでしょう。それに彼は、五人も墓場へ道連れにしたのよ。警察に事情を話して、あすの記事にすればいいんだわ」ベサニーはニュースキャスターの声をまねた。「《ヘラルド》紙がふたたび、リベリナ地方で起きたドイツ人バックパッカー二人の殺人事件捜査において、いち早く警察に新証拠を提出しました」彼女はそう言い、元の声に戻した。「でも、このことはもう少し伏せておきましょう、いいわね？　すでに警察はご機嫌斜めだから。それに、他社にネタを渡されたくはないから」

　マーティンは笑いだした。「ああ、そうだね。わたしはただ、まちがった記事を出したくないんだ。それだけさ。マックスもそうだ。彼がどれだけ正確性を重んじるか、知っているだろう」

「ええ。その正確性のことで、いいニュースと悪いニュースがあるんだけど」

「いやな予感がするな。どんなニュースだい？」

「じゃあ、いいニュースから知らせるわね。うちの調査員が、わたしたちの代わりに調べてくれたの。カンボジアにいた本物のバイロン・スウィフトの知人に接触できてね。その結果、牧師はやはり別人だったことがわかったわ。あなたが書いた、過去のない男の記事はずばり正解だったってわけ。それもあって、きのうの夕方、ずっとあなたに連絡を取りたかったのよ。気づいたかどうかわからないけど、あなたの特集記事にも裏づけを補足しておいたわ」

「ありがとう。感謝するよ。で、悪いニュースは？」

「調査員が過去三十年にさかのぼって調べてみたところでは、ハーリー・ジェイムズ・スナウチがレイプの容疑で告発されたり、有罪宣告されたり、逮捕されたり、捜査を受けたりした記録は見つからなかったの。裁判記録や新聞記事のデータベースにもなかったわ。それどころか、彼はいかなる罪でも有罪宣告を受けた履歴がないのよ。ニューサウスウェールズ州とビクトリア州にはなかったわね。いまはクイーンズランド州と南オーストラリア州を調べてもらっているところ」

「なんだって、本当か？　スナウチには確かに、刑務所で入れる刺青があったんだぞ。警察には逮捕されなかったが、うちの記事では彼をバックパッカーの女性たちの殺人犯だとほぼ断罪したし、地元ではレイプ犯の風評があることも書いた。マックスはそのことを知っているのか？」

「ええ。それはもうカンカンよ。あなたは直接話さないほうがいいわ」

「でもわたしは電話でマックスに、スナウチが有罪判決を否定していることを話したんだ」

「本当？　それは確か？　でもマックスはわたしたちに、スナウチはレイプした事実を否定していたと言ったわ。有罪判決を否定したのではなく」

「なんだって？」

「確かよ。だから彼は、この線で進めて大丈夫だと言ったの。罪状が性的嫌がらせ程度のことではなく、レイプだと確認できるまで、〝世評によれば〟と書けば問題ないと」ベサニーは間を置き、ふたたび言った。

「どうやら、あなたたちのあいだで行きちがいがあったようね」

マーティンの心に不安の穴が大きく広がっていった。

自分は誤報を記事にしたばかりか、その誤りにマックスも巻きこんでしまっているのではないか。

「ちくしょう。マックスをなだめられるだろうか？　そうするとスナウチは何年もレイプ犯と言われながら、法的措置を講じてこなかったということになる。なんてことだ。それからできれば、次の記事でマックスの機嫌を取っておいてほしい。バイロン・スウィフトがバックパッカー殺人事件でシロだという記事を出して、彼が大喜びするとは思えないからな」

「わたしにまかせて、マーティン。《ヘラルド》が取材で他社をリードしているかぎり、彼は大丈夫よ」

「ああ、そうだといいが」

「ほかに何かある？」

「ひとつある。きみの記事で、クライム・ストッパーズに通報があったことだ。きみはその情報を、シドニー警察の人間から聞いたんだね？」

「そのとおりよ。疑いなく、保身のためだわ。自分たちではなく、ウォーカーに責任を負わせようとしているのよ」

「知らせた人間は特定できるか？」

「いいえ。わかっているのは、警察の広報部から入ってきたことだけ」

「ということは、上層部の許可を得て、官僚機構を通して伝わってきたということだね？　ウォーカーの信用を落とすために？」

「たぶんそうね。でもこれは、あなたとわたしだけの話にして。いいわね？　わたしも情報源を怒らせるわけにはいかないから」

「もちろん、そうだろう」

「お願いね。いまからは、定期的に必ず連絡を取り合うようにしましょう」

「ああ、そうしよう。きょうじゅうに、あとでまた連絡する。携帯が通じないのが、じわじわ痛手になってきたな」

「ええ、そうよね」

二人はもう少し話し、連絡する電話番号と時間を決めて、通話を終えた。

店内では、ジャーナリストたちがコーヒーの代金を支払っている。彼らが店を出るのを待ってから、マーティンは言った。「大丈夫かい？」とマンディを気遣う。

「ええ、大丈夫よ。いまお客さんから聞いたんだけど、警察がきょうリバーセンドの署を拠点に、住人の家をまわって事情聴取しているそうよ。テレビの取材班やカメラマンも外でスタンバイしているんですって」

「誰に事情聴取しているのか、言っていたかい？」

「ええ。スクラブランズの住人ですって。何か不審なことを見聞きしなかったか、確認しているみたい」彼女は間を置き、唇を嚙んだ。「わたしから警察に名乗り出るまで、さっきのことは少し伏せておいてくれるかしら？　テレビの取材班がいるあいだは警察に行きたくないから」

「もちろんだ」マーティンが最初に感じたのは、安堵だった――彼もベサニーも、記事を出す前にマンディの新情報をテレビにさらされるのはご免だ。そして自己嫌悪を覚えた。マンディが助けを必要としているときに、彼は自己の利益しか考えていない。「あとでまだ警察がこのあたりにいたら、わたしが一人で出て、きみの家に来てほしいと頼んでおこう。リアムがいるから警察には行けない、と」マーティンは幼児を見た。床に寝転がり、両手をおもちゃのようにいじっている。まだ一歳にもなっていない。しかし本当だろうか？　マンディとバイロンが？　「マンディ、フランはきみとバイロンのことを知っていたのか？」

「ええ」

「そしてきみも、彼とフランのことを？」

「ええ、知っていたわ」

「そうだったのか」マーティンは特集記事を超える特

ダネに出くわしたのかもしれなかった――本が一冊書けるほどの。なんという町だろう。女たちは同じ男に身体を差し出し、男たちは互いに撃ち合う。これでは人口が激減するのも無理はない。マーティンは脳裏に浮かんだむなしい考えを、すぐに打ち消した。「きみとバイロン・スウィフトがその、親密な関係だとは知らなかった。きょうの新聞にわたしが書いた記事、つまり彼は自称していた人間ではなく、元兵士だったという記事について、何か思い当たることはあるだろうか？」

　マンディはむっつりした表情でうなずいた。「ええ、そうね」

「きみも知っていたのか？」

「いいえ。つまりわたしが言いたいのは、彼が軍にいたんじゃないかと思ったということ。刺青が入っていたから。でも、他人になりすましていたなんて知らなかったわ。バイロン・スウィフトが彼の本名だとばかり思っていた。本当に偽名だったの？」

「ああ、その点は確実だ。本物のバイロン・スウィフトはカンボジアで死亡したことがわかっている」

「信じられないわ。あなたはそのことが、彼の犯行と関係あると思っているの？　教会の外であの人たちを撃ったことと？」

「わたしにもわからない。もしかしたら、そうかもしれない」

　二人はその場に立ち尽くして沈黙し、それぞれの物思いに耽った。マーティンは少なからず衝撃を受けていた。マンディはスウィフトの虜になり、フラン・ランダーズと彼の関係を知りながら、ベッドをともにしていたのだ。マンディはいま、スウィフトをどう思っているのだろう。彼は二人とも騙し、しかも別人のふりをしていたのだ。それでもマンディの彼への好意は続いているにちがいない――日記を警察に見せてまで彼を擁護し、スウィフトがバックパッカーたちを誘拐したという嫌疑を晴らそうとしているのだから。マンディはいまでも彼を愛しているのだろうか？

「きみはどう思っているんだ？」マーティンは訊いた。「彼がきみを騙していたことを？」

マンディは眉間に皺を寄せ、下唇を震わせた。目には心痛が表われている。そして、信じがたいようにかぶりを振った。「ひどいわ」彼女はそれだけ言った。

マーティンは彼女を慰めて力づけようと、その両手を取った。「いいかい、わたしは事件の全体像を解明し、彼がなぜあの人たちを射殺したのかを突き止めたいんだ。わたしが初めてリバーセンドへ来たときに、きみが言ったことは正しかった――きっとすごい記事になるだろう、と。わたしを助けてくれるかい？」

彼女は真剣な表情でうなずいた。「いいわよ。わたしにできることなら」

「よかった。それじゃあ、座って話そう。録音を取りたい」

「もちろん、いいわ。警察がわたしに事情聴取するより前にすませたいのね？」

マーティンは自分の動機を見透かされているように思った。「ああ」

「バイロンとわたしのことを書くつもり？　バイロンとフランのことも？　お願いだから、それはやめて。わたしのためではなく、リアムのために」

マーティンはもう一度、幼い子どもを見た。「マンディ、バイロンはリアムの父親なのか？」

マンディは顔を上げ、悪びれることなく目を合わせた。「そうよ。でもお願い、マーティン。ほかに何を書いてもいいけど、このことだけは書かないで。それだけはやめて。リアムにはなんの罪もないわ。この子が父親の罪の烙印を背負って生きていくいわれはない。書かないと約束してくれたら、あなたを助けるわ」その真率な表情と言葉に胸を打たれ、マーティンは同意した。そうせずにはいられなかった。

ふたたび二人に邪魔が入った。ラジオのリポーターがコーヒーを買いに来たのだ。マンディはその女性客にコーヒーを淹れると、扉に〈閉店〉の札を掲げて鍵をかけた。「それじゃあ、始めましょうか」

マーティンはふたつに引き裂かれるような気持ちだった。マンディを守り、彼女とその息子の盾になってやりたい一方で、彼女を尋問し、知っていることを洗いざらい訊き出して、放蕩牧師がリベリナ地方で寂しさをかこつ女たちと繰り広げた恋物語を記事にしたい気持ちもあった。すでに注目の的となっているリバーセンドの事件に、さらにセンセーショナルな要素が加わるのはまちがいない――扇情的なセックスの要素が。いまより若いころのマーティンなら、ためらわずにそうしただろう。何もかも、隠さずに書いたにちがいない。マンディとフランの実名を出し、リアムはバイロン・スウィフトの不義の息子だと暴露しただろう。そしていままでも、やろうと思えばできるのだ。銃撃事件から一年目の特集記事が紙面を賑わせるころには、マーティンはリバーセンドをあとにする。得意満面の面持ちでニュース編集室に戻り、同僚たちの賞賛と上司たちの祝福を一身に浴びる自分が目に浮かぶようだ。彼のキャリアはふたたび軌道に乗り、賞や昇給も夢ではなくなるだろう。しかしその代償は？　フラン・ランダーズとマンダレー・ブロンドは傷心のうちに取り残されてしまう。マーティンがふと見ると、幼子は幸せそうに敷物の上で遊び、目を輝かせている。いまの彼に、とてもそんな記事は書けなかった。マックス・フラーが頼りにしていた敏腕記者はもうここにはいない。永久に消えてしまったのだ。世の中には車のトランクに閉じこめられるより、さらにひどいことがある。

「どうしたの？」マンディが訊いた。彼の葛藤が伝わったのだろうか。

マーティンは首を振った。「いや、なんでもない。気にしないでくれ。でもひとつ聞いてほしい。わたしがこのことを公にし、バイロン・スウィフトの人物像について正確な描写をするには、彼がこの一帯に住む複数の女性と同時に関係を続けていた事実を避けて通るわけにはいかないんだ。すでにわたしは、彼が既婚女性と関係していたことを記事にしている。だからこのことには、なんらかの形で言及するつもりだ。もちろん、きみやフランの実名は出さないし、リアムのことにもいっさい触れるつもりはない。たとえばきみがベリントンに住んでいることにするとか——そんな感じで、ぼかすことになるだろう。だが、この話自体を回避することはできない。きみはどう思う？」

思いがけないことに、マンディは笑みを浮かべた。

「それでいいわ。そういうふうにできるなら、この話を書くべきだと思う。絶対にそのほうがいい」

「本当かい？　本当にいいんだね？　きみはこのことに触れてほしくないと思っていた」

「わたしたちの名前は出してほしくないけど、このこと自体はもちろん書くべきよ。わからないかしら？　バイロンは明らかに、数日おきにセックスしていた。わたしやフランのほかにも相手がいたかもしれない。そんな男が子どもに性的虐待をすると思う？　あなたこれまでに、女性で頭が一杯の男が小児性愛者だったなんて話を聞いたことがある？　大人の女との関係をそれだけ続けられる男が？　わたしはもうすぐ三十よ。フランは四十代だわ」

マーティンは笑みを返した。疑問が解消されたのだ。

「なるほど、わかった。じゃあ、この話を記事に使っていいんだね」

「ええ、ぜひそうして」

二人はブックカフェの入口に近い肘掛け椅子に座っていた。マーティンは携帯電話の録音アプリをセットし、本の山の上に電話を置いてメモを手にしながらも、マンディはすでに最も重要な情報を明かしたのではないかと思った。マンディはリアムを抱き上げ、膝の上に置いた。たぶんそれは、息子よりも彼女自身が安心したかったからだろう。

「彼のことを教えてほしい、マンディ。実際にはどんな人間だったんだい？」

「すてきな人だったわ。いちばんいいときには楽しくて思いやりがあり、カリスマ性があった。誰もがいっしょにいたいと思うような人だったわね」

「カリスマ性？　それは面白いね」彼女自身が以前に同じ言葉を使っていたし、ロビー・ハウス＝ジョーンズもそう言っていた。

「ええ、でもちょっとちがうかもしれないわ。カリスマ性というのは人を惹きつける魅力のことだけど、バイロンはわたしたちに寄り添ってくれたの。わかるかしら？　つまり、恐ろしい旱魃で苦しんでいた町に、週に一、二度でも彼が来てくれたことで、わたしたちはみんな明るい気持ちになれた。彼はロビーといっしょに青少年センターを立ち上げた。母が本当に喜んでいたのを覚えているわ。母はその様子を見て、世の中にはまだ善良な人がいるという証だわ、と言っていたぐらい」

マーティンは椅子でかすかに身じろぎした。カリスマ性のある牧師の善行を目の当たりにしたあと、マンディは戦地のトラウマに苛まれる自分を見てどう思っているのだろう？「いちばんいいとき、と言ったね。ということは、彼には別の一面もあったのかな？」

「ええ、そう思うわ。率直に言うと、彼はその場を独り占めしてしまうところがあったの。でもそれは、自己中心的という意味じゃない。わたしが言いたいのはつまり、いっしょにいると彼を独り占めしたような気分になれたということ。まるでわたしが彼の世界の中心になったような気がしたの。彼はそれだけ、相手に特別だと思わせる力があった。でも彼といっしょにいないときには、彼はわたしのことを片鱗も考えていなかったと思う。それが彼の大きな魅力であり、大きな弱点でもあった。彼はいま目の前にあるものを大事に生きる人だったように、わたしには思えるわ」

「暴力的だったことは？」

「いいえ、わたしにはなかった」

「誰にでも、なかっただろうか？」

「それはどうかしら」

「どういうことかな？」

「彼はクレイグ・ランダーズを叩きのめしたことがあったの」

マーティンはメモを書く手を思わず止めた。「なんだって？　なぜだ？」

「それはフランに訊いて」

「クレイグが知ったからか？　彼と対決したのか？」

「わたしにはわからない。フランに訊いて」

「それで彼はクレイグを叩きのめしたのか？　彼女の夫を？　だとすれば、クレイグはさらに屈辱を覚えたにちがいない」

「でしょうね」

「牧師のやることとはまるで思えないな」

「そうね。でも、バイロンも悪かったと思っていたみたい。その一件のあと、長い時間かけて祈っていたわ。神の赦しを求めて」

「それは興味深いね。あとで祈っていた。つまり、その瞬間は宗教的な人間だったのか？　演技ではなく？」

「あら、あの人はまちがいなく宗教的な人間だったわよ。信心深かったわね。いえ、それ以上に――敬虔だった。ことあるごとに立ち止まり、目を閉じ、頭を垂れて何かつぶやいていたわ。いつもそうだった。でも決して、わたしを改宗させようとはしなかった。人に信仰を押しつけるようなところはまったくなかったわ。そのときが来たら、わたしも神に見出されるだろうと言っていた。信仰のない人生は半分しか生きていない人生だ、と。それから、神はいつなんどきでも自分といっしょにいて、大きなことも小さなことも見ている、いまの自分を創ったのは神であり、神は自分の中心にいる、と。ええ、まちがいなくそう言っていた——神は自分の中心にいる、と。刺青がここ、つまり胸に入っていたわ。十字架の刺青が——心臓のあたりに」

マーティンは眉を上げた。「まるでジキルとハイドのようだ。あるときは敬虔な牧師で、信徒を気遣い、地元の子どもたちの面倒を見ている。ところが次の瞬間には、麻薬を吸い、女性と寝ている。そして狩りに出かけて動物を撃っている」

彼が言い終わらないうちに、マンディは首を振った。

「いいえ、それはちがうわ。彼は二重人格者ではなかった。いつも同じように穏やかで、確信に満ち、それは祈っているときでも酒を飲むときにも、わたしと寝ているときにも変わらなかった。信じられる？」

「率直に言って、信じがたいね。現実にそんな人間がいたとは」

「そうね、彼は信じがたいような人だったのかもしれないわ」

「きみは彼を愛していたのか？」

「ええ、愛していたわ。わたしと結婚する気がないのはわかっていたし、わたしをパートナーとして見ていなかったのも知っていたけれど」

マーティンは動揺した。マンディがこれほどきっぱりと、そして淡々とスウィフトへの愛を宣言するとは。

「それがわかっていても、気にならなかったのか？　つまり彼がきみを愛していないとわかっていても？」

「気にならなかったわ。彼はわたしだけを愛していたわけではないけど、わたしに対する愛は確かにあったと思うの」

「きみだけでなく、フラン・ランダーズにも、ほかにいたかもしれない相手にも？」

「ええ、そうよ。あなたはそれを聞いて気になるの、マーティン？」

マーティンは居心地が悪くなり、もぞもぞ身動きした。「うん、気になるね。彼はきわめつきの食わせ者か、いまだかつて存在しなかったような聖人かのどちらかだろう」

マンディは何も答えないまま、マーティンの目をじっと見据えた。マーティンはその視線を受け止めた。そこに何が見えるだろう？　反抗心か？　疑念か？　マーティンはそこで間を置き、スウィフトという人間の実像を思い描こうとしたが、杳《よう》として捕らえどころがなかった。

「きみは矛盾していると思わなかったのか？　生きとし生けるものへの愛、寛容、赦しを説く人間が、一方ではスクラブランズへ狩りに出かけ、動物を撃っていたことを。そう問いただしたことはなかったのかい？」

マンディはたっぷり十秒は無言で、マーティンの目の奥を覗きこんでいた。マーティンはまじろぎもせず、彼女を見つめ返した。ようやく口をひらいた彼女は、まるで秘密を打ち明けるかのように、ささやき声で言った。「彼はこう言っていたわ。狩りをすると自分が神や自然に近づいたような気がする、まるで神が自分の精神や魂だけでなく、肉体とも一体となって祈ってくれているような気がするんだ、と。そして、それは一種の瞑想であり、宗教的体験だ。そうすることで、自分は自分自身や宇宙と一体になったような感覚を味わえるんだ。そう言っていたの」

マンディは両手に頭をうずめた。彼女を見ていたマーティンは背筋が冷たくなり、うなじの毛が逆立つのを覚えた。彼はリバーセンドに到着した日にマンディが言ったことを思い出していた。あのとき彼女は、メルボルンで行きずりの男と寝て妊娠し、スウィフトに命を救われたと言っていたのだ。それはまったくの作り話だったことになる。

「マンディ、彼はきみが妊娠したことを知っていたのか？」

「知っていたわ。乱射事件があった日の朝、ここへ来たの。教会に行く前に。彼は礼拝を終えたら、すぐにこの町を出なければならないと言っていた。主教からそう命じられたんですって。それでわたし、彼といっしょに行きたいと言ったの。でも、だめだって言われた。そんなことはできないって」

「なぜだめなのか、言っていたかい？」

「いいえ。たぶんそれは、彼が本当のバイロン・スウィフトでなかったことと関係があったんでしょうけど、わたしはきょうまでそのことを知らなかった」

「きみはそれを受け入れたのか？　つまり、彼といっしょに行けないということを？」

「わたしに選択の余地はなかったわ」

「そのとき彼は、どんな様子だった？　町を去ってからどうするつもりなのか言っていたか？」

「いいえ、何も」

マーティンは言葉を止め、いま聞いたことを整理しようとした。彼女の話は、ブックカフェの前でスウィフトの車を見たというルーク少年の話と符合する。

「フランはその直後、教会でバイロンに会っていた。彼女の話によれば、ブラックフェラズ潟で待つように言われたそうだ。彼女は二人で町を出ると信じていた節がある」

「というより、これからやろうとしていたことをフランに見られたくなかったんじゃないの」

「あるいはそうかもしれない。つまりきみは、バイロンがフランを連れていこうとしていた可能性はないと思うんだね？」

いましがたまで無表情だったマンディは、マーティンがほのめかしていることに激昂した。スウィフトがフランのほうを好きだったのではないかという暗示に。

「断じてないわ。どうしてあの人が、わたしではなく彼女を連れていこうと思うの？　わたしは彼の赤ちゃんを妊娠していたのよ」

そうまくし立てると、マンディは黙りこんで気持ちを鎮めた。マーティンは運命の日の朝、若い牧師がどのような心理状態だったのかを想像しようとした。スウィフトはハーブ・ウォーカーに児童への性的虐待の嫌疑を告発された。そのためスウィフトは町を出ることを決心したか、そうするよう命じられた。彼はその告発から逃れようとしたか、あるいは、捜査によってバイロン・スウィフトになりすましていたことが露見するのを恐れていたのだろう。どこかへ逃げ、バイロン・スウィフトの身分を捨てて別人になりすまそうとしていたのだろうか？　そう考えれば、マンディを連れていきたくなかった理由も説明がつく。しかしフランをどうするつもりだったのか？

「マンディ、わたしが初めてここへ着いた日にきみは、リアムの父親は恋人を虐待するろくでなしの男だと言っていた。あれはいったい、なんだったんだ？」

彼女はため息をついた。「本当のことを言えるわけがないでしょう。あなたにもわかるはずよ。あのとき、わたしはあなたを知らなかった。出会ったばかりだったもの。わたしにとってあなたは、ニュースのネタに飢えているジャーナリストでしかなかったわ。下手なことを言えば、どんな忌まわしい記事を書かれるかわからないと思った。実際にはありもしない虚飾や捏造をされるかもしれないと。わたしは乱射事件の起きた町で暮らしてきたのよ。ジャーナリストたちがごくささいなことを誇張して、大げさに書きたててきたのを覚えているわ。あなたがたがどういう人間か、わたしはちゃんと見てきたの。わたしが息子を、わざわざそんな目に遭わせると思う？」

「だったらなぜ、いまになって事実を話す？」

「あなたに助けてほしいからよ。彼が本当は何者だったのか、突き止めてほしいの。彼がなぜあんなことをしたのか」

「彼が本当は何者だったのか突き止める？　ということは、きみはバイロンというのが本名ではなかったと思っていたのか？」

「いいえ、そこまでは思っていなかったわ。でも刺青を見たら、軍にいたことは見当がついた。それに、確かに彼の性格は矛盾に満ちていたし、彼が本当は何をしようとしていたのかもわからなかった。あの人が死んでリアムが遺されたいま、わたしは彼のことをもっと知りたくなったの。だからわたしのためにそのことを突き止めてくれるよう、あなたを説得できると思ったのよ」

「説得する？　というより、操っているんじゃないのか？」

挑発された彼女は、ふたたび憤慨の色を浮かべた。

「好きなように解釈したらいいわ」

「それにメルボルンの一夜の情事で妊娠したという嘘は、あの場でとっさに考えついたのか？」

「ちがうわ。妊娠してからずっと、町の人たちにそう言ってきたのよ。バイロンがリアムの父親だなんて、知られたくなかったから」

「なぜだ？」

「だって、どう思う？　わたしは子どものころ、レイプ犯の子どもだとそしられてきたわ。父親が大量殺人犯だと知れたら、いったいリアムはどんなひどい目に遭うと思うの？」

レイプ犯。マーティンは彼女の顔に、わが子を守ろうとする熱情、愛、決意を見た。しかしその彼女は、これから警察の事情聴取を受けようとしている。いまを逃したら、今度いつ彼女と話せるかわからない。マーティンは意を決し、告げた。

「マンディ。ハーリー・スナウチがレイプ犯だったという主張に関して調べてみたが、そうした記録は見つからなかった。うちの調査員が公的記録やデータベースを探しまわったんだが、裏づけはなさそうだ」

その言葉に彼女は衝撃を受け、目を瞠《みは》ったが、反駁した。「だからといって、それが事実ではないということにはならないわ」

「確かにそのとおりかもしれないがね」マーティンはなだめるような口調で言った。「でももしかしたら、お母さんの作り話かもしれないと思ったことはないかな？」

「絶対にないわ。どうして母がそんなことを？」

「わからない。ひょっとしたら、彼女なりの理由があったのかもしれない。初めてわたしたちが会ったとき、きみだってリアムを守るために作り話をした。きみが自殺を考えていたときに、バイロンがきみを救い、魂に触れたと」

「でもそれは、ある意味で本当だわ。彼と出会う前、わたしは生きる目的を見失っていたの。あれはいわば、たとえ話みたいなものよ」

第十三章　ホテル

マーティンはマンダレー・ブロンドの事務室に座り、記事を書こうとしたが、ちっともはかどらなかった。最新情報の記事は書きかけで、リバーセンドが牧師による銃撃事件とどう向き合っているかという特集記事に至っては、コンピュータ画面から嘲笑われているような気がした。事実を知れば知るほど、バイロン・スウィフトという男にふつふつと怒りが湧き上がり、嫌悪感が募ってくる。大量殺人犯にして小児性愛者の可能性もあり、弱い立場に置かれている女性を何人も搾取してきたのは疑いの余地がない。地の果てのようなリバーセンドへ戻り、瀕死の母親を介護していたマンディ・ブロンドは、誘惑の恰好の餌食だっただろう。

のみならず、実際にはまったくその気はなかったのに、フラン・ランダーズをいっしょに連れていくと思わせてブラックフェラズ潟で待たせた。その一方で、妊娠したばかりのマンディには、連れていくことはできないと言った。リバーセンドだけでこれだけの被害者がいるのだ。ベリントンでは、いったい何人の女性を食い物にしたのだろう。さらにほかの郡部でも、妊娠させられたあげく捨てられた女性がいるのではないか？　別人になりすましていたのは、そうした浅ましい動機によるものだろうか——幾人もの子の父親としての責任から逃れるため？　それなのに、いまになっても被害者の女性たちは、こぞって彼を擁護している。なんということだ。スウィフトは自分の行為をどう思っていたのだろう？　女性を食い物にしてきたことを素直に認めていたのか、それとも女性たちが必要としていた慰めや救いを与えたと自己正当化していたのだろうか？

翻ってマーティンは、自らの行動にも考えさせられた。マンディをこの町から連れ出そうとするつもりはさらさらないのに、彼女と寝たではないか。その点はバイロン・スウィフトと同じだ。それにあと一、二時間もすれば、彼は警察署へ出向き、マンディを警官にゆだねることになる。彼女の日記、隠された関係、息子の出生にまつわる秘密。記事に集中できないのも無理はなかった。オーストラリア全土の注目の的であるリバーセンドの最新記事は、一刻も早く書かねばならないのだが、警察に日記のことを知らせるまではとても仕事が手につかない。彼はマンディのことを考えた。美しく、弱い立場に置かれ、よりによってバイロン・スウィフトやマーティン・スカーズデンのような男たちとかかわる羽目になってしまった女性。とうとうマーティンは、ラップトップの画面と向き合うのに嫌気が差し、外に出ることにした。

一歩外に出たとたん、暑さがまとわりついてきた。

もはや驚きはなくなり、変えようのない現実、生きていることの重荷として耐え忍ぶしかないと観念する。いまの自分には、それぐらいの罰がふさわしいだろう。マーティンは店の日よけの陰を歩き、兵士の銅像が超然と立つ交差点へ向かった。白髪交じりのバイク乗りが二人、エンジン音を轟かせて、周囲を一顧だにせずゆっくり通りすぎていく。一台の車がサマセット通りを西へ向かい、兵士像と銀行を通りすぎて、徐行して停まり、バックで警察署の向かいに斜め駐車した。すでにそのあたりには何台もの車が駐まっている。マーティンからは、署の向かいの木陰に寄り集まるメディア関係者の群れが見えた。左折して彼らに近づき最新情報を確認しようか、それとも右に曲がり、〈社交クラブ〉で何か食べようか。

　どちらに曲がるか決めかね、マーティンはその場に立ち尽くした。そしてほとんど使い物にならない携帯電話を取り出し、台座に載った兵士像を撮った。つくづく兵士を眺める。台座の上に立つ兵士は、リバーセンドの中心にいる。その背後から兵士像を見下ろし、交差点の一等地を占めているのは〈コマーシャル・ホテル〉で、正面のファサードは閉鎖されたときのままだ。ホテルとパブの向かいには、ヘイ通りを挟んで〈ベンディゴ地域銀行〉があり、〈コマーシャル・ホテル〉の斜め向かいには堅固な赤レンガ造りの旧町議会がある。兵士は町議会の建物と向き合っていた。交差点のもう一方の角には〈ジェニングス衣料品店〉があるが、日曜の午前中なので閉まっている。マーティンは店に近づき、ウインドウを覗いた。衣料品、金物、家庭用品、小型の家電製品、おもちゃ。生鮮食品や食料品以外のすべてを扱っている。

　ひとつのアイディアがマーティンの脳裏にひらめいた。特集記事のどこかでリバーセンドの様子を描写し、衰退した町の空気を伝えようと思っていたのだ。それをこの交差点から始めればよい。戦没者を悼む銅像や、破産したホテルとパブ、ヘイ通りを進めば、侘しいチャリティショップのショーウインドウ、閉店した美容室を通りすぎて廃墟のワインバーに行き着くが、その内部は荒涼として、すすけた幽霊の住処《すみか》になっているようだ。マーティンは〈ジェニングス〉の日よけから、強烈な真昼の太陽の下に出た。恐ろしく暑い。すばやく〈ジェニングス〉の外観を撮影していると、日よけの真上にあるものに気づいた。屋根のひさしの下の外壁に、浮き出し文字で〈ジェニングス衣料品店　創業一九二三年〉と記されているのだ。すばらしい。マーティンは店の営業日にまた来て、ジェニングス家の末裔に取材しなければと思った。

　交差点の向かいにある〈ベンディゴ地域銀行〉からも、似たような発見があった。堅固なコンクリートの建物で、入口扉の上枠は石で装飾されている。建物には赤茶色と金の銀行のマークが掲げられているが、日よけの真上を見ると、錬鉄で刻まれた文字が建物の最初の持ち主を伝えていた――〈オーストラリア商業銀行〉。この銀行がいまなお営業しているのは、地元の人々がベンディゴ銀行の傘下で地域の金融機関を造ったからなのだ。大手銀行はもうこの町では採算が取れなくなり、撤退した。

　マーティンはさらに写真を撮った。せっかくならとことんやってみよう。サマセット通りを横断し、町議会の建物に近づいてみる。広い区画を占める建物は、通りからやや奥まったところにあった。今度は銘板があり、建物の来歴が記されている。〈この建物は一九二二年から八二年にかけてリバーセンド町議会として使われていましたが、町議会はベリントン地方議会に統合されました。一九九一年六月十二日除幕、リバーセンド最後の町長エロール・ライディング〉。マーティンは悲しげな笑みを浮かべ、写真を撮った。扉には札が掲げられ、建物の現在の用途を示している。〈リバーセンド・アートギャラリー&アトリエ　営業時間：火曜、木曜　午前九時～午後一時〉。マーティンの想像では、壁にはユーカリの木の絵画が並び、棚には茶色の釉薬《うわぐすり》を塗った陶器や手で紡いだ羊毛があって、どれも埃をかぶっているだろう。町の歴史をいまに伝えるように、扉のそばの壁には掲示板がある。厳しい節水を呼びかける議会からの通知、〈ブラックドッグ・モーテル〉の手作りのチラシ、グレイディーズ・クリークという人物による子守りサービスの広告。染みが浮いた子守りサービスの広告は、いちばん下にグレイディーズの電話番号が繰り返し書かれてあって、短冊状の切りこみが入っており、興味を抱いた住民がちぎり取れるようになっていた。しかし、一枚もちぎり取られた形跡はない。マーティンは掲示板も写真に収めた。行方不明のペットを知らせるポスターが二枚。ラッシーというコリーと、ミスター・プスという猫で、どちらにも写真が添えられている。ミスター・プスの飼い主は、猫が戻ってきたら些少ながらお礼を進呈します、とのことだ。ほかには古い車の広告、収穫請負業者の広告、地元のラグビーチームの練習日程。前回大会で惜しくも決勝トーナメント進出を逃したラグビーチームは、小学校のグラウンドで三月から練習を再開するという。

　マーティンは交差点の中央に戻り、兵士の銅像をいま一度眺めた。彼は兵士のポーズが気に入っていた。兵士に英雄的なところはまったくない。はるか遠くの地平線を見つめて輝く未来を待望しているわけでもない。兵士は頭を垂れ、うつむいて、死んでいった戦友たちを弔っている。マーティンは二、三歩あとずさり、廃業したホテルとパブを背景に、戦没者を追悼する銅像をさらに撮った。

　携帯電話をポケットに収めたちょうどそのとき、視界の片隅を動くものがよぎった。〈コマーシャル・ホテル〉の上階を囲むベランダのあたりだ。マーティンは目の焦点を合わせ、手をかざして日光をさえぎろうとした。まちがいない。何かが動いている。鮮やかな色がひらめき、黄色と黒の格子縞のシャツを着た何者かが、ベランダから建物に入るのがちらりと見えた。廃業したパブに誰かが侵入したようだ。マーティンは笑いだしたくなるのをこらえた。おおかたスナウチが、フロントバーの酒の味見をしようとしているのだろう。

マーティンは交差点を渡りきり、ベランダの下の日陰に入った。角の正面扉は施錠され、南京錠がかかっている。扉の上には、営業許可証が掲げられていた――〈コマーシャル・ホテル　責任者：エイブリー・フォスター　ホテル経営許可番号：225631〉。赤い字で書かれた〈休業〉の札が、扉の窓にかかっている。札を裏返したら、緑の字で〈営業中〉と書いてあるのだろう。マーティンはパブに近づき、窓に顔を押しつけ、両手を双眼鏡のように筒状にして目に当て、通りの日光をさえぎった。フロントバーの店内が見える。窓際に椅子とテーブルがあり、バーカウンターにはスツールが置いてあった。カウンターの奥には酒瓶が一本もないが、棚にはいまでも逆さになったグラスがずらりと並んでいた。酒瓶がないのを別にすれば、店は週末だけ閉めて、月曜日の開店に備えているようにも見える。エイブリー・フォスターの営業許可証はいまでも有効なのだろうか、それとも、どこかの郊外のビアホールに売却されたのだろうか。

マーティンの脳裏に、こんなところで俺は何をしているんだという思いがよぎった。ここで油を売り、警察署に行ってハーブ・ウォーカーに申しひらきをするのを先送りにしているのではないか、と。それでも、中断しなかった。パブの裏手は業務用の路地になっており、サマセット通りとテムズ通りを結んでいる。きのう、ハーブ・ウォーカーが車を駐めた場所だ。マーティンは路地を歩いてみたが、突き当たりにフェンスがあり、鉄格子が入った門が鎖で閉じられている。門はパブ専用の砂利の駐車場に車が進入するのをふさいでいた。狭い駐車場には三、四台しか入れそうにない。低いポーチがあり、手すりは取れている――トラックの荷台から積み卸しする搬入口だ。木製の荷運び台《パレット》が積み上げられ、青い塗料が剝がれている。車も一台あったが、片方の後輪がぺしゃんこで、もう片方の後輪も空気が抜ける寸前だった。パブが閉店したのは突然の出来事だったようだ。店主が病気になったのか、車はそのまま放置され、ホテルもほとんど手つかずの状態になっている。

かつての貯蔵室に通じるスイングドアや、最上階の客室に通じる木の階段が見えた。日光で熱くなった金属に触れるのを最小限にしながら、腰高の鉄製の門を乗り越える。コンクリートの外階段から搬入口に上ってみたが、裏口の扉も鍵がかかっていた。貯蔵室のスイングドアは試さなかった。見るからに頑丈な南京錠がかかっていたからだ。搬入口をあきらめ、階段を下りた。しかし別の階段があり、上ってみると〈宿泊客以外は立入禁止〉という札があった。手すりの緑の塗料は直射日光で皺が寄り、気泡が浮いている。マーティンは手を触れないようにした。

階段を上りきったところに、さらに短い外階段と宿泊客用の扉があり、上半分は窓になっている。窓の左隅には穴が開いていた。取っ手の近くだ。マーティンは扉を試してみた。鍵はかかっておらず、外側にひらいた。足を踏み入れると、割れたガラス片が足下にあったので、目が慣れるまで立ち止まった。入った場所からは短い通路が伸び、五メートルほど先で別の廊下に通じている。一見したところ、裏口の扉と廊下を繋ぐこの通路は、左右に並ぶ客室のあいだを通っているようだ。空気には饐えた臭いが漂っている。マーティンは通路を進み、廊下に出た。廊下に並んだ客室の扉は開け放たれ、日光が差しこんでいる。廊下の左側の二、三メートル先に閉まった扉があり、古風な金の書体で〈関係者専用〉と書かれていた。その扉には頑丈そうな鍵が三つもついている。なるほど、本当に関係者専用だったらしい。マーティンの見当では、パブ店主が住んでいたのだろう。扉を試してみたが、案の定鍵がかかっている。

廊下を反対側へ向かうと、左側の開いた扉からホテルの客室が見えた。廊下の突き当たりを直角に右折したところには、開いた扉がもうひとつあり、ホテルで最も居心地のいい角部屋に通じている。そこにはダブルベッド、洗面台、小さな机があり、両びらきのフレンチドアからベランダに出られた。ベッドのマットレスはむき出しで、誰かが寝ていた形跡がある。毛布はベッドの片隅に押しやられ、ベッドサイドのテーブルの灰皿は吸い殻で一杯だ。床にはバーボンの空き瓶が転がり、その隣にはポルノ雑誌が散乱している。マーティンは一冊を取り上げてみた。このデジタル時代にまだこんなものが存在しているとは夢にも思わなかった。写真には繊細さのかけらもない。粗雑で、機械的で、モデルは無表情だ。どぎつい照明にさらされた被写体に、想像力を働かせる余地は残っていなかった。あの格子縞のシャツを着ていた人間が持っていたのだろうか。

マーティンは客室を出て、直角に曲がった廊下を進んだ。そこからは真鍮の手すりがついた分厚い絨毯敷きの階段が見え、右の踊り場へ向かって下っている。踊り場の先は、ホテルの正面に繋がっているにちがいない。階段を上ると幅の広い通路があり、ベランダに通じていた。通路の片側には凝った装飾の鏡台が鎮座し、反対側にはイギリスの狐狩りの様子を描いた牧歌的な複製画が飾られていた。マーティンは廊下を進み、左側に並ぶ開いた扉を通りすぎた。右側の開いた扉は、宿泊客用の談話室に通じている。古いソファや傾いた肘掛け椅子が並び、比較的新しい液晶スクリーンのテレビに向き合っていた。ここにも誰かいたようだ。灰皿には吸い殻があふれ、ビールの空き缶や空のコーヒーカップが散らかっている。

　ホテルの奥まで来ると、臭いはますますひどくなってきた。もう饐えた臭いという段階ではない。廊下の突き当たりには共同の化粧室があり、男女に分かれている。マーティンはそこを避けた。その手前にも客室があり、扉は閉まっている。マーティンが近づいてみると、臭いが波となって襲いかかってきた——死臭だ。戦慄で胃がせり上がってきた。室内には何があるのだろう。息を止め、身構えて扉を開ける。

　やはり発生源はこの部屋だ。鼻をつまみ、ベッドに死体があるのを覚悟しながら、足を踏み入れる。しかしベッドには何もなかった。ではなんだろう？　ベッドをまわると、床に伸びていたのは猫の死体だった。蛆《うじ》が湧き、蠅がたかっている。マーティンは吐き気を催した。ミスター・プスだろう。ホテルの客室に閉じこめられ、出られなくなったのだ。かわいそうに。マーティンは扉にあとずさりしたが、不意に足を止めた。そしてふたたびそっと死体に歩み寄った。なんてことだ。猫のしっぽは、床に釘で打ちつけられていた。

　マーティンは打ちのめされた心境でリバーセンド警察署のベンチに座り、ウォーカーが果たして会ってくれるだろうかと考えていた。カウンターの奥にいた若くかわいい女性巡査が、マーティンの名前と用向きを聞いて巡査長室へ行き、〝お客様〟が待ってくださるのであれば、ウォーカー巡査長は時間が空きしだい面会します、と伝言を携えてきた。それでマーティンは座って待っているのだが、もしかしたらウォーカーは午後一杯、彼の気を揉ませておくつもりではないかと思った。木の書棚はパンフレットで一杯だ——自警団の活動案内、火気使用許可の申請書、運転免許試験合格法。

　四十分待ったところで、退役軍人のジェイソンが奥の部屋から出てきて、そのまま署を立ち去った。考えごとで頭が一杯で、マーティンがいたことには気づかなかったらしい。それから一、二分して、ハーブ・ウォーカーがようやく出てきた。マーティンは弾かれたように立ち上がった。ウォーカーは侮蔑に満ちた表情を浮かべている。「聞くだけの価値のある話なんだろうな、くそ野郎」

「ハーブ、お会いいただきありがとう――」

「あんたに会いに来たのではない。タバコを吸いに出てきたんだ。ついてこい」裏の駐車場に通じる扉へ向かう。

　外に出ると、肥満した巡査長はタバコと使い捨てのプラスチックライターをカーキ色の制服のポケットから取り出し、火をつけ、深々と煙を吸いこんで、ほっとしたように吐き出した。そうして初めて、マーティンを見た。「ふう、やっと落ち着いた」彼は言った。「ろくでなしの取り調べをしているあいだも、やつらの前でタバコ一本吸えないとはな」

「ハーブ、ひとつだけ言わせてください。けさの新聞を見るまで、わたしは記事のことを知らな――」

　ウォーカーは片手をかざし、マーティンをさえぎった。「そんなことを言うためにわざわざ来たのではないだろうな」

「そうですが、これだけは言わせていただきたかったのです」

「本当か？　だが仮に知っていたら、あんたはその記事を握りつぶして、わたしを助けてくれたのか？」

「いいえ。ですが事前に警告し、巡査長の言い分を記事に盛りこんで、できるかぎり客観的に書いたと思います」

　巡査長はもう一度、深く煙を吸いこんだ。「それで、いますぐわたしに知らせたいこととはなんだ？　手短にしてくれ。あんたが使える時間はタバコ休憩のあいだだけだ。これを吸い終わったら、仕事に戻る」

「バイロン・スウィフトはあの女性たちを殺していま

せん。少なくとも、誘拐には関与していません」

　ウォーカーは眉を上げた。「そいつは興味深い。どうしてそれがわかった？」

　マーティンは巡査長に、バックパッカーが誘拐された夜、マンディがバイロンといっしょにいたという記録があり、彼女は警察に証言したがっているがメディアにさらされるのを嫌がっていると伝えた。

　ウォーカーは熱心に耳を傾け、最後に深々と吸ってタバコを終えると、黒のブーツで踏み消した。

「では、あすの新聞に載るんだろうな？」

「はい。伏せておく理由はないでしょう？」

「公表するのにわたしの許可がいるのか？」

「いいえ」

「わたしもそう思う。あんた、彼女とできてるんだろう？」

「それがどう関係するんです？」

「いや、大した関係はないさ」ウォーカーは腹に一物《いちもつ》ありそうな笑みを浮かべた。

「ハーブ？」

「なんだ、マーティン？」

「例の件はわかりましたか？　銃撃事件の前、スウィフトはセント・ジェイムズ教会から電話をかけたんですか？」

　ウォーカーがマーティンを見る目つきは、打ち明けるべきかどうか決めかねているようだった。「ああ、かけた。二件の電話があった。一件は発信で、もう一件は着信だ」

「相手の番号は？」

「まだわからん」

「わかったら、教えていただけますか？」

「どうかな。またあんたの助けが必要になったら、教えてやる。必要にならなければ、あんたはあることないこと書いていいぞ。だがいまのところは、あんたにはタバコ一本分以上の価値がある。わたしはいったん仕事に戻らねばならない。ミス・マンダレーにこちらから連絡すると伝えてくれ」

「戻る前に教えてください、ハーブ。きょうの記事、ベサニーの記事によれば、ダムに遺体があるという通報がクライム・ストッパーズに寄せられたということですが——実際には何があったんですか？」

「とっとと失せろ、スカーズデン」

　署を出るときになって初めて、マーティンはウォーカーに死んだ猫のことを言い忘れていたのに気づいた。何か意味があるかもしれないので、言おうと思っていたのだ。この暑さにもかかわらず、背筋を悪寒が駆け抜けた。この町には禍々《まがまが》しいところがある。暑さが悪に転じたような——牛乳が強い陽差しで凝固するような。

　通りの向かいにカメラマンのキャリーがいて、ほかのカメラマンたちと冗談を言い合っていた。マーティンが近づくと、ダグ・サンクルトンのカメラマンが「やあ」と言った。「何かわかったかい？」カメラマンは訊いた。「警察はぶら下がり会見をするのか？」

「いまのところ、その予定は聞いていない」マーティンは答えた。「ダグはどこだい？」

「あんたを探していたよ。もう一度インタビューをしたがっている」

「本当か？　居場所は？」

「どこだと思う？　あんたがた、ろくでもないジャーナリストどもが集まるクラブだよ」

「彼にあんたの褒め言葉を伝えておこう」マーティンはそう答えて遠ざかると、キャリーが余人に聞こえないところで話そうと追いかけてきた。

「いままで撮れたのは、使い物にならない写真ばかりよ」キャリーはぼやいた。「早く何か起きてくれるか、あなたから何かリクエストがなかったら、もうネタ切れだわ。誰か捕まるところでも見れそう？」

「さあ、どうかな。警察からは何も聞いていない。でもベサニーとわたしで、あすの新聞に出せる話題を仕入れたから、そのために写真が必要になるだろう。誰か警官の姿は撮ったか？」

「ええ、撮ったわ。けさ早く、何人かで集まって立ち話をしていたのよ。何かで口論して、責任のなすり合いでもしているみたいに見えた。パトロールカーが駐まっていたところには、木立しかなかったけど。まあ、彼らはどこへでも行くんでしょうね。犯行現場なら、どこへでも」

「どこで見かけたんだ？」

「〈社交クラブ〉の外よ。ほら、見て」彼女はカメラの裏の液晶画面を使って写真をスクロールしたが、日陰にいても陽光がまぶしく、写真の細かいところはよく見えなかった。

「よく撮れてるじゃないか。何を口論していたんだろうね？」

「わたしにはさっぱり。望遠レンズで撮ったから、話し声は聞こえなかったわ。朝食に何を食べるかでもめていたんじゃない。わたしがここの取材に必要なのは、あとどれぐらいだと思う？」

「なんとも言えないね。誰かが逮捕されたら、警察はカメラの前で容疑者を歩かせるだろうが、いつそうなるかは誰にもわからない。どうしてそんなことを訊く？　もうメルボルンに帰らないといけないのかい？」

「それは平気よ。昨夜は車中泊だったわ」

　マーティンはモーテルの部屋に居座っていることに罪悪感を覚えた。「そうだったのか。それはよくない。わたしの部屋を共有してもよかったのに」

「ありがとう、マーティン――あなた以外にも、申し出てくれた人はいるのよ」彼女は皮肉交じりに言った。

「いいことを教えよう。《チャンネル・テン》の取材班はベリントンのしゃれたホテルに泊まっているらしい。そっちに行ってみたらどうだい？」

「本当に？」

「まちがいない。そこなら携帯電話は通じるよ。何か緊急の知らせがあれば、わたしからも電話できる」

「じゃあ、決まりね」

〈社交クラブ〉に着いたマーティンは、まっすぐトミーのテイクアウト店〈サイゴン・アジアン〉に向かった。この一週間で国籍不明のメニューをひととおり試したので、どれを避けるべきで、どれが好きな味かはわかっている。きょうは鶏肉のカツレツとフライドポテトに、付け合わせはホウレンソウ炒めだ。店主のトミーはベトナム系オーストラリア人の二世で、まぎれもないオーストラリア訛りの英語を操り、代金を受け取ると「どうも」と言って、マーティンに円形のプラスチックの受信機《ディスク》を渡した。注文ができあがると、このディスクが光って震動するのだ。支払いを終えたマーティンは、クラブの店内に戻った。

　数人のジャーナリストが、カウンターからほど近いテーブルを囲んでいる。ラップトップをひらき、繋がらないＷｉ‐ｆｉに悪態をついている者もいれば、ひと息入れておしゃべりしている者もいる。

　ダグ・サンクルトンがマーティンに、朗々とした声で気さくに呼びかけてきた。「マーティン・スカーズデン！　驚異の男が来た！　こっちに来ないか」

　マーティンは手を振って辞退し、笑みを浮かべて言った。「できれば、またあとで」エロールが店番をしているカウンターへ向かう。

「やあ、こんにちは。ご注文は？」

「こんにちは、エロール。ライトビールを一杯ください」

「小瓶でいいですか？」

「もちろん」

　エロールはおなじみの緑のボトルに入ったタスマニ

アン・ビールを手渡した。マーティンはエロールに二十ドル札を渡したが、エロールはレジに向かう前に訊いた。「あっちでは何か動きがありましたか？」

「あっちとは？」マーティンは訊いた。

「警察署ですよ。事情聴取をしていると聞きました。スクラブランズから住人を連れてきて」

「ああ。いま行ってきたところです。あくまで一般的な捜査の手続きに思えますが、念入りにやっているようですね」

「警察は牧師が犯人と見ているんでしょうか？」

「その線が強いと思っているようです。あなたはどう思います？」

「わたしですか？　さっぱりわかりませんね。どうしてみなさん、わたしに訊いてくるのかわかりませんよ。事情通に見えるんでしょうか」エロールはそう言うと、レジに行ってマーティンに釣り銭を渡した。

　マーティンはビールを手にし、ジャーナリストの群れから離れたテーブルに向かったが、ダグ・サンクルトンとその取り巻きがこちらを窺っているのがわかった。よくしゃべるリポーターといっしょにニュース速報に出演する気にはなれなかったので、マーティンはテーブルを通りすぎ、ビールとプラスチックのディスクを持って、川を見下ろすデッキに出た。

　エアコンの効いたクラブの店内から外に出ると、灼熱の暑さが襲ってきた。半透明のパラソルの陰にいても、耐えがたいほどだ。小さなテーブルにビールを置き、クラブのガラス窓に背を向けて立ったまま、サングラスを取り出してまばゆい日光から目を守る。眼下には、長く緩やかに湾曲する川床が見えた。川の流れは緩やかどころではない。そもそも、川は流れていない。水は完全に干上がっていた。ときおり吹いてくる風にも、木々の枝はそよとも動かない。水曜日の森林火災はまだ余燼《よじん》がくすぶり、あたりには煙の臭いが残っている。どこか遠くから、蟬の鳴き声が聞こえてきた。そのとき誰かが咳きこみ、マーティンはあたりを見まわした。デッキには先客がいたようだ。屋根の柱の陰で、コッジャー・ハリスがタバコの片方をいじっている。

「やあ、コッジャー。ごいっしょしてもいいかな？」

「ここは自由の国だ、お若いの」

マーティンは銀行の元支店長の隣に椅子を寄せた。老人はタバコの包みを出して勧めたが、マーティンは断わった。

「あんたの土地では何か焼け残ったかい？」

「いくらかは。もともと、大した物はなかった」

「保険は？」

「雀の涙だ。柵と水道を直せる程度さ。家は焼けなかった。火事のほうで、燃やす価値もないと思ったんだろう」

「家畜は？」

「わからん。何頭かは生き残っているだろう。しかしそれも、残酷な冗談みたいなものだ」

「というと？」

「餌がないのさ。旱魃で枯れなかった草も、今回の火事でみんな焼けてしまった。こういう火事のあとで雨が降れば、ケント地方みたいに青々とするだろう。そうすれば牛はたっぷり肥《ふと》る。だが雨が降らなければ、餓死するしかない。さもなければ、わたしが撃ち殺すしか」

マーティンは自分のビールを見つめた。かける言葉はあまり思い浮かばなかった。

「そういえば、警官にわたしのことを密告したのはあんたじゃないのか？」

「どういうことだ？」

「午前中、わたしは警察に連行され、スクラブランズへスウィフト牧師が射撃に来なかったか訊かれた。連中は細大漏らさず知りたがっていた。あんたが垂れこんだのか？」

「直接伝えたわけではない。わたしが記事にスウィフトが灌木地帯へ射撃に出かけていたと書いたんだ。ただし、あんたの土地だとは言わなかった。そのことを知っている住人は、町にも何人かいる。少なくともその一人が、ロビー・ハウス＝ジョーンズに話したのを知っている」

「この町にいる、感じのいい若い警官か？　だとしたら、なぜいまごろになって打ち明けたのか不思議だな」

「至って簡単なことだと思うよ」マーティンは言った。

「教会での銃撃事件の直後は、大して重大な問題ではなかった。スウィフトは死んだからだ。事件の前に彼が何をしていようと、問題にはならなかった。だが、スプリングフィールズのダムで遺体が見つかったので、にわかに重大な問題になったのさ」

「じゃあ、保身のためだな」

「どういうことだ？」マーティンが訊いた。

「想像はつくだろう——五人の罪のない住民と、牧師が死んだ。『ハウス＝ジョーンズ巡査、この事件を予見もしくは予防できる徴候はあったのか？』『いいえ。何もありませんでした。牧師はベリントンに住んでいましたから』ところが、若い女性の遺体がスナウチの土地から発見されたので、打ち明ける頃合いだと思ったのさ。『新情報です。これは役に立つでしょう』わたしが彼の立場だったら、そうするね」

　マーティンはおもむろにうなずいた。コッジャー・ハリスは老いぼれに見えても、まだ思考力はなかなか鋭いようだ。「ということは、警察はあんたの土地に誰が射撃に来ていたか、知りたがっただろう？」

「ああ、ご明察だ。人のことを密告するのは気分のいいものじゃなかったが、警官が言うには、これは殺人事件であって、スピード違反みたいな軽犯罪じゃないんでね」

「じゃあ牧師以外に、誰がスクラブランズに射撃に来ていたんだ？」

「わたしにも全部はわからん。何せ、とてつもなく広いからね。確かに来ていたと言えるのは、クレイグ・ランダーズとニューカーク兄弟とその友だちだ。一年に一、二度、狩りに来ていた」

「〈ベリントン釣り同好会〉か？」

「そう名乗っていたのか？　だったらそのとおりだ。だが、いつも礼儀をわきまえていた。わたしの土地に入るときには、必ず事前に断わっていた。帰り際には挨拶に来たし、一度に兎を一、二匹と、鴨《かも》を二羽くれたこともあった」

「ほかには？」

「ほかに来ていた人間もいたのは確かだ。銃声が聞こえたからね。日中に聞こえたこともあったし、夜中に聞こえたこともあった。誰かはわからんが、わたしにはなんの断わりもなかった。なかには、変質者まがいの連中もいた」

「というと？」

「わたしが飼っていた牛を撃たれ、解体されたことがときどきあったんだ。臓物を引き出されたりした。きっと、いちばんいい部位を選んでいたんだろう。とんだ無駄遣いだ。たかが一、二キロのステーキのために、牛一頭をだめにするんだからな」

「そのために来ていたと確信できるのか？」

「それ以外に目的があるか？」

「わからない。単に刺激を求めていたのかもしれない。そういう可能性はあるだろうか？」

「うーん、だとしたら若い連中だな。そんなことをするのは、よほど病的なやつらだろうが」

「しかし、うら若い女性のバックパッカーを二人惨殺し、農業用ダムに遺棄したやつらだって、よほど病的だったにちがいない」

「うん、それもそうだな。警察の連中は、とっととあのスナウチの野郎を捕まえて、二度と刑務所から出られないようにすればいいんだ」

「彼だという確信があるのか？」

「ああ、あるね。たぶん、わたしの牛を殺したのもやつのしわざだろう。もともと、やつの家族はあそこの土地をすべて持っていたんだ。あの男はいまでも、自分の土地だと思っている。自分の土地のまわりをほっつき歩いて、わたしの牛を殺しに来ていたとしたら、よくよく見下げ果てた野郎だ」

　マーティンはすでに外の暑さで生ぬるくなっていたビールの残りを飲み干した。「いまはどこに寝泊まりしているんだ、コッジャー？　あの廃業したパブじゃあるまい？」

「わたしが？　ちがうよ。わたしはそうしてもいいが、あそこは廃業しているからね。エロール・ライディングが泊めてくれるんだ。エロールは善人だよ。あした、ベリントン行きのバスに乗って、ボロ車でも買えないか探してみるよ。そうすれば、また家に戻れる」

「訊いたのは、けさ、パブのベランダに誰か見えたような気がしたからだ。それで、ひょっとしたらあんただったのかと思ったのさ。でも、ちがうようだ。きっとあそこの店主が、私物を取りに来ていたんだろう」

「それはありそうにないな、お若いの」

「なぜだい？」

「店主は死んだんだ。自殺した。都会から来た人間だ。年金を全部注ぎこんで、あの店をひらき、ビストロをやろうとしていた。ところが、奥さんがここの暮らしに耐えかねて都会に戻り、そこに旱魃も追い討ちをかけて、資金が尽きてしまった。この町に頼れる知り合いはおらず、相談相手もいなかった。それで散弾銃で頭を撃ったんだ。あんたが思っているより、この町にはいろいろあるんだよ。わたしがなぜそうしないのか、自分でもわからんがね」

第十四章　血のように赤い月

マーティンは〈社交クラブ〉で記事を書き上げた。ブックカフェで仕事をしたかったのだが、店は閉まっており、〈ちょっと出かけます、すぐ戻ります〉の札が扉にかかっていた。マンディは警察で、バイロン・スウィフトと彼女の日記のことで厳しい取り調べを受けているのだろう。かわいそうに。彼女は捜査の行方にいくらか光明をもたらすかもしれないが、新聞の大見出しになるのは避けられない。その点で彼にできることはあまりなかった。

〈当社《シドニー・モーニング・ヘラルド》の独自調査は、ドイツ人女性バックパッカーのハイジ・シュマイケルとアンナ・ブリュンを惨殺した凶悪犯追跡の先鋒となってきた。今回提供する有力な新情報は、捜査の焦点にふたたび変更をもたらすものだ。

このほど当社が入手した証拠は、警察が第一容疑者とみなす殺人犯バイロン・スウィフト牧師の嫌疑を晴らし……〉

記事の執筆前にマーティンは態度をやわらげ、ダグ・サンクルトンの番組をはじめ各チャンネルに出演してコメントしたが、新情報の中身は巧妙にはぐらかした。ありがたいことに、テレビの取材班はベリントンのリゾートホテルに引き揚げてくれたので、マーティンは心おきなく〈社交クラブ〉で仕事に集中できた。反応の鈍いWi-fiをなだめすかして原稿を送信し、クラブのロビーの電話でまずベサニーに連絡を入れ、次にマックスと通話した。

「ああ、マーティンか。いま原稿を読んだところだ。

なかなかいいんじゃないか。よく書けているよ。ベサニーから多少の補足はあるだろうが、新しい切り口の記事であることはまちがいない」

「もっと大喜びするかと思っていたよ」

「実を言うと、そうでもないんだ」マックスは答えた。

「冗談だろう？　《ヘラルド》は警察の一歩先を行っているんだぞ？　何が問題なんだ？」

「ああ、そうだな。すまん、きみはよくやってくれている。だが今回の殺人事件の取材に関しては、いろいろお目玉を食らっているんだ。編集委員会の連中はピリピリしている。何から何まで、遵法性や裏づけが問われるんでね。ことあるごとに、最新の状況はどうなっているんだと矢の催促だ」

「なんだって？　三日連続でトップ記事を送ったのに、まだご不満だと？　新情報はうちが独占しているんだぞ、マックス。今晩のニュース番組を見てみろよ。どのチャンネルにもわたしが出演している——《ヘラルド》の現場記者として。これ以上何が望みだ？」

「どうやらそれは、正確性のようだ」

「なんだって、マックス。どういうことだ？」

「これまで、わが社はハーリー・ジェイムズ・スナウチを、レイプ犯の世評がある第一容疑者と報じてきた。実質的な証拠なしに、だ。彼が放免されたあと、いまのわが社はスウィフト牧師を殺人犯として断罪しているに等しい。覚えているだろうが、それはきょうの新聞できみが書いた記事だ。きょうのだぞ、マーティン。それがあすの大見出しでは、一転してスウィフトは潔白だという。実を言うと上層部からは、きみが果たして適格なのか問う声もあがっているんだ」

マーティンは一瞬言葉を失い、怒りと自己弁護の衝動が突き上げてきた。

「あなたはどう思うんだ、マックス？　あなたもそう思っているのか？」

「いや、そうは思っていない。わたしはきみに全幅の信頼を置いている」間髪を容れず、確信に満ちた答えだった。

マーティンは安堵の息をつき、怒りはいくらかやわらいだ。やっぱりマックスは頼りになる。ジャーナリストのなかのジャーナリスト、編集者のなかの編集者だ。

「ありがとう、マックス、感謝するよ。でもわたしとしては、新情報がわかりしだい最善を尽くして伝えているんだ。警官が公式発表しないことまでね。彼らにもまだ、捜査の行方が見えていないんだ。今回の新情報が出る前は、捜査関係者はみなバイロン・スウィフトが犯人と見ていた——その点は、わたしも百パーセントの正確性をもって伝えてきた。それに、まだスナウチの嫌疑が全面的に晴れたわけでもない。事と次第によっては、最初の見立てが正しかったということにもなりうる」

「では、引きつづきがんばってくれ。ところで、あとどれぐらい現地取材を続けることになりそうだ？　もうすでに一週間も経っているぞ」

「何を言ってるんだ？　事件が解決するまでに決まってるじゃないか。いまはこの事件が国じゅうの注目の的なんだ。それに、そもそもの特集記事の企画だって続けたい。来週の週末で、銃撃事件からちょうど一年になる。あす以降のニュース取材がどうなるかも、まだわかっていない。警察のリバーセンドでの捜査は打ち切りになるかもしれないし、大々的な捜索が始まるかもしれない」

「まあ、そうだろうな。しかしマーティン、この話題はもう充分に注目を集めてきた。これからも毎日、一面トップの見出しにする必要はない」

「どういうことだ？」

「つまり、きみはもう充分、能力を証明してきたということだ。わたしに対しても、ほかのみんなに対しても。毎日毎日、根詰めて限界を超えようとする必要はないんだ」

マーティンはその言葉の真意を測りかねた。「わたしの判断力が心配なのか？」

「ちがう。きみを頼りにしているし、判断力も心配していない。ただ、きみのことが心配なんだ。調子はどうだ、疲れていないか？」

「絶好調だよ。昔の自分が戻ってきたような気分だ。あなたの言うとおりだった。オフィスを出て、現場に来たのは正解だったよ」

「その言葉が聞けてうれしいよ。わたしの意見が必要なことがあれば、いつでも連絡してくれ。お偉方に、攻撃の材料を与えないようにしよう」

「ありがとう、マックス。何から何まで」

マーティンはカウンターで白ワインのボトル一本と、トミーのテイクアウト店で料理を何種類か買い求め、ブックカフェに持っていった。店は閉まっていたが、裏にまわってみると、マンディの居住スペースの網戸から音楽が聞こえてくる。うれしそうに喉を鳴らす赤ん坊の声を聞き、ノックしたらマンディが扉を開けた。

「あら、マーティン」彼女は長いため息をついた。意気消沈し、疲れ切っているが、それでも美しい。マーティンが来ても、歓迎している気配はなかった。

「和平協定の提案に来たんだ」マーティンは言い、茶色の紙袋に入ったワインと、白いポリ袋一杯に入ったテイクアウトの料理を掲げて見せた。

「だったら入って」

リアムは脚が高い乳幼児用の椅子に座り、ミキサーで混ぜたオレンジの離乳食を口にしていた。厨房のまんなかで、その椅子だけがほかから離れており、マーティンにはそのわけがわかった。リアムが口やそのまわりにスプーンを運ぶたびに、椅子のそばに離乳食の塊を撒き散らし、はしゃぎながらリノリウムの床にもこぼすからだ。マンディは彼を見て眉を上げ、しかたなさそうに頭を振った。

「食事を持ってきてくれてありがとう、マーティン。きょうこれから食事を作る気にはとてもなれなかったの」

「じゃあ、うまくいかなかったんだね？」

「ええ。まあ、そういうことね」苛立ちが滲んだ口調だ。

「そのことを話してみないか？」

「その前に、ボトルを開けてくれない？」

　彼女はグラスを取り出し、マーティンはワインを開けた。彼がひと口するあいだに、マンディは一気にグラスを空けた。マーティンは気の利いたことを言って乾杯し、空気を明るくしようかと思ったが、何を言ってもかえって気まずくなりそうなので、黙ってグラスを掲げた。マンディはその身振りに応えもせず、黙々とテーブルに皿を並べた。マーティンはその皿に料理を盛りつけ、堰《せ》き止められたダムが決壊するのを待った。あまり長く待つ必要はなかった。

「なんなのよ、あいつら」マンディが沈黙を破った。「わたしは自分から情報提供を申し出たのよ。わざわざこっちから、警察の仕事を手助けしてやろうというのに、あいつらはじっと座って、わたしを値踏みしていたわ。まるで街のあばずれでも見るような目で」

　マーティンは無言のまま、同情的な空気を醸し出そうとし、トミーがアジア料理と称する風変わりな代物を皿に盛った。揚げた米にはトウモロコシの実、スパムミート、ビートの根が入っているらしい。どれも缶詰を使ったものだ。

　マンディはワインを飲み干し、語を継いだ。「言いたいことはわかるでしょう、マーティン？　わたしは警察が知りたいことを教えてやったのよ、つまりバイロンが一晩中、わたしといっしょにいたと。そしたらあいつら、どうやってそれを証明できるのかと訊いてきたから、日記を見せてやったわ。ところが日記は没収され、令状を見せなさいとわたしが言っても、笑われて相手にされなかった。あんなことがまかり通るの？」

「そうなってもおかしくないだろうね。殺人事件の捜査の重要な証拠物件になりうるからだ。きみが日記の返却を要請することは可能だが、警察は裁判所命令で差し押さえできるだろう」

「わたしには権力の濫用に思えるんだけど」

「きみの言うとおりかもしれないね」マーティンは調子を合わせた。

「でも、本当に腹が立つのはそのことじゃないの。わたしはいままでずっと、そんな目に遭ってきたから。警察のやつら、根掘り葉掘り訊いてきたのよ。わたしがこれまで何人の男と寝たのかとか、クレイグ・ランダーズとはどの程度の知り合いだったのかとか、店の経営は順調なのかとか。今回の件と店の経営が、いったいどう関係するっていうのよ？　それから友人関係も訊かれたわ。いつも会っている友人は誰かとか、わたしがリアムの面倒を見られないときは誰に頼むのかとか。あれはなんなのよ？」

「自分たちの体面を考えているんだ」マーティンはそう言って彼女を安心させた。「捜査で一度へまをやらかし、スウィフトにバックパッカー殺人犯の嫌疑を向けたが、そこへきみが現われて、その見立てもまちがいだと言ったからさ。それで警察は、今度ばかりは何ひとつ見逃せないと思っているんだよ」

「じゃあわたしが答えたことは、すべて法廷で公開されるの？」

「そうなる理由があるとは思えない」

「それから、あなたに関することも訊かれたわよ。見当ちがいの質問じゃない？　だって一年前、あなたはこの町に影も形もなかったのに。いったいあなたがどう関係するのよ？」

「わたしのことを訊いてきた？」

「ええ、そうよ。ベリントンから来た太っちょのおまわりと、無精髭が伸びた痩せ男で、薄気味悪いやつ」

「ゴッフィンだな。そいつの名前はゴッフィンだ。何を訊かれた？」

「おかしなことよ。あなたが頼りになるのかとか、あなたがわたしから情報を引き出そうとしてそそのかしていると思うことはないか、とか」

「それで、きみはなんと？」

「ええ、言ってやったわ。あなたがわたしを誘惑したって。わたしはあなたの意のままになる都合のいい女だって」

　マーティンは声をあげて笑った。「本当か？　彼らにそう答えたのか？」

「いいえ、冗談よ。本当はこう言ったの。あなたがわたしから情報を引き出そうとしてうろついているとは考えにくい、なぜなら、けさまであなたは、わたしがそういう情報を持っていることを知らなかったからだって。そして、あなたは女しか頭にない、ただのうらぶれた中年男だって言ってやったわ。警察のやつらも、それには一理あると思ったみたい」マンディはかすかに笑みを浮かべた。

「そうだったのか、ありがとう」

「どういたしまして」笑みはすぐに消えた。残念だ。マーティンはその笑顔が好きなのに。

　と、リアムが盛大な放屁をした。小さな身体に不釣り合いなほど大きな音で、どうやら空気以外の何かも漏れ出したようだ。その数秒後、食卓に化学兵器を思わせる悪臭が立ちこめ、ただでさえまずそうなトミーの料理への食欲は、たちまち失せた。

「おむつの時間ね」マンディはおどけたふりをして告げ、幼児を食事用椅子から解放しに立ち上がった。おむつを手で押しつぶさないよう、注意して子どもを抱き上げる。「マーティン、今晩はリアムについていてあげたいの。モーテルに泊まってくれる？」

「もちろん、いいとも」

彼女はリアムを抱いたまま歩み寄り、マーティンの口にキスした。信じがたい悪臭が鼻を衝く。

「それから、励ましに来てくれてありがとう。夕食もごちそうしてくれて。あと、愚痴も聞いてくれて」

退散したマーティンは、店を通り抜けて静かな宵《よい》の町に出た。日はとっぷり暮れ、星が瞬《またた》きはじめている。西の空には血のように赤い月が浮かび、死神の大鎌を思わせた。ヘイ通りに人けはなかったが、雑貨店の外に車が駐まり、ヘッドライトがついている。マーティンは水を買えたらと思い、そちらへ向かった。しかしそこにいたのはジェイミー・ランダーズで、店の外のベンチにだらりと座り、ハーフボトルのテキーラらしきものをゆっくり飲んでいる。ジェイミーは月を見上げていた。

「ごいっしょしてもいいかな？」マーティンは声をかけた。

ジェイミーは無表情のまま彼を見上げた。ベリントンの病院で見せた攻撃性は、影をひそめている。「ああ、いいよ」

マーティンはベンチに腰を下ろした。ジェイミーが差し出したボトルを受け取り、ひと口ラッパ飲みする。思ったとおり、テキーラだ。

「何か意味があると思うかい？　あの月に？」

二人が座っている場所からは、日よけの下と、通りの向かいの店の屋根との狭い隙間に月が見える。さえぎるもののない空の下で見るよりも、ぐっと大きく見えた。

「スクラブランズでくすぶる煙のせいで、赤く見えるんだ」

「わかってるよ。それにしても赤いな」

それから二人は何分か黙っていたが、ジェイミーがふたたび言った。「こないだは病院で、あんなこと言ってすまなかった。アレンがあんなふうに死んでしまったから、やけになっていたんだ」

「きみの気持ちはとてもよくわかる」

「あいつ、ほんとにばかだよな？　無駄死にだよ。せっかくセント・ジェイムズを生き残ったのに。あのときアレンは、スウィフトが父親と伯父を撃ち殺すのを見ていた。ゲリー・トルリーニの隣で助手席に座っていたときに、スウィフトがゲリーを撃ったんだ。アレンは血まみれになったが、それでも生き残った。それなのに、あんな死にかたをするなんて」若者はそこで悔しげに指を鳴らした。「なんのために生き残ったんだ。本当に無駄死にだよ」

　マーティンは無言だった。

「あんたの記事を毎日読んでいるよ」ジェイミーは言った。「いくらか真相に近づいたと思うか？　なぜスウィフトは頭にきて、大勢殺したのか？」

「近づいたと思うこともあるし、真相を摑みかけたと思ったこともあるが、次の瞬間、振り出しに戻ってしまうんだ」

「ああ、それでもおまわりはあんたにいろいろ話してくれるんだろう。あいつらはぜひそうすべきだ」

「なぜだ？」

「なぜって、やつらはおつむがよくないから自分たちだけで謎を解けないのさ」

　マーティンはクスクス笑った。「きみから警察に直接伝える機会を作ろう」

「そりゃいい。ぜひ頼む」

　ふたたび沈黙がたゆたい、二人は月を見つめた。

「ひとついいかな、ジェイミー。お父さんが亡くなった日、バイロン・スウィフトがお父さんを撃った日のことだ。きみはその前日、みんなといっしょに狩りに出かけたのかい？」

「いや。アレンはいっしょに出かけたけどね。あいつは銃とか狩りが好きだったけど、俺は好きじゃなかった。あんなおっさんやじじいといっしょにいたって、退屈だったし」

「それでも、お父さんとは話したんだろう？　その日の朝？」

「ああ。そのとおりだ。あのときは親父、カンカンに怒ってた。おまわりから、スウィフトがロリコンだと聞いたって言ってた。そして、あの野郎が俺に手を出していたら、そのときはやってやると」

「やってやるとは？」

「撃ち殺すってことさ」

「きみはそのとき、なんと言った？」

「あんたに言ったとおりさ。あいつは俺に一度も手を触れなかった。俺のことなんか眼中になかったと」若者の声に怒りはなく、なんの感情も宿っていなかったように思えた。そこにあったのは、諦念《ていねん》だったかもしれない。ふたたび沈黙が漂う。マーティンが月をじっと見ていると、それが動き、向かいに並ぶ店の向こうへ沈んでいくのがわかるような気がした。ジェイミーに向きなおり、さらに何か訊こうとしたとき、彼のシャツに気づいた。黄色と黒の格子縞だ。

「ジェイミー、きみとアレンはそこの廃業したパブに入ったことがあるのか？　ホテルの二階のパブに？」

　マーティンが座ってから初めて、ジェイミー・ランダーズは月から目を離し、マーティンの目を見た。

「猫を見つけたのか？」

「ああ、猫を見つけた」

「くそっ。すっかり忘れてた。俺が死体を片づけておくべきだった」

「どういうことだ？　何があったんだ？」

「あれはアレンのしわざだ。あの野郎、ほんとにイカれてたよ。いったんハイになると、手がつけられなくなるんだ」

「アレンが？」

「ああ、そうだ。教会での事件のあとは、二度と元に戻らなかった。あれからひどく荒れるようになった」

　ジェイミーは月に目を戻し、テキーラをあおった。

「けれどいまとなっては、どうでもいいことだろう？　こうなってしまったら」

「そうだな」

マーティンは物思いに耽るジェイミーから離れ、ヘイ通りを歩きだした。車は〈社交クラブ〉に置きっぱなしだったが、そのままモーテルへ歩いて戻ることにした。この町では、何もかもが歩いていける距離にある。初めてリバーセンドに着いたとき、この町のこぢんまりしたたたずまいが気に入った。しかしいまは、閉塞感をひしひしと感じている。上昇する海面に呑まれそうな太平洋の環礁さながら、広大な平原の真っ只中にぽつんとたたずむ小さな町。もう一週間もこの町にいるマーティンには、リバーセンドのあらゆる建物、あらゆる住人を知っているように思えてきた。ホテルを見上げる。いまはそこに動くものはない。この町で暮らすのは、いったいどんな気持ちだろう？　この町で暮らす若者たちの気持ちは？　来る日も来る日も、うだるような暑さに苛まれ、顔なじみの隣人から逃れられず、単調で退屈な日々が続くのだ。隣町のベリントンでさえ、豊かな水やさまざまな娯楽が平原に浮かぶ蜃気楼さながらに輝き、魅惑的に見えてくるぐらいだ。ではなぜ、マーティンはこのリバーセンドから離れようとしないのだろう？　なぜこの町に奇妙な関心を覚えるのか？　まるで地元の道路を清掃するボランティアのように。いまのマーティンは、この地獄の一角に首を突っこんでいる。そうせずにはいられないのだ。

マーティンはそうしたことをとりとめなく考えながら、薄気味悪いオレンジの光を浴びてヘイ通りを歩きつづけた。月の影が伸びるころになっても、路面からはまだ陽炎が立っている。農業用トラックが一台通りすぎた。ヘッドライトの黄色い光を点灯させ、いかついマフラーからエンジン音を轟かせて、通りの突き当たりを左に曲がっていく。そのあとは静けさが戻り、マーティンはリバーセンドの閑散とした目抜き通りに取り残された。ブックカフェの前に戻ったが、店は閉まっていて明かりは消えている。それからモーテルのほうへ向かおうとしたところで、マーティンの目を光がよぎった。向かいに並ぶ店を探してみたが、そのあたりには何もなく、暗闇に包まれている。疲れとテキーラのせいで幻覚でも見たのだろうかと思ったところに、ふたたび光がちらついた。廃墟のワインバーだ。通りを横断し、排水溝をまたいで、板を打ちつけた窓の隙間から覗く。キャンドルの明かりが影を作り、グラスが光に反射している。スナウチだ。

　路地は真っ暗だった。マーティンは携帯電話のライトをつけ、割れた酒瓶や捨てられた古新聞のあいだを通りすぎて、側面の扉のノブをひねると、蝶番を軋ませて内側に開けた。ハーリー・スナウチの姿は、バーカウンターにはなかった。本とボトルを載せたテーブルに向かって座り、垂木にかけた古い針金のハンガーにオイルランプを吊るしている。スナウチは顔を上げ、手をかざして目に入るランプの光をさえぎり、聖域への侵入者を見極めた。

「ああ、ヘミングウェイか。よく来たな、椅子を持ってきてくれ」

　マーティンは明かりのほうへ向かい、テーブルの前に座った。スナウチは白くなりかけた鬚を剃り、髪を洗って、ずいぶん若返ったように見える。ランプの柔らかな光のせいかもしれないが、こうして見るとマーティンとあまり歳の差はなさそうだった。

　テーブルには二客のグラスが置いてある。小さなタンブラーの一客にはなみなみと注いであるが、もう一客は空だった。そして茶色の紙袋にはボトルが入っている。スナウチが空のグラスに赤ワインを注いだ。黒みがかった色で、粘りけがありそうだ。「飲んでみろ」スナウチは言った。「そろそろあんたが来るんじゃないかと思っていた」

マーティンがこわごわ口に含んでみると、驚いたことにワインはなかなかうまい。少なくとも、ジェイミー・ランダーズのテキーラに比べると格段にうまかった。

スナウチは愉快そうに鼻を鳴らした。「何を飲まされると思っていた？　猫の小便か？」

「前回はそうだった。どうして前とちがう？」マーティンは手を伸ばし、紙袋からボトルを出してみた。なるほど、ペンフォールズのワインか。うまいわけだ。

スナウチはいたずらっぽい学生のような笑みを浮かべた。さらに若々しく見える。「飲んだくれの浮浪者だって、味はわかるんだ」

「あんたは本当は浮浪者ではない。そうだろう、ハーリー？　焼ける前のあんたの家を見たよ」

スナウチは見るからに悦に入っていた。「ひとつ教えてやろう、マーティン。わたしが知っているなかでいちばんの飲んだくれは、大金持ちだった。裕福なろくでなしさ。わたしの学校には、そんなのがうようよしていた」

「どこの学校だ？」

「ジーロング・グラマースクール（イギリス国王チャールズ三世が留学していた名門校）だ」

「なるほど、それでわかった。あんたの上流のアクセントや洗練された言いまわしの理由が」

スナウチはまたも笑みを浮かべ、ワインをたっぷり飲んだ。

マーティンは要点に切りこんだ。「いったいなぜ、あんたは女性バックパッカー二名を殺した容疑をかけられなかったんだ？」

「鉄壁のアリバイがあるからだ」

「どんな？」

「あのとき、わたしはメルボルンの病院にいた。二週間、入院していた。肺炎でね。わたしがどこにも行けなかったあいだに、牧師は教区民に聖なる銃弾の雨を降らせ、どこかのくず野郎がわたしのダムに遺体を投げこんだ。まったく皮肉な巡り合わせだ。何年ものあいだ、この町では何も起こらなかったというのに、わたしがメルボルンの病室で寝ているあいだに、あれだけの事件が立てつづけに起きたとは。証人はいくらでもいるし、証明する書類だってある」

「そいつはどうかな」

「それで警察は、あらゆる嫌疑を取り下げたのさ。あんたがあの女性たちを殺した真犯人を突き止めたいのなら、わたしを疑うのはお門違いというものだ」

「もっともらしいことを言うが、あんたの証言はとても信用できない」

「あんたは前回ここに来たときに、わたしの証言を信用すべきだったんだ。わたしは何ひとつまちがったことをしていないと言ったじゃないか。わたしはあんたに、刑務所に入ったことはないと言った。それからスプリングフィールズにあんたが訪ねてきたときにも、誰一人レイプしたことはないと言った。それなのにあんたはわたしに汚名を着せ、新聞沙汰にした。でかでかと見出しにし、大げさに書きたてた。あんたはわたしの言葉に耳を傾けるべきだったのに、そうしなかったんだ。今回は、耳を傾けたほうがいいかもしれないな」

スナウチが穏やかな口調で突きつけた挑戦の言葉に、マーティンの身体がこわばった。胸にうつろな空洞ができ、いましがたまで芳醇だったワインもにわかに風味が失せていく。「何をするつもりだ？」

スナウチはまっすぐ彼の目を見据えている。もうそこに浮浪者の面影はなく、獲物を見つけた猛禽のようだ。「あんたを訴えようかと思っている。あんたの新聞社も、わたしへの誹謗中傷にかかわった関係者も一人残らず。わたしはこれから一生、極上のワインを飲んで暮らせるだろう」

「せいぜいがんばってくれ」マーティンは虚勢を張っ

た。「民事訴訟は、刑事裁判ほど証拠能力を厳しく問われない。あんたの名声はすでに地に堕ちている。それに、うちの会社の弁護士はとても優秀だ」

だがスナウチはその言葉をあざけり、貪欲そうな笑みを浮かべた。「本当かね？　そううまくいかないことは、あんたにもわたしにもわかっていることだ。仮に奇跡的にうまくいったとしても、新聞社は守れるだろうが、あんたは守れない。事実を歪曲する記事を書いたのはあんただからだ。あんたは終わったも同然なんだよ」

この廃墟のワインバーの明かりの下で、マーティンは賭け金の高いポーカーの勝負に迷いこんだような気がした。ろくな手札はないのに、テーブルに何か一枚出さなければならないところへ追いこまれている。

「ハーリー、あんたの命を助けてやったじゃないか――わたしとロビー・ハウス＝ジョーンズとで」

「たわごとを抜かすな。わたしがあんたらの命を救ってやったんだ。あのたわけがダムまで車で行きたがっていたのを、わたしが止めてやった。あんたらがいようといまいと、わたしは助かっていたさ」

「何が望みだ？」

「マンダレーと和解したい」

「だがスプリングフィールズで、あんた自身の口から娘ではないと聞いたぞ」

「いかにも」

マーティンはどういうことだろうと思った。スナウチの目は彼の顔から離れない。主導権を握っているのはスナウチだ。彼は余裕綽々《しゃくしゃく》でマーティンの次の動きを待っている。反撃できることがわかっているからだ。

「そいつはなんだ？」マーティンはスナウチの両手に顎をしゃくった。そこにはぼやけた青の刺青が入っている。受刑者が入れる刺青が。

スナウチは鷹揚な笑みを浮かべた。「なんだと思う?」左手をマーティンの前に出し、とくと見せた。

「これに似たものを見たことがあるか? ここに描かれた象徴が何を意味しているか、わかるのか?」

　マーティンはよく見た。のたくった文字はオメガに見えるが、それ以外は見当がつかない。彼はスナウチの顔に目を戻した。

「法廷にこの刺青が怪しいと申し立てる気か?」スナウチが訊いた。

　マーティンはその顔を見つづけた。はったりをかましているのだろうかと思ったのだが、そこには固い決意が宿っているばかりだ。「わかったよ。何をしてほしい?」

「マンダレーを説得してほしい。わたしは彼女が思っているようなモンスターではないと」

「言うのは簡単だがね。母親からずっとあんたにレイプされたと聞かされてきたんだから、マンダレーは固くそう信じている。それをどうやって覆《くつがえ》せと?」

「そいつはあんたの問題だ。あんたが彼女を説得できなければ、わたしとは法廷で会うことになる」

　果たしてマンディを説得することなどできるのか。

　マーティンはそう思い、背もたれに身体を預けた。一瞬、道義的な行動を取ろうかという考えが頭をかすめた――マックスに電話を入れ、過ちを認めて退職すると告げるのだ。だがスナウチの顔を見、不退転の決意を読み取るにつけ、そんなことをしても無益だと気づいた。マーティンが二人の和解をうまく取り持つことができなければ、スナウチが訴訟を起こすのは確実だろう。金のためだけでなく、マンディに対して彼は潔白だという法的証拠を示すために。

「いいだろう、ハーリー。やってみるよ。だがひとつ教えてくれ。本当は何があったんだ? あんたがレイプしなかったのなら、キャサリン・ブロンドはなぜ、あんたに犯されたと一貫して言いつづけたんだ? それにあんたはなぜ、捜査も逮捕もされなかった?」

スナウチはマーティンのグラスにワインを注ぎ足し、ついで自分のにも注いだ。マーティンはそれを和解の合図と受け取った。会話を続けたいという証だ。

「よし、これでいい。だがわたしは本気だ、マーティン。あんたが結果を出さなければ、わたしは訴えるぞ。そうすればあんたのキャリアは終わりだ。わかるか？　助けてくれれば、わたしはあんたの最良の友人にもなれる」

どういうわけかマーティンには、スナウチにとってこの種の駆け引きは初めてではないように思えた。

「それは脅迫のように聞こえるが」

「そうかい？　好きなように受け取ってくれ」

マーティンの口はからからに渇いている。ワインをさらに飲んだ。

スナウチはマーティンを意のままにできたと見て、満足げにうなずいた。「ずっと昔の話だ。キャサリンがわたしにレイプされたと主張しはじめたのは。地元の警官が捜査した。その結果、わたしの嫌疑は晴れた。なんらかの記録が残っていたとしても、すべて抹消された。父はとても裕福で、とても力があった。このあたりの住人は父を、育ちがよく気前のいい名士だと記憶している。しかしメルボルンの市民は、父をそんな人間だと思ってはいない。マルガの根っこみたいにしぶとく、事業では情け容赦ない、無情な人間だと思っていたんだ。父は使用人をゴミのように扱い、男はけなして女には言い寄っていた。わたしのことなど歯牙にもかけていなかったが、家族の名を汚すのは許さなかった。それで父が影響力を行使したのだ。おかげで、おざなりな捜査記録さえ残っていないというわけだ」

「しかも、どの新聞にも出なかったと？　一紙にも？」

「父は《クライヤー》の社主になったからな。それに忘れないでほしいが、わたしは逮捕も告発もされたことはないし、裁判で被告になったこともない。そもそもレイプなどなかったからだ。わたしが危機を脱したのは、父の影響力のおかげではなく、事実のなせる業だ。父はただ、わたしからメディアを遠ざけてくれただけだ」

　マーティンはささやかな反撃のチャンスを見つけ、笑みを浮かべた。「ふうん、そいつはうまくいったな。でもあんたは、この町ではいまだにのけ者だ」

「キャサリンはこの町ではとても人気があった。大勢の住民が、彼女の言うことを信じた」

「それでどうなった？」

「いまから話してやろう。だがこれは公表してはならない、マーティン。わかったか？　あんたはすでに厄介事に首を突っこんでいる。これ以上、自らの墓穴を掘るようなまねはするな」

「わかった」

　マーティンがここへ来てから初めて、スナウチは彼から目を逸らし、ワインバーの暗がりを見た。「前にも言ったように、わたしの家族がスプリングフィールズへ移住してきたのは一八四〇年代のことだった」低く、よく響く声で切り出す。「わが家族はこの一帯のすべて、数千エーカーに及ぶ灌木地帯を所有していた。この地方では最悪の土地だった。農作には不向きで、開拓するのも難しく、言うまでもない痩せ地だ。当時、ほかの入植者はみなそう考えていたので、平原に作物を植えていたんだ。最初の大旱魃までは、それが正しい考えだと思われていた。しかし実際には、スプリングフィールズは最高の土地だった。わたしの先祖は賢明にも、ここでイギリス式の農業を無理にやろうとしなかったからだ。先祖は無料《ただ》同然でここを手に入れ、土地にはほとんど手を加えなかった。牛を放牧し、草を食べさせていただけで、農地に転用しようとはしなかったんだ。柵を設けようとさえしなかった。土地に境界を設けるのは、隣接した農家にまかせていたのさ。実際、柵が必要なのは農家の側だった。うちの牛に立ち入らせないように。だが、平原で材木はたやすく手に入らなかった。それでわたしの先祖が製材し、柵の杭を作って、売ってやったんだ。マルガの木は半永久的に使えるし、鉄よりも耐久性がある。それで農家の連中は、われわれの牛が入ってこないよう、われわれに金を払ってフェンスを買ったというわけだ。いい商売だろう？　おかげでわれわれは金持ちになった。そして家のそばに造ったダムは、この旱魃でさえ、満々と水をたたえている。気づいたか？　泉が湧いているんだよ。それでスプリングフィールズという名がついたんだ。おかげでわが家にはいつも水があった。

　わたしが生まれたころには、われわれは大牧場主階級の最後の生き残りで、町の一員ではあったものの、完全に溶けこむことはなかった。わたしは十歳でジーロングの学校に出され、休みには帰ってきて乗馬をし、もっと大きくなると、パブに出入りして酒盛りをするようになった。ここはわたしの故郷《いえ》であり、根拠地と言えないこともなかったが、わたしが属する世界ではなかった。わたしが属する世界はここの外にあり、地平線の向こうにあるロンドンやニューヨーク、家族の会社の拠点であるメルボルンだと思っていた。スプリングフィールズは父にとって大切な場所だった。そして父は、わたしにもこの土地を大切に思ってほしかったが、そうなることはなかった。わたしにとってリバーセンドはひとつの通過点で、注釈のような存在にすぎなかったんだ。そんなとき、わたしは一人の女性と出会った。わたしが出会ったなかで最も美しく、すばらしい女性だ。この世で、あれ以上の女性と出会えることはまずないだろう。それがキャサリン・ブロンドだ。あんたはマンダレーに会っただろう。彼女の母親は、あれより美しかった。外見も内面も、彼女は並外れていた。

　わたしたちはすぐに意気投合した。当時、わたしはメルボルンの大学に通っていた。父は自分と同じようにオックスフォードに入れたかったのだが、わたしはそれに意義を見出せなかった。わたしにはメルボルンで充分だったのだ。本当だとも、マーティン。若く裕福で浮かれ騒げたあの時代は、最高だった。わたしは大学の寮に住んでいた。寄宿学校と同様だが、高校までとちがうのは女子学生がいたことだ。ルールはなきに等しく、浴びるほど酒を飲み、セックスも好きなだけできた。あのころは当然だと思っていたが、過ぎてみて初めてよさがわかるものだ。しかしキャサリンに会ってからは、わたしはただ彼女といっしょにいたいと願い、今度はメルボルンが通過点にすぎなくなった。以前にも恋人はいたが、彼女はまったくちがった。それまでとはまったくちがう体験だった。あれこそが愛だったんだ。愛というのはきわめて短い言葉だし、かつては無意味にも思える言葉だったが、いったん経験してしまえばそうではなくなった。そして、それ以外の言葉は思い浮かばなくなった。それこそ完全無欠だった。わたしたちは完璧な一対《いっつい》だったのだ。そして長い別離のあとでは、それはなおのことすばらしく思えた。わたしは週末になるとシドニー行きの飛行機に乗り、タクシーに乗ったりレンタカーを運転したりして、キャサリンの大学があるバサーストへ通った。わたしたちは愛し合っており、婚約したが、そのときになって——すべてが暗転した」

「何があったんだ？」

「彼女が妊娠した。最初のうち、わたしは有頂天だった——計算してみるまでは。つじつまの合わないタイミングだった。わたしの子であるはずがなかった」

「確かなのか？」

「もちろん確かだとも。彼女はわたしを欺いていたんだ」スナウチの声には心痛が現われていた。そして怒りが。

マーティンは無言で、スナウチが続けるのを待った。

「わたしはそれでも彼女を愛していたし、結婚したいと思っていたが、誰の子なのか知りたかった。しかし彼女は頑として話そうとしない。何日も、わたしたちは堂々巡りを繰り返した。そしてわたしは酒に酔い、かっとなって我を忘れてしまった。口論はエスカレートし、わたしは彼女に最後通牒《つうちょう》を突きつけた。誰が父親なのか明かさなければ、結婚は破談にし、わたしは町じゅうに彼女の不貞を知らせると言ったんだ。彼女はわたしに向かってわめき、わたしはさらに大きな声でわめき返した。しまいには、わたしは彼女を売女《ばいた》と呼んでしまった。言ったことは取り返しがつかない。わたしがその言葉を使った瞬間、何もかもが終わってしまった。わたしが気づいたときには、彼女はわたしをレイプ犯呼ばわりしていた」

「どうもあんたの話は信じられないな」マーティンは言った。

「なぜだ？」

「そんなにすばらしい女性が、婚約者をレイプ犯だと虚偽の訴えを起こすような、下劣で底意地の悪いことをするとは思えない。とりわけ、彼女があんたを欺いた側だったとすればなおさらだ」

「なるほど、あんたはそう思うのか？　わたしの考えでは、彼女は事実を明かされるのが怖くなったんだ。不貞による乱交に耽ったのを知られたくないあまりに、パニックに陥ったにちがいない。彼女はわたしに譲歩させ、結婚して、過ぎたことは水に流し、わが子として認めてほしかったんだと思う。しかし彼女が警察に訴え出たことで、もはやその選択肢はなくなった。警察がわたしの嫌疑を晴らしたのは当然のことだ。わたしがそんな行為を働いたという証拠はなく、警察だってほかの人間と同様に計算はできたからな。

わたしはリバーセンドの町を離れ、メルボルンの大学へ戻った。一刻も早く忘れたかったんだ。そもそも最初から、リバーセンドにさほど思い入れはなかったのだが、あの出来事のあとでは耐えられなくなった。

しかしキャサリンは町に残り、聞く耳を持つ相手には誰にでも、わたしの名を貶《おとし》めてまわった。とうとう、父が仲裁に入った。父は彼女のためにブックカフェの開業資金を出し、生活費を与え、彼女と赤ん坊のマンダレーを支援すると約束するのと引き換えに、わたしへの中傷をやめさせた。だが、もう取り返しはつかなかった。わたしが町に戻ることはなかった。母は耐えがたい苦痛を受けた。そして失意のあまり、一年か二年後に亡くなった。そのあと、わたしはメルボルンで父とときどき会うだけで、ここへ戻ることはなかった」

「あんたは結婚したことはあるのか？」

「あんなことのあとで？　ないさ。三カ月以上、特定の相手と続いたためしはなかった。あれ以来、人間不信に陥ってしまったんだ。彼女がどれほどわたしを傷つけたか、あんたにはわからんだろう。彼女のせいで、わたしは人を信じることができなくなってしまった。わたしは一度も結婚しなかったし、子どもを儲けることもなかった」

「だったらなぜ、ここへ戻ってきた？」

「彼女を忘れ去ることができなかったからだ」

スナウチはさらにワインを飲んだ。暗闇を見つめる目は、彼女の面影を探しているようだ。うっとりするほど美しく若いフィアンセを。マーティンは無言だった。やがてスナウチが語を継いだ。

「歳を取るにつれ、そうした心境になるものだ。過去が重くのしかかり、やがて現在よりも、過去の追憶に時間を費やすようになる。そして夜になると、夢に彼女が出てくる。いつもではないが、だんだんとひんぱんになる。ときおりわたしの潜在意識で、しがらみから解き放たれた彼女が現われるんだ——初めて会ったときのキャサリンが。何もかもが完璧で、まばゆく輝き、もう一度わたしの心を奪い去って、目が覚めると、わたしはいまだに彼女を愛していたことに気づく。それは最悪の日々だった。外に出てもひどく荒《すさ》むばかりで、意識から夢を追い出すのに憂き身をやつす。このワインバーに来ていた、哀れな兵士たちのようなものだ。さまよえる傷病兵だよ。しかし、酒を飲んでも効き目はない。それで結局、わたしはここへ舞い戻ってきたんだ。

　彼女はもちろん、わたしに会おうとはしなかった。あまりに根深い不信感と憎悪に凝り固まっていた。だが、わたしはこの場所を見つけ、隠れ家にした。浮浪者の役割はわたしにぴったりだった——というより、もう演技ではない。わたしはすでに、浮浪者みたいなものだ。おかげで住民はわたしに構わず、一人にしておいてくれた。わたしはここに座り、ときどき店に出入りする彼女を眺めていられた。もちろん彼女は歳を取っていたが、ひどく老いぼれてはいなかった。それに、かつての友人、かつて愛した人、自分が若かったころをともに過ごした人は特別だ。何年も経ってからそうした人を見れば、いま現在の姿ではなく、かつての姿が見えてくる。いまは肥って皺が寄り、目はよどんで顎がたるんでいても。まだ若く、活力がみなぎっていたころの姿が見えてくるんだ。わたしもキャサリンに、かつての面影を見た。ああいう形で別離する前の面影を。店の扉から出てくる彼女を見ると、二十歳のころの姿が見えてくる。そしてある日、わたしは若い女性の姿を見た。大学から戻ってきたマンダレーだ。彼女はもう大人の女だった。彼女の姿は、かつての母親とうりふたつだ。わたしは息が止まるようだった。そしてここに座り、泣いた。

　最後にようやく、彼女と話す機会を得られた。キャサリンと。ベリントンの病院に入院していた。そこにはマンダレーがいて、わたしを病室に通すまいとした。母親を動転させたくなかったんだ。でもそこにいた牧師が、わたしの気持ちを汲んでくれた。あとからその牧師が、彼女に会わせてくれたんだ。キャサリンはわたしに言った――『あのことは言わないで、ハーリー。何も言わないで。ただ、わたしの手を握っていて』と。わたしはそのとおりにした。二人で座って、手を握り合ったまま、互いの目をじっと見ていた。彼女はひどくやつれていたが、その目は昔と同じく、光り輝いていた。そして彼女は、愛情がこもった目でわたしを見ていたんだ、マーティン。愛情がこもった目で。非難している様子はまったくなかった。その一週間後、彼女は死んだ。わたしは葬儀には参列できなかったが、そんなことはいいんだ。彼女とのわだかまりはなくなったんだから。それでもわたしが知るかぎり、彼女はわたしへの非難を取り消してはいない。それにわたしはいまだに、この町では好ましからざる人物《ペルソナ・ノン・グラータ》であり、モンスターとして見られている」

　スナウチはそこで間を置き、思案げな顔でワインをもう少し飲んだ。「そしていまこそ、わたしはここを去る潮時だと思っている。家は焼けてしまったし、警察が嫌疑を晴らしてくれたとはいえ、ここの住人はいまだに、わたしがあの哀れな女性たちの遺体をダムに投げ捨てたと思いこんでいる。まったく悲しいことだ。子どものころにはなかったぐらい、スプリングフィールズこそわたしの故郷だと思いはじめた矢先だというのに。それに、ここのワインバーも気に入っている。暗闇のなかでここに座り、いまとは何もかもちがっていたかもしれない人生を想像するのが」

　マーティンはこの初老の男に哀れを催しはじめていたが、スナウチに脅迫されていることを忘れてはいなかった。それで同情を悟られないよう、突き放した声で言った。「あんたはなぜ、娘でもないのにマンディと和解したいんだ？」

「わたしはもう歳を取り、後悔しているからだ。わたしが肝臓に加えている厳しい仕打ちを、医者は快く思っていない。わたしだって永遠に生きられるわけではない。ここに座り、いまとはまったくちがう人生を夢想しながら、もしもわたしがあのとき譲歩して、キャサリンと結婚し、彼女の秘密を守っていたらどうなっていただろうと考える。そうしていたら、きっとマンディはわたしの娘として育ち、キャサリンとわたしは実の子に恵まれて、何もかもがいまとはちがっていたかもしれない。マンディこそ、彼女を偲ぶよすがであり、わたしが救うことのできる最後の一人なのだ」

「ハーリー、わたしが役に立てるとは思えない。マンディは母親を愛していた。あんたであれ、わたしであれ、ほかのどんな人間であれ、母親の言葉は嘘だと言っても聞く耳を持たないだろう」

「彼女がＤＮＡ鑑定を受けるよう、あんたに説得してほしいんだ」

「なんだって？」

「ＤＮＡ鑑定をして、わたしが彼女の父親ではないことを証明したいんだ。彼女が同意してくれれば、結果のいかんを問わず、わたしはリバーセンドを離れよう」

沈黙が漂った。スナウチの提案は宙に浮いたままだ。

「ほかの誰かにその話をしたか、ハーリー？」

「いいや。わたしが戻ってきてからは、誰にも言っていない。話したのは、あんただけだ。あんたとバイロン・スウィフトだけだ」

「バイロン・スウィフトだと？」

「彼があのときの牧師だったんだ、マーティン」

二人は無言のまま座っていた。マーティンはワインを飲み干し、立ち上がった。「わかった、ハーリー。せいぜいやってみよう」

マーティンが扉へ向かったとき、やや若返ったように見える初老の男が声をかけた。「マーティン、くれぐれも慎重にやってくれ。マンダレーが美しく、聡明な女性であることは知っている。しかし彼女は、あの母親の娘でもあるんだ。強引に説得しようとしてはいけないし、事を急いてもいけない。焦らないことだ。

わたしはこれまで、三十年も待ってきた。必要なら、もう少し長く待ってもいい」

第十五章　自殺

マーティンは雑貨店の外にあるベンチに座り、《ジ・エイジ》を凝視していた。なんと、五面だ。彼の記事は五面に掲載されていた。タブロイド紙の《ヘラルド・サン》でさえ、リバーセンドの殺人事件をめぐる記事は一面に掲載されている。そこに新情報は何もなく、陳腐な事実と当て推量の寄せ集めで、ドイツ人女性バックパッカーがレイプされ、拷問されてから射殺されたという根拠のない憶測を、もっともらしく粉飾している。マーティンは自分の書いた記事を再読し、五面に追いやられたような弱点がどこにあるのか探してみたが、何も見つからなかった。それなのに、一面はありふれた話題のオンパレードだ。トップ記事はメルボルンの不動産に関する話と、テレビによく出る有名人が妻や家族を置き去りにして新興宗教に入ったという話だった。マーティンはマックス・フラーとの通話を思い返した。マックスは彼に全幅の信頼を置いていると請け合ったのだ。しかしマックスは《シドニー・モーニング・ヘラルド》の編集委員であって、姉妹紙の《ジ・エイジ》にその意向は反映されない。それでもマーティンは胸騒ぎがした。何かがおかしい。

〈ブラックドッグ〉に戻り、マーティンはシドニーに電話をかけて、ようやく編集委員席に繋いでもらった。

「マーティン、おはよう」

「五面だって？　本当かよ？」

「それは《ジ・エイジ》の話だ。あいつら腑抜けだからな。《ヘラルド》では三面だ」

「それで納得しろと？　昨夜のテレビはまだこの話題で持ちきりだったし、《ヘラルド・サン》でも一面トップなのに」

「まあ、そう怒るな、マーティン。記事を載せるだけでも、ずいぶんやり合ったんだ」

「なんだって？　なぜだ、マックス？　何が起きているんだ？」

「率直なところ、わたしにもさっぱりわからないんだ。だが、電話をくれてよかった。いくつか悪い知らせがあってね。きみはこの件の取材から外されることになった。編集委員会から、シドニーに戻せと言われている。一週間でも充分長すぎるということだ。きみに消耗してほしくないんだよ。デフォーを交替に向かわせるそうだ。《ジ・エイジ》も自社からモーティ・ラング記者を送りこむと聞いている」

　マーティンはハンマーで打たれたような衝撃を覚え、愕然とした。自らのキャリアが粉々に砕け散るのが目に見えるようだ。そして、ニュース編集室の端の席に座る自分の姿が目に浮かぶ。現場から外され、打ちひしがれた男の姿だ。怒りの言葉がマーティンの口を衝いた。「編集委員会だって？　他人事《ひとごと》のように言ってくれるが、あんただってその一員だろう。わたしを取材から外し、デフォーを送ることにしたのは、あんたの意向でもあるんだろうが。だったら、はっきりそう言ったらどうだ」

「ちがうんだ、マーティン、そういうことじゃ――」

「そうか。だったら闘ってくれ。事件が解決するまで、わたしに取材を続けさせてくれ。わたしを送りこんだのはあんたなんだ」

「マーティン、聞いてくれ。わたしも外されたんだ。ひどい仕打ちを受けた。きょうで編集委員を解かれる。わたしも異動することになった」

　さらなる痛撃を浴びせられる。「なんだって？　なぜそうなる？」

「わたしにもわからない。わたしが編集委員になって、もう七年になる。大半の委員はその半分ぐらいで異動する。そのあいだ発行部数は落ち、広告収入も減る一方だった。交替の潮時なんだろう」

「マックス、そいつは嘘っぱちだ。発行部数も広告収入も、ずっと減りつづけてきたじゃないか。あんたが黙って引き下がる道理なんかない。いままでこのかた、あんたが最高の編集委員だ」

「ありがとう、マーティン。きみからその言葉が聞けて、何よりうれしい。しかし、もう決まった話なんだ。わたしはここを出るが、心配するな。待遇は保証されている。給料はいままでどおりだし、特定の任務には縛られない。任地だって、ここでも海外でも思いのま
まだ。いまから楽しみだよ」

「そんなばかな、マックス。なんという損失だ」

「ありがとう。きみも悪いようにはされないだろう。リバーセンドの取材からは外れるが、新聞社としては、ガザでの事件以降、きみの心身に配慮する義務があることは了解事項だ。それにきみの記者としての手腕は、うちでもトップレベルだ。上層部は、きみにはまだま

だ論説も書けると思っているし、若手記者の記事の書き直しや教育係としても期待している。きみさえよければ、改めて調査報道をやってもらうこともあるだろう。きっときみは大丈夫だ」

電話のあと、マーティンは〈ブラックドッグ〉の客室にぽつねんと座っていた。これが彼の人生だった――ホテルの一室に滞在するのが。一流ホテルの贅沢な客室にも泊まってきた。ニューヨークの〈ザ・ピエール〉、ローマの〈グランド〉、エルサレムの〈アメリカン・コロニー〉。安ホテルのシラミのたかった部屋も見てきた。ブラジルの掘っ立て小屋同然の宿は、床の地面がむき出しだった。カンボジアの田舎でも売春窟を思わせる部屋に泊まったし、ハーグでは味けないビジネスホテルに三週間も泊まりこんだ。そしていま、ここが記者生活最後のホテルになる。狭苦しい部屋のエアコンはカタカタ鳴り、壁紙はユーカリ模様の量産品で、水道水は世界保健機関《WHO》から下痢の原因になると太鼓判を押されるだろう。彼が捧げてきたすべて――ジャーナリストとして志を抱き、心身に鞭打って、数百万語に及ぶ記事を書きつづけてきた結果が、これか。〈ブラックドッグ・モーテル〉の六号室がその終着点になるとは。マーティンは自らの両手を見た。数多《あまた》の大統領、独裁者、海賊、貧窮にあえぐ人々と握手し、幾多のキーボードを叩いて魔法のような言葉を紡ぎ出し、日常的なニュースや歴史的なニュースを報じてきた手。その手はほどなく沈黙を強いられるか、人伝《ひとづて》の言葉や人伝の考えを書かされるか、社内メモのような重要性の低いものしか書けなくなる。煎じ詰めて言えば、ごく平凡な手になるのだ。

そのとき電話が鳴った。なんという無慈悲な世界。マーティンの悲しみなどお構いなしに、急きたててくる。

「マーティン・スカーズデン！　久しぶりだね。ダーシー・デフォーだ。きみは本当に神出鬼没だな。わたしは社の方針に口を挟めないんでね。いまはただ、ご苦労さ――」
「ダーシー。ちょっと待ってくれ」マーティンは通話を切らなかった。受話器をそっとベッドに置き、洗面所へ入る。シャワーの時間だ。蛇口をひねり、服を脱いで、リバーセンドの怪しげな水質の水を浴びる。

マーティンは〈オアシス〉に行き、心の重荷を下ろしたかった。ひどい仕打ちを受けたことをマンディに話して、慰めてほしかった。この瀕死の町で、彼女が唯一の味方だった――恋人であり、できれば親友でもありたかった。しかしいまの彼は、たやすくマンディと会える心境ではなかった。それで公園のあずまやに座り、今後どうすべきか一人で考えた。スナウチの脅迫が重くのしかかってくる。DNA鑑定を受けるようマンディを説得できなければ、彼を名誉毀損で訴えると言っているのだ。マーティンが拒めば、彼のキャリアは今度こそ終焉を迎え、復活の望みは完全に絶たれるだろう。スナウチは彼を糾弾し、《ヘラルド》は彼を干すにちがいない。新聞社としては、なんとか責任逃れをしたいところだろう。それには、マーティンの記事に不正確な徴候が見つかった時点で、ただちに彼を取材から外したと対外的に示すことだ。そして会社の誠意を誇示するため、マーティンにごろつき記者のレッテルを貼るかもしれない。彼がスクープ目当てで正確性を二の次にしていたので、名誉毀損で訴えられる前から懲戒処分にしていたと主張することもありうる。もしかしたら、これほど慌てて彼を外し、ダーシーとモーティに交替させたのはそのためかもしれない。お偉方が雇っている弁護団は、ジャーナリズムには詳しくないが、責任をなすりつけ、非難の矛先を変えて保身を図ることにかけては専門家だ。

マーティンはこの窮地から抜け出すため、マンディにDNA鑑定を受けるよう説得することも考えた――結果は問題ではなく、いずれにしても彼女はスナウチから永久に解放されると言って。しかしマーティンには、結果が問題になることはわかっていた。スナウチは結果に自信があるにちがいない。そうでなければ、あれほど熱心に迫るだろうか？　彼は真実を語っているにちがいないのだ――自分はマンディの父親ではない、と。事実がそのとおりだとすれば、彼女はたとえどれほどの心痛を伴っても、真実を知るべきではないだろうか？　それがジャーナリストとしての彼の務めであり、そもそもマーティンはこれまでのキャリアを、人々に真実を告げることに費やしてきたのではないか？　ささやかな嘘、恣意的な情報操作や安易な捏造を退け、いかに不愉快で人を傷つけるものであっても、真実を公に知らせることに？　彼の良心は、スナウチの申し出を彼女に伝えることを拒めるだろうか？

　それでは、マンディがDNA鑑定を受け、スナウチが嘘をついていないと裏づけられたらどうなるだろう？　そうなったら、母親の信用は回復不能な打撃を受け、マンディが人生の拠り所としてきたものは根底から揺らぐだろう。マンディはなんと言っていただろうか？　確か、バイロン・スウィフトと母親だけが、これまで出会ってきたなかでただ二人の心ある人たちだった、と言っていた。その一人であるスウィフトは大量殺人犯になってしまい、今度はマーティン・スカーズデンが現われて、こう告げることになる。母親は病的な嘘つきで、自らの評判を守るためにありもしない話をでっち上げたのみならず、自らが愛した男の人生まで破壊したのだ、と。そんなことができるだろうか？　キャサリン・ブロンドの聖地であるブックカフェに足を踏み入れ、彼女の信望をことごとく突き崩すようなことが？

　マーティンは自らの両手を見つめた。無味乾燥で役に立たない手を。どうしていいのかわからない。

それ以上一人で座って悶々としているのに耐えられなくなり、公園を出て歩きだした。それでも脳裏にはさまざまな考えが去来する。もしかしたら、それはマンディのためになるかもしれない。スナウチはどこかへいなくなり、母親が作った神話も消え失せるのだ。もちろんマンディは深く傷つくだろう。そのことに疑いの余地はないだろうが、彼女が自由になるのもまた確かだ。過去からも、リバーセンドへのしがらみからも解放される。マンディはリアムを連れ、どこかでまたやりなおせる。何せ、まだ二十九歳なのだ。彼女はマーティンを必要とはしないし、彼を求めることもないだろう。スナウチの共犯にして、四十歳のうらぶれた中年男、キャリアを断たれようとしている新聞記者を。自虐的に言えば、彼のキャリアが断たれるのはマンディにとってもそう悪いことではないのかもしれない。

彼がマンディぐらいの年齢だったころが、遠い昔に思える。二十九歳だったころ、マーティンはどんな男だっただろう？　うぬぼれが強く、向かうところ敵なしで、甘いマスクで大勢の女性を泣かせてきた。すでに特派員としてのキャリアを積み、マックスの秘蔵っ子としてさまざまな現場へ送りこまれ、地元の女性といい仲になって、精力的に記事を書き、まるで凱旋する英雄のように本社へ戻っていった。夢をかなえ、人生を謳歌し、自分より平凡なキャリアでありふれた日常を送る社員たちを見下していた。傲慢だったのは疑いの余地がなく、愚直な同僚や社内での駆け引きに血道を上げる者たちの意見には耳を傾けようとしなかった。きっといまごろ、彼らは溜飲を下げているだろう。

マーティンは一人の同窓生を思い出した。スコッティという優秀な若者で、豊かなブロンドの髪にまばゆい笑顔の持ち主だ。スコッティは父親のような歯科医をめざしており、それは金持ちになりたいからだと言っていた。金持ちになれるし、生活は安泰だからだ、と。マーティンは軽蔑を覚え、憐れみさえ催したのを思い出した。しかし四十一歳になろうとするいま、スコッティは何をしているだろう。その答えはわかっていた――緑豊かな郊外住宅地で大きな家に住み、美しい妻がいて、子どもたちを二人とも私立学校に通わせている。海沿いに別荘を持ち、休暇にはスキー旅行にも出かけて、相当な資産を貯え、すでに老後に備えている。マーティンはマンディのことを考えた。うら若く、美しく、傷つきやすい。彼女と一夜をともにしたとき、俺はいったい何を考えていたのだろう？ マーティンはそれまでのように、またこの町を去り、彼女を置き去りにしていくことがわかっていた。マックスに送りこまれたジャーナリストとして、遊撃隊さながらに任務を遂行し、また戻るのだと。なんという愚か者だろう。

マーティンは決心した。ここを出るのだ。今度こそ荷物をまとめ、〈ブラックドッグ〉をチェックアウトしよう。デフォーが着いたときにここにはいたくない。それでもマンディには、別れの挨拶をしなければならない。夜闇に乗じ、こそ泥のように黙って町を出ていくことはできなかった。しかし、彼女になんと言えばいいのだ？ 〝先の見えた中年のスケベ男ですまなかったね、でもセックスはよかったよ〟とでも？ それとも、〝わたしはきみのことを大切に思いはじめている、いっしょにシドニーに来てくれ。きみとリアムをこの町から解き放ちたいんだ。わたしはスコッティとちがうが、サリーヒルズにワンルームのアパートメントを持っている〟だろうか？ くそっ、本当になんと言えばいいんだ？ ハーリー・スナウチのことはどう言えばいいのだ？

マンディにどう切り出すべきか悩みながら、幹線道路をとぼとぼ歩いていたとき、ロビー・ハウス＝ジョーンズがすぐ近くに車を停めた。バックしてきちんと駐めるのではなく、縁石にパトロールカーを寄せ、エンジンをアイドリングしたままウインドウを下げて身を乗り出す。バリトンの声は切迫し、用件の深刻さを告げていた。「マーティン、会えてよかった」

「どうしたんだい、ロビー？」

「ハーブ・ウォーカーが、自殺した」

　マーティンは無言のまま、ぽかんと口を開けて相手を見た。

「ベリントンの町外れの川で発見された。溺死だ」

「自殺？　確かなのか？」

「遺書があった。いまそっちに向かうところだ」

「いっしょに行っていいか？」

「だめだ、マーティン。あんたはこれにかかわらないほうがいい」

「なんだと？　なぜだ？」

「遺書はあんたを責めているような文面だからだ。遺体がダムに放置されているという通報を受けたのに、彼が捜索しなかったというあんたの記事のことだ。彼はつねに、自らの義務を果たしてきたと書いている」

　マーティンはロビーを見つめ返すばかりだった。ウォーカーが死んだ。それも自殺だ。そしてマーティンを責めている。なんということだ。この日はすでに、これ以上悪くなりようがなかった。まだ午前九時半だというのに。

「もう行かないと、マーティン。でもわたしがあんたの立場なら、人がいるところには寄りつかないようにするだろう。こんなことがあったら、みんな、あんたによそよそしい態度を取るはずだ」

　マーティンがまだ見ている前で、ロビーはギアを入れ、ベリントンに向かって車を出した。

〈ブラックドッグ〉の客室に戻ったマーティンは、シドニーのベサニー・グラスを電話で呼び出した。明るい声だ。「ベサニーよ」彼女はまだ知らない。

「ベサニー、マーティンだ」

「あら、マーティン。本当に気の毒だったわね。あなたが取材から外されるなんて、信じられないわ。お偉方の頭はどうかしているのよ。今回の記事が非難されても、それはあなたのせいじゃない」

「ベサニー、これから受ける非難は、とてもこんなものではすまないだろう。きみもだ」

「何かあったの？」

「ベリントンの巡査長だったハーブ・ウォーカーが、自殺した」

「なんですって？　どうして？」

「ベリントンの外れのマレー川に投身自殺した。自殺の原因はわれわれの記事だと遺書に書いてあったらしい。ダムに遺体があるという通報を彼が無視したと報じた記事だ」

「あの記事は正確だったわ。彼は内容を否定しなかった」

「ああ、しかし頭のいい男だった。きみがどうやってその情報を得たのか、考えたはずだ。そして上層部が彼を生贄《いけにえ》にし、責任を押しつけたと見抜いたんだろう。それで彼のキャリアはおしまいだ」

「でも、それはわたしたちの過失ではないわ」

「問題はその点ではないと思う、ベサニー。この件の取材で、うちは競争相手の先を行っていた。悔しい思いをしてきた向こうがようやくチャンスを手にしたんだ。連中はここぞとばかりにうちを責め立ててくるだろう。そしてきみもわたしも、経営陣が守ってくれるのを当てにできない、そうだろう？」

「そんな。わたしたち、どうすればいいの？」

「まずはマックスに知らせることだ。さもなければ、マックスの代役を務めている人間に、きみとわたしに非難の嵐が待ちかまえていることを説明するんだ」

「代役はテリ・プレスウェルよ」

「よかった。彼女なら動じないだろう。一刻も早く知らせるんだ。そして、この記事を誰に書いてほしいか訊いてくれ」

「いま会議中だけど」

「それがどうした。中座してもらえばいい。とにかく編集委員に知らせる必要がある」

「もちろん、そのとおりだわ」

「そっちの動きがわかったら、わたしに折り返し電話してくれ。〈ブラックドッグ〉にいる」

「なんてこと、マーティン。わたし怖いわ」

「怖がってはだめだ。きみは何ひとつ、まちがったことをしていない。きちんとした根拠のある情報を入手し、それを報じたまでだ。頭を高く上げて、決して謝るな」

「ありがとう、マーティン。あなたもね。いい？」

「もちろんさ。何かわかったら、知らせてくれ」

「そうするわ。幸運を」

四十五分後に電話が鳴ったとき、マーティンはまだ身じろぎもせず物思いに耽っていたが、耳障りな呼び出し音で現実に引き戻された。

「マーティン？　ベサニーよ。申し訳ないんだけど、正午にベリントンで警察がぶら下がり会見をひらくの。警察署で。でもダーシーの到着は今晩なので、間に合わないのよ。それで、あなたに取材を頼みたいんですって。ごめんなさい」

「そいつはびっくりだな、くそまみれのサンドイッチを食わされるような気分だ。せいぜいやってみるか」

冗談めかした口調を保とうと努めたが、ただならぬ恐怖が押し寄せてきた。

「その調子よ、マーティン。こっちに帰ってきたら、飲み物をおごってあげる。二、三杯ごちそうするわ」

「ありがとう。一杯ではとても足りないだろうからな。ベリントンから、また連絡するよ」

　通話を終えてから、マーティンはベサニーへのアドバイスを思い出した――頭を高く上げて、決して謝るな。自分にもまったく同じ言葉があてはまる。チェックアウトはやめることにした。ベリントンへ出発する前に、携帯電話とラップトップをできるだけ充電する。向こうに着いたら、携帯電話も使えるだろう。運転中も、さらに充電できる。早めに到着しても意味がない。ラップトップを立ち上げ、書きかけの原稿ファイルをひらく。〈リバーセンド――あれから一年〉。書いたところを読みなおし、それから猛然と続きをタイプしはじめた。記事に引きこまれ、執筆に没頭して、目の前の問題をいったん念頭から振り払う。

ベリントンへ向かって運転しながら、ウォーカーの自殺のことを考え、リバーセンドの警察署で最後に彼と会話したときの記憶を思い起こしてみた。ウォーカーは終始、攻撃的で怒っており、意気消沈したり取り乱したりすることはなかった。彼が自殺を考えていると窺わせる徴候は、何ひとつなかったのだ。それどころかむしろ、バイロン・スウィフトにまつわる捜査を続ける意欲さえ見せた。しかしマーティンにもわかっているように、いまさらそんなことを言っても始まらない。彼には窺い知れないところで、ウォーカーに影響を及ぼす出来事が起きたのかもしれない。たとえば警察内の上層部から懲戒処分や降格処分を受けたとか、ダムに遺体があるという通報で動かなかったことへの大衆の非難などだ。ウォーカーは誇り高い男であり、いわば超越的存在としてベリントンという彼の王国に君臨してきた。きっと彼は屈辱感に苛まれ、それが心に重くのしかかって、ベリントンの住民に合わせる顔がないと思ったのではないか。こうした暗い思いや強迫観念が早朝の時間帯で瞬く間に大きくなり、精神が暗闇に引きずりこまれて正常な判断力を失ってしまったということもありうる。

マーティン自身もまた、ガザでの事件以降、何カ月もそうした想念に苛まれ、睡眠薬を服んでもなかなか眠れない日々が続いた。悪魔が現われ、彼は闘おうとするのだが、結局勝つのは悪魔のほうで、闘ってもとうてい勝ち目はないように思うこともままあった。一度、顧問の一人にうっかり本音を打ち明けてしまい、《ヘラルド》の社員全員から警戒の目で見られたこともある。その状態は何週間も続いたが、下降線はやがて徐々に持ちなおした。しかし、あれほど怒りに満ちて挑戦的だったウォーカーが、本当にかくも短時間のうちに絶望し、打ちひしがれてしまったのだろうか？　そんなことがありうるのか？　もしかしたら、ほかにもマーティンには想像もつかないような問題があり、それがウォーカーを苦しめて、《ヘラルド》のせいにして自殺するという安易な解決策を選ばせてしまったのかもしれない。どれも憶測の域を出ないが。

　後続車が猛スピードで追い越していき、はっとしたマーティンは運転に注意を戻した。行く手は起伏のないむき出しの平原で、打ちつづく旱魃で骨だけになってしまったように色彩が失われている。動くものは何もない。昨夜の轢死《れきし》体《たい》が道路際に転がっている。マーティンは地平線を探してみたが、はるかかなたで空と大地が揺らめいて溶け合っているばかりだ。先週このあたりで、不安を鎮めようと自らに思いこませたイメージが、呼ばれもしないのにふたたび目の前をよぎった――車は静止しており、動いているのは地球のほうで、時速百二十キロで回転しているのだ、というイメージが。マーティンは首を振り、単調な景色のなかで遠近感を保とうとした。

　マーティンの意識に、不快な考えが入りこんできた。もし自分の溺死体がマレー川の土手に流れ着き、早朝のジョガーや不運な釣り人に発見されたら？　そのときには、遺書の必要すらないだろう。ガザのＰＴＳＤ、相次ぐ不正確な記事、ウォーカーの自殺への良心の呵《か》責《しゃく》、取材を外されたことによる屈辱。検死官は死因になんら疑問を抱くことなく、警官も同じだろう。もちろん、結論は自殺だ。ベサニーとマックスが共同で短い追悼記事を執筆し、ダーシーはその雄弁な文体で取材を引き継ぎ、気の毒なロビー・ハウス＝ジョーンズは、次の犠牲者は誰なのか戦々恐々とするにちがいない。暑いさなかにむき出しの平原を走っていても、マーティンは背筋に寒けを覚えた。ようやく、遠くにぼやけた緑が見えてきた。ベリントンだ。マーティンは変化のない平原を抜け出せたことに安堵を覚え、試練が待ちかまえているとわかっていても、無事に着いてよかったと思えた。

　ベリントン警察署の外では、メディア関係者が十数人集まっていた。民家を改築したリバーセンドの警察署とはちがい、赤レンガで頑丈に造られた専用の建物だ。カメラマンたちが日陰の一角に陣取り、三脚を据えて、警察関係者に立ってほしい日なたの地面に白いカードを置いている。マーティンが近づくと、気軽な冗談を言い合っていた同業者たちは静まりかえった。通信社のベテランジャーナリストのジム・サッカリーには、苦笑いとともに挨拶するだけの嗜みがあったが、それ以外は誰一人口を利こうとしない。《ヘラルド・サン》の女性リポーターは、マーティンの無謀さに黙って頭を振った。ダグ・サンクルトンは彼を見なかったふりをしたが、新聞のカメラマンやテレビの撮影班は、断わりもなくいっせいに罪人の同業者にレンズを向け、ズームした。頭を高く上げて、決して謝るな。マーティンは自らにそう言い聞かせた。

　警察関係者が現われるのを長く待つ必要はなかった。モンティフォーとルチッチに続き、ロビーも出てくる。若い巡査はメディア関係者の後ろにマーティンの姿を認め、眉をひそめた。モンティフォーが場所を入れ替わって正しい位置に立ち、カメラがまわっているのか訊いているとき、マーティンの肩に手が置かれた。振り向くと、オーストラリア保安情報機構《ASIO》の工作員ゴッフィンだった。彼は薄気味悪い笑みを浮かべてうなずいたが、無言のままだ。いったいどういう意味だろう？　励ましのゼスチャーだろうか？

「紳士淑女のみなさん、おはようございます」モンティフォーが口火を切った。テレビカメラの前ということもあり、堅苦しい話しぶりだ。「ほどなく、シドニーで州知事と州警察長官の会見が行なわれる予定なので、わたしからは簡潔に申し述べます。質問はいっさい受けつけません。また今回は、判明した事実だけをお伝えします。けさ六時二十分ごろ、地元の住民がマレー川の浅瀬で遺体と思われるものを発見しました。ベリントンの北西五キロほどの場所で、ここから下流へ向かったところです。われわれは遺体の男性を、ニューサウスウェールズ州警察のハーバート・ウォーカー巡査長と断定しました。不審な状況は確認されませんでした。

　ウォーカー巡査長は二十年以上にわたってベリントン地区の警察活動を担い、この町をはじめ周辺の住民はもとより、ニューサウスウェールズ州全体の警察官から、哀悼の声があがっています。ハーバート・ウォーカーは大変優れた警察官でした。本当に優秀な警察官にして、地域社会に貢献したすばらしい公僕でした。わずかここ数日のことではありますが、わたしはウォーカー巡査長とともに仕事をするという光栄に浴しました。巡査長は高い職業意識の持ち主であり、法の支配と地域の安全を守ることに献身していました」

　モンティフォーはカメラの放列をまっすぐ見据えていたが、わずかに視線を移し、マーティンのほうを見た。「ハーブ・ウォーカーは地域社会から大いに必要とされ、持てる力のすべてを傾けてそれに応えました。このような最期を迎えるいわれはありません」警察官はカメラに視線を戻した。「ありがとうございました。会見は以上です。失礼します」

　庁舎に戻っていく警察官たちの背中をカメラが追うあいだ、メディア関係者は一瞬沈黙した。それから各社のテレビカメラがいっせいに三脚から切り離され、だしぬけにマーティンの顔に向かってきた。そのレンズはまるで、生贄を求めて大きく口を開けているようだ。そしてダグ・サンクルトンの朗々とした声が、容赦なく質問を浴びせかけた。

「マーティン・スカーズデン、ハーブ・ウォーカー巡査長が亡くなったことをどう思いますか？」

　テレビカメラの上部にあるライトをカメラマンがつけたとき、マーティンはたじろいだ。

「亡くなったことはとても残念に思います。彼はきわめて優秀な警官でした」

「では、ご遺族に謝罪は？」

「謝罪？　それはなんのためですか？」

「あなたはこの警察官につきまとい、自ら命を絶つところにまで追いこんだというのに、悲しみに暮れる未亡人にお詫びひとつしないというのですか？」

「彼が亡くなったことにはお悔やみ申し上げます。もちろん、わたしも悲しく思います」

「あなたは恥ずべき振る舞いをしたことを認めますか？」

　このとき、マーティンには相手の魂胆《こんたん》がわかった。サンクルトンが撮りたいものはもう決まっている。マーティンがなんらかの形で罪を認めるまで、執拗にインタビューを続けるつもりにちがいない。くそったれ。

「われわれは何ひとつ、まちがったことをしていません。われわれは事件にまつわる事実を伝えたのです。ハーブ・ウォーカーが亡くなったのはわたしの責任ではありません」

「ニューサウスウェールズ州知事はあなたのことを、最悪の部類に属するジャーナリストで、刺激的な見出しのために魂を売る、倫理観が欠落した人間だと言っていますが」

「だったらなぜ、あなたはわたしにインタビューを続けるんですか？　あなたこそ、自分がどんな人間かわかっているんですか？　偽善者で寄生虫のような卑劣漢じゃないですか」

その言葉が口を衝いて出た瞬間、マーティンはしまったと思った。サンクルトンの顔にしてやったりという笑みが浮かぶ。それを見るまでもなく、自分がまちがいを犯したのがわかった。まんまと挑発に乗ってしまった。もう質問はされなかった。サンクルトンは望みのものを得られたのだ。

そのあと、彼らはマーティンを一人にしておいてくれた。川沿いを歩き、ポプラ並木の陰になったベンチに座る。暑さのせいで、屋外に出てくる人間はほとんどいない。むしろそのほうがありがたかった。ベサニーに連絡すべきなのはわかっていた。それは承知していたのだが、呼び出す勇気が湧かなかった。それで、携帯電話が鳴ったときにはかえって救われた心地だった。こちらから会話の主導権を握る必要がないからだ。

「マーティン？」ベサニーの声は抑え気味で、気遣いと不安が入り混じっていた。

「やあ、ベサニー」

「あなた、大丈夫？」

「ああ、絶好調だ」

「いま、ベリントンの会見の映像を見たわ」

「そうか。わが人生最良のときとは言いがたいだろうな」

「あなた、ハーブ・ウォーカーを寄生虫のような卑劣漢と呼んだように映っているわよ。まさか、そんなことしなかったでしょうね」

「なんだって？　まさか。そんなはずないだろう。ウォーカーが死んだことは残念に思うし、彼は優秀な警官だったと言ったんだが」

「じゃあ、寄生虫のような卑劣漢って誰のこと？」

「ダグ・サンクルトンだ。《チャンネル・テン》のくそ野郎だよ」

携帯電話の向こうから、安堵のため息と、短い笑い声が聞こえた——多少無理しているのだろうが。「それには同感だわ」

「ベサニー、きみはこの件では表に出るな、いいな？　わたしが生贄の子羊になる。きみまで矢面《やおもて》に立つことはない。必要な情報はすべて手に入ったか？　発言の引用は必要か？」

「いいえ、もう警察から会見録の全文が送られてきたわ。史上最速じゃないかしら。でもあなたとサンクルトンとのやり取りは、もし録音していたら音声ファイルを送ってほしいわね。あなたを守るために使えるかもしれない」

「ありがとう、ベサニー。きみと仕事ができてよかった」

　通話を終えたあと、マーティンは川面《かわも》を眺め、なぜ自分は警察のぶら下がり会見の取材を引き受けたのだろうと思った。どのみち、会見録はすでに報道各社に送信されていたのだ。それに、《ヘラルド》がマーティンをこの取材に出席させた理由も腑に落ちない。だいたい、自分を取材から外したのは彼らではないか。たとえ俺が落ち目であっても、まだガキの使いのようなジャーナリストに成り下がってはいないはずだ。

　電話がふたたび鳴った。マックスだ。

「ちくしょう、マックス。編集委員会の連中はまだ、自分たちで電話するだけの度胸もないのか？」

「ああ、そのようだ。調子はどうだい？」

「どうだろうね。ぶら下がり会見の映像は見たかい？」

「みんなが見ていたよ。《スカイ・ニュース》が《チャンネル・テン》の全面協力で、映像を何度も垂れ流している。まさかきみが、あの死んだ警官を、本当に寄生虫のような卑劣漢なんて呼んだはずはないと思っているがね」

「断じてちがう。そんなはずないだろう。あれは《チャンネル・テン》のとんま野郎、サンクルトンのことを言ったんだ」

「やれやれ、テレビの同業者がそんなあざといやり口に出るとはな。幸い、オ《A》ーストラリア《A》AP通信社《P》のサッカリーが客観的なコメントを出してくれたし、オ《A》ーストラリア《B》放送協会《C》も彼に同調して、まともな倫理観を打ち出している。彼らは《チャンネル・テン》のような感情を煽る報道に対抗するだろう」

「それなら、わたしにもまだ希望はあるということだね」

「いや、マーティン。残念だがそうはならない」

「というと？」

「電話したのはその件なんだ。きみは馘《くび》になった。わたしにはどうすることもできない。ただの伝言係なんでね。きみは失業補償を受け取れるが、雇用契約はたったいまをもって終了だ。申し訳ない、マーティン。きみが想像しているより、ずっとすまなく思っている」

マーティンには、しばらく言葉がなかった。だがようやく口をひらいた彼は、旧友にして師を気遣った。

「なんという見下げ果てた連中だ、マックス。あんたにこんなことをさせるなんて。許しがたい所行だ。わたしはこのことを忘れない。あいつらを絶対に許さない」

「ありがとう、マーティン。だが、わたしのことは心配するな。自分のことを考えるんだ。シドニーに戻ってきたら連絡をくれ。一杯やりながら、今後のことを話し合おう。わたしにいささか考えがある」

「ありがとう、マックス。あんたこそ本当の友人だ」

「マーティン？」

「なんだい？」

「ばかなことはするなよ、いいか？　早まったことはするんじゃないぞ」

第十六章　逃亡者

自分の目で確かめた《チャンネル・テン》のニュースは、マーティンの予想よりさらにひどい代物だった。〈ブラックドッグ・モーテル〉の六号室に一人きりで座り、年代物のブラウン管のテレビをつけると、白くちらついた画面が映った。ニュースキャスターはいかにも深く懸念しているように言った。「州南西部のバックパッカー殺人事件捜査は、思いがけない展開を迎えました。捜査の鍵を握っていた警察官が亡くなったのです。彼が自殺に追いこまれた原因は、無責任なメディアの報道によるものだといわれています。テン・ニュースのダグ・サンクルトンがリバーセンドからお伝えします」

現地のニュース映像はハーブ・ウォーカーのセピア色の写真とともに始まった。チェロの音楽をバックに、英雄にまつりあげられた警官が映し出される。画面の右上には、厚かましくも〈特報〉の文字が躍っていた。サンクルトンの朗々としたバリトンが哀悼を滲ませる。「これほどの人命が失われた町に、さらなる悲しみが追い討ちをかけました。地域住民の信望厚かった警察官、ハーブ・ウォーカー巡査長が死亡したのです」

それから、中年女性のインタビュー映像が挿入され、字幕でベリントン市長と紹介された。「ハーブ・ウォーカーほど親切で、勤勉な人はほかにいませんでした。この町にとってかけがえのない人材でした」

インタビュー映像が切り替わり、今度はロビー・ハウス＝ジョーンズ巡査が映された。「ええ、ある意味でわたしのよき指導者だったと思います」

画面は現地からの中継映像に戻った。マレー川の土手に立っているサンクルトンを、カメラがゆっくりとズームする。「昨夜ここで、ハーブ・ウォーカー巡査長は限界に達したのです。彼はリバーセンドの乱射事件とバックパッカー殺害事件の捜査に、勇気と高潔さをもって取り組んでいましたが、現場で発見された遺書によると、彼が自ら命を絶った原因は、不正確で下劣な新聞記事に耐えきれなかったことです」画面は《ヘラルド》と《ジ・エイジ》の一面記事のモンタージュを映している。サンクルトンの声はさらに続いた。もうその声に悲しみや同情の念はなく、検察官気取りで正義を振りかざそうとしている。「この三日間にわたって、《ヘラルド》や《ジ・エイジ》のようなフェアファックス系の新聞は、リバーセンドのバックパッカー殺害事件に関して、扇情的でときには不正確な記事を出してきました。一度は見当ちがいの人物を犯人と決めつけ、そのあとは別の人物に矛先を変えましたが、警察は二人とも潔白であると明言しています。そして昨日これらの新聞は、ハーブ・ウォーカーが一年近くバックパッカー殺害事件に関する情報を隠蔽してきたと非難したのです」

　画面がふたたび切り替わった。議事堂を背景に、真《しん》摯《し》さを体現するような州知事が、背後に州警察長官、法務長官、州警察本部長を従えている。その誰もが厳粛な表情で州知事の首筋を見つめ、全面的に支持するように目礼した。州知事が言った。「わたし自身と州政府は、言論の自由を心底から擁護するものであります。しかし今回の一件は、限度を超えています。一人の善良な男性が死を余儀なくされました。それはすべて、新聞を何部かよけいに売るための、下劣な見出しのせいです」

　続いて映像はベリントン警察署のぶら下がり会見になり、サンクルトンが会見を熱心に聞いている様子が映し出されて、ふたたび同情を滲ませた声が流れた。「ハーブ・ウォーカーの同僚たちは、一様に悲しみを乗り越えて捜査を継続しようと決意を新たにしています」

　モンティフォーのコメントが再生される。「ハーブ・ウォーカーは地域社会から大いに必要とされ、持てる力のすべてを傾けてそれに応えました。このような最期を迎えるいわれはありません」

　そこで画面はマーティンの映像になった。カメラのまぶしいライトにひるんでいる様子が、いかにもその場から逃げようとしているように見える。サンクルトンの声がとどめを刺すように言った。「今回の件を引き起こしたマーティン・スカーズデン記者からは、悔恨の念は片鱗も窺えませんでした」マーティンの映像。「偽善者で寄生虫のような卑劣漢じゃないですか」

「以上、リバーセンドから、テン・ニュースのダグ・サンクルトンがお伝えしました」

　画面はニュースキャスターに戻った。ニュース映像の重大さに合わせ、眉間に皺を寄せている。「番組としても、ウォーカー巡査長のご遺族と、ベリントンの住民のみなさまに哀悼の意を申し上げます。きょうの夕方、《シドニー・モーニング・ヘラルド》はこの件を全面的に謝罪し、担当していた記者をただちに解雇したと発表しました」

　マーティンはテレビの音を消し、惚《ほう》けたように画面を見つめた。きっかり二分のニュース映像で、自分は告発され、糾弾され、有罪とされた。全国民の前で吊るし上げられ、四つ裂きにされて、はらわたを引きずり出されたも同然だ。「馬鹿野郎」マーティンは声に出して自らの迂闊さを罵り、この顛末《てんまつ》をばかばかしく滑稽にさえ思った。さて、これからどうするか？〈社交クラブ〉に行って、何か飲み食いしようかと思っていたが、それは論外だ。ではマンディの店に行こうか？　いや、いまの自分があの店に行っても、彼女にとっていいことは何もない。罪人の烙印を押された男とのかかわりを疑われ、小さな町ではあっという間によからぬ噂が広がるだろう。最善の行動はいますぐチェックアウトして、誰も来ない遠くへ車を走らせることだ。レンタカーはまだ会社の経費で使える。パースまで行こうか。いや、ダーウィンでもいい。

　そのとき、扉がノックされた。誰だろう。いきり立った群衆にしては、慎重なノックだ。マーティンはわずかに扉をひらき、万が一に備えて、相手より先に足を隙間に差しこんだ。

　ゴッフィンだった。ASIOの工作員は片手にビールの小瓶の六本セットを、もう片方の手にスコッチのボトルを持っている。「酒でも飲みたい気分じゃないかと思ってね」

　マーティンは扉をひらき、彼を部屋に入れた。

　ゴッフィンはテレビを見た。消音モードのまま、《チャンネル・テン》のニュースが流れている。「じゃあ、きみも見たんだな？」

　マーティンはうなずいた。

　ゴッフィンはビールを最初に持ち上げ、次にウィスキーを持ち上げて、マーティンに選ばせた。

「ビールをもらおうかな、ありがとう」

　マーティンはベッドの上に座り、工作員は一脚しかない椅子に座った。二人が小瓶の蓋をひねって開けると、泡立つ音がした。二人は黙ったまま、ビールに口をつけた。

「警察は自殺だという見解だが、わたしは確信を持てないでいる」ASIOの工作員は、マーティンの目を見て言った。

　唐突に思いがけない言葉を聞かされ、マーティンは面食らった。すぐには答えずに、その意味するところを考える。「なぜそう思う？」

「わたしは疑り深い人間だとだけ言っておこう。職業病みたいなものだ」

「だったら、あんたが正しいことを祈るまでだ」

「ひとつ教えてくれ、マーティン。きみはハーブ・ウォーカーの死に呵責《かしゃく》の念を感じているか？」

「いや」意外な質問だったにもかかわらず、マーティンは躊躇せずに答えた。「感じていない。呵責の念を感じるべきなんだろうか？」

「そんなことはない。じゃあ、きみはどう感じている？」

「腹を立てている。不当な扱いを受けたと思っている。それから、少し落胆している。わたしにはどうしても、なぜ自分がこんな境遇に追いこまれたのかわからないんだ」

マーティンは間を置き、いくらかビールを飲んだ。冷えたビールが喉に心地よい。なぜ自分はこの男に本音を打ち明けているんだろう？　隠密活動を専門にしている工作員に？　なぜなら、心の重荷を下ろしたかったからだ。ほかに誰も話を聞いてくれる相手がいないからでもある。

「バイロン・スウィフトとハーリー・スナウチについて、われわれの見立てがまちがっていたことは認めよう。しかしそれは、悪意のない誤りだ。そのことはわかるだろう。われわれは最善を尽くしてきたんだ。それからハーブ・ウォーカーについては、わたしが書いた記事ですらない。シドニーの同僚が、警察の情報筋から内密に知らされたんだ。わたしは新聞を読むまで、そのことさえ知らなかった」

「その記事に忸怩《じくじ》たる思いはあったのか？」

「いやいや、そんな思いはまったくない。あの情報が正しいのであれば——たぶん正しいのだろう——ウォーカーは一年前にダムを捜索すべきだったんだ。われわれが記事を差し止める理由があっただろうか？」

「あるとすれば、彼がきみの情報提供者だったからだろう？」

「いや、それはない。情報提供者に忖度《そんたく》するようなことはしない」

「しかしわたしの印象では、きのう警察署でウォーカーと面会したとき、きみは謝罪していたように思えたが」

「半分はそのとおりだ。わたしがあらかじめベサニーの情報を知っていたら、直接ウォーカーに知らせて、彼の言い分を記事に盛りこもうとしただろう。しかしわたしには、記事を差し止めるつもりはなかった。少なくとも、差し止めるべきだという考えはなかった。それにきのうウォーカーに会った主な用件は、そのことではなかった」

「ああ、それはわかっている。マンダレー・ブロンドがバイロン・スウィフトのアリバイなるものを持っていたんだろう」

「アリバイなるもの?」

「警察は納得していない。日記を鑑識に送って分析している」

「本当か? あんたはどう思う?」

「わからないね。そうした問題は、軽々しく断定できない」

ゴッフィンはマーティンに二本目のビールを渡した。マーティンは一本目を空けたことにも気づいていなかった。彼は小瓶の蓋を開けた。

「あんたはなぜここにいる、ゴッフィン工作員?」

「名前はジャックだ。それにわれわれは自分たちのことを〝工作員〟とは呼ばない。それはアメリカ流だ」

「ではなぜ、あんたはリバーセンドにいる、ジャック?」

ゴッフィンはなぜか悲しげに見えた。「すまない、マーティン。これは情報交換ではない。わたしは自分の目的を明かすわけにはいかないんだ。わたしの上司はすでに、きみが全国放送であれほど派手にわたしの存在を暴いたことにおかんむりでね。わたし自身も、愉快ではなかった」

「だったらなぜ、いまこうしてわたしと話しているんだ?」

「ハーブ・ウォーカーのことが引っかかるからだ。きみはきのう、彼と話した。彼はきみに怒っていた。きみときみの新聞社が、彼をひどい目に遭わせたからだ。ウォーカーがきみの前で、精神状態を偽装していた可能性は低いだろう。警察の同僚の前では偽装していた可能性もあるが。警察の気風は、精神的にもろい人間を歓迎しないからな」

「彼は元気だったように見えた。怒っていたが、落ちこんだり絶望したりしているようには見えなかった。あんたがそれを聞きたいのなら」

「あきらめていた様子は？」

「何をあきらめるんだ？」

「たとえば自分のキャリアが終わったとか、上層部からの情報漏洩に反撃しても無駄だとか、そういうことだ」

「とんでもない。その反対に見えた」

「なぜそう思う？」

さて、ここからが問題だ。マーティンはビールをもう少し飲んだ。さすがはＡＳＩＯの工作員だ。マーティンからここまで話を引き出すとは。彼に協力すべきだろうか？　ゴッフィンに、ウォーカーについて知っていることを話すべきか？　そうしない理由は見当たらない。マーティンは職を失い、ウォーカーは死んだ。この問題にさらなる興味を示しているのは、自分を除けばゴッフィンただ一人かもしれない。マーティンはビールを飲み干し、話した。

「ウォーカーが意気消沈していたとは思えない。彼はマンディ・ブロンドが日記をつけていたことに興味を示していた。それにセント・ジェイムズ教会で、バイロン・スウィフトが銃撃事件を引き起こすきっかけになった出来事はなんだったのか、突き止めようと決意していた」

ゴッフィンは集中した表情で、マーティンにじっと目を据えた。「バイロン・スウィフトとセント・ジェイムズ教会？　ウォーカーが調べていたことについて、何か知っているのか？」

　マーティンはうなずいた。「銃撃事件の目撃者と話すことができた。警察が事情聴取しなかった人間だ。その人物はわたしに、バイロン・スウィフトは銃撃する直前まで、幸せそうで、平静に見えたと言っていた。スウィフトは教会の外で、早めに到着した教区民と世間話をしていた。冗談を言い、笑い声をあげていたそうだ。犠牲者の一人クレイグ・ランダーズとさえ話していたし、怨恨《えんこん》の気配はなかったらしい。それから教会のなかに戻り、礼拝の準備をしたと思われていた。ところが、それから五分か十分して出てくると、いきなり銃撃を始めた」

「続けてくれ」

「ではそのあいだに、教会で何が起きていたのか？　わたしには、スウィフトが教会のなかで誰かと話していたか、あるいは誰かと電話で話していたように思えた。ハーブ・ウォーカーは、事件の朝に教会から発信した電話や着信した電話の通話先を割り出そうとしていたんだ」

　ゴッフィンはうなずいた。「確かにそのとおりだ。そして彼は割り出せなかった。それはわれわれも知っている。同じことを調べたからだ。その朝、教会から発信した電話は、ロビー・ハウス＝ジョーンズがウォーカーを呼び出した通話と、ベリントンの救急隊に連絡した通話で、どちらも銃撃のあとだ。ほかに何がある？」

「そんなはずはない。ウォーカーは通話先を割り出せなかったとは言わなかった。きのう、わたしが警察署で会ったとき、彼はほかに二件の通話があり、一件は教会からの発信で、もう一件は着信だと言っていたんだ。どちらも銃撃の前だ。ウォーカーはその番号を割り出してみると言っていた」

　ゴッフィンは丸三十秒かそれ以上、何も言わなかった。マーティンを見つづけているが、ＡＳＩＯ工作員は心ここにあらずといった様子だ。

「どっちが先だったか、彼は言っていたか？」

「いや、言わなかった。たぶんスウィフトが先に電話をかけ、その相手から折り返し電話があったんだろう」

「そうかもしれない。ほかには？　ウォーカーはほかに何か言っていなかったか？」

「言っていなかった。あんたも覚えているだろうが、われわれはそのとき、良好な空気とはとても言えなかった」

「マーティン、ありがとう。きみが聞かせてくれた話は、きわめて有益な情報だ。きわめて有益な。きみはほかの誰かに、教会で電話のやり取りがあったことを話したか？　新聞社の同僚とか、マンダレー・ブロンドには？」

「それが重要な問題になるのか？」

「そうなる可能性はある。われわれが記録を調べたとき、その通話はデータベースになかった」

「誰かが通話記録を改竄《かいざん》したということか？」

「そうかもしれない。控えめに言っても、奇妙な話だ。それできみは、ほかの誰かに電話のことを話したのか？」

「話していない。あんただけだ」

「大変結構だ。どうかこのことは、口外無用に願いたい。警察にもだ。いや、とりわけ警察には。わたしがウォーカーの自殺について、きみにかかっている嫌疑を晴らせるとしたら、当面このことを秘密にしておく必要があるんだ。わかったかな？」

　マーティンはその言葉にふつふつと希望が湧き、胸が高鳴るのを覚えた。「わたしの嫌疑を晴らしてくれるのか？　あんたにはそれができるのか？」

「やってみなければわからない。ぬか喜びをさせるべきではないだろう。うまくいかない可能性もある。ただし、電話のことはきみの胸にしまっておいてほしい」

「あんたがそう言うのなら。だが、わたしはどんな見返りを得られるんだ？」

「ウォーカーの自殺にまつわる嫌疑を晴らすこと以外に、か？」ゴッフィンは笑みを浮かべてから、表情を引きしめた。「ひとつある。きみが《ザ・サンデー・エイジ》に書いていた特集記事で、スウィフトは過去のない男だというのがあっただろう。あれはずばり正解だ」

「それを裏づけられるのか？」

「そうだ。きみが書いていることは正確だ。本物のバイロン・スウィフトは孤児で、西オーストラリア州の施設にいた。パースの大学で神学を学んでいたが、中退している。それからカンボジアに行き、タイとミャンマーの国境で開発援助を行なう慈善団体に勤務した。そして五年前、ヘロインの過剰摂取で死亡している。大半の、いやすべての記録が書き換えられている。われわれが調べているバイロン・スウィフトは、本物になりすましたのだ」

「そいつの正体を知っているのか？　偽スウィフトの正体を？」

「知っている」ゴッフィンは間を置き、少し考えてから語を継いだ。「マーティン、いまからわたしが話すことは、大半が検死審問で公表されるだろう」ゴッフィンは自らの判断が正しいかどうか再考するように、ふたたび間を置いてから言った。「検死審問の前にきみはこのことを公表すべきだが、いかなることがあっても、わたしの名前やＡＳＩＯの機関名を出してはならない。信頼できる情報筋とかなんとか、好きなようにぼかしてくれ」

「それは仮定の話だな。いまのわたしに、公表できる手段はない」

「きみだったら、どこかで出せるだろう」

「わかった。では話してくれ。情報源を明かさないことを約束しよう」

「彼の本名は、ジュリアン・フリントだ。逃亡者だった」

「逃亡者だって？　元兵士だと思っていたが」

「そのとおりだ。特殊部隊の狙撃手として、イラクとアフガニスタンにいた。いかなる基準から見ても、驚異的な能力の兵士だった。生まれながらのリーダーにして、恐れを知らず、カリスマ性があった。ただしそれは、タリバンに捕まり、八カ月にわたって捕虜となるまでの話だ。そのあいだに彼は拷問され、侮辱されて、屈辱を味わわされた。そのあと解放され、心理検査にすべて合格して、軍務に復帰することを許可された。それは大きな過ちだった。致命的な過ちだった。一見したところは正常で、なんら不審な点はなく、精神障害の徴候はなかった。そしてほぼ一年が経ったある日、ムジャヒディン（イスラム原理主義ゲリラ）の根拠地での銃撃戦で、彼は精神錯乱を来した。二人の女性とその子どもたちが、非武装で両手を上げ、投降しようとしていた。全部で五人だ。彼はその非戦闘員を冷血に撃ち殺した。陸軍は彼を拘留したが、裁判は保留にした。殺人罪で裁くべきだという意見がある一方で、戦闘中の混乱を理由に彼を擁護する意見もあった。前線への復帰を許可した関係者は、彼にただ消えてほしかったのだ。そして彼は消えた――拘置所から脱走したのだ。召喚状が発行され、彼は戦争犯罪人として逮捕されるはずだった。ところがわれわれが入手した報告によると、彼はそのあとイラクへ行き、民間軍事会社でボディガードとして働いていたそうだ。憲兵が調査に行くと、彼は敵の襲撃で死んだと言われた。それで八方丸く収まった。これにて一件落着というわけだ。しかしご存じのとおり、彼は死んでいなかった。ある時点で、彼自身のパスポートを使わずに帰国したんだ。そしてバイロン・スウィフトになりすました」

「どうしてそんなことができたんだ？」

「まったく不思議な話だ」

「あんたはそのためにここへ来たのか？　バイロン・スウィフトを調査するために？」

「わたしにそのことを話す権限はない、マーティン。きみの想像にまかせよう。しかしジュリアン・フリントの話を、一般に公開できると思うか？」

「できるだろう。なかなか面白い話だ」

「なかなか面白い？　わたしが話したことの重大さを理解しているのか？　彼はオーストラリア軍の兵士で、戦争犯罪人として指名手配を受けていたんだぞ。きみは中東でも取材していたんだから、向こうの情勢には詳しいはずだ。いままでに彼の話を聞いたことがあるか？」

「初耳だ」

「ではなぜ、いままで彼のことが公にならなかったと思う？」

「わかるわけがないだろう。あんたが教えてくれ」

「そもそも、陸軍は彼の件を公表されることを望んでいない。それは、本来治療を施すべきだった人間を戦闘に戻したからだ。軍としては、彼のことが忘れ去られれば、これ幸いというわけだ。次に、通関や入国管理局の関係者がいる。いったいなぜ、この男が国に帰ってこられたのかという話になれば、彼らの立場はどうなる？　それから警察だ。五人を射殺した人間の正体を、彼らは突き止めようともしていない。なぜそんなことがありうるのか？　それは、いま挙げた関係者の誰もが一般大衆に知られたくないからだ。さて、わたしがきみにこの情報を明かした狙いをわかってくれただろうか？」

「あんたは何をほのめかしている、ジャック？　大がかりな陰謀が進行しているとでも？」

「だったらまだいいさ。それより可能性が高いのは、どの関係機関も過失の証拠を隠滅し、保身を図ろうとしていることだ。責任を転嫁し、自分たちの非を認めたくないんだろう」

「だから公表すべきだと？」

「そのとおり、公表すべきだ。そうすれば真相がいくらか明るみに出るかもしれない」二人は笑みを交わした。そしてマーティンには、ほかにも二人のあいだに何か通じ合うものを感じた。「ウイスキーを飲まないか？」ゴッフィンが訊いた。

マーティンは二杯目のビールを飲み干した。「ちくしょう。これが飲まずにいられるか？」洗面室に薄汚れたタンブラーがふたつあったので、それをよく洗ったが、塩素と老廃物の臭いが付着しただけだった。部屋に戻ると、ゴッフィンはすでにボトルを開けており、マーティンがグラスを手渡した。ゴッフィンは両方のグラスにたっぷり注ぎ、二人はグラスを打ち合わせた。マーティンはいったい何に乾杯しているのだろうと思った。ベッドにふたたび腰を下ろし、口をつけて、いぶしたような泥炭《ピート》の香りを味わう。ウイスキーを飲むのは何年ぶりだろう。

「マーティン、わたしの任務については本当に話せないんだ。それはわかってほしいが、警察の捜査については話せる」

「なぜだ？」

「きみは聞くべきだと思うからだ」

「わかった。では聞こう」

「ウォーカーの死をめぐる状況は、まるで教科書のように自殺を示している。遺体はけさ、マレー川で発見された。死亡時刻はたぶん午前零時ごろだ。溺死している。ポケットに石をうんと詰め、橋から飛び降りていた。ベリントンの町から離れているので、飛び降りるところを誰かに見られた可能性は低い。車のなかに遺書を置いていた。警察にとっては、遺書がつねに決め手となる」

「なんと書いていたんだ？」マーティンはウイスキーをぐいと飲んだ。少し多すぎたので、喉が焼けつくようだ。

「簡潔そのものだ。〝わたしはつねに自分の義務を果たしてきた。まちがったことは何ひとつしていない。メディアは嘘つきだ。わたしは自らの名声を重んじている〟」

「それだけか？」

「それだけだ」

「ちくしょう」沈黙が漂う。テレビでは、どこかのヒッピーたちが輪になって踊っていた。新興宗教の儀式らしい。「ではあんたはなぜ、これが自殺だという確信を持てないんだ？」

「さっきも言ったが、職業柄、疑り深いんでね」

二人は静かにウイスキーを飲み、ぽつぽつと世間話をした。しばらくして、テレビで午後七時のABCニュースを見た。トップニュースは政治関係、二番目は新興宗教に入信したテレビの司会者で、三番目がマーティンだ。銅メダルというわけか。ニュースの切り口はサンクルトンより穏健で、バランスが取れていた。そして正確だった。マーティンとダグ・サンクルトンの言い合いが、《チャンネル・テン》とは異なる離れた視点から映されている。「……あなたのことを、最悪の部類に属するジャーナリストで、刺激的な見出しのために魂を売る、倫理観が欠落した人間だと言っていますが」とサンクルトンが言った。「だったらなぜ、あなたはわたしにインタビューを続けるんですか？あなたこそ、自分がどんな人間かわかっているんですか？偽善者で寄生虫のような卑劣漢じゃないですか」マーティンが切り返す。サンクルトンはいじめっ子のようで、マーティンは不機嫌で不作法な生徒のようだ。そしてABCは公平で、その二人よりも高いモラルの持ち主のように振る舞っていた。ただし少なくとも、〝卑劣漢〟という言葉は《チャンネル・テン》のリポーターに向けられたものであって、死んだ警官に向けられたものでないことははっきり伝えてくれていた。ささやかな慈悲に感謝を——これもマックスの格言だ。

そのあと、マーティンはテレビを消し、彼とゴッフィンはスポーツや政治のような、当たり障りのない話をした。より緊迫した問題を口に出すのが憚《はばか》られる場合の無難な話題だ。

日が沈み、日中の熱気がやわらいで夜の帳《とばり》が降りると、二人は外に出て座り、ゴッフィンはタバコを吸った。マーティンはよく覚えていないが、いっしょにタバコを吸ったかもしれない。どこかの時点でゴッフィンは溶けていなくなり、マーティンはボトルとともに残されて、血のような月ときらめく天の川に見下ろされていた。

ウイスキーの強いアルコールはつねに効果覿面《てきめん》だ。枕に頭をつけた瞬間、意識を失った。そのあと早朝に半ば意識が戻ってからは眠れず、精神は何度も攪拌《かくはん》されて筋道立った思考ができず、現実と想像上の苦悩に呑みこまれた。もっとも、想像力を働かせる必要はほとんどなかった。前日の記憶が戻ってきて、彼を苦しめる。サンクルトンのマイクを突きつけられる自分の姿が、三通りの視点から再生された。《チャンネル・テン》、ＡＢＣ、自分自身の視点で、どれも惨憺たる姿だ。その場面は何度も執拗に繰り返された。さながらクリケットの試合のテレビ中継で、ぶざまに空振りしてアウトを取られる打者《バッツマン》のように。バットがむなしく空を切り、ボールがウィケットの杭《スタンプ》に激突して、捕手《ウィケットキーパー》のミットに転がりこむところがさまざまな角度から、スローモーション、コマ落とし《ファーストモーション》、図解つき映像で繰り返される。そして結末はいつも同じだ。うなだれてすごすごと選手控え場へ引き返すバッツマンの向こうで、投手《ボウラー》は拳を突き上げ、チームメイトとハイタッチして喜びを爆発させる。ゴッフィンとの会話も何度も繰り返された。ハーブ・ウォーカーが死んだときの様子が心のなかで再現され、自殺をほのめかす遺書の言葉がこだまする。そして兵士ジュリアン・フリントが、アフガニスタンの砂塵のなかで女性や子どもたちを射殺する姿も出てきた。

だが夜が終わり、曙光《しょこう》が薄っぺらいカーテン越しに差しこみ、ひどい頭痛とともに現実が訪れつつあるとき、波乱に満ちた前日がマーティンのめくるめく意識に残したのはたったひと言だけだった――警察は納得していない。日記を鑑識に送って分析している。マンディ・ブロンド。いったい彼女は何をしたんだ？

マーティンは午前七時に〈オアシス〉に着いた。開店時間の何時間も前に、裏口へまわって何度も断続的にノックすると、五分ほど経って、ようやく屋内から物音がした。さらに一分ほどで、マンディが扉をわずかに開けた。「あなたなの？」

「わたしだ」

「いいかげんにして、マーティン。子どもが寝ているのよ」

「入ってもいいかい？」

彼女は怒っているように見えたが、扉を開けてマーティンを通した。「ちょっと、ひどい恰好ね」

「ああ、ひどい気分だ。昨夜ウィスキーを飲んでね。わたしには合わなかったらしい」

「それは笑えるわね」

マンディはTシャツとボクサーショーツに、薄手の絹のローブを羽織っていた。髪はくしゃくしゃで、寝起きの目をしばたたいているが、若さという魔法が彼女を美しく見せていた。マーティンはいやでも自らの容貌の衰えを意識させられた。いまはせいぜい麻袋並みの魅力だろう。それも、口臭を放つ麻袋だ。

「コーヒーは？」彼女が訊いた。

「生き返るよ」

「いまにも死にそうだものね」

彼女はコーヒーを淹れ、食卓でマーティンと向かい合った。「それで、いったいなんの用？　こんな朝っぱらから若い女の子を叩き起こすからには、よほどの急用なんでしょうね」

「わたしがどんな目に遭ったか聞いたかい？」

「馘になったんでしょ？」

「ああ」

「なぜあなたが悪いのかわからないわ。あの警官は自殺したんでしょう。あなたが殺したわけじゃない。新聞にまちがいが載るたびに自殺者が出るんなら、内閣の大臣の半分は正気を失うわよ」

マーティンは笑わずにいられなかった。全世界から非難を浴びせられても、味方してくれる人がいるのはいいものだ。しかしスナウチの最後通牒を思い出すと、笑みは消えた。

「それでここに来たわけ？　馘になったことをわたしに言いに？　泣きたいなら、肩を貸してあげましょうか？」

「ちがうんだ。ここに来たのは、きみのことが心配になったからだ」

「わたしのことが？」

「そうだ。マンディ、きみは警察に、バックパッカーが誘拐された夜、バイロン・スウィフトがきみといっしょにいたと言ったね」

「ええ、そうよ」

「警察はきみの言うことを信じると思うかい？」

「あなたは？」

「信じると思う」マーティンはそう言いながら、自らが嘘をついているのがわかった。夜のあいだ、ＡＳＩＯの男が言った言葉は彼の心に毒を混ぜ、疑いの種に水を撒いていたのだ。彼女を信用したいと思いながらも、確信は持てなかった。

「誰かが信じてくれるのはうれしいわね」マンディは言った。「でも、そうは思えないわ。わたしには、警察が信用してくれるとは思えない」

「なぜそう思う？　その理由はわかるかい？」

「あいつらは怠け者で、想像力がないからよ。バックパッカー殺害の罪をバイロンになすりつければ、それで事件をおしまいにできる。乱射事件を起こした牧師が、罪のない人をあと二人殺しただけですもの。逮捕する必要も、裁判を起こす必要もない。みんな安心して家に帰れるわ。きっとどこかで、真犯人の精神病質者も揉み手をして喜んでいるでしょうね。そいつが哀れな女性たちを殺したことも、その前に彼女たちにしたこともばれずにすむから。もしかしたら、そいつは次の餌食を探しているかもしれない」

「マンディ、教えてほしい。きみの力になりたいんだ。あの日記は正真正銘まちがいのないものか？　きみは日記にあとから書き加えたりしていないだろうね？」

彼女は無言でマーティンを見据えた。その緑の目は冷たく、氷のように透き通っていた。

「彼は本当にその晩、きみといっしょにいたんだね、マンディ？　一晩中？　どうなんだ？」

マンディはようやく、ささやくように答えた。その声は旱魃を引き起こす風のように乾ききり、マーティンをひるませた。「出ていって、このくそったれ。ここを出て、二度と戻ってこないで」

第十七章　逮捕

　リバーセンドの町はひっそりとしていた。通りには人っ子ひとりいない。動くものは何もなかった。マーティンは腕時計を見た。七時二十分だ。すでに涼しい夜気は失せ、きょうもまた迫りくる現実と同じく苛酷な暑さが訪れようとしている。ぐんぐん昇る朝日が空から夜明けの色を消し去り、真夏の空を白っぽい青に染めていく。雲があったとしても、マーティンには見えなかった。

　店の日よけの陰のベンチに座り、町がマーティンの存在に応えて人の動きを見せてくれるまで、つまり車や歩行者や若者のバイクが通りすぎるまで、ここから動くまいと決めた。町はマーティンを見下ろしている。迷い犬も鳥もいない。初めてここに着いたときに歓迎してくれたトカゲもいなかった。何ひとつ動きがない。ようやく、青く輝く無窮の空に、銀色に輝くジェット旅客機が見えた。飛行機雲をたなびかせ、西へ向かっている。キャンベラかシドニーを出発し、アデレードかパースへ向かっているのだろう。しかし町は静まりかえったまま、なんの反応も見せようとしない。

　容赦ない陽差しが照りつける無人のこの町で、いったいマーティンに何が残されているだろう。あまり多くはない。仕事を失い、目的もなくなった。ただ一人、関係を築いていたマンディ・ブロンドもとうとう離れていった。いまのマーティンは彼女からも虚空に追い払われたのだ。ＡＳＩＯのジャック・ゴッフィンは彼に手を差し伸べ、情報を提供してくれた。そしてロビー・ハウス＝ジョーンズはまだ若いのに、この町の悪魔といやというほど向き合ってきた。ジェイミー・ランダーズとコッジャー・ハリスは、若者と老人というちがいはあるものの、悲しみに暮れている点では同じだ。フラン・ランダーズはマーティンに息子を助けてもらった恩義があるが、マーティンが黙って姿を消してくれたらほっとするだろう。そしてハーリー・スナウチは、マンディに対して誤りを正す仲立ちを彼にしてほしいと迫っている。いまとなっては、成功の見込みはまずないだろう。マーティンは彼らと知り合いだが、とどのつまり、みな赤の他人だ。味方になるかもしれないし、敵になるかもしれないが、誰一人としてマーティンの重荷を分かち合ってはくれない。彼にそんな相手はいないのだ。この町でも、いままでの人生でも、マーティンに同胞はなく、友人もいなかった。

自らの両手を見る。だらりと下がって目的を失い、片手は肘掛けに、もう片方の手はベンチに置かれている。昂ぶりはもうなく、準備すべきものもない。眠っているような手だ。さしずめリモートコントロールで電源を消され、次の指示があるまで待機状態になっているような。彼はこれまでずっと一匹狼で、友人を作るのに時間がかかり、自分から仲間を作ろうとせず、人づきあいが苦手だった。そのことは彼の人生の大きな過ちであるばかりか、性格の本質的欠陥だったのだろうか？　もちろんマックスは、彼の導き手にして真の味方であり、友人でもあるだろう。マックスは彼の潜在能力を見抜き、マーティンを頼りにして、初めは街の外のニュースを取材に行かせ、後には特派員として外国を取材させた。しかし、マックスは彼にどんな特質を見たのだろう？　ジャーナリストとしても書き手としても優秀だが、独立心が強く、たいがいの記者が頼るような人脈を作ろうとせず、そもそも必要としない。上司や同僚たちから切り離されているときが最も幸せで、最高の能力を発揮する記者でありつづけてきた。いかなる状況でも事件現場に飛びこみ、現地で知り合いを作って情報源を募り、取材が終わるとなんの未練もなく立ち去る。彼はその役割にうってつけの人間だった。少なくともマックスはそう考え、マーティン自身もそう思っていた。しかし、いまとなっては確信が持てない。

ようやく幹線道路を、ベリントンへ向かう一台のトラックが通りすぎた。文明社会へ向かって疾走し、リバーセンドには停まるどころか、減速して敬意を払おうとさえしない。マーティンはヘイ通りのT字路からトラックの姿を垣間見ただけだ。それでもよしとしよう。マーティンは立ち上がった。頭はずきずきし、胃はむかついて昨夜の飲みすぎに抗議している。きょうこれから、自分が何をしたいのかよくわからないが、暑さがこれ以上ひどくなったら外にいたくないのは確かだ。雑貨店で水とアスピリンを買いたかったが、店はまだ開いていない。代わりにマーティンは道を横切り、廃墟のワインバーへ向かった。ひょっとしたらスナウチがそこにいて、彼と同じく二日酔いで寝ているかもしれない。

しかしワインバーにも人けはなかった。埃まみれの床に足跡がつき、欠けたタンブラーの底に乾いたワインがこびりついて、くしゃくしゃの紙袋の隣に空っぽのボトルが置いてある。スナウチが出ていったのは五分前かもしれないし、日曜日の夜かもしれないし、そのあいだの時間帯だったかもしれない。それを知るすべはなかった。

マーティンはワインバーの正面の窓に向かった。板でふさがれた窓から、通りの日光が幾筋か差しこんでくる。窓の前にスツールがあった。そこに座り、板の隙間から覗いてみると、通りの向かいに〈オアシス〉が見えた。スナウチはどれぐらいの頻度でここに陣取り、かつてのフィアンセとその娘を覗き見していたのだろう？　その心にはどんな思い出がよぎり、いかなる望みが兆したのか？　一日の終わりに彼女が現われ、バーゲン品を並べた陳列台を店内に戻そうとしていたとき、スナウチは一抹の昂ぶりを感じただろうか？

キャサリンは目を上げ、通りの向かいを一瞥して、ねぐらに隠れるストーカーに気づいただろうか？　そして彼女が屋内に戻り、扉を閉めて、夜に明かりを消したあとはどうなっただろう？　そのときスナウチは戻ってきてテーブルの前に座り、ボトルに慰めを見出して、死んだ復員兵の幽霊に彼がここにいる理由を話していただろうか？

　マーティンは閉めきった窓から遠ざかり、スナウチと最後に話したテーブルの前に座った。マンダレー・ブロンドのことを考える。ブックカフェを閉めてマーティンを遠ざけているのは、彼女の母親がスナウチを遠ざけたのと同じだ。マンディは美しい。痛切なほどそう思うし、そのことに疑いの余地はない。それに頭がよく、機転が利き、ひと癖あって、独立心が旺盛だ。若く不安定なのは、彼女だけのせいではない。そもそも、若者は不安定なものだ。歳を重ねるにつれ、人は感傷的になる。歳とともに、角が取れて丸くなる。何やかやと理由をつけては現状を正当化し、心は敗北を認め、魂は屈服してしまう。われわれはみな歳を取ると、外見も内面ももろくなる。保守的な傾向が抜きがたくなり、性格上の気質は深く染みつく――怒りっぽくなり、都合の悪いことは否定し、あるいは正当化するのだ。われわれはそうやって、思うにまかせぬ人生と折り合っていく。不安定さは、若さや率直さの表われなのだ。キャサリン・ブロンドが娘に、三十歳になるまでには落ち着きなさいと言ったのは、そうしたことを考慮していたのかもしれない。母親は娘の若さにひそむ悪魔を鎮めたかったのではないか。

　マーティンはブックカフェに閉じこもっている女性のことを考えると、良心の呵責を覚えた。母親がマンディを妊娠したいきさつは、父親にレイプされたか、さもなければ母親自身が婚約者を騙したかのいずれかなのだ。レイプによって生まれたという汚名を着せられて成長し、噂を真に受けた地元の子どもたちにいじめられ、毅然と自らの闘いに臨む母親の手で守られてきた。とうとうリバーセンドを逃げ出したが、実際には逃げ出せたのではなく、メルボルンで若さを浪費したあげく、病に倒れた母親を介護しに引き戻されただけだ。そしてバイロン・スウィフトの餌食になり、彼の容貌と魅力に目が眩んで、意のままにされた。バイロン・スウィフトは彼女の寝床にもぐりこみ、身体を重ねることでマンディを慰めて現実逃避させ、彼自身の情欲も満たした。アフガニスタンの殺戮《さつりく》者が別人になりすまして。それから射殺されたとはいえ、実際には自殺同然の死にかたをし、哀れなロビー・ハウス＝ジョーンズは彼のせいでいまも苦悩している。マンディも彼に妊娠させられたあげく、捨てられた。彼女は生まれて間もない息子を一人きりで育て、瀕死の母親の介護もしなければならなかった。そんな仕打ちを受けたにもかかわらず、彼女はいまだにスウィフトを愛している。彼を愛するがゆえに、死後一年が経過してもなお、警察から彼を守ろうとしている。彼女にはなんら得るところがないのに、忠義を尽くそうとするとは。そしてどうなったか？　彼と出会ったのだ。マーティン・スカーズデン、もう一人の夜の盗人《ぬすびと》にして、ワインバーの有力な会員候補と。彼はマンディに何を与えたか？　いくらか夜の相手をし、悲しみを与えた。リバーセンドの寂しい夜をほんのひととき慰めたにすぎない。

　マーティンはぼんやりとグラスを手に取り、反射的に口に近づけてから、はっとした。ばかじゃないかと思いながら、グラスを置く。しかしなぜだ。ここでは誰の目も気にする必要はない。幽霊などいないのだ。マーティンは笑みを漏らした。ひねくれた皮肉な表情にはユーモアのかけらもなく、憐憫もなきに等しい。バイロン・くそスウィフト。大量殺人犯の牧師、戦争犯罪人にして、寂しさをかこつリベリナ地方の女たちをたぶらかした男。フラン・ランダーズ、マンディ・

ブロンド、ほかにベリントンには何人の女がいただろう。その前にも何人もいたにちがいない。さながら奥地のラスプーチンだ。マンディは彼が教会で五人を殺したのを承知している。なのになぜ、わざわざ日記を持って警察を訪ね、バックパッカー殺人の容疑を晴らそうとしているのだろう？　彼女はそちらのほうが、さらに極悪な犯罪だと思っているのだろうか？　セント・ジェイムズ教会の虐殺は精神病質的な暴発で、ほんの一瞬に起きた衝動的犯行だったのに対し、バックパッカーの誘拐、ほぼ確実なレイプ、そして殺人は、サディスティックで邪悪な計画的犯行だとでもいうのか？　彼女は何を守ろうとしているのだろう？　死んだ恋人の名誉か、彼女自身のスウィフトへのためらいがちな忠誠心か、それとも息子の将来を思ってのことか。息子がいつの日か真実を知ったとき、バックパッカー殺人の容疑を晴らしたほうが、父親のことをいささかましに思えるからだろうか——マンディ自身の父親に対する気持ちよりは？　ちくしょう。マーティンはあたりを見まわした。これだけ二日酔いで頭がうずくのに、ほんの一瞬、この埃っぽい部屋に未開封のボトルはないかと思ったのだ。

　では、マンディがたとえ話のようなものだと言っていた、メルボルンの一夜の情事で妊娠したという嘘はどう解釈すべきか？　答えは明白に思える。彼女はジャーナリストに、自らが大量殺人犯の愛人だったと言いたくなかったのだ。新聞にそんなことを書きたてられたら、彼女自身も息子もたまったものではない。彼女はリアムに、自分と同じ苦しみを味わわせたくなかったのだ。彼女はなんと言っていたか？　いったいリアムはどんな思いをすると思う、と。ではなぜ、彼女はマーティンに真実を打ち明けたのか？　それは彼に、マンディが知らない謎を突き止めてほしかったからだ。バイロン・スウィフトの正体を。彼女は意図的にそれを話し、マーティンに牧師の過去を明らかにしてほしいと願っていた。マンディは何を求めていたのだろう？　彼女を妊娠させ、見捨て、五人を冷血に殺害して、息子に恥と不名誉を与えたスウィフトに、いささかなりとも弁護の余地を探したかったのではないか。

マーティンはウォーカーのことを考えた。あの牧師は過去のない男だと教えたのはウォーカーだった。マーティンはその情報をもとに日曜日の記事を書き、それを読んだゴッフィンがフリントの戦争犯罪を彼に明かした。これにて一件落着だ。マンディはバイロン・スウィフトを愛していたが、愛した男の正体を知らなかった。そして自分自身と息子のために、スウィフトの正体やその過去を知りたいと願った。いまのマーティンはそれを知っている。彼はスウィフトの正体を知り、その恥ずべき過去も知っているのだ。すなわちスウィフトが戦争犯罪人だったことを。しかし、そのことをマンディに告げられるだろうか。彼女は聞く耳を持つだろうか。それにハーリー・スナウチの件はどうすればいいのだろう。DNA鑑定をマンディに受けさせたいと言っているからには、スナウチは彼女との親子関係がなく、母親のキャサリンが悪意に満ちた嘘つきだと証明できる自信があるにちがいない。マーティンはそんな可能性のある話を、彼女にどうやって切り出せばいいのだろう。そんなことを言ったら、マンディは今度こそ永久に彼を追い払うかもしれない。

胃がむかつき、頭がうずく。マーティンは彼女を失いつつあることを自覚していた。和解の見込みはほとんどない。けさ、日記の信憑性に疑問を呈して怒りを買ったばかりなのに、マーティンが知っている真相は、いつ破裂するかわからない爆弾のようなものだ。いつかどこかで、ゴッフィンから聞いた情報を公表し、スウィフトの正体は戦争犯罪人ジュリアン・フリントであると明らかにすれば、マンディはもう二度と彼と口を利いてくれないだろう。そして彼は、マンディへの疑いを抱いたまま取り残される。その猜疑心の種を蒔いたのはゴッフィンだ。日記は本物なのか、それともあとで改竄されたものか？　それはマンディが〝たとえ話〟と称する粉飾なのか？　マーティンはワインバーに座ったまま、彼の人生がばかげたゲーム番組のようなものになってしまったのかと思った――どちらかを選んでください、いますぐ現金か、それともお楽しみ抽選箱か。真相を書いて大金を得るか、愛を貫いて女性を選ぶか。さあ、どっち？

　不意に室内が明るくなった。強い日光がワインバーに差しこみ、暗がりに舞う塵を照らす。通りの向かいに並ぶ店の上に日が昇り、ヘイ通りを照らしているが、まだワインバーの日よけの下にあって窓を突き抜けてくる。マーティンは窓をふさぐ板の隙間に向かい、直射日光を避けて外を見ようとした。しかしうまくいかなかった。〈オアシス〉は朝日の情け容赦ない光に消し去られている。赤いものが通りすぎ、車のエンジン音がした。フラン・ランダーズの車が、ベリントンから牛乳やパンやスワンプ・ピーの花を運んできたのだ。それに新聞も。火星のような荒涼とした町に、生きる糧が届いた。

　しかしフランは話をしたがらず、商品を運び出して忙しなく店と往復し、業務用の愛想笑いをするだけだったので、マーティンは新聞と水とコーヒー牛乳、ベリントンのカフェのデニッシュと、安物の鎮痛剤を買って店を出た。

　マーティンは店の前のベンチに座り、コーヒー牛乳を飲みながら火曜日の新聞をしかめ面で読んだ。彼の痕跡は《ジ・エイジ》から、ものの見事に消え去っている。彼という記者が存在していた証拠は抹消され、旧ソ連から追放されたトロッキーのように跡形もなくなっていた。探していた記事は三面にあり、〈ベリントン取材担当：ダーシー・デフォー〉の署名が入っていて、記事のいちばん下に、あたかもとってつけたように〈追加報告：ベサニー・グラス〉と記されていた。いかにもデフォーらしい記事で、簡潔ながら美しく彫《ちょう》琢《たく》された文章が〈警官を悼む川沿いの町〉という見出しの下に連なっている。その記事にはハーブ・ウォーカーの死をめぐる状況がおぼろげに触れられているだけで、バックパッカー殺害事件との関連はおろか、マーティン・スカーズデンやダグ・サンクルトンをめぐる顛末にもなんら言及されていなかった。とどのつまりは、困難な状況で職務をまっとうしようとした誠実な男への追悼文にすぎない。デフォーは新情報をなんら伝えずに、もっともらしい記事に仕上げていた。経営陣はさぞかし喜ぶだろう。ウォーカー自殺の件は新聞社にとって地雷原のようなものだが、デフォーにまかせた以上、フェアファックス・グループは安泰だ。ライバルながら、マーティンはいつもその手腕に舌を巻いていた。デフォーがバランスの取れた見かたを失うことはまずない。マーティンはため息をついた。町を出る潮時だ。

　コーヒー牛乳を飲み終わり、鎮痛剤を水で流しこんでいるときに、ロビー・ハウス＝ジョーンズ巡査とシドニーから来た殺人課の刑事ルチッチが、断固とした足取りで銀行の角を曲がってきた。警察署から出てきたのはまちがいない。二人は通りを横断し、無言のまま、つかつかとマーティンに近づいてくる。一瞬、恐怖で心臓が早鐘を打った。自分を逮捕しに来たのか？　なんの罪で？　二人は彼のほうへ歩いてきたが、逮捕しに来たのではなかった。

「おはよう、マーティン」ロビーが言った。

　ルチッチは侮蔑に満ちた視線を投げかけるばかりで、目礼すらしない。

「おはよう、ロビー。どうしたんだい？」

「おまえには関係ないことだ」ルチッチが言った。ロビーが店に入っているあいだ、刑事はずっとマーティンのかたわらに立っていた。一、二分ほどしてロビーが現われ、いかにも心配そうな表情のフラン・ランダーズが続いて出てきた。

「マーティン」彼女はベンチに座るマーティンを見て言った。「ひとつ、お願いしてもいいかしら？　店番をしていただける？　ほんの五、六分で戻るから」

「もちろん、いいとも」マーティンは答えた。ほかにやることもなかった。

　彼が見ている前で三人は通りを歩き、ホテルの角を曲がって警察署とは反対方向へ行った。マーティンはそのまま座って待った。くたびれた小型トラックに乗った農家の男が現われ、マーティンは彼について店に入った。男はベーコン一キロ、食パン一斤、牛乳二リットル、タバコをひと箱買い求めた。レジには鍵がかかっていたので、マーティンは代金を受け取り、レジのそばに置いた。取引はほとんど無言で行なわれ、男はタバコの銘柄を口にする以外、ときおりうなるだけだった。マーティンは男に続いて店を出、客が小型トラックに乗りこんで、来た道を引き返していくのを見送った。

　ほどなく、マーティンの目に隣のブロックの店から出てくる二人の警官が見えた。ふたたび彼の胸に恐怖がよぎった。その店はブックカフェだった。思ったとおり、二人の警官に続いてマンディが現われ、三人は通りを渡って旧町議会の建物の角を曲がり、銀行の向こうに消えて、警察署へ向かっていった。三人ともマーティンを一顧だにしなかった。

　そのままベンチに座っていると、フランが戻ってきた。ベビーカーを押している。リアムはなんの心配もなさそうに哺乳瓶を吸っていた。

「フラン、どうしたんだ？」

「マンディが事情聴取で連れていかれたわ。わたしはリアムの子守りを頼まれたの。二、三時間はかかりそうですって」

「いったい何を訊きたいんだ？」

「わたしにもわからないわ、マーティン。何も教えてくれなかったから」

「彼女の様子は？」

「大丈夫だと思うけど。あきらめていたようにも見えたわ、警官が来るのをわかっていたような」

「そうか」

　マーティンはどうすべきなのかわからなかった。町を出ていくべきだとわかってはいたが、こうなってはそんなことはできない。マーティンはマンディが連行されたことに責任を感じていた。彼女と一夜をともにし、バイロン・スウィフトのアリバイを彼女が持っているとウォーカーに話した。彼女の好意に応えようとした結果、マンディにも殺人事件の共犯の嫌疑がかかってしまったのではないか。これからどうする？　このまま町を出て、手を拭うのか？　マンディにいかなるトラブルが降りかかろうと、知らん顔をするのか？　六時のニュースで彼女がダグ・サンクルトンの餌食にされ、ダーシー・デフォーの名文でとどめを刺され、モンティフォー率いる警官たちによって、人々の怒りを鎮めるための生贄にされるとしても？

　マーティンは角へ行き、警察署のほうを窺った。思っていたとおり、カメラマンの群れがすでに待ちかまえている。まだ九時にもなっていない。彼の元同僚たちが賞賛すべき勤勉さを発揮し、ベリントンから車で四十五分の道のりを厭わず場所取りに来たのかもしれないが、警察から事前に予告があった可能性のほうが高い。メディアの前でマンディを容疑者として連行し、善良なるオーストラリア国民の見世物にして、警察の捜査に進展があったことを示すのだ。

　マーティンには、夏の暑さにうだる人々がこの話題に飛びつくことがわかっていた。娘を殺した罪を着せられたリンディ・チェンバレンや、麻薬密輸の罪でインドネシアに収監され長年服役したシャペル・コービーの伝統を引き継ぎ、国じゅうの注目を集めるだろう。

殺人、宗教、セックスという鉄板の組み合わせなのだ。そして、マンディの日記に関するニュースがリークされたら、彼女は美しき妖婦としてカメラの餌食にされ、おそらく最も重要な要素だが、殺人事件をめぐる謎がふたたび取り沙汰されるだろう――そもそも、なぜバイロン・スウィフトは銃撃事件を起こしたのか？　うら若い女性バックパッカー二人を殺した犯人は？　競合紙が主張しているように、彼女らはレイプされ、拷問されたのか？　オーストラリア全土のバーベキュー広場や酒場、喫茶店やカフェテリア、美容室やタクシーのなかで、全国民とその飼い犬が、事件の真相や犯人をめぐって手前勝手な憶測を闘わせるだろう。ラジオの視聴者参加番組はこのときとばかり活況を呈する。インターネットでは悪趣味なジョークやら陰謀論が飛び交い、マーティンもそのネタにされるだろう。そうなったとしても、彼に反駁する権利はない。これまでさんざん大見出しを書きたて、リバーセンドの事件を国じゅうの話題にしてきた張本人、マーティン・スカーズデンには。そう考えると胃がひっくり返りそうになり、立ち上がれなくなった。ウィスキーなど、飲むのではなかった。

〈ブラックドッグ〉に戻ってきたときには、気分はさらに悪くなっていた。外にはテレビ局の中継車が駐まっている。二十四時間態勢で中継する準備を整えているのだ。全国ネットが一局でも中継を始めれば、他局がこぞって追随するだろう。こんなことになるとは。それなのにいまのマーティンには、どうすることもできない。メディアの取材攻勢を考えて憂鬱になり、受付を通りすぎて客室へ向かおうとしたときに、カウンターの横にある扉からおかみが顔を突き出した。「ミスター・スカーズデン？　ちょっとよろしいですか？」マーティンが受付に入ったとき、おかみはもうカウンターの奥に戻っていた。彼女は髪を切り、染めていた。不揃いだったブロンドの髪と、くすんだ茶色の生え際は、ブルネットに統一されている。ベリントンの美容室に行ってきたのだろう。

「恐れ入りますが、ミスター・スカーズデン、お客さんの雇い主からお電話がありました。いや、元雇い主ですね。本日をもって、お客さんのカード認証をやめるとのことです。お部屋も、別のお方に引き渡してほしいとのことでした。ええと、ミスター……」

「デフォーだな」

「そういうお名前でしたか。ミスター・デフォーですね。その方はごいっしょですか？」

「いや、ちがう」

「わかりました。とにかく、お部屋を空けていただきます。掃除をして、次のお客さんをお迎えしたいので」

「ちょっと待ってくれ——ええと、おかみさんの名前を忘れたんだが」

「フェリシティ・カービーです。夫のジーノと、〈ブラックドッグ〉を経営しています」

「失礼、ミセス・カービー、まだミスター・デフォーを見かけていないが、彼はここには滞在しないような気がする。メディアの人間はほとんどがベリントンに滞在しているからね。みんな、川沿いのほうが気に入っているみたいだ」

「ですが、わたくしどもはご予約をいただいているんです、ミスター・スカーズデン」

「確かにそのとおりだ、ミセス・カービー。それでもミスター・デフォーの場合は、最高級のスイートルームでも用意しなければ、ベリントンのほうを選ぶと思うよ」

「冗談ですか、ミスター・スカーズデン？」

「まあ、冗談と言えば冗談だがね、ミセス・カービー」

「本当ですか？　おかしなことをおっしゃいますね。

とにかく、鍵をお返しください。そうすれば丸く収まりますから」

「ひとつ考えがあるんだが、ミセス・カービー。もっとお互いの利益になる解決策があると思うんだ」

「なんでしょう。わたしも忙しいんですが」

「部屋にはわたしが引きつづき宿泊したい。支払いは私用のクレジットカードを使う」

「いいでしょう。しかし別のお方は、そういうお話でご納得いただけるんでしょうね？　わたしはお電話で、ご予約いただいたお部屋を押さえると言いましたので」

「それは請け合おう。彼の好みはいささか高級志向なんだ」

「どうもそのお客さんは、鼻持ちならないお方のように聞こえますね、ミスター・スカーズデン」

「そう思うのは自由だが、ミセス・カービー。わたしはそうは言っていない」

「まあ、いいでしょう。では一週間分を前払いしていただきます。延泊の場合は日払いで」

「一週間分を前払い？　もう一週間もここに泊まっているんだぞ」

「カードが変われば、経理上は別人扱いになりますので」

　マーティンは肩をすくめ、署名しようとしたときに、宿泊料金が一泊三十ドルに値上がりしているのに気づいた。「リバーセンドもインフレなのかい、ミセス・カービー？」

「教科書どおりの経済学ですよ、ミスター・スカーズデン。お金を出して泊まりたい方はたくさんおられるのに、部屋数が足りないんです。それに、学校の夏休みで繁忙期に入りますから」

　マーティンがクレジットカードの認証欄と、新たなホテルの宿泊台帳に記入しはじめたときだった。

「そうでした、ひとつ忘れていました。お客さんの編集委員という方から、昨夜お電話がありました。いや、おとといの晩でしたか」

「ありがとう。いまとなっては、意味はないだろうが」

「ご伝言がありました」机のまわりを探し、マーティンに付箋を渡す。そこには固定電話の番号が書いてあった。「新しい電話番号とのことです」

おやおや。哀れなマックス。電話番号も変えさせられたとは。

マーティンは苦笑しながら、記入した書類を渡した。

「髪型、似合ってるね、ミセス・カービー」

「あら、ありがとうございます、ミスター・スカーズデン」

客室へ戻ったとたん、マーティンは優柔不断の虫に取り憑かれ、乱れたベッドに身体を投げ出した。さらに一週間、この犬小屋同然の部屋で過ごすのか？　というより、これからどうすべきなのか？　彼がまだここにいるのは、マンダレー・ブロンドを見捨てていきたくないからだが、かといって、たとえ警察署の前でキャンプを張ったとしても彼女のためにはならず、メディアの恰好の餌食になるだけだ。さらに言えば、けさから彼女はマーティンの顔を見るのもいやになっている。

マンディは何を望んでいるのか。彼女の欲望はどこへ向かっているのだろう。確かに彼女はマーティンと一夜をともにした。しかしそれは、たった一度のことだ。マンディが彼にのぼせ上がっているとは、お世辞にも言えない。あの晩、彼女がマーティンを家に連れていった動機はなんだろう。スナウチが助かったことへの感謝だろうか？　マーティンもまた死を免れたことへの感謝か？　マーティンを操っていることをすまなく思ったのか？　あるいは、ただ寂しかっただけかもしれない。それとも退屈だったのか。さもなければ、その日に味わった昂揚感を誰かと分かち合いたかったのか。いずれにしろ、マンディがマーティンに恋い焦がれていないのは明白だ。妊娠がわかってから、彼女の望みはただスウィフトとともに町を出ることだったが、やがてその牧師をフランと共有する状態に落ち着いていたようにも思える——マンディ自身は、スウィフトを愛していたと主張しているけれども。ともあれ、マーティンには愛の言葉を一度も告げていない。マーティンが新聞記事でスウィフトを中傷し、けさも彼女の日記は改竄されているのではないかとほのめかしたことから、今後も彼女から愛していると言われる可能性はないだろう。けさ、彼女は言っていた——ここを出て、二度と戻ってこないで、と。マーティンは自らの両手を見た。感傷に浸っている男の手だ。そして気づいた。情緒的な絆を求めているのはマーティンのほうで、彼女ではない。マンディを助けたがっているのは、彼のほうなのだ。彼女はマーティンの助けを必要としていない。

　では、どうすべきか？　マーティンは雑貨店に戻り、フラン・ランダーズやリアムといっしょに待つべきかもしれない。警察から放免されたあと、マンディが最初に来るのはそこだからだ。マーティンは彼女と話し、助けを申し出て、拒まれたら別れを告げ、きれいさっぱりあきらめて町を出られる。だが彼はすぐに動こうとしなかった。青二才の男子生徒みたいに、何時間も店の前で座っていたくなかったのだ——この炎天下に、二日酔いの頭を抱えて。マーティンとて、頭ではわかっていた。いま考えるべきなのは自分自身の未来であり、今後の生活やキャリアをどうすべきかなのだ。《ヘラルド》から解雇されたいま、思いをかなえられる見込みのない女のことをうじうじ悩んでどうなる。そもそもジャーナリストとしての未来は、まだ自分にあるのか？　広告や出資を請け負うことで成り立っているこの業界は、すでに資金が枯渇しつつあるのだ。マーティンがいまやるべきなのは、手当たり次第に電話をかけ、ジュリアン・フリントに関する記事に金を出してくれるスポンサーを探すことだ。

　マーティンはマックスの新しい電話番号が書かれた付箋に目をやった。もしかしたらマックスは、彼の記事を買ってくれるスポンサーに心当たりがあるのでは？　モーテルの電話を使って番号を押してみたが、通話はできなかった。録音されたメッセージが聞こえるだけだ。「おかけになった番号は、現在使われておりません」どういうことだ。

　携帯電話を取り出したが、電波が届かないリバーセンドでは名刺ファイル代わりの役にしか立たない。マックスの携帯電話番号が登録されていたので、ホテルの固定電話でかけてみた。

「はい、マックス・フラーですが」

「マックス、マーティンだ」

「マーティン、きみか。いまどこだ？」

「まだリバーセンドにいるんだ。いくつか未解決の謎があってね」

「なるほど。何をしてほしい？」

「昨夜、電話をかけてこなかったかい？〈ブラックドッグ〉に？　わたしに新しい電話番号を教えただろう？」

「わたしじゃないな。どんな番号だ？」

　マーティンは番号を読み上げた。

「妙だな、マーティン。それはシドニーの局番じゃない。いま、きみがいる地方の局番だ。最初の四桁が、いまきみが発信しているのと同じ番号じゃないか」

　マーティンはベッドサイドのテーブルで、白い紙に赤字で印刷されたトミーのテイクアウト店のメニューを見た。〈サイゴン・アジアン〉の電話番号を。マックスの言うとおりだった。最初の四桁が同じだ。何かがおかしい。「マックス。わたしはなんてばかだったんだ。邪魔してすまなかった。こっちの勘違いのようだ」

「マーティン、大丈夫か?」

「ああ、もちろんさ。シドニーに戻ったら連絡するよ」

「必ずしてくれ」

通話を終え、マーティンは受話器をじっと見つめた。フェリシティ・カービーが番号をまちがえたのか? 編集委員になりすまし、リバーセンドかこの一帯から電話をかけてきたのは誰だ? 誰かがマーティンの追跡を攪乱しようとしているとか? ではなぜ、わざわざ使われていない番号を伝えてきたのだ? もしかして……そうか、わかった。ウォーカーにちがいない。ウォーカーが編集委員になりすまし、銃撃事件の日にセント・ジェイムズ教会と通話した番号を教えてくれたのではないか。まだ電話を見ていたとき、扉がノックされた。マーティンは動転し、返事をしたものか迷った。

ふたたびノックがした。「マーティン? いるのか?」

ジャック・ゴッフィンだ。マーティンは扉を開け、ASIOの男を部屋に入れた。

「ひどいざまだな」ゴッフィンは挨拶代わりに言った。「けさ、少し頭がくらくらするのはわたしだけじゃないようだ。うれしいね」

マーティンが見るかぎり、相手の顔に二日酔いの徴候は見られなかった。いつもどおりの鋭い眼光で、表情は平然としている。マーティンはベッドに腰を下ろした。ゴッフィンは扉を閉め、立ったままだ。タバコの臭いがする。

「あれからどうなったか、聞いているか?」

「なんのことだ? 何も聞いていない」

「大丈夫か、きみ?」

「いや、ひどい二日酔いだ。おかげさまで」

「警察がマンダレー・ブロンドを逮捕した。彼女は告発されている」

「なんの罪で？」

「捜査を攪乱しようとした容疑だ」

「日記のことか？」

「日記のことだ」

「くそっ」マーティンはうめいた。「なぜ彼女がわざわざそんなことをしたのか、見当もつかない」

「本当に心当たりはないのか？」

「わたしが？　あるわけないだろう。あんたは？」

「ないね」

「日記に不審な点があったのか？」マーティンは訊いた。「改竄されていたのか？」

「その点は定かではない。この会話は、完全にオフレコということでいいかな？」

「きのうも言ったとおり、いまのわたしに記事を書けるというのは仮定の話だ。そもそも情報を公表する手段がない」

「そのとおりだが、きみの元同僚に伝えてほしくないんだ。ダーシー・デフォーに耳打ちしたりしないでくれ」

「約束しよう」

「結構だ。では言おう。わたしにわかっているかぎりでは、日記にまつわる問題は何かが書き加えられたかどうかではない。ただし警察は、少なくとも一行が、事件のあとで加筆されたのではないかと疑っているがね。問題は、失われたページがあるということだ。彼女が何ページか破り取ったようだ」

「プライバシーを守りたかっただけかもしれない」

「あるいはそうかもしれん。しかし仮にそうだったとしたら、あの女は警察というものを理解していないんだ。いまの警察は、なんとしても犯人を捜し出そうとしている。捜査関係者は結果を出すよう求められている。連中にかかっている重圧がどれほどのものか、きみは想像もできないだろう。そんなときに彼女はのこのこ出ていって、自らを大皿に載せて差し出したんだ」

「しかし、それでは筋が通らない。彼女が殺人に関与していたのなら、なぜわざわざ日記を提出したんだ？　こうなる以前、彼女は容疑者ではなかったじゃないか？」

「わたしの知るかぎり、容疑者ではないな」

「ということは？　警察が彼女を逮捕するのはお門違いじゃないか」

「そうとはかぎらない。確かに警察は、確たる証拠なしに殺人事件への彼女の関与を立証することはできないだろう。しかし、捜査を攪乱しようとした容疑というのはいい線だ。日記を詳細に読めば、第一容疑者バイロン・スウィフトが、ドイツ人バックパッカー誘拐殺人事件やセント・ジェイムズ教会前の銃撃事件の時期にどんな行動をしていたか、いくらかわかったかもしれない。それなのに彼女は、きわめて重要な証拠を破棄してしまった疑いがあるんだ。泥沼に足を突っこんでしまったようなものだ」

「ちくしょう、これからどうなる？」

「それできみを探しに来たんだ。彼女は子どもの面倒を見たいと言って、保釈を申請している。だが警察は抵抗している。それで彼女を車でベリントンに護送し、治安判事に保釈審理をしてもらう手はずになっているんだ」

「ベリントンに治安判事裁判所があるのか？」

「いや、ない。デニリクインから治安判事に来てもらうんだ」

「だったら、ここリバーセンドに来てもらえばすむ話じゃないか」

「わたしの推測を言おうか？　メディアがベリントンを根拠地にしているからだろう」

「なんだって。冗談だろう？」

「いや」

「ではなぜ、わたしにそのことを知らせるんだ？」

「きみも行きたいんじゃないかと思ってね。彼女には精神的な支援が必要かもしれない」

「わたしの？」

「誰のでも」

リバーセンドからベリントンにかけて横たわる灼熱の平原地帯を、長く連なる風変わりな車列が疾走している。それぞれが期待や不安、野心や絶望を胸に秘めながら、目的や思惑が異なる者同士が列を作って走っていた。露払いを務めるのは警察車輌だ――ロビー・ハウス＝ジョーンズ巡査がハーブ・ウォーカーの四輪駆動車を運転している。モリス・モンティフォー警部とゴッフィンは同じレンタカーだ。けばけばしい塗装のハイウェイ・パトロールカーがマンダレー・ブロンドの護送任務を担い、アイヴァン・ルチッチ部長刑事も同乗している。そのあとに、メディアの車列が続く――ラジオ局《３ＡＷ》の派手なロゴをつけた衛星中継用トラックが、ハイウェイ・パトロールカーに追いすがろうとしている。その後続は白いレンタカーの群れで、自家用車もいくらか混じっている。全国ネットのテレビ局は、さまざまな装備を備えたステーションワゴンやＳＵＶだ。どの車もきっかり時速百十キロで走っているのは、先頭の警察車輌が速度制限を厳守して走っているからで、メディアの車列はそれより速くも遅くもなく、交通ルールを守ってシートベルトを着用し、同じスピードにさまざまな思惑を秘めて、一様にベリントンをめざしている。国じゅうの注目を集めるドラマの新たなるエピソードが待ち受ける川沿いの町へ。平原のなかほどで、車列は重そうに進むテレビ局の中継車を追い越した。中継車は接近する車列に動じることなく、徐行はおろか、端にもほとんど寄ろうとしないのに、追い越していくドライバーはみな、車線を変更するたびにきまじめにウインカーを点滅させた。

マーティンは車列の最後尾にいた。もはや取材の先頭を走る記者ではなくしんがりで、トップ記事はおろか、注釈さえ書けない身だ。一瞬、こんな思いがよぎった――アクセルを踏みこみ、レンタカーの性能の限界を試して、かつての同僚たちを追い越し、警察も追い抜いて最後の意地を見せ、ハザードライトを点灯して彼らの反応を試してやろうかと。しかしそんな考えは、たちまち失せた。もはやそんな気骨はなかったのだ。そして自ら最後尾に甘んじ、なぜだろうと思った。なぜ誰からも疎んじられているいまの自分に、ジャック・ゴッフィンはこの二十四時間で二度も接触してきたのだろう。情報を引き出すためなのはまちがいない。マーティンを情報源にし、事実を訊き出そうとしているのだ。ゴッフィンはなんと言っていた？　これは情報交換ではない、と。にもかかわらず、それは情報交換そのものだった。ゴッフィンはバイロン・スウィフトの正体がジュリアン・フリントだったことを明かし、その兵士の来歴と戦争犯罪を教えてくれたのだ。そしてＡＳＩＯの工作員は自ら進んで、ほかの情報まで教えてくれた。マンディの日記には失われたページがあり、一、二行、書き加えられた疑いがある、と。警察が必死だという意見も付け加えて。なぜか？　マーティンにはもはや、それを世の中に知らせる力はない。ではマンディ・ブロンドのため？　そう考えたほうが筋は通る。いまのゴッフィンは、彼女がスウィフトと親密な関係にあったことを知っており、マーティンを通せば彼女の信頼を得られると思っている。その考えに思い至り、マーティンの顔に苦笑いが浮かんだ。ゴッフィンもスナウチもともに、彼をマンディに近づくための仲介者と見ているのだ。しかし実際には、マンディが彼と二度と口を利いてくれない可能性が高いのだが。

ゴッフィンに電話番号のことを話そうか。リバーセンドの電話番号を。もしかしたら、どこかのウェブサイトに番号を入力すれば、誰の電話番号かわかるのかもしれない。あるいはベサニーが力になってくれるかもしれない。それとも、やはりゴッフィンを信じるべきだろうか。あの男には、誰の番号かを特定する手段があるにちがいなく、銃撃事件の直前にスウィフトがセント・ジェイムズ教会からかけた相手がわかるはずだ。だがゴッフィンがそれを突き止めたとして、彼はその情報をマーティンと共有する義務があるだろうか？　それでも、いまのマーティンにほかの選択肢があるのか？　ゴッフィンの調査が、セント・ジェイムズ教会前の銃撃事件やバックパッカー殺害事件の真相究明に進展をもたらせば、マンディを苦悩から救えるかもしれない。いや、反対に彼女を訴追する証拠になる可能性もある。どうすればいいんだ。あれこれ思い悩み、マーティンの頭痛がひどくなりはじめたちょうどそのとき、ベリントンの灌漑された果樹園の緑が地平線から見えはじめ、彼は安堵した。車列の赤いブレーキランプが次々と点灯し、遵法精神に富んだ市民を装うドライバーたちが車の速度を六十キロに落とす。ベリントンの目抜き通りに出るころには、マーティンは心を決めていた。ゴッフィンに腹を割って電話番号のことを話そう。

保釈審理は非公開で執り行なわれる。治安判事はベリントン警察署に閉じこもり、報道関係者を遠ざけた。それでジャーナリストたちは外で待ち、さまざまな期待や憶測をめぐらせた。警察は地元の女性マンダレー・ブロンドを逮捕しました――リポーターたちは、切迫した重々しい声でマイクに告げた。一人のリポーターは彼女を魔性の女と呼び、もう一人はボニーとクライド（一九三〇年代にアメリカで実在した男女二人組の強盗。映画『俺たちに明日はない』に描かれた）と呼び、別の一人は世紀の犯罪と呼んだ。そしてほどなく、どのリポーターもその呼び名をまねた。ダグ・サンクルトンはテレビカメラに向かい、権威ぶった口ぶりでわかりきった事実を並べ立て、新たな憶測をさも事実のように付け加えた。そのニュースはすぐに国じゅうを駆けめぐった――警察の捜査に進展があったようです、われわれは固唾を呑んで事態を見守っています。視聴者のみなさまもどうかお見逃しなく、チャンネルはそのままで、コマーシャルのあと番組がお届けする最新情報をお待ちください。しかし、このときとばかり昂ぶっていた報道陣は一瞬、水を打ったように静まりかえった。警察署に近づいてきたマーティンの姿を認めたのだ。ふたたび彼らがいっせいにわめき立てた言葉は、テレビやラジオを通じて広まり、新たな業界用語となりつつあった――恥知らずの元ジャーナリスト、マーティン・スカーズデンです。

だが、きょうのマーティンに特別待遇はなく、メディアとともに外で待つよう求められた。彼はその指示に従い、前日ダグ・サンクルトンと言い争った記者会見と同じようにメディア関係者の群れに入った。かつての同業者たちはみな、マーティンの思いがけない登場に驚き呆れた。サッカリーは悲しげに頭を振ったが、それでも挨拶して礼儀を守り、こんなことになってしまって残念だと言った。ABCのジャーナリストは、彼にインタビューを申しこんだ。昨夜のニュースでこの局はマーティンを擁護したのだから、当然その資格があると言わんばかりの態度だ。マーティンは辞退した。中継を終えたばかりのダグ・サンクルトンは、一貫して目も合わせようとしなかったが、彼のカメラマンは厚顔無恥にも、マーティンの一挙一動を映していた。

「マーティン」自信に満ちた深い声が呼びかけた。ダーシー・デフォーだ。「ここで会うとは思わなかった。その後、調子はどうだい？」

「ダーシー。サーカス一座へようこそ。調子は悪くないよ。警察はなんて言っている？」

「最小限のことしか言っていない。ブックカフェの店主を逮捕した。彼女はバイロン・スウィフト牧師の知人だと思われる、と」

「確かに、そのとおりだ」

「お友だちのサンクルトンは強気だ。彼によると、警察は店主の女と牧師が共謀して、バックパッカーを殺害したと見ているそうだ」

「いいかい、ダーシー、そんなことを書くのはやめておくんだ。まじめな話、警察の発表を待つべきだ」

「じゃあ、きみは別の真相を知っているのか？」

「わたしが知っていることが真相かどうかはわからない。でもわたしは、この事件の取材で限度を超えてしまった。そのせいでこうなったんだ。そのわたしでさえ、そんな見立ては記事にしなかっただろう。この段階では」

　ダーシーがその言葉を反芻していたとき、警察署から、灰色のスーツを着た痩身で無精髭の男が出てきた。

「ＡＳＩＯのやつだ」メディア関係者のあいだにざわめきが広がる。

　ゴッフィンはマーティンの姿を認め、手招きした。マーティンはカメラがいっせいに自分の背中に向けられたのを感じながら、ゴッフィンとともに警察署に入った。

「きみが金を持っていることを祈るよ」ゴッフィンは言った。

「なぜだ？」

「保釈金が必要になるかもしれないからだ」

　治安判事は重厚な机に向かって座っていた。赤ら顔で、髪も服装もいくらか乱れていて、不機嫌そうだ。周囲の人間もみなむっつりしていた。モンティフォーは治安判事を突き刺すような目で睨みつけ、ルチッチはロビー・ハウス＝ジョーンズを睨《ね》めつけて、ロビーは殺人課の刑事たちと目を合わすまいとしている。マンディは椅子に座り、小さく見えた。白いシャツに青のジーンズという服装で、手錠をかけられている。彼女はマーティンを見上げると、望みを託した目で笑みを浮かべた。マーティンは胸を高鳴らせ、けさの一件を許してくれたのだろうかと思った。

「きみがマーティン・スカーズデンか？」治安判事が尋ねた。目は血走っている。マーティンのところまで、酒臭い息が漂ってきた。

「おっしゃるとおりです」

「きみがミズ・ブロンドの保釈金を支払う用意があるかもしれないと聞いた。そのとおりかな？」

「はい、閣下」

治安判事は鼻を鳴らし、ため息をついて首を振った。

「わたしは一介の治安判事で、裁判官ではない、ミスター・スカーズデン。閣下と言われるほど偉くはないんだ」そう言うと、彼は盛大なげっぷをした。「失礼」

マーティンはうなずいた。誰一人、笑い声をあげず、にこりともしない。治安判事は酔っていたが、周囲の者はまじめくさった表情を崩さなかった。

治安判事は語を継いだ。声はしっかりしているが、身振りはやや大仰だ。「よろしい。わたしはここでジレンマに出くわしている、ミスター・スカーズデン。ジレンマだ。解決するにはソロモンの知恵が必要だろう。ここのモンティ警部は保釈に反対し、容疑は重大だと言っている。片や、ここにいる若い巡査はわたしに、ミズ・ブロンドは一歳未満の幼児をたった一人で育てていると言っている。そのとおりかね？」

「おっしゃるとおりです」

「大変よろしい。ところできみ、痛風になったことはあるかね？」

「いいえ、ありません」

「大変よろしい。できれば、ならないように気をつけることだ」もう一度げっぷをしたが、警察関係者はあくまでも厳粛な表情だ。モンティフォーは目を閉じている。「では、裁決しよう。きみが身元保証人になるとして、保釈金を、うーむ、一万五千ドルとしようか？　うむ、いい響きだ。よし、一万五千ドル。それだけの保釈金を用意できるかね？　それから、身元引受人になれるかな？」

　マーティンがマンディの顔を見た瞬間、ためらいはすぐに消えた。彼女の目はマーティンに注がれ、リアムへの気遣いで一杯だ。彼女の願いをどうして退けられるだろう？

「はい、用意できます。ベリントンの銀行から下ろせます」

「大変結構。では、条件を言い渡そう。ミズ・ブロンド、きみは毎日一回、昼前にリバーセンドの警察署に出頭する義務がある。町から五キロ以上遠くへ行くには、事前に警察に通知し、許可を得る必要がある。それから、ええと……きみはミスター・スカーズデンともほかのメディア関係者とも、容疑に関する問題を話し合ってはならない。しかしながら、弁護士とはぜひ話し合うことをお勧めする。いま言った条件は、陪審審理付託手続が行なわれるときか、容疑が取り下げられるときか、わたしが別の決定を下すときまで有効とする。あるいはほかに何か起きるまで。わかったかな？」

「はい、わかりました」マンディがしおらしい口調で言った。

「ミスター・スカーズデン、わたしは被疑者を釈放して一介の新聞記者の庇護下に置くことを警戒している。実を言えば、きみをあまり高く評価しているわけではない。それはさておき、きみは容疑のことや、ミズ・ブロンドの日記やその内容について、彼女と話し合ってはならない。それから、容疑にまつわる問題を記事にしてはならない。わかったかね？」

　マーティンは目をしばたたいた。足枷《あしかせ》を嵌められたのだ。だがマンディを見ると、ためらいはなくなった。

「わかりました」彼は治安判事に答えた。

「その条件でも、保釈金を支払う用意があるかな？」

「支払います」

「よろしい。ミズ・ブロンドはリバーセンドに戻るまで警察の保護下に置かれる。ミスター・スカーズデン、銀行で小切手を振り出し、リバーセンドの警察署に出頭しなさい。それから、ミスター・スカーズデン？」

「はい、なんでしょう？」

「できるだけ、贅沢な食事を避けることだ。諸悪の根源だからな。ではみなさん、ごきげんよう」そう言うと治安判事はもう一度、盛大にげっぷをした。いままでよりもさらに大きく、長いげっぷを。

第十八章　保　釈

帰路の車列はばらばらだった。リバーセンドへ戻るマーティンの視野に、ほかの車の姿はない。それでも彼は一人ではなかった。助手席にはちゃっかり、ＡＳＩＯの工作員ジャック・ゴッフィンが同乗している。二人は無言のまま車に乗り、それぞれ物思いに耽っていた。マーティンはすでに銀行に立ち寄り、小切手を作っていた。小切手はシャツのポケットに収まっている。一枚の紙切れがこんなに重く感じるとは。マーティンの行く手のどこかに、小切手を作った目的の人、マンディ・ブロンドがいる。ハイウェイ・パトロールカーの後部座席に乗り、まだ手錠を嵌められたまま。モンティフォーとルチッチもマーティンの先を走り、今後の方針を練っているだろう。ロビー・ハウス＝ジョーンズは、ほかの警察車輛といっしょに走っているだろうか。それともシドニーから来た刑事たちとは距離を置いているのだろうか。

マーティンは警察関係者のあとを走っているが、メディア関係者よりは先行していた。彼らはまだベリントンで、記事や映像を送信している。報道陣の様子がマーティンの目に浮かぶ。いまごろダグ・サンクルトンはカメラのレンズの前でひっきりなしにしゃべり、その報告は中継車からオーストラリアじゅうに放映されているだろう。ラジオのリポーターものべつまくなしに、カメラの放列の前で警察署を出るマンディ・ブロンドの姿を伝えている。新聞記者たちはベリントンの良好なインターネット環境を最大限に活用し、オンラインで記事を送信しているにちがいない。中身の乏しいニュース速報は、鮮やかな映像や写真でその日の劇的な出来事を配信し、コメンテーターは大胆に、あることとないことを並べ立てるだろう。だが、どの媒体でも中核を占め、全国民の関心を集めるのは、同じひとつのイメージだ——天使のように美しく、神秘的な緑の目を持ち、手錠を嵌められた若い母親の姿。ジャーナリストたちはほどなく仕事を終え、息つく間もなくリバーセンドのデジタル砂漠へ向かい、次なる展開を伝えようとするだろう。この小さな町で起きた殺人、宗教、道ならぬ愛をめぐるニュースは、夏枯れにあえぐマスメディアの救世主となっているのだ。いまやその中心にいるのは、美男美女のカップルだ——故人となったバイロン・スウィフトと、逮捕されたマンダレー・ブロンド。リバーセンドに戻る途中、メディア関係者の最初の一台が猛スピードでマーティンを追い抜いていった。時速百六十キロは出しているだろう。警察署の前でマーティンの写真を撮っていたカメラマンが、もう本社に送信を終え、彼のレンタカーを追い越し、ライバル各社を出し抜いて次の取材先へ疾走する。

マーティンは遠ざかっていく車を見送った。カメラマンの車は瞬く間に、たゆたう熱気のなかへ消えていく。マーティンは運転に集中しようとしたが、意識を集中させようにも目標物がほとんど見当たらなかった。平坦な道路はどこまでもまっすぐ伸び、周囲に車もなく、車輌通行帯を示す塗料の線が、単調で起伏のない風景を地図に引かれた経線のように分かつ。自分はいったい、なんということにかかわってしまったのだろう。失業したジャーナリストにとって、一万五千ドルは大金だ。とりわけ、オーストラリア最大のニュースを公表できなくなってしまったジャーナリストには。だが、マーティンが思い悩んでいるのは金のことではなかった。マンディ・ブロンドが逃亡を企てる心配はないだろうが、これから彼女がどんな行動に出るかは予測がつかない。あるいは、彼女が過去、何をしてきたかも見当がつかないのだ。マーティンは良識に基づき、騎士道精神を発揮して、彼女の身元を引き受けた。いや、果たしてそうなのか？　彼女に言い寄りたくて、あるいは和解したくてそうしたのでは？　あるいは自己保身のため？　マンディは彼に借りを作った以上、きっとマーティンを許し、口を利いてくれるだろう。そのときになったら、彼女にハーリー・スナウチのことを話せるかもしれない。ＤＮＡ鑑定を受けるようマンディを説得し、名誉毀損で訴えるというスナウチの脅しから逃れられるかもしれないのだ。もしかしたらいままでは自分の本心を隠してきただけで、それこそがマンディの保釈金を払った真の動機ではないのか？その点はどうあれ、こうなった以上、マーティンは世論から、マンディと分かちがたく結びついていると見られるだろう。いまはまだちがうかもしれないが、夕方のニュース番組で裁決が公にされたとたん、そうなるはずだ。彼女の肩書きは決まったも同然だ――警察に第一容疑者と目された女、マンディ・ブロンド。彼の肩書き、恥知らずの元ジャーナリスト、マーティン

・スカーズデンといい勝負ではないか。そして彼はこリバーセンドにどっぷり膝まで浸かり、彼の運命はマンディと結びついている。一万五千ドルもの保釈金を支払ったことは、まちがいなく彼女との絆を深めた。そしてマーティンは、治安判事によってその件を書くことを禁じられた。その結果どうなるのかは見当もつかなかったが、最初にやるべきことは明確だった。マンディを保釈してもらい、彼女とふたたび口を利ける関係に戻ることだ。厨房に立つ彼女が、ゆったりしたTシャツ一枚だけを着て、彼にコーヒーを淹れる姿が脳裏をよぎる。マーティンは頭を振り、その記憶を振り払った。

遠くの地平線は強烈な日光に揺らめき、霞んでいる。あらゆる影を消し去るはずの太陽が世界の縁《ふち》をぼかし、地平線をあいまいにしているので、空と大地の区別がつかない。バックパッカーを殺したのは誰か？　バイロン・スウィフトが逆上した理由は？　マンディが日記から破り取ったページには何が書かれていたのだろう？　まっさらな風景に伸びる道路ははるかかなたで溶け、太陽が照りつけている。

ジャック・ゴッフィンが沈黙を破った。「マーティン、きみの助けがほしい」

「そうだろうと思った」

「マンダレー・ブロンドと二人で話したいんだ。警察から離れたところで」

「それであんたは、わたしにいろいろ教えてくれたのか？　彼女に近づくために？」

「率直に言えば、それが大きな理由だ」

マーティンはゴッフィンの正直な受け答えに、声をあげて笑った。「なるほど。ちょっと考えさせてくれ。わたしには何かいいことがあるのか？」

「たぶん、ないだろう。だが彼女のためになるのは確かだ。どう考えても筋が通らないんだ。彼女が共謀していたのであれば、わざわざ自分から日記を提出しようとするはずがない。わたしなら、彼女の容疑を取り下げるために力を貸せるだろう」

「弁護士だっているじゃないか」

「じゃあ、きみは助けないのか？」

「助けるとも。ただしその前に、スウィフトの正体がフリントだとどうしてわかったのか、教えてほしい。それに、あんたが本当はここで何をしているのかも」

　ゴッフィンはすぐには答えなかった。マーティンはそれがこの工作員の特性だとすでに気づいていた。決して返答を急ぐことはなく、必要があれば時間をかけてその影響や結果を熟慮するのだ。ついに彼は心を決め、真剣な口調で言った。「わかった。できるかぎり答えよう。このことは新聞に書かないでくれ。いまはだめだ。たぶん、この先もずっと」

「だったらそうしよう」

　ゴッフィンはふたたび間を置き、どこまで答えるべきか考えたが、やがてあきらめたようにため息をついた。

「そもそもの始まりは一年以上前だ。わたしはある諜報任務に携わっていた。きみは、その内容を詳しく知る必要はない。その任務の周辺に、いくつかの名前が浮かび上がってきた――ひとつはスウィフト、もうひとつはリバーセンドだ。われわれは当初、『リバーセンド』を二語だと思っていた。〝川の終わり（river's end）〟か〝川の奔流（river send）〟か。いずれにせよ、そのときのわれわれにはなんの意味もなかった。ところがそこへ、ハーリー・スナウチがＡＳＩＯ本部に現われ、バイロン・スウィフトの正体はジュリアン・フリントだと言った」

　マーティンは仰天し、ゴッフィンに向きなおったので、車は危うく直線道路から脱輪しそうになった。

「もう一度言ってくれ」

「スウィフトの正体がフリントだと告げたのは、スナウチだ」

「まだぴんと来ないな。どうしてそうなったのか、説明してくれるか？」

「彼は一年前にキャンベラに現われ、聞いてくれそうな者には誰にでも、彼の町の牧師が銃を振りまわす詐欺師だと触れまわっていた。当然、誰もまともに取り合わなかった。警察も、メディアも、われわれも、誰一人。スナウチは最終的に、わたしに近づいてきた。わたしが話を聞くことにした理由はただ、スナウチが〝スウィフト〟と〝リバーセンド〟という名前に触れていたからだ。率直なところ、わたしは彼を夢想家だと思い、名前は偶然の一致だと片づけていた。そのときはただ、お義理に話を聞いただけだ。あくまで念のために。しかしスナウチには奇妙な説得力があった。一度話をしはじめると、ますます信憑性を帯びてきた。彼によると、スウィフトは射撃が好きで、元軍人だということだった。そして身体には銃創のような傷や、軍の刺青があると言っていた。わたしはひととおり話を聞き、スナウチを家に帰した。だが確認のため、アナリストにその名前を調べてもらったら、なんと大当たりだった。アナリストは、本物のバイロン・スウィフトがカンボジアで死んでいたことを突き止めたのだ。にわかに、われわれは色めき立った。それでわたしはスナウチを呼び戻した。彼はそのとき、まだキャンベラにいた。わたしは彼に、何人もの元特殊部隊隊員の写真を見せた。スナウチはたちどころに、写真に写っているジュリアン・フリントを見分けた。その名前はわたしにはなんの意味もなかったが、関係機関にその名前を照会したら、あらゆる危険信号が返ってきた。彼は告発された戦争犯罪人にして、逃亡者であり、公式にはイラクでの戦闘で死んだことになっていた」

「なんてこった。だったらなぜ、彼を逮捕しなかったんだ？　つまりスウィフトを」

「手遅れだったんだ。スナウチからその話を聞いたのは、金曜日の夕方近くだった。日曜日の午前、われわれは危機管理会議を招集し、あらゆる人員の配置を決定した。それを実行に移す前に、ニュースが飛びこんできた――スウィフトが教会前で男たちを銃撃し、地元の巡査によって射殺されたと。われわれは一歩遅かった」

「ちくしょう。そのときスナウチは、まだキャンベラにいたのか？」

「ああ。だから彼は、バックパッカー殺害事件の容疑者ではないんだ。スナウチは丸一週間キャンベラにいて、警察やわれわれと話し合っていた。これ以上のアリバイはない」

「スナウチはわたしに、そのときはメルボルンにいたと言っていたぞ。肺炎で入院していたと」

「本当か？　まちがいないのか？」

「それはともかく、スナウチはあんたになんと言っていたんだ？　なぜそれほど熱心に、スウィフトのことを告げようとした？」

「継娘《ままむすめ》のことが心配だと言っていた」

「マンディか？」

「そのとおりだ。彼女にあの男とかかわってほしくないからだと。詐欺師かもしれない危険な男に」

マーティンはその言葉を考えた。なるほど、ありそうなことだ。

「スナウチ自身についてはどうなんだ？　背景や経歴を調査したのか？」

「もちろん、した。やや謎めいたところがある男だ。ずいぶん長いこと故郷を離れていたようだが、とくに不審なところはない」

「両手に刺青があったのに気づいたか？　あれは刑務所で入れる刺青に見えたが」

「いや。わたしと会ったときにはなかった。しかし彼が刑務所に入ったことはない。その点は確かだ」

「じゃあ、レイプや性的暴行はなかったと？」

「なかった。そうした前歴があれば、われわれが突き止めていたはずだ」

ふたたび沈黙が流れ、二人は黙考し、平原が車窓を流れていった。スナウチはずっとスウィフトの正体がフリントだったことを知っていたのに、あえてマーティンには話さないことを選んだ。スナウチがスウィフトにマンディの視界から消えてほしいと思っていたのなら、なぜそのことを話さなかったのだろう。児童への性的虐待の疑いについては何度も繰り返していたのに、なぜマーティンにフリントというその男の正体を明かさなかったのか？　もし明かせば、マーティンに情報を漏らしたことを感づかれ、ゴッフィンに追われると思ったのか？　それともマンディの反応を懸念したのか？　牧師が死を遂げる数日前に、スナウチがスウィフトの正体を暴いたことを彼女に知られたらどうなるだろう。スナウチは彼女から銃撃事件の責を問われ、和解の望みは永久に絶たれてしまうかもしれない。そういうことだろうか？　スナウチの真意はどこにある？

「聞いてくれ、ジャック。バイロン・スウィフトは死の直前、ロビー・ハウス＝ジョーンズにこう言い残したんだ――『ハーリー・スナウチがすべてを知っている』と。彼はスナウチに正体を知られたことに気づいていたのか？」

「わたしもそれを心配している。ＡＳＩＯの長官はもっと心配している。確証はないが、ＡＳＩＯから情報漏れがあったのではないかという疑いがつきまとうんだ――スウィフトがなんらかの手段で、スナウチから正体を暴かれたことを知ったのではないかと。われわれはこうした疑念を大変深刻に受け止めている」

「だが、もしかしたらそのことが、銃撃事件を引き起こした一因かもしれないんだろう」

「そのとおりだ。しかしマーティン、このことは書けないぞ。いまはまだだめだ。しかるべき時が来て、公表できる状況になったら、そのときはきみが書いてくれ。独占記事だ。約束しよう」

　マーティンは苦笑した。人を欺く訓練を受けた男の約束、か。

「ありがとう、ジャック。ところで、ひとつ見てほしいものがある」

「なんだ？」

　マーティンはＡＳＩＯの工作員に、謎めいた電話番号のことを話した。〈ブラックドッグ〉のおかみから伝えられた番号で、おそらくハーブ・ウォーカーが編集委員になりすまし、教えてくれたものだ。だとしたら、スウィフトは銃撃事件の直前、セント・ジェイムズ教会からこの番号の人間と通話したのではないか、という推理も伝えた。

「そのメモは持っているか？」

「もちろんだ。上着に入っている。ハンドルを握っていてくれ」

　ゴッフィンは右手を伸ばし、ステアリングを握った。マーティンはアクセルを踏んで車を高速で走らせたまま、後部座席に手を伸ばして上着を取り、フェリシティ・カービーから渡された、電話番号を書いた付箋を取り出した。それをゴッフィンに渡し、車の運転に戻る。遠くにリバーセンドの小麦用サイロが見えはじめ、熱気でゆがんだ平原に漂っている。

「番号が誰のものか調べられるか？」マーティンは訊いた。

「もちろん、お安いご用だ」

　マーティンは車を減速させ、廃業したガソリンスタンドと〈ブラックドッグ〉を通りすぎると、左折してヘイ通りに入り、まっすぐ警察署へ向かった。建物の外ではカメラマンが一人、待ちかまえている。さっきベリントンを出てから、マーティンの車を追い抜いていった強者《つわもの》だ。カメラマンは何枚かシャッターを切り、マーティンに向かって陽気に手を振った。マーティンとマンディがいっしょに出てきたときにまだ一人きりでいられたら、もっと陽気になるだろう。値《あたい》千金の写真を独り占めできるのだから。

署内にはほとんど人けがなく、奥のどこかからくぐもった声が聞こえてくるだけだ。マーティンがカウンターの呼び鈴を鳴らすと、モンティフォーの部下ルチッチが、戸口から顔を突き出した。「すまんね。彼女は保釈できない。巡査が来ないと。あいつがまだ、われわれに顔を見せる勇気があればの話だが」ルチッチは意地の悪い笑みを浮かべ、マーティンに答える暇《いとま》を与えず頭を引っこめた。

ゴッフィンは同情するように肩をすくめ、付箋を持って自分の車へ向かった。マーティンは署内のベンチにがっくり腰を下ろした。二日前、ハーブ・ウォーカーに待たされたときと同じベンチだ。前回と何もかもがいっしょだった。同じ木の書棚に、同じパンフレットが並んでいる——自警団の活動案内、火気使用許可の申請書、運転免許試験合格法。まるで地球がまったく動いておらず、同じ回転を繰り返すことを余儀なくされたかのようだ。百年に一度姿を現わすという幻の村ブリガドーンの邪悪な双子さながら、リバーセンドは時が止まったまま、何ひとつ変わっていない。マーティンの年齢不詳の両手さえも。

ロビー・ハウス＝ジョーンズが署に入ってきた。

「やあ、マーティン」

「やあ、ロビー」

「マンディの保釈に来たのか？」

「そのとおりだ」

「すぐに出られるだろう。ちょっと待っていてくれ」

若い巡査はゆったりした足取りで、署の奥に向かった。毅然とした姿に見えた。

しかしマーティンは、それから一時間も待たされた。ようやく戻ってきたロビーは、マンディと若くかわいい女性巡査を従えていた。二日前にベリントンでも見かけた巡査だ。マンディ・ブロンドの感謝に満ちた笑顔を見た瞬間、マーティンの苛立ちはたちまち消え去った。

「待たせてすまない、マーティン。いくつか事務的な手続きがあってね」ロビーが言った。「あなたたち二人に署名してほしい書類がある。治安判事に言われた条件を守るという誓約書だ。マーティン、保釈金は用意してきたか？」

マーティンは小切手を手渡した。ロビーが受領証を書いた。書類の署名もすませた。そして女性警官——名前はグリーヴィだ——が手錠を外した。「ここを出ていいわよ」

マンディはカウンターを通り抜けようとしたが、その前に思いなおしてロビーに向きなおり、彼の腕を摑んで背伸びして、姉が弟にするようなキスを頰にした。

「わたしのために保釈を主張してくれてありがとう、ロビー。ずっと忘れないわ」

ロビーはうなずき、真剣な表情がかすかに紅潮してやわらいだ。

「心の準備はいいかい？」マーティンは訊いた。マンディ・ブロンドがうなずく。二人は腕を組み、目が眩むようなフラッシュの嵐と声高に呼びかけるリポーターの人垣に足を踏み出した。値千金の写真ではあるが、もはや誰も独占することはかなわなかった。

新聞やテレビのカメラマンはブッシュバエのようにしつこく二人に群がり、銀行や、いつまでも見張りを続けている兵士の銅像、閉店したパブを過ぎてもついてきた。二人ともほとんど言葉を交わさない。狂ったように走り、レンズを向けてくるカメラマンの群れに取り囲まれ、マーティンはほとんど何も考えられなかった。雑貨店に近づいたあたりで、ようやく取材陣は離れていった。〝警察に第一容疑者と目された女〟と、〝恥知らずの元ジャーナリスト〟のツーショットを好きなだけ撮り終えて満足したのだ。雑貨店に入ると、カウンターは無人だった。

「フラン？」マンディは叫んだ。「フラン？　いるの？」

マーティンはマンディに続いて通路を抜け、店の奥へ向かった。店主はそこでリアムの子守をしているのかもしれない。

「フラン？」

フラン・ランダーズが出てきた。ゴム手袋を嵌め、頭にシャワーキャップをかぶり、エプロン姿だ。何かを洗っている最中だったらしい。訝しげな表情だ。

「マンディ？　無事に出られてよかったわ。大丈夫だった？」

「リアムを迎えに来たんだけど。どこにいるの？」

「あら、ここにはいないわ。ジェイミーがあの子を連れて〈オアシス〉へ行ったの。あなたが戻ってくるからと言って」

「ああ、よかった。ありがとう。じゃあ、家に帰ったらリアムに会えるのね」

「出たのはいつごろだ？」マーティンが訊いた。

「一時間ぐらい前よ」フランが答えた。「警察の車が戻ってくるのをジェイミーが見ていたから。ラジオでも、あなたが釈放されることは聴いたわ」

「助かるわ」マンディが答えた。「あの子はどうだった？」

「リアム？　とてもいい子だったわよ。ご機嫌で帰っていったわ」

「本当にありがとう、フラン。恩に着るわ」

マンディとマーティンはブックカフェに向かった。マンディは一刻も早く息子の顔を見たいようだ。人目につかない裏通りに入り、路地を通る。ジェイミーがマンディの家の裏口で待っていると思ったのだ。そのとき、マーティンが口をひらいた。「マンディ、治安判事からこのことを書いたり、公表したりしてはいけないと命じられたのはわかっている。でも何があったのか、ぜひ教えてほしい」

マンディは笑みで応えた。底意のない、純粋な笑みだ。「もちろん教えるわ、マーティン。あなたには、知っていることを全部。でも、あなたとわたしのあいだだけにしてほしいこともあるの」

二人は裏口の前に着いたが、そこには誰もいない。

「店の前で待っているかもしれないわね」マンディが言った。

　今度は二人で路地を抜け、マンディが門の鍵を開けて、ヘイ通り側に出た。それでも人けはない。

　マンディがやや心配そうな表情になった。「おかしいわね。二人とも、どこにいるの？　公園に連れていったのかしら」

「行ってみよう」マーティンは言った。ふたたび話そうとしたところで、言葉はかき消された。《チャンネル・ナイン》のヘリコプターが低空飛行し、その上空にはＡＢＣのヘリの姿も見える。二機ともリバーセンドを飛び立ち、ベリントンかスワン・ヒルの中継地点へ向かうのだろう。夕方のトップニュースを言い当てても、賞金はなさそうだ。

　そのときマーティンは手作りのチラシを見かけた。街灯の柱にテープで留めたＡ４版の紙で、写真はもう色褪せはじめている。〈飼い猫が行方不明。名前はミスター・プス。些少ながらお礼を進呈します〉。彼ははっとして立ち止まった。

「まさか」マーティンは言った。

「どうしたの？」

「しまった」

　彼は駆けだした。どうか杞憂でありますようにと祈りながら、全速力で交差点に戻る。忘れ去られつつある歴史を守るばかりで役に立たない兵士の前を過ぎ、路地にまわって、パブの裏口に向かう。マーティンはそこで足を止めた。五十メートル足らずしか走っていないのに息が切れ、午後の暑熱で汗が流れ落ちる。マンディがすぐに追いついた。彼より若く、体力もあり、マーティンのただならぬ様子に衝き動かされたのだ。だが二人は、そこで冷厳な現実を目にした。木の階段の下に、タイヤがパンクした車の陰に隠されるようにして、無人のベビーカーが放置されている。

　マンディはそれを見ると、反射的に息子の名を叫ぼうとしたが、マーティンが猛然と手を振って止め、嗄れ声でささやいた。「走ってロビーを連れてくるんだ。急いで来るように言ってくれ。拳銃を持って」

　マンディは一瞬ぽかんと口を開けたが、事態を認識するや、踵を返して門を出、路地に走りだして視界から消えた。

「よし、それでいい」マーティンは静かに言い、勇気を奮い起こした。待つべきなのはわかっている。彼はここで待つべきだ。ロビーは二、三分で駆けつけるだろう。だが、そこに放り出されたベビーカーがマーティンに呼びかけ、動かないのをなじり、助けを求めている。

　マーティンは心を決める前に、身体が動いていた。ベビーカーの前を通り、階段へ向かう。一歩ずつ慎重に上った。感覚は研ぎ澄まされ、首筋の毛はレーダーマストのように逆立ち、両手は証拠物件を採取するように、手すりの剝がれかけた緑の塗料を撫でている。干からびた塗料は直射日光で熱い。一歩上がるたびに、階段が足下で軋んだ——それとも、幼子の悲鳴だろうか？

　足を速め、最上段に着いて、扉の窓の下に開いた穴を見る。扉は閉まっていたが、鍵はかかっていない。マーティンは扉を開け、足を踏み入れて、床のガラス片をよけることを思い起こしつつ、明るい戸外から暗がりへ入った。広い廊下に出る前に立ち止まり、暗がりに目を慣らす。不審な物音は聞こえず、おかしなものも見当たらないが、本能的にとてつもなく不吉な予兆を覚えた。

そのとき、それが聞こえてきた——くぐもった泣き声が。近くではない。さほど近くではない。前回ここに来たときのことを思い出し、記憶をたどる。居場所は、ビールの空き缶が転がり、灰皿が吸い殻であふれた談話室だろうか。それとも猫の死骸があった客室だろうか。さらに足取りを速め、広い廊下を進んで、ほとんど立ち止まらず直角に曲がって、パブの正面へ向かう。忍び足で歩いていると、先ほどとはちがう声が聞こえてふたたび立ち止まった。誰かが歌っている。子守歌だろうか？　正気か。マーティンは萎えそうな勇気をかき集め、ありったけの度胸を奮って歩きだした。立ち止まらずに決然と廊下の突き当たりへ進む。

二十五メートルを歩くのにどれほどの時間を要しただろうか。ほんの数秒だったのか、それとも生涯の半ばを費やしたのか？　かいもく見当もつかなかった。パブへ下りる絨毯敷きの階段には真鍮の手すりがあり、狐狩りを描いたイギリスの複製画に見える陽差しは弱々しいが、ベランダに通じるフレンチドアからは、まばゆいオーストラリアの陽光が差しこんでくる。ほかにも、マーティンの目にはさまざまなものが映った。階段の真上に吊り下げられたシャンデリアは、凝った装飾だが埃をかぶっている。古風な鏡台の化粧板はかすかに浮いていた。山を描いた絵は、青い山嶺に鉄床《かなとこ》雲がかかり、夏の嵐を告げている。そこで臭いがした。埃と血と樟脳《しょうのう》とタバコの入り混じった臭いだ。そして恐怖の。ガザ地区のどこかで、古びた黄色のメルセデスのトランクに閉じこめられ、三日三晩嗅いだ臭い。あの臭いがはるばる海を越え、リベリナ地方のホテルの廃墟に侵入した彼を捜し当てたのか。だが、その臭いもマーティンを止めることはできなかった。何物も、彼を止めることはできない。マーティンは足を止めずに、しゃにむに歩きつづけ、先へ進んだ。歌声が方向を告げている。猫の死骸があった客室だ。

マーティンは足音を忍ばせながらも、隠れることなく足を踏み入れた。窓際の椅子に座っているジェイミー・ランダーズは、腰から下には何もつけていない。彼は歌うのをやめた。片手にナイフを握っている。長いナイフで、切っ先は赤く濡れていた。ベッドに横たわるリアムは、片腕と反対側の脚をベッドの支柱にくくりつけられ、口には猿轡《さるぐつわ》を嚙まされて、目を恐怖に見ひらき、顔は涙と鼻水にまみれている。裸で、小さな胴には切り傷から胸に流れた血がべっとりついていた。

「あんたか、リポーターさんよ。誰かと思った」

「ジェイミー、やめろ。その子を放せ」

「いいんだ、リポーターさん。すぐに終わらせる。そんなに長くはかからないよ。この子はすぐに終わらせてやる。あんたには、もっと時間をかけてやろう。約束する。じっくり時間をかけてやる」

　マーティンはナイフに立ち向かうように両手を広げ、じりじりと前に進んだ。ロビーが向かっているにちがいない。急いで来てくれるだろう。

　ジェイミーが顔じゅうに笑みを広げて立ち上がった。

「俺がやるところを見ていたいのか？　命の火が消えるところを？　なかなかの見ものだぜ」

　マーティンが凍りついたとき、左側を何かがよぎった。白く青いものが疾風のように飛びこみ、ジェイミー・ランダーズに体当たりする。恐れを知らないすばやさに、若者はナイフを向ける間もなかった。マンディ・ブロンドがジェイミーを壁に叩きつけ、息を詰まらせて、ナイフを奪い取った。

「マンディ、やめろ」マーティンの声は、どこか遠くの別の宇宙から聞こえてくるようだ。だが、効き目はなかった。マンディは聞いていない。彼女は苦しげにあがいているわが子を一瞥すると、正気を失った若者の目をひたと見据えた。もはや彼の表情に笑みはなく、鼻孔は恐怖を嗅ぎ取っている。マンディはナイフを構え、切っ先をジェイミーの首に当てた。ゆっくり動かすと、血が流れ出た。「いまここで、あんたのはらわたをえぐり取ってやる」とささやく。だが相手が降参して両手を上げると、マンディはためらった。ロビー・ハウス＝ジョーンズ巡査が、銃を手に駆けこんできたのはそのときだった。

第十九章　終わったこと

マーティンが警察署に来てから、何時間も過ぎていた。おなじみのカウンターには、相も変わらぬパンフレットが並び、その手前には役立たずの両手がある。自分の手をじっと見つめた。さまざまな出来事に立ち会い、それらを記してきた両手には、時の流れが染みついているものの、成し遂げてきた業績を窺わせるものはない。

アジアや中東で、マーティンはいくつもの劇的な出来事に立ち会ってきた。いわば歴史の証人だが、そうした最高の瞬間は稀であり、それらでさえ、真の意味で彼のものとは言えなかった。マーティンがいなくても、どのみちそれらの出来事はまったく同じように起きていたにちがいないからだ。そうした瞬間を別にすれば、彼はそのキャリアと人生の大半を歴史の脚注を書くことに費やしてきたのであり、物語の進行を担ってきたのではない。マーティンはあくまで第三者であり、現場にいてもいなくても、出来事そのものからは距離を置き、カメラや見出しの背後にいるのが仕事だった。カメラに写ることはない、メモを片手にした傍観者であり、部屋にいる幽霊のような存在だったのだ。しかしそれは、ガザ地区でメルセデスのトランクに隠れるまでの話だった。あのとき彼は、心ならずもニュースの主人公になり、単なる伝達者ではなくなったのだ。マーティンは出来事の一部となり、それを記録する側ではなくなった。そしていま、同じようなことが起きつつある。彼は意図しないうちに、さまざまな出来事に深くかかわっていたのだ。マーティンは町の鼻つまみ者を森林火災から救い、交通事故を起こして同乗者を死なせた十代の少年の命を救った。そのあと、警察官を自殺に追いこんだと非難され、全国ネットのテレビで晒し者にされた。さらに、捜査を攪乱しようとした罪で告発された女性の保釈保証人になった。その直後、今度はいたいけな男児の命を救った。いまのマーティンはかつてとちがい、冷静で客観的な記者ではない。どういうわけか、偶然のなせる業で、マーティンはめくるめく出来事の中心人物となり、国じゅうの注目を集めるニュースの渦中に身を投じて、視聴者参加型番組やツイッターや中継車を惹きつけ、平原を吹き荒れる嵐さながらに人々を巻きこんでいる。

　マックスがマーティンをここへ送りこんだのは、ガザでのトラウマを克服させ、その天分を再発見させるためだった。しかし彼は当初、過去の習い性に囚われていた――辺境で暮らす人々の現実を、ひたすら観察し、記録し、決して参加しようとはしなかったのだ。彼はふと、大学時代に出会ったかわいい女子学生のことを思い出した。彼女が自分を愛していたことに、マーティンはいま気づいた。なぜ二十年も経ったいまごろになって、ようやく気づいたのだろう。確かにあのとき彼女は、マーティンに自らの思いを告げていた。しかし彼はその思いに応えることなく、いつしか二人は別々の道に進んだ。いま、彼女はどこで何をしているだろう？　幸せなのはまちがいない。結婚し、子どもにも恵まれている。愛に満ちた家庭を築いているだろう。歯科医のスコッティと結婚したかもしれない。一方、マーティンはいまどこにいる？　地の果てのような町の小さな警察署で、家族も友人もなく、キャリアも失った。彼はマンディのことを思った。〈オアシス〉で初めて彼女と会ったとき、マーティンは内心でこんなことを考えていた――魅力的で、思いどおりにできそうで、束の間の情事を楽しむにはうってつけだ。言いなりになる、か弱そうな女で、取材が終わったら置いていけばよい。いま彼は、自らの愚かさに気づいた。なんというろくでもない、手前勝手な男だったんだ。マーティンがここリバーセンドに来たのは、自らの過去から逃れるためだったが、彼が本当に逃れるべきなのは過去ではなく、現在でもない。人間として大事なものが欠けている自分自身だ。そのことから逃れるのではなく、気づく必要があったのだ。マーティンは自分の手を見た。年輪が刻まれてはいるがまだ若く、汚れているものの、まだ純粋な部分も残っている。

　警察の事情聴取は、最初のうちぶっきらぼうで、敵意がむき出しだった。刑事たちは事件の全体像を理解するのに必死であり、ふたたび自分たちの落ち度が見つかるのを恐れていた。「くそったれ、いったい何が起きたんだ？」モンティフォーは詰め寄り、その顔には混乱と動揺、希望と怒りが混じり合っていた。彼らはすでにロビーの報告を聞いており、巡査が現場に駆けつけたときマンディがジェイミー・ランダーズのはらわたをえぐろうとしていたことは知っていた。そしていま、マーティンは信頼できる経験豊かな証人として、自らの感情を抑えて振り返っている。彼とマンディがフランシス・ランダーズに預けていた息子のリアムを引き取ろうとして、マンディの自宅兼ブックカフェに戻ってリアムとジェイミー・ランダーズを捜したこと、そのときにミスター・プスのポスターを見かけ、直感的にホテルへ急いだところまで話した。

　事態が悪化したのはそのときだった。警察関係者はマーティンに、なぜ猫の死骸を見つけたときに知らせなかったのかと詰問しはじめたのだ。彼らの意図ははっきりしていた。警察が重要な証拠を入手し損ねた理由をマーティンに証言させ、記録に残したかったのだ。そうすれば、証拠や手がかりや通報を無視したと警察を非難することは誰にもできない。いかに漠然としたものであれ、リバーセンドの警察署から百メートルほどの場所に惨劇が起きる可能性を示す証拠や手がかりや通報があったことを。マーティンはそうした事態を認識し、ほんの一瞬、誘惑に駆られた——ハーブ・ウォーカーに猫の死骸のことは話したと嘘をつけばよい。実際マーティンは、彼にそのことを話すつもりだったのだ。そうすれば、責めを負うのは死んだ警官になり、マーティンは無罪放免される。しかしその瞬間は過ぎ、誘惑は薄れていった。ウォーカーはすでに充分すぎるほど激しい社会的非難を受けている。そしてマーティンは自分を気遣う気になれなかった。幼子は無事で、狂気に陥った若者は収監され、マンディは母親として最悪の恐怖を免れたのだ。それでマーティンは警察に協力し、責任は自分にあると認め、拷問されて殺された猫のことを警察に話すつもりだったのだが、立てつづけに起きた出来事に翻弄されて機会を失ったのだと述べた。それは自分の過失だったとマーティンは素直に認め、彼が昨年のセント・ジェイムズ教会前の銃撃事件やバイロン・スウィフトをめぐる謎、さらに若いドイツ人女性バックパッカーの誘拐殺害事件で頭が一杯だったことを打ち明けた。しかしそれは、警察も同じだったのではないか？　まさか事件がまだ進行中で、心配すべきなのは過去ではなく現在であるとは、マーティンには予想もできなかった。

　マーティンが警察に落ち度がなかったことを明らかにしてからは、取り調べのような空気は影をひそめ、本来の事情聴取になった。詰問は単なる情報収集に切り替わった。マーティンは変わらぬ冷静な語り口で、一連の出来事を振り返った。彼とマンディがホテルに着き、無人のベビーカーを見かけてからロビー・ハウス＝ジョーンズが扉から飛びこんでジェイミー・ランダーズを逮捕するまでの出来事を。マーティンは驚くべき明晰さで、あらゆる出来事や会話を一語一句まで完璧に再生できた。パブの外に置き捨てられていたベビーカーの位置、狐狩りの絵画、ジェイミー・ランダーズの短刀についていた血。マーティンは齣《こま》送りのフィルムさながらに一秒一秒を正確に再現した。やがて刑事たちは質問でさえぎるのをやめ、話を傾聴した。

　ようやくマーティンが語り終えると、沈黙が落ち、モンティフォーがそれを破って、状況証拠に関する質問を投げかけた。

「きみが見聞きした言葉や振る舞いから考えて、リアム・ブロンドの誘拐監禁がジェイミー・ランダーズ単独の犯行であることに疑いの余地はあるか？」

「なんら疑いの余地はありません」

「そして彼は、すでに幼児に傷を負わせていたんだな？」

「はい。男の子の身体に血がついており、ナイフにも血がついていました」

「そしてランダーズは、その子を殺そうとしていた？」

「疑いなく、そうでした。ランダーズはわたしにそれを見せようとしていました。彼の言葉によれば、命の火が消えるところを」

「そのあとは、きみも殺すつもりだった？」

「その点にも疑いの余地はありません。彼はわたしに近づき、ナイフを振りかざして、わたしには子どもより時間をかけてやると言いました」

「その言葉の意味するところは……？」

「わたしを拷問して殺すつもりだと受け取りました」

「二人のバックパッカーを殺したように？」

「すみませんが、彼女らに関する言及はありませんでした。わたしには子どもより時間をかけてやると言っていただけです」

「では、マンダレー・ブロンドはその行動によって、きみと息子の命を救ったと思うかね？　すなわち、彼女がジェイミー・ランダーズにつけた小さな傷は正当化されると？」

「はい、そう思います。一点も疑う余地はありません」

　それからは、事情聴取はより対等な立場の協議になり、マーティンはむしろ、事件を解明するために招かれたチームの一員のようになった。その雰囲気がさらに強まったのは、ロビー・ハウス＝ジョーンズが決定的な報告をもたらしたときだった。ランダーズが二人のバックパッカー殺害の犯人であることを、全面的に自供したのだ。彼はすべてを話したいと言ったという。マーティンはモンティフォーの表情を観察していた。ランダーズの話の内容をロビーの口から聞くにつれ、刑事は重圧から解き放たれ、こぼれた笑みがしだいに顔じゅうに広がっていった。それによると、ランダーズは友人のアレン・ニューカークとともに、バックパッカーの女性二人を誘惑して車に連れこんだ。彼らは二人のバックパッカーを痛めつけ、レイプしたのちに殺害した。そのあと共犯者のニューカークは、ベリントンに向かう途中の小型トラックから放り出されて死亡した。ランダーズは一人きりになってしまったのが怖くなり、見捨てられたような気持ちになったという。そして犯行の重荷を背負うのに耐えかね、正気を失いつつあるのを自覚した。彼は死を望んだ。友人の待つところへ行きたかったのだ。しかしその前に、牧師の犯行を上まわる、誰もが心底から怖気《おぞけ》をふるうような凶悪事件を起こしたくなった。そんな矢先、まるで運命のように機会がめぐってきた。ランダーズは、リアム・ブロンドを標的にしていたわけではないと主張した。その子が彼に与えられたのだ。彼はいままでに猫を殺し、スクラブランズでは牛を何頭か撃ち殺した。ドイツ人女性を相手に楽しんだ思い出と、死んだ友人に捧げる異教の貢ぎ物のように。リアムを殺すことは、あらかじめ運命づけられていた完璧なことのように思えた。

　マーティンはひどく醒めた目で、警察関係者が昂揚感に浸るのを見ていた。国じゅうの関心を集めたバックパッカー殺害事件は、ついけさがたまでなんの手がかりもなく、モンティフォー率いる捜査陣には日増しに重圧がかけられていた——州首相はもとより、州警察長官や殺人課長から。その事件の突破口が、不意にひらかれたのだ。殺人犯は逮捕され、捜査は一挙に終幕に近づいて、記者会見の準備に取りかかれる。

「それでも、バイロン・スウィフトが銃撃事件を起こした原因はわかっていません」マーティンは一同に釘を刺した。

　モンティフォーは悲しげに彼を見、首を振った。

「確かにそのとおりだ。だがいまは、そんなことを誰が気にする？　われわれがここへ来たのは、その原因解明のためではない」

「マンディ・ブロンドはどうなるんです？　彼女に会えますか？」

「できるだけ速やかに、彼女を放免する。いま、息子の治療に立ち会っているところだ。子どもの手当てが終わったら、もう自由の身だ」

「日記のことはどうなるんです？　捜査を攪乱しようとした罪については？」

「ああ、そのことは忘れるんだ。もう終わったことだよ、相棒。バックパッカー殺しの犯人はランダーズとニューカークであって、バイロン・スウィフトではない。それもみな、すんだことだ」

マーティンはまだリバーセンド警察署の受付カウンターの前で、マンディ・ブロンドが放免されるのを待っていた。心はやはり、制御が及ばなくなりつつある——その日の出来事が、ひとりでに脳裏に浮かんでくるのだ。パブの上階での対決。ジェイミー・ランダーズの狂気の笑みと、次の瞬間、恐怖に駆られて慈悲を乞う姿。〈コマーシャル・ホテル〉で起きている出来事を知らずにリアムとジェイミーを捜すマンディと彼自身。車を駆って果てしない平原を走り、自らが公開処刑されたベリントン警察署の前へ向かう彼自身。何もかもがごた混ぜになり、ばらばらな順序で再生されて、その日の意味を問いかけているようだ。なぜ自分がそれほど混乱しているのか、わからなかった。つまるところ、惨劇はすんでのところで食い止められたではないか。幼子の命は救われ、凶悪犯は捕まったのだから。

ベリントン警察署から来た若く可憐なグリーヴィ巡査は、マーティンに何杯も熱い紅茶を運んできては、温かい言葉をかけてくれた。話しているうちに、彼女の名前はサラであることがわかった。マーティンの気を紛らわそうと、彼女はカウンターの隣の壁に据えつけられたテレビをつけた。ゲーム番組をやっている。マーティンには何を競っているのかよくわからなかった。ルールは複雑すぎ、点滅するライトも多すぎて、参加者がなぜそんなに夢中になれるのか理解できない。それでも彼は画面に見入っていた。心はあらぬほうへ漂い、その日の出来事を何度も精査しているのだが。

彼は唐突に、現実に引き戻された。ダグ・サンクルトンが人気映画俳優のような顔と、熱を帯びた甘い声で何か言っている。マーティンが気づかないうちにゲーム番組は終わり、ニュース番組が始まっていた。ベリントン警察署の前に立っているサンクルトンが、仰々しい口上を言い終えるのが聞こえた。「……まさにベリントンのこの場所で、先ほど治安判事による劇的な裁定が下されたのです」画面に映っていたサンクルトンの姿は録画映像に切り替わり、その朝マンディが警察署に入っていくところが映された。カメラは他局と場所を争って押し合い、緊迫感を漂わせたナレーションが流れる。「彼女は〝警官を自殺に追いやったブロンド〟と呼ばれています。本名はマンダレー・ブロンド——捜査を攪乱しようとした罪で告発され、いまはドイツ人女性バックパッカーのハイジ・シュマイケルとアンナ・ブリュンを殺害した第一容疑者とみなされているのです」

ナレーションが止まる。カメラは引きつづき場所を争い、メディアの群れをかき分けようとするロビー・ハウス＝ジョーンズの姿を映した。サンクルトンはマンディの肩にのしかかり、《チャンネル・テン》のけばけばしいロゴをあしらった鶏の骨付き肉を思わせるマイクを彼女の鼻先に突き出して、耳元でわめいた。「ハーブ・ウォーカーの未亡人に何か言わなければならないことがあるんじゃないですか？」ニュース映像は彼女の返事を待たずに、カメラのレンズを見つめるマンディの静止画像に切り替わった。

サンクルトンのナレーションが流れる。「マンダレー・スーザン・ブロンドは捜査を攪乱しようとした罪で正式に告発されました。その罪状は、大量殺人犯のバイロン・スウィフト牧師とバックパッカー誘拐殺人を関連づける証拠を破棄したというものです」静止画像はほとんど気づかれないほどゆっくりとアップされ、彼女の目に近づいていった。その効果で、視聴者に一定のイメージを植えつけようというのだ——混乱、罪悪感、狂気など、サンクルトンの声がほのめかすイメージを。

　ニュース映像はマレー川のほとりに立つリポーターの中継映像になった。「《チャンネル・テン》の独自取材により、ブロンドがもう一人の死にかかわっていたことが明らかになっています――ベリントンの功労者、ハーブ・ウォーカー巡査長です」画面には白髪を青く染めた中年女性が映り、キャプションで〈ベリンダ・ウォーカー――功労者の未亡人〉と紹介された。「夫はいつも言っていました。あの女は厄介事の種だと――あの女は何ひとついいことをしない、と」さらに画面が切り替わり、今度はダーシー・デフォーが出てきた。いつもどおり自信に満ちた、よどみのない口調だ。「今回の事件の背後には、彼女の影があります。まだ多くは明かせませんが、マンダレー・ブロンドは捜査の核心にいると言って差し支えないでしょう」画面はマンディとマーティンが腕を組んでリバーセンド警察署から出、報道陣をかき分けて進むビデオ映像になった。「マンダレー・ブロンドは今度もまた、男を操っています。今回の相手は恥知らずの元ジャーナリスト、マーティン・スカーズデンです。かつて大量殺人犯の牧師バイロン・スウィフトを操っていたように」ニュースの映像の締めくくりは、マンディをアップにしたスローモーションだ。いかにも厳粛そうな声が流れる。「リバーセンドから、テン・ニュースのダグ・サンクルトンがお伝えしました」

　警察署の奥からマーティンのところまで、大きな笑い声が聞こえてきたが、番組にはまだ続きがあった。色っぽいニュースキャスターが画面に映っている。彼女の背後には麻薬の吸引用具の写真とともに、〈覚醒剤《アイス》の蔓延〉というタイトルが映し出されていた。キャスターは眉をひそめてカメラに顔を向けた。「麻薬はオーストラリアの地方部に瞬く間に広がっていますが、その前に、バックパッカー殺害事件で大きな進展があったようです。ニューサウスウェールズ州南部、リベリナ地方のダグ・サンクルトンに最新情勢を伝えてもらいましょう」

　ふたたび画面に出てきたサンクルトンは、いつものように髪は完璧にセットされているものの、ネクタイは曲がり、顔は汗びっしょりだ。声は深みがあって豊かだが、滑舌はやや不明瞭になっている。「ありがとう、ミーガン。そうですね、テン・ニュースでも警察の見解を確認したところです――われわれの取材協力者によると、事件に大きな進展があった模様です。被疑者の逮捕は目前に迫っていると思われます。しかしながら、法律上の理由により、現時点で被疑者の名前は明らかにされていません。ただしその被疑者は、マンダレー・ブロンドではありません。繰り返します、被疑者はマンダレー・ブロンドではありません。事件における彼女の役割には、まだ未解明の部分が残っています。繰り返します、リバーセンドのバックパッカー殺害事件に大きな進展がありました。警察は近いうちに、少なくとも一人を逮捕するものと思われます」

　ミーガンは真剣な表情で、プロらしい冷静さを保っていたが、質問に皮肉を滲ませた。「ありがとう、ダグ。そうなると、あなたが〝警官を自殺に追いやったブロンド〟と名づけた女性に対する主張は果たして正しいんでしょうか？」

　サンクルトンは足の重心を交互に移し、身体をかすかに揺らしている。衛星中継でキャスターの質問が聞こえるまで時間差が生じるせいかもしれないが、その一瞬、彼はハンターの照明に照らされて身体がすくんだカンガルーのようだった。それでも、彼の切り返しはなかなかのものだ。「ミーガン、今回の事件はきわめて異例の展開をたどっています。その詳細が明らかになるにつれ、ひとつひとつの要因がいかに複雑に絡み合い……互いに繋がっているかが見えてくることでしょう。フェアファックス・グループのダーシー・デフォー記者が先ほど言っていたとおり、マンダレー・

ブロンドが一連の事件の核心にいることに変わりはないのです」

　ニュースキャスターは唇を引き結んでうなずいた。

「リベリナ地方のダグ・サンクルトン、最新情報をありがとう」

　警察署の奥からさらに笑い声があがり、ロビー・ハウス＝ジョーンズが顔じゅうに笑みを浮かべながら出てきた。カウンター近くのテレビを見上げる。「あの大馬鹿野郎を見たか？」

　マーティンはうなずいた。

「よかったら、カウンターの電話を使ってくれ、シドニーにいるあなたの元同僚にかけるんだ。ベサニー・なんとかと言ったっけ。今回ぐらいは、彼女に事実を書かせてやろう」

「しかし、治安判事の命令はどうする？　わたしはいっさい、事件の報道にかかわってはいけないことになっているんだ」

「あいつのことは気にしなくていいだろう。さっきコラワ（ニューサウスウェールズ州、マレー川沿岸の町）で、飲酒運転で逮捕され、刑務所にぶちこまれたんだ。ほら」ロビーは折りたたんだ紙を差し出した。

「これは？」

「あなたの銀行の小切手だ。何があっても、なくすんじゃないぞ」

　マーティンはカウンターの奥の電話を使い、ベサニーを呼び出した。彼女は弾かれたように応答した。かなりのストレスにさらされているようだ。

「ベサニー、マーティンだ」

「マーティン？　どこにいるの？」

「リバーセンドだ」

「よかった。そっちがいったいどうなっているのか、わかる？　ABCが七時のニュースで大きな進展を明かすと予告しているわ。でも民放には、なんの情報も入っていないみたい。編集委員のテリ・プレスウェルにどやしつけられているんだけど、わたしの情報協力者は何も答えてくれないの。デフォーは確認中と言ったきり、結局どういうことなのか教えてくれないし、電話しても出なくなったわ」

マーティンはゆっくり順を追って、事実を説明した。バックパッカーを殺したのはジェイミー・ランダーズとその友人アレン・ニューカークだったこと、ランダーズが犯行を自供し、留置されていること。彼は何ひとつ犯行を否定していないこと。マーティンはさらに、マンディ・ブロンドの容疑は晴れたことを伝え、民放のニュース番組の憶測は無視するように言った。若い母親は恐ろしい状況下でランダーズに息子を殺される寸前だったのだと。

ベサニーは何度か事実確認のために質問を挟んだ以外、一心に話を聞き、事実を冷静に整理するマーティンの能力に舌を巻いた。彼女は最後に、記事をどう締めくくるかアドバイスを求めた。

「マーティン、あなたと共同署名にすべきだと思うんだけど。どうかしら？」

「だめだ。そんなことをしたら、きみは経営陣を敵にまわすだけだ。わたしのことにはいっさい触れるな。必要なら、信頼できる情報源としてもいいが、名前は出すな。それからもうひとつ忠告しておく――七時になる前に記事を送信して、すべてきみ一人の仕事だと社内に知らせるんだ。だがデフォーがＡＢＣニュースときみの記事を見たあとは、共同署名欄に彼の名前を載せろ。将来を考えたら、彼を味方につけておいたほうがいい。彼に恥をかかせてはいけない」

一瞬、受話器の向こうで沈黙が落ちた。「マーティン、わたしは不本意だわ」

「きみの気持ちはわかる。さあ、すぐに取りかかるんだ。もう六時半だぞ」

「わかった。それからマーティン、ありがとう」

マーティンは片田舎の警察署の入口に一人きりで座

り、喧噪をきわめるシドニーのニュース編集室に思いを馳せた。ベサニーは大声で特ダネを入手したと報告し、編集委員たちがまわりに集まって、大急ぎで一面トップの記事を差し替えるだろう。マーティンのこれまでの仕事でも、まちがいなく最大にして最高のスクープだ。ただし、記事のどこにも彼の名前が出ることはないのだが。

　マーティンは取材班の一員ではないことを、これから寂しく思うだろう。そのことはわかっていた。この混迷をきわめた一週間で、明晰な意識と明確な目的意識を持てたのは、自らの目で見た出来事を報告しているときだけだったのだ。最初はニュース記事の執筆という形で、そのあとは警察の事情聴取とベサニーとの電話で。しかしその昂揚感を味わうのも、今回が最後だろう。午後七時にＡＢＣニュースが始まったとき、マーティンはまだそこに座っていた。オーストラリア全土へ同時に流れる全国放送のトップニュースになること自体、事態の大きさを物語っている。いかめしい表情のキャスターが、抑制されながらも緊迫した声で切り出した。「ＡＢＣニュースの取材で、バックパッカー殺害事件に大きな進展があったことが明らかになりました……」

　キャスターは続いて、警察が被疑者一名を逮捕したことを告げた。地元のリバーセンドに住む十代の少年で、今夕、ドイツ人バックパッカー二名の殺害容疑で逮捕される予定である、と。アレン・ニューカークはもとより、リアム・ブロンドに関する言及もなく、〈コマーシャル・ホテル〉での対決も伏せられていた。内容に乏しく、脈絡を欠いた新事実が告げられたあと、ニュースで流れる映像はその日の出来事の焼き直しにすぎなかった。嵐のようなカメラのフラッシュに取り巻かれるマンディと彼自身の姿だ。ただしナレーションは、マンディの容疑が晴れたことを明らかにしていた。しかしリポーターが報告を締めくくる直前に、最後の一撃が待っていた。「警察には決定的な情報を入手するすべがなかったようです。そうした障害がなければ、逮捕がきょうの夕方まで遅れることはなかったでしょう」そう来たか。警察はすでに、いざとなったらマーティンを非難の矢面《やおもて》に立たせるつもりなのだ。

一時間後にマンディが現われたとき、彼はまだそこに座っていた。彼女は青ざめ、疲れ切っているようだ。リアムをしっかりと抱き、すやすや寝ているわが子を撫でている。マンディはマーティンのほうを向いた。そこにはなんのわだかまりもなく、目にはなんの隠し立てもない。ただ、苦悩と安堵があるばかりだ。

「マーティン」彼女はささやき、手を伸ばして、彼の手を取った。「ありがとう。心から感謝するわ」そして笑みを浮かべた。純粋でいかなる計算もない笑みは、マーティンの心を奪った。「今夜はこの子のそばにいないといけないけど、あした、ぜひ会いに来て。来てくれると言って」

「もちろん行くよ。きみが会ってくれるなら」

マンディはもう一度まぶしい笑顔を見せ、それはマーティンの心を明るく照らした。「もちろんだわ」そう言うや、マンディは息子を抱いたまま、彼にキスをした。マーティンは肩の荷が下りたような気がし、実に久しぶりに、事態が好転する兆しを感じた。

家まで送ろうと言いかけたとき、ジャック・ゴッフィンが戻ってきた。ただならぬ表情を浮かべている。今夜はまだ終わっていないようだ。

第二十章　墓泥棒

グリーヴィ巡査に付き添われ、マンディとリアムが扉を出ていくのを待ってから、ゴッフィンは緊迫した低い声で告げた。「電話番号のことだ、マーティン。いまはもう使われていないが、ここリバーセンドの住所だった。ヘイ通り沿いだ。登録者はエイブリー・フォスター」

「パブの店主だな」

「どうしてわかった？」

「扉の上に名前が表示されていた。営業許可証だ」

「だが、死んだんじゃなかったのか？」

「ああ。自殺だ。半年前に」

「くそっ」ゴッフィンの口調からいくらか緊迫感が消えた。「だったら、彼から話を聞くのはもう無理だな。ちくしょう」

「ひとついいかな、ジャック。手がかりになるかもしれない」マーティンは〈コマーシャル・ホテル〉に初めて入ってみたときのことを話した。廊下の突き当たりに、金文字で〈関係者専用〉と記されて鍵のかかった部屋があったことを。「そこを調べてみるべきじゃないか？」

「ああ、当然だ」

「扉には鍵がかかっていた。ふたつも三つも鍵がついていたが」

「解錠用具を持っていこう」

「解錠だと？　あんたにそんなことができるのか？」

ゴッフィンは、おまえはばかかという目でマーティンを見た。「覚えているだろうが、わたしはＡＳＩＯの人間だ。そんなことは基礎訓練でやっている」

二人が警察署を出るころには、日はとっぷり暮れていた。西の地平線が赤く縁取られ、緋色の月が浮かんでいる。いまだに森林からくすぶる煙の臭いがし、あたりは荒涼としていた。〈警察署〉の看板の周囲を、三匹の大きな蛾が舞っているが、その動きは緩慢だ。日照りはどうにか生き延びたものの、青と白の標識灯の周囲を飛ぶのが精一杯らしい。一方、やはり警察署の周囲に群がるジャーナリストたちにそうした緩慢さは見られなかった。逮捕の一報が入ったあと、平原を越えてここまで引きつけられてきたのだ。彼らは活気に満ち、警察の捜査に進展があったことを報道しようと躍起になっている。どうしたわけかそのニュースは彼らの目を逃れ、本拠地の大都市にあるニュース編集室に知らされたのだった。ＡＢＣニュースの後塵を拝した彼らは大急ぎでベリントンを飛び出し、速度制限もお構いなしにカンガルーたちと衝突する危険を冒してここまで来たのだが、いざ着いてみるとほとんどやることはなかった。できるのは、被疑者が収容されている建物を撮影することぐらいだ。モンティフォー率いる捜査陣は、ランダーズが話したがっているうちに、訊き出せるかぎりの情報を細大漏らさず引き出そうと躍起だった。弁護士が到着したら、ランダーズに口をつぐんだほうが得策だと知恵をつけるのは目に見えている。そのため、現時点で記者会見の優先順位はきわめて低かった。フェアファックス・グループのカメラマンのキャリーは、署の建物を出てくるマーティンとゴッフィンの姿を認めるや、やにわにフラッシュを何度も焚いた。彼女はすまなそうに肩をすくめ、さらに二、三枚撮影した。マーティンには報道陣のほか、少数の地元住人も野次馬と化して、遠巻きに警察署を囲んでいるのがわかった。町はその日の営みを終え、閉じこめられていた日中の暑気をゆっくりと夜空に解き放っている。

ホテルはほとんど何も変わっていない。わずかに犯行現場用のテープが正面玄関から裏通りまでを封鎖し、異変があったことを示している。ゴッフィンは意に介さず封鎖テープを持ち上げ、その下をくぐり、マーティンもくぐれるように手で押さえた。片手に懐中電灯を、もう片方の手には小さなバックパックを持っている。マーティンは携帯電話のライトを点灯し、外階段を先導して暗がりに包まれた内部へ入った。扉の小窓の下に落ちたガラス片が、足下で砕ける。空気は午後と変わらず、閉めきった空間にはむっとする臭いがこもっていた。廃墟と埃と残留する恐怖の臭い。マーティンの筋肉はこわばり、首筋の毛が逆立った。意識して深呼吸する。ライトで廊下を照らし、パブへ続く片隅に向けたが、見るべきものはなく、あるのは漆黒の闇ばかりだ。

「こっちだ」マーティンは声をひそめて言ったが、この廃墟にいるのはジャック・ゴッフィンと自分だけだ。ゴッフィンを鍵のかかったアパートメントへ先導し、扉の前に着いてからは両手に照明を持つ。そのあいだにＡＳＩＯの工作員は最初の鍵、二番目の鍵、三番目の鍵を、信じがたいほどのスピードで次々と解錠した。

「自転車に乗るようなものさ」ゴッフィンは声をひそめずに言った。見るからに緊張しているマーティンに対し、ゴッフィンは楽しんでいるようにさえ見える。

「ほら、これをつけるんだ」彼はマーティンにゴム手袋を手渡し、バックパックから自分の分を取り出した。

アパートメントの内部は墓場のようで、よどんだ空気は干からびていた。湿気がまったくないため、室内のものはことごとくミイラ化している——脱水したセキセイインコの死骸が鳥籠の下で横たわっているが、銃撃事件の被害者ホリー・グロブナーの剥製さながら、羽毛は無傷でくちばしはひらいたままだ。食べかけのスパゲティがコーヒーテーブルの上の皿に残され、パスタは調理前の乾麺と同じ状態に戻っている。その隣には数枚のパンが載り、やはり脱水してもろくなっているものの、腐ってはおらず黴《かび》は生えていない。鉢植えの植物はいまや単なる茎と化し、窓枠には鉢を囲むように茶色の枯れ葉が落ちている。マーティンの携帯電話のライトに照らされたジャック・ゴッフィンはまるで、ツタンカーメンの墳墓を発掘した考古学者ハワード・カーターのようだ。マーティンは他人の家に土足で上がりこんでいる強い疚しさに囚われた。招かれもしないのに死者の領域に侵入している二人は、王家の谷の墓泥棒さながらだ。

「なんと」ゴッフィンは言った。「手つかずだ」

二人はさらに室内を探索した。狭苦しい台所には洗っていない食器が山積みで、寝室のベッドは乱れ、洗面所の床には下着が落ちたままだ。書斎の机は書類で埋まり、椅子は机の下から出て少し離れたところにある。あたかもここの住人が仕事中、紅茶を淹れに立ち上がり、少ししたら戻ってくるかのように。

「見ろ」マーティンが言った。壁に掛けられた額入りの証明書は、オーストラリア王立連隊第一大隊のエイブリー・フォスター大尉が、アフガニスタンの軍役で任務遂行に精励したことを示している。「彼も軍にいたんだ。特殊部隊ではなく、歩兵部隊だが、軍人だったことはまちがいない」その隣に掲げられたもう一枚の証明書は、カブール中央児童養護施設からのもので、エイブリー・フォスターの寛大な援助に感謝するものだ。

「これは興味深い」ゴッフィンがしげしげと証明書を眺めて言った。

「どういうことだ？」

「まだよくわからない」

机の上には送り状や注文書、請求書、予約カレンダーや銀行の取引明細書が載っていた。ゴッフィンは椅子に座り、書類を精査してふたつの山により分けはじめた——日常的なものと、注目を要するものだ。

ゴッフィンは一度、手を止めた。「自殺したと言ったか？」

「わたしはそう聞いている」

「おかしいな。ここを見るかぎり、きわめて衝動的な自殺だったようだ。動機は知っているか？」

「金銭問題らしい――パブが借金でどうにもならなくなっていたと」

「誰の話だ？　警察か？」

「ちがう。コッジャー・ハリスという地元の住人だ。たぶん、噂話をそのまま伝えたんだろう。彼の話では、フォスターは銃で自殺したらしい」

「場所は言っていたか？」

「いや、確か言っていなかったと思う」

「金銭問題というのは疑わしいな。ほら、これを見ろ」ゴッフィンはマーティンに、〈リベリナ・ホテル＆フード株式会社〉の残高通知を手渡した。残高は八千ドルだ。決して巨額ではないものの、破綻にはほど遠い。

二人は探索を続けた。ゴッフィンは机の上を、マーティンは狭い居間に戻って。本棚に小説はほとんどなく、空港を舞台にしたスリラーが一、二冊ある程度だ。大半の書物は歴史や伝記で、あとは軍事関係の書籍のほか、教科書が二、三冊ある。心理学や社会学だ。下の棚にはアルバムがあった。最も目を惹くのは、プロの業者が制作した結婚アルバムで、赤ワイン色の革表紙に収まっている。ページをめくるにつれ、マーティンは不法侵入している疚しさにますます強く囚われた。端整な顔立ちの新郎は黒髪で、目を輝かせている。美しく若い新婦はまばゆい笑みを浮かべ、表情は自信にあふれていた。結婚衣裳に身を包み、過去から飛び出してきたように写真のなかからマーティンを見つめる二人の表情は、自分たちとその将来への確信に満ちている。最初の一枚は、二人だけで湖畔にたたずむ写真で、周囲は鬱蒼とした緑に包まれ、水は青くどこまでも広がっているようだ。湖は満々と水をたたえている。さらに、花婿付き添い人や花嫁付き添い人、新郎新婦の両親、兄弟、花束を抱えた子どもたちといっしょの写真が続いた。次のページは結婚式の写真だ。指輪の交換、誓いのキス、笑顔、祝福。そしてアルバムの最後には、保存用に招待状の写真があった――『エイブリー・フォスターとダイアン・ウェーバーの結婚式に、何卒ご臨席を賜りますようお願い申し上げます』。白地に金縁のカードで、文字は黒の筆記体だ。マーティンは最初の写真に戻った。人生が思うようにいかなくなる前のエイブリー・フォスター。

もう一冊、実用本位のアルバムがあった。軍役時代の思い出だ。軍服に身を包んだ卒業したての若者は、同じくエイブリー・フォスターだった。迷彩服姿で、顔に黒いペイントを塗り、自動小銃を構えた写真もあるが、笑みを浮かべていることから実戦ではなく訓練であることがわかる。オーストラリアの写真もあれば、海外の写真もあった。そのあと、見覚えのある風景が出てきた。茶色とベージュの大地に、緑の谷が散在している。アフガニスタン独特の景色だ。キャンプでのフォスター、戦友たちといっしょに写るフォスター。軍服を着たフォスターが、もう一人と肩を組み、二人ともカメラに向かって笑顔を浮かべている。マーティンは二人の軍服にいくらか差異があるのに気づき、認識票を凝視した。右に写っている男はジュリアン・フリントではないか？

マーティンはゴッフィンに見せようと思い、アルバムを持って書斎に行った。ＡＳＩＯ工作員はまだ机に向かい、椅子にもたれている。その手には百ドル紙幣の札束があった。彼はマーティンを見上げた。「五千ドルほどある。机の下にテープで留めてあった。エイブリー・フォスターが自殺したとしたら、動機は金がなくなったからではない。それから、これを見てくれ」マーティンに領収証を渡す。「墓石の領収証だ。スウィフトが死んだ翌週の日付だ」

「その墓石は見たことがある」マーティンは答えた。

「スウィフトはベリントンに埋葬されていた。墓碑銘は『神に知られし者』で、無名戦士の墓に刻まれるものだ。それから、これを見てほしい」マーティンはゴッフィンにアルバムを示し、二人の兵士が写っているページを見せた。「左の男はエイブリー・フォスターだ。場所はアフガニスタンのように見える」

「そして右の男はジュリアン・フリントだ」ジャック・ゴッフィンは躊躇なく告げた。

「二人はアフガニスタンで戦友だったんだ。これはどういうことなんだろう？　もしかしたら、フリントを密航させてオーストラリアに帰し、偽の身元を与えてベリントンに来させたのは、フォスターだったとは思わないか？」

　ゴッフィンは無言だったが、ややあってうなずいた。

「大いにありそうなことだ」

「それにセント・ジェイムズ教会で銃撃事件が起きた日、スウィフトはこの地区から永久に立ち去る準備をしていた。彼は教会からフォスターに電話をかけ、それから少しして、フォスターが折り返し電話をしている。そのあとスウィフトが外に出て、銃撃を始めている」

「その半年後、フォスターが自殺した」

　二人はその場で沈黙し、マーティンの脳裏にはさまざまな可能性がひらめいた。死んだパブ店主の室内では、何もかもが静止している。

「アフガニスタンはいま何時だ？」やがてゴッフィンが訊いた。

　マーティンは腕時計を見、時差を計算した。「昼下がりだ」

「よかった。ここを出よう。いくつか電話を入れたい」

第二十一章　無法者

マーティンはガザ地区のメルセデスのトランクに戻っていたが、不安や動揺はもうなかった。助けが来ているのがわかったからだ。ほどなく救出されるだろう。戦車の軋む音や、低く重々しい音が聞こえる。味方のヘリコプターも上空をよぎっていた。それでマーティンは暗闇に横たわったまま、トランクが開けられて新しい日が始まるまで、最後の休息のひとときを楽しんでいた。まさしくそのとき、合図があったかのように、ドンドンと叩く音がした。砲弾や迫撃弾の爆発音ではなく、誰かが〈ブラックドッグ・モーテル〉の六号室の扉を叩く音だ。マーティンはすっかり目を覚まし、起き上がって扉を開けた。

「マーティン。親愛なる友よ。第一級のスクープを話してくれ」ダグ・サンクルトンだ。

「出ていけ、ダグ」

「しかしきみは注目の的だ。それを最大限に活用して、インタビューに答えてくれ。きみは救われるんだ！」

「とっとと出ていって、くたばれ、さあ」マーティンは声を荒らげることもなく、テレビ局のハイエナの鼻先で扉を閉めた。

シャワーを浴びて出てきたころ、別のノックがあった。「マーティン？　いるか？　マーティン？」ジャック・ゴッフィンだ。マーティンは駐車場にメディアがいないか目で確かめながら、彼を部屋に入れた。

「大丈夫だ」ゴッフィンは言った。「モンティフォーがぶら下がり会見をするそうだと言ってやった。連中、大慌てで警察署に向かったよ」

「会見は本当なのか？」

「さあ、そのうちやるだろうさ」ゴッフィンはにやりとした。「警察は犯人を逮捕したんだから、株を上げたいだろう」

マーティンもいっしょに笑った。二人とも手応えを感じていた。進展があり、勢いもついている。二人には連帯感があった。

「さっさと服を着るんだ」ゴッフィンが言った。「わたしは一服しよう」

外に出ると、駐車場の熱気はリバーセンドの晴れた夜空にほとんど放出されていたが、朝の陽差しはすでに強烈で、マーティンにはサングラスが必要だった。むき出しの腕に日光が突き刺さる。きょうも、うんざりするほど暑い一日になりそうだ。

「進展は？」

「大いにあった。昨夜、カブール支局に電話してみたんだ。けさ返事が来て、ついさっき通話を終えたばかりだ」ゴッフィンはタバコの煙をうまそうに吸った。「まあ聞いてくれ。エイブリー・フォスターはアフガニスタンで単にジュリアン・フリントを知っていただけではなかった。フリントの治療にも携わっていたんだ。フォスターは従軍牧師で、臨床心理士の資格もあった。フリントがタリバンの捕虜になったあと、回復して軍務に復帰できるというお墨付きを与えたのはフォスターだ」

「そうだったのか、ジャック——それで繋がってきた。フォスターは責任を感じていたんだ、フリントが前線で無抵抗の女性や子どもたちを射殺した事件への」

「わたしもそう思う。フォスターがフリントのアフガニスタン脱出や、オーストラリア帰国の手助けまでしたかどうかはわからないが、彼に聖職位を授け、ベリントンに赴任する後ろ盾になったのはまちがいない」

「まちがいない？」

「ああ、オルベリーの主教に話を聞いてみた。主教によると、元従軍牧師のフォスターがスウィフトの保証人になり、聖職位を授ける後ろ盾になったということだ」

「あんたはさぞ忙しかったんだろうな」

「そうでもないさ。しかし、うちのカブール支局のチームはめざましい仕事ぶりだった。児童養護施設まで行って調べてくれたんだ。そこは実在しているし、きちんとした施設で、六十人の子どもたちを養育している。表向き、運営は非宗教的な機関ということになっており、イスラム教が支配的な土地柄を考えるとそれは賢明だが、カブール支局の見解では中心的な職員はみなクリスチャンだということだ。施設を運営している女性が、フォスターを知っていたそうだ。彼は現地にいたあいだ、とても助けになってくれたらしい。さて、興味深いのはここからだ。その施設は、オーストラリアから匿名の寄付を受けていた。しかし一年ほど前から金額は減りはじめ、半年ほど前に完全に途絶えてしまった」

「なるほど」マーティンは言った。「スウィフトはほぼ一年前に死んだ。その半年後にフォスターが死んでいる。二人が送金していたんだな」

「どうやらそのようだ」

ゴッフィンは深々と、満足げにタバコの煙を吸った。二人は遠くを見つめた。マーティンの脳裏に去来していた思考がようやく繋がりはじめ、筋の通った説明が浮かんでは消えていく。

沈黙を破ったのは、ゴッフィンの客室から鳴り響く電話の音だ。彼はタバコを踏み消し、マーティンを見て眉を上げ、期待してくれと目で告げた——続報にご注目を。

ゴッフィンは後ろ手に扉を閉め、マーティンはこれまでに判明した事実を考えた。ジェイミー・ランダーズとアレン・ニューカークが二人のバックパッカーを誘拐し、殺害した。そのとき、スウィフトはマンディ・ブロンドといっしょにいて、おそらくその犯罪とは無関係だ。スウィフトはランダーズとニューカークがうっかりスクラブランズに残した証拠を何か見たかもしれないが、ドイツ人女性たちの死とセント・ジェイムズ教会前の銃撃事件を結びつけるものはその程度だろう。たぶん両者に関連はほとんどなく、たまたま時期や場所が近かったにすぎない。それでも、まだマーティンにわかっていないことは多い。スウィフトとフォスターは協力して行動し、アフガニスタンに送金していたが、二人はこの旱魃のさなか、百ドル札の束を取っておけるほどの資金をどこから集めていたのだろう？　何者かが、スウィフトは児童を性的虐待していたと訴えており、ハーブ・ウォーカーはリバーセンドに二人の被害者がいると言っていた。通報者は誰か、その訴えは真実だったのか？　そのことがわかれば、スウィフトが〈ベリントン釣り同好会〉の五人を撃った理由の説明がつくだろうか？

　ゴッフィンがモーテルの客室から出てきた瞬間、マーティンは異変を察した。彼の足取りは重く、目はどんよりしている。プラスチックの椅子にどさりと座り、タバコに手を伸ばして、自動人形のように見もしないで火をつける。最初に煙を吸ったとき、味わっているようにはとても見えず、それどころか吸っていることさえ自覚していないようだ。

「どうした？　何かあったのか？」

「よくない」

「どういうことか話してくれるか？」

　ゴッフィンはマーティンをじっと観察した。マーティンは、この工作員の目に計算を見て取った。打ち明けるべきかどうか、考えているのだ。仲間意識はそこにはなかった。狡猾さが戻っている。しまいに、ゴッフィンはため息をついた。「キャンベラの本部に、銃撃事件のあった日のフォスターの通話記録を調べるよう頼んでおいた。結果はよくない」

「録音が残っているのか？」

「いや。もちろんない。通話の内容はいっさいわからない。料金の記録だけだ。いわゆる関連情報《メタデータ》だ。つまり、何時何分、どの番号からどの番号に何分ぐらいの通話があったか、ということしかわからないんだ。電話会社は、そうしたメタデータを二年間保管することが義務づけられている」タバコを吸いながら、別の計算をしている。「銃撃事件があった朝の十時四十五分、セント・ジェイムズ教会から〈コマーシャル・ホテル〉にあるエイブリー・フォスターのアパートメントに、一本の電話があった。通話時間はほぼ一分。十時五十四分、フォスターは教会に折り返し電話をかけている。通話時間は同じく一分ほどだ。二度目の通話が終わってからほとんど時間を置かずに、スウィフトは教会の外に出て銃撃を始めたにちがいない」

「そのとおりだ」マーティンは言った。「ウォーカーから聞いた情報は、そのことを裏づけている――スウィフトは誰かに電話を入れ、その相手が折り返し電話してきた、と。通話した相手はエイブリー・フォスターだったんだ」

「いかにも」ゴッフィンは答えた。「しかし、通話はそれがすべてではなかった。セント・ジェイムズ教会との二度の電話のあいだに、フォスターは別の電話を受けていたんだ」

「なんだって？ 相手は？」

「特定の番号ではない。交換台からだ。キャンベラのラッセルヒルから」

「ラッセルヒル……国防省か？」

「ちがう。ASIOの可能性のほうが高い」

「ASIO？」

「金曜日に、ハーリー・スナウチがスウィフトの正体を明かしていた。そして日曜日、われわれ八名の危機対策チームは、ASIO本部に集まった。そこには警察関係者のほか、司法省の担当者、国防省の連絡将校もいた。そのうちの誰かがフォスターに電話をかけ、警告したんだ」

「なるほど――ASIOから情報漏れがあったということか」

「どうやらそのようだ。その部屋に集まっていた人間は、全員が秘密情報を扱う権限を有していたが、そのうちの誰か一人がフォスターに電話したということになる」ゴッフィンは頭を振り、その情報が意味する事態に困惑した。「きみにはわかるまい、マーティン。わたしが上司にこのことを告げたとたん、そいつは手榴弾のように破裂するんだ。あらゆる種類の内部捜査が行なわれるだろう。まさしく魔女狩りだ。モグラ叩きだ。そして漏洩した人間が見つからなければ、わたしを含め、その部屋にいた全員の経歴に疑問符がつくことになる。この上なく忌まわしく、禍々しい疑問符が」ゴッフィンはタバコを吸い終わり、靴底で駐車場の路面にこすりつけた。徹底的にすりつぶしたので、吸い殻は靴の下でばらばらになった。

「国防省の連絡将校と言ったな？　その男が漏洩したんじゃないのか？」

「将校は女性だが、わたしもそう推測している」

「ちょっと待った。ジャック、ハーリー・スナウチはそのときどこにいた？」マーティンは訊いた。

「スナウチ？　会議室の外で、必要に備えて待たせていた」

「わからないのか？　フォスターに電話したのはスナウチだ。ASIO関係者からの情報漏洩ではない。スナウチがフォスターに電話をかけた直後、フォスターがスウィフトに電話したんだ。スウィフトが死に際に、ロビー・ハウス＝ジョーンズに言い残した言葉を覚えているだろう――『ハーリー・スナウチがすべてを知っている』。だったら彼しかいない。あんたは潔白だ」

しかし、ジャック・ゴッフィンの表情に安堵の念はなかった。落胆したような顔で、首を振るばかりだ。

「くそっ。きみの言うとおりだろう。さらにまずい事態だ」

「まずい事態？　どうして？」

「わからんのか？　きみの言うとおりだとしたら、あの男はわたしを利用していたということになる。あの男はＡＳＩＯを利用したんだ。やつがキャンベラに来たのは、情報提供のためではなかった――情報収集に来たんだ。やつが来たのは、われわれがフリントの身元を特定できると知っていたからだ。特殊空挺部隊《SAS》の隊員の身元は、現在だろうが過去だろうが、機密扱いだ。きみはジャーナリストだから、それぐらい知っているだろう。やつはわれわれを手助けするつもりなんか、これっぽっちもなかったんだ」ゴッフィンは両手に顔をうずめ、がっくり肩を落とした。「ちくしょう、マーティン。これでわたしのキャリアは一巻の終わりだ」

「かもしれない。しかし、まだ死んだわけではない」

「言うのは簡単さ。きみのキャリアがかかっているわけじゃないんだから」

「いかにも、わたしのキャリアはとっくに終わっているよ。お気遣い痛み入る」

　今度はゴッフィンに返す言葉はなかった。マーティンが語を継いだ。

「まあいい。まずは考えを整理してみよう。なぜスナウチはフォスターに電話をかけたのか、それになぜ、その電話が事件になんらかの影響を与えうるのか？　フォスターはすでに、スウィフトの正体がフリントであることを知っていた。スナウチはフォスターに、目新しい事実を知らせたわけではないはずだ」

　ゴッフィンは顔をしかめてふたたび口をひらいた。

「きみの言わんとすることがわかってきたぞ。スナウチはなんらかの影響力を行使したんだ。彼はこう言ったにちがいない。『わたしはスウィフトの正体がフリントであることを知っている。やつが逃亡者で、戦争犯罪人であることを知っているんだ。わたしの言うとおりにしないと、やつの正体をばらすぞ』。いや、ちがうな。スナウチはすでにスウィフトの正体をばらしていたんだから」

マーティンはうなずいた。「スナウチはわれわれに、本当のことを言っているのかもしれない。彼はただ、スウィフトに町を出ていってもらい、マンディから離れてほしかったんだろう。それでフォスターに電話し、『やつを町から出ていかせろ』と言ったんじゃないだろうか。もしかしたらその見返りに、スナウチはフォスターが非難の的にならないように守ってやったのかもしれない」

ゴッフィンは眉をひそめた。「しかしスウィフトは、すでに町を出ようとしていたんだろう？」

「確かに。だがスナウチはそのことを知らなかった。彼はそのあいだずっとキャンベラにいて、ウォーカーがスウィフトの性的虐待に関する捜査を始めたことを知らなかったんだ」

「そいつは皮肉だな。いずれにしてもスウィフトは町を出るつもりだったんだから」もう一度、顔をしかめる。「それに、わたしが窮地を抜け出せないことにも変わりがない」

「それに、まだスウィフトが銃撃事件を起こした理由も説明がつかない」

「やれやれ。どこかにたどり着けそうだと思うたびに、指のあいだをすり抜けていくようだ。そう思わないか？」

「同感だよ」マーティンは言った。「そうだ。こういうのはどうだろう？　スナウチはフォスターに電話をかけ、ＡＳＩＯがスウィフトの調査をしており、彼は町を出ていかなければならないと言った。だがスナウチは、フォスターの名前は伏せておけると言ったんじゃないだろうか」

「脅迫したのか？」

「ああ、脅迫したんだ。スナウチはわたしにも同じようなことをしようとした」

「どういうことだ?」

「あの男はわたしを、名誉毀損で訴えると脅したんだ。ただし、わたしがスナウチとマンディの和解の手助けをすれば、勘弁してやると」

ゴッフィンはおもむろに答えた。「やつはわたしを利用し、きみを脅迫し、エイブリー・フォスターにも何かを強要した。とんでもない悪党だ」

「だが約束は守っているようだ。実際、フォスターの名前は表面に出てこなかった。昨夜まで、わたしは彼とスウィフトに接点があるなどと思いもしなかった。あんたは?」

「同じだ。ということは、フォスターはスナウチの要求に従ったんだな? しかし、スナウチは何を要求したんだろう?」

「金だ。百ドル札の札束だろうというのが、わたしの見立てだ」

「スナウチは金を持っているようにはとても見えなかったが」ゴッフィンは異議を唱えた。「むしろ浮浪者のように見えた」

「彼は先祖代々の家屋敷を修復していた。それにはどこかから資金を得ていたはずだ。わたしはその資金源がフォスターだと見ている」

「だが、その金はどこから出ていた? フォスターはこの肥溜めみたいな土地のどこから、それだけの金を集められたんだ?」ゴッフィンは立ち上がり、身振りでリバーセンドに埋蔵金などあるはずがないと示した。

「いいかい、ジャック。わたしは失業し、あんたも失業寸前だ。この際、お互いにすべて打ち明けよう。隠し事はなしだ。もうわれわれに失うものは何もないんだから」

ゴッフィンは彼を見た。その顔に見積もり、計算、そして決断がよぎる。ゴッフィンは肩をすくめた。

「わかった。何を知りたい?」

「あんたがここで何をしているのか、だ。そもそもなぜ、あんたは刑事たちといっしょにここへ来た？　あのときはまだ、ダムで見つかった遺体の身元すら判明していなかったのに」

ゴッフィンはふたたび肩をすくめた。「いいだろう。大した秘密でもない」椅子にもたれ、タバコをもう一本手に取ろうとしたが、思いなおす。「最近では、われわれの仕事の大半はテロ対策関連だ。かつて、冷戦時代の仕事はすべて防諜活動や共産主義者の監視活動だった。いまでも防諜はしているし、サイバーセキュリティ分野でもやるべきことは多いが、成長分野なのはテロ対策だ。わたしの課ではオーストラリアの過激派と中東の聖戦主義者の繋がりを監視し、とりわけ外国の戦闘員の出入りやオーストラリアの資金の移動を注視している。セント・ジェイムズ教会前の銃撃事件が起きる数カ月前、われわれが追跡していた資金はオーストラリアからドバイに送られ、そこで消えた。われわれはその資金が、イスラム国やタリバンのような過激派の手に渡ったのではないかと懸念していた。通信データから、ふたつのキーワードが浮かび上がってきた――〝スウィフト〟と〝リバーセンド〟だ。そのことは前にも言ったな。だからスナウチが現われたとき、わたしは彼のために時間を割いたのだ」

「そうだったのか、なるほど」マーティンは言った。「ところが、その資金はイスラム過激派のところではなく、クリスチャンが運営する児童養護施設に送られていたんだろう」

「ああ、そのようだ」肩をすくめる。「われわれの見立てはまちがっていた」

「それにしても、銃撃事件から一年も経ったのち、スプリングフィールズで遺体が見つかったときになぜここへ来た？」

「スナウチが、警察に通報したのと同時にわたしにも知らせてきたからだ。彼が遺体を発見した直後に。理由はわからない。わたしに、彼の人物を保証してほしかったのかもしれない。わたしはすぐに、スウィフトの銃撃事件との繋がりを疑い、資金の動きにも関連しているのではないかと思った。ダムで発見された遺体も、もしかしたら若いムスリムのテロリストや情報協力者ではないかと予想していたんだ。ところが蓋を開けてみたら、果物収穫の手伝いに来たドイツ人だったというわけだ」二人は無言のまま座り、考えに耽った。

「われわれはスナウチを追うべきだと思う」やがてゴッフィンが言った。「あの男が鍵を握っている」

「同感だ。しかし、そんなことができるのか？」

「どういうことだ？」

「つまり、スナウチはあんたを窮地に追いこんでいる。彼はあんたを騙してＡＳＩＯを利用し、元特殊部隊員の身元を特定させた。さらに彼は、名誉毀損でわたしを訴えると脅し、わたしのキャリアを断つと言った——まだキャリアが残っていればの話だが」

　ゴッフィンは頭を振った。「あの男にも何か弱みがあるにちがいない。そいつがなんなのかわかればいいんだが。そうすれば、逆にやつを脅してやれるのに」

「断言するが、彼の両手には刑務所で受刑者が入れるような刺青があった。だがわたしもあんたも、スナウチの経歴は調査ずみだ。マンディの母親もあの男にレイプされたと非難していたが、裏づけは何も見つからなかった。記録も証拠もいっさい残っていない」

　それ以上、言うべきことはほとんどなかった。二人はじっと動かず、じりじりと昇る太陽とともに苛立ちを募らせている。しだいに暑さが増してきていた。ほどなく、駐車場にはいられなくなるだろう。ゴッフィンはもう一本タバコに火をつけた。五、六羽のバタンインコが上空を飛び、かしましく鳴き交わしながら、いっこうに雨が降らないのはおかしいと嘆いているようだ。ニューサウスウェールズ州の西部は、きょうも日照りの一日になるだろう。バタンインコの鳴き声がやんだと思ったら、今度は別の音が響いてきた。震動とともに、雷が近づいてくるような轟きが押し寄せてくる。

「なんなんだ？」ゴッフィンは訊いた。

「バイクだ」マーティンが答える。

　騒音が近づくにつれ、二人は立ち上がり、四台のバイクを見た。二台ずつ並んで幹線道路をゆっくり走ってくる。まるで黙示録の四騎士が、リベリナ地方へ休暇に訪れたかのようだ。騒音は町全体を覆い、バイクの存在を誇示している。マーティンとジャック・ゴッフィンが見守る前を四台が通りすぎ、そのあとは見えなくなったが、エンジン音を聞いただけで、ギアチェンジをしてヘイ通りに曲がったのがわかった。店の軒先にエンジンの咆吼が反響している。ようやく騒音が遠ざかったところで、ゴッフィンが言った。「バイク乗りをこんなところで見かけるとは。かなり気合いの入った連中のようだ」

「ああ、前にも何度か見かけた。ときどき通りすぎていくんだ」

「本当か？　この町を？　わざわざ世界一退屈な風景を見に、バイクで訪れるのか。なぜだ？」

「どうしてそんなことがわたしにわかる？」

「前にも見かけたと言っただろう。どういう連中か知っているのか？」

「知り合いかどうか訊いているのなら、一度も話したことはない。〈反乱者《レベルズ》〉だったか〈死神《リーパーズ》〉だったか、確かそんな名前だ。ほら、写真を撮ったんでね」マーティンは携帯電話で探し、ヘイ通りを走るバイク乗りのぼやけた写真を見つけた。「これだ」

「〈死神〉か。なんてことだ」

「あのむさくるしいバイク乗りが、どうしてそんなに気になるんだ？」

　ゴッフィンは首を振った。「ちがうんだ、マーティン。〈死神〉はただのむさくるしいバイク乗りじゃない。堅気の連中じゃないんだ。無法者のギャング、というより犯罪組織に近い。アデレードを根拠地にしている。麻薬の密売、恐喝、武装強盗といったあたりだ。そんな集団が、いったいここで何をしている？ やつらがどこに滞在しているのか、知っているか？」

「いや。どこに滞在しているのかは知らない。このあたりでバイク乗りに似ている男は、スクラブランズに住んでいるジェイソンという退役軍人だけだ。バイクを持っていて、身なりも似ているが、どういう男なのかはさっぱりわからなかった」

「ジェイソンの姓は？」

「わからない。シャッザという恋人がいる。本名はシャロンだろう。なぜそんなことを訊く？」

「まだわからん。一、二時間あればわかるだろう。何本か電話を入れてみる」

　ジャック・ゴッフィンは自室に戻り、扉を閉めた。

マーティンはその場に立ったまま取り残され、遠のいていくバイクの音を聞いていた。そのまま立っていたとき、マーティンの部屋の電話がやかましく鳴るのが聞こえた。

　彼は電話に出た。「マーティン・スカーズデンですが」おずおずと答える。

「マーティン、わたし。マンディよ。ブックカフェに来てくれる？ 助けてほしいの。できれば急いで」

第二十二章　三十歳

マーティンはヘイ通りを避け、廃業したスーパーマーケットとガソリンスタンドのあいだにある路地から〈オアシス〉へ向かった。まばゆい笑顔のマンダレー・ブロンドが裏口で出迎えた。抱きかかえていたリアムを優しく足下に置き、マーティンにキスして抱擁する。

「マーティン、本当にありがとう。あなたは息子の命の恩人よ。そうでしょう？」

マーティンはどう応えればいいのか戸惑った。これは感謝の表現なのだろうか？　それとも愛情の？

「わたしはジェイミー・ランダーズの命も救ったんだ」

「いいのよ。そんなことは言わないで」

「経過はどうだい？　リアムの？」

「とてもいいわよ。この子もよくがんばったわ。幸い、傷は表面だけだったの。縫合の必要もなかった。包帯を取ろうとするのを止めないといけないぐらいよ」

床にいる幼い男児はマーティンの足下に近づき、靴紐の複雑な結び目に興味をそそられて、引っ張ろうとしている。マンディはかがみこみ、息子を抱き上げた。

「こっちに来て。会ってほしい人がいるの」

彼女はマーティンを先導して居住スペースを通り抜け、ブックカフェに入った。見るからに幸せそうで、弾むような足取りだ。それでマーティンもうれしくなった。

店内では、日本風の衝立のそばで肘掛け椅子に座り、紅茶をすすっている客がいる。きちんとした身なりの女性だ。高齢で七十代ぐらいに見えるが、仕事用のスーツを着、髪を染めて、背筋が伸びていた。半円形の眼鏡は司書を思わせる。ただし、フレームはかなり高級品のようだ。

「マーティン、こちらはウィニフレッド・バービコム。弁護士の方よ」

「お目にかかれてうれしいです、ミスター・スカーズデン」女性はそう言って握手したが、座ったままだ。「どうぞおかけください。恐れ入りますが、書類の手続きに立ち会っていただきたいのです」

　マーティンはマンディに、どういうことか目で訊いたが、彼女は晴れやかな笑みで応えるばかりだ。それで椅子に座ると、マンディも腰を下ろして、息子を膝に乗せた。

「わたくしはメルボルンの〈ライト&ダグラス&フェニング〉法律事務所の共同経営者をしています。わたくしに思い出せるかぎりの昔から、いえ、それよりも長きにわたって、わたくしどもの事務所はスプリングフィールズのスナウチ家に法的な助言をしてまいりました。わたくしどもが初めてスナウチ家にそうしたお力添えをしたのは、十九世紀のことです」

「なるほど」マーティンは答えたが、これからどうなるのかさっぱりわからなかった。

　弁護士は続けて言った。「あと二週間ほどで、マンダレー様は三十歳になりますが、その日からスプリングフィールズの土地をはじめ、株式、債券、不動産を含む投資資産を相続なさいます——このお店のほか、リバーセンドに何カ所も不動産があるのです。合計すると、かなりの額になります」

　マンディは肩をすくめ、思いがけない成り行きに驚き、降って湧いた幸運に目を輝かせた。

「よろしければ、マンダレー様の書類手続きの立会人になっていただけませんでしょうか？」ウィニフレッド・バービコムは訊いた。

「ええ、もちろんです」マーティンは答えた。「相続を申し出たのは誰です？　エリック・スナウチですか？」

「おっしゃるとおりです」弁護士は三人のあいだのコーヒーテーブルに最初の書類を置き、マーティンはウィニフレッドの優雅な万年筆で日付と名前を記入した。

「ハーリー・スナウチはどうなるんです？　彼はエリックの息子でしょう？」

　弁護士の表情は読めなかった。「あの方には生活費が与えられます。充分すぎるほど――失業手当よりはかなり多額です」

　ウィニフレッドはさらに書類をテーブルに置いたが、マーティンはペンを手にしたまま椅子にもたれ、好奇心を露わにした。「キャサリン・ブロンドは、マンディが財産を相続することを知っていたんですか？　マンディによると、母親から三十歳になるまでに落ち着きなさいと言われていたらしいです。母親は何か知っていたにちがいないと思うのですが」マーティンはマンディを一瞥した。彼女の微笑みは、研ぎ澄ましたような静かな面持ちに変わっている。

「わたくしどもからは何もお伝えしていません」ウィニフレッドは言った。「それがエリック・スナウチ様の強いご意向だったからです。秘密を厳守することが。ですがおそらく、お亡くなりになる前にキャサリン様に何かおっしゃっていたのでしょう。そのあたりの事情は存じませんが」

「エリックは亡くなる直前に、遺言状を作りなおしていたんですね？」

「そのとおりです」

「しかしなぜ、秘密にしていたんでしょう？」

「さあ、存じません。マンダレー様がまだお若く奔放でいらしたのを心配され、大金を相続することはあえて伏せておかれたのかもしれません。あるいは、ハーリー様に知られたくなかった可能性もあるでしょう」

「しかし、ハーリーは遺言の内容を尋ねていたにちがいありません――つまり、お父さんが亡くなったときに。彼からあなたか事務所に、遺産がどうなっているのか訊かれませんでしたか？」

「何度も訊かれました」

「それで、なんと返事しましたか？」

「何も」

マンディから晴れやかな表情は消えていた。リアムをひしと抱き寄せる。「ミズ・バービコム——ウィニフレッド——あのことは本当なんですか？　ハーリー・スナウチはわたしの父親なんですか？　彼はわたしの母をレイプしたんですか？」

一瞬、ウィニフレッド・バービコムの職業的な謹厳さが揺らぎ、血の通った表情と、思いやるようなまなざしが垣間見えた。しかし、変わったのは目だけで、職業的な折り目正しい口調は崩れなかった。「申し訳ありません。わたくしどもはさまざまな問題で、エリック・スナウチ様とご家族のご意向に沿って動いてきましたが、弁護士とお客様とのあいだの秘密は守らなければなりません。そうした問題について、わたくしからはお答えできません」

「じゃあ、わたしに知るすべはないの？」マンディはささやき声で言った。

弁護士はどう反応すればいいのかわからないようだ——そこへマーティンが口を挟んだ。この思いがけない突破口にすかさず切りこんだのだ。「マンディ、これまでは言わなかったんだが、実はハーリー・スナウチとそのことで話したんだ。彼はきみの父親ではないと言っていた。レイプしたことも否定していた。彼はきみに一度だけDNA鑑定を受けてもらい、真実をはっきりさせたいと言っている」

マンディは彼を見つめ、ウィニフレッド・バービコムに視線を移して、どうすべきか目で訊いた。マーティンは人知れず煩悶していた。自分は果たしてマンディの力になろうとしているのだろうか、それともスナウチを懐柔し、名誉毀損の訴えを思いとどまらせようとしているのか？　ここからはジャック・ゴッフィンのように、自らの言葉の重みを熟慮して話す必要があるだろう。

ウィニフレッド・バービコムは答えた。「どうすべきか、わたくしからはなんともお答えできません。ですがご安心ください。たとえＤＮＡ鑑定がいかなる結果になろうとも、エリック・スナウチ様のご遺言が変更されることはございませんし、ハーリー・スナウチ様が遺言に異議を申し立てる根拠になることもございません。スプリングフィールズをはじめ、すべての資産はあなたのものです。鑑定をお受けになりたいのであれば、それはあなたのお気持ちしだいです」

マンディはわかったというようにうなずいた。

「それでは、ほかの書類にもご署名をいただきましょう。最初がマンダレー様、次がマーティン様です」一同は沈黙のうちに署名を続け、最初は明るかった雰囲気に、ハーリー・スナウチの亡霊の影が差した。マーティンはマンディに、スナウチの二面性を警告しておく必要があるとわかっていたが、それは弁護士が立ち去ってからにしようと思った。最後に署名された書類は、ウィニフレッド・バービコムと〈ライト＆ダグラス＆フェニング〉法律事務所が、今後マンダレー・スーザン・ブロンドの意向に沿って万事を取り計らうことを確約するものだった。彼女はほどなく、スプリングフィールズの女主人になり、スナウチ家の莫大な財産を一手に相続することになる。

ウィニフレッド・バービコムは書類一式を集め、万年筆のキャップを閉めて、小ぶりな革の書類鞄に収めた。彼女は立ち上がり、マーティンとは格式張った握手を、マンディとはもっと温かい握手をした。「お会いできてうれしいです。今後あなたのご意思に沿って仕事ができるのを光栄に思います。何かお困りのことがありましたら、いつでもお電話ください。万一ハーリー・スナウチ様に脅されるようなことがあれば、すぐにお知らせください。禁止命令の手続きをして、不意打ちを食らわせてやりますから」

　マンディは不安そうで、まだにわかに降ってきた幸運に実感が湧かないようだ。

　マーティンはこの機会を捉えて質問した。「お帰りになる前に、ひとつ教えてください。ハーリー・スナウチの両手に、なぜ刺青が入っているのかご存じでしょうか？　あれは刑務所で受刑者が互いに入れるようなものに見えたのですが」

　事務弁護士は峻厳な表情で答えた。「先ほど申し上げたように、わたくしどもは長きにわたり、スナウチ家の意を体して動いてまいりました。弁護士と顧客のあいだの権利や制約にまつわる法令はありませんが、ひとつ申し上げましょう。ハーリー・スナウチ様はこれまでに一度も、オーストラリアの法廷で有罪判決を受けたことはありません」

「そうですか」マーティンは意気消沈した。「ありがとうございます」

「ですが、あなたはジャーナリストでしたね？」弁護士は語を継いだ。唇にかすかな笑みが浮かんでいる。

「そのとおりです」

「お手隙の時間がありましたら、ひとつ興味深い事件をお調べになってみるとよろしいでしょう。訴訟になった事件です。テレンス・マイケル・マックギルという詐欺師が、以前に西オーストラリア州で有罪判決を受け、服役していました。釈放されたのは、二年前です」目も笑っており、半円形の眼鏡越しにきらめいている。「それでは、もうお暇しないといけません。お二人にお目にかかれて、よかったです」

　マーティンは店の前に出て、ウィニフレッド・バービコムを見送った。マンディは根が生えたようにその場に立ち尽くし、幸運に浸る間もなく、苦悩の表情を浮かべている。マーティンは彼女に歩み寄った。床の上で、リアムがふたたびマーティンの靴紐を引っ張ろうとしている。

「あなたの言うとおりだったわ。何かのまちがいじゃないかと思ったんだけど」声を震わせている。「彼は一度も有罪判決を受けていなかった。刑務所に入ったこともなかった」

マーティンは手を伸ばし、肩に優しく置いた。「確かにそのとおりだ。しかし、だからといって何もなかったとはかぎらない。彼が刑務所に入ったことはないというだけで」

「でも母は、彼に犯されたと言っていたのよ」マンディの目に心痛がよぎった。彼女は愛する母親を疑い、キャサリンがそう言った動機を問いなおさなければならないのだ。「わたし、どうすればいいの？」

「ＤＮＡ鑑定を受けることを考えてみるべきだろうね」

彼女は無言のまま、かがみこんでリアムを抱き上げた。

「電話を借りてもいいかな？」マーティンは訊いた。

彼女はうわの空でうなずいた。

ベサニー・グラスがすぐに携帯電話に出た。「マーティン、あなたなの？」

「ああ、そっちはどうだい？」

「最高よ。一面の記事を見た？　うちの圧勝よ。あなたのおかげだわ。お偉方からお褒めの言葉をもらったぐらい」

「それはよかった。それだけの価値は充分ある」

「何か目新しい情報があるの？」

「いや、そうじゃない。実はひとつお願いがあってね」

「なんでも言ってちょうだい。あなたには大きな借りができたわ」

「過去の記事を検索してもらえないだろうか？　十年ぐらい前に西オーストラリア州で有罪判決を受けたテレンス・マイケル・マックギルという男に関すること

なら、なんでもいい。二年ほど前に釈放された」

「わかったわ。その人は何者？」

「まだよくわからないんだ。だが新事実がわかったら、きみにもお裾分けしよう」

「わたしはそれで充分よ。どの電話番号に知らせればいいかしら？」

「この番号か、〈ブラックドッグ〉に頼む。それから、記事が見つかったらメールで送ってほしい」

事務室を出ると、マンディとリアムは厨房に戻っていた。彼女が歩み寄り、キスをした。「ありがとう、マーティン」

「何が？」

「結果はどうあれ、親身になってくれて」

マーティンはどう答えていいかわからなかった。かつてのマーティンならこの瞬間を活用しただろうが、そもそもかつてのマーティンだったら親身になることすらなかっただろう。

「わたし、ＤＮＡ鑑定を受けるわ」マンディは言った。

「それが最善の選択だろう。だがくれぐれも言っておく。ハーリー・スナウチを信用してはいけない。ＤＮＡ鑑定を受けるのはいいが、あの男は決して人畜無害な浮浪者ではない」

「どういうこと？　何か知ってるの？」

マーティンは答える前に、何をどのように言うべきか考えようとした。ジュリアン・フリントのこと、彼が民間人を殺害した経歴、ハーリー・スナウチがスウィフト牧師の正体を暴露するのに果たした役割を。だが穏当な言いかたを考えつく前に、厨房の扉がノックされた。強く、執拗なノックだ。

「やれやれ」マーティンは言った。「きっとどこかのジャーナリストが、インタビューを申しこみに来たんだろう」

しかし、扉を少しだけ開けてみると、立っていたのはジャーナリストではなかった。ジャック・ゴッフィンが落胆から立ちなおり、急いで知らせたいことがあるようだ。

第二十三章　独　房

ＡＳＩＯの工作員は、マーティンを急きたてて裏通りに連れ出し、誰も聞き耳を立てていないのを確かめた。

「やっぱり〈死神《リーパーズ》〉だった」ゴッフィンは単刀直入に言った。

「あのバイク乗りが？」

「ああ、そうだ。連邦警察には何も情報がなく、仮にあったとしても教えてくれなかった。州警察も同じだ。知らぬ存ぜぬの一点張りだった。だが、オーストラリア犯罪情報委員会《ACIC》は情報を知らせてくれた。わたしはついていた。熱意も能力もある人間と話をすることができたんだ。ＡＣＩＣは長期間〈死神〉を監視し、連中が組織的に行なってきた犯罪に探りを入れている。わたしの思ったとおり、あの連中は犯罪組織だ」

「しかしその〈死神〉が、リバーセンドとどうかかわっているんだ？」

「まだわからない。だが上級捜査官のクラウス・バンデンブルクという男が、われわれと連携しようとしている。小型機をチャーターして、ベリントンへ向かっているそうだ」

マーティンは目をしばたたき、話についていこうとした。かくも機微に触れる情報を、これほど迅速に入手したとは。「ACICは秘密の監視活動をしているということか？　バイク乗りの犯罪組織を？　そのことをあんたに電話で告げたと？」

「まあ、わたしにはそうした情報を取り扱う権限があるからな。だが、話の核心はここからだ。実は三十五年前、クラウス・バンデンブルクとハーブ・ウォーカーは、ゴールバーン（ニューサウスウェールズ南東部の町）の警察学校で同期生だった。しかも、互いの結婚式で花婿の付き添い人を務めたんだ。生涯の親友だったのさ」

「なんだって。ではウォーカーも、電話でその秘密情報を知らされたのか？」

「バンデンブルクは、そうしたことは何も言っていない」

「そしてバンデンブルクは、彼の死に責任を感じている？　だから、進んであんたを手助けしようとしているんだな？」

「彼は何も言っていない」

「言うまでもないだろうさ。よかったじゃないか。で、彼はいつ着くんだ？　いつ彼と話せる？」

ゴッフィンはマーティンの肩に手を置き、はやる相手をなだめようとした。「いいか、マーティン。今回に関しては、きみが彼に会うのは賢明ではないだろう」

「なぜだ？」

「なぜならバンデンブルクは、ほかの法執行機関の関係者と同じ考えだからだ。つまり、きみが親友を自殺に追いやった張本人だと思いこんでいる。しかもきみはジャーナリストだ。わたしに秘密情報を取り扱う権限があるにしても、彼がＡＳＩＯを進んで信用したというだけで信じがたいことなんだ。彼がわたしに情報を知らせてくれたのは、わたしが有益な情報を提供してくれると思っているからにすぎない」

「あんたはわたしと協力していることを言わなかったのか？」

「わたしは断じてそんなことを言わなかったし、きみも言うべきではない。わたしはこれからベリントンにひとっ走りして、彼を迎えに行く。われわれがたまたまきみに出くわしても、わたしにあまりなれなれしくしないでくれ、いいな？」

　マーティンは承諾するしかなかったが、ゴッフィンがまだ自分と情報を共有してくれるのをありがたく思った。その気になれば、ゴッフィンはバンデンブルクのこともこの新情報も胸にしまっておけるのに。マーティンはなぜ、彼がそうしないのか不思議だった。

「なるほど、そのほうがいいだろう」

「よかった。わたしが迎えに行っているあいだ、きみにひとつ頼みたいことがある」

「なんだい？」

「ジェイミー・ランダーズだ。彼がきみと話したいと言っている」

「ランダーズ？　なぜだ？　まだここにいるのか？」

「ああ、警察はきょうの午後、やつを車でスクラブランズへ連れ出し、事件当時の動きを再現させた映像を撮影してから、別の施設へ移送する予定だ。やつがきみに何を話したいのかはわからない。悩みでも打ち明けたいだけかもしれん」

「しかしモンティフォーや警察は、それでいいのか？　ランダーズは告発され、事件は審理中だ。話の内容が公表されたら、公正な裁判が妨げられ、事件の審理に支障を来すはずだ」

「確かに、そんなことをしたらきみは法廷侮辱罪に問われるだろう。だから有罪が確定するまで、公表してはいけない。それが警察側の意向だ。ランダーズは法廷で有罪を認め、否認するようなことはないだろう。すんなり裁判は終了し、彼は刑務所へ送られる。そうなればランダーズとその友だちの異常性や、犯人逮捕に至る警察の働きぶりを公にできるわけだ。警察としては、あんたにその記事を書く役目を与えることで協力に感謝し、わたしを支援しようとしている。それに、警察の顔も立ててほしいと考えている」

　独房はわりあい涼しかった。リバーセンド警察署の奥に、いかにもあとからくっつけたようなふた部屋きりの留置房は、改装したガレージのように見える。内部のレンガの壁は緑のエナメル塗料で何度も重ね塗りされ、滑らかだ。コンクリートの床はむき出しだった。壁から突き出したベッドには、薄っぺらなマットレスとちくちくしそうな毛布が敷いてあり、ステンレスの便器には便座がなく、そばにはやはりステンレスの洗面台がある。天井は高く、ベッドの上に立っても手が届かないほどで、頑丈な照明が据えつけてあった。照明の明かりに加え、壁の高いところにある格子窓から自然光が入ってくる。

　ジェイミー・ランダーズはベッドのまんなかに座り、向かいの壁をじっと見つめていた。ロビー・ハウス＝ジョーンズ巡査に伴われてマーティンが独房に入ると、ランダーズは向きなおり、ぼんやりと彼を見たが何も言わなかった。ロビーはマーティンに、何かあったら大声で呼ぶように告げ、扉に鍵をかけて立ち去った。マーティンの脳裏に、記憶が蘇ってきた――ジェイミーがナイフを片手に、目に殺意をたたえて近づいてきたときの光景が。にわかに、独房がひどく狭苦しく思えてきた。

「やあ、ジェイミー。わたしに話したいことがあるんだって？」

「まあね」ランダーズは無表情だ。内心でいかなる感情を抱いているのか、マーティンには窺い知れなかった。鎮静剤でも服んでいるのかもしれない。そう願った。

　マーティンが座れる場所はなく、ランダーズと並んでベッドに座るか、トイレの縁に腰を下ろすしかなかった。だがそのどちらも選ばず、硬いコンクリートの床に座った。ランダーズに見下ろされる恰好だ。殺人犯の思いのままにされそうで不安を覚えたが、相手に脅威を与えないことでランダーズは気楽になれるかもしれない。マーティンは恐怖をこらえ、ロビーが外で聞いており、呼べばすぐに来てくれると自らに言い聞かせた。メモ帳とペンは持ってきたが、警察は携帯電話の持ちこみを許可しなかった。

「自供したと聞いている」マーティンは言った。

　ランダーズはうなずいた。「ああ」

「そのほうがよかった、ジェイミー。ご家族にもそのほうがよかった」

「母さんに会ったか？」ジェイミーは顔を上げ、不意にすがりつくようなまなざしになった。

「いや、まだだ」

「すまないと伝えてくれないか？　母さんを傷つけるつもりはなかった。いままで母さんを傷つけたことは一度もなかったんだ」

「そのために、わたしに来てほしかったのか？」

「サツは母さんと会わせてくれないんだ。助けてくれないか？　母さんと会わせてくれないか？」最初の無感動な空気は、ランダーズから消えていた。その声から、マーティンには鬱積した感情が伝わってきた。彼の言葉をメモ帳に書く。思いがけない言葉だった――精神病質者が示した思いやり。

「できるだけのことはしてみよう。警察に頼んでみる。ただ、わたしの一存ではどうにもならない」

「わかっている。頼んでみてくれるだけで、ありがたいよ」

十代の若者の表情からは懊悩が窺えた。それをどう解釈すべきなのかはわからないが。

「どういうことなんだ、ジェイミー？ なぜあんなことをした？」

「殺すつもりはなかったんだ。そんなつもりじゃなかった。それなのに、あんなことになってしまった」

「どうして？」

ランダーズはふたたび虚空を見据えた。目は焦点を失い、感情は消え、無感動な空気が戻ってくる。ようやく口をひらいたとき、その声はどこか遠くから聞こえてくるようだった。「アレンが仮免を取ったんで、ドライブに出かけたんだ。そんなに遠くへ行くつもりじゃなかったんだが、結局そうなった。行けるところまで行ってみようと。それで、スワン・ヒルまで行ってしまった。大した理由はなかった。ただ運転しただけだ。バーボンを飲み、テキーラも少し飲んでいた。川縁《かわべり》で酒を飲んだんだ。あそこの川はすごく広い。ただ見ているだけで、涼しい気分になれる。酒を飲むにはもってこいの場所だ。もちろん、飲むべきじゃないのはわかっていたよ。アレンが運転して帰らないといけなかったから。仮免を取りたてのやつが飲んじゃいけないよな。そこで女の子二人に出会った。川縁で。二人ともきれいで、しゃべったら楽しかった。試しに酒を飲ませてみたけど、おいしくないって言われた。それで二人は行ってしまった」

ジェイミーはもう壁を見ていなかった。うつむき、床を見ている。

「そのあと、俺たちは酔っ払い、何か食べようと思って町まで運転した。そこであの二人が歩いているのを見かけたので、乗っていかないかと声をかけたら、二人とも乗ってきた。それだけさ」

「それだけ？　きみたちが殺したんだろう？」

「だから、そんなつもりじゃなかったんだって。さっき言っただろう。俺たちはまた川沿いで車を駐め、酒を飲もうとしたが、二人はユースホステルに帰りたがった。問題はそこからだった。女の子は二人とも、大学を出ていたんだ。それで、俺たちが十五歳で学校をやめたのを知って笑いだし、俺たちをばかにしやがった。それから、アレンがまだ海を見たことがなかったので、そのこともからかわれた。それで俺が、顔を一発ぶん殴ってやった。笑うのをやめさせようとしたんだ。ビシッと決めてやったぜ。それであの女も笑うのをやめた。だがもう一人が悲鳴をあげたんで、今度はアレンがそいつをぶん殴った。そのあともずっと、そんな調子だった。俺たちもどうやって止めたらいいのか、わからなくなっていた」

「きみたちは二人を、こっちへ連れてきたのか？　スクラブランズへ？」

「ほかにどうしたらいいのかわからなかった。あのまま帰したら、あいつらはサツに、俺たちのことをチクっただろう。二人は誰にも言わないと約束したが、そうはいかないのはわかっていた」ランダーズは視線を上げ、まじろぎもせず、マーティンと目を合わせた。「それからどうなったかって？　いい気分だったよ。あの女たちを怖がらせるのは。ぶちのめす側にまわるのは、実にいい気分だった。やみつきになるだろう？」

「それで二人を殺したのか？」

「ああ、そうさ。俺たちが二人を殺した」

「その前にレイプしたのか？」

「ああ。俺たちであの二人をレイプしてやったぜ」

　ジェイミー・ランダーズの目に涙はなかった――殺された女性たちのための涙も、自分自身のための涙も。そこに良心の呵責はなかった。マーティンはさらに詳しいことを訊くべきだとわかっていた。スクラブランズで起きた身の毛もよだつ蛮行を、詳しく、順を追って。ランダーズは喜んで話したがっているし、読者もそれを欲しているのはわかっていた——十代の殺人犯の心のうちを垣間見ることを。たとえ、あまりにおぞましくて詳細まで公表できないとしても、それがジャーナリストの仕事なのだ。世界の最も醜い部分を見届け、大衆が消費できるように〝消毒〟し、起きた出来事を説明のつくものにして、ふたたび消し去ることが。しかしマーティンは、心底から嫌悪感を催した。

深呼吸し、なぜランダーズにインタビューしているのか考えてみる。自分はいとも簡単にジャーナリストの習慣に逆戻りし、相手の告白に耳を傾けていた。かつての同僚たちの誰もが、ランダーズの話を聞くためならいかなる犠牲でも払うだろう。しかしもはや、毎日消費されるニュースの材料を提供するのは、マーティンの優先事項ではなくなっていた。若い女性たちは殺され、ニューカークは事故死し、ジェイミー・ランダーズは正気を失っている。マーティンは本当に、そんな邪悪な行為を追体験したいのだろうか？　そんなことをしたところで、彼自身はおろか、ジャック・ゴッフィンの役にも立たない。ジェイミー・ランダーズのねじ曲がった精神をこれ以上探ったところで、銃撃事件の真相究明に寄与するわけではないのだ。

それでマーティンは、話頭を変えた。「ジェイミー、スウィフト牧師についてだが——きみとアレンがウォーカー巡査長に通報したのか？　牧師がきみたちを性的虐待したと？」

ランダーズの表情が明るくなった。その顔に笑みが浮かぶ。「そうなんだ、ハッハッ。あれは俺だ。俺が仕組んだんだ」

「きみが仕組んだ？　では、本当ではなかったのか？」

「決まってるだろ」蔑みの色が浮かぶ。「アレンと俺が、あいつに身体を触らせたなんて。そんなこと、あるわけない」

「ではスウィフトは、誰も性的虐待していなかったのか？　誰一人？」

「俺が知っているかぎりでは、していなかった。だがあいつは牧師だったんだ。牧師なら、そういうことをするだろ」

「ではなぜ、そんな通報をした？　女性たちの殺害と関係があったのか？」

　ランダーズはうなずいた。「ああ、そのとおりだ。あんた、見かけより頭がいいな。あいつは遺体を見つけたか、何か怪しいものを見つけたんだ。誰かのしわざだと疑っていたが、俺たちのことは疑っていなかった。あいつは俺たちに、スクラブランズには行かないようにと警告したんだ。何か悪いことが起きたから、気をつけろと」

「きみたちに警告した？」

「ああ」

「それで、きみたちは何をする気だったんだ？　スウィフトを陥れて、殺人の罪を着せようとしたのか？」

「ちがうね。あいつを殺すつもりだったのさ」

　マーティンは若者を見つめ、新たにこみ上げてきた恐怖と闘ったが、ランダーズは笑みを返すばかりだった。まるですこぶる気の利いたことを言ったかのように。

「どういうことか、説明してくれるか？」マーティンは訊いた。

「あれは俺のアイディアだった。アレンはそんなに頭がまわらなかったからな」

「何を計画していた？」

「わかりきったことだろう？　俺たちはお膳立てを整え、おまわりには、あいつから性的虐待を受けたと通報した。あとはあいつをどこかにおびき出して、撃ち殺してやればよかったんだ。やつが持っている銃のどれかを使って。それからおまわりに、やつが俺たちにまた性的な行為をしようとしたから、正当防衛で射殺したと言うつもりだった。そうすれば、ダムで遺体が見つかっても、あいつのしわざだと思われるにちがいなかった。俺たちは無罪放免というわけさ。どうだ、すごくイカすだろう？」十代の若者は、得意満面の笑みを浮かべている。

「そんなことを信じる人間がいると思っていたのか？」

「誰もが信じたにちがいないさ。あいつは牧師だったんだから」

マーティンはその主張が妥当かどうか考えてみた。そしてほどなく、彼の計画が充分に通用しうるという結論に達して愕然とした。マーティンは続けて言った。

「警察に通報があったんだ、ジェイミー。一年ほど前、匿名の通報がクライム・ストッパーズに寄せられた。ドイツ人女性が殺されて間もないころだ。スプリングフィールズのダムに遺体があるという通報だった。その記事はこのあいだの新聞に出たばかりだ。わたしはスウィフトが通報したにちがいないと思ったんだが」

「いや、俺たちだ。それも仕組んだのさ。ただし、ダムとは言わなかった。女たちが死んでいて、遺体はスクラブランズのどこかにあるとだけ言ったんだ」

「なんだって」マーティンは絶句した。

しかしジェイミーの口調は滑らかになり、とめどなく自慢げに話しつづけた。女性たちへの暴行殺害についてそれ以上訊かれなかったので、安心したようだ。

「だが結局、俺たちは何もする必要がなかった。あいつは頭に血が昇り、正気を失って、教会前でみんなを殺したからな。そのあとはおまわりのお友だちが、やつを撃ち殺してくれた。だから俺たちは、放っておいたんだ。ダムに遺体を長く放置しておけば、それだけ俺たちは有利になる。証拠が少なくなるからな。それに遺体が見つかったとしても、やつのしわざにされるか、あそこに住むレイプ犯のじじいのせいにされるか、あるいはその両方のせいにされるだろう。俺たちが怪しまれることはないと話し合っていた」

「なるほど、すごいじゃないか」マーティンは若者の自尊心を満たしてやることにした。

「ああ。めっちゃイカすだろ?」

「ああ」マーティンは調子を合わせた。「めっちゃイカすね。ただ、ひとつ訊いておきたい。きみはウォーカー巡査長に、スウィフトから性的虐待を受けたと通報した。では、ウォーカーがきみのお父さんにそのことを話し、お父さんがその話を信じたというのは本当なのか?」

「ああ、そうだよ。二人とも真に受けちゃって、大間抜けだよな」

「きみはお父さんを見ていたはずだ。お父さんが亡くなった日の朝、セント・ジェイムズ教会に出かける前に」

「俺の親父を? ああ、見ていたよ」

「そのとき、何が起きたんだ?」

「親父はマジで怒っていた。親父の友だちも怒っていたけど、いちばん怒っていたのは親父だ。手がつけられないぐらい、カンカンだった。まったく笑っちゃうよな。牧師のやつを殺してやるとわめいていたんだ。アレンも俺も、内心で吹き出していたよ」

「しかしお父さんは、実際にはスウィフトを殺すつもりはなかったんだろう? 教会に銃を持っていかなかったんだから」

「そのとおりだ。あのとき、母さんが現われたんだ。俺の考えでは、彼に会いに行っていたんだろう。スウィフトに会いに行って、戻ってきたんだ。そして、彼は町を出ていくので、お父さんは何もしなくていいと言った。親父はその言葉で少し落ち着いた。そして二人きりになれるところへ俺を呼んで、本当のことを言え、スウィフトはおまえに性的虐待をしたのか、と迫った」

「きみはなんと答えた？」

「あれはでたらめだと答えた。アレンと俺は、ただ仕返しをしたかっただけだ、と」

「なんの仕返しだ？」

ランダーズは無言だった。答えたくなさそうだ。

「なんの仕返しだ、ジェイミー？」

「自分が上だと思っているあの野郎の態度が、むかついたんだ。自分は俺たちより上等な人間だと思っている態度が」その言葉は真実のように聞こえた。少なくとも真実の一端を告げているのだろう。マーティンはそれでよしとした。

「わかった。そのあとはどうなった？　きみのお父さんは？」

「俺の答えを聞いて親父は落ち着いた。みんなで狩りに出かけるのだろうと思っていたが、それが親父を見た最後だった。アレンがいっしょに出かけたのは、俺たちがドイツ女どもの死体を捨てたスプリングフィールズのダムに、みんなを近づけないようにするためだった。でもあのとき、なぜか知らないが、親父はうれしそうで、大声で笑いだした。親父は母さんに何か言っていた。なんと言ったかはわからないけど、親父は笑いつづけ、母さんは泣いていた。いやなやつだったよ。それから親父は、仲間たちといっしょに教会へ出かけた」

　マーティンはその言葉が意味するところを考えた。なぜクレイグ・ランダーズは教会へ向かったのだろう？　妻のフランから、スウィフトは町を出ていくと言われ、息子のジェイミーからは、スウィフトは性的虐待をしていなかったと聞かされたのに。なぜ？　マーティンはジェイミー・ランダーズを見た。この若者が嘘を言う理由は思いつかない。「きみはお母さんのことを心配しているんだね？」

　その言葉で、ランダーズは我に返った。意気消沈し、うなだれる。「ああ。母さんにこんな思いはさせたくなかった」

「お父さんのことは、ジェイミー？　スウィフトはお父さんを殺したんだ」

「あの野郎がしたことのなかでは、最高だった」

「お父さんを殺すことが？」

「ああ、そうさ」

「なぜだ？」

「あんたが知る必要はない」ランダーズは立ち上がり、不意に怒りだして、独房内をうろうろしはじめた。マーティンは床に座った無防備な体勢で、目の前を行ったり来たりするランダーズを見上げた。立ち上がろうとしたが、足下がおぼつかなかった。片脚は痺れて動かず、太腿もふくらはぎも言うことを聞かない。身体がぐらついた。ジェイミーがドイツ人女性たちのことを回想した言葉が、脳裏をよぎる――ぶちのめす側にまわるのは、実にいい気分だった。

「お父さんは暴力を振るっていたんだな、ジェイミー？　きみも殴られたのか？　お母さんも殴られたのか？」

　ランダーズの目が怒りに燃えた。どこからともなく拳が飛んできて、マーティンは最後の瞬間に頭をよけ、パンチはかすった程度だったが、それでもマーティンは膝から崩れ落ちた。「ロビー！」その場に倒れこみ、叫ぶ。「助けてくれ！　ロビー！」ランダーズは怒りを滾らせ、拳を握って彼を見下ろしたが、その場でじっと動かず、襲いかかっては来なかった。独房の扉がひらき、マーティンは引きずり出された。

「大丈夫か？」ロビーは訊きながら、彼を連れて署の母屋に戻り、台所に入った。

「ああ、たぶん。不意打ちを食らった」マーティンはランダーズに殴られた左頬に触れた。触れるとひりひりし、腫れてきている。

「傷を見せてくれ」ロビーは言い、マーティンを座らせた。「切り傷ではないが、大きな痣になるだろう。氷を取ってくる。被害届を出したいか？」

マーティンは首を振った。「そんなことをして何になる？ すでにレイプと殺人の罪で捕まっているんだ。それだけで何年も出てこられないだろう」

ロビーは冷凍庫から氷を取り出し、ふきんでくるんだ。

「話を聞いていたか？」マーティンは訊いた。

「ああ、聞いていた」ロビーが答える。

「お父さんから虐待されていたんだろうと訊いたら、逆上して殴りかかってきた。本当に虐待されていたのか？」

ロビーはうなずいた。目には怒りより悲しみをたたえている。「どこの田舎町に行っても、警官の答えは同じだろう。われわれの仕事の半分近くが、家庭内暴力への対処だ。もうすっかり蔓延している」

「暴力的な人間だったのか？ クレイグは？」

「そのとおりだ。旱魃、不景気、ひどい暑さがこう続いてはね。生活は苦しくなる一方だ。ちょっと酒を飲みすぎたら、日ごろの不満が簡単に爆発する。何も弁護するつもりはないが、怒りの矛先はいっしょにいる女性に向かってしまうんだ。田舎町でも大都会でも、そうした日常を過ごす女性は多い。クレイグ・ランダーズは酒に酔うと、しばしば奥さんを殴っていた。同じような男は大勢いる」

「きみは介入したのか？」

「何度か拘留したことがある。彼と話もした。しかしそのあとは、女性の導きにまかせるしかない。奥さんが望まないのに介入してもいいことはない。さらなる暴力を招くのが落ちだ」

「なんてことだ」

「ここではそれが日常茶飯事なんだ」

「それからジェイミーには？ クレイグは息子も殴ったのか？」

「その点はなんとも。ジェイミーは何も言わなかった。フランも言っていない。しかし、だからといってなかったとも言い切れない」

「うーん、何かのきっかけで彼が正気を失っているのは確かだ。独房で言っていたことが聞こえたか？　バックパッカーの女性たちにしたことを？」

「あんなのは序の口だ。取り調べでの陳述を聞かせたかったよ。女性たちにしたことを、全部聞かされた。あれは人間のすることじゃない。おぞましいかぎりだ。モンティフォーは、立ち会ったわれわれがカウンセリングを受けるべきだと強く主張している」

　ロビーはそこで言葉を止め、マーティンは話題を変える好機だと感じた。「ところで、二、三、きみに助けてほしいことがある。オフレコで」

ロビーは愛想よく肩をすくめた。「なんなりと言ってくれ。わたしの事務室はモンティフォーに接収されたが、ここでも話せるから」

「初めて会ったときのことを思い出してほしい。ここの警察署で、わたしがきみにインタビューしたときのことを。あのとききみは、バイロン・スウィフトを友人だと言っていた。覚えているかい？」

「もちろんだ」

「さっき聞いたように、ジェイミーはこう言っていた。スウィフトが彼とアレンに、スクラブランズで何か悪いことが起きたと警告した、と。スウィフトは何かそうしたことをきみに言っていなかっただろうか？」

　ロビーはマーティンと目を合わせようとせず、爪をいじりながら両手を見た。「いや、言っていなかった」

「なぜ言わなかったか、心当たりは？」

「思い浮かばない。なんらかの理由で、表沙汰にしたくなかったのかもしれない」

「ウォーカーはきみに、彼の考えている仮説を言っただろう？　スウィフトは詐欺師だったと。それに、スウィフトは彼の本名ではないと」

　ロビーは突き刺すようなまなざしで、マーティンを見た。「あれは本当だったのか？」

「ああ、わたしはそうだったと思う」

「じゃあ、彼は誰だったんだ？　あなたは知っているのか？」

「元兵士だ。官憲から指名手配されていた。だからきみに言わなかったんだろう。彼が打ち明けたら、きみは逮捕したにちがいない」

　ロビーはマーティンの解釈を裏づけるようにうなずいた。「あなたはそれを公表するつもりか？」

「そうするつもりだ。その記事を書かせてくれる人が見つかりしだい」

　ロビーは彼を見つめ、ためらってから口をひらいた。「ハーリー・スナウチは知っていたのか？　バイロンの最後の言葉だ。バイロンはわたしに、そのことを言おうとしていたのか？」

「たぶんそうだったんだろう」

　ロビーは信じかねるように頭を振った。あるいは絶望して。「くそったれ。ハーリー・スナウチは知っていたし、ハーブ・ウォーカーも突き止めた。哀れな間抜けのロビー・ハウス＝ジョーンズだけが何も知らされず、黙って放り出されたってわけだ」ふたたび頭を振る。「あなたの記事が世に出たら、わたしは世間からとんだ大馬鹿野郎に見られるだろう。ちくしょう」三度《みたび》頭を振った。「それでもありがとう、マーティン。話してくれて感謝するよ。わたしに予告してくれたことも」

「すまない。ほかにもいくつか、訊きたいことがある。この町をバイク乗りが通りすぎるのを、わたしは何度も見てきた。彼らに関しては、何かわかっているだろうか？」

「〈死神《リーパーズ》〉のことか？　いや、わからない。あの連中はベリントンに滞在している。出入りしているパブがあって、そこの店主は元メンバーだった」

「では、この町にはいない？」

「ああ。この町にバイク乗りはいない」

「スクラブランズに住んでいるジェイソンはどうなんだろう？」

「ジェイソン？　ああ、彼はバイク乗りではない。ヤマハを持っている傷病兵というだけだ」

　マーティンはうなずいた。「パブの経営者だった――エイブリー・フォスターだが。きみは彼を知っていたか？」

　ロビーは眉間に皺を寄せ、マーティンの質問に困惑した表情を浮かべた。「もちろんだ。この町ではみんな彼を知っていたよ。ランチタイムにはたいがい店にいたし、夜もほとんどいた。ただ、それほど深い知り合いではなかったけどね。感じのいい男だったが、パブの経営者にしては物静かだった。ばか話はあまりしなかったな」

「地元には受け入れられていたか？」

「ああ、もちろんだ。パブをやろうとしてくれたんだから、みんな喜んでいたよ」

「彼はバイロン・スウィフトとは友人だったのか？」

　眉間の皺が深くなった。「いや、そうでもなかった。バイロンはあまりパブには通っていなかったと思う。パブではそんなに顔を見かけなかった。だが、ときどき行っていたかもしれない。フォスターはわれわれの青少年センターにいくらか献金してくれていたようだから、どこかで知り合う機会があったんだろう。バイロンが協力を呼びかけたか、あるいはエイブリーが、われわれがしていることの噂を聞いて、進んで支援しようと思ったのかもしれない」

「彼は自殺したそうだが、そのとおりなのか？」

「そのとおりだ。あれはひどかった。散弾銃を口にくわえ、引き金を引いたんだ。川のすぐそばで。とても見られたものではなかったよ。モンティフォーが手配したカウンセラーに、そのことも言うべきかもしれないな」

「なぜそんなことをしたのか、知っているか？　遺書はあったんだろうか？」

「いや、遺書はなかった。しかし、理由は明白だ。奥さんが出ていったからだ。彼女は最初からここが気に入らず、町に溶けこもうとしなかった。セント・ジェイムズ教会前で銃撃事件が起きた翌週、奥さんは荷物をまとめて都会へ戻ったんだ。その理由はわかるだろう。それに彼は資金が枯渇したそうだ。この旱魃ではね。ひどい時代だよ、マーティン。絶望的な時代だ」

「遺体はどうなった？　彼の身辺は？」

「なぜそんなにフォスターに興味を持つんだ？」

「彼はスウィフトの正体を知っていたと思うからだ」

「なんだって？　どうして？」

「二人は軍でいっしょにいたからだ」

「どうやってそのことを知った？」

「ジャック・ゴッフィンとわたしで、〈コマーシャル・ホテル〉のアパートメントに侵入したんだ」

「しかし、パブはもぬけの殻だったはずだ。奥さんがすべて片づけていたから」

「すべてではない。ゴッフィンがいま、ベリントンに向かっている。犯罪捜査官を迎えに行っているんだ」

第二十四章　死　骸

警察署の外に出ると、その日はさらに暑くなっていた。オーストラリア東部の上空で、悪意に満ちた神のように高気圧が居座り、雲を追い払って湿気を寄せつけないのだ。マーティンのむき出しの皮膚に、鞭打つような日差しが降り注ぐ。腕の毛はスクラブランズのマルガの藪さながら、いまにも燃えだしそうだ。気温は摂氏四十度に近づいているだろう。マーティンがここに来て一週間以上経つが、まだ涼しい日は一日もなく、雲も見ていない。ただ、風だけは日によってちがった。火災の危険を感じるほど強い風か、そよとも吹かず暑さをしのげないかのどちらかだ。きょうは風のない日だった。

道を挟んだ木陰では、集まった報道陣が暑さにうなだれているが、マーティンの姿を見ていっせいに顔を上げた。数人のカメラマンがけだるそうに何枚かシャッターを切ったのは、興味を惹かれたわけではなく退屈しのぎにすぎない。もう、マーティンは注目の的ではなくなったのだ。メディア関係者の目的はモンティフォーのぶら下がり会見、さらにはジェイミー・ランダーズがスクラブランズの犯行現場で自らの蛮行を説明する姿を撮ることだった。それが終われば帰途に就き、リバーセンドに彼らを引き寄せたバックパッカー殺人事件は一件落着となる。

　モールスキンのズボンに乗馬ブーツを履き、涼しげなリネンのシャツを着た痩身の男が、報道陣の群れから一人離れ、マーティンに近づいてきた。ダーシー・デフォーは、いかにも彼らしい服装をしている。

「マーティン」

「ダーシー」

二人は握手した。

「かろうじて間に合ったと思ったら、またとんぼ返りしないといけないようだ」ダーシーは言った。

「面倒をかけて悪いね」

デフォーは声をあげて笑った。「まったくだ。きみはわざとやったんじゃないかと思うよ」

マーティンは笑みを浮かべた。彼のライバルだった男は、いつも冗談の切り返しがうまい。

「こんなことを言ってもしかたがないが、マーティン、きみは不当に扱われてきたと思う。きわめて不当だ。うちの経営陣は不明を恥じるべきだよ——きみはとっくにそんなことはわかっているだろうが」

「ありがとう、ダーシー。そう言ってもらえてありがたい」

デフォーは警察署のほうを向いて言った。「何か進展はあったかい？」

「いや、あまりないね。ジェイミー・ランダーズはすでに何もかも自供していた。包み隠さずに。裁判ではほとんど争う余地がないだろう。きわめて明白な事件だと思う。警察はこれからスクラブランズに彼を連れ出し、事件当日の動きを撮影する予定らしい」

「そのようだね。メディアの前で歩かせたいんだろう」

「きみも行くのか？」

「ああ。もうこれ以上、目新しい出来事も残っていないだろうが、彩りぐらいは添えられるかもしれない。この暑さをなんとか我慢できたら、だけどね。ここはいつもこんなに暑いのかい？」

「そうだよ」

「ところで、マーティン。差し支えなければ、まだここで何をしているのか、訊いてもいいだろうか？」

「自分でもよくわからないんだ。事件の終結を見届けたいのかもしれない。わたしが最後に取材した事件だからね」

ダーシーは心のこもった表情でうなずいた。「きみはぜひ、ウェリントン・スミスに連絡してみるべきだ。彼を知っているかい? 《ディス・マンス》誌の発行人だ。あの雑誌なら、きみが見てきたことを長文記事で掲載してくれるだろう。わたしはそう確信している。これまできみの調べてきたことが、どこにも発表されず無駄になってしまったら残念だ」

「ありがとう、ダーシー。悪くないアイディアかもしれない」

「ちょっと待ってくれ」ダーシーは携帯電話を取り出し、時事月刊誌の編集長の電話番号を書き写した。

「連絡先だ。それからわたしにできることがあれば、どんなことでも電話で知らせてほしい。いいね?」

「わかった。ありがとう」マーティンはメディア関係者の群れに戻るダーシーを見送った。二人は長年の競争相手で、ときには激しく張り合ってきたが、マーティンが競争から脱落したいまは、何もかもがささいなことに思えてくる。そうした新たな現実にすばやく適応しているのは、いかにもダーシーらしい。マーティンはいつも、適応するのに時間がかかるほうだ。かつての同僚が教えてくれた連絡先を、じっと見る。確かにダーシーの言うとおり、いい考えに思えてきた。すでにマーティンには、壮大な物語を書くだけの材料がある。読者を惹きつけずにはおかない、長文の特集記事が書けるだろう。ロビーの最初のインタビュー記事から始まり、バイロン・スウィフトになりすましていたジュリアン・フリントのこと、マーティン自身がリアム・ブロンドを救出し、バックパッカー殺害事件の犯人逮捕に貢献したこと。さらには、正気を失い逆上したランダーズへのインタビュー記事も。いや、長文の特集記事にすら収まらないかもしれない。優に本一冊分の内容はあるだろう。マーティンの身体を、かすかな昂揚感が駆け抜けた——彼はまだジャーナリズムの世界で死んではいないのだ。彼は〈ブラックドッグ〉でゴッフィンの帰りを待つのではなく、報道陣といっしょにスクラブランズへ向かうことにした。事件現場でのジェイミー・ランダーズの姿を見ておけば、もっと長い文章を書くのに役立つかもしれない。

マーティンが〈ブラックドッグ〉からレンタカーを取ってきて警察署に戻ったころには、モンティフォーはぶら下がり会見を終え、メディア関係者はスクラブランズへ向かう準備に入っていた。と、ずらりと並んだカメラのシャッターがいっせいに切られた。手錠を嵌められたジェイミー・ランダーズが署内から引き立てられ、車の後部座席に誘導されていく。だがその前に警察は、カメラマンに好きなだけ写真を撮らせた。

マーティンの車はふたたび、メディア各社の車列とともに走っていた。だが、果たしてそれだけの価値があるのだろうか。ダーシーが言うとおり、《ディス・マンス》に長文の特集記事を掲載してもらうのはいい考えだが、犯行現場に近づくにつれ、焼けつくような暑さのなかをうろついても、さしたる収穫は得られないように思えてきた。デフォーは能なしではないから、現場検証の時間も有効に活用し、マーティンよりも想像力をかき立てる記事を書けるだろうが。それに警官たちは取材陣を、現場に近づけようとしないはずだ。新聞やテレビのカメラマンは、望遠レンズを駆使して仕事をすることになるだろう。《ディス・マンス》に書くようなことはほとんどなさそうだ。マーティンは町にとどまり、ゴッフィンを待っていたほうがよかったのかもしれない。あるいはマンディに会いに行ったほうが。まだ彼女には、スウィフトの正体を突き止めたことを知らせていない。だが愛していた男が詐欺師で、戦争犯罪人で、罪のない人々を殺したなどと聞かされても、マンディは決して喜ばないだろう。それでもマーティンは、ここまで車を運転してきたのだろうか？　マンディを避けるため？　先送りにするため？

けさキスされたときの感触を、もう少し長く楽しむため？　少なくとも、昨年のデフォーの記事は誤りだと告げることはできるだろう。スウィフトは小児性愛者ではなかったのだ。ある意味、ジェイミー・ランダーズは彼の汚名をすすいでくれたことになる。スウィフトの過去を告げたら、マンディにどれほどの影響を及ぼすだろう。彼女はとても幸せそうに見えた。息子は生きており、彼女の容疑は取り下げられて、巨額の資産を相続することになったのだから。一瞬マーティンは、そもそも彼女にスウィフトの正体を告げる必要などないのではないか、と思った。せっかく見つけた心の安定を、わざわざ脅《おびや》かす必要がどこにある？　しかしマーティンには、答えがわかっていた。マンディが報道を通じてこの事実を知るようなことは、あってはならない。とりわけ、マーティンの署名が入った雑誌記事で知るようなことは。彼は直接、マンディに知らせなければならないのだ。

マーティンはスクラブランズの分かれ道に入った。先週、エロール・ライディングや消防団のメンバーと待ち合わせた砂利敷きのスペースだ。警察車輌が先導し、メディアの車列が続いた。マーティンはエンジンをかけたまま、そこで車を停めた。エアコンはついているが、車内は涼しくならず、暑くなるのを防ぐのが精一杯だ。離れていく車列の土埃がゆっくり周囲に舞い落ちてくるが、風のない日なのでほとんど飛ばされない。マーティンはエンジンを切り、周囲に押し寄せてくる暑さを感じた。まるで潜水鐘《しょう》（十八～十九世紀ごろ使われた鐘型の潜水装置）にのしかかる海底の水圧のように。開拓地に差しかかると、雑多な郵便箱の列が見えた。ペンキを塗ったブリキは錆び、杭に据えつけられて、郵便配達用の番号が記されている。マーティンの脳裏にハーリー・スナウチが浮かんだ。彼と対決したい誘惑に駆られたが、まだそのときではない。その代わりに、バイクを持つ退役軍人ジェイソンを訪ね、〈死神《リーパーズ》〉のことを何か知らないか訊いてみることにした。

マーティンは車を降り、静けさのなかに出た。どこか遠くで、何かの羽音が聞こえる。暑さに耐性のある昆虫だろうが、むしろその音で静けさが募った。郵便箱に近づいてみたものの、住人の名前はほとんど書いておらず、番号が見えるだけだ。そういえばマーティンは、ジェイソンやその恋人がどこに住んでおり、どの道を向かえばいいのかも知らなかった。僥倖《ぎょうこう》を期待してやみくもにスクラブランズを運転するのは不毛でしかない。やがて、どことも知れない場所で脱輪して動けなくなるのが落ちだ。そのとき、コッジャー・ハリスのことを思い出した。あの老人なら、道順を教えてくれるだろう。そしてマーティンには、彼の掘っ立て小屋の場所がわかっている。

着いてみると、何もかも焼けてしまったわけではなかった。気まぐれな風のせいで、フェンス際に並ぶ牛の頭蓋骨はまったく焼けていないものもあれば、灰になってしまったものもある。それと同じことが、コッジャーの土地の建物にも起きていたのだ。母屋は焼失を免れたが、製材所や車庫は全焼し、ダッジの廃車は黒焦げになっていた。雌犬とその子犬たちはどうなったのだろう。マーティンは犬の親子が無事に逃げ延びていることを願った。十年もののトヨタは、埃と灰に覆われているものの、辺境のにわか造りの建物に囲まれて鎮座していると、いくらか新しく見える。コッジャーはくたびれた帽子をかぶり、ブーツを履いているほかは何も着けずに家から出てきた。肌はまるでトカゲの皮膚のようだ。

「マーティン。ここで会うとは思わなかった。どうぞお入り。テロワールを楽しんでくれ」彼は言いながら、陰嚢を引っ張った。

マーティンは彼に続いてなかに入ったが、壁の隙間から風が入ってこないので、波形鉄板を組み合わせただけの小屋は太陽熱で過熱し、まるでオーブンのようだ。マーティンは水を一杯もらったが、戸外の日陰に移ろうと言った。

「何かニュースがあるのか？」コッジャーは訊いた。

「たくさんある」マーティンはジェイミー・ランダーズが逮捕され、自供したことを知らせて、コッジャーはうつむきながら、険しい面持ちでうなずいた。

「まったく、血も涙もない世の中だ」老人はそれだけ言って応えた。「わたしの牛を撃ち殺したのは、あいつのしわざだったんだろう。しかしあんた、わざわざそれを伝えるためにここへ来たのか？　きっと、それだけじゃあるまい」

「ジェイソンの住んでいる場所までの道順を教えてくれるだろうか？　バイクに乗った退役軍人だ」

「それは構わないが、あんた、道に迷うぞ。あのへんの轍は四方八方に伸びているからな」老人は睾丸をかいた。そうすれば考えがまとまるのかもしれない。マーティンは虱《しらみ》がたかっているのではないかと思った。

「でもあんたがよければ、連れていってやろう」

「本当にいいのか？」

「ほかにすることもないからね。ここにいるのは、『ゴドーを待ちながら』（二人の男がゴドーという人物を待ちつづけるだけの戯曲で、サミュエル・ベケットによる不条理劇の代表作）の登場人物になったような気分だ。しかも話し相手はいないときた。ちょっと待ってくれれば、服を着てくるよ」

　灌木地帯にあるジェイソンの家に近づくころには、マーティンは完全に方向感覚を失っていた。コッジャーの案内に従い、車は裏道や近道を抜け、干上がった川床や石ころだらけのうねった土地を横切って、森林火災で焼け焦げた木々、旱魃で枯れた木々を通りすぎた。途中で二度、二人は車を降りて、行く手をふさぐ枯れ枝をどけた。そして一度、マーティンは危うく砂の吹きだまりに嵌まりかけた。生きて動いているものはどこにも見当たらず、風がないので何もかも死んだようにうなだれている。世界は回転を止め、静止したかのようだ。

　ジェイソンの門は鉄製で、灰をかぶり、立入禁止を告げる看板が何枚も掲げられていた――〈不法侵入者には法的措置〉、〈私有地――立入禁止！〉のほか、どこか遠くの高速道路からくすねてきた〈進入禁止――引き返せ〉と記された赤と白の看板もある。だがどの看板にも、効き目はなかった。門は開け放たれ、蝶番が外れているからだ。

　マーティンは慎重に運転した。灰の上にタイヤの痕がついている。誰かが最近ここへ来たということだ。ひょっとしたらまだいるかもしれない。ジェイソンを捜し出すのは賢明ではないのではないか――そんな考えが頭をかすめた。しかし車を転回できる余地はなく、無理にUターンしようとしたらタイヤが嵌まりかねないし、はるばるここまで来て引き返すわけにもいかなかった。助手席のコッジャーを見ると、心配そうな様子はまったくない。道はまだ続いているが、あたりの木々は黒焦げで骸骨のようだ。

　二人を乗せた車は緩やかな坂を上がり、ジェイソンの家だったとおぼしき建物の前に着いた。太鼓型のストーブがレンガの炉床に立っているだけで、それ以外はみな瓦礫《がれき》だ。マーティンが車を降りて見てみると、家は小さいものの、決して掘っ立て小屋ではなかったようだ。焼け残ったレンガの柱を見ると、設計や施工の行き届いた建物だったように思われる。しかし、いまとなっては無意味だ。ほとんど何ひとつ残っていないのだから。降りてきたコッジャーは、その光景に頭を振った。

　マーティンは開拓地を歩きまわりながら、地面を観察した。灰についたタイヤ痕をたどるのは容易だ。一台の車がつけた平行のタイヤ痕はぼやけているが、バイクの痕跡はもっとはっきりしているので、最近できたのだろう。その痕をたどり、ジェイソンのバイク一台だったのか、ほかに連れがいたのかを見極めようとする。マーティンは、連れがいたと結論づけた。二台から四台のバイクのようだ。そのときの光景を想像してみる。〈死神〉の男たちがここに現われ、エンジンを空吹かしさせながら、威嚇たっぷりにゆっくり周回したのだろう。足跡もついていた。四組あり、いずれもブーツで、奥の茂みに向かって伸びている。どこまで続いているのだろう？　いつごろのものか？

マーティンは足跡をたどり、コッジャーはマーティンを追って、黒焦げになった木立を過ぎ、緩やかな傾斜を上った。全焼した建物がもう一軒あった。大きな機械庫だったようで、鉄骨と鉄板は火勢に持ちこたえられなかったらしい。廃墟はまるではらわたを引き出され、解剖され、検死が終わった死骸のようだ。鉄骨は黒焦げの肋骨さながらに上向きによじれ、めくれ上がった板金が内部をさらけ出している。しかしその内部はことごとく灰になっていた。足跡は建物の前で途切れ、ここを去った男たちはもう見るべきものはないと判断したようだ。それでもマーティンは探索を続け、灰の上を歩いて死骸のなかに入った。

やはり、見るべきものはほとんどなかった。仮に機械庫だったとしても、機械は収納されていなかったにちがいない。焼けただれたトラクターもなければ、灰になったボール盤もなく、黒焦げになった鋤刃《すきは》もない。マーティンは瓦礫を観察しつづけ、いくつかの可能性を思い描いて、以前の姿を想像しようとした。徐々に、死骸はその秘密を露わにしはじめた。マーティンの目の前にはゆがんだ金属の杭が並んでいる。テーブルの脚が焼け残ったのだ。靴底で灰を引っかいてみると、黄色い金属の破片が見つかった。かがみこみ、破片を手に取る。真鍮の器具の断片のようだ——たとえば園芸ホースの部品のような。マーティンはいま一度、目を上げてみた。壁の残骸に沿って、長方形の鉢が積み重ねられ、黒ずんでいるが、火災に遭ってもなお原形をとどめている。そちらへ向かって歩きだそうとしたところで、思いがけないものに注意を惹かれた。地面に黒っぽい染みが見えるのだ。マーティンはその場にうずくまり、土に掌を当てた。見まちがいではなかった——地面は湿っており、触れるとひんやりする。水だ。水がないはずの場所に、水がある。そして黒っぽい湿った土に、何か新しいものが見えた。ごく小さな植物の、緑の芽が光っている。

「おーい、コッジャー。これを見てくれ」

老人は足を引きずって近づいてきた。

「これはわたしが想像しているようなものだろうか？」

「どうやらそのようだ、お若いの。麻薬に使われる植物の芽だ」

マーティンは立ち上がり、焼け残った周囲の納屋を見た。ここは水耕栽培用の施設だったのだ。ポリ塩化ビニルのパイプは灰になり、木のテーブルもゴムホースも燃えてしまったが。納屋の大きさは縦三十メートル、横二十メートルほどある。大量の植物を栽培し、巨額の金を稼ぎ出していたはずだ。そして大量の水を使っていただろう。

「こんなものがあったのを知っていたか？」

「わたしは何も知らなかった、お若いの」老人はいたって無邪気な表情で、何ひとつ隠し立てしていないようだ。

「ジェイソンはどこから水を引いていたんだろう？　井戸でも掘ったのか？」

「いいや。このへんで水がある場所はひとつしかない——スプリングフィールズだ」

「ハーリー・スナウチの土地か？」

「そのとおりだ。道なりに行けばかなり遠いが、直線距離なら一、二キロだ」

「ということは、スナウチが水を供給していたのか？　水を売っていたか、麻薬の利益の一部を受け取っていたんだ」マーティンは昂揚感が湧き上がるのを覚えた。スナウチが水耕栽培による麻薬生産にかかわっていたら、マーティンを名誉毀損で訴えようという脅しも帳消しにできる。リバーセンドの川の水のようにきれいさっぱりなくなってしまうにちがいない。「やったぞ」思わず声が出た。

「そうとはかぎらないだろう、マーティン。ジェイソン青年は水を盗んでいただけかもしれない」

「盗んでいた？　どうやって？」

「ここの住人はみんなやっていることだ。スナウチのダムにはつねに水が湧き、決して干上がることはない。灌木地帯でも飼い葉桶に水を汲めるし、家畜を養える。ダムから水を引いて、うちの飼い葉桶にも分けてもらうのは造作もないことだった。大旱魃が始まったときから、わたしらはそういうことをしはじめた。先代のエリックは見て見ぬふりをしていてくれたし、彼が亡くなってスプリングフィールズが空き家になったあとは、使い放題だった」

「ハーリーはどうなんだ？」

「あの男は、目に見えるところにある管をすべて引き抜きやがった。あのくそ野郎がここに引っ越してきて、すぐのことだ。それでわたしらのほとんどは、もっと目につかないように水を引いている。それもさほど難しくはない」

　マーティンは周囲を見た。先ほど快哉を叫んだ昂揚感は、もはやぐらついている。森林火災があった日のことを思い返してみた。彼とロビーとスナウチは、燃えさかる炎のなかで屋敷に立てこもった。炎がポンプ室に達し、スナウチのホースから水が出なくなったので三人は消火活動をあきらめたのだった。「しかしこれほど大規模な施設なら、大量に水を使うだろう。それならスナウチにも、ポンプが動く音が聞こえたんじゃないか？」

　コッジャーは肩をすくめた。「そうかもしれん。それに、電気代も天井知らずだったろう」

そこでマーティンはぎくりとした。板金の上を歩く足音が近づいてくる。二人は後ろを向いた。

ジェイソンの小柄な恋人が二人の前に立っていたが、いかつい散弾銃を構えている。銃口はマーティンに向けられていた。「あんたら、何しに来た？」彼女は金切り声をあげた。ひどいなりをしている。顔は汚れて黒ずみ、目は血走って、裂けた衣服は垢じみていた。黒のタンクトップに破れたジーンズ、ブーツという服装で、両腕には刺青が入っている。終末ものの大ヒット映画に、こんなエキストラが出ていた。

「大丈夫だ、シャッザ――わたしらは厄介事を引き起こしに来たんじゃない」コッジャーがなだめ、両腕を広げて丸腰だと伝える。

「誰だ、こいつ？」

「マーティンだ。火事のときにいたのを覚えているだろう。警官ではない」

シャッザは少し考えた。「水はある？」

マーティンはその声と、ひび割れた唇から、彼女の喉がからからに渇いているのがわかった。「もちろんだ。車の後ろに積んである」

「案内して」

マーティンとコッジャーは納屋を出、両手を上げて車へ向かった。コッジャーはマーティンを先に行かせ、銃を構えた女に近づいて言った。「銃なんかいらないんだ。わたしらは武器を持っていないし、危害を加えるつもりはない。あんたを助けたいんだ」その声は穏やかで抑制され、聞く者を安心させた。

「ばかを言うんじゃないよ、コッジャー。あたしたちのことなんか、誰も助けてくれないんだ」

「ジェイソンはどこだ？」

と、マーティンの背後から嗚咽が聞こえてきた。足を止め、発砲されるのではないかと身構える。しかし背後からの反応はなく、歩けとも言われなかった。両手を上げたまま、ゆっくり後ろを向く。シャッザは立ち止まり、銃を下げて、身体をわななかせていた。

「まずは水を飲もう」コッジャーは言った。「それから、なんでも話してくれ」

車に戻ると、女はまだ銃を握っていたが、もうマーティンに向けてはいなかった。マーティンがトランクを開け、コッジャーがかがみこんで一リットル入りのボトルを取り出し、蓋を開けてシャッザに差し出す。彼女はそれを受け取るや、ぐびぐび飲んだ。コッジャーはもう一本取り出し、自分で少し飲んでから、マーティンにボトルを渡した。マーティンも飲んだ。こうして三人は、焼け跡のなかで水を分かち合った。喉の渇きが癒えると、彼女は問わず語りに話しはじめた。

「あたしたち、火が消えるのを待って戻ってきたら、みんな燃えてしまっていた。先週の日曜日、テントや食料を持ってもう一度戻り、何か救い出せるものはないか探したんだけど、何ひとつ残っていなかったわ。何ひとつ。あたしたち、どうしていいかわからなかった。ジェイソンが、少しお金を借りて小屋を建て、またやりなおせばいいと言ったわ。一日に少しずつ、ここからまた始めようって」

「まったく金がなかったのか？」マーティンは水耕栽培の施設のことを考え、奇異に思った。

彼女は首を振った。「びた一文なかった。あの牧師が死んでからはね。でもジェイソンは、いくらか前借りできると思っていた。あの人、ボトルに半分ぐらいバーボンを持っていてね。あたしたち、それで将来に向かって乾杯していたら、おまわりが来て、何もかもだめになった」

マーティンは息が止まりそうになった。言葉を絞り出す。「おまわり？　どんな？」

「ロビーじゃないわ。ベリントンから来た、太っちょのいやなやつ」

「ハーブ・ウォーカーか？　何が目的だったんだ？」

「銃を持っていたわ、あの野郎。納屋に連れていかせて、焼け跡を確かめていた。あたしたち、撃たれるんじゃないかと思って怖かったわ」

「それからどうなった?」

「〈死神〉が来て、おまわりを捕まえた。おまわりとジェイソンを。警察の車に乗せて、どこかに連れていったの。そのあと、バイクを取りに戻ってきた。ジェイソンも連れたまま」

マーティンの脳裏に、いま聞いたことが次々にひらめいた。麻薬。牧師。〈死神〉。先週の日曜日。ウォーカー。

「先週の日曜日から、あんたはここで一人ぼっちだったのか?」コッジャーが訊いた。「かわいそうに」

彼女はうなずいた。「きのうで水が全部なくなったわ。あたし、スナウチの土地まで歩こうかと思った。でも、ここを離れたくなくて……」しゃくり上げ、涙をこらえる。「二人が解放されて、帰ってくるかもしれないと思って」

マーティンはコッジャーを見た。老人の表情には心配が色濃く滲んでいる。それからシャッザを見た。一《いち》縷《る》の希望にすがっているような表情だ。「シャッザ、聞いてくれ。ウォーカーは死んだ。自殺だと思われている。同じ夜、日曜日だ。だが、ジェイソンについては何もわかっていない。彼は生きている可能性がある」

だが、ウォーカーが死んだと聞き、シャッザはこらえきれなくなって、おいおい泣きだした。恋人の命運は尽きたと観念したのだ。

コッジャーがゆっくりと優しく近づき、散弾銃を取り上げて弾倉を開け、実包を地面に落として空にした。それから両腕を広げると、シャッザはその腕のなかに身をまかせた。祖父に抱きしめられる孫のように。マーティンはその光景を見ているようで、見ていなかった。脳裏にはあらゆる可能性が渦巻き、そこから筋の通ったシナリオを導き出そうとしていたのだ。ジェイソンは麻薬を栽培していたのに、金は持っていなかった。スウィフトがそれにかかわっていた――ジェイソンに金を渡していたのだ。そして〈死神〉が、ウォーカーとジェイソンを拉致した。ウォーカーを自殺に追いこんだのか？　それとも、臆面もなく殺害したのか？　なんと凶悪な連中だ。

　シャッザの泣き声でいや増す静けさに、別の音が入りこんできた――車だ。一台の車がこちらへ近づいてくる。マーティンはレンタカーの横にまわり、散弾銃を手に取った。コッジャーは実包をどこへやった？　まあいい。弾倉を閉め、はったりでも利かせられればと思う。

　エンジン音とともに車が傾斜を上り、焼け跡に入ってきた。ジャック・ゴッフィンが運転している。彼のほかに二人の男が降りてきた。一人は五十代、もう一人は二十代で、服装からすぐに私服警官だとわかった。年若の男は拳銃をホルスターから抜き、地面に向けている。事と次第によっては実力行使を辞さないようだ。マーティンはそっと散弾銃を地面に置き、両手を上げて、まちがいが起こる余地を防いだ。

「シャロン・ヤングか？」年嵩の男は、マーティンとコッジャーには見向きもせずに訊いた。

　シャッザはうなずいた。

「よろしい。わたしの名前はクラウス・バンデンブルク。警察官だ。あんたの連れ合いのジェイソン・ムーアは、事情聴取に協力してくれている。あんたに、無事だから安心してほしいと伝言を頼まれた」

　シャッザは無言のまま、安堵の涙にむせび、コッジャーが彼女を支えた。

「おまえがスカーズデンか？」警察官は怒鳴り、眼光鋭くマーティンを睨みつけた。

「そのとおりだ」

「あそこには行ってみたか？」警察官は焼け落ちた麻

薬栽培施設に顎をしゃくったが、そのあいだもマーティンから目を逸らさなかった。

「ああ。ひととおり見てみた」

「何があった？」

「焼け落ちた機械庫だ」

　警察官は凄みのある笑みを浮かべた。「なるほど。そこで何が行なわれていたか、見当はついたか？」

「ああ。マリファナを栽培していたんだ。相当な量を作っていたにちがいない。スプリングフィールズから水を引いて」

「察しのいいやつだ。公表することを考えているのか？」

　バンデンブルクの隣で、ゴッフィンが首を振り、考えていないと答えるようマーティンに促した。

「公表すべきではない理由があるのか？」

「ごまんとある。そのなかには、警察の捜査を妨害した容疑で告発される可能性も含まれている。選ぶのはおたくだ」

「では、公表しない。ひと言も。いまはまだ。だが機が熟して、あんたが〈死神〉を摘発したら、そのときには内幕を記事にしたい。それでいいかな？」

　警察官の顔を怒りがよぎり、ジャック・ゴッフィンの顔には失望がよぎった。「〈死神〉のことを誰に聞いた？」

「自分で突き止めたんだ。ここでわたしが何をしていたと思う？　取引するのか、しないのか、どっちだ？」

　かたわらに立っていた年若の警察官が、拳銃をホルスターに収め、マーティンの背後にまわってベルトから手錠を取り出した。「この男を逮捕しますか、ボス？」

　だがバンデンブルクは首を振り、突き刺すような目でマーティンを見据えた。この元新聞記者を徹底的に痛めつけたいような目だ。「逮捕はしない」ややあって、バンデンブルクは言った。「では、こういう取引にしよう、スカーズデン。おたくは知っていることをすべて話す。すべて、だ。その代わりに、わたしはここでおたくを逮捕するのをやめておこう。それからわたしに差し支えがなく、捜査に差し支えがないかぎり、起きていることを教えてやろう。しかるべき時が来たら」

「取引に応じよう」マーティンは言った。

「それなら結構。ハーブ・ウォーカーはおたくの情報源だったのか？」

「答えてもいいんだ、マーティン」ジャック・ゴッフィンが言葉を挟んだ。「クラウスは、きみがウォーカーの死に責任がなかったことを知っている」

マーティンは首を振った。「情報源を明かすことはしない。たとえ相手があんたでも、だ——しかるべき時が来るまで」警察官の言葉を鸚鵡《おうむ》返しに言う。「ハーブの死因はわかっているのか？」

　警察官の表情を読むのは難しかった。無表情だったからではなく、いちどきに数多の感情がよぎったからだ——怒り、苦笑、嫌悪、悲しみが綯《な》い交《ま》ぜになり、めまぐるしく入れ替わる。ついに勝利を収めたのは、嫌悪だった。

「自殺ではなかった。〈死神〉に殺されたんだ。やつらはハーブを水責めにしようとしたが、失敗した。彼が心臓発作を起こしたので、溺死させたんだ。愚かな下種野郎どもめ」そう言い、足下の灰に唾を吐き捨てる。

「どうしてそのことがわかった？」

「それは、わたしが知っていればいいことだ」

「では〈死神〉はどうする？　逮捕するのか？」

「逮捕する？　やつらはこれからどんなひどい目に遭うか、何も気づいていない。ほかのことは百歩譲るとしても、やつらは警官を殺したんだ。われわれは連邦警察や州警察とも連携して、一斉摘発の準備をしている。蟻一匹這い出る隙間もないようにな」

「それを記事にしてもいいかな？　いつ摘発する？」

マーティンが訊いた。

「いいか、国じゅうのメディアが、この摘発作戦を記事にするだろう。だが、われわれが摘発を終える前にひと言でも漏らしたら、おたくは未来永劫、後悔することになるだろう。このわたしがじきじきにそうしてやる。それからジェイソン・ムーアについても、たとえひと言でも漏らしたら、おたくは彼の命を危険にさらすことになる。わかったな？　ひと言も漏らすな」

「だったらなぜ、わたしに話すんだ？」

　バンデンブルクは間を置いた。その顔を癇癪《かんしゃく》の衝動がよぎったが、思いとどまったようだ。「おたくがここにいるからには、かなりのことを知っているはずだからだ。それにハーブはおたくを信頼していた。あのばかが。さあ、さっさとここを出るぞ。バイクに乗った下種どもが現われたときに、このあたりにいたくない。車を借りるぞ、ジャック。シャロンはいっしょに来てもいいぞ。きみはスカーズデンの車に乗ってくれ。いいな？」

　ゴッフィンはうなずいたが、この警察官の図々しさにいささか呆れているようだ。

　コッジャーはシャッザに手を貸し、バンデンブルクに接収されたゴッフィンのレンタカーに連れていった。車に乗りこむ前に、彼女は最後にもう一度、火災で見る影もなくなった土地を見わたした。けれどもその目には、ひと筋の希望があった——恋人は生きているのだ。

　あとに残された三人の男たちは、遠ざかる車を見送った。

「初めまして」ゴッフィンはコッジャーに話しかけた。

「わたしはジャック・ゴッフィンだ」

「こんにちは、ジャック。みんなからはコッジャーと呼ばれている。コッジャー・ハリスだ」

「お目にかかれてうれしい、コッジャー。差し支えなければ、しばらくマーティンと二人にしてもらえるだろうか？」

「お安いご用だ」コッジャーは答え、廃墟に向かって足を引きずっていった。

マーティンは話を聞かれない範囲まで彼が遠ざかるのを待った。「バンデンブルクはなんと言っていた？」

「犯罪情報委員会《ACIC》はこれまで二年近くにわたって、〈死神〉を監視してきた。バイク乗りの集団はアデレードを根拠地にしていたが、東海岸への勢力拡大に乗り出している。キャンベラに構成員を送りこみ、支部を組織しはじめた。そのあたりのほうが、犯罪組織の対策法規が緩いからだ。その一方で、ビクトリア州やニューサウスウェールズ州に麻薬を輸送し、新たな縄張り作りにも着手していた。クリスタル・メスやエクスタシーやマリファナのような麻薬だ。連中はリバーセンドをその足場に使っていた。バイロン・スウィフトも彼らにかかわっていた。密売のほかに、麻薬に使える植物の栽培もしていた。そのために、セント・ジェイムズ教会に電話線を引いたんだ——組織作りのために」

「なるほど、それが彼とエイブリー・フォスターの児童養護施設への寄付の資金源だったんだな？　マリファナが？」

「どうやらそのようだ。アフガニスタンで暮らしてみたらすぐに、ハシシを吸引するのは大した問題ではないと思うようになるんだろう。あの国で起きているひどい問題に比べれば、そんなものはなんでもないと」

「マリファナ程度なら、そうかもしれない。だが覚醒《アイ》剤《ス》は？　笑ってすむような問題ではないだろう」

「まったく同感だ。しかしこれは、バンデンブルクが言っていたことだ。スウィフトが電話線を引いた。それはただ、マリファナを密売するためだけだったのかもしれないが、〈死神〉が教会を、もっと強力な麻薬の密売拠点に使いはじめていたのはまちがいない。ＡＣＩＣはその番号の通話を傍受しており、麻薬を栽培していた納屋や土地の監視も実施した」

「やはりハーブ・ウォーカーは、エイブリーの電話番号を彼から聞いたんだな？　バンデンブルクから？」

「そのとおりだろう。しかし、ここは慎重になることだ。バンデンブルクは激しやすい性質《たち》だからな。彼は無二の親友を死なせてしまった責任を感じている。そして誰かに、その憤懣《ふんまん》をぶつけたいんだ。彼の怒りの矛先は〈死神〉に向けさせておこう。きみではなく」

「では〈死神〉は？　ジェイソン・ムーアはマリファナを栽培していたのに、どうして一文無しだったんだ？」

「それはあの連中が情け容赦なかったからだ。血も涙もない連中だ。わたしの推測では、ジュリアン・フリントは自分たちの取り分を確保していたんだろう。それは彼が射撃の名手で、軍で訓練を受けていたからだ。ところが彼が死ぬと、バイク乗りどもはエイブリー・フォスターを蚊帳の外に置き、栽培拠点も乗っ取った。養護施設に送られていた資金も、フォスターやジェイソンが受け取っていた資金も、瞬く間に枯渇してしまったということじゃないだろうか」

「なんと卑劣な連中だ。養護施設やジェイソンが受け取っていた資金も横取りされたようだな。ほかには？」

「そうだな――これだ」ゴッフィンは言い、ポケットから封筒を取り出して、マーティンに手渡した。

「これは？」

「きみの恋人のマンディからだ。《ヘラルド》できみの同僚だったベサニーから電話が来て、きみにぜひ見てもらうように言われたらしい」

「開封したのか？」

「もちろんだ。わたしはＡＳＩＯの人間だからね」

マーティンが封筒を開けると、Ａ４版の紙が一枚入っていた。新聞記事のコピーだ。見出しにはこう書かれている――〈詐欺師に懲役五年〉。記事の冒頭を走り読みした。

〈西オーストラリア州屈指の狡猾な詐欺グループの背後にいた、悪名高い偽造犯テレンス・マイケル・マックギルが、懲役五年の判決を受けた。なお最初の三年間は仮釈放を認められず……〉

　記事の隣には男の小さな顔写真があったが、画質が粗くぼやけている。しかしその顔は赤丸で囲われ、手書きの文字が添えてあった。「ハーリー・スナウチにまちがいないわ――マンディより」

「では、これから表敬訪問に行くとしようか」マーティンは感情が昂ぶるのを覚えた。満足感と憤激が入り混じり、いまにも爆発しそうだ。

第二十五章　盗　聴

マーティンは車を走らせ、コッジャーは方向を教え、ゴッフィンは一心に考えていた。

「そこを右だ」コッジャーが後部座席から口を出す。

「いや、その前にここでいったん車を停めてくれ」ゴッフィンが言った。

　マーティンは従った。

「ひとつ聞いてくれ、マックギルのことだ。詐欺師マックギルはスナウチの偽名であり、しかも麻薬栽培にもかかわっていた疑いが出てきた。だからスナウチは、もうきみを脅迫することはできない。きみを訴えたら、報復されるからな。きみは窮地を脱したわけだ。だが、わたしはちがう。あいつはまだ、わたしの弱みを握っているんだ。やつにASIOを利用させたのは、このわたしだからな。わたしは車で待っているよ」

「自分の耳で聞きたくないのか？」

「もちろん聞きたいさ。だからきみに盗聴器を装着してほしい。ここで話を聴いて、録音しておきたい」

「盗聴器だと。あんた、まじめに言ってるのか？　解錠用具、ゴム手袋に続いて、今度は盗聴器ときた。きみの魔法の袋には、ほかに何が入っているんだ？」

「ご存じのとおり、一般的な道具だ。追跡装置、赤外線ゴーグル、自白薬さ」

「そいつは面白い」

　数分後、マーティンはスプリングフィールズに車を入れた。コッジャーは助手席に移り、ゴッフィンは後部座席で身体を伏せている。マーティンは襟の下にピンでワイヤレス送信機を留め、薄いコードを首の後ろに装着した。あたりに人けはなく、静けさのなかで発電機の低いうなりだけが聞こえる。スナウチはどこかにいるにちがいない。マーティンは口がからからになった。少し水を飲み、ひと息入れて、ジェイソンの土地で起きた出来事で昂ぶっていた気を鎮める。もう少し水を飲んでから車を降りたが、喉の渇きは収まらなかった。トランクから水の六本パックを持ち上げる。

　中庭を通り、機械庫の暗がりに足を踏み入れる。三台の換気扇が天井でまわり、空気をかきまわしていた。機械庫のなかは涼しいとは言えないが、コンクリートの厚板でいくらか涼しい夜気が残り、換気扇とあいまって、コッジャーの掘っ立て小屋に比べればはるかにしのぎやすい。さらに奥へ進んだところで、ハーリー・スナウチの姿を認めた。作業台の向こう端に向かって座り、何かの仕事に没頭している。マーティンは呼びかけた。「ハーリー」

　スナウチはぎくりと目を上げ、弾かれたように立ち上がって近づいてきた。「なんの用だ？」

「水を持ってきてやろうと思ってね」マーティンは結束バンドに繋がれた六本パックのボトルを差し出した。

「ありがとう」スナウチは前に進み、ボトルを受け取った。「ご親切に、助かるよ」カーキ色の半ズボンに、アンダーシャツとサンダルという恰好だ。それに清潔だった。顔を洗い、両手に染みや汚れはなく、目もよどんでいない。そして警戒している。

「マンダレーがDNA鑑定を受けると言った」マーティンは言った。「その報告に来たんだ」

「本当か？」

「ああ。そのほうが賢明だと説得した。説得にはそう手間取らなかった」

スナウチは笑みを浮かべ、やや警戒を解いた。「すばらしい」

「どんな方法なんだ？」マーティンは訊いた。「DNA鑑定は？」

「わたしが検査キットを注文した。数日前にここに届いた。マンダレーは頬の内側を綿棒でこすり、わたしも同じことをして、両方を研究所へ送り、比較してもらうというわけだ。わたしが彼女の父親かそうでないかは、簡単にわかる。一週間前後で結果が出るようだ。よかったら、あんたに彼女用の試験管を持っていってもらおうか。彼女が唾液を採取した綿棒を試験管に入れ、またここに持ってきてくれればいい」

「いいだろう。だがそれより、あんたがここで唾液を採取し、マンディは町で同じことをして、わたしがまとめて二人分送ってはどうかな？」

スナウチはそういえばそうかというように、笑いを浮かべた。「それはいい考えだ。では、検査キットを持ってこよう。あんたに、わたしの立会人になってもらおう。ちょっと待っていてくれ」スナウチは納屋の奥へ向かい、古いメルセデスの前を通りすぎ、作業台の片隅に行った。メルセデスのタイヤには空気が入り、塗装も塗り替えたばかりだ。それからマーティンの目は、ほのかに明るい一角へ注がれた。作業台の片隅はまるで机のようで、ラップトップとプリンターが置かれ、角度を自在に変えられる電気スタンドがついている。スナウチは二個の小さな発泡スチロールの箱を持って戻ってきた。どちらの箱にも、小さな試験管のような透明プラスチックの管が入っており、蓋がしてある。スナウチは片方の管の蓋を開けた。その蓋には、綿棒のような細い棒がついている。スナウチはその棒を口に入れ、頬の内側に滑らせて、慎重な手つきで試験管に戻し、蓋をしっかり閉じた。

「さあ、あんたがひとつ持っていってくれ。何も難しいことはない。わたしと同じように、彼女にも頬の内側をこすってもらい、試験管のなかに戻して封をするだけだ。名前を書いたラベルを貼り、箱のなかに入れて、できるだけ早く投函してくれ。発送するまでは、念のため冷蔵庫に保管しておいてほしい。書いてほしい書類もある。わたしの分はすませた。彼女にも同じようにしてもらいたい」

　スナウチは書類を取り出した。すでに彼の姓名は記入されている。それにサインを入れ、マーティンに渡して立会人の署名を求めた。マーティンは黒のブロック体で姓名を書き、サインと日付も所定の欄に書き入れた。そうしながらも、スナウチの自信たっぷりな態度を不思議に思った。書類手続きをすべてすませ、二人分のＤＮＡ検査キットもすでに用意していたとは、ずいぶん手回しのいいことだ。スナウチはマーティンが自分の言いなりになり、マンディも同意することを確信していたにちがいない。そう考えると、マーティンは不快感を覚えた。スナウチは俺が意のままになると思いこんでいるのだろうか？

　スナウチは彼にもうひと組の書類一式を渡した。

「これがマンディの分だ。同じくあんたが立ち会えばいい。研究所にはすでに話を通してあるし、依頼内容の文面も用意しておいた。お望みなら、あんたとマンディに読んでもらってもいい。わたしのサインは入れてある。彼女もサインしてくれて構わないが、絶対に必要なわけではない。鑑定料はわたしが払うつもりだが、彼女に金銭的余裕があれば折半することもできる。合計で五百ドルだ」

　マーティンは箱と書類一式を受け取った。「結果には自信満々のようだな」

　スナウチは笑みを浮かべたままだが、かすかな憤りがその表情をかすめた。「当然だろう。わたしは当事者なんだ。何が本当かはわかっている」

「いいだろう。マンディが鑑定を受けるようわたしが見届ける。では、これでわれわれは対等ということだな？　名誉毀損の訴訟は起こさないんだろうな？」

「たぶんな。だが、新聞には二度とわたしのことを書くんじゃないぞ、いいな？　いっさい何も書くな。褒める記事だろうと、中傷する記事だろうと、そのどちらでもなかったとしても、だ。あんたのろくでもない記事に、二度とわたしの名前を出してほしくないんでね」

「それに、顔写真も」マーティンが言った。

　スナウチのまなざしが彼に注がれ、警戒の色が戻ってきた。「どういうことだ？」

「誰かがあんたに気づくかもしれないからな。テリー」

　スナウチはマーティンの予想に反し、虚を衝かれて動揺するのではなく、訳知り顔に笑みを浮かべた。狡猾そうな笑みが論点を認めている。「なるほど、頭のいいやつだな、マーティン。実に頭がいい」

「では話してくれ、ハーリー。あんたはなぜ、ASIO本部からエイブリー・フォスターに電話をかけ、バイロン・スウィフトの正体はジュリアン・フリントであることを知っていると告げたんだ？」

　スナウチは目をしばたたいた。マーティンがどこまで知っているか推し量るように。だがその口調は自信に満ちていた。「ゴッフィンのやつ、あんたに秘密をばらしたんだな？　あいつには引っこんでろと伝えてくれ。さもないと、上司に洗いざらいぶちまけてやるぞ、とな」

「どうぞやってくれ」マーティンははったりをかけた。「ゴッフィンはあんたの好きにすればいい。わたしにはかかわりのないことだ。だがそれでも、どうしてフォスターに電話したのかは知りたい」

「教えなかったらどうする？」

「教えなかったら、マンディ・ブロンドにテリー・マックギルのことを話してやる。それから、《ディス・マンス》の次号で表紙に顔写真を載せ、特集記事にしてやるぞ」

スナウチは肩をすくめ、動じていないふりをした。

「相棒、何ひとつ隠すことなどないさ。わたしがフォスターに電話したのは、スウィフトに手を引かせ、スパイや警官に捕まる前に町を出ていってほしかったからだ。マンディから離れてほしかったのさ」

「なぜだ？」

これまで動揺を見せなかったスナウチの声が、一転して熱を帯びた。そこには真剣な思いがこもっているように聞こえた。「あんたにもわかっているだろう――あの男は何人もの女たちを食い物にしていた。マンディと寝たばかりか、フラン・ランダーズとも寝て、ベリントンにいる未亡人ともいい仲になり、ほかに何人も手なずけてきた。マンディはわたしの娘ではないが、彼女の母親はかつて、わたしにとって大切な人だったんだ。わたしはあの男に町を出ていってもらい、彼女のそばに寄りつかないでほしかっただけだ」言葉を止め、頭を振る。「だが、わたしは遅すぎたんだろうな？　マンディの息子のリアムは、スウィフトの子どもなんだろう？」

今度はマーティンが笑みを浮かべる番だった。「しかしあんたには、わざわざフォスターに電話をかける必要はなかったはずだ。あんたにはフリントが何者で、これまで何をしてきたかわかっていた。そしてあんたのおかげで、当局もそのことを知っていた。あんたが何もしなくても、警察が早晩、彼を逮捕していたはずだ」

「そうとはかぎらんぞ。問題はキャンベラの連中だ。お偉いさんは、まず保身を考える。あの連中はすでに、いかに損害を最小限にするか話し合いをしていた。わたしはあの男が確実に出ていくようにしたかったんだ」

「ちがうね。わたしの考えでは、あんたは確かにスウィフトに出ていってほしかったが、麻薬栽培施設は無傷で手元に残したかったんだ。あんたはスウィフトに出ていってもらい、フォスターを丸めこんで、金は引きつづき稼げるようにしたかった。わたしはそう見ている」

一瞬スナウチは黙りこんだが、彼の言葉を否定はしなかった。「あんたの見かたなど、誰が気にする？　いまとなってはどうでもいいことだ」

「いいかい、ハーリー、あんたが気づいているかどうかは知らないが、あんたをテーマにすればすごい記事が書けるんだ。大したもんだよ。ＡＳＩＯを騙した詐欺師にして、麻薬の水耕栽培施設の支援もしてきた。これから何年も、話題に困ることはないだろう。そうなれば、あんたの生活はひどくつらいものになるだろうな。だからわたしを怒らせないことだ」マーティンは敵の表情を観察した。まだふてぶてしさは残っているものの、徐々に事態を認識してきたようだ。マーティンはいまだと思った。「しかし、そうなるとはかぎらない。われわれは互いに助け合えるはずだ」

スナウチは受け身にまわっている。「続けてくれ」

「わたしはマンディがＤＮＡ鑑定を受けるように取り計らう。だがそれと引き替えに、いくつか知りたいことがある。ひとつは、スウィフトが小児性愛者だったのかどうかだ。あんたはわたしに、そのとおりだと言った。あんたは彼につきまとい、覗き見して、マンディやフランやベリントンの未亡人と寝ているのを知った。では、児童を性的虐待していたという非難は、事実だったのか？」

スナウチは自らの選択肢を考えてから答えた。「いや、事実ではない。わたしはいかなる裏づけも見なかった。誤解のないように言うが、わたしはあの男にこの町を去り、マンディから離れてほしかったので、彼を擁護する理由はない。それでも、そうした裏づけになる証拠は見当たらなかった」

マーティンはその言葉には真実味があると思った。この詐欺師は自らのためなら躊躇せず嘘をつくだろうが、マーティンにこれほど弱みを握られては、嘘をついても危険が大きいと思ったのだろう。

かくして、スナウチとランダーズの二人が、スウィフトの疑惑を晴らしたことになる。

「もうひとつだ。あんたは人に気づかれずに行動できると言った。人が気づかないものを、しっかり見ていると。ではなぜ、スウィフトが教会前で銃撃事件を起こし、男たちを殺したかわかるか？」

スナウチは首を振った。「それはわからんよ。あんなことになるとは、まったく予想もできなかった。およそ正気の沙汰ではない。しかし、アフガニスタンで同じことを起こした人間であれば、いまとなっては腑に落ちるだろう。これといった理由などなく、起きる事件もある。そうした事件は、ひとりでに起きるんだ」

彼は笑みを浮かべ、手を差し出した。何も考えず、マーティンはその手を握った。

「来てくれてありがとう、マーティン。あんたがわたしを好きじゃないのはわかっている。わたしを信用していないのもわかっているが、これだけは信じてほしい。わたしはただ、マンダレーのためだけを思っているんだ。わたしがしていることはすべて、彼女のためなんだ。だからどうか、あんたが知ったことは公表しないでほしい。そんなことをすれば、わたしよりも彼女を傷つけることになる」

「どういうことだ？」

「わたしを信じてくれ、マーティン。DNAの鑑定結果が戻ってきたら、わたしが母親をレイプしていなかったことをマンディも知ることになる。そうなったら彼女も、わたしがあんたのくだらん記事のネタにされるのは耐えがたいだろう。だからこの件は見逃してくれ」

　マーティンはうなずいたが、スナウチの向こうの電気スタンドに注意を惹かれた。この機械庫に、なぜ角度を自在に変えられるスタンドがあるのだろうか。机やコンピュータも。それにハーリー・スナウチの油染みひとつない両手も不自然だ。テレンス・マイケル・マックギル。懲役五年。悪名高い偽造犯……。「あそこの机にあるのは、ハーリー？」

「家の設計図だ。まだラフなスケッチだよ、修復の構想を描いた」

「そいつはすごい。見せてもらってもいいかな？　マンディもきっと興味を示すだろう」

「見ないでくれ、相棒。まだラフなスケッチにすぎないんでね。もっと具体的なものができたら、彼女にも見せようと思っている」

「いやいや、ハーリー。そう恥ずかしがることはないじゃないか」マーティンは彼をよけ、机に向かって歩きだした。相手の目に、これまでなかった表情がよぎる——スナウチは動揺していた。マーティンはいくらか溜飲を下げ、口元がほころんだ。口先だけの瀬戸際戦術の駆け引きで、彼は初めて優位に立ったのだ。

「おい、マーティン」

　マーティンは振り向いたが、言い返そうと思った言葉は唇で凍りついた。ハーリー・スナウチが散弾銃を構え、マーティンの胸元に向けている。恐怖の念がギロチンさながらに降りかかり、したり顔は消え失せ、戦慄が身体を駆け抜けた。黒い銃口はわずか数メートル先からマーティンを狙っている。スナウチの銃を握る手つきはしっかりしており、目には断固とした決意がみなぎっていた。捨てばちになって震えながら銃を向けてきたシャッザ・ヤングとは、まったくちがう。距離三メートル、さらに近づいてくる。外すことはありえない。獲物に襲いかかるコブラのような銃身。スナウチが引き金を引けば、マーティンはたちまち身体を切り刻まれ、ぼろきれのような肉片と血の塊になり、痛みにのたうって死ぬだろう。「あんたは机を見ないほうがいいだろう、マーティン」その声は抑制され、晴れやかにすら聞こえた。「ここはわたしの土地だ。あんたは不法侵入している」

　恐怖で麻痺する寸前、マーティンはひとつ思い出した。そういえば彼は盗聴器を装着し、ジャック・ゴッフィンが車内で会話を聴いているのだ。ＡＳＩＯ工作員は銃を携帯しているだろうか？「それは散弾銃じゃないか、ハーリー？　本当かよ？　いったいどうするつもりだ、わたしを撃つつもりか？」その声はわれながらか細く、はかない強がりに聞こえた。

「撃たれないと思うか？　門の前に、不法侵入者に警告する看板があっただろうが。わたしは当然の権利を行使しているにすぎない」

「いや、ちがう。ここはアメリカじゃない。それに、わたしは一人で来たのではない。車にジャック・ゴッフィンがいる」

「車で何をしている？」

「こっちに来たくなかったんだ。あんたを見るに堪えないようでね」

　スナウチは笑みを浮かべた。「だろうな、あの愚か者が。わたしはあの男を意のままに操っていたからな」そこで考えこみ、状況を分析した。「もしかしたら、あんたを撃つ必要はないかもしれん。われわれは取引できるかもしれないからな」マーティンはうなずき、スナウチを見つづけた——視界の片隅で、スナウチの背後に男の姿を認めても。マーティンはそちらを見たくてたまらず、ゴッフィンが武装しているかどうか知りたくてたまらなかったが、スナウチはこちらを見ている。マーティンの目が動いたら、スナウチは異変を察して振り向き、発砲するだろう。そしてＡＳＩＯ工作員が死ねば、目撃者はいなくなってしまうのだ。「では、机にあるものはなんだ？」マーティンは、スナウチの注意を引きつけようとした。「そんなに秘密にしたいものなのか？」

　スナウチの背後に男が近づいてきて、誰なのかわかったが、それはジャック・ゴッフィンではなかった。コッジャー・ハリスがシャッザ・ヤングの散弾銃を携えている。マーティンの膝はくずおれそうになり、膀胱は破裂しそうだったが、それでも彼は自分を保とうとし、スナウチの視線を受け止めて目を逸らさなかった。精神は一《いち》か八《ばち》か戦うか逃げろと叫び、アドレナリンが全身の血管を駆けめぐる。この部屋の誰かが死ぬだろう。そしてそれは、マーティンである可能性が高い。三人の男のうち、二人が散弾銃を持ち、武器を持っていないのは彼一人なのだ。仮にコッジャーがシャッザの散弾銃に実包を装塡しなおしていたとしても、だ。いったいゴッフィンはどこにいるんだ？　それでもマーティンはスナウチと睨み合い、何か言って、銃を構えた相手の視線を釘づけにしておかねばと思った。コッジャーが迫ってくる。自信に満ちた冷静な顔だ。そして大胆にも、銃身を両手で持って振り上げた。

　異変を察知したスナウチは、マーティンの表情が恐怖だけではないのに気づき、振り向こうとした。しかし手遅れだった。コッジャーはもう、銃を大鎌のように振り下ろしていた。銃床がハーリー・スナウチの後頭部に叩きつけられる。衝撃に彼は気を失い、その場に昏倒した。マーティンは散弾銃が暴発するのではないかと思い、身を縮めたが、銃はそのまま床に転がった。

「三十年間、このときを待っていたんだ」コッジャー・ハリスが言った。

　マーティンは駆け寄った。ハーリー・スナウチは生きており、呼吸は安定している。後頭部の下にゴルフボール大のこぶができていたが、血は出ていなかった。マーティンは慎重に散弾銃を遠ざけてから、スナウチの身体を横向きにし、窒息を防いだ。「なんてことだ、コッジャー。危うく殺すところだったぞ」

「そうしなかったら、こいつはあんたを殺していただろう」老人の声には、後悔の念の片鱗もなかった。

「いったいどうなってるんだ？」ジャック・ゴッフィンが詰問しながら駆けこんできた。コイル状のイヤホンが襟からぶら下がったままだ。「銃を持ち出したのか？」

「そこの銃だ」マーティンが答える。

　ゴッフィンはスナウチの散弾銃を取り上げた。「彼は無事か？」

「さあね。脳震盪を起こしたのはまちがいないだろう。回復までは時間がかかるかもしれない。しかしいまのところ、生命に別状はなさそうだ。息をしているし、脈拍も正常だ」マーティンの診断を裏づけるように、スナウチがうなった。

「意識を取り戻しそうだ」ゴッフィンが言った。「いまのうちにこいつを縛っておこう」

　三人はスナウチの上半身を起こして床に座らせ、マーティンは彼を後ろ手に縛って作業台の脚に固定した。

「この机を調べてみよう」ゴッフィンは言い、コッジャーにスナウチの見張りをまかせた。

　実際には机ではなかった。作業台の上に、滑らかできれいな合板を皿ねじで取りつけたものだ。角度を自在に変えられる電気スタンドの下で、スナウチが作業できる広々としたスペースがあった。マーティンとゴッフィンはさほど念入りに調べる必要はなかった。目の前に動かぬ証拠があったからだ。〈エクセルシオール家系調査〉という企業からの手紙で、DNA鑑定を行なうことは可能だと書いてあった。その手紙によると、同社では二人のサンプルを比較して親子関係があるかどうかを鑑定できるので、二人分の検査キットを以下の返信用住所まで送るようにとのことだった。その手紙には会社のレターヘッドが印刷されていた。家系図をイメージした緑のロゴに茶褐色の社名があしらわれたものだ。

　そしてその隣には、まったく同じレターヘッドに書かれたもう一通の手紙が載っていた。

　親愛なるスナウチ様、ブロンド様

　この度は当社〈エクセルシオール家系調査〉をご用命いただき、誠にありがとうございます。ご提出いただいたお二人の標本から、当社の技術陣により安定したDNAサンプルを抽出でき、ご要望の鑑定を完了しましたので、どうかご安心ください。

　当社の鑑定により、九九・八パーセントの確率で、ハーリー・スナウチ様はマンダレー・ブロンド様の父親ではないことがわかりました。

　しかし、さらなる調査の結果、お二人は近親者であることもわかりました。九八・五パーセントの確率で、スナウチ様とブロンド様は異母兄妹《けいまい》、すなわち父親が同じで、母親が異なるという関係にあることが判明しました。以上、ご報告いたします。

　この情報をお二方が有益にご活用くだされば、これに優る喜びはありません。さらに詳細な情報や鑑定をご要望の際には、どうぞお気軽にお問い合わせください。

　　エクセルシオール家系調査

　手紙に署名はされていない。机上の手紙のかたわらには、青い万年筆が置いてあった。スナウチが計略の仕上げにこの手紙を用意していたちょうどそのとき、マーティンたちが訪れて仕事の邪魔をしたのだ。

　二人は偽造文書をもう一度読み、マーティンはこの手紙がマンディに送られたらどんな影響があったかを想像してみた。

　ゴッフィンが最初に口をひらいた。「よく考えたものだ。しかし、異母兄妹だと？」

「ああ。完璧な計略だ。スナウチはキャサリンをレイプしたという汚名を晴らすだけでなく、自らの父親のエリックに濡れ衣を着せようとしたんだ。マンディとわたしはけさ知らされたばかりなんだが、その父親はスナウチの相続権を剥奪し、スプリングフィールズの資産をすべてマンディに遺贈した。この手紙を読めば、マンディは先代のエリックをろくでもない人間と思いこみ、彼女の母親をレイプしたと考えただろう。ハーリーにしてみれば最高の復讐だ。自らを無罪にするばかりか、父親を身代わりにしたんだから。それにマンディも彼を気の毒に思い、兄妹の絆を感じるかもしれない――うまくいけば、財産の一部を分け与えてくれる可能性もある。いま言ったとおり、完璧な計略だよ」

　そのとき、スナウチがうなり声をあげた。マーティンはいったん戸口へ向かい、ミネラルウォーターのボトルを一本、結束バンドから引き剥がして、つかつかと戻り、偽造犯の頭から水をかけた。それは狙いどおりの効果を発揮した――スナウチはふたたびうなり、咳きこんで、目を開けたのだ。

　マーティンはかがみこみ、スナウチのすぐそばまで顔を近づけた。スナウチが完全に意識を取り戻し、縛られて生殺与奪の権を握られていることに気づくまで待つ。マーティンはスナウチに、偽造文書を掲げてみせた。「見事な手際だな、ハーリー。この手紙をいただいて、これからマンディに見せてやろう。あんたのDNAサンプルも持っていき、鑑定してもらうつもりだ。本当に鑑定してもらうんだ。それから、ニュースがある。あんたのお父さんの顧問をしていた〈ライト&ダグラス&フェニング〉法律事務所から、スプリングフィールズの相続人はマンディただ一人だと通知があった。遺産はすべて、彼女のものになる」詐欺師の目が事態を認識し、苦々しい失意と癇癪がこみ上げるのがわかった。「それから警察に、あんたの居場所を伝えよう。警官はきっとあんたから、〈死神《リーパーズ》〉や麻薬施設に関する証言を聞きたがるだろう。ただし、〈死神〉のほうが先にあんたを見つけたら、話は別だ。面白いことになりそうだな。ひとつ忠告をしようか？　できたらここをずらかって、二度と戻ってこないことだ」

「縄を解いてやろうか？」ゴッフィンが訊いた。

「とんでもない」コッジャー・ハリスが言った。「警官に捕まえてもらおう」

第二十六章　かがり火

　車内の三人は黙然とし、物思いに耽っていた。ハーリー・スナウチの正体を暴いた昂揚感はなく、彼の末路をしみじみと思う気持ちがあった。マーティンは運転しながら、自身の遺産を食いつぶした放蕩息子の心中を考えてみた。スナウチはパースの刑務所での日々を、よりよい生活が待っていると夢見て耐え忍んでいただろう。やがて釈放され、偽の身分を脱ぎ捨てて、父の死を知ったときには自分が遺産を受け継ぐものだと期待していたのだが、実際にはびた一文にもありつけなかった。口が固く義務に忠実な〈ライト&ダグラス&フェニング〉の弁護士たちは、スナウチは勘当されたとしか告げなかったのだ。もはやエリックの息子ではなくなった彼は、さすらいの日々を送った。ウィニフレッド・バービコム弁護士から、パースで彼が有罪宣告を受けたことを知らされたエリック・スナウチは、死の間際に遺言を書き換えたのだろう。詐欺罪で息子が懲役刑を受けたことは、とどめの一撃になったにちがいない。

　かくしてハーリー・スナウチは、刑務所を出て無一文になった。スプリングフィールズに戻ってみると、かつて相続するはずだった土地は荒廃し、破壊され、厳しい自然にさらされて、隣人たちが水をくすねていた。彼はその土地に居座り、絶望と自己憐憫に時間を浪費して、酒浸りになり、周囲への敵意を募らせていった。ありていに言えば、落伍者にして浮浪者になったのだ。それでも彼はいくらかの希望や野心を保っていたにちがいない。扉を閉ざし、家をきれいにして、隣人たちが水をちょろまかすのをやめさせた。そんな折、牧師とパブ店主がスナウチに近づき、金を払うから水を使わせてほしいと持ちかけてきた。金が入ってくるのは願ってもない話だった。生活費と家の修復費が稼げるのだ。それだけではない。その話は暗黙のうちに、スナウチの所有権を認めていた。彼らがスナウチに金を払うのは、その水が当然彼のものだと考えているからだ。まさにそれこそ、スナウチが必要としていたものだった。こうしてスナウチはしだいに浮浪者ではなくなっていったが、人前ではその演技を続けた。

マーティンには、こうした考えが推測の域を出ないことはわかっていた。実際のスナウチの心の動きは知る由もない。だがわからないからこそ、よけいに興味をそそられるところだ。長い年月を経てキャサリンをふたたび見たとき、スナウチは何を思ったのだろう？　良心の呵責？　希望？　愛？　それとも、さらなる謀《はかりごと》をめぐらせたか？　そしてある日、廃墟のワインバーから覗き見していたハーリー・スナウチは、娘の姿を見た。彼の娘、マンダレー・ブロンドだ。いまはもう成人し、母親の介護に戻ってきていた。スナウチはなんらかの手段で父の本当の遺志を知ったのだろうか？　それとも彼自身の頭脳で正解にたどりついたのだろうか？　麻薬から得られる金は役には立ったが、スナウチ家の莫大な資産に比べたらはした金だ。

こうしてキャサリン・ブロンドの死後、スナウチは遺産をわがものにする計画を練り上げた。三十年前の出来事にまつわる真相を知る者は、もう残っていない。エリック・スナウチ、キャサリン・ブロンド、ハーブ・ウォーカーの前任者、誰もが世を去った。まだ生きているのはスナウチ一人だ。彼以外に真実を知る者はいない。その種子から、スナウチは大胆不敵な計画を育てた。まず、マリファナの栽培で得られた金をスプリングフィールズの修復に費やした。マンディへの贈り物、彼の献身の象徴として。もっとも、最終的には取り戻すつもりだったが。しかし彼女はスナウチを拒み、はねつけ、断固として母親の側についた。のみならず、さらに悪い事態が起きた。牧師がその容貌と野性的な魅力を武器に、マンディに言い寄ってきたのだ。スナウチはその一部始終を見ていた——マンディがバイロン・スウィフトの腕に抱かれ、彼を信頼して胸の内を打ち明け、あるいは危険を警告したところを。スナウチはスウィフトに町を出ていってほしかったので、彼の身辺を嗅ぎまわり、麻薬ビジネスのことを知って、それを有効に活用する方法を考えつつ、さらなる弱点を探した——そして、ついにそれを見つけた。

マーティンは疑問に思った。なぜスナウチは、麻薬ビジネスのことを警察に密告し、スウィフトを追い出そうとしなかったのだろう。いや、それはできなかったはずだ。そんなことをすれば、スナウチの唯一の収入源も断たれ、彼自身も共犯として逮捕されかねず、〈死神《リーパーズ》〉からの報復も招きかねない。その代わり、スナウチはスウィフトが身元を偽っていたこと、羊の皮を被った狼であることを突き止めた。そしてキャンベラへ出かけ、当局にそのことを通報したのだ。単身でＡＳＩＯに乗りこみ、兵士が牧師になりすましたという突拍子もない話を告げたとは、大胆この上ない。その試みが成功し、諜報機関がスナウチを信用したとき、彼は驚いただろうか？ 驚いたかもしれないし、当然だと思ったかもしれない。彼が骨の髄からの詐欺師で、自信たっぷりに人を欺き、演技を第二の天性にして、虚構の人間を実生活で演じられるのであれば、そうした計略は可能だったはずだ。確かに厚かましいが、彼に失うものはなく、得られるものばかりだった。最悪の場合でも、当局の人間が耳を貸そうとせず、スナウチが追い出されるだけですむ。逮捕されたり、暴力的な懲罰を受けたりすることはない。筋金入りの詐欺師はみな、大胆不敵なのだ。やろうと思えば、シドニーのハーバーブリッジを売ることも、王族になりすますことも、鉱山に金を入れて金山に見せかけることもできるだろう。そして、彼の計画は成功した。ＡＳＩＯ

はスナウチの意のままに利用され、牧師の正体が暴かれたのだ。ＤＮＡ鑑定の計略も同様だった――マーティンらが訪れるタイミングがほんの少しちがっていたら、成功していた可能性は大いにある。

　マーティンはふと我に返った。車はコッジャーの土地に入り、牛用の柵を通り抜け、杭の上に残った牛の頭蓋骨を通りすぎると、あたりに風はなく、焼け死んだ家畜のぞっとするような臭いが漂っている。そして車は母屋の前に着いた。コッジャーはマーティンの肩を叩いてから、車を降りた。「よくやってくれたよ、お若いの。あの男をぐうの音も出ないほど懲らしめてやった」マーティンは笑みで応え、コッジャーの今後の幸運を祈った。

　ゴッフィンも車を降り、コッジャーにひそひそ話をしている。まちがいなく、この件を少なくとも二、三日は内密にしておいてくれと頼んでいるのだろう。ゴッフィンが彼に何かを渡すのが見えた。おおかた口止め料にちがいない。ゴッフィンとコッジャーは握手し、ＡＳＩＯの工作員は助手席に戻った。マーティンは車のギアをドライブに入れて転回し、もうすっかり慣れた道順をたどって幹線道路へ向かった。運転しながら、ふたたび物思いに耽る。

　ダムで遺体を発見したとき、スナウチは衝撃を覚えたにちがいなかった。そのせいで計画が狂いかねないからだ。遺体を見なかったことにして現場を立ち去り、マンディをペテンにかける計略をそのまま進めたいと思っただろうか？　しかしスナウチには、好機が近づいていた。突破口がひらけたのだ。先祖伝来の家屋敷が森林火災で破壊されたのは痛手だったが、おかげで思いもかけなかった結果も生じた――火災のあと、頑なだったマンディの心がやわらいだのだ。スナウチが助かったと聞いて彼女が安堵したという知らせは、彼の耳にも届いていただろう。彼はそれを、和解を可能にしうる最初の徴候と受け止めた。それでスナウチは、新たな人物像を演じることにした——町の安全を気遣う善良な市民だ。彼はゴッフィンと警察に、遺体を発見したと通報した。おそらくそれは、当局の信頼を得、マンディの信頼も得たかったからだ。そうすればまちがいなく、彼女はスナウチに同情的になるだろう——家が焼け落ちたばかりか、遺体を発見する恐怖まで味わわねばならなかったのだから。

マーティンは笑みを浮かべた。よく考えられた計略だが、あのときのマーティンにはその筋書きが読めていなかった。マーティンはフェアファックス・グループの新聞に、きわめて不正確な記事を書いた。それはスナウチの警察への協力を讃えるどころか、殺人犯と告発したも同然だったのだ。あれではスナウチへのマンディの見かたがよくなることはなく、悪くなるばかりだっただろう。彼は怒り心頭に発したにちがいない。勾留され、警察の事情聴取を受けるあいだも、ダグ・サンクルトンやその同僚たちが大喜びで、マーティンによる中傷を繰り返したのだから。スナウチが本当にフェアファックス・グループを名誉毀損で訴えていたら、勝訴していた可能性はあるだろう。しかしその手続きには時間がかかりすぎる。裁判が結審する前に、マンディへの遺産の相続が終わってしまうかもしれないと、スナウチは危惧しただろう。開廷する前に、マンディは店もスプリングフィールズも売り払い、どこかに引っ越してしまうのではないか、と。さらにフェアファックスは、優秀な弁護団を抱えている。彼らはスナウチを破滅させたかもしれない。レイプ犯という非難を蒸し返し、テレンス・マックギルの偽名を使っていた過去を暴いて、もはや中傷されても失うべき名誉はほとんど残っていないと主張した可能性もあるのだ。そうなれば、スナウチがマンダレー・ブロンドの好意を勝ち取ることはかぎりなく困難になる。そこで彼はマーティンを訴える代わりに、脅して無理やり協力させる作戦に転じた。スナウチには、マーティンとマンディが親密な仲になっているのがわかっていただろう。一夜をともにしていたことも知っていたかもしれない。マーティンは運転しながら、一人うなずいた。スナウチはマーティンを使うのが、マンディの好意を得る最善の策と考えたのだ。

それでスナウチは可能なかぎりすばやく行動を起こし、マーティンを操って、一か八かの賭けに出た。技巧のかぎりを尽くした演技は、芝居なら大向こうの喝采を浴びること請け合いだっただろう。DNA鑑定は卓抜な発想であり、事実だと信じられている話を書き換える狡猾な策略だった。研究所はまちがいなく実在のもので、鑑定も実際に行なうのだが、その結果はスナウチのところへ郵送される。彼は本物の結果を破棄し、マンディには偽造文書を見せて、同時に父親への復讐も遂げられるはずだった。その文書に法的効力はなく、法廷に提出しても役には立たず、エリック・スナウチの遺言を変更することはできない。しかし、そうする必要はなかった。マンディは心を動かし、スナウチの偽造文書は狙いどおりの効果を発揮したはずだ。彼女は本質的に寛容で、人間の最良の部分を信じようとし、この世界のなかで善きものを見出そうとするからだ。少女時代に抱いていた、父親と和解する夢を実現させようとしただろう。マーティンは頭を振った。メロドラマはめでたくハッピーエンドとなり、カーテンが降りて、観客の拍手は鳴りやまないというわけだ。

「マーティン」ゴッフィンが話しかけ、注意を促した。

「ありがとう」

「何が？」

「スナウチのことさ」

「どういうことだ？」

「どういうことかは、わかっているだろう」

マーティンにはわかっていた。彼らがやろうと思えば、スナウチを連行して警察に引き渡すこともできたのだ。警察は彼を詐欺罪で逮捕しただろう。さらにスナウチは麻薬ビジネスから利益を得ており、クラウス・バンデンブルクと警察が〈死神〉の犯罪を立件する上で有力な証人になっていたかもしれない。しかしマーティンは、彼を連行せずに逃げるよう忠告した。スナウチを見逃したのは、彼はもうマーティンの脅威にはならないものの、まだゴッフィンのキャリアを破滅に追いこむ力があったからだ。

「そのことは、もういいさ」マーティンは言った。

「きみに借りができた」ゴッフィンは言った。「縄を縛ったのはきみだ。スナウチが解くまで、どれぐらいかかりそうだ？」

「たぶん、もう解いているだろう」

日没が迫る空の下で、二人を乗せた車はスクラブランズの曲がりくねった土の道を通り、開拓地に入って、雑多な郵便箱の列をすぎ、舗装された幹線道路に出て、リバーセンドのヘイ通りに続く黒い直線道路を走った。点灯したヘッドライトが、黄昏の道を照らしている。町に近づくにつれ、火災を免れた灌木が見えはじめ、マーティンが車を加速させると、瞬く間に後方に消えていく。スクラブランズでは徐行を余儀なくされていたので、車を飛ばせるのはうれしかった。ウインドウを開けると、車のスピードでいくらか涼しい風が入ってくる。灌木が姿を消したところで、車はやや速度を落とし、氾濫原に出た。晴れ渡った空に一番星が見える。そのときマーティンの目に、もうひとつの夕焼けかと思うような、赤々と輝く光が見えた。

「あれはなんだ？」マーティンは、ゴッフィンを物思いから覚ました。

「火事だ」ゴッフィンが言った。

二人が町に戻るころには、〈コマーシャル・ホテル〉は燃えさかっていた。最上階の半ばまで炎に包まれ、窓から火の舌が舐めるように上がり、ベランダには紅蓮の炎が渦を巻いて、煙が空へたなびき、火の粉が上がっている。まるでかがり火が燃え広がってしまったようだ。マーティンはバックして駐車する嗜みも忘れ、道路端の縁石に頭から車を突っこんだ。パブは苦悶のうめきをあげている。金属が軋み、窓ガラスが砕けて炎を噴き上げた。煙は汚染されている。森林火災のときはユーカリの匂いだったのが、いまは焼却炉で産業廃棄物を焼いたような悪臭で、目が痛み、視界はぼやける。

エロール・ライディングがボランティアの消防団とともに駆けつけ、火明かりを浴びて輝く給水車から、二本のホースを使って建物に放水している。町の人々は遠巻きに眺め、指を差して口々にささやいていた。メディア関係者はもっと近くに寄り、新聞やテレビのカメラマンは劇的な瞬間に我を忘れ、自分たちの安全を顧みず、炎上する建物の撮影に没頭している。

マーティンは兵士像の下で平然とたたずむエロールのそばに駆け寄った。銅像は火災を気にする様子もなく、背中に反射する炎が波打つ筋肉を思わせる。「エロール、何があったんです？」

「わかりません。いきなり燃えだしたんです」

「火は消し止められそうですか？」

エロールは首を振った。「どうでしょう。風はないので、救い出せるものがあるかもしれません。大事なのは延焼を食い止めることです。ルイージに手を貸してやってくれませんか？　このまえみたいに」

マーティンはうなずき、ホースと格闘して消火活動にあたっている若者へ近づいた。マーティンが肩を叩くと、ルイージは振り向き、助けが来たことに気づいた。若者がノズルを操作しやすいよう、マーティンはホースの二メートルほど後ろを持ち、動くときに制御を手助けした。ルイージの先導に従い、二人でゆっくりと右に移動する。地元の消防団は窓から窓へ、一カ所ずつ放水してまわった。給水車は交差点に駐まっている。ルイージはホースを持って角を曲がり、〈ジェニングス衣料品店〉の向かいに出た。火の手は上階にまわり、サマセット通りに面した客室を焼いて角へ集まっているが、ベランダも赤々と照らされ、最上階全体が脅かされている。

彼らの背後に、農場の給水車が到着した。森林火災には向いているが、街中の火災には不向きだ。運転してきた男はパブを一瞥し、マーティンに向かって親指を立てると、〈ジェニングス〉に注意を転じ、火の手が及んでいない店先と屋根に放水して燃え移るのを防いだ。

金属がゆっくりと悲鳴をあげる。マーティンがパブに目を転じると、ベランダが建物の正面から剝がれはじめていた。エロールが大股でその前に近づき、野次馬に向かって下がるよう手で合図し、カメラマンにはベランダが落ちてきたときに逃げられるよう促している。ロビーはどこだ？　なぜ、巡査が群衆の誘導に出ていない？　そう思ったところで、マーティンは意識が遠のきはじめた。すさまじい熱だ。酷暑の日中が暮れたばかりで、まだ夜の涼しさが訪れるには早く、火事で押し寄せてくる熱気がマーティンの体力を奪っている。

フラン・ランダーズが混乱のさなかに現われた。群衆のあいだを縫って歩き、煙に目をしばたたいて、消防団のメンバーやメディア関係者に水のボトルを手渡してまわっている。一瞬、二人の目が合った。彼女はボトルの蓋を取り、マーティンに渡して、もう一本を足下に置いていった。そして次に向かう。マーティンは水を飲み、頭にもかけた。生き返るようだ。そのとき、ごわごわしたホースを抱えていた片腕から、水圧が落ちていくのが伝わってきた。水が切れたのだ。給水車を見やる。男たちが消火栓にホースを取りつけていた。エロールも手を貸している。

「二分で給水を再開する。ひと休みしてくれ――ほかのメンバーが交替してくれる」

マーティンとルイージはホースを放した。ルイージは通りの向かいに歩き、排水溝にへたりこんだ。フランが彼に水を渡している。マーティンは炎を眺めた。さっきより燃え広がっている。消防団はヘイ通り沿いの火を食い止めたものの、パブの裏側までは手がまわらなかった。火はそこから燃えだし、建物の裏側からエイブリー・フォスターのアパートメントに迫っているようだ。

　マーティンが給水車の前を通りすぎたとき、二本のホースがホテルへの放水を再開した。目下の焦点は、ベランダが路上に崩れ落ちるのを防ぐことだ。階段へ通じる裏口の扉が見える。そこで見たものが脳裏をよぎった――狐狩りの複製画、シャンデリア、夏の嵐を描いた絵画。扉が勢いよくひらいたときにも、マーティンはまだ見ていた。そこからクラウス・バンデンブルクが煙とともに飛び出し、続いて二人の年若で屈強な警官が、ロビー・ハウス＝ジョーンズ巡査を引きずって出てきた。ロビーは両腕を二人の首に巻きつけている。とめどなく咳きこみ、身体をぐったりさせ、顔は煙で真っ黒になり、服は焦げ、両手は赤く無惨に腫れ上がっていた。警官たちは彼を通りに連れ出し、避難させた。そこで彼を座らせる。

　マーティンは呆然とその場にたたずみ、目の前の光景を見ていた。ダグ・サンクルトンの撮影班をはじめ、各社の撮影班が群がり、カメラマンのキャリーがロビーの顔の数センチ前までレンズを近づけて、機関銃のようにシャッターを切っている。救助にあたった男たちは立ち尽くし、新鮮な空気を吸って、信じがたい表情で顔を見合わせていた。マーティンはさらにダーシー・デフォーの姿を見た。ほっそりした体軀を炎に映し、群衆から一歩引いたところで状況を俯瞰して、プロらしく冷静沈着にメモを取っている。その姿は影のようでもあり、マーティン・スカーズデンの分身のようでもあった。超然として集中した姿勢が、かつての自分自身と重なる。マーティンもまた戦場や難民キャンプや野戦病院に赴き、現場に居合わせながら当事者にはならず、記者の目を通して事件を観察し、苦しみに苛まれる人々を目の当たりにしながら、それを自らの苦しみとはしなかった。ダーシー・デフォーのシルエットは、まさしく彼自身の姿でもあるのだ。

ホテルの奥深くで何かが爆発し、まるでそれに応えるかのように、正面側のベランダが裂けて、崩落しはじめた。最初はゆっくりと、しかし徐々に動きを速め、まるで沈没していく船のように、まっぷたつに裂けて通りに崩れ落ちる。燃えさしが宙を舞い、群衆はいっせいにあとずさった。そのときマーティンは、彼女の姿を見た。通りの向かい、銀行の前で、マンディがリアムを抱いている。マーティンはそちらへ向かいかけたが、マンディは近づいてくる彼を見て、首を振った。その顔は涙に濡れ、赤々と炎に照らされて光っていた。

第二十七章　橋

電話で起こされた。〈ブラックドッグ〉の客室に備えつけられた時代遅れの電話が、けたたましく鳴り響いている。眠りは深かったが、長くはなかった。それなのに、電話は彼を眠らせてくれない。眠らせてくれよと思うが、執拗な呼び出し音は鳴りやまない。ようやく切れたと思ったが、ややあってふたたび鳴りだした。とうとう降参し、呼び出し音を止めるために受話器を取った。「マーティン・スカーズデンですが」

「マーティン、わたしはウェリントン・スミスだ。調子はどうだい？　起こしたんじゃなければいいが」

「いいえ、そんなことはありません」腕時計を見る。六時四十五分？　このウェリントン・スミスという男は、いったいどんな発行人なんだ？

「マーティン、ずっと考えていたんだがね。きみが取材してきた事件のことだ。これは途方もないニュースだよ。くそでかいニュースだ。もちろん雑誌に記事を載せたいが、それはほんの手始めで、ぜひ本を一冊書いてもらいたい。きっときみの代表作になるだろう。きみは伝説的な記者になれるよ」

「そうですか」マーティンはどう答えればいいのか、よくわからなかった。しかし、何も言う必要はなかった。それから十分間、スミスは一方的にまくし立て、多額の印税はもとより、あらゆるものをマーティンに約束したのだ。賞賛、名誉回復、数々の賞、社会的地位、名声、テレビの放映権、熱烈なファン。何もかも。スミスは熱意あふれる口調で息も継がずに早口で話し、それはまるでディジュリドゥ（アボリジニの民族楽器）の演奏を繰り返し聴いているようだった。スミスがようやくひと息入れたところで、マーティンは礼を言い、通話は終わった。本来なら天にも昇る気持ちになり、感謝を覚えてもおかしくないのだが、なぜかそうした気分にはならなかった。

　マーティンはまた眠ろうとしたが、もう目が冴えてしまった。すっかり目覚めると、自分の身体から臭いがした。煙と汗の臭いが染みついている。のろのろとベッドから起き上がり、シャワーを浴びる。水圧はいつもよりさらに弱く、ただでさえ少ない水源がきのうの消火活動で枯渇してしまったのかと思った。実際はどうなのだろう？　おおかた、そんなところではないか。

　モーテルを出、火災に見舞われた町へ入る。ヘイ通りはひどいありさまだ。給水車は焼け落ちた〈コマーシャル・ホテル〉の向かいに陣取ったままで、崩落したベランダの破片が路上に散乱している。いまさらながら、蛍光色のつなぎの作業服を着た地元の消防団員が二人、給水車のそばで見張りに立っていた。損害の状況を見に来たマーティンに、二人はくぐもった声で「おはよう」と言った。エロール以下のメンバーは、職務を立派に果たしていた。損害はホテルだけで食い止められたのだ。建物の一階部分の半分はほぼ無傷のまま残っているが、煙や放水によって内部は損なわれているだろう。二階ははるかにひどかった。交差点を見下ろす角の屋根は崩壊し、ベランダはなくなって、外壁の一部もぼろぼろに崩れている。窓は黒ずんだ眼窩のようだ。エイブリー・フォスターのアパートメントは見る影もなかった。窓は吹き飛び、ベランダもほぼ失われて、屋根の一部が壁の端からぶら下がっている。いまだに燃えさしがくすぶり、煙が灰色の巻き鬚のように上がっているが、これ以上の放水は必要なかった。ホテルの修復は不可能だ。もう取り壊すしかないだろう。

　雑貨店は店を閉めている。当然、閉めているだろう。ジェイミー・ランダーズが逮捕されてしまっては、果たして再開する見込みはあるだろうか？　マーティンはT字路のほうへ戻った。〈オアシス・ブックカフェ〉も、廃墟のワインバーも、どこもかしこも静まりかえっている。きょうは木曜日だが、リバーセンドの生き残った店が営業を開始するにはまだ早い。少なくとも幹線道路のガソリンスタンドは開いているので、新聞を読みながらまがい物のコーヒーを飲める。それはセルフサービスのネスカフェで、マーティンが自分で顆粒状のインスタントコーヒーをスプーンにすくって白い発泡スチロールのカップに入れ、ポットから湯を注いで、二リットル入りの容器からミルクを入れるのだ。思ったとおり、ありきたりの味だ。

　マーティンは白いプラスチックのテーブルに向かい、白いプラスチックの椅子に座った。安っぽい屋外用の椅子とテーブルは、夏は屋内に移されている。リバーセンドがふたたび一面に取り上げられるのは、避けがたい成り行きだった。キャリー・オブライエンの望遠レンズが捉えた、スクラブランズの犯行現場に立つジェイミー・ランダーズの写真が載っている。見出しは〈無邪気な精神病質者〉だ。マーティンは私情を交えずにダーシーの記事を読んだ。ニュース面は事実関係を押さえ、解説面は感情に訴えかける。ダーシーは両方ともうまくこなしていたが、きのうの午後の出来事なのに、ずいぶん昔のように思える。あれからリバーセンドが新たなドラマを経験し、新たな疑問が湧いてきたからだ。マーティンは紙面から目を上げた。あたかも、ガソリンスタンドの店内に答えがひそんでいるかのように。

しかしそこに答えはなく、扉を開けてダグ・サンクルトンが入ってきた。「おはよう、マーティン。ここで会えてよかった。調子はどうだい？」

「ご存じのとおり、恥さらしさ」

「なんだって？」

「気にしないでくれ」

「そうか、わかった。ひとつ聞いてほしい、マーティン。ええと……お詫びを言いたくてね。つまりその、ベリントンでの出来事だよ。あれはわたしの考えではなかった——報道部長がゴリ押ししたんだ」

「なるほど」

「アンジー・ヘスターだ。きみと知り合いらしいが」

アンジー？　黒い目の女性がマーティンの脳裏に浮かんだ。束の間の情事の相手だったはずだが、それしか覚えていない。

「きみが何をしたかはわからないが、彼女はきみに恨みを抱いていたんだ。局長は激怒した。われわれの信用を回復するには長いことかかるだろう。局長は彼女を解雇した」

マーティンはとげのような罪悪感を覚えた。自分がその女性にしたことへの罪悪感と、彼女を怒らせた理由を覚えていないという罪悪感だ。「きみの処遇は？」彼はサンクルトンに訊いた。

「わたしも連帯責任で、非難の一端は負わなければならないだろう。それでも現場には残れると思う。だが、きみには申し訳ないことをした」

　サンクルトンの態度には悔恨が滲み、マーティンは一種の連帯感を覚えた。「きみが番組で〝警官を自殺に追いやったブロンド〟と言っていたのを見たがね。上役にさぞかし叩かれただろう?」

「ああ、さんざんこき下ろされたよ。オフィスで楽をしているやつらに。何も責任逃れをするつもりはないさ。ただ、全部わたしのせいだというのもちがう。いずれにしろ、あんなことを言った以上、今年は昇給にはありつけないだろうな」

　二人は無言のまま座っていた。サンクルトンにとってはめったにない経験で、さぞ居心地が悪いだろう。マーティンはそう思った。どうやらそのとおりらしい。ニュース番組のリポーターは立ち上がり、目礼していま一度謝罪すると、店を出た。

　ややあって、彼は戻ってきた。「きっとこれを読みたいだろうと思ってね。遅版《おそばん》だ」サンクルトンはマーティンに、メルボルンの各紙の最新版を渡した。《ジ・エイジ》と《ヘラルド・サン》だ。《ジ・エイジ》の一面にはでかでかと、キャリー・オブライエンが撮ったもう一枚の写真が載っており、ほとんどそれだけで埋まっていた。バンデンブルクの部下たちがロビー・ハウス＝ジョーンズを〈コマーシャル・ホテル〉の火炎地獄から救出するところだ。男たちのシルエットが炎に縁取られ、レンズに火の手が迫っている。ロビーの姿勢はどことなくキリストの磔刑《たっけい》像を思わせた。両腕をだらりと伸ばして救助者の肩にかけ、両脚の力は抜けている。写真の上に見出しが大書されていた。〈死の町の英雄、救出される〉とあり、その下にはダーシーの筆になる記事本文の書き出ししかない。

〈リバーセンドの英雄、ロバート・ハウス＝ジョーン

ズ巡査が火災現場でからくも救出され、凶悪事件が続いたリバーセンドの町では、またしても劇的な出来事が起きた。

この青年巡査は、一年近く前に起きた銃撃事件で犯人のバイロン・スウィフト牧師を射殺して無数の人命を救った。今回もまた、燃えさかる町のホテルに誰も取り残されていないか確かめようと、身の危険を顧みず駆けこんだ。

ハウス＝ジョーンズ巡査は、火災に見舞われた築百年の歴史的建造物で、煙に巻かれて方向感覚を失い、呼吸困難に陥っていたところを、駆けつけた同僚の警察官たちの手で救出された。

この救出劇のわずか二十四時間前、ロバート・ハウス＝ジョーンズ巡査は、幼い子どもの人命を救ったばかりだった。バックパッカー殺害犯とされるジェイムズ・アーノルド・ランダーズが、その男の子を惨殺しようとしていたといわれている。

火災の原因は、漏電もしくは心無い者のしわざと見られ、火の手はたちまち建物全体に広がって、ハウス＝ジョーンズ巡査が取り残されたようだ。〉

本文は二面に続くが、マーティンはページをめくらなかった。ダーシーは時間との闘いで本文を入稿し、かろうじて遅版に間に合わせたのだろう。しかし、誤報であることに疑いの余地はなかった。〈コマーシャル・ホテル〉は無人だった。取り残されていた人間など、誰一人いなかったのだ。実際にはただ上階が燃えだし、エイブリー・フォスターのアパートメントを呑みこんだだけだ。漏電が原因ということもありえない。数カ月も前から、電気は止まっていたのだから。心無い者のしわざでもなさそうだ。アレン・ニューカークは事故死し、ジェイミー・ランダーズは収監され、ホテルは犯行現場としてテープで封鎖されていたのだから。

マーティンはロビーの顔を思い浮かべた。彼の両手も。そして自分がロビーに、パブはもぬけの殻ではないと言ったのを思い出した。ロビーはあの時点まで、いったいいかなる想像をしていたのだろう？　フォスターの未亡人があらゆる証拠を隠滅したと思っていたのだろうか？　そう思っていたとしてもおかしくない。もし元夫が何にかかわっていたのかを彼女が知っていたのであれば。もし彼女の元夫が何にかかわっていたのかをロビー・ハウス＝ジョーンズが知っていたのであれば。もしロビーが……。

　くそっ。ロビー。なんという愚か者だ。

〈ブラックドッグ〉に戻ってみると、ジャック・ゴッフィンが部屋の外に座り、タバコを吸っていた。二人は互いにうなずき合ったが、無言のままだ。マーティンはゴッフィンに新聞を渡し、それを読んだゴッフィンはゆがんだ笑みを浮かべた。

「すると、彼は英雄にまつりあげられたわけだな？」

「どうやらそうらしい」

「われわれが何を発見したか、彼に話したのか？」

「あらかた話した。きのう、ジェイミー・ランダーズと面会したあとで」

「真実を公表するつもりか？」

「そうすべきだと思うかい？　ある人から本を書いてほしいと言われているんだ。金はたくさん払うし、名誉も回復させると」

「いい話じゃないか」

「ああ。感激で一杯だよ」

　ゴッフィンはその皮肉めかした口調に苦笑した。マーティンは彼に紅茶を飲もうと提案し、自室で二人分淹れて外に持っていった。

「彼はどこにいる？」マーティンは訊いた。「ロビーは？」

「メルボルンだ。ひどい火傷で、専門医の治療が必要らしい」

「警察は彼を告発するだろうか？」

　ゴッフィンは肩をすくめた。「モンティフォーはランダーズを連行してシドニーに戻った。殺人課はホシを挙げたんだ。ロビーのことなど目もくれないさ。お偉方も、彼を英雄にしておいたほうが望ましいだろう。きょうび英雄視される警官はめったにいない」

「バンデンブルクはどうなんだ？」

「それはまた別の話だ。いまはまだだろうが、いずれ突き止めるだろう。ロビーが麻薬ビジネスのことを知っていて、賄賂を受け取って見逃し、自分が知ったことをハーブ・ウォーカーに伝えていなかったのなら、バンデンブルクは追及するはずだ。なんなら自分でバンデンブルクに訊いてみるといい。いまは警察署にいるが、じきにここへ来る。彼はきみとも情報を共有したいんだ」

「わたしと？　なぜ？」

「彼らはいま、〈死神《リーパーズ》〉を一斉検挙している。夜明け前に着手したんだ。一カ所だけでなく、あちこちの大都市で。アデレード、メルボルン、キャンベラ。そのあたりの中小都市でも一網打尽にして、大物や黒幕を連行した。ランチタイムまでには、英雄ロビーのニュースも霞んでしまうだろう。メディア各社にも知らされている。新聞もテレビもこの話題で持ちきりになる」

「だったらなぜ、彼はわたしと話したいんだ？」

「さあね。記者会見に出るのは彼ではない。バンデンブルクは幹部だが、現場で直接指揮を執っているわけではないからね。きっとウォーカーの死因を知りたいんだろう」

「彼は自分自身を責めているんだろうか？」

「わたしだったら、そうするだろう。わたしが彼の立場なら」

　マーティンはゴッフィンの隣に座り、紅茶をすすりながら空を見上げた。世界のどこかに雲があるはずなのだ。そうでなければならない。どこかで雨が降っている。どこかでは土砂降りだろう。洪水や山崩れやハリケーンやモンスーンに見舞われている場所も、どこかにあるはずだ。想像もできないほどの水、もういらないと思えるほどの水が押し寄せている場所が。そんな場所が世界のどこかにあるにちがいないが、ここではない。ここでは雨はおろか、雲ひとつ見えないのだ。旱魃が未来永劫続くはずはない。そのことはマーティンもわかっているし、誰もがわかっている。しかし、果たして本当なのだろうか。

　クラウス・バンデンブルクが到着し、二人の先に立ってゴッフィンの部屋に入った。相変わらずぶっきらぼうな振る舞いで、扉を閉めると部屋に不機嫌な空気がこもった。マーティンには、バンデンブルクとウォーカーが親友の間柄だったとは信じがたかった。ウォーカーはいつも陽気に笑い、満足げに太鼓腹を叩いていたものだが、このACICの捜査官はにこりともせず、いつ怒りだすかわからないように見える。

「さてと。一斉検挙はいまのところ上々だ。目星をつけていた人間は全員捕まえたし、すでに証拠固めもすませているが、ここで二、三、不明な点を明らかにしておきたい。そこでだな、マーティン、おたくが知っていることを洗いざらい知らせてもらおう。わたしを愚弄するようなことがあれば、いやというほど痛い目に遭わせてやる。だが手を貸してくれれば、わたしもおたくに手を貸してやろう」

「わたしに手を貸すって、どうやって?」マーティンは怖じ気づいているのを悟られないように努めた。

「教会の電話を傍受した録音を持っている――銃撃事件の当日だ」

「録音が残っているのか?」マーティンは飛びついた。

「何を知りたい?」

「麻薬栽培施設のことだ。灌木地帯に納屋があっただろう。あそこに関して、知っていることをすべて教えてくれ」

「ジェイソン・ムーアが事情聴取に協力しているものと思っていたが？」

　バンデンブルクは間を置いた。答えるのに、十まで数えていたらしい。「そのとおりだ。いいか、ここからはよく聞いてくれ。ジェイソン・ムーアは保護された証人だ。彼の証言で、大勢の極悪人が投獄されるだろう。したがっておたくは絶対に、現世でも来世でも、彼の名前を明かしてはならない。絶対に、だ。誰にも言ってはいけない。雑誌や新聞は言うまでもなく、パブで話してもいけないし、おたくの恋人に話してもいけない。彼の名前は聖域なのだ、わかったな？」マーティンの反応を窺ってから、語を継ぐ。「だが、彼が陳述していた内容の裏づけが必要なのだ。だから話してくれ」

「わかった。これはわたしの見立てだが」マーティンは言った。「ジェイソンはもともと、ごくわずかな量の麻薬を育てていた。スクラブランズの住人がみんなやっていることだ。そこへ旱魃が来て、水が乏しくなり、収入も減った。それで彼は、水を盗みはじめた。あそこにはスプリングフィールズと呼ばれる家屋敷がある――少なくとも、先週の森林火災で焼ける前まではあった。そこには湧き水のダムがある。これほどのひどい旱魃でも涸れることはない。ジェイソンはそこから水を盗み、麻薬の栽培に使っていた。バックパッカーの遺体が見つかったのと同じダムだが、それはまったくの偶然だ。ここまではわかるか？」

　バンデンブルクはうなずいた。

「よし。それではジェイソンに戻ろう。数年前、スプリングフィールズの地主だったエリック・スナウチという男が亡くなり、あの土地の住人はいなくなった。息子のハーリーは、テレンス・マイケル・マックギルという偽名で西オーストラリアの刑務所に服役していたので、土地は無人になり、さらに水を盗むことができるようになった。罪に問われることもないし、使い放題だったというわけだ」

バンデンブルクは片手を上げ、マーティンを制した。

「本当なのか？」彼はゴッフィンに訊いた。「偽名で服役していたというのは？」

ゴッフィンはうなずいた。「そのとおりだ」

「だらけた警官どものせいだ」バンデンブルクは言い、頭を振った。「まあいい、続けてくれ」

「わたしの印象では、その時点でもまだ比較的小規模だったと思う。ところがそこへ、バイロン・スウィフトが現われ、パブ店主のエイブリー・フォスターとともに水耕栽培施設の資金を融資して、〈死神〉に麻薬を供給しはじめた。ジェイソンもいくらか金を受け取り、スウィフトが現われてからは、スプリングフィールズの地主だと称するハーリー・スナウチも収益の一部を受け取るようになった。しかし収益の大半は海外に送られていた。アフガニスタンの児童養護施設に」

うなずいて話を聞いていたバンデンブルクは、彼が把握している情報と脳裏で照らし合わせ、もう一度ゴッフィンを見た。「ジャック？　いまの話は本当か？」

「ああ。覚えているか？　ベリントンからこの町に来る途中、車で話したことを。スウィフトというのは偽名だったんだ。彼の本名はジュリアン・フリントで、戦争犯罪人として追われていた。マーティンとわたしが突き止めたところでは、フリントはアフガニスタン時代からフォスターを知っていた。二人は児童養護施設に送金を続けていたんだ」

「どうやってそのことを知った？」

「フォスターの住居で証拠を見つけたんだ。パブの上階にあった」

「上階？　火事が起きた場所か？」

「そのとおりだ。火事が起きる前の晩、二人で侵入した」

「なんだと。本当か？」バンデンブルクはややあって、その話が暗示していることに気づき、さらに一拍置いて、ようやく腑に落ちたようだ。「きみたちのどちらかが、ハウス＝ジョーンズにそのことを話したのか？」

　マーティンは躊躇したが、ゴッフィンにそうしたためらいはなかった。「ああ、彼は知っていた」

　マーティンには、まるで導火線に火がついたように見えた。目の前でバンデンブルクの顔が怒りで赤く膨らみ、彼は感情を抑えようとしてやにわに立ち上がり、室内を歩きまわった。部屋には罵倒のつぶやきが充満し、いまにも爆発しそうだった。そしてついに爆発した。バンデンブルクは〈ブラックドッグ〉の壁を強打し、その腕は薄っぺらな石膏ボードに肘までめりこんだ。「くそっ」彼は怒号をあげ、鬱積した毒気と憤怒を吐き出した。マーティンとジャックが視線を交わす。バンデンブルクは腕を抜き、手や皮膚についた石膏ボードを払い落とすと、怒りをこらえて二人に向きなおった。「パブ店主の住居で、ハウス＝ジョーンズが麻薬密売にかかわっていたという証拠は見つかったか？」

「いや」ゴッフィンは答えた。「まったく見つからなかった」

　バンデンブルクは手を撫でさすり、深呼吸した。

「わたしの部下たちは命の危険を冒して、彼を救出したんだ」彼はその言葉を噛みしめ、怒りを徐々にやわらげていった。そしてようやく落ち着いて椅子に戻り、怒りよりも悲しみから、最後にもう一度頭を振った。

「彼は自殺を試みたのだと思うか？　証拠をいっしょに持ち去って」

　いままでマーティンに、そうした発想は思い浮かばなかった。ゴッフィンともう一度目配せする。「すまない。そんなことは考えもしなかった」

「わかった。続けてくれ、マーティン。麻薬栽培施設に関する話を」

「いいだろう。去年のいまごろまでは、何もかもうまくまわっていたように思える。ところがスウィフトが五人を射殺し、ロビー・ハウス＝ジョーンズに殺された。スウィフト、というよりフリントは元特殊部隊隊員で、簡単に脅しに屈することはなかった。しかし彼が死んでしまうと、〈死神〉はこれ幸いとばかりに、エイブリー・フォスターから搾取した。フォスターはまだいくらか収益を受け取っていただろうが、その金額はかなり減らされていただろう。〈死神〉がうまい汁を吸っていたんだ」

「なるほど。おたくら二人はフォスターの住居を見たんだな。ではジャック、フォスターが自殺しようとしていた証拠はあったか？」

「われわれには見当たらなかった。むしろその反対だ。フォスターはほんの少し散歩に出ているだけのように見えた。遺書の類いはまったくなかったし、夕食はテーブルに置きっぱなしだった」

「つまりあんたは、〈死神〉がフォスターを殺したと考えているのか？」マーティンが訊いた。

「なんとも言えないが」バンデンブルクは言った。「しかしまちがいなく、その線を視野に入れることになるだろう。では誰が、彼の死因を自殺だと判断したんだ？ ハウス＝ジョーンズ巡査か？」

ゴッフィンはマーティンを見た。「わたしはそう思う」

「わかった。ほかに麻薬ビジネスに関して話せることは？」

「そう多くはない。わかっていることは、ほとんどすべて話したと思う」とマーティン。

「よろしい」バンデンブルクは椅子にもたれ、初めて興味を失ったように見えた。「おたくが知っておくべきことがいくつかある。ひとつは、前にも言ったように、ハーブ・ウォーカーは自殺したのではなかったことだ。ハーブはジェイソンの土地にいたところを、〈死神〉に見つかって殺されたんだ。しかるべき時が来たら、おたくはその点を世間に向けてはっきり正す必要がある。第二に、おたくが《シドニー・モーニング・ヘラルド》に出した記事、つまりダムに遺体があるという通報を彼が無視したと書かれた記事を読んで、ハーブは激怒していた。怒り心頭に発していた。その理由がわかるか？」

マーティンは悔恨を滲ませ、うなずいた。「きのう、ジェイミー・ランダーズが言っていた。クライム・ストッパーズに電話したのは、彼とアレン・ニューカークだったと。しかしランダーズは、遺体がダムにあるとは言わず、女性たちがすでに死んでおり、遺体はスクラブランズにあるとしか言わなかったそうだ。そうなると、捜索範囲は数百キロ四方になる」

「そのとおりだ。そしてそんな通報でさえも、ハーブは無視していなかった。あそこは彼の管轄区域ではなかったというのに。スクラブランズはリバーセンドの北西にある。ベリントンはリバーセンドから南に四十分かかる。彼はハウス＝ジョーンズ巡査に、確認しておくよう頼んでいたんだ」

「彼があんたに直接そう言ったのか？」

「そうだ。彼が死んだ日に。わたしが彼に、スウィフトが電話をかけた番号を知らせた日に」

「エイブリー・フォスターの電話番号だな？」

「そうだ。だからマーティン、おたくがこの事件を振り返るときに、きちんと正確な事実を伝えてほしいんだ。ハーブ・ウォーカーは自殺したのではなく、彼の義務を怠ったのでもなかったと」

マーティンは神妙な面持ちでうなずいた。「もちろんだ。最低限、それだけのことはしなければ。だが、あんたにも知っておいてほしいことがある。わたしの同僚だったベサニー・グラスは、クライム・ストッパーズに遺体の場所をダムと特定する通報があったと聞いたんだ。彼に責任を押しつけたのは、われわれではない」

今度はバンデンブルクの表情に怒りはなく、冷ややかな視線で見つめるだけだった。「彼女の情報源は？」

「彼女も知らないんだ。警察の広報部から入ってきたことしか。上層部の何者かが流したんだろう」

「なんてことだ」バンデンブルクは信じがたい思いと嫌悪感に頭を振った。「連中はハーブを罠に嵌めておいて、一日か二日経って遺体が発見されると、今度は掌を返したように褒めたたえ、英雄にまつりあげたわけだ」ふたたび怒りが戻り、導火線に火がついた。「くそったれ、マーティン、このことは必ず書いてくれよ」

「約束しよう」

「よろしい」バンデンブルクは言った。「では、ひとつ取引しよう。わたしはジャックがしでかしたへまを、捜査対象から外してやる。キャンベラでスナウチにまんまと騙されたことを、誰にも気づかれないようにしておこう」

マーティンはゴッフィンに目を向けた。ＡＳＩＯの工作員は呆然としてバンデンブルクを見つめ、顔面蒼白になっている。

「知っていたのか？」ゴッフィンは訊いた。

「わたしが自分で突き止めたのさ。傍受された会話を聞いたあと、エイブリー・フォスターの電話のメタデータを確認した。きみと同じように。ラッセルヒルからフォスターに電話をかけたのは、スナウチだ」

「ほかに、そのことに気づいた人間は？」

「いない。わたしが知っているかぎりでは。気づく理由があるか？　そもそも、スナウチがスウィフトを指弾し、その正体がジュリアン・フリントだと暴いたことを知っているのは、わたしのほかに数人しかいない。

しかも彼らはみな、スナウチが善良な市民としての公徳心から通報したと思いこんでいる。彼らがセント・ジェイムズ教会で傍受された会話を聞いていないかぎり、スナウチが本当はスウィフトを排除し、麻薬ビジネスで自らの取り分を大きくしようとしていたことに気づく理由はない」

「スナウチの動機はそういうことではない」マーティンは言葉を挟み、言ってからしまったと思った。見事に捜査官の術中に嵌まってしまったのだ。それはスナウチが本当にゴッフィンを騙したと認めたも同然だからだ。ジャックは落胆した表情でマーティンを見た。

バンデンブルクは温かみのない笑みを浮かべ、マーティンに向きなおった。「これから、教会で傍受された会話の録音を聞かせてやろう。必要なら、〈死神〉に関する情報をいくらか教えてもいい。だがその代わりに、保証してほしい。わたしの名前は出さないでくれ。わたしがハーブに電話番号を知らせたことや、ACICが〈テルストラ〉（オーストラリア最大の通信会社）のデータベースを改竄したことを公にされたくない。いいか？」

マーティンは何も言わず、ゴッフィンも無言だった。だがゴッフィンの表情を見て、マーティンは二人とも同じことを考えているのがわかった。バンデンブルクは証拠を隠滅しようとしている、と。

マーティンは訊いた。「なぜACICがデータベースを改竄したんだ？」

バンデンブルクの表情にふたたび怒りがよぎり、彼は間を置いてそれを抑えようとした。導火線のはぜる音が聞こえるようだ。「なぜなら、われわれは大規模な諜報作戦の真っ最中だったからだ。何年にもわたる作戦で、数百人の捜査官がかかわっていた。正気を失った牧師の乱射事件で、計画を狂わされるわけにはいかなかったんだ。殺人課がそのことを嗅ぎつけたら、警察全体に広まっただろう。警察全体に広まったら、国じゅうに知れわたることになるのさ。そうなったら、作戦は台無しになっていた」

マーティンはさらなる探りを入れる好機を見出した。

「なるほど、作戦を守るのはきわめて重要にちがいない。あんたの親友だったハーブ・ウォーカーから聞いたんだが……彼はバイロン・スウィフトが小児性愛者だという申し立てを受け、牧師を逮捕したが、シドニーの何者かが釈放命令を出したと言っていた。それはあんたか？」

バンデンブルクはふたたび立ち上がり、導火線に火がついて、爆発しそうになった。怒りを抑制しようとするあまり、言葉のあいだから荒い息が漏れる。「ちがう。断じてわたしではない。作戦の特別対策本部の誰かだというところまでは見当がつくが。そいつが何者か突き止めたら、首をへし折ってやる。さあ、録音を聴きたいのか、聴きたくないのか？」

「もちろん、聴きたい」マーティンはバンデンブルクの癇癪に面食らった。

「では、取引成立だな？」

マーティンはゴッフィンを見やったが、ASIOの工作員はうなだれていた。バンデンブルクの思惑どおりだ。「ああ、取引成立だ」マーティンが言った。

「よろしい」

バンデンブルクが携帯電話を取り出した。「録音のコピーは渡せないから、よく聴いておくんだ」と言い、録音を再生する。

スピーカーから電話の呼び出し音が聞こえ、ガチャリという音とともに相手が応答するのがわかった。

「エイブリー、バイロンだ。まずいことになった。マンディをいっしょに連れていく」

「バイロン、どうした、落ち着け」

「これが落ち着いていられるか。彼女はいっしょに連れていく、いいな？」

「待ってくれ、このことはよく話し合ったじゃないか。そしてきみは同意した。何が変わったんだ？」

「クレイグ・ランダーズだ。やつのしわざだった」

「雑貨店の店主だな？　やつのしわざとは、どういうことだ？」

「やつとその仲間だ。このまえ、スクラブランズで犯行現場を見たと言っただろう。あたりが血まみれで、女物の下着が放り捨ててあったと。あれはやつのしわざにちがいない。それに、やつの仲間の。犯人は〈死神〉ではない」

「なんだって？　どうしてそのことがわかった？」

「やつの奥さんから、やつらがわたしを襲いに来ると警告された。奥さんは動転して、あいつらは獣だと言っていた。それからやつが現われた――クレイグだ。やつは奥さんの言葉を認めたも同然だった。やつは教会に来て、わたしが町を出ていくことを知っていると言った。そして、わたしが出ていったら、やつはマンディや奥さんだけでなく気に入った女を手当たり次第に追いまわしてやると言った。だから、彼女をここに置いていくわけにはいかない。わたしがスクラブランズで見たものを、あんたは見ていない。いいか、あいつは正気じゃない。やつらは獣だ。彼女は妊娠しているんだ」

「妊娠している？　きみが妊娠させたのか？」

「ああ、わたしだ。ほかに誰がいる？」

「なんてことをしてくれたんだ、ジュリアン。とんだすけこまし牧師だ」

「彼女を連れていってもいいのか、悪いのか？」

「わかった。いっしょに連れていけ。危害を加えられない場所へ。だが、自分が本当は何者で、いかに危険な状態に置かれているかは忘れるなよ。きみのために、わたしがどれほど危ない橋を渡っているか、わかっているだろうが」

「わたしはただ、彼女と子どもを安全な場所に連れていきたいだけだ。そのあとは、彼女の好きにさせる。よけいなことは何も知らせない」

「わかった。だったら連れていけ」

「そうする。礼拝が終わったら」

通話が切れた。録音はそこで終わっていた。

マーティンはゴッフィンを見た。ＡＳＩＯの工作員が視線を返す。改めて言うべきことはあまりなかった。

「さて、このあと二度目の通話があった。最初の通話から数分後だ。しかし思い出してほしいが、この二度の通話のあいだに、フォスターはラッセルヒルからの電話を受けている。われわれにはメタデータがあるが、傍受していたのは教会の電話のほうで、フォスターの電話ではない。したがって、そっちの通話は録音されていない」

ゴッフィンは自らの不面目を思い出し、うなずいた。

「スナウチだな。フォスターに電話をかけたのは」

「そのとおりだ。そのあとで、フォスターがスウィフトにかけた」

ふたたび携帯電話のスピーカーから、電話の呼び出し音が聞こえた。

「セント・ジェイムズ教会です」

「バイロン、エイブリーだ。きみの正体がばれた」

「なんだって？」

「たったいま、ハーリー・スナウチから電話があった。あの男はきみが何者で、過去に何をしたか知っている」

「スナウチ？　あの野郎。何を要求してきた？　金の上積みか？」

「何も要求はない。警官とＡＳＩＯに通報したと言っていた。彼らはこちらへ向かっていると」

「なんだと？　なぜそんなことをしたんだ？」

「それは問題じゃない。出ていくんだ、いますぐ。恋人は忘れろ。礼拝も忘れるんだ。いますぐ逃げろ。銃を持って逃げるんだ」

「それはできない。彼女を置いていくわけには。ランダーズは獣だ」

「そんなことを言ってる場合じゃないぞ、ジュリアン。きみにはもう、彼女を助けることはできないんだ。何もかも放り出して、そこから逃げろ。いますぐ。ランダーズのことはわたしにまかせるんだ」

雑音とともに、通話は切れた。

まだ午前九時半で、太陽は天頂までかなりあるというのに、暑さはいや増している。かすかな南風が吹いてきて、やや暑さをしのげるが、マーティンは騙されなかった。気温はすでに二十度台後半で、まだまだ上昇するだろう。ここの乾燥した暑さには順応しつつあるが、四十度の高温に順応できる者はいない。

数人の地元民が焼け落ちたホテルの向かいにたたずみ、廃墟を指さして口々に言い交わしている。誰もが信じられないという顔をしていた。マーティンはそのなかにルーク・マッキンタイアの姿を見た。同年代の子どもたちといっしょにいる。彼は少年に手を振った。

新型モデルのSUVが目の前を横切った。ビクトリア州のナンバープレートをつけたBMWだ。標識を無視し、前部から縁石に車を寄せる。身なりのいいカップルが降りてきて、男のほうはかさばるカメラを手にしていた。男が写真を撮るかたわらで、妻は携帯電話で自撮りしている。やれやれ、とマーティンは思った。観光客か。わざわざ死の町に来て、にっこり笑ってスナップ写真を撮り、今度のディナーパーティに備えて話のネタを仕入れに来たんだろう。

地元の住人は苦々しいまなざしを向け、営業している数少ない店に姿を消した。

〈オアシス〉の店内では、カウンターに何人も観光客がおり、コーヒーを注文して、セント・ジェイムズ教会への道順を訊いている。マンディは言葉少なにコーヒーマシンに向かい、眉間に皺を寄せ、唇を引き結んでいた。なぜ彼女は思い悩んでいるのだろう。マーティンは不思議に思った。ほどなくスプリングフィールズの女主人になれるというのに。彼女はマーティンを見ると、ぎこちない笑みを浮かべた。歓迎はしてくれているものの、その目はどこか心配そうだ。マンディは何も訊かずにコーヒーを淹れ、彼に手渡した。

　マーティンは椅子に座り、観光客が出ていくのを待つあいだ、リアムと遊んで気晴らしをした。ベビーサークルの向こうに手を伸ばし、色とりどりのブロックで子どものために塔を作る。リアムが腕を振りまわして塔を壊し、キャッキャッと笑い声をあげた。なんとたわいもない喜び。ようやく侵入者たちが出ていき、店内は三人だけになった。

「マーティン、どうしたの？　何かあった？」

　マーティンは眉を上げ、彼女の察しのよさに感嘆した。マンディはすでに、心の内を読めるほど彼を知っているのだ。次に言うべき言葉を告げるのに、簡単な方法は存在しない。それで彼は、思い切って前置きなしで切り出した。「わたしはバイロン・スウィフトの正体を知っている、マンディ――彼が本当は何者なのかを」

　その言葉の重大さに、彼女は一瞬立ち止まった。それから扉へ向かい、施錠して、〈閉店〉の札を掲げる。そしてコーヒーマシンに戻り、自分の分を淹れようと手を動かしてから、ようやく答えた。「では、あなたの記事は本当だったのね？　彼がアフガニスタンにいたことや、兵士だったことは？」

「そのとおりだ。彼の本名はジュリアン・フリントだ」

「ジュリアン？」彼女は言った。「ジュリアン」繰り返し、声に出してつぶやく。「ジュリアン。ジュリアン・フリント」

「マンディ、あまりいい話じゃないんだが」

「聞かせて」

　それでマーティンは話した。最初はいい話から。エリート部隊の兵士、リーダーの資質を備えた男。それから悪い話になっていく。タリバンの捕虜になり、トラウマを抱えて生き残った。そして、最悪の部分。正気を失った兵士、民間人を殺害した戦争犯罪人。逃亡者。マンディは言葉を差し挟まず、身じろぎもせずに聞いた。かすかに震える唇だけが、彼女の心情を表わしている。

「彼は殺人犯だった？」マンディは訊いた。「彼はずっと殺人犯だった」自ら答える。

マーティンは彼女のそばに行き、慰めてやりたかった。しかし、いまはまだだ。「話にはまだ続きがあるんだ、マンディ。パブ店主だったエイブリー・フォスターだが、彼はアフガニスタンにいたときからフリントを知っていた。彼は従軍牧師だったんだ。おそらく彼の手引きで、フリントはアフガニスタンを脱出し、ここに潜伏していたんだろう」

マンディはまだ淹れ終わっていないコーヒーマシンを離れ、椅子に座った。完璧に整った顔立ちには、さざなみのように不穏な影がよぎっている。「あれは演技だったの？　牧師のふりをしていたの？　わたしには信じられない。彼は……なんと言えばいいの……演技にしてはうますぎたわ」

「彼は牧師だった。聖職者に授任されていた。偽名ではあったが、授任されていたのはまちがいない。それにわたしは、彼の振る舞いは演技ではなかったと思う。彼とフォスターはアフガニスタンの児童養護施設に資金援助していたんだ。それは過ちを償おうとしていたからで、贖罪の行為だったんだろう」

マンディは目をしばたたいた。そのしぐさから、心痛が沁み出してくるようだ。「あなたはこのことを、何もかも書くつもりなんでしょう？」

マーティンはうなずいた。「そのつもりだ。それにわたしが書かなくても、誰かが書くだろう。当局はもう知っている。どのみち検死審問で明らかにされるだろうし、それ以前に公表されるかもしれない」

「わたしは彼を信じていたわ、マーティン。彼を愛していた」マンディはまっすぐ彼の目を見据えた。「そのせいで、彼はあの人たちを殺したの？　あの人たちに彼の正体を知られたから？　彼はそんなに邪悪な人間だったの？」

「ちがう、マンディ。銃撃事件の被害者たちは、彼がジュリアン・フリントだったことをまったく知らなかっただろう」

「だったらなぜ？」

「わたしは真相に近づいている。もう少しで本当の動機がわかると思うんだ。だがそれには、きみの助けが必要だ」

「わたしの助け？　どうやって？」

「日記だ」

「ああ、マーティン」彼女はいまにもくずおれそうだ。事実の重みがのしかかってきているようだった。マーティンから目を逸らし、うつむく。ややあって、その目はリアムに向けられた。幼い息子はあおむけになり、ブロックで遊びながらはしゃぎ声をあげている。マーティンは立ち上がり、彼女に歩み寄ると、かがんでその手を取った。ようやくマンディは彼のほうを向き、話しはじめた。「日記には、バックパッカーの二人が連れ去られた夜、バイロンがわたしとここにいたことが書いてあったわ。そのことを警察に知らせる必要があった。警察は彼が犯人だと思っていたから。でもわたしは、犯人がバイロンではないことを知っていた。本物の犯人はまだ野放しになっていて、また誰かを殺すかもしれない。そのことを警察に知らせる必要があったの」

マーティンは彼女の手を握りしめた。「それは正しい行為だった、マンディ。正しい行為だ。警察はまちがっていたし、きみは正しかった。犯人はジェイミー・ランダーズだったんだから」一瞬彼は沈黙したが、さらに続けた。「しかし、なぜページを破り取った？

きみは何から彼を守りたいと思っていたんだ？」

マンディはやや驚いたような顔をした。「バイロンを？　わたしは彼を守りたいとは思っていなかったわ。彼はもうこの世にいない。彼がこれ以上傷つくわけではないから」

「だったら、誰だ？」

「ロビーよ」

「ロビー・ハウス＝ジョーンズか？」

「ええ、ロビー」

マーティンは若い巡査の姿を思い浮かべた。両手が赤く腫れ上がり、顔を真っ黒にしていた。「なぜだ、マンディ？　日記には何を書いていたんだ？」

マンディは目を閉じ、唇を噛んで、両腕を自分の身体に巻きつけた。「ロビーはバイロンを崇拝していたわ。心酔していたし、もしかしたら愛していたのかもしれない。バイロンとわたしはそのことで冗談を言っていたぐらいよ。もしほかの警官がそんな記述を読んだら、ロビーを残酷なほどあざけったでしょう」

「確かにそうだろう。しかし、ほかにも理由があったんじゃないのか？　それはページを破り取るには充分な理由だろうが、きみ自身が逮捕され、勾留されて、リアムから引き離されるほどのリスクを犯す理由としては弱い。ほかにも理由があったにちがいない」

マンディの目は彼を見据えていた。「バイロンがわたしに言ったことよ。彼は自らの正体がジュリアン・フリントだとは言わなかったわ。決してそのことは言わなかったし、アフガニスタンにいたことも言わなかった。でも、言ってくれたこともあるの。それは、スクラブランズの住人が麻薬を栽培していて、それをバイク乗りのギャングに売っているということ。バイロンは彼らの仲立ちとして手助けし、バイク乗りたちに搾取されるのを防いでいると言っていたわ。そして最後に会ったとき、彼は教会へ行く前に、この町を出ていくつもりで、わたしを連れていくことはできないと言った。それから、彼がいなくなったあとで困ったことがあれば、ロビーを頼るようにと言ったの。ロビーは、バイロンが何をしていたか知っていたんですって。ロビーはバイロンを守っていたの。わたしが破り取ったのは、そのことを書いたページよ」

「きみはロビーを守っていたんだね？」

「それは彼の罪ではないわ、マーティン。彼はバイロンを愛していたの。そして彼を信じていた。だからこそ彼を守っていた。ロビーはいっさいお金を受け取らなかったわ。あれは汚職ではなかった。愛だったのよ」

マーティンは彼女の顔に悲しみを読み取ったが、それでも質問をやめなかった。「ほかにそのことを知っていた人は？」

「具体的な仕組みを細かいところまで知っていた人は、誰もいなかったと思う。ロビーでさえも、そこまでは知らなかったでしょう。でも、わたしたちみんな、どこかからお金が調達されているのはわかっていた。ラグビーチームにせよ、青少年センターにせよ、困窮している家族への支援だって、お金がかかっていたわ。消防団や〈社交クラブ〉の活動支援だって。わたしたちみんなが、いっしょにそうした活動にかかわり――旱魃はひどくなる一方で、押しつぶされそうだった。そのお金がどこから出てくるのかといったことは、誰もいっさい訊かなかったわ」

そう言って立ち尽くすマンディを、マーティンは引き寄せ、抱きしめた。彼はまだ、バイロンが単なる仲立ち以上の存在だったことを話していない。それに、ハーリー・スナウチの奸計のことも、DNA鑑定キットを持ってきたことも。しかし、それはあとにしよう。

きょうも暑く乾ききり、不毛な一日だ。朝の微風は止まり、リバーセンドに照りつける太陽は、この町を容赦なく断罪しているように思える。短い営業時間を終えた店はふたたび閉店し、一週間閉める店もあれば、永久に閉まっている店もあった。銀行、画廊、チャリティショップ、不動産会社、ヘアサロン。廃墟のワインバーは鎧戸を閉ざし、客はふたたび幽霊だけになったようだ。焼け落ちたパブからはいまだに煙が上がり、通りにはジャッカルさながらにジャーナリストたちが徘徊している。交差点には台座の上で兵士像が立ち、うなだれて、この百年近くそうしてきたように、静かな町をじっと見守っている。パブの隣では、延焼を免れた雑貨店に鍵がかかったままで、ミネラルウォーターのボトルはマーティンの手に入らない。ここに来てから十日が経ち、この町にもすっかりなじんでしまった。マーティンはひとつひとつの建物、像や看板や標識、住民一人一人の名前と顔をよく知っていた。そして彼らの恥ずべき秘密を。彼はこの町を知っており、この町も彼を知っている。そしてマーティンは、いまこそ立ち去る潮時だとわかっていた。もうここで、彼に残されているものは何もない。ウェリントン・スミスが莫大な報酬を約束し、あふれんばかりの情熱とともに彼を待っている。

結局、二人は喧嘩別れをした。マーティンの思いが成就したかに思える瞬間もあった。マンディを腕に抱き、愛し合うことを望んで、二人の前途は洋々としているように思えた瞬間も。しかし彼は、それを自らぶち壊してしまった。マーティンには、彼女が耐え忍んできたことの重みが完全にはわかっていなかったのだ。母親を喪い、スウィフトに騙され、スナウチに裏切られたマンディの悲しみが。マーティンには、明かした真実がこれほど彼女を傷つけるとは予想できなかった。いまマンディは、牧師が彼女を信頼せず、ついに正体を明かさなかったことを知った。自らに愛を告白した男だったのに。自らを孕ませた男だったのに。スウィフトはほかのみなを欺いたのと同じように、彼女も欺いた。だからマーティンが、スウィフトの最後の行ない——五人の男を射殺した事件——は誤解に基づくものであれ、彼女を守ろうとする行為だったのではないかとほのめかしても、それはマンディの心をやわらげなかった。それはかえって怒りの火に油を注ぎ、彼女はその怒りをスウィフトに向け、マーティンに向けた。あの牧師が、暴力的な過去を持つ暴力的な男が乱射事件を起こしたのは、よりによって、このわたしを守るためだったんですって？　それじゃあまるでわたしが、クレイグ・ランダーズとその仲間から身を守る力がないみたいじゃない？　そもそもわたしを妊娠させて置いてきぼりにしたのは、ランダーズじゃないわ、スウィフトなのよ。

さらにマーティンは、彼女の怒りと絶望を悪化させてしまった。彼女の父親ハーリー・スナウチの本性を明かしたからだ。それによって、マンディが幼いころから抱いてきた一縷の望みは、永久に潰《つい》えた。三十年前に彼女の母親をレイプした男は、なんら自責の念を持ち合わせていなかったのだ。そんなものは皆無だった。スナウチはマンディの愛情を得ようと奸計を立てた。異母兄と偽って彼女を騙し、彼女の遺産を、自身の孫リアムの遺産をかすめ取ろうと企てたのだ。それを聞いたマンディは、今度こそ心から泣いた。彼女が失ったものすべてのために、彼女が決して持てなかったすべてのために。彼女は自分自身のために泣き、息子とその将来を思って泣いた。父親と祖父の真実を知ったとき、わが子はどんな心境になるだろうか。そんな彼女を慰めようと、マーティンは彼女にすべてを捧げると言った。その求愛には暗黙のうちに、自分はスウィフトともスナウチともちがい、本物の愛情をもって、決して騙すことはしないという約束が含まれていた。その瞬間は、マンディは彼の言葉を信じ、マーティンも信じた。自分はあの男たちより上等な人間だと。マンディはそれを信じるあいだ、泣きやみ、彼をベッドに誘って、それまでとはちがい、うれしさに泣いた。

だが、信じるふりは長くは続かなかった。今回の記事を出版したいという彼の欲求が、二人の邪魔をしたのだ。二人はベッドに横たわり、この町を出てどんな将来を過ごそうかと思い描いた。マーティンは彼女に、ウェリントン・スミスが彼を救うと約束してくれたことを話した。そうすれば、彼の名誉は回復される。さらに本を書き、これまでの誤報を訂正して、オーストラリアの全国民に向けて真実を明かすのだ。これまで秘密にされてきた事実と、リバーセンドにはびこってきた嘘を明るみに出す。マーティンはそれを、またとない機会だと誇らしげに語った。二人はどこへでも行けるし、好きなところに住める。マンディは資産家になり、マーティンは本を書いて、二人で新生活を築くのだ、と。彼女は黙りこみ、何も言わなくなった。マーティンはその沈黙で気づくべきだったのだが、我を忘れ、なおも話しつづけた。

その瞬間、マンディが彼を見る目は醒め、ここに来たときとなんら変わらない人間だとみなした。すなわち、彼は職務のためにすべてを犠牲にするジャーナリストにして、真実という神殿を崇拝する世俗の司祭であり、それを明かすことで誰が傷つこうと構わないのだ、と。やがて口をひらいた彼女は、穏やかながら慎重な口調で言った。あなたは何もかも、いっさいの例外を設けず、これまでに知ったことを書くつもりなのかしら、わたしはそこを知りたい。静かな口調でそう詰問したのだ。バイロン・スウィフトとハーリー・スナウチを糾弾するだけでなく、これまであなたを助けてくれた人たちのことも、みな人目にさらすつもり？——ロビー・ハウス＝ジョーンズ、フラン・ランダーズ、エロール・ライディング。そしてわたし自身も。町の人々を残らず。ここの人たちはみんな使い捨ての駒で、ジャーナリズムの祭壇に捧げられる生贄なの？

「それがわたしの仕事なんだ」とマーティンは答えた。

その言葉でマンディの怒りにふたたび火がつき、彼も言い返した。果たしてきみに、わたしを裁く資格があるのか、わたしを操ってスウィフトの醜い過去を調べさせておきながら、麻薬ビジネスとロビーの関与をずっと隠しつづけてきたじゃないか、と。マーティンは彼女の嘘と策略を非難し、マンディは彼の利己主義と人々への配慮のなさをなじった。こうして二人は口論になった。マーティンは怒号をあげ、リアムは泣き叫び、マンディは彼を追い出した。

マーティンはテムズ通りのほうへ、商店街の日よけの端へと歩いた。屋外は大釜のように熱く、暑熱がまとわりつくなか、マーティンはヘイ通りを歩きつづけ、気温を気に留めず、古い木の橋に足を踏み入れた。自ら罰を受けようとするかのように。ようやく足を止め、手すりに両手を当ててみると、木は焼けつくように熱かったが、マーティンはそのままじっとしていた。川床は相変わらず干上がり、ひび割れている。ビールをご自由にどうぞの落書きもそのままに、壊れた冷蔵庫も放置されていた。

十日前、マーティンが初めてこの橋を渡ったとき、彼は立ちなおるためにこの町へ来ていた。彼を責めさいなむ悪魔を振り払い、ガザ地区でメルセデス・ベンツのトランクに閉じこめられて四十歳の誕生日を迎えた経験と折り合うために。マックス・フラーが彼をリバーセンドへ送りこんだのは、マーティンを日の当たる道に復帰させ、本社から遠く離れた現場でのニュースを取材させて、以前のように気鋭のジャーナリストとして活躍してほしかったからだ。だがこの橋にたたずんでいるうちに、マーティンは自らがもう二度と以前のようなジャーナリストには戻れないと気づいた。古代ギリシャの哲学者ヘラクレイトスの格言が、脳裏にこだまする。『人間は同じ川に二度と足を踏み入れることはできない。川は以前と同じではないし、人間も以前と同じではありえないからだ』。ここの川床は干上がっている。その格言は、水のない川にもあてはまるのだろうか？　何時間カウンセリングを受けても、彼はいつも不可解だった。なぜメルセデスに放置された経験が、これほど深い影響を彼に残したのか。カウンセラーによると、それは蓄積されたストレスによるものだった。彼があまりにも多くのことを見聞きしてきたので、ガザでの経験がきっかけで精神の堤防が決壊したのだと。とどのつまり、マーティンははるかにひどい出来事を数多見てきた。機関銃で処刑される囚人と、それを強制的に見せられる家族。難民キャンプで死んでいく赤ん坊と、悲しみに嘆き悲しむ母親たち。民族浄化によって愛する人々を虐殺され、生き残った人々のうつろな目。それらに比べれば、車のトランクに数日閉じこめられるなど、いかほどのことでもないはずではないか。

　いまにして初めて、マーティンにはその理由がわかった。昨夜、彼は燃えさかる〈コマーシャル・ホテル〉の前にたたずむダーシー・デフォーの姿を見た。そのときのデフォーは、炎の前で身動《みじろ》ぎもせず、一心不乱にメモを取り、火災の様子を克明に記録して、人々の反応を観察し、現実に無感覚で、命からがら火炎地獄から助け出されたロビー・ハウス＝ジョーンズを見ても瞬《まばた》きひとつしなかった。マーティンがそこに見たのは、かつての自分自身の姿だった。ガザ以前の彼も、まさしく同じように、目の前の出来事に超然としていたのだ。マックス・フラーの秘蔵っ子として世界を股にかけ、記事に自分自身のことはいっさい投影せず、取材が終わったら自らの痕跡を残さなかった。ニュースになる出来事はどれも他人事《ひとごと》であり、彼はただ、ありのままを伝える観察者だったのだ。しかしガザを境に、すべてが変わった。今度はマーティンが取材対象になったのだ。それは彼自身に起きた出来事だった。事件に巻きこまれたのは彼だった。このときばかりは、マーティンに立ち去る自由はなく、一人離れたところで超然としている権利もなかった。好むと好まざるとにかかわらず、マーティンは当事者になったのだ。もはやそれは他人事ではなかった。過去に取材した人々の悲しみ、喜び、むなしさといった感情が少しずつ本来の彼を突き崩し、いつしか気づかないうちに他人の痛みがわかるようになっていたのだ。それ以外にどう考えたらいいだろう？

　橋の上にたたずむうちに、彼はかつてのマーティン・スカーズデンが永久に消え去っていくのに気づいた。あと一週間ほどで四十一歳になる彼は、好むと好まざるとにかかわらず、生まれ変わろうとしている。しかし、再生は遅すぎた。マンディはブックカフェに閉じこもり、二度と彼に会いたくないだろう。これまでの人生を一人きりで過ごしてきたマーティンは、いまもなお一人きりで、おそらくこれからもずっと、金のためにすべてを犠牲にする敏腕ジャーナリストとして、一人で生きていくことだろう。しかしいまになると、その侘しさが身に沁みた。もはや無感覚ではいられないのだ。生まれて初めて、彼は自らニュースとなる出来事のなかに飛びこんでいき、かけがえのないものを置き去りにして現場を離れることを余儀なくされている。思いがけないことに、ひと筋の涙が流れてきた。前に泣いたのはいつだっただろう。成人してからは一度もなく、十代のころもない。仕事でどんなに身の毛のよだつ光景を目の当たりにしても泣いたことはなかった。確か、泣いたのは八歳のとき以来だ。まわりの人々はみな泣いていても、彼一人だけ涙を流さないことは何度もあった。それなのに、なぜいま涙が出るのだろう。そう思うと、涙は頬を伝い落ち、乾ききった川床へ落ちていった。そのむなしさに、彼は苦笑した。

　マーティンは土手から続く道を通り、町へ引き返した。これからどうするかは決めていなかったが、暑さは執拗だ。自らの人生も、この暑さも、これ以上他人事のようにやり過ごすことはできなかった。テムズ通りを見ると、遠くに赤いステーションワゴンが駐まっている。セント・ジェイムズ教会の前だ。どうすべきか確信が持てないまま、教会へ向かって歩く。教会の建物は以前と同じく、殺風景で特色がなく、容赦ない陽差しにも平然として、短い外階段の上にそびえていた。しかしきょうは、両びらきの扉が少し開いている。きっと観光客がこじ開けたのだろう。足を踏み入れると、内部はひんやりして薄暗いが、見物人はおらず、祭壇のそばにひざまずいて祈る信徒が一人いるだけだ。赤い車の持ち主――フラン・ランダーズだった。祈りが終わるまで、彼は静かに後ろで待っていた。

「あら、あなただったの、マーティン。もうシドニーに帰ったのかと思っていたわ」

「やあ、フラン。大丈夫かい？」

「あまり体調はよくないわ。というより、最悪。どうしたの？」

「きのう、ジェイミーと話してきた。移送される前に、独房で。彼はあなたのことを気にかけていた。あなたにすまなかった、母さんを傷つけるつもりはなかったんだ――そう伝えてほしいと言われた。その言葉は本心だったと思う」

フランは耐えきれず、くずおれるように信徒席に座り、頭を垂れ、静かに泣きだした。

マーティンは彼女の隣に座り、少し時間を置いてから話しかけた。「わたしはまとまったものを書こうと思っている、フラン。事態の真相を知らせるために」

「それで、わたしと話したいのね？」それは質問というより、事実の確認だった。

「そのとおりだ」

そしてフランは、諦念とともにうなずいた。

礼拝堂には静けさが漂い、外のぎらつく太陽と暑さから逃れられる。マーティンは携帯電話のボイスレコーダーを作動させた。そして彼女が気持ちを落ち着かせるのを待ってから、切り出した。

「フラン、銃撃事件があった日、あなたはここの教会へ来たと言っていた。バイロン・スウィフトに、ご主人とその仲間が襲いに来ると警告しに」

「そうよ。わたしは彼に、あの人たちは銃を持ってくるから逃げたほうがいいと言ったわ。でも彼は、すでに出ていくつもりで、礼拝が終わったらすぐに行くと言った。そしてわたしに、ブラックフェラズ潟で待っているようにと言ったわ」

マーティンは間を置き、その言葉を一度受け止めてから反論した。「いや、彼はそうは言わなかったはずだ、フラン。彼はあなたに、マンディ・ブロンドに伝えたのと同じことを言った。つまり、彼一人で行かなければならないと。あなたと同様、わたしがそれを知っているのは、マンディから話を聞き、彼が教会からかけた電話の録音を聴いたからだ。彼は一人で出ていく計画だった。ちがうかな？」

「あの人はわたしたちを愛していたわ。そしてわたしたちのためを思っていた」

「わたしも、そうだったと思う。彼はできることなら、あなたをいっしょに連れていきたかったにちがいない。しかし彼は、そうは言わなかったんじゃないか？　彼は、それはできないと言ったはずだ」

フランは長いあいだじっと動かなかったが、やがてうなずき、ささやくように言った。「ええ。言ったのはわたし。わたしから、潟であなたを待っているわと言ったの。そして彼が来てくれることを願った。彼は決して、行くとは言わなかったけど、わたしは来てほしいと願っていた」

「それであなたはブラックフェラズ潟へ行ったんだね？　ジェイミーは、家であなたを見たと言っていたが」

「両方よ。わたしはいったん家に戻ったわ。それから、ブラックフェラズ潟へ出かけた。彼が来てくれたときのために。そしてそのまま、そこにいた」

「いったん家に戻ったとき、あなたはクレイグにも会ったね？」

フランは心痛に満ちたまなざしで彼を見た。しかしマーティンの目に不退転の決意を読み取り、彼女はふたたびうなだれた。「もうすんだことでしょう？ クレイグは死んだわ。バイロンも死んだ。ジェイミーだって、死んだようなものだわ。もうすんだことなのよ」

「だからこそ、何があったのかを教えてほしいんだ、フラン。あなたはクレイグになんと言った？」

「わたしは彼に、バイロンは出ていくと言ったわ。だから彼と対決する必要はないし、銃を持っていく必要も、暴力に訴える必要もない。彼は出ていくんだから、と。それでもクレイグは出かけていった」

「ただし、銃は持っていかなかった。男たちは武装していなかった」

「ジェイミーも家にいたわ。あの子はともかくクレイグをなだめてくれた」

「知っている。ジェイミーの口から聞いた。彼はクレイグに、バイロンから性的虐待を受けたことは一度もなく、ハーブ・ウォーカーはまちがっていて、彼もアレンも決してそんなことを許さなかっただろうと言ったんだ」

「そうだったのね？ わかったわ」

「ジェイミーによると、クレイグが教会へ出かける前、あなたに何かを言っていたということだ。その言葉であなたは泣いていたと」

フランの目にふたたび涙が滲んだ。「クレイグは復讐をしたかったのよ」

「復讐？」

「夫はバイロンを憎んでいた。あの人はバイロンがわたしと寝て、わたしを幸せにしてくれたのを知っていたわ。それがどれほどクレイグを怒らせ、嫉妬と憎悪をかき立てたか、あなたにはわからないでしょう。わたしが幸せだったのが、あの人は許せなかったのよ。

それで復讐したかったの」

「そしてバイロンは彼を叩きのめし、屈辱を与えた」

「そのことも知っているの？」

「知っている。その理由もわかっている。バイロンはクレイグに警告を与え、あなたに手を上げるのをやめるように言った。あなたとジェイミーに手を上げるのを」

その言葉で、フランは嗚咽を漏らした。マーティンが驚くほどの強い嗚咽を。それは彼女の深いところから湧き、胸を苛んで外に漏れていくようだ。長く抑えつけられていたものが、ようやく解き放たれたように。彼女は目を伏せていたが、身体は感情を抑えられなかった。

「フラン？　クレイグは何をすると言ったんだ？」

彼女は目を上げた。「あの男は、やつの心を痛めつけてやると言ったわ」

「どういうことだ？」

「彼が教会へ出かけたのは、自分が満足感に浸って、相手に痛みを与えたかったからよ。クレイグは、バイロンが親切で思いやりのある男性だということをわかっていた。夫はわたしにも、バイロンに言うつもりだったことを言ったわ。それは夫が、バイロンと同じくわたしも傷つけたかったから」またしゃくり上げ、身体を震わせる。

「彼はなんと言ったんだ？」

「バイロンがこの町を出ていったら、わたしはふたたび彼のものになり、彼の所有物、慰み者になると。そして、わたしを彼の好きなようにし、好きなように弄《もてあそ》んでやると。犬のように。それもわたしだけじゃない。マンディもそうしてやると。わたしたちは彼のものになる。それから、バイロンと寝たほかの女にも同じ仕打ちをしてやると。だからわたしは、ブラックフェラズ潟へ出かけたの。クレイグにそんなことを言われた以上、バイロンがわたしのところへ来てくれなかったら、自殺するつもりだったわ」

「なんということだ、フラン」

「でもわたしはそうしなかった。それはジェイミーをあの男と二人きりにするわけにいかないと思ったから。あの男こそ、まさしくモンスターだったわ」いま一度、嗚咽が漏れた。深い波のような泣き声が湧き上がり、ほとばしって、身体をわななかせる。「夫が死んでくれて、本当にうれしいわ、マーティン。バイロンがあの男を撃ってくれて。わたしは毎日のように、それを祝っているの。ここに来るのは、感謝の祈りを捧げるため。ほかの人たちのことは気の毒に思っているわ。アルフやトムや、ほかの人たちのことは、心から気の毒に思っている。でも夫のことは、まったくそう思わない」

マーティンはためらった。これ以上先へ進んで、このはかなげな女性の悲しみに追い討ちをかけていいものか。しかし、彼にほかの選択肢はなかった。真相を究明しなければという決意は強く、揺らぐことはなかった。いかにそれを訊き出すのに居心地の悪い思いをしたとしても。

「フラン。警察は、バイロンがセント・ジェイムズ教会からエイブリー・フォスターにかけた電話の録音を持っている。あなたがバイロンを訪ねたあと、彼が銃撃事件を起こす直前の電話だ。いいかい？」

マーティンは彼女の目を見、話を理解していることを読み取った。そしてそこには、苦悩とおののきがあった。「バイロンはフォスターに、クレイグは獣だと言っていた――だがそこにはクレイグだけでなく、狩猟仲間たちも含まれていた。あなたはバイロンにブラックフェラズ潟へ来るよう懇願したとき、クレイグから身を守るために、こう言ったのではなかったか？夫から逃げ出そうと必死だったあまり、バイロンに自分を救ってほしくて、彼の仲間たちからも性的虐待を受けていたと、事実ではない訴えをしたのではないのか？」

　フラン・ランダーズは無言だった。何も言う必要はなかった。その目がすべてを物語っていた。今度こそ彼女は号泣し、自己抑制の最後の堰《せき》が切れた。もはやマーティンと目を合わせられず、教会に来ても魂は苦悩から逃れられないと悟って。

　マーティンは彼女を咎めるべきなのか、慰めるべきなのかわからなかった。それで両方を同時にした。心のなかでは彼女を咎めながら、言葉では慰めたのだ。愛のない結婚と悪辣な夫に囚われ、長年にわたって苦しみつづけた女性。しかしたとえそうであっても、彼女のついた捨てばちな嘘、クレイグだけでなくその仲間たちをも加害者に仕立てた嘘が、バイロン・スウィフトがかろうじて保っていた精神の均衡を突き崩し、銃撃事件に駆り立てたのではなかったか？　マーティンはどうすれば彼女を許せるだろうか？　それとも許せないだろうか？

　そのあと、多くの人々の運命を左右した外階段に踏み出したマーティンは、まばゆく照りつける太陽の下、牧師が発砲した現場に立った。まさしくこのあたりで、会衆が礼拝前の時間をのんびり過ごし、いまフラン・ランダーズのステーションワゴンが駐まっている木陰で、ゲリー・トルリーニとアレン・ニューカークが果樹園のトラックに乗ったまま、トルリーニは射殺されて少年は身を縮めていた。その向こうの土手では、ルーク・マッキンタイアが虐殺劇の一部始終を見ていた。いまようやく、マーティンはスウィフトが銃撃事件を起こした理由がわかったと確信するに至った。教会の外階段に立ち、彼は牧師の立場になりきって、人生最後の数十分にスウィフトが何をどう考え、いかなる行動を取ったか、脳裏で再現を試みた。

　教会に到着したとき、スウィフトは最後の礼拝を執り行なってから、銃を携えてこの教区を去ろうとしていた。その二日前、ジェイミー・ランダーズとアレン・ニューカークによる虚偽の通報を受けたウォーカーは、彼を児童性的虐待の容疑で誤認逮捕した。その容疑は冤罪《えんざい》だが、警察は手を引かないだろう。スウィフトはそう思ったにちがいない。ウォーカーは捜査を続け、彼の過去をさかのぼって、別人になりすましていることを突き止める可能性が高い。さらにウォーカーは、スクラブランズで麻薬が栽培されていることも突き止め、エイブリー・フォスターがそれに関与し、ロビーがそれを隠蔽していることも見破るだろう。のみならず、スクラブランズで恐ろしい犯罪が行なわれた徴候も見つかっている。こうしたことから、スウィフトはここを出ていく必要があった。

それで教会に到着する前、スウィフトはマンディを訪ね、別れを告げた。彼女はスウィフトの子を妊娠していることを告げ、いっしょに連れていってほしいと頼んだ。しかし彼は拒んだ。なぜなら彼は、本当はバイロン・スウィフトではなく、ジュリアン・フリントであり、戦争犯罪人にして逃亡者だったからだ。マンディを連れていったところで、彼女に何ひとついいことはない。スウィフトは彼女に麻薬栽培のことや、ロビー・ハウス＝ジョーンズのことは明かしたが、自らの正体は決して明かさなかった。いまのマーティンには、その理由がわかる。マリファナを栽培していることと、女性や子どもたちを冷血に殺戮したことではまったく次元が異なるからだ。

スウィフトはマンディを置いて教会へ行った。今度はフラン・ランダーズが取り乱して現われ、彼女の夫と友人たちが彼を殺しに来ると警告した。彼はランダーズのことを考え、笑い飛ばした。あの男が臆病者なのは明白で、自らの脅威にはならないと見たからだ。スウィフトは以前に彼を叩きのめしたことがあった。今度も返り討ちにしてやる。ランダーズが銃を持ってきたら、聖具室から自分の銃を取り出して応戦するまでだ。スウィフトは彼女に心配無用だと言い、どのみち自分は、きょうじゅうにこの町を出ていくつもりだと告げた。

このとき初めて、スウィフトがすぐにもここを出ていくことを知った彼女は、自らの窮状を訴えた。スウィフトがいなくなれば、彼女と息子のジェイミーは夫の暴力にさらされる。だから自分たちも連れていくべきだと。それでもスウィフトが翻意しないので、彼女はクレイグだけでなく、夫の友人たちからも性的暴行を受けていると訴えた。しかしスウィフトは動かず、彼女を助けることはできないと考え、ブラックフェラズ潟で会うことにも前向きではなかった。

そしてこのとき、その朝の局面が変わった。フランが自宅へ引き返し、夫をなだめようとして、スウィフトはこの町を出ていくので暴力に訴える必要はないと言ったのだ。それからジェイミー・ランダーズが父親に、性的虐待の訴えは事実無根だと告げた。その瞬間、暴力的な夫にして父親のクレイグは、けちな復讐を思い立ったのだ。彼は教会に行き、何も知らない狩猟仲間たちを引き連れて、妻を寝盗り、自分を叩きのめして辱めた男への恨みを晴らそうとした。マーティンはこのときのクレイグの心境を想像した。クレイグ・ランダーズはバイロン・スウィフトを心底から憎んでいたにちがいない。そして憎悪に目が眩んで、スウィフトという男をひどく見誤ったのだ。

クレイグは武器を持たずに教会に着き、表面的には礼儀正しく振る舞って、牧師と握手をし、穏やかに笑みを浮かべた。そして憎悪のかぎりをこめて餞別の言葉をかけたのだ。スウィフトの心を痛めつけるために、彼はどんな言葉を使い、なんと言ったのだろう？　フランの言うとおりだったとすれば、クレイグは牧師に、これから彼女とマンディを奴隷のように虐げ、悪虐非道のかぎりを尽くしてやると告げたのだろう。この町はもう俺のものだ、と。マーティンはスウィフトが電話でフォスターに言った言葉を思い出した。〝やつとその仲間だ。このまえ、スクラブランズで犯行現場を見たと言っただろう。あたりが血まみれで、女物の下着が放り捨ててあったと。あれはやつのしわざだ。それに、やつの仲間の。犯人は〈死神〉ではない。〟マーティンはそのときの状況を考えた。ランダーズがバックパッカー殺害事件のことをほのめかしたとは考えられない。彼はそのことを知らなかったのだから。クレイグを含む狩猟仲間が犯行現場を発見していたら、警察に通報していたにちがいない。だがスウィフトの想像のなかでは、クレイグの罪は明白に思われた——彼は邪悪そのものの人間で、悪魔の化身にして、暴力的に快楽をむさぼる堕落した神なき民、邪悪なる使徒たちの頭目なのだ。

　クレイグの虚勢を張った言葉や意図を拡大解釈し、フランの〈ベリントン釣り同好会〉のメンバーに対する讒言《ざんげん》を信じ、自分自身の想像による熱に浮かされて、スウィフトは聖具室に向かった。彼はそこで電話をかけた。〈死神〉のメンバーと連絡を取るために設置した電話を使い、エイブリー・フォスターを呼び出したのだ。マーティンはその録音を思い出した。スウィフトはこの親友に、マンディを連れていく必要があると言った。ランダーズの魔の手から彼女を逃がすために。フォスターは同意した。この時点では、スウィフトはまだ町を出ていくつもりで、ひょっとしたら結局はフランも連れていくつもりだったのかもしれない。あとから迎えに行くとかして。

　しかし、彼が着替えをし、最後の礼拝の準備をしているときに、ハーリー・スナウチが登場した。教会で何が起きているか知らなかったスナウチは、彼自身の奸計を実行に移そうと、フォスターを電話に呼び出し、バイロン・スウィフトは自らの名前を偽っており、その正体は戦争犯罪人ジュリアン・フリントであることを知っているぞと告げたのだ。フォスターはすぐさまスウィフトに電話をかけ、いますぐそこを出ていき、マンディのことはあきらめるよう迫った。

マーティンはこのときの牧師の心境に思いを致した。聖具室に座り、十字架を握りしめながら、自らに残された選択肢を考えていたにちがいない。スウィフトはまだ逃亡できるが、警察は必ず追ってくるだろうし、彼の正体がフリントであることも露見している。そう長く逃げられるとは思えなかっただろう。妊娠したばかりで、彼の過去を知らないマンディを連れていくのは論外だ。短期的に考えれば、彼女の命を危険にさらすだろうし、長期的に考えても、彼女が共謀罪に問われる可能性がある。だが一人で逃亡して、マンディと赤ん坊、それにフランをこのままリバーセンドに置き去りにし、ランダーズとその仲間たちの餌食にしてしまってよいのか？

スウィフトは祭服を着て聖具室に座り、自らの銃器に囲まれ、ここを去ることも、とどまることもできないと気がついた。そうして進退谷《きわ》まり、いまマーティンが立っている外階段に歩み出て、一人ずつ狙いを定めて射殺していったのだ。自分の行ないはリバーセンドを安全にし、フラン、マンディ、まだ見ぬわが子の将来を安全にするのだと信じて。しかし彼の確信は、致命的に誤っていた。彼が射殺した男たちは誰一人としてレイプ犯ではなく、殺人犯でもなかった。ただ一人、彼が命を助けたアレン・ニューカークを除いて。射殺された男たちの誰一人として、いかなる犯罪にも手を染めていなかった。クレイグ・ランダーズを除いては。そのランダーズにしても、妻子に暴力を振るっていたものの、即刻処刑されるほどの罪は犯していなかったのだ。クレイグの脅しが彼の思うように実現したともかぎらない。マンディがマーティンに怒って告げたように、ランダーズが過去に妻を虐待していたからといって、マンディもやすやすとその暴力に屈するわけではないのだ。

マーティンはこうしたことすべてを考えながら、教会の扉の前にたたずんだ。果たしてあの牧師は本当に、誤解に基づくものとはいえ善良な動機に衝き動かされ、極悪にして許されざる犯行に及んだのだろうか？　まさしくそうにちがいない、とマーティンは結論づけた。さまざまな証拠がそれを示している。

それからどうなったのか？　牧師は銃を持ったままここに座りこんだ。いまマーティンが立っているこの場所に。五人の男たちを射殺し、邪悪な者たちを町から取り除いたと信じて。逃走することもできたが、早晩警察に捕まるだろう。彼らは予算も人員も惜しみなく注ぎこむにちがいない。何せ二度も大量殺人を犯してしまったのだから。彼は自殺を考えただろうか？　その可能性はある。銃を口にくわえ、引き金を引けばいいのだ。ではなぜ、そうしなかったのか？　宗教的な信条によるものか？　それとも、彼が心にかけてきた人たちを危険にさらすと感じたからだろうか？　エイブリーやロビーやジェイソン、彼が説得して支援を取りつけた人たち、麻薬で得た資金による利益を受けてきた町の人たちを？　アフガニスタンで無辜《むこ》の人々を殺し、贖罪のためにその資金を必要としたのは、彼のほうだったのに。彼が自殺したら、警察が麻薬栽培を突き止めて町の人たちを犯罪者として罰するかもしれない。スウィフトが犯した罪によって。

そんなときにロビーが現われた。お人好しの愚かなロビーが。そこでおのずから解決策が浮かんできた。どのみち死ななければならないとしたら、価値のある死にかたをしたい。みなの罪を一身に背負い、犠牲となるのだ。聖職者として、これ以上の死にかたがあるだろうか？　彼を殺せばロビーは英雄となり、非難を受ける恐れはなくなる。ロビーが麻薬ビジネスを幇助《ほうじょ》していたと疑う者はいないはずだ。そしてロビーはエイブリーを守り、エイブリーはジェイソンやシャッザを守ってくれるだろう。そう考えたスウィフトはロビーに向けて発砲した。ゆっくりと、わざと狙いを外し、ロビーが彼を射殺するように仕向けたのだ。しかしその前に、警告することも忘れなかった。「ハーリー・スナウチがすべてを知っている」と。マンディはロビーがバイロン・スウィフトを愛していたのではないかと言っていた。おそらく死に際に、バイロンもその愛に気づき、ロビーを守るためにできることをしたのではないか。

　マーティンは牧師が座っていた場所に腰を下ろしてみた。ほぼ一年前に、牧師はここで死んだのだ。コンクリートは焼けるように熱く、ズボン越しにその熱が伝わってきた。驚くべき本が書けるだろう。ウェリントン・スミスは狂喜するにちがいない。四つの異なる犯罪が、旱魃に苦しむ同じ町かその近くで起こった。それらはどれも別々に起きたが、互いに連関しており、欲望と憎悪、罪の意識と希望に衝き動かされたものだ。麻薬ビジネスは贖罪のため、バイク乗りの犯罪組織の手を借りて行なわれた。ドイツ人女性の殺害事件は、虐待行為が別の虐待行為の引き金になったものだ。セント・ジェイムズ教会前での銃撃事件は、善良な動機により、罪のない人々が殺されてしまった。そしてハーリー・スナウチは、詐欺行為によって自ら犯したレイプの罪を消し去ろうとした。四つの犯罪はどれも、最近あるいは過去に行なわれた暴力が発端となっている。彼は自ら解き明かした、これらの犯罪を思った。しかし、これからその真相を本に書き下ろす見通しがついても、マーティンの心が浮き立つことはなかった。

第二十八章　人生の味

マーティンはこのあいだと同じことをしていた。シドニーからウォガウォガ行きの飛行機に乗り、同じレンタカー店へ行き、たぶん同じ車に乗っている。だがあれから二週間経ったいま、自分は以前とはちがうマーティン・スカーズデンになったと思う。ステアリングを握る両手は、ふたたびしっかり自分のものになったようで、これといって特別なところはないものの、なじみのない感覚は消え去った。助手席には《ディス・マンス》の見本刷りが置かれている。赤い表紙にあしらわれているのは、ジュリアン・フリントがバイロン・スウィフトになった瞬間の顔だ。シドニー空港の入国審査カウンターの監視カメラに写された静止画像で、ジャック・ゴッフィンの好意により提供された。フリントがバイロン・スウィフト名義の偽造パスポートを提出した瞬間を捉えたものだ。その一瞬、彼は監視カメラを意識して視線を上げ、遠くを見る目をしていた。

　ウェリントン・スミスは通常の倍の刷り部数を発注し、発売前から主要メディアに見本刷りを送っている。記事はこの夏最大の注目を集めるだろう。いや、この年最大かもしれない。マーティンはいま一度、表紙に目をやった。グラフィック・デザイナーの手で赤と黒のツートンカラーに加工されたフリントの顔が、セント・ジェイムズ教会の写真に重ね合わされている。メインタイトルはずばり〈真実〉だ。その下にサブタイトルがある。〈戦争犯罪人、麻薬シンジケート、隠蔽工作――オーストラリアで最も悪名高い大量殺人の真相とは。執筆：マーティン・スカーズデン〉。もはや〝恥知らずの元ジャーナリスト〟ではない。

記事の中心はバイロン・スウィフトだ。六千語という文字数はオーストラリアの新聞や雑誌にしては長く、《ディス・マンス》のような高級誌でさえも長い部類だが、マーティンは構想中の本でさらに多くのことを明かすつもりだった。エイブリー・フォスターの役割は詳細にわたって記されている。彼は中心的存在であり、死者を守る意味はあまりないからだ。〈死神《リーパーズ》〉の関与もまた詳しく書かれているが、ジェイソン・ムーアの名前はどこにもなく、その存在にはいっさい触れられていない。ハーブ・ウォーカーは汚名をそそがれ、死因は自殺ではなく、職務を放擲《ほうてき》したわけでもなかったことが明らかにされている。オーストラリア保安情報機構《ASIO》はよいイメージで描かれ、税関や入国管理局の失点を取り戻した機関とされている。ジャック・ゴッフィンの名前は伏せられていた。ハーリー・スナウチにも触れられていないが、マーティンは彼を見逃してやったわけではなく、次回に取っておいただけだ。翌月号では彼を表紙の記事にし、執筆する本でも一章をまるごとあてるつもりだった。

最初のうち、記事を書くのは難しかった。一度染みついた習慣は簡単には消えないのだ。マーティンはわかったことをすべて書きたくてしかたがなかった。その衝動は根深く染みこみ、容易に払拭できるものではない。抵抗しがたい衝動だった。だがそのたびに、目の前にマンディの姿が蘇ってきた。最後に喧嘩したときに泣き叫び、マーティンを精神病質者呼ばわりしたマンディが。彼はマックスにも相談してみたが、それはジレンマを深めるだけに終わった。かつての編集委員は、原則論に固執した。「情報源は守るべきだ。だが、それ以外はすべて記事に盛りこむべきだ。ニュースにする価値がある以上、一般大衆には知る権利がある」彼は高説を垂れた。「われわれは神の役割を演じてはいけないのだ」結局、マーティンは師匠の言うことに耳を傾けず、背教者となって忠告を一蹴した。マーティンはマンディのことを伏せ、フランのことも伏せた。ジャック・ゴッフィンのことにも、クラウス・バンデンブルクのことにも触れなかった。何より、リバーセンドの大半の住民のことに触れなかった。ラグビーチーム、青少年センター、消防団、エロール・ライディングをはじめとした、出処を知らないまま麻薬で得られた資金の恩恵を受けていた人たちのことも。マーティンは嘘をついたわけではない。ただ、省略しただけだ。バイロン・スウィフトやクレイグ・ランダーズやジェイミー・ランダーズに関しては、真実を書いた。いささか残念ではあったものの、ロビー・ハウス＝ジョーンズについても真実を書いた。彼がバイロン・スウィフトの虜になり、私腹を肥やしたわけではなく思いやりによるものだったとはいえ、麻薬ビジネスに見て見ぬふりをするようになった過程を。ロビーがエイブリー・フォスターの死を自殺として処理したのは過誤であり、少なくとも疑念は持つべきだった。それに、スウィフトとフォスターの死後も麻薬ビジネスのことを上司に伝えなかったのは事実だ。マーティンがいくらかうれしかったのは、ホリー・グロブナー、ニューカーク兄弟、ゲリー・トルリーニの真実を伝えられたことだ。彼らはみな、なんの罪もない被害者であり、非難されるいわれはない。記事を書き終わり、送信したあとは、これでよかったのだと思え、自分自身にも胸を張ることができた。

　だがきょうのうれしさはそのためではない。車を駆ってヘイの町を通過してから広漠とした平原を走り、スクラブランズや氾濫原、リバーセンドへ向かいながら心が浮き立っているのは。先日、彼は正しいことをしようとしてマンディに電話をかけ、留守番電話にメッセージを残し、記事が発売されること、原稿のPDFをメールで送ることを伝えた。この状況で自分にできる精一杯のことをしたつもりだ。返事は期待しておらず、彼女から電話が来るとも思っていなかった。先週DNA鑑定の結果を――スナウチがマンディの父親だという鑑定結果を――知らせたときも返事はなかったので、今回も期待していなかったのだ。ところが、今回はマンディから折り返し電話が来た。記事を読み終えてすぐに電話をくれたようだ。彼女はマーティンに、リバーセンドを離れるつもりだと言った。母親がひらいたブックカフェをたたみ、どこかよその土地で息子とともに暮らすつもりだと。そして彼女は、マーティンがその手伝いをしたいのではないかと思っていた。マーティンはわが身の幸運が信じられず、運勢がにわかに変わったことに驚いた。マンディの声は明るく、笑い声はまるで神の祝福のようだ。マーティンは狐につままれたような思いで、リバーセンドへ出発した。

　平原は果てしなく続き、太陽は全能で、空気は乾ききっているが、きょうはいつもとちがっている。地平線のかなたから、真っ青な空という背景幕にペンキで塗ったように、黒い雨雲の前線が進んでくるのだ。めったにないことに、いつもは本土の南を急ぎ足で通過する低気圧が、今度こそオーストラリアの内陸に入りこんできた。灰色の雲の下に、金色の地平線がくっきり見える。右側にスクラブランズが見えてきた。最初はカーキ色の染みにしか見えなかったが、近づくにつれ、しだいに草むらや木立がはっきりしてくる。どれもひょろ長く、栄養不良だ。ぼやけた灰緑色の木立は、森林火災の焼け跡に差しかかるとモノクロームになり、そこを抜けるとまた灰緑色に戻った。やがて氾濫原が目の前に現われ、古びた橋の向こうにリバーセンドが見えてきた。遠くでサイロが見張りのように立ち、黒雲に覆われつつある空の下で金色に輝いている。目抜き通りは以前とほぼ同じだった。パブからくすぶる煙は消え、通りの瓦礫は取り除かれていたが、兵士像は相変わらず同じ場所に立っている。死者が蘇ることはなく、生き残った者たちの悲しみはいまも続いているのだ。

マーティンはレンタカーのバンパーを縁石のぎりぎり数センチ手前まで寄せ、手慣れた動作で駐めた。ブックカフェに足を踏み入れる。店内には予想していなかった変化があった。本はそのまま棚に並び、店内の正面に配置された肘掛け椅子とまばらなテーブルは客を待ちかまえ、天井の換気扇はゆっくりまわり、カウンターでは小さな循環式の水盤の上で、階段状の石板を水が流れ落ちている。だが日本風の衝立は取り払われ、カーテンは開け放たれていた。店内にはまばゆい光が差しこんでいる。

マンディがスイングドアから現われた。リアムは新品のベビーキャリアに収まって背負われ、茶目っ気をたたえた目で母親の髪に指を入れている。

「来てくれたのね」彼女はベビーキャリアを背負ったまま背伸びし、両手でマーティンの首を掴み、待ち望んでいたように力強いキスをした。キスは長々と続き、マーティン・スカーズデンを生命力で満たした。「おかえりなさい」

マーティンは一瞬、言葉を失った。

「コーヒーは？」彼女は訊いた。

「もちろん、いただくよ」

マンディはふたたび笑みを浮かべた。いたずらっぽい目、からかうようなえくぼ。マーティンのそばをさっと離れ、コーヒーマシンへ向かう。

「まだコーヒーを淹れる仕事をしているのかい？」ようやく我に返り、マーティンは訊いた。「本はどうするんだい？　荷造りして店をたたむのかと思っていたよ」

「計画変更よ。店長を採用したの」

「本当に？」

「ええ。いまはわたしがここの大家さんよ。覚えてる？　というより、リバーセンドの半分はわたしが大家さんだわ。買い手はつかないし、借り手もいないから、いいじゃない?」

「で、店長は誰なんだ?」

「わたしだ」書棚の奥から頭が突き出した。コッジャー・ハリスだ。最初からずっと、そこに隠れていたのだ。


そのあと、四人は店内の肘掛け椅子に向かい合って座った。マーティンはリアムを膝に乗せ、幼子の体重と、これから担うことになる責任をひしひしと感じていた。コッジャーは《ディス・マンス》の見本刷りでマーティンの記事を読んでいる。マンディは笑みを浮かべ、目の前の光景を楽しみ、慈しむようなまなざしで見つめていた。彼女はマーティンに今後の計画を話した。ブックカフェを維持する計画を。コッジャーは家賃を支払う必要がなく、利益をすべて収入にできる。マンディはスプリングフィールズも維持し、ダムを改修して貯水槽を設置してから、きれいで澄んだ水を町に供給する予定だ。エロール・ライディングが町議会の賛同を得られるよう支援してくれる。町は水の使用料を支払い、収益はカブールのとある児童養護施設へ送られるという。彼女が話しているあいだ、コッジャーはぶつぶつつぶやきながら記事を読みつづけた。彼の姿は見違えるようだ。身体は清潔で鬚もきちんと剃り、服を着て眼鏡をかけ、髪も切って、残った歯も磨いている。記事を読み終わると、彼はおもむろにうなずいた。

「どうかな?」マーティンが訊いた。

「とてもよく書けているよ、お若いの。それなりに」

マーティンはにやりとした。「言いたいことはわかる。書かずにおいたほうがいいこともあるんでね」

「それに、あんたがまだ知らないこともある」

その言葉をきっかけに、コッジャーは三十年にわたって誰にも話していなかったことを明かした。マンディを見ながら、彼は敬虔な口調で語った。

「わたしの家族が、ベリントンで脱輪したトラックに轢かれて死んだ日、あの日からわたしの人生は止まった。トラックは妻のジェシカと息子のジョンティを殺した。そしてわたしの魂も殺した。いまでも心は痛む。あれから三十年経ったいまも、心は痛む」

「コッジャー」マンディは気遣いに満ちた声で呼びかけた。

「もちろん、わたしは家族といっしょにいるべきだった。それなのに、そうしなかった。わたしはあなたのお母さんといっしょにいたんだ、マンディ。キャサリンといっしょに」

「母といっしょに?」マンディは困惑して訊いた。

コッジャーは優しく微笑んだ。「いや、そういうことではない。わたしは妻を愛していたし、あなたのお母さんは道外れの色恋をするような人ではなかった。あのときわたしは、ベリントンの銀行で支店長をしていた。お母さんはわたしにお金を借りに来たのだ。彼女はこの町を逃げ出したかったのだが、手元にお金はなかった。あの男は暴力的になり、お母さんに手を上げて、自分の所有物のように扱っていた。それで彼女は、ジェシカに打ち明けて相談した。あなたのお母さんは、妻のかつての教え子だったんだ。キャサリンはすでに妊娠していた。あなたを妊娠していて、お母さんは自分だけでなく、あなたの身の安全も心配していたんだ。もちろん、彼女は何も持っていなかった。貯えはなく、頼れる縁者もいなかった。父親はまったく思いやりがなく、いかなる犠牲を払ってもスナウチ家に娘を嫁入りさせることしか考えていなかった。口に出すのも恐ろしいが、そういうことだったんだ。銀行の規則は厳格だったが、われわれはなんとかして助けになれる方法を探していた。そんなとき、わたしの家族が殺され、わたしは誰の役にも立たず、わたし自身の役にも立たなくなった。わたしは罪の意識に苛まれた。あのときほとんど面識のない人といっしょにいて、彼女に手を差し伸べようとしていて、家族のそばにいてやれなかったことを」

「けれどもコッジャー、あなたにはどうすることもできなかったでしょう?」マンディが訊いた。「あのとき起きたことは、誰にも防げなかったわ」

「それでもいっしょにいたら、わたしもともに死ねた」

「ああ、コッジャー」

「わたしは何年も、そう思いつづけた。おかげでわたしは正気を失い、精神科病院に入れられた。薬を服まされ、電気ショック療法をされた。何度も自殺しようとした。あんな思いは、とても人には勧められない。けれどもそれは、遠い昔の話だ。いまはもう、過ぎたことだ。わたしは努めてほかのことを考えるようにし、自分の考えに耽らないようにした。そうしてようやく、ここへ戻ってきた。だめになった心と、だめになった魂を抱えて。そんなわたしに最初に手を差し伸べてくれた人が、エリック・スナウチだった。あの方こそ、本当の紳士だ。すばらしい心の持ち主だ。あの方はわたしにスクラブランズの土地を分け与えてくださった。わたしの避難場所、一人きりになれる場所を。だがそのお返しに、わたしはあの方の心を傷つけてしまった。わたしはあの方の息子について、本当のことを明かしたのだ。ハーリーが本当にキャサリンに手を上げていたこと、彼女を殴ってレイプしたこと、妻もわたしもそれを知っていたこと、ジェシカが彼女の傷を見たことを。親切を受けた返礼にしては、奇異だと思うだろうか? 息子が人でなしだと話すなど。それまであの方は、ハーリーの後ろ盾になり、罪を揉み消し、なかったことにしていた。息子の言い分を信じ、大目に見ていたんだ。だが、わたしが本当のことを伝えてからは、もう自分を欺くことはしなくなった。ハーリーにきっぱり引導を渡し、勘当して、放浪生活に追いやった。わたしは知っているが、エリックはキャサリンに接触しようと努め、最初のうち彼女を信用しなかったことを謝罪しようとしていた。償いをしたいと申し出たんだ。だがキャサリンは誇り高く、スナウチ家からの助けは必要ないと断わった。それであの方は、彼女に知られないように手を差し伸べた」

「ブックカフェと住居を提供したんだね？」マーティンは訊いた。

「そのとおりだ。あのころはエロール・ライディングが町長だった。この町にまだ町長がいたころだが。図書館が閉鎖されたとき、エロールはあの方の頼みを聞き入れ、キャサリンに本を譲渡することを決めた。そして彼女にこう言ったんだ。店と住居は町議会の持ち物で、給料を払えないのは申し訳ないが、その代わり彼女は利益をすべて収入にでき、家賃を支払う必要はないと。あなたがいまのわたしに申し出てくれたのとまったく同じ条件だ。わたしの考えでは、キャサリンは最初のうち、その言葉を信じていたのだと思う。亡くなる間際は、どうだったかわからんが」

「そのころ、あなたは母に会ったことがあるの、コッジャー？　母はあなたを覚えていた？　わたしは子どものころ、あなたを見た記憶がまったくないんだけど」マンディは言った。

「それはそうだろう。わたしは隠者だった。スクラブランズに住んでいたが、あのころは車も持っていなかった。誰にも会いたくなかったんだ。それにわたしの評判もよくなかった。それでも、お母さんには会っていたよ。会ってくれるのは、ほとんど彼女だけだった。わたしはいつも、お母さんに会えるのがうれしかった。週に一度ぐらい、来てくれたよ。あなたが学校に行っているあいだ、食べ物や本を持ってきてくれた。わたしの土地に車を横付けすると、クラクションを鳴らして、わたしに何か服を着るよう知らせてくれた。たいがいは何か置いていって、すぐ帰ったが、たまにはしばらくおしゃべりをしたこともあった。それでもわたしたちはお互いに、過去にあったことは決して話さなかった。決して。けれどもお母さんはすばらしい女性だった、マンダレー。すばらしい女性だ」

「ああ、コッジャー」マンディはもう一度そう言い、手を伸ばして、彼の手を握った。

　長いあいだ沈黙が漂った。やがて、音が始まった。ブリキの屋根を優しく叩く音が。しかし、最初は優しかったその音は急にけたたましく響いて一同の注意を引き、マーティンの感覚を最大限に研ぎ澄ました。悲鳴のようなその音は一度やみ、ふたたび始まった。今度は彼にもその正体がわかった。悲鳴ではなく、歓喜だ。そして、衝立が取り払われた窓越しに、大粒の雨が見えた。最初はまばらだった雨はしだいに激しくなり、通りを灰色の壁が覆っていく。町に大きな雷鳴が轟き、窓を震わせて腹に響く。三人が立ち上がり、扉を抜けて通りに駆けだす。そこではすでに、喜びに沸く人々が輪になって踊り、大声で笑い、腕を広げて雨粒を受け止めている。マンディはリアムをしっかり抱いてくるくるまわり、幼子は喜びの瞬間にはしゃぎ声をあげる。マーティンは身体を突き刺すような大粒の雨を感じた。教会の鐘のように、ふたたびリバーセンドに雷鳴が響きわたる。歓喜の数分間、空からバケツで水をぶちまけたような雨が降った。そして雨は、降りはじめたときと同じく唐突にやんだ。わずか五分足らずの出来事だった。路上に湯気が立ち、人々は昂ぶっている。雲に覆われた空から、雨上がりの空気を裂いて、金色の強い日光が差してきた。マーティンは深呼吸し、雨粒を吸って味わった。これが人生の味か。ようやくわかった。

著者覚え書き

本書『渇きの地』の構想が形作られたのは、二〇〇八年から九年にかけて起きた大旱魃のさなか、わたしが刊行したノンフィクション ***The River***（本邦未訳）の取材旅行をしていたときだ。しかしながら、リバーセンドやベリントンの町はすべて架空の存在であり、その住民も同様である。リバーセンドはいくつかの田舎町のイメージを少しずつ繋ぎ合わせたものだが、大半は空想の産物だ。

本書で起こる犯罪は実際の出来事に基づいたものではなく、登場人物もすべて架空のものだ。《シドニー・モーニング・ヘラルド》、《ジ・エイジ》、《チャンネル・テン》などの新聞社やニュース局は実在する報道機関だが、本書に登場する記者やリポーターは、実在の人々に基づいたものではない。さらに本書にときおり描かれる、疑問の余地のある報道基準は、いかなる意味でもこれらの機関で実際に採用されている基準を反映したものではない。

謝辞

本を書くのは孤独な営みだが、やがて誰かが手を差し伸べてくれる。書いた原稿は、どこかの段階で白日の下にさらす必要があるのだ。本書『渇きの地』の第一稿を最初に読んでくれたのは、マイケル・ブリッセンデン、キャサリン・マーフィー、ポール・デイリー、ジェレミー・トンプソンで、みな気鋭のジャーナリストにして親友だ。その誰もが、洞察力に富んだ感想を寄せてくれた。次に読んでくれた著作権代理業者〈カーティス・ブラウン〉のベンジャミン・スティーブンソンは、礼儀を守りつつ原稿の大きな欠点をいくつか指摘してくれた。ありがとう、ベン！　そして〈カーティス・ブラウン〉のグレース・ハイフェッツは、原稿をとても気に入り、わたしの代理人になってくれた。グレースは驚くべき仕事ぶりで本書とわたしを宣伝し、近隣だけでなく遠方の出版社の興味までも惹きつけてくれた。

出版社〈アレン＆アンウィン〉の以下の関係者には深謝申し上げる。ジェーン・パルフレイマン、トム・ジリアット、クリスタ・マンズ、アリ・ラヴァウ、ケイト・ゴールズワージー、そしてめざましい成果を上げたチームのみなさんに。見事な地図を描いてくれたアレックス・ポトクニックにも感謝したい。

　イギリスでは、〈カーティス・ブラウン〉のフェリシティ・ブラントとケイト・クーパー、〈ヘッドライン〉グループの出版社〈ワイルドファイア〉のケイト・スティーブンソンにお礼申し上げる。アメリカでは著作権代理業者〈ザ・ブック・グループ〉のフェイ・ベンダーと、〈サイモン&シュスター〉グループの出版社〈タッチストーン〉のタラ・パーソンズに感謝を表する。ほかにも感謝すべき人々が大勢いる——その誰もが、この本に成功のチャンスを最大限に提供しようと、見えないところで懸命に努力してくれた。ありがとう。

　本書の執筆活動を始めた当初、オーストラリア《A》首都《C》特別地域《T》の政府芸術振興基金の助成金を受けられたことに感謝している。こうした助成金は、志のある作家に必要不可欠な支えを提供してくれる。

　最後に、最も大事なことを伝えたい。妻のトモコ、子どもたちのキャメロンとエレナ、そしてわたしたちの親族に愛と感謝を記す。

解説

書評家
杉江松恋

　推理しながら、こんなに悶々とさせられる小説は珍しい。

　クリス・ハマー『渇きの地』はそういう作品である。読者は主人公マーティン・スカーズデンと共に考え、悩み、驚く。彼が今何について迷っているのか、判断がつきかねているのはどういう点か、どの手がかりによって推理の方向性を定めて仮説を立てたかが逐一わかるように書かれている。時には、それは危ないのではないか、というような決断もこの主人公はしてしまうのだ。そして案の定、窮地に陥る。その過程を少し離れて読者は眺めることになるので、マーティンに対して、もどかしさといった感情を掻き立てられる。

　どこか危なっかしいところのある人物を探偵役に据えることで、作者は読者の感情を操っているのである。謎について考えることが、主人公と読者である自分との関係性を築いていくことにつながる。いつの間にかマーティンは、忘れがたい知人のような存在になってしまうのだ。そばにいられるとかなり鬱陶しいけど、離れていると気になって仕方ない。彼はそういう主人公だ。

マーティン・スカーズデンは新聞記者である。リバーセンドという小さな町で殺人事件が起きてから、もうすぐ一年になる。住民たちはそのことによって衝撃を受けたはずである。時の経過によってそれが癒されたか否かを取材するために、彼は派遣されてきたのだ。後追いの事件記事だが、いわゆるヒューマン・インタレスティング、人間観察記と言えないこともない。カメラマンは伴わず、マーティンは一人でやって来る。レンタカーで乗りつけた彼がまずやることは、携帯電話のカメラで町の写真を撮ることだ。そのまま掲載するのではなく、後で記事を書くときに町から受けた印象を思い出すために撮っているのである。リバーセンドがどういう土地柄なのかを見極めようとするマーティンの視線は、そのまま読者のそれと重なっていく。うまい導入部だ。

一年弱前に何が起きたのかということは、少なくとも事実関係だけは疑いなくはっきりしている。プロローグで描写されている通りだ。町のセント・ジェイムズ教会で牧師として働いていたのは、バイロン・スウィフトという若い男性だ。にこやかに町の住民と話していた彼が教会の中に入ってまた戻ってきたとき、手には高性能の狩猟用ライフルを携えていた。牧師は、さっきまで談笑していた町の住民たちを冷静な手つきで狙撃し始める。一人、また一人と撃たれ、最終的には五人の成人男性が命を落とした。バイロンは、町の警官であるロビー・ハウス＝ジョーンズ巡査によって射殺された。

あらましは以上である。大惨事ではあるが、犯人は明らかである上、すでに死亡しているので事件はそのまま収束した。だが、あまりにも急であったため、未確認のままになっていることが残ったのである。最も大きなものは、なぜ牧師が突然凶悪な殺人者に変貌したのかという動機の問題だ。バイロンは住民の間で人気があり、青少年センターの設立に協力するなど、社会貢献も行っていた。唯一の汚点は、事件の直前に小児性愛者として告発を受けていたことである。事実であれば人間として許されない行為であり、身の破滅は免れない。それこそが自暴自棄な行動に出た動機であるという解釈で事件は片付けられていた。しかし、根っからの記者であるマーティンは収まりのよすぎる解釈に対して納得できないものを感じていたのである。

ハウス＝ジョーンズ巡査に対するインタビューを皮切りに、マーティンは町を歩き回って事件に関する情報を集め始める。最初は曖昧な疑惑に過ぎなかったものが次第に形を為していく過程が描かれるのが序盤の展開で、じわじわと凝固していく溶剤を眺めているような面白さがあって、読者はまずここから惹きこまれる。

物語への関心が急激に高まるのは、謎を構成する不可解な状況証拠を少しずつ呈示していく作者の手つきが巧いのも理由の一つなのだが、マーティンがこの事件を個人的な事柄として見なしていることが大きい。この取材は、彼にとってのリハビリテーションなのである。序盤で明かされることだが、マーティンには仕事ができなくなっていた時期があった。中東のガザ地区で取材活動を行っていたとき、自身がテロリズムに脅かされるということがあったのだ。それまでは冷静な傍観者に徹していられた自分が、初めて事件の当事者になりかけた。その体験は大きかったのである。

物語の中では、マーティンが自分の手を見つめてこれは誰の手かと考える場面が何度もある。彼の父親は熟練工で、そういう力強い手をしていた。ガザに行く前であったら、自分の手は記者の手だと言い切ることができただろう。しかし、今のマーティンはそう断言することができない。記者としての目はいまだ確かであり、起きたことを書き留め、聞いた言葉を文章にする能力には長《た》けている。だが、それを為す自分が何者かは明言できないのだ。

マーティンの心理状態を左右する要素になっているのが、町で初めて言葉を交わした女性であるマンディ・ブロンドだ。シングルマザーとして幼い息子を育てる彼女は、母親の遺したブックカフェを経営している。多くの店が廃業、ホテルさえも経営を辞めてしまった町に、まともな本を置いてあるブックカフェがあるということ自体が驚きである。ブックカフェは町の特異点であり、マンディもまた特別な存在なのだ。彼女の存在は次第にマーティンの中で大きく膨らみ、リバーセンドへの執着そのものになっていく。マンディがいるために、町から離れられなくなってしまうのだ。そうした意味では、彼にとっての〈運命の女《ファム・ファタル》〉である。

もう一つ大きいのが、リバーセンドの風土である。マーティンが町を訪れたとき、雨が降らない日が何日も続いており、旱魃《かんばつ》のためにリバーセンドは干上がっていた。四十度近い暑さが続く中では人々の動きも緩慢で、自らの影をアスファルトに刻みこもうとするかのように時間が止まって見える。リバーセンドの基調をなすものは停滞なのだ。町で唯一泊まることが可能なモーテルは、負け犬の意味もあるブラックドッグという名前である。そこで使われているＷｉ－ｆｉのパスワードは「干上がった川床（Billabong）」、最初に川が涸れてから、ずっとそのままなのだ。

こうした停滞が、ある事故によって破られる。山火事が発生するのである。オーストラリアで起きる山火事はたびたび国際ニュースでも報じられる。二〇二〇年にはニューサウスウェールズ州で大規模な火災が起きてコアラなど野生動物の棲息地が失われたことが話題になった。突然起きた山火事によってリバーセンドを巡る事態は急変し、ただの訪問者に過ぎなかったマーティンも町の住民との距離が近くなる。そのことによって事件は新展開を迎えるのだ。突然の暴力であった牧師の銃乱射事件と、人々の生活を一変させてしまう自然災害とは重なり合う。リバーセンドの止まった時間は、そういう形でしか動かないのである。

山火事が起きてからが物語の中盤で、以降さまざまなことがわかり始める。最初は町の淀んだ空気を掻きまわすだけだったマーティンは、自分の周りで速い流れが起きてしまったことに戸惑いながらも、記者としての本領を発揮して積極的に動き出す。少し、積極的すぎるくらいに。最初に書いた「それは危ないのではないか」と思ったくだりというのはここで、新事実が立て続けに判明するこの中盤では、情報処理が追いつかず、探偵であるマーティンも、彼を通して推理の手がかりを受け取る読者も、オーバーフローを起こしてしまう。語りの凄まじさにただただ翻弄されるばかりなのである。序盤の緩と中盤の急とが見事な対比で、ページを繰る手を止めさせてくれない。それまでは危なっかしいながらもなんとか自我の形を留めていたマーティン・スカーズデンという人物像も、ここで一旦決壊してしまうのだ。

そうなってからさらに物語の興趣は深まり、マーティンはばらばらになった自分のかけらを拾い集めて元に戻すことができるのか、という関心で終盤に向けて読者は引きずられていく。物語の特徴をもう一つ挙げるとすれば、主人公以外の人物像も展開の速さゆえに輪郭がぼやけて見えることで、誰が信頼できるのかを判断することが容易ではない。誰もが仮面を被っているように見え、常に不安定な状態が続く。雲なす証言が真相を覆い隠すという古典的探偵小説と、素早い場面の切り換えで読者に先を読ませないまま進んでいくという現代スリラーのプロットが理想的に融合している。

クリス・ハマーはジャーナリストとして三十年以上の実績を持つ書き手で、二〇一八年八月に発表した本作が小説家としてのデビュー作である。本作以前に二作のノンフィクションがあり、二〇一〇年の *The River* は大きな変化が生じ、流域によっては死滅の危機さえ迎えつつあるオーストラリアの河川を題材に、大陸中央部のマレー・ダーリング盆地で暮らす人々への取材を中心とした内容であった。同書は二〇一一年度のACT Book of the Yearを受賞した。オーストラリア首都特別地域（The Australian Capital Territory）から輩出された書き手を対象とした文学賞で、創作やノンフィクション、詩と広範な範囲が授与の対象となる。もう一冊、二〇一二年に刊行された *The Coast* は、題名通り今度は海岸地域を題材とした内容で、変わりゆく人々の暮らしが幅広い視野から描かれている。

本人のホームページを閲覧すると、輝かしい職歴が記載されている。オーストラリアの公共放送局にあたるＳＢＳで世界の六大陸、三十カ国以上からリポートを送ったことがあり、首都キャンベラではオーストラリアの総合週刊誌であったThe Bulletinの首席政治特派員、日刊紙The Ageの政治部編集委員、同紙やThe Sydney Morning Herald紙オンライン版でも政治記事を執筆した。本書『渇きの地』には二人の対照的な記者が登場する。主観を差し挟まない取材者であることに徹して成功を収めたダーシー・デフォーと、テロの恐怖を体験してから自身と取材対象との距離の取り方に疑問を感じるようになった主人公、マーティン・スカーズデンだ。どちらが良いということではなく、両者は作者自身を分割したキャラクターなのだろう。おそらくはデフォーからスカーズデンへ、内面の移行を体験したためにクリス・ハマーはジャーナリストから作家への転身を図ったのではないだろうか。再三書いているように『渇きの地』は推理のための情報が細切れに呈示される点に特色があるのだが、それを受けて主人公マーティンを含む記者たちは、不完全な状態で報道を行ってしまう。報道が虚構を生み出すわけだが、その物語は現実を侵食し、事件の関係者たちにも大きな影響を与える。そうした問題点を描いた作品でもあり、ハマーは自身が関与してきたジャーナリズムに疑義を呈しているようにも見えるのだ。

　マーティン・スカーズデンの物語は『渇きの地』で完結せず、続篇が書かれている。二〇一九年十月に刊行された***Silver***は、彼の生まれ故郷であるポートシルバーが舞台となる話だ。その地名はマーティンにとって忌まわしい記憶と結びついており、できれば再訪したくない場所だった。殺人事件が起きてマンディ・ブロンドに容疑がかけられてしまったため、やむなく訪れることになるのである。『渇きの地』ではジャーナリストという公人と私人の立場の間で引き裂かれる体験をしたマーティンが、今度は自分自身と過去に向き合わなければならなくなる。

　作者インタビューによれば、ポートシルバーは特定の町ではなく複数を合わせてモデルとした舞台で、ニューサウスウェールズ州北海岸のどこかにあるという。『渇きの地』がリバーセンド、つまり川の終わる場所での物語であったことは最初のノンフィクション *The River* と呼応しているし、ポートシルバーという町の設定には *The Coast* での取材成果が反映されているだろう。ジャーナリスト時代の貯蓄がこの二作では活かされているのである。

　第三作が二〇二〇年十月に発売された *Trust* である。前作の衝撃も癒え、海辺の町で幸福に暮らすマーティンとマンディが、三度《みたび》危機に直面する。マーティンの携帯電話にマンディからの着信があり、恐怖の叫び声を残して切れてしまう。急いで帰宅すると、見知らぬ男が意識を失って倒れており、マンディはいなくなっていた、という衝撃的な出だしだ。Trust、つまり信頼という題名が示唆するように、本作は二人の関係を描くことが主眼であり、必死の捜索を続けるうちにマンディの過去が明らかになっていくという内容らしい。一作目、二作目でマーティン・スカーズデンという主人公の内省を突き詰め、第三作で〈運命の女〉との関係を再検討して彼のすべてを描き切ったということなのだろう。今のところ三部作で完結していて続篇は発表されていない。

　二〇二一年九月に発表された *Treasure & Dirt* でハマーは新シリーズを開始している。イヴァン・ルチッチ巡査部長と新人の女性刑事ネル・ブキャナンが活躍する警察小説で、同書はオパール鉱山の労働者が磔にされた死体で見つかるという衝撃的な場面から始まる。二〇二二年の続篇 *The Tilt* では、未解決事件ファイルの整理にまわされていたネルが意外な手がかりを発見したために二人は過去に遡る必要のある困難な捜査をすることになるのだ。この作品でハマーは、二〇二三年度の ACT Book of the Year を再び受賞、オーストラリア・ミステリ界の年間最優秀賞にあたるネッド・ケリー賞の最終候補に選出された（二〇二三年八月現在）。さらに第三作 *Cover the Bones* が二〇二三年十月に刊行予定で、予告文によれば灌漑水路から発見された死体がきっかけで、ある旧家の醜聞を含む地方都市の秘密が暴き出されるという内容のようだ。

イヴァン＆ネルのシリーズは、英国版では三作とも *The Opal Country*、*Deadman's Creek*、*Gold Coast* という別題がつけられている。オパール鉱山、デッドマンズ川、ゴールド・コーストは観光地としても有名である。オーストラリアの気候や地理を事件と不可分のものとして描いたものとしてはジェイン・ハーパー『渇きと偽り』（二〇一五年。ハヤカワ・ミステリ文庫）などの作品があるが、クリス・ハマーもそうした書き手であるようだ。土地の印象を克明に描くだけではなく、そこで培われた住民感情や倫理観を事件の土台に設定することから彼の作品は始まる。ハマーはおそらく、人間の精神を規定するものとして風土を考えているのではないか。小説を読めば景観が目に浮かび、そこに暮らす人々の心がありありと伝わってくる。広い視野角で読者を楽しませてくれる作家だ。

二〇二三年八月

HAYAKAWA POCKET MYSTERY BOOKS No. 1995

山《やま》中《なか》朝《とも》晶《あき》

東京外国語大学外国語学部卒,
英米文学翻訳家
訳書
『ハンターキラー　潜航せよ』
ジョージ・ウォーレス&ドン・キース
『国家にモラルはあるか?』ジョセフ・S・ナイ
『ザ・パワー・オブ・ザ・ドッグ』トマス・サヴェージ
『真珠湾の冬』ジェイムズ・ケストレル
（以上早川書房刊）他多数

この本の型は、縦18.4センチ、横10.6センチのポケット・ブック判です。

〔渇《かわ》きの地《ち》〕

2023年9月10日印刷　　2023年9月15日発行

著者　クリス・ハマー
訳者　山中朝晶
発行者　早川浩
印刷所　星野精版印刷株式会社
表紙印刷　株式会社文化カラー印刷
製本所　株式会社明光社

発行所　株式会社　早川書房
東京都千代田区神田多町2-2
電話　03-3252-3111
振替　00160-3-47799
https://www.hayakawa-online.co.jp

（乱丁・落丁本は小社制作部宛お送り下さい
送料小社負担にてお取りかえいたします）

ISBN978-4-15-001995-2 C0297
Printed and bound in Japan

ハヤカワ・ミステリ〈話題作〉

1988
帝国の亡霊、そして殺人
ヴァシーム・カーン
田村義進訳

〈英国推理作家協会賞最優秀歴史ミステリ賞受賞作〉共和国化目前のインド、外交官殺しの現場に残された暗号には重大な秘密が……

1989
盗作小説
ジーン・ハンフ・コレリッツ
鈴木恵訳

死んだ教え子が語ったプロットを盗用し、新作を発表した作家ジェイコブ。それはベストセラーとなるが、彼のもとに脅迫が来て……

1990
死と奇術師
トム・ミード
中山宥訳

密室殺人事件の謎に挑む元奇術師の名探偵スペクター。そんな彼の目の前で、またもや奇妙な密室殺人が起こり……。解説／千街晶之

1991
アオサギの娘
ヴァージニア・ハートマン
国弘喜美代訳

鳥類画家のロニは母の荷物から二十五年前に沼で不審な溺死を遂げた父に関するメモを見つけた。真相を探り始めたロニに魔の手が！

1992
特捜部Q
―カールの罪状―
ユッシ・エーズラ・オールスン
吉田奈保子訳

盛り塩が残される謎の連続不審死に特捜部Qが挑む。一方、カールの自宅からは麻薬と札束が見つかる。シリーズ最終章目前第九弾！